Carolin Schairer

Ellen

Carolin Schairer

Ellen

Roman

Ulrike **HELMER** Verlag

Für Doris

Bibliografische Information der Deutschen Nationalbibliothek
Die Deutsche Nationalbibliothek verzeichnet diese Publikation in der Deutschen Nationalbibliografie; detaillierte bibliografische Daten sind im Internet über http://dnb.d-nb.de abrufbar.

Umschlaggestaltung: Atelier KatarinaS, NL
Printed in Germany
ISBN 978-3-89741-277-4

Ulrike Helmer Verlag
Neugartenstr. 36c, D-65843 Sulzbach/Taunus
E-Mail: info@ulrike-helmer-verlag.de

www.ulrike-helmer-verlag.de

Die Berührung kam für Nina völlig unvermittelt. Gerade noch hatte sie im Halbdunkel des kleinen Technikraums das letzte Blatt der Rede kopiert, die der Geschäftsführer gleich halten wollte. Sie fischte das Original aus dem Gerät und wollte eben nach der Kopie greifen, als sie zwei Hände an ihrer Taille spürte. Sanfte Lippen und heißer Atem streiften ihren Nacken und ihren Rücken an jenen Stellen, die ihr hautenges, festliches Kleid frei ließ.

Einen Bruchteil von Sekunden war sie vom Schock der Berührung gelähmt. Dann drehte sie sich langsam um.

Sie hatte geahnt, wer sie da anfasste. Jetzt sah sie ihren Verdacht bestätigt und konnte es doch kaum glauben. Es war ihr, als würde sie die Person, deren Hände immer noch fest ihre Taille umschlossen, nicht wiedererkennen. In dem Gesicht, das ihr sonst durch seine Kälte und Starrheit stets Bauchweh verursachte, stand nun hungrige Gier. Graugrüne Augen funkelten sie an wie die einer Katze, kurz bevor sie auf die erspähte Maus losspringt.

Nun war Nina die Maus. Die Katze stürzte sich lautlos auf sie, ohne auf ein Zeichen der Zustimmung zu warten. Der Zangengriff um ihre Taille schloss sich. Sie wurde gegen die Wand gedrückt und spürte den schlanken, muskulösen Körper, der sich an sie presste. Lippen senkten sich auf ihr weites Dekolletee.

Noch konnte Nina klar denken. Sie wusste, dass die einzig normale Reaktion gewesen wäre, zu schreien und die Gestalt wegzustoßen. Sie hatte diese Berührungen weder gewünscht noch in irgendeiner Form provoziert. Ganz im Gegenteil: Dieselbe Person, die ihr hier nun weiche Knie und ein zunehmendes Hitzegefühl im Bauch bescherte, ließ ihr den neuen Job fast täglich zu einer Horrorvision werden. Die Herablassung, mit der sie von ihr behandelt worden war, hätte sie beinahe dazu veranlasst, gleich wieder zu kündigen. Nur ihre Geldprobleme und die schmale Aussicht, je wieder eine ähnlich gut bezahlte Arbeit zu finden, hatten sie zum Bleiben bewogen.

Die Behandlung, die ihr jetzt zuteil wurde, hatte nichts mit Kälte und Herablassung zu tun. Die sonst so frostigen Lippen glitten ihren Hals entlang und hinterließen kleine brennende Flecken auf ihrer Haut. Die Hände hatten den Zangengriff aufgegeben und streichelten intensiv über ihren Rücken, ihre Brust, ihren Bauch.

Die Hitze in Nina stieg. Sie schloss die Augen und überließ sich den Händen, die nun ihren Po umfassten und sie noch enger heranzogen. Nina warf den Kopf in den Nacken und gab ihren Hals dem Mund ihres Gegenübers preis.

Ich bin verrückt, schoss es ihr durch den Kopf. Völlig verrückt. Ich sollte hier weg. Doch weder ihr Verstand noch ihre zittrigen Beine wollten gehorchen. Stattdessen öffnete sie mit einem unterdrückten Seufzen den Mund und versank in einen gierigen, fordernden Kuss. Noch nie war sie so geküsst worden. Dass ein Kuss bei ihr überhaupt derartiges auslösen konnte, war ihr völlig neu. Sie fühlte sich, als wäre ihr Körper aus weichem Gummi. Die fremde Zunge in ihrem Mund entlockte ihr ein tiefes Stöhnen. Sie selbst verlor sich ganz und gar in dem Mund, der sie küsste, und genoss den lockenden Geschmack des Unbekannten.

Nach kurzem beiderseitigen Ringen um Atem berührten sich ihre Lippen erneut. Nina spürte, dass der Körper, der sich dicht an sie presste, ebenso vibrierte wie ihr eigener. Sie spürte den schnellen Atem auf ihrer Haut und das Feuer, das nicht nur in ihr selbst aufzulodern begann.

Die Lippen lösten sich voneinander. Nina wagte nicht, die Augen zu öffnen. Die begierigen Küsse hatten sie vergessen lassen, wo sie sich befand – und vor allem, mit wem. Hände, die nun sanft ihre Pobacken massierten und Nina zu erregtem Luftholen veranlassten, ließen sie erfolgreich verdrängen, dass sie soeben dabei war, in einer stickigen Kammer mit Druckern, Faxgeräten und Kopierer den Verstand zu verlieren. Und das durch Ellen McGill, eine Frau – eine *Frau!* –, die normalerweise nur in knappen Imperativsätzen mit ihr kommunizierte oder ihr vermeintliches Unwissen schonungslos durch rhetorische Fragen entblößte. Nina war zu erregt, um sich den Kopf darüber zu zerbrechen, was sie mehr schockierte: Dass sie, die bisher ausschließlich mit Männern zusammen gewesen war, dermaßen auf die Berührung einer Frau reagierte, oder dass es ausgerechnet die McGill war, die ihr nun behände das Kleid nach oben schob und ihre Hand an den seidigen Strümpfen hinaufgleiten ließ.

Nina keuchte. Sie fühlte, wie Nässe zwischen ihre Beine schoss. Die sanfte Berührung von Ellens Hand an der kleinen unbedeckten Stelle zwischen Strumpfband und Halterung brachte ihren Körper noch mehr zum Glühen.

Ellens Hand griff ihr direkt zwischen die Beine. Nina schrie überrascht auf – überrascht, weil sie nicht damit gerechnet hatte, dass die Berührung eine weitere Woge von Hitze und Lust durch ihren Körper jagen würde. Ellen begann ihre Hand gleichmäßig zu bewegen. Der dünne Stoff des Tangas rieb an Ninas Mitte, und sie hatte das Gefühl zu zerfließen. Noch nie hatte eine Liebkosung dieser Art bei ihr dazu geführt, dass sie vor Nässe zu zerlaufen glaubte. Gewöhnlich war dieser Punkt beim Sex genau ihr Problem.

Doch hier und jetzt war das anders. Sie kannte sich selbst nicht mehr. Ellen, die verhasste Ellen, erweckte in ihr Gefühle von Leidenschaft und Lust, von denen sie nie geglaubt hatte, dass sie sie jemals empfinden könnte. Instinktiv bog sie sich ihr entgegen, wollte sie noch mehr spüren ... noch intensiver.

Ellen tat ihr den Gefallen. Zwei ihrer Finger fanden den Weg unter Ninas Slip. Nina keuchte noch mehr. Hitze strömte durch ihren Körper, erfüllte in Wogen ihr Innerstes, brachte ihr Blut zum Kochen und ihr Herz zum Pochen, als würde es jeden Augenblick zerspringen.

Ellens erregtes Stöhnen an ihrem Ohr zu vernehmen steigerte ihre Lust und nahm ihr fast den Atem. Ihre Beine waren zu Wachs geworden und drohten wegzuknicken. Ellen stützte sie mit der linken Hand, während die Finger der rechten immer schneller über Ninas Klitoris glitten.

Ninas Wahrnehmung setzte aus.

In ihr brachen sämtliche Dämme. Sie schrie, keuchte, gab Laute von sich, die ihre Stimmbänder noch nicht gekannt hatten. Schließlich sank sie in sich zusammen. Ellens Arme fingen sie auf, sie hörte Ellens erregtes Keuchen, spürte deren rasenden Herzschlag. Ellens Körper war noch immer gespannt wie eine Feder. Nina selbst fühlte sich weich und schwebend. Sie war fern davon, Widerstand zu leisten, als Ellen sie in eine Ecke bugsierte und sich heftig an ihrem Schenkel zu reiben begann.

Nina spürte das angenehme Kribbeln, dass ihr die Reibung verursachte, doch ihr Körper war noch zu erschöpft, um etwas anderes zuzulassen als passives Verharren und ein erstauntes Zusammenzucken, als Ellen schließlich mit einem unterdrückten Aufschrei kam und sich sanft gegen sie fallen ließ.

Nina verlor dadurch das Gleichgewicht und taumelte gegen die Wand. Sie schrie auf – diesmal nicht vor Lust, sondern vor Schmerz. Ein Heizungsrohr drückte unsanft gegen ihren Rücken und beförderte sie von einer Sekunde auf die andere zurück in die Realität. Die Kammer der Lust wurde im Nu zum Kopierraum, und die geschickte Liebhaberin verwandelte sich zurück in Ellen McGill.

Ellen ließ abrupt von ihr ab und wich zwei Schritte zurück. Ihre Blicke trafen sich. Nina sah sekundenlang in zwei verzweifelt blickende Augen, die eine überraschende Verletzlichkeit preisgaben. Dann war es, als lege jemand eine Maske über das Gesicht. Ellen McGill wurde von einem Augenblick zum anderen wieder zu der abweisenden, kalten Person, als die sie Nina kennen gelernt hatte.

»*Oh, shit!*«

Mehr sagte Ellen nicht. Dann drehte sie sich um und ging.

Nina starrte ihr fassungslos nach. Sie begann am ganzen Körper zu zittern. Innerhalb von wenigen Minuten war ihr ganzes Leben auf den Kopf gestellt worden.

Sie hatte Untreue immer verurteilt. Und jetzt gerade hatte sie ihren Freund betrogen. Sie war an Frauen nie in sexueller Hinsicht interessiert gewesen. Und jetzt hatte sie mit einer geschlafen. Sie hatte einen solch intensiven Orgasmus bisher nur aus blumigen Schilderungen anderer gekannt. Und soeben hatte sie das zum ersten Mal selbst erlebt.

Außerdem hasste sie Ellen McGill. Da passte Sex mit ihr einfach überhaupt nicht ins Bild.

Aber das Schlimmste an allem war: Sie war danach mit einer uncharmanten Aussage einfach sich selbst überlassen worden. Auch das war ihr noch nie passiert. Spontaner Sex, anonymer Sex, One-Night-Stands – das hatte es in ihrem Leben noch nie gegeben. Nina setzte stets auf Vertrauen und Langfristigkeit. Gewöhnlich ging sie mit einem Mann erst nach mindestens fünfwöchiger Bekanntschaft und zehn Treffen ins Bett. Zu groß war ihre Angst vor Verletzung oder der Fremdheit, die sich möglicherweise ihrer bemächtigen würde, wenn sie sich danach in die Augen sahen.

So wie jetzt.

Nina wollte nur noch weinen.

Sie war gerade dabei, mit zitternder Hand ein paar Strähnen in ihrer Hochsteckfrisur zu befestigen, die sich durch das Intermezzo mit Ellen McGill gelockert hatten, als eine vertraute Gestalt im Türrahmen erschien.

»Puh, Nina, hier bist du! Wieso machst du denn kein Licht an?«

Jasna, ihre Kollegin, betätigte den Lichtschalter und tauchte den Raum in gleißendes Neonlicht. Nina kniff geblendet die Augen zusammen. Gleichzeitig versuchte sie, das Zittern ihres Körpers vor Jasna zu verbergen.

»Wir warten auf dich.« Leiser Vorwurf lag in Jasnas Stimme. »Wegen der Kopie der Rede. Der Tontechniker braucht sie ganz schnell, um die Musik an den richtigen Stellen einzuspielen. Hast du sie nun kopiert?«

Sie nickte schwach und wies mit dem Kinn in Richtung des Kopierers. Jasna nahm das Blatt an sich. Ihr Blick blieb an Nina hängen, wie sie kalkweiß und zitternd an der Wand lehnte. »Sag mal – ist dir nicht gut?«

»Mir ist irgendwie schwindlig«, sagte Nina leise. Das war nicht gelogen.

»Ja, um Gottes Willen – so plötzlich?« Jasna schien wirklich besorgt. »Magst du nach Hause fahren?«

Nina nickte. »Ja. Ja, ich denke, das ist besser.« Der Gedanke, in ihrem Zustand und nach diesem Erlebnis auf die Firmenfeier zurückzugehen, zu lachen, zu scherzen, Cocktails zu trinken und so zu tun, als sei nichts geschehen, war ihr unerträglich.

»Ich werde dir ein Taxi rufen«, erklärte Jasna hilfsbereit und zückte ihr Handy. Als sie auflegte, fiel ihr etwas ein. »Sag, hast du Ellen gesehen? Sie war noch gar nicht auf der Feier …«

»Nur flüchtig«, sagte Nina ausweichend. Ihr Puls ging bei der bloßen Erwähnung von Ellens Namen schneller und ihr flaues Gefühl im Magen wurde zur Übelkeit.

Jasna zuckte mit den Schultern. »Ach Gott. Die Arme wird wahrscheinlich wieder unzählige Überstunden machen. Ich nehme an, sie wird die Feier spritzen. Soviel ich mich erinnere, muss sie morgen auch noch früh aus den Federn. Dienstreise nach Berkeley, für den Rest der Woche.«

Für Nina war dies die zweitbeste Nachricht, die Jasna ihr hatte überbringen können. So hatte sie ein paar Tage Zeit, nachzudenken, was sie tun konnte. Vielleicht würde sie sogar einen neuen Job finden.

Als Nina fünf Minuten später ins Taxi stieg, hoffte sie jedoch, dass am Montag der nächsten Woche die beste Nachricht ins Haus flatterte: Ellen McGill hat das Unternehmen auf eigenen Wunsch verlassen.

Nina konnte sich nicht vorstellen, ihr nach diesem Zwischenfall nochmals über den Weg zu laufen. Sie wollte diese Frau nie wieder sehen. Dieses peinliche Erlebnis musste vergessen werden – so, als wäre es nie geschehen.

»Das heißt, Sie haben das Studium abgebrochen, als Texterin gearbeitet, eine Graphikdesign-Ausbildung begonnen und abgebrochen, haben dann rund ein Jahr lang bei einer PR-Agentur gearbeitet und sind jetzt wieder als Texterin tätig.«

Nina fühlte sich angesichts dieser Kurzfassung ihres Lebenslaufes zunehmend unwohl. Den Mann mit der Hakennase, der hinter dem Schreibtisch thronte und in ihren Unterlagen blätterte, konnte sie schwer einschätzen. Er hatte ihr freundlich die Hand gereicht und ihr aufmunternd zugelächelt, als er sie aufforderte, von ihrem Werdegang zu erzählen. Trotzdem: Jetzt, da er die Stationen ihres Lebens kurz und trocken zusammenfasste, schien es ihr so, als drücke sein Tonfall leichte Missbilligung aus.

»Sie sind in Ihrer Kindheit recht oft umgezogen«, sagte die Frau, die neben ihm saß. Sie hatte sich als Jasna Milic vorgestellt – mit dem Zusatz: »Wenn Sie eingestellt werden sollten, bin ich Ihre Kollegin.«

Für Nina hatte das etwas von der Verkrampfung genommen, die sie bei Vorstellungsgesprächen stets befiel. Sie hasste nichts mehr, als sich selbst präsentieren zu müssen wie ein Stück Rind am Viehmarkt. Seht her, ich bin das Beste, besser als alle anderen, nehmt mich. Sie hielt sich aber nicht für besser, ganz im Gegenteil. Und sie hasste es, anderen die weltgewandte kontaktfreudige PR-Lady vorzuspielen, die sie ihrer Selbsteinschätzung nach wirklich nicht war.

Doch sie brauchte den Job. Sie brauchte ihn weit dringender, als diese Leute es sich vorstellen konnten. Sie und Lukas hatten sonst ein Riesenproblem. Ihr Vermieter würde sich nicht noch um einen weiteren Monat mit der Miete vertrösten lassen, und das Bankkonto war auch schon überzogen. Lukas würde das Problem nicht lösen.

Also biss Nina die Zähne zusammen und versuchte das zu verkörpern, was von ihr als Anwärterin eines Jobs im hiesigen Pressebüro erwartet wurde. Das liebenswürdige Lächeln, mit dem Jasna Milic ihre Feststellung unterstrichen hatte, machte ihr neuen Mut.

»Ja«, erwiderte sie. »Meine Eltern sind im künstlerischen Bereich tätig. Wir haben daher einige Jahre in Italien gelebt und später dann eben in verschiedenen deutschen Städten.«

Ihre Mutter war Performance-Künstlerin mit Gelegenheitsauftritten, ihr Vater Bühnenbildner ohne Festanstellung. Die Umzüge waren schlicht notwendig gewesen, um zu überleben. Außerdem konnten ihre Eltern ohnedies keine Wurzeln schlagen und hatten sich bereits vor Jahren einvernehmlich getrennt, um eigene Wege zu gehen. All das ließ Nina unerwähnt, da gewiss nicht einmal eine Scheidung zu den Wertvorstellungen gehörte, die hier als positiv erachtet wurden. LENOPHARM hatte schließlich solide deutsche Wurzeln. Dass sowohl Michael Brauer, der Personalchef, als auch Jasna Milic einen Ehering trugen, war ihr nicht entgangen.

»Dann können Sie sicher gut Italienisch«, erkundigte sich Jasna interessiert.

»Na ja, wahrscheinlich besser als der Durchschnitt«, meinte Nina bescheiden. Dann rief sie sich in Erinnerung, dass Selbstmarketing wichtig war, und setzte im Brustton der Überzeugung hinzu: »Ich spreche es fast fließend.«

»Unsere Firmensprache ist Englisch«, sagte Brauer ruhig. »Das ist kein Problem, nehme ich an.«

»Aber nein«, sagte Nina. In dem Wissen, dass das so nicht richtig war, krampften sich ihre Hände ineinander. Englisch war keine ihrer Stärken. Wieso sollte sie in einem deutschen Unternehmen auch Englisch sprechen müssen?

Brauer lieferte die Erklärung nach, als könne er in ihren Gedanken lesen. »Als Mitarbeiterin unserer Pressestelle haben Sie natürlich länderübergreifend PR-Maßnahmen abzustimmen. Gelegentlich müssten Sie auch an internationalen Meetings und Workshops teilnehmen.«

»Aha«, sagte Nina. Die Anspannung ergriff wieder von ihrem ganzen Körper Besitz. Der Job war eindeutig eine Nummer zu groß für sie, das war klar. Das finanzielle Darben würde also kein Ende haben. Vor ihrem geistigen Auge sah sie sich und Lukas bereits mit den wenigen Habseligkeiten, die sie hatten, in den U-Bahn-Bögen schlafen.

»Was hat Sie dann letztendlich nach Wien verschlagen?« erkundigte sich die Dame, die wohl nie ihre Kollegin werden würde.

»Mein Freund macht hier eine Musicalausbildung«, antwortete Nina. Da sie innerlich sowieso mit dem angebotenen Job abgeschlossen hatte, machte sie sich schon keine Gedanken mehr, ob ihre Aussage negativ oder positiv bewertet wurde.

»Und was sind Ihre familiären Pläne?«, erkundigte sich Brauer, ohne eine Miene zu verziehen. Nina wusste, auf was er anspielte. Ihre Antwort war ehrlich.

»Mein Freund ist, wie ich sagte, noch in der Ausbildung. Wir haben derzeit keine Pläne, zu heiraten oder Kinder zu kriegen. Allerdings – sollte ich zufällig schwanger werden, würde ich nicht abtreiben.«

Jasna Milic lächelte. Michael Brauner machte sich eine Notiz auf ihrem Lebenslauf.

Nina malte sich aus, dass er etwas vermerkt hatte wie »karriereuntauglich« oder »sentimental«. Aber gut – der Job war ja, wie sie festgestellt hatte, sowieso nichts für sie.

»Tja, nun gut«, setzte Michael Brauer erneut an und leitete damit offensichtlich das Ende des Gesprächs ein. »Gibt es von Ihrer Seite noch Fragen?«

Nina kam nicht dazu, höflich zu verneinen. Denn im selben Moment klopfte jemand energisch an die Türe und trat ein. Dieser Jemand war ein schlanker, hochgewachsener Mann mit Brille, der in einem Alter war, in dem er Ninas Großvater hätte sein können. Er trug Anzug und Krawatte.

»Oh, ich wusste nicht, dass Sie besetzt sind, Brauer«, sagte er. Nina bemerkte den norddeutschen Einschlag in seinem Tonfall. Sie spürte deutlich, dass das Verhältnis der beiden Männer nicht gerade von Sympathie geprägt war.

Brauers Mienenspiel verriet Anspannung, als er eine Spur zu schnell sagte: »Keine Ursache. Nur ein Vorstellungsgespräch für die freie PR-Stelle. Wir wollten die Dame gerade verabschieden.«

Nina wollte sich gerade gehorsam erheben, als der Blick des Norddeutschen auf sie fiel. Es war ein kurzes, irritiertes Aufflackern in seinen Augen, das ihr ebenso wenig entging wie Michael Brauers Reaktion zuvor. Ähnlich wie Brauer hatte sich aber auch der weißhaarige Herr sofort wieder unter Kontrolle. Zu Ninas Erstaunen streckte er ihr nun mit liebenswürdigem Lächeln die Hand entgegen.

»Guten Tag. Philipp Michaelis, Teilhaber von LENOPHARM. Und mit wem habe ich das Vergnügen?«

»Nina Blume.«

Michaelis Lächeln vertiefte sich. »Das ist ein hübscher Name«, stellte er fest. Unaufgefordert nahm er auf dem überzähligen Stuhl auf Brauers rechter Seite Platz und griff nach dem Ausdruck ihres Lebenslaufs. Er überflog ihn kurz, dann sagte er: »Nun, Brauer, ich hoffe, Sie haben der jungen Dame die richtigen Fragen gestellt.«

Brauer nickte, aber Nina merkte, dass ihm die Einmischung von Michaelis absolut nicht gefiel. Auch sie selbst fühlte sich unwohl, weil sie insgeheim froh darüber gewesen war, dass sie verabschiedet werden sollte, und nun hatte es den Anschein, als würde alles von vorne beginnen – nur mit einer anderen Person, die die Fragen stellte.

»Hier steht: Familienstand ledig«, stellte Michaelis fest. »Wieso ledig?«

Nina zuckte zusammen. Warum nicht ledig, ging ihr durch den Kopf. Warum stellte dieser Mann solch eine seltsame Frage? Wurde bei LENOPHARM erwartet, dass eine Frau mit siebenundzwanzig Jahren schon verheiratet war?

Michaelis lächelte sie noch immer an. Es war offensichtlich, dass er auf eine Antwort wartete.

Nina schluckte. »Ich … wir sind erst zwei Jahre zusammen«, sagte sie schließlich. »Das ist noch nicht so lange.«

»So, so.« Michaelis legte die Hand auf sein Kinn und betrachtete sie eingehend. Nina zwang sich, ruhig sitzen zu bleiben, obgleich ihr innerster Wunsch war, den Raum sofort zu verlassen. Wie kam sie dazu, ihre Beziehung zu Lukas in dieser Form darlegen zu müssen?

»Wissen Sie«, begann Michaelis nun, ohne sein Lächeln zu verlieren. »Ich denke immer ziemlich absolut, wenn es um Gefühlsangelegenheiten geht. Entweder passt man zusammen, oder man tut es nicht. Manchmal merkt man das nicht gleich, zugegeben. Aber nach einiger Zeit sagt das Herz immer, was es will – auch, wenn der Verstand es vielleicht nicht wahrhaben mag. Das Herz lügt nie. Stimmen Sie mir da zu?«

Nina war völlig verwirrt. Sie fragte sich noch immer, was der Sinn dieser seltsamen Fragen war.

»Ich weiß nicht«, sagte sie unschlüssig.

»Es ist so«, meinte Michaelis. »Denken Sie darüber nach. – Was ist Ihre größte Schwäche?«

Eigentlich war sie auf diese Standardfrage vorbereitet. Sie wusste, was Unternehmen und Personalchefs erwarteten, und sie formulierte in Gedanken bereits ihre Standardantwort: »Ich bin zu ungeduldig und zu gründlich«, doch Michaelis hatte sie durch seinen Exkurs über die Liebe so irritiert, dass sie mit der Wahrheit herausplatzte.

»Trockene Arbeiten langweilen mich schnell.«

Ihr entging der amüsierte Blick nicht, den Brauer mit Jasna Milic austauschte. Doch Michaelis veranlasste ihre Antwort nur zu einer weiteren Frage. »Was meinen Sie damit?«

»Wenn etwas zu wenig kreativen Spielraum bietet. Und wenn keine Überraschungsmomente da sind.«

»Tja, dann dürften Sie in der Pharmaindustrie genau richtig sein«, kommentierte Michaelis trocken. »Bei uns gibt es keine Woche ohne Überraschungen: Rückholaktionen, neue Studien, die eines unserer Medikamente in Frage stellen, plötzlich entdeckte Nebenwirkungen … langweilig würde Ihnen da sicher nicht, und kreativ werden können Sie auch, wenn es darum geht, diese Unregelmäßigkeiten in verständlichen Worten der Presse zu erklären. – Und was ist Ihre größte Stärke?«

Nina konnte sich kaum vorstellen, dass dies die Art von Überraschungen war, die sie davor bewahrte, sich zu langweilen. Doch sie konnte dem Teilhaber eines Pharmaunternehmens schließlich nicht ins Gesicht sagen, dass sie Medikamente nur dann interessierten, wenn sie selbst krank war.

Statt dessen suchte sie nach der Standardantwort auf ihre größte Stärke, resignierte und sagte, was ihr spontan in den Sinn kam.

»Ich denke viel über Menschen nach.«

Brauers Lippen formten sich zu einem dünnen Lächeln. Ihr entging nicht, dass er mit ihrer Antwort nichts anfangen konnte.

Michaelis dagegen fragte weiter. »Wie meinen Sie das?«

Nina wäre am liebsten einfach davongestürzt. Es wurde ihr hier gerade ein Seelenstriptease abverlangt und daran trug sie selbst die Schuld. Es hatte an ihr gelegen, das Gespräch auf einer Sachebene zu steuern. Stattdessen gab sie Einblicke in Aspekte ihrer Persönlichkeit, von denen selbst die meisten ihrer Freunde nichts wussten. Doch Michaelis wartete auf eine Antwort, und sie hatte nicht den Mut, ihm zu sagen, dass ihr seine Fragen zu nahe gingen.

»Ich versuche, Menschen in ihrer Individualität zu begreifen. Ich mag Oberflächlichkeit nicht. Die meisten Menschen agieren ständig wie Besucher eines Maskenballs: Sie schlüpfen in Rollen und verdecken ihr Gesicht, um nicht in ihrer Seele erkannt zu werden. Sie haben für jeden Anlass eine passende Maske. Aber ihr wahres Ich zeigen sie selten. Ich will am liebsten hinter diese Masken zu blicken.«

Eine Weile sagte keiner etwas.

Sogar Brauer hatte aufgegeben, süffisant zu lächeln. Michaelis wirkte sehr nachdenklich, und Jasna Milic hing anscheinend ihren eigenen Gedanken nach. Überraschenderweise war sie es, die als erste die Stille durchbrach.

»Das ist ein interessanter Vergleich. Ich habe neulich für meinen Sohn ein Kinderbuch gekauft, dass genau dieses Thema behandelte – natürlich sehr vereinfacht dargestellt. Es ging um einen Prinzen, der furchtbare Angst hatte, sich seiner Prinzessin in seiner wahren Gestalt zu zeigen, und mit Hilfe von Magie immer wieder in andere Gestalten schlüpft. Ich nehme nicht an, dass Sie das Buch kennen, Sie haben ja keine Kinder …«

Nina Herz begann freudig zu klopfen. Zum ersten Mal seit Beginn des Gesprächs fühlte sie sich in ihrem Element.

»Ich kenne es«, sagte sie. Ihre Augen leuchteten. »Sehr gut sogar. Ich habe es geschrieben!«

»Nein!« Jasna Milic hätte überraschter nicht sein können. »Sie sind diese Nina Blume von ›Prinz Wendolins Suche nach dem Glück‹? – Das gibt es doch nicht!«

»Eine Kinderbuchautorin«, stellte Brauer fest. Auch er klang überrascht. Nina fühlte, dass sie in seinem Ansehen erstmals seit Betreten dieses Raumes stieg.

»Mein Sohn liebt dieses Buch«, sagte Jasna. »Ich muss ihm jeden Abend vor dem Einschlafen vorlesen. – Ich kann immer noch nicht glauben, dass Sie die Autorin sind. Stammen die Zeichnungen auch aus Ihrer Feder?«

Nina unterdrückte ein Schmunzeln. Es amüsierte sie immer wieder, dass die meisten Leute ihren Namen auf der Buchklappe primär mit dem Text in Verbindung brachten. Für sie selbst standen stets die Zeichnungen im Vordergrund. Mit den Zeichnungen vor ihrem inneren Auge bildete sich die Geschichte und entstand das Buch. Der Text war für sie nur eine nebensächliche Notwendigkeit.

»Ja, Text und Graphik.«

»Und wie geht die Geschichte aus?«, schaltete sich nun Michaelis ein.

»Irgendwann versagt die Magie und Prinz Wendolin muss seiner Prinzessin in seiner wahren Gestalt gegenübertreten«, erzählte Nina. Ihre innere Anspannung war verschwunden. »Er hält sich für unvollkommen und hat Angst, die Liebe der Prinzessin zu verlieren, doch zu seinem Erstaunen fällt seiner Liebsten nicht einmal auf, dass er in anderer Gestalt erscheint. Denn sie sieht nur sein gutes Herz, nicht die äußere Hülle. Und der Prinz begreift, dass Maskerade nicht notwendig ist, um Menschen für sich zu begeistern.«

»Eine schöne Geschichte«, stellte Michaelis fest. Zu Brauer meinte er: »Warum sagen Sie mir nicht gleich, dass wir hier eine berühmte Kinderbuchautorin vor uns sitzen haben?«

»Das war nicht Thema unseres Gesprächs.« Brauer wirkte sichtlich unangenehm berührt.

»Sehen Sie – gut, dass ich noch dazu gestoßen bin.« Michaelis sandte Nina ein offenes Lächeln. »Es ist eben immer wichtig, bei Vorstellungsgesprächen die richtigen Fragen zu stellen. Was machen Sie sonst in Ihrer Freizeit, Frau Blume? Sind Sie sportlich?«

»Nicht besonders«, gab Nina zu. »Früher habe ich einige Jahre Jazzdance gemacht.«

»Und was ist mit Outdoor-Aktivitäten? Klettern, Rafting, Paragliding oder ähnliches?«

»Ich habe Höhenangst.«

»Gut. Das ist gut.« Michaelis wirkte zu Ninas Erstaunen regelrecht erleichtert. Er erhob sich nun. »Ich glaube, wir wissen, was wir wissen wollten. Herr Dr. Brauer wird sich bei Ihnen bis Ende dieser Woche wegen des Jobs melden.«

Als Nina den vierstöckigen Glaspalast verließ, der zwischen den Altbauten von Wien-Leopoldstadt am Donaukanal thronte, war sie noch immer verwirrt. Noch nie hatte sie so ein persönliches Vorstellungsgespräch erlebt. Mit ihrer Enttarnung als Kinderbuchautorin hatte sie sich wohl endgültig für den Job als Mitarbeiterin in einem Pharma-Pressebüro disqualifiziert. Zu einem Unternehmen wie LENOPHARM passte sie nun einmal nicht. Im Grunde war sie sich sicher, dass niemals irgendein Unternehmen wirklich zu ihr passen würde. In Wahrheit wollte sie nur eines: Kinderbücher gestalten – frei nach ihren eigenen Ideen. Doch davon konnte sie nicht leben. »Prinz Wendolins Suche nach dem Glück« war ihr bisher einziges Buch gewesen, das verlegt wurde. Es war im November vergangenen Jahres erschienen, pünktlich zum Weihnachtsgeschäft. Geld hatte sie bisher noch keines gesehen.

Nina hatte sich in den Vertrag gefügt, weil es ihr als die einzige Chance erschien, jemals eines ihrer Bücher zu publizieren. Sie malte, seit sie fünfzehn war; es gab unzählige illustrierte Geschichten in ihrem Schrank. Sie hielt sie allesamt für zu schlecht für eine Einreichung bei Verlagen und hatte sich daher nie darum bemüht. »Prinz Wendolins Suche nach dem Glück« hatte sie nur deshalb eingeschickt, weil ihr Freund Lukas sie permanent dazu ermutigt hatte. Sie war ihm dankbar dafür, dass er an ihr Talent glaubte.

Um sich über Wasser zu halten, schrieb sie als freie Mitarbeiterin PR-Texte für Werbeagenturen. Sie schrieb über Waschmittel, Gesichtscremes, soziale Projekte, natürliche Schlankmacher und sogar über den praktischen Wert moderner Reinigungsanlagen für Gartenteiche, damit sie und Lukas zumindest etwas zu essen hatten. Zur Miete reichten ihre kärglichen Einkünfte, die stark von der Auftragslage abhängig waren, nicht immer. Das war auch der Grund, weshalb sie gerade wieder mit zwei Monatsmieten im Rückstand waren. Zum Glück war die Vermieterin, eine wohlhabende ältere Dame, bisher sehr nachsichtig gewesen. Doch auch diese Nachsicht würde ihre Grenzen haben.

Als sich Michael Brauer zwei Tage später bei ihr meldete und ihr mitteilte, sie hätte den Job, war sie mehr als nur überrascht. Sie hatte nach diesem merkwürdigen Vorstellungsgespräch wirklich nicht damit gerechnet, die Stelle zu bekommen. Sie hatte ein seltsames Gefühl, als sie den Vertrag unterzeichnete, doch im Angesicht ihrer finanziellen Lage sah sie sich nicht in der Lage, abzusagen.

Der Wecker klingelte um kurz nach sieben. Während Nina wie eine Feder aus dem Bett schnellte und im Halbdunkel nach der Stop-Taste suchte, rollte sich Lukas mit unwilligem Grunzen auf die andere Seite und verbarg seinen Kopf unter dem Kopfkissen.

Nina konnte ihn gut verstehen. Sie waren am Vorabend beide erst um halb zwei ins Bett gekommen. Einer von Lukas' Kumpels aus der Musicalklasse hatte Geburtstag gefeiert. Es war ein rauschendes Fest gewesen. Sie hatten die Party als erste verlassen – sehr zum Unwillen ihres Freundes, der gerne noch weitergefeiert hätte.

Während sie sich in der Küche über dem Waschbecken die Zähne putzte, fragte sie sich, wie es ihr wohl erst in drei Monaten gehen würde. Sie machte den Job bei LENOPHARM erst seit drei Tagen und fühlte sich bereits reif für die Insel. Fünf Stunden Schlaf waren ihr auf Dauer einfach zu wenig. Aber es war schwierig, mit Lukas früher ins Bett zu kommen, selbst wenn es keine Party gab.

Sie waren beide Nachtmenschen und gewohnt, morgens lange zu schlafen. Lukas, dessen Unterricht gewöhnlich erst um frühestens elf Uhr begann, sah keinen Grund, sein Leben umzustellen. Da die Wohnung, abgesehen von der Küche, in der auch Dusche und Waschbecken untergebracht waren, nur aus einem Zimmer bestand, konnte Nina nicht einfach früher ins Bett gehen und schlafen. Nicht nur Lukas' Lärmkulisse machte dies unmöglich, sondern auch die räumliche Enge. Sie schliefen auf einer ausziehbaren Couch. Wenn die Couch zum Bett wurde, beanspruchte die Lagerstatt knapp ein Drittel des Raumes. Für Lukas war dann kein Platz mehr da, um Tanzschritte zu üben.

Nina hoffte, dass sie sich mit der Zeit an das verringerte Schlafpensum gewöhnen würde. Vor dem Spiegel überschminkte sie ihre Augenringe. Zuvor war sie in den schwarzen Rock und die weiße Bluse geschlüpft, die sie sich schon am Vorabend zurechtgelegt hatte. Sie steckte ihr brünettes, welliges Haar zu einer losen Aufsteckfrisur zusammen und betrachtete sich prüfend im Spiegel.

Nur halbwegs perfekt, dachte sie mit einem unterdrückten Seufzer. Ich sehe aus wie eine Kellnerin.

Am ersten Arbeitstag bei LENOPHARM war sie in Jeans und einem tailliert geschnittenen schwarzen Shirt erschienen – und schämte sich innerlich in Grund und Boden, als sie sah, dass sogar die Sekretärinnen Jackett und Rock oder einen Hosenanzug trugen. Zum Glück hatte sie den Rock und eine dunkelblaue Hose in ihrem Kleiderschrank aufgestöbert und beschloss, beides abwechselnd zutragen, bis die erste Gehaltsüberweisung auf ihrem Konto einträfe. Dann würde sie wohl oder übel ihre Garderobe nach und nach dem für LENOPHARM angemessenen Level adaptieren.

Um kurz nach acht fuhr Nina bereits den Computer hoch. Sie teilte ihr Büro mit Jasna Milic, die allerdings erst gegen halb neun einzutreffen pflegte. Sie musste zuvor ihren Sohn Jonas zur Schule bringen. Dafür blieb sie abends gewöhnlich länger.

Nina entdeckte mit leichtem Schaudern, dass in der Zeit von gestern, 18.00 Uhr, bis heute, 8.10 Uhr, sage und schreibe zwanzig Mails in ihrer Mailbox eingelangt waren. Kein einziges davon war Spam, das man einfach löschen und vergessen konnte. Sie verband mit den Absendern der Mails kein konkretes Gesicht und konnte auch deren Anfragen und Wünsche nicht beantworten oder erfüllen. Einer fragte sie nach CI-Richtlinien für eine Produkt-Website, ein anderer schickte ihr einen Text zum »Gegencheck«, wie er schrieb, und wieder ein anderer bat sie, eine Pressemitteilung zum Thema »Richtige Verwendung von Antibiotika« unter dem Aspekt »Patientencompliance« zu entwerfen. Nina wusste von Antibiotika nur, dass sie ihr bei Einnahme Übelkeit verursachten, und was »*Compliance*« bedeutete, war ihr schleierhaft. Natürlich hätte sie sich via Internet darüber schlau gemacht, doch die siebzehn anderen Mails hatten ähnliche Inhalte, und so war sie noch immer mit deren Durchsicht beschäftigt, als Jasna Milic ins Büro kam und mit beschwingter Stimme einen wunderschönen guten Morgen wünschte.

Nina war froh, Jasna als Kollegin zu haben. Sie mochte ihre offene Art und die Fröhlichkeit, die sie ausstrahlte. Jasna wirkte auf Nina immer so, als käme sie frisch aus einem traumhaften Urlaub. Jasna war groß, wirkte etwas grobschlächtig und war nicht das, was auf den ersten Blick als Schönheit betrachtet wurde, doch für Nina zählte allein die positive Energie, die sie ausstrahlte.

Schon am ersten Tag hatte Nina einen Anflug von Panik verspürt, als sie sich erstmals tiefer mit LENOPHARM und seinen Produkten auseinandersetzen musste. Kontrazeptiva, Antiinfektiva, Antidepressiva – die Begriffe flogen ihr um die Ohren wie Sandkörner im Wirbelsturm. Und diese Wörter, für Nina im Augenblick nichts anderes als leere Begriffshülsen, waren identisch mit den Aufgabengebieten, die sie künftig durch PR-Arbeit unterstützen sollte.

Am ersten Tag hatte sie Jasna gefragt, was denn Kontrazeptiva seien.

Jasna hatte geschockt darauf reagiert. »Was, das weißt du nicht? Hast du noch nie die Gebrauchsinformation zu deiner Pille gelesen? Orale Kontrazeptiva, das ist im Grunde nichts anderes als orale Verhütung, also die Pille.«

»Ich vertrage die Pille nicht«, hatte Nina zugegeben. »Wir nehmen ein Kondom oder verhüten natürlich.«

Jasna hatte herzhaft gelacht und ihr erklärt, es handele sich hierbei um nichts anderes als um einen Oberbegriff für die verschiedenen Anti-Baby-Pillen am Markt.

Nina war froh, dass Jasna sich in allem gut auskannte, denn so konnte sie ihr zu all ihren Fragen unkompliziert und rasch die richtigen Antworten liefern und sie durch den steinigen Alltag bei LENOPHARM lenken. Jasna war seit fast zehn Jahren bei der Firma beschäftigt. Bis vor Kurzem hatte sie die Öffentlichkeitsarbeit für Ninas Bereiche zusätzlich zu ihren jetzigen PR-Agenten, die die OTC-Sparte von LENOPHARM betrafen, betreut. Doch das sei auf Dauer zu viel geworden, gab sie gegenüber Nina zu. Daher habe man die Aufgabengebiete getrennt und eine Unterstützung fürs Pressebüro ausgeschrieben.

»Wir haben schon drei Monate gesucht«, erzählte Jasna, »und über 200 Bewerbungen gesichtet.«

Nina fragte sich, warum bei 200 Bewerbern die Wahl ausgerechnet auf sie gefallen war, die nicht wusste, was Kontrazeptiva sind und die erst von Jasna erfuhr, dass OTC für »*over the counter*« stand und es sich dabei um Medikamente handelte, die in der Apotheke ohne ärztliches Rezept zu kaufen waren.

Auch heute erwies sich Jasna wieder als geduldige und einfühlsame Helferin. Noch ehe sie ihren eigenen Computer anschaltete, sah sie mit Nina den Maileingang durch. Und plötzlich lösten sich die Rätsel hinter den Mails: Die CI-Richtlinien für die Produkt-Website fanden sich in einem 80-seitigen Skript, das auf dem PC abgespeichert war. Den stilistischen »Gegencheck« des Textes, der als Advertorial in einem Fachmagazin platziert werden sollte, machten sie und Jasna gemeinsam, und Nina speicherte für sich ab, worauf es bei dieser Art von Text ankam.

Die Anfrage mit dem Text zum Thema »Antiinfektiva und Patientencompliance« wies Jasna ab mit den Worten: »Da soll er sich an seine Agentur wenden; das Marketing hat Geld genug. Texte für Fachmedien sind nicht unsere Aufgabe. Wir machen PR für Laienmedien.«

Mit Laienmedien meinte sie Tageszeitungen, Magazine, Illustrierte und den Rundfunk. Für Nina bekam der Job allmählich Kontur. Und trotzdem fragte sie sich zum zweiten Mal binnen kurzer Zeit, weshalb unter 200 Bewerbungen ausgerechnet sie diese Stelle erhalten hatte. Es war die klassische Fehlbesetzung.

Ihre Verzweiflung stieg, als sie bis zehn Uhr gerade mal zwanzig Mailanfragen beantwortet hatte, während Jasna ihr nicht nur zur Hand gegangen war, sondern nebenbei auch noch zwei Pressetexte verfasst und einen davon auch schon verschickt hatte.

»Das wird schon«, meinte Jasna aufmunternd. »Aller Anfang ist schwer. – So, und jetzt machst du sowieso mal ein bisschen Pause, weil du nämlich jetzt deinen Vorstellungstermin bei Ellen McGill hast. Wird wirklich allerhöchste Zeit, dass ihr euch kennenlernt, schließlich wirst du mit ihr am engsten zusammenarbeiten.«

Ellen McGill – der Name war in ihrer Gegenwart schon öfter gefallen; Nina hatte auch gesehen, dass sie bei manchen Mails, die die verschiedenen Produktmanager an sie geschickt hatten, einkopiert war. Bisher hatte sie dieser Dame keine Beachtung geschenkt. Dass sie deren engste Mitarbeiterin sein würde, war ihr neu.

»Ellen ist die Marketing- und Vertriebsleiterin der Pharma-Abteilung«, erklärte Jasna hilfsbereit, als sie die Verwirrung in Ninas Gesicht bemerkte. »Und Pharma umfasst deine drei Aufgabengebiete: Antiinfektiva, Antidepressiva und Kontrazeptiva. Ellen ist also die Chefin von Peter Weidenreich, Eva Gutenberg und Kathrin Hanelka, den jeweiligen Abteilungsleitern, und den Produktmanagern, die unter ihnen arbeiten. Du kannst dich sicher an Peter und Kathrin erinnern – mit den beiden waren wir doch gestern in der Kantine.«

So viele Namen, so viele Strukturen ... Nina verband mit sämtlichen Namen, die ihr genannt worden waren, im Moment kein Gesicht. Bei LENOPHARM in Wien arbeiteten derzeit 160 Mitarbeiter. Das konnte lustig werden.

Während sie auf dem Weg in das obere Stockwerk waren, beschäftige Nina bangen Herzens nur ein einziger Gedanke.

»Ist Ellen McGill Engländerin?«

»Nein, Amerikanerin.« Jasna ahnte nichts von den Ängsten, die ihre Begleiterin quälten. »Sie ist vor sieben Jahren zu LENOPHARM nach Österreich gekommen.«

»Spricht Sie Deutsch?«

»Sie spricht lieber Englisch, aber sie kann auch sehr gut Deutsch. – Hallo, Stephanie, hier sind wir ...«

Jasna und sie hatten ein Büro betreten, das offensichtlich das Vorzimmer eines größeren Büros darstellte. Inmitten von zahlreichen Pflanzen saß eine kleine, mollige Frau mittleren Alters und schaute sie freundlich an.

»Das ist Stephanie Müller, Ellens Sekretärin und leidenschaftliche Hobby-Botanikerin, wie du siehst. – Stephanie, das ist Nina Blume. Sie hat jetzt einen Termin mit Ellen.«

Stephanie streckte Nina die Hand entgegen und begrüßte sie mit den Worten, dass sie gerne »du« sagen könne. Dann meine sie mit Bedauern: »Tut mir leid – Ellen ist noch nicht da; sie ist noch in einer Sitzung. Aber ihr könnt gerne einstweilen in ihrem Büro Platz nehmen; sie müsste jeden Augenblick kommen.«

Ellens Büro war größer als Ninas gesamte Wohnung. Die Büromöbel eindeutig Designerstücke, maßangefertigt, mit geschwungenen Glasplatten und kunstvoll gedrechselten Aluminiumstützen. Keinerlei Pflanzen. Statt eines Besprechungstisches eine Sofaecke aus weißem Leder und ein großer Beistelltisch aus schwarz lackiertem Holz. Über dem Schreibtisch hing ein aus kleinen Steinen zusammengesetzter Wandschmuck – Ying und Yang. Gut und Böse. Am Fensterbrett ragte eine schlanke Skulptur aus Stein und Holz auf.

Auf dem Schreibtisch befanden sich lediglich Laptop, Monitor und das Telefon. Es lagen keine Unterlagen herum, nichts verriet, dass hier gearbeitet wurde.

Dominiert wurde das Büro, das so hochwertig und sichtlich bewusst eingerichtet worden war, von einem überdimensionalen Gemälde an der Wand gegenüber dem Schreibtisch. Das Motiv zeigte unverkennbar eine stark vergrößerte Nachbildung von Edward Munchs berühmtem Gemälde »Der Schrei«. Der Unterschied war lediglich, dass es auf dieser Nachbildung eine gesichtslose nackte Frau war, die schrie.

»Was denkst du?« Jasna war Ninas Blick gefolgt.

Nina zögerte mit der Antwort, gab sich dann aber einen Ruck. »Es muss traurig machen, fortwährend auf so ein entsetzliches Bild zu starren. Immer diese Verzweiflung im Blick – ich könnte das nicht ertragen.«

»Ellen liebt dieses Bild«, erwiderte Jasna. »Ein Freund von ihr ist Künstler und hat das gemalt.«

Nina zuckte mit den Schultern. »Na ja ... jedem das Seine.«

Stephanie servierte unaufgefordert Kaffee. Augenblicke später ging die Türe erneut auf, und Ellen McGill betrat das Zimmer.

»*Sorry, sorry, sorry. I am too late, I know.*« Sie legte die schwarze Mappe, die sie unter dem Arm getragen hatte, sorgfältig neben das Notebook auf den Schreibtisch. Über Telefon orderte sie bei Stephanie Tee. Dabei sah sie sich kein einziges Mal zu Nina und Jasna um.

Während des kurzen Telefonats hatte Nina Zeit, sie zu betrachten. Büroeinrichtung und Büroinhaberin ergaben ein stimmiges Bild: Sah man von der Munch-Nachbildung ab, bewies Ellen McGill nicht nur Stil bei ihrer Büroeinrichtung, sondern auch in Kleidungsfragen. Obgleich nur einen halben Kopf größer als Nina mit ihren kleinen ein Meter sechzig, war sie eine auffallende Erscheinung. Sie war sehr schlank. Gemessen an ihren Proportionen, wirkten ihre Beine lang. Sie hatte einen sehr hellen Teint; ihr Gesicht war dezent geschminkt, die Augenbrauen recht dünn und mit extravagantem Schwung gezupft. Im Einklang mit ihren sehr feminin geschnittenen, kurzen Haaren wirkte ihr Gesicht wie das einer Porzellanpuppe, fand Nina. Der tailliert geschnittene Anzug, den sie trug, untermalte den puppenhaften Eindruck. Auch wenn Nina sich für Kleidung wenig interessierte – dass dieser Anzug nicht von der Stange war, erkannte sogar sie. Noch nie hatte sie so einen extravaganten und doch zugleich eleganten Schnitt gesehen. Dazu trug Ellen McGill ebenfalls sehr ausgefallene Pumps mit einer dezent geschwungenen Schnalle aus Metall.

Das markanteste an Ellen war jedoch die Haarfarbe: Ihr Haar glänzte kupferrot. Das äußere Erscheinungsbild dieser Frau wirkte auf Nina einfach überwältigend.

Ihr erster positiver Eindruck sollte nicht lange währen. Denn nun drehte die neue Kollegin sich erstmals zu ihnen um. Nina fühlte mit Entsetzen, wie Ellen McGill innerlich erstarrte. Dabei blieb ihr Gesicht nahezu unbewegt. Doch ihre Augen blickten Nina eisig an.

»Wer hat Sie eingestellt?«

Hätte sie nicht dieser kalte Blick getroffen, wäre Nina darüber erleichtert gewesen, dass Ellen McGill Deutsch mit ihr sprach, wenngleich auch mit leichtem amerikanischen Akzent. Es war ihre größte Sorge gewesen, dass sie einem *native speaker* gegenüber saß und ihr unzulängliches Englisch auffiel. Nun aber merkte sie, dass ihr Magen sich zusammenkrampfte. Sie hatte schon immer gespürt, wenn jemand sie ablehnte – und so auch jetzt.

»Herr Dr. Brauer«, sagte Nina mit leiser Stimme. Sie sah an Ellen McGill vorbei auf den Boden, um deren eisigem Blick zu entkommen.

»Michaelis«, sagte Jasna zu ihrem Erstaunen. Ihr Instinkt hatte sie also nicht getrogen: Brauer war nicht so begeistert von ihrer Person gewesen, dass er ihr die Stelle hatte geben wollen. Aber warum setzte sich Michaelis, der Herr mit dem freundlichen Lächeln, der mit ihr über das Leben und die Liebe philosophiert hatte, für sie ein?

Ellen McGill nahm Jasnas Kommentar mit unbewegter Miene zur Kenntnis. Sie reichte Nina nun die Hand. Ihr Händedruck war flüchtig und schwach, sie sah ihr nicht in die Augen.

Dann nahm auch sie Platz.

»Sie haben Erfahrung mit Pharma-PR?«

Ihre Stimme klang jetzt sachlich, aber nicht einladend.

»Ich ... ich habe schon für eine Agentur ein paar Texte geschrieben. Zu Vitaminpräparaten«, erklärte Nina und versuchte, das Zittern in ihrer Stimme zu verbergen. Ellen McGills Haltung verunsicherte sie.

»Das ist OTC«, bemerkte Ellen McGill ungerührt. »Also haben Sie keine Erfahrung mit Pharma-PR.«

Nina sank in sich zusammen. Das fing ja gut an. Und mit dieser Frau sollte sie zusammenarbeiten.

»Nina hat ein Kinderbuch gezeichnet und getextet, das auch veröffentlicht wurde«, sprang Jasna nun ein.

»Oh, wirklich.« Ellen McGills Kommentar hätte desinteressierter nicht klingen können. Stephanie kam herein, brachte ihr eine Kanne Tee und schenkte ihr ein. Als sie wieder verschwunden war, setzte sie hinzu: »Ich wollte jemanden mit Pharma-PR-Erfahrung.«

»Nina lernt sicher schnell«, sagte Jasna. »Und in dir hat sie auch jemanden, der ihr da sicherlich wertvolle Starthilfe gibt.«

»*I don't know much about* PR«, erwiderte Ellen abweisend. Als sie nach ihrer Teetasse griff, bemerkte Nina, dass ihre Hände leicht zitterten.

Nina war froh, als sie das Büro und Ellen McGill wenig später wieder verließen. Ihr Magen war wie zugeschnürt. Das Zusammentreffen mit dieser Frau hatte sie komplett entmutigt. Jasna dagegen machte im Gang einen Scherz über eine dürre Pflanze, die im Gang herumstand und offenbar schon länger nicht mehr gegossen worden war, und schien Ellen McGills unnahbarer Haltung offensichtlich keinerlei Stellenwert beizumessen. Wieder zurück im gemeinsamen Büro, hielt es Nina nicht mehr aus. Sie nahm allen Mut zusammen und fragte vorsichtig: »Was ist mit dieser Frau?«

Jasna hob den Kopf und sah sie über die kleine Sichtbarriere zwischen ihren Schreibtischen hinweg erstaunt an.

»Mit Ellen? – Nichts, was soll mit ihr sein?«

Nina zweifelte im ersten Augenblick an sich selbst und ihrer Wahrnehmung. Hatte diese McGill nicht ganz klar zu verstehen gegeben, dass sie mit der Wahl, die Michaelis mit ihrer Einstellung getroffen hatte, nicht zufrieden war?

»Sie klang nicht so begeistert«, meinte Nina unschlüssig.

»Ach, nein«, beschwichtigte Jasna unbekümmert. »Das bildest du dir ein. Sie braucht nur ein bisschen Zeit, um sich an dich zu gewöhnen, das ist alles.«

Sie vertiefte sich wieder in ihre Arbeit und überließ Nina ihren Zweifeln, die sich nicht gelegt hatten.

Ein Schwall von amerikanischem Englisch, im Rekordtempo gesprochen, flitzte durch den Telefonhörer und traf Nina wie der Biss einer giftigen Schlange. Sie hatte keine Ahnung, was Ellen McGill von ihr wollte, und verstand nur wenig. Wörter wie »*Pressrelease*«, Pressemitteilung und »*Stand-by Statement*« flogen ihr um die Ohren, außerdem fiel immer wieder der Begriff »Reroxin«, mit dem Nina überhaupt nichts anfangen konnte. Ellen McGills schneidende Stimme lähmte ihre Reaktionszeit und ihren Verstand. Sie wusste nicht, was man von ihr wollte, und verstand keineswegs, weshalb diese penetrante Frau dermaßen aufgebracht war. Als die Tirade offenbar geendet hatte, hing bleierne Stille in der Leitung.

Zu spät realisierte Nina, dass ihr gerade eine Frage gestellt worden war.

»*Would you answer my question, please!*«

Das *Please* klang für Nina wie ein Befehl mit fünf Ausrufezeichen. Sie hatte die Frage nicht verstanden, wusste nicht, um was es überhaupt ging, war verwirrt und auch verletzt von dem Tonfall, in dem mit ihr gesprochen worden war, und sagte deshalb das einzige, was sie sagen konnte: »*I don't know.*«

Schweigen am anderen Ende. Ellen McGills Tonfall klang sehr kühl, als sie schließlich auf Deutsch sagte: »Geben Sie mir bitte Jasna.«

Nina streckte den Telefonhörer mit zitternder Hand Jasna entgegen, die ihn mit fragendem Gesichtsausdruck an sich nahm.

»Hallo? – Nein. – Ach so? – Ich wusste davon nichts. – Nein, nein. Bisher nicht. – Natürlich. Sie wird gleich kommen.«

Sie legte auf und schob Nina, die mit kläglicher Miene auf ihrem Schreibtischstuhl saß, mit sanfter Gewalt von ihrem PC weg.

»Lass mich mal in deine Mails schauen.« Sie durchforstete mit prüfendem Blick Ninas geöffnete Mailbox und entdeckte schließlich, was sie gesucht hatte. »Da ist es. Das Mail von Ansgar Hüter von der Konzernzentrale.« Sie öffnete es. »Nina, da geht es um Reroxin, ein Antibiotikum von LENOPHARM. Es wird in THE LANCET eine Studie veröffentlicht werden, in der eine signifikant hohe Anzahl von Nierenschädigungen bei Patienten festgestellt wurden, die Reroxin länger als zehn Tage genommen haben. Dieser Artikel könnte ein Presseecho nach sich ziehen – auch bei den Laienmedien. Ansgar Hüter ist der Pharma-PR-Chef auf globaler Ebene. Er hat einiges Material vorbereitet, falls Medienanfragen kommen. Ein *Stand-by-Statement*, einen

FAQ-Katalog mit den wahrscheinlichsten Fragen dazu, die von Journalistenseite kommen könnten. Er hat das gestern noch geschickt. Ellen hat bereits eine Krisensitzung einberufen. Es müssen ja auch die wichtigsten Ärzte und der Außendienst darüber informiert werden. Du solltest diese Unterlagen ausdrucken und zu Ellen ins Büro gehen. Sie sitzt da bereits mit den Kollegen aus der Medizinabteilung und dem Produktmanager zusammen.«

Verzweiflung machte sich in Nina breit. Nicht nur, dass sie im Moment noch nicht sah, welche Rolle genau sie in dieser Reroxin-Krise spielte – allein die Vorstellung, nach diesem Telefongespräch Ellen McGill persönlich gegenüberzutreten, machte ihr Bauchweh.

»Jasna – kannst nicht du gehen? Ich weiß nicht ...«

Jasna unterbrach sie. »Nein, Nina. Ich habe jetzt dann einen Termin mit einer Journalistin, den ich wirklich nicht absagen kann. Und Pharma ist sowieso dein Aufgabenbereich. Ich schule dich gerne ein, aber arbeiten musst du schon selbst.«

Als ob es darum geht, dachte Nina bitter. Sie wagte einen neuerlichen Anlauf.

»Ellen McGill ist stocksauer auf mich.«

»Sie war vielleicht etwas ungehalten, weil du trotz Einladung nicht zu dieser Sitzung erschienen bist«, beschwichtigte Jasna. »Schau – hier oben, gleich das erste Mail von heute früh, das war die Einladung zur Sitzung. Das Mail ist sogar mit »dringend« versehen. Aber du hast es noch nicht mal geöffnet. Und das Mail mit den Unterlagen hattest du zwar geöffnet, aber nicht an sie weitergeleitet, wie ich sehe.« Sie sah Nina beschwörend an. »Du musst Mails, die du von der Konzernzentrale zu solchen Themen bekommst, sofort an Ellen weiterleiten – und an die Medizinabteilung und den zuständigen Produktmanager. Es ist außerordentlich wichtig, dass im Falle einer potentiellen Krise alle frühzeitig informiert sind. Und es ist auch wichtig, dass du dich in die Unterlagen, die dir geschickt werden, eingelesen hast, noch ehe ihr euch zu einer Besprechung trefft.«

»Woher soll ich denn wissen, was wichtig ist?«, verteidigte sich Nina kläglich.

»Ich weiß, dass es momentan noch schwierig für dich ist«, gab Jasna zu. »Aber du kannst mich ja fragen, wenn du dich nicht auskennst. Lieber fragst du einmal mehr als einmal zu wenig.«

»Als das Mail wegen Reroxin gestern kam, warst du in einer Sitzung ... und dann haben wir uns nicht mehr gesehen«, warf Nina ein. »Ich hätte dich heute sowieso gefragt, aber dann kam schon der Anruf von Ellen.«

»Es hat keinen Sinn, Nina, wenn wir jetzt weiter darüber diskutieren«, entgegnete Jasna. »Du weißt, was ich meine. Pharma ist ein sensibler Themenbereich, und Verzögerungen können wir uns da nicht leisten. – Nimm jetzt diese Ausdrucke und geh zu Ellen, danach sehen wir weiter.«

Nina fühlte sich abgekanzelt wie ein unmündiges Schulkind. Sie kam sich wieder einmal völlig fehl am Platz vor. Mit einer Mischung aus Furcht, schlechtem Gewissen und dem Empfinden, zu allem unfähig zu sein, betrat sie wenige Minuten später Ellen McGills Büro. Fünf Leute saßen hier zusammen und diskutierten bereits heftig über nächste Schritte – dies in Englisch, wie Nina entsetzt feststellen musste. Von Ellen McGills Seite schlug ihr Eiseskälte entgegen. Sie bot ihr nicht einmal einen Sitzplatz an, sondern forderte sie gleich auf, über ihre geplanten PR-Maßnahmen zum aktuellen Thema zu berichten.

Nina fühlte sich an die Wand gedrückt. Unerwartete Hilfe kam von Georg Waldmeister, dem Leiter der Medizinabteilung, der über Informationsmaßnahmen für die Ärzte und Apotheken erzählte und hinzufügte, dass in diesem Fall hinsichtlich der Pressearbeit vorerst sowieso nur reaktiv – also auf Nachfrage – agiert werden sollte.

»Ich rechne nicht damit, dass Sie viele Journalistenanrufe zu diesem Thema bekommen werden, Frau Blume«, meinte er gelassen. »Dieses Nierenleiden, das hier erwähnt ist, kann auch in anderem Zusammenhang stehen. Wir kennen noch nicht den genauen Studienhintergrund. Solange wir nicht mehr Informationen haben als diesen verkürzten LANCET-Artikel, besteht aus meiner Sicht kein Grund zur Sorge.«

»Dass Pressestatement muss es auf Deutsch geben«, bemerkte Ellen knapp. »Besorgen Sie sich das – für den Außendienst.«

Nina hatte wenig Ahnung, woher sie sich das Pressestatement auf Deutsch besorgen sollte und was der Außendienst damit zu tun hatte, doch sie schämte sich für ihre Unkenntnis so sehr, dass sie sich nicht nachzufragen traute.

Als sie zehn Minuten später Ellen McGills Büro verließ, fühlte sie sich noch niedergeschlagener und unfähiger als zuvor. Sie hatte fast nichts von dem verstanden, was in der Folge besprochen wurde. Von einem »*Dear Doctor Letter*« war die Rede, von einer Behörde namens AGES, die verständigt werden musste, von so genannten KOLs, die nach Einschätzung von Waldmeister diese oder jene Meinung zu dem Thema »Reroxin« vertreten würden und nach Meinung von Ellen McGill eine andere. Obgleich beide heftig miteinander diskutierten, fiel Nina durchaus auf, dass Ellen mit Waldmeister wesentlich respektvoller umging als mit ihr.

Als sie in ihrem Büro ankam, stellte sie fest, dass Jasna bereits gegangen war. Das kam ihr gerade recht, denn so konnte sie ihren Tränen freien Lauf lassen.

Lukas lag auf der Couch und hörte lautstark einen Ausschnitt aus »*Cats*«. Nina, die sich nach diesem Tag regelrecht erschlagen fühlte, wünschte sich beim Entreten nichts mehr, als dass jemand von den Nachbarn Beschwerde gegen die permanente musikalische Berieselung zu späterer Stunde und in dieser Lautstärke einlegen würde. Gleichzeitig wusste sie, dass dieser Wunsch nicht erfüllt werden würde – die alte Dame, die nebenan wohnte, war nahezu taub, und unter ihnen befand sich eine Studenten-WG, deren Bewohner entweder unterwegs waren oder selbst lärmende Partys feierten. Über ihnen war nur noch der Dachboden.

Während Nina den Mantel am Garderobenständer aufhängte, fiel ihr Blick auf das schmutzige Geschirr, das sich im Spülbecken stapelte. Ärger keimte in ihr auf. Auf dem Herd stand eine Pfanne, in der trockene Reisreste klebten. Konnte Lukas nicht ein Mal abwaschen? Schließlich war er es, der hier tagtäglich Geschirr benutzte. Seit sie bei LENOPHARM arbeitete, frühstückte sie im Büro und nahm ihr Mittagessen in der Kantine ein. Abends aß sie meist nur ein Stück Brot oder Obst.

Heute hatte sie nicht einmal darauf Lust. Sie fühlte sich erschöpft, ausgezehrt und deprimiert.

Sie hatte Stunden damit verbracht, dass *Stand-by*-Pressestatement mit Hilfe eines Fachwörterbuches ins Deutsche zu übersetzen. Als sie endlich damit fertig gewesen war, hatte sie es an Ellen McGill geschickt, die sich prompt nicht vorstellen konnte, dass die Formulierung in dieser Art korrekt war und von der Medizinabteilung so freigegeben würde. Was sie wortwörtlich sagte, blieb Nina unerschlossen, da die Pharma-Marketingleiterin sich nicht die geringste Mühe gab, wenigstens am Telefon langsamer und deutlicher Englisch zu reden.

Entmutigt versuchte sich Nina in Folge an Korrekturen. Mit der zweiten Lösung war auch sie selbst zufriedener. Da sie nicht erneut eine Rüge einstecken wollte, ging sie mit dem übersetzten Statement gleich zu Georg Waldmeister und bat ihn um die Freigabe des Textes. Dieser tauschte rasch ein paar Worte gegen andere, weniger absolut klingende Phrasen aus und fügte einige Fachausdrücke ein, die Nina noch nie in ihrem Leben gehört hatte.

Nina schickte das Endergebnis wiederum an Ellen McGill und bekam sofort eine Lesebestätigung, aber keine Antwort. Nach zwei Stunden fasste sie sich ein Herz und fragte telefonisch nach, ob das Statement nun so okay war.

»Pressestatement?«, wiederholte Ellen mit kühler Stimme. »Ach – das. Ich habe es schon seit Stunden in Deutsch.«

Nina konnte nicht glauben, was sie da hörte.

»Aber … wieso? Woher?«, stammelte sie verwirrt.

»Woher nur? Natürlich vom Konzern«, ätzte Ellen McGill herablassend. »Ich habe es angefordert. Das ist nicht meine Aufgabe. Aber ich kann nicht Stunden warten. Ich brauche das sofort. Und mir ist Qualität wichtig.«

Sie legte grußlos auf.

Nina hatte verdattert den Telefonhörer in der Hand gehalten und sich wiederholt gefragt, was hier eigentlich falsch lief. Auch jetzt, wo sie zu Hause im Wohnzimmer stand, kämpfte sie erneut mit den Tränen. Sie wollte nichts anderes, als von Lukas getröstet werden.

Als Lukas ihr Gesicht sah, sprang er sofort auf und drehte die Musik leiser. Besorgt kam er auf sie zu und nahm sie in den Arm.

»Nina-Schatz, was ist denn los?«

Unter Tränen erzählte sie von ihrem schrecklichen Tag und Ellen McGill. Dann teilte sie Lukas mit, was sie sich im Laufe des restlichen Nachmittags überlegt hatte.

»Ich halte den Job nicht aus, Lukas. Ich bin nicht gut genug dafür qualifiziert, ich habe keine Ahnung von Medizin und Arzneimitteln. Weiß der Himmel, warum ich überhaupt eingestellt worden bin. – Noch bin ich in der Probezeit. Ich kann einfach gehen. Und genau das will ich tun. Ich werde Brauner morgen sagen, dass ich den Job hinschmeiße.«

Lukas ließ sie los.

»Ja, aber, was willst du denn dann tun?« Er sah sie mit leichtem Entsetzen im Blick an. »Du brauchst doch einen Job. Wir haben noch immer Schulden.«

Nina seufzte. Es war nicht nötig, dass er sie daran erinnerte – sie wusste es auch selbst nur zu gut.

»Wir sind nur noch eine Monatsmiete im Rückstand«, sagte sie. »Und das Konto ist seit meiner ersten Gehaltsüberweisung sogar leicht im Plus. Wir schaffen das schon irgendwie, Lukas. Ich kann ja wieder PR-Texte für Agenturen schreiben. Und mir vielleicht einen Job in einem Fast-Food-Laden suchen.«

Lukas schien wenig begeistert.

»Ach, Nina ... das mit den PR-Texten hat doch vorher auch nicht zum Leben gereicht. Die zahlen ja so wenig, und du hast keine regelmäßigen Aufträge bekommen. Und dir wird allein vom Geruch von Fastfood schon übel. Wie willst du da den ganzen Tag in so einem Schuppen aushalten?«

Nina zuckte hilflos mit den Schultern. Im Augenblick schien ihr alles besser als der Job bei LENOPHARM.

»Ich werde mich bemühen, mehr Aufträge an Land zu ziehen«, meinte sie unschlüssig.

Lukas schüttelte den Kopf.

»Nina, Nina ... wie willst du das denn anstellen? Du hast hier in Wien keine guten Kontakte, und sind wir doch ehrlich: Selbstmarketing ist absolut nicht deine Stärke.« Er überlegte kurz. »Ich kann natürlich mal im Theater an der Wien nachfragen, ich habe da neulich jemanden kennen gelernt, der dort Regieassistenz macht. Vielleicht kann der dich über seine Beziehungen unterbringen. Und ich müsste wirklich meine Beziehungen spielen lassen. Das würde ich nur ungern machen, wenn ich nicht sicher sein kann, dass du den Job dann nicht auch gleich wieder sausen lässt.«

Ninas Augen füllten sich erneut mit Tränen. Sie fühlte sich im Augenblick ziemlich missverstanden. Warum begriff Lukas nicht, wie schlimm ihr Arbeitsalltag war?

»Ich habe mir gedacht ... ich meine, ich weiß, du hast viel um die Ohren mit der Ausbildung«, begann sie zögernd. »Aber vielleicht wäre es möglich, dass du abends oder am Sonntag doch einen kleinen Job annimmst? Dann würde nicht alles an mir hängen.«

Lukas sah sie an, als hätte sie ihm vorgeschlagen, ab morgen auf dem Mond zu wohnen,

»Nina, wie soll das denn gehen? Du weißt doch, dass ich abends nicht zu fixen Zeiten mit dem Tanztraining fertig werde, und dass ich mir sonntags freihalten muss, falls ich bei ›Rebecca‹ als Hintergrundtänzer einspringen kann. Das wär so eine supergroße Chance für mich! Du willst doch nicht, dass ich meine ganze Karriere riskiere, nur, weil du jetzt gerade mal einen Durchhänger hast?«

Nein, natürlich wollte sie nicht Lukas' Karriere riskieren. Sie wusste ja, wie viel ihm die Musicalausbildung bedeutete.

Trotzdem ging sie an diesem Tag mit einem unglücklichen

Gefühl im Herzen zu Bett und fand stundenlang keinen Schlaf. Die Aussicht auf den nächsten Tag lastete wie ein zentnerschwerer Stein auf ihrer Seele.

Es war Samstag, und Nina war mehr als nur froh, dass die Woche um war. Sie hatte den Freitag ohne Zwischenfälle überstanden. Sie hatte das Pressestatement der Zentrale auf ihrem PC abgespeichert und einer weiteren Sitzung zum Thema Reroxin beigewohnt, in der sich alle an der Medikamenten-Krise Beteiligten gegenseitig über die bereits getroffenen Maßnahmen informierten. Der Brieftext an die so genannten KOLs, die *Key Opinion Leader* und führenden Ärzte Österreichs, wie Nina inzwischen in Erfahrung gebracht hatte, war fertiggestellt. Montag früh sollte der Brief gedruckt, kuvertiert und verschickt werden.

»Bei dem Seltenheitswert, den diese Nebenwirkungen haben, wird das sowieso kein großes Thema werden«, meinte Georg Waldmeister, der Leiter der Medizin-Abteilung, gleichmütig. »Ich denke, für die Medien ist das kein Thema. Zumal die Hintergründe dieser Studie aus meiner Sicht sehr strittig sind. Es handelt sich ja nicht einmal um eine randomisierte doppelblinde Studie, sondern eigentlich um eine Anwendungsbeobachtung.«

»Ich bin sicher, dass das vom Mitbewerb inszeniert ist«, äußerte sich Max Weidenreich, Leiter der Sparte Antiinfektiva. »Die wollen Reroxin aus dem Weg räumen, um mit ihrem Konkurrenzprodukt Faroxin kräftig abzusahnen.«

Nina hatte mit »randomisiert« und »doppelblind« nichts verbunden, Faroxin sagte ihr überhaupt nichts, aber Waldmeisters Aussage, dass es für die Medien kein Thema war, beruhigte sie ungemein.

»Wir sprechen über ein Antibiotikum – über ein Medikament, das viele Menschen kennen«, hatte Ellen eingewandt. »Das sollten wir nicht vergessen. Journalisten schweigen nicht. Das kann wirklich ein Thema sein.«

»Ellen, mal nicht wieder den Teufel an die Wand«, hatte Waldmeister jovial empfohlen. Für Nina war es eine Genugtuung gewesen, dass es jemanden gab, der Ellen McGill widersprach. Noch amüsanter fand sie, dass Ellen dieses Sprichwort weder verstand noch nach Erläuterung metaphorisch umsetzen konnte.

»Ich nehme das ernst«, beharrte sie mit steinerner Miene.

Heute, am Samstag, hatte Nina endlich wieder einmal ausschlafen können. Sie kuschelte mit Lukas bis mittags im Bett, dann trafen sie sich mit Freunden von der Musicalschule zum Brunchen in einem Lokal in Wien-Josefstadt. Nina war im Grunde von der Idee nicht begeistert gewesen, der Preis von 16,80 Euro pro Person schreckte sie gewaltig ab. Doch Lukas hatte sie damit überredet, dass es ja schließlich ein Buffet sei und sie für das Abendessen gleich würden mitessen können. Sicher sei es auch kein Problem, für das Frühstück am nächsten Tag Semmeln und abgepackte Marmeladen mitgehen zu lassen. Als sie schließlich vor einem Teller mit Rührei und köstlich duftenden, frischen Croissants saß, war sie froh über die Entscheidung, dem Brunch zugestimmt zu haben. Zum ersten Mal in dieser Woche fühlte sie sich entspannt.

Sie war die einzige in der Runde, die nicht im künstlerischen Bereich tätig war. Mark und Kevin, ein schwules Pärchen, die Slowakin Marga und Sonja, mit nur einundzwanzig die Jüngste in der Runde, besuchten mit Lukas die Musicalklasse. Sonjas Freund Antonio, ein Italiener aus Neapel, war Tenorsänger im Chor der Wiener Staatsoper, und Margas neuer Freund Duncan, ein Ire, spielte Schlagzeug in einer Jazz-Band.

Nina setzte sich absichtlich weit weg von Duncan, schon weil sie von englischer Sprache derzeit genug hatte. Antonio war ihr mit seinem südlichen Charme sowieso sympathischer als der etwas kühl wirkende Ire.

»Und, malst du an ein neue Buch?«, wollte Marga mit ihrem harten osteuropäischen Akzent wissen.

»Ich komme im Moment nicht dazu«, gab Nina zu. »Wenn ich abends nach Hause komme, bin ich todmüde, und die Wochenenden sind einfach zu kurz.«

»Du ziehst das jetzt also wirklich durch, bei diesem Pharmakonzern?«, fragte Sonja ungläubig.

»Nun ja ...« Nina warf einen hilflosen Blick auf Lukas, doch der war im Moment ausschließlich auf sein Schokoladencroissant konzentriert. »Ich werde es wohl durchziehen müssen.«

»Also, ich verstä-hä nicht, wieso du dir das antust!«, trompete Marga nun in einer Lautstärke, die sogar die Leute vom Nebentisch dazu bewog, ihnen kurzfristig ihre Aufmerksamkeit zu schenken. »Das ist ein Pharmakon-zärn. Das ist ein stinklangweiliges Unternäh-män. Das ist total kapitalistisch! Hast du diesen Film gesäh-än, mit den illegale Arzneimittelteste in die Entwicklungslän-där? Das war entsetzlich! – Also, ich könnte das wirklich nicht, wirklich gar nicht, so eine kapitalistische Sys-täm unterstützen!«

Nina war auf einmal klar, weshalb sie Marga nicht mochte. Sie hasste Leute, die derart mit ihrem Weltbild um sich keulten.

»Das war nur ein Film«, verteidigte sie sich lahm. »Soviel ich weiß, gibt es für Arzneimittelstudien genaue Auflagen.«

Seltsamerweise fielen ihr genau in diesem Moment die für sie mysteriösen Begriffe »randomisiert« und »doppelblind« ein.

»Das ist doch alles wie Mafia«, belehrte Marga. »Die Auflagen sind ja total kapitalistisch und mit Korruption, das weiß doch jä-där!«

Nina kam nicht dazu, etwas darauf zu erwidern. Denn im selben Augenblick läutete ihr Handy. Hektisch durchwühlte sie die Tiefen ihrer Umhängetasche. Als sie es schließlich fand, hatte das Klingeln bereits aufgehört.

»Oh, du hast ein neues Handy?« bemerkte Mark interessiert und griff danach. Er legte sich damit quer über den ganzen Tisch. »Seht mal her, was Nina für ein stylisches Teil hat. Metallicblau, mit Kamera, eines der neuesten Nokia-Modelle! Das muss ja ein Vermögen gekostet haben.«

»Das ist ein Firmenhandy«, klärte Lukas mit vollen Backen auf. »Nina ist doch jetzt wichtig.«

»Ich habe es ja gesagt: Das ist total kapitalistisch!« krähte Marga triumphierend.

Mark gab Nina das Handy zurück. Mit mulmigem Gefühl schaute sie auf die Anrufliste – und erstarrte. Ellen McGills Name leuchtete ihr wie ein Warnsignal entgegen.

Was wollte die Frau an einem Samstag von ihr?

Sie beschloss, den Anruf zu ignorieren. Missmutig legte sie das Handy zurück in die Tasche und versuchte es zu vergessen, doch ihr Milchkaffee wollte ihr nun nicht mehr recht schmecken. Als gleich darauf auch noch ein SMS kam mit der Nachricht, es sei eine Nachricht auf ihrer Mobilbox eingelangt, ließ sie ihr schlechtes Gewissen sie nicht mehr los. Sie stand auf und ging in Richtung Toilette, um die Nachricht abzuhören. Ellens Message auf der Mobilbox war kurz und eindeutig.

»Rufen Sie mich an. Sofort.«

Mit zittrigen Händen drückte sie Ellens Nummer. Ellen McGill hob sofort ab – so, als hätte sie auf Ninas Rückruf gewartet. Es gab kein Wort der Begrüßung.

»*Where are you?*«

»Ich ... äh ... in einem Lokal«, stotterte Nina und fühlte, wie sich ihr Puls sofort beschleunigte.

»*Didn't you read your e-mails?*«

Nina war sich keiner Schuld bewusst. Natürlich hatte sie am Freitag um 18 Uhr, als sie LENOPHARM verlassen hatte, noch ihre Mails gecheckt. Kein einziges hatte eine Dringlichkeit, die einen Samstagsanruf rechtfertigte.

Sie versuchte Ellen McGill dies zu erklären und war sich ihres stümperhaften Englischs dabei völlig bewusst.

Ellen McGill antwortete auf Deutsch. »Ich meine nicht das Mail vom Freitag. Es ist heute gekommen, in der Früh. Checken Sie Ihre Mails nicht regelmäßig?«

»Am Samstag? Da bin ich doch gar nicht im Büro«, erwiderte Nina fassungslos. War diese Frau von Sinnen?

»Haben Sie kein *home-office*?« Das Entsetzen der gesamten Welt lag in Ellen McGills Stimme.

»Nein.«

»Ändern Sie das. Und kommen Sie jetzt ins Büro. Sofort.«

Noch vor einer Woche hätte Nina es für einen schlechten Scherz gehalten, am Samstag im Büro erscheinen zu müssen. Doch McGills Stimme klang alles andere als scherzhaft.

»Ich ... äh ... habe keine Zugangsberechtigung für Wochenenden.« Das waren Brauners Worte gewesen, als er ihr den Eintrittschip für den Haupteingang nach Vertragsunterzeichnung überreicht hatte. »Ich komme heute nicht rein.«

»Natürlich kommen Sie herein«, erklärte Ellen kurz angebunden. »Ich werde Ihnen die Türe öffnen. – Ich erwarte Sie in spätestens einer halben Stunde.«

Wie im Trance ging Nina zurück an den Tisch.

»Ich muss weg.«

Die Köpfe flogen nach oben. Erstaunte Blicke.

»Wohin denn?«, fragte Lukas erstaunt.

»Ins Büro.«

Nina begann ihren Mantel anzuziehen und ihre Tasche unter dem Stuhl herauszufischen. Sie warf einen letzten Blick auf das angebissene Croissant auf ihrem Teller. Freilich hätte sie es einpacken können, doch der Appetit war ihr vergangen.

»Was, jetzt am Samstag?«, fragte Sonja irritiert. »Das kann doch nicht wahr sein. Zahlen die dir dann wenigstens, wenn du jetzt kommst?«

»Ich bin pauschaliert«, erwiderte Nina lahm. Sie erwartete nicht, dass ihre Freunde sie verstanden. Sie verstand sich ja selbst nicht. Warum versuchte sie nicht einmal, gegenüber dieser Frau Widerstand zu leisten?

»Ich habe es doch gewusst!,« krähte Marga triumphierend. »Das ist ein total kapitalistische Sys-tääääm, diese Pharmakon-zärn!«

Sie zog einen gewagten Vergleich zum Dasein der Feldsklaven in den amerikanischen Südstaaten zu Beginn des 19. Jahrhunderts, doch Nina war mit einem kurzen Abschiedsgruß bereits verschwunden.

Stolze fünfundzwanzig Minuten später stand sie vor dem

Firmengebäude. Ellen McGill wartete bereits in der Eingangshalle. Sie telefonierte auf dem Handy, als sie Nina einließ. Während sie mit dem Lift ins obere Stockwerk fuhren, erläuterte McGill einem unbekannten Anrufer auf Deutsch die Vorzüge von Reroxin und die Schwachstellen der in THE LANCET publizierten Studie. Sie tat dies sehr professionell und wirkte am Telefon so freundlich, wie sie Nina noch nie zuvor erlebt hatte.

Nina musterte Ellen verstohlen. Sie trug einen jener extravagant geschnittenen Anzüge, die Nina an ihr bei jedem Zusammentreffen auf das Neue bewunderte, und sah aus wie an einem ganz gewöhnlichen Bürotag. In ihr keimte der Verdacht auf, dass Ellen McGill den Samstag möglicherweise als ganz normalen Bürotag betrachtete.

In ihrem Büro angekommen, hatte Ellen den Anrufer verabschiedet und fiel in jenen wenig freundlichen Tonfall zurück, an den Nina sich nie gewöhnen wollte.

Auf Englisch informierte sie Nina: Dorina Eisenfuss, eine Größe der Wiener Kabarettszene, war in der Nacht von Freitag auf Samstag einem Nierenleiden erlegen. Ungünstigerweise war sie zuvor mit Reroxin behandelt worden, was ihr behandelnder Hausarzt gegenüber der Presse in einem Nebensatz geäußert hatte. Unter dem Eindruck der eben publizierten Studie war dies ein Köder, den die Medien mit Begeisterung aufgegriffen hatten.

»Seit acht Uhr morgens beantworte ich Journalistenanrufe«, sagte Ellen McGill. »Das ist nicht meine Aufgabe. Aber von Ihrer Seite kam keine Reaktion.«

»Ent...entschuldigung«, stammelte Nina. »Ich wusste das nicht.«

»Es ist aus meiner Sicht die Aufgabe der PR-Abteilung, Radio und Fernsehen täglich zu verfolgen. Es wurde bereits um sieben Uhr früh gesendet, dass Dorina Eisenfuss tot ist.«

Nina schwieg betreten. Sie wagte nicht zuzugeben, dass Lukas und sie nicht einmal einen Fernseher besaßen.

Die nächsten Stunden verbrachte sie damit, das Pressestatement möglichst auswendig zu lernen und den Fragen-

und-Antworten-Katalog zu studieren. Außerdem schickte ihr Ellen McGill alle zehn Minuten weitere Materialien über die Wirkweise von Antibiotika sowie bereits früher veröffentlichte, positiv ausgefallene Studien zu Reroxin. Nina blätterte darin, verstand aber mangels Hintergrundwissen weniger, als Ellen McGill von ihr zu erwarten schien.

Es riefen noch weitere drei Journalisten an, die alle von Ellen mit Informationen versorgt wurden. Nina war froh darum. Sie traute sich nicht zu, irgendwelche Fragen zu Antibiotika im Allgemeinen und Reroxin im Besonderen zu beantworten.

Der vierte und letzte Anruf traf um zehn vor sechs Uhr abends ein. Ellen McGill befand sich gerade in Ninas Büro. Sie hatte ihr einen Stapel mit Kopien auf den Tisch gelegt – weitere Studien zu Reroxin, die Nina lesen sollte. Ellen McGill warf einen kurzen Blick auf das Display ihres Handys.

»Das ist die Nummer der größten Yellow-Press-Zeitung in diesem Land«, informierte sie Nina. »*Listen and learn!*«

Sie nahm den Anruf entgegen und schaltete den Lautsprecher ein. Nina hörte mit wachsendem Entsetzen die provokativen Fragen des Journalisten, die ganz klar darauf abzielten, LENOPHARM die Schuld am Tod von Dorina Eisenfuss in die Schuhe zu schieben, und sie verfolgte Ellen McGills sachliche und geschickte Antworten auf diese Frage. Jasna Milics Satz kam ihr in Erinnerung: In dir hat Nina sicher jemanden, der ihr Starthilfe gibt. – Und Ellen McGills Erwiderung darauf: *I don't know much about PR.*

Ellen McGill trat soeben den Gegenbeweis zu ihrer eigenen Aussage an. Trotz aller Furcht, die sie vor ihr empfand, konnte Nina eine leichte Bewunderung für sie nicht verhehlen. Dieses Gefühl verflog jedoch rasch, als Ellen schließlich geendet hatte und sie mit strengem Blick fixierte. »*Tomorrow, that is your job! I won't call any journalists.*«

Nina wurde blass. Sie sollte morgen selbst mit Journalisten telefonieren und über Reroxin sprechen? Und wieso morgen? War da nicht Sonntag? Sie hatte doch geplant, mit

Lukas in die Nachmittagsvorstellung dieses Tanzfilms zu gehen, den er unbedingt sehen wollte!

Doch Ellen McGill machte eine Miene, die keinerlei Einwände duldete.

Am Donnerstag wurde bekannt, dass Dorina Eisenfuss' Ableben in keinem Zusammenhang mit ihrer Reroxin-Behandlung stand. Die Ergebnisse der Gerichtsmedizin, die aufgrund des Mediendrucks eine Obduktion zur Klärung der Todesumstände vornahm, ließen daran keinen Zweifel. Unterstützt von einer Gruppe Forscher und Antibiotika-Experten der LENOPHARM-Konzernzentrale, konnte am selben Tag noch eine Pressemitteilung verschickt werden, die die Mängel der in THE LANCET veröffentlichten Ergebnisse schonungslos aufdeckte und die Publikation massiv angriff. Man werde sich in den nächsten Monaten dennoch weiter mit der Studie auseinandersetzen, so lautete der letzte Satz der Pressemitteilung, denn die Patientensicherheit stehe für LENOPHARM schließlich an erster Stelle.

Nina fühlte sich zu diesem Zeitpunkt bereits wie eine wandelnde Leiche: Sie wusste nicht mehr, mit wie vielen Journalisten sie inzwischen telefoniert hatte, wie sie jemals wieder durchschlafen sollte, ohne nachts von Alpträumen aus dem Schlaf gerissen zu werden, und ob ihr Nachname wirklich noch »Blume« und nicht »Reroxin« lautete. Während sie glaubte, im Reroxin-Strudel nach unten gerissen zu werden und zu ertrinken, schien diese Causa die normale Geschäftstätigkeit ihrer Kollegen nicht sonderlich zu beeinträchtigen. Besonders Ellen McGill wirkte jeden Tag wie aus dem Ei gepellt, ausgeschlafen und professionell wie eh und je, und Georg Waldmeister von der Medizin-Abteilung bemerkte trocken: »Irgendwann geht auch das vorbei.«

Nina dagegen musste vor der Geschäftsführung boulevardeske Schlagzeilen wie »Hat LENOPHARM die Todeskapseln?« und »Reroxin macht alle hin« rechtfertigen. Der Inhalt der Artikel war gar nicht so negativ, wie die Schlagzeile vermuten ließ, aber der Geschäftsführer interessierte sich nur für die Überschrift, nicht für den Rest.

Nach dem ersten Auftritt in seinem Büro war Nina vor Jasna Milic in Tränen ausgebrochen. Sie wusste nicht mehr, wer schlimmer war: der arrogante Geschäftsführer oder Ellen McGill. Jasna hatte sie getröstet und lapidar hinzugefügt: »Du musst dir um deinen Job keine Sorgen machen. Der jetzige Geschäftsführer ist sowieso nur eine Gallionsfigur. Die Entscheidungen trifft nach wie vor Michaelis.«

Normalerweise hätte Nina nachgefragt, was genau sie damit meine, doch die Reroxin-Krise nahm sie zu stark in Anspruch, um sofort nachzuhaken.

Punkt Mitternacht hatten sie das Licht gelöscht; ein paar Minuten später streckte Lukas die Hand nach Nina aus und zog sie an sich. Nina spürte sein Begehren, doch sie selbst fühlte sich nur müde und abgeschlagen. Sie ließ es zu, dass er ihren Busen streichelte, öffnete automatisch den Mund, als er sie küsste, und leistete erst schwachen Widerstand, als er sich schließlich auf sie legte.

»Lukas – nein. Ich bin heute so müde.«

»Aber Nina-Maus, schon wieder? Gestern wolltest du auch nicht. Es ist fast zwei Wochen her, dass wir das letzte Mal ...«

»Es tut mir leid«, unterbrach sie ihn leise und fühlte sich sofort schuldig. »Es ist nur so: Ich bin wirklich völlig erschöpft.«

»Du wirst dort wirklich ausgenutzt, mein süßer Schatz«, bemerkte Lukas und begann Ninas T-Shirt nach oben zu schieben und ihre nackte Haut mit Küssen zu bedecken. »Das darfst du dir nicht gefallen lassen. Du musst dich wehren.« Er rutschte an ihr nach oben und begann, an ihrem Ohrläppchen zu knabbern. Nebenbei ließ er seine Hand zu ihren Brüsten gleiten.

»Lukas ... bitte ... ich will das nicht mehr«, brach es aus Nina hervor.

Lukas rutschte abrupt von ihr weg und starrte sie schockiert an. »Du willst nicht mehr mit mir schlafen?«

Nina setzte sich auf und knipste die Stehlampe neben der

Ausziehcouch an. »Nein, das meinte ich nicht«, beeilte sie sich zu sagen, obgleich sie in diesem Moment nicht sicher war, ob sie es nicht doch meinte. Sie hatte sich in letzter Zeit zunehmend lustlos gefühlt. Je erschöpfter sie wurde, desto weniger hatte ihr der Sex mit Lukas gefallen. »Ich will den Job nicht mehr! Ich halte das nicht länger aus. Ich ertrage weder die Arbeit noch diese McGill.«

»Mensch, Nina, darüber haben wir doch schon tausendmal gesprochen«, erwiderte Lukas. Seine Stimme klang genervt. »Wir brauchen das Geld.«

»Lukas, ich kann nicht mehr, ehrlich. Die letzte Woche war ein absoluter Horror für mich. Wir schaffen das schon finanziell. Ich werde mich anstrengen und wirklich versuchen, Aufträge zu bekommen. Ich werde mich bei allen möglichen Agenturen bewerben. Vielleicht kann ich ja auch für eine Zeitung schreiben.«

»Nina, bitte, das hast du noch nie gemacht – für eine Zeitung schreiben. – Wo willst du dich denn bewerben? Bei der KRONE? Oder beim STANDARD?«

»Ich weiß nicht. Irgendwo halt.« Nina fühlte sich komplett hilflos. »Vielleicht ... kannst du nicht doch sehen, ob du einen Job findest? Vielleicht gibt es ja irgendetwas, wo du flexibel sein kannst. Oder von zu Hause aus arbeiten.«

»Aber Nina! Die Diskussion hatten wir doch auch schon.« Lukas schob schmollend seine Unterlippe nach vorne. »Glaubst du wirklich, dass ich noch Zeit finde, irgendeinen Job zu machen – zusätzlich zu meiner Ausbildung? Nina, ich bin wirklich voll erledigt, wenn ich nach Hause komme. Ich weiß nicht, wie du dir meinen Alltag vorstellst, aber Tanz- und Gesangsunterricht sind nicht immer ein irres Vergnügen.«

»LENOPHARM und Ellen McGill sind auch kein Vergnügen«, erwiderte Nina leise. Sie sah ihn flehend an. »Bitte, Lukas, verstehe mich doch. Lass uns eine Lösung finden. Morgen läuft meine einmonatige Probezeit aus; es ist die letzte Möglichkeit für mich, fristlos zu kündigen.«

Lukas blickte sie verständnislos an. »Und dann willst du

jetzt auf die Schnelle irgendeine unsinnige Entscheidung treffen, die du sicherlich bald bereust? Kündigen kannst du doch immer noch. Dann gibt es wenigstens während der Kündigungsfrist auch noch Kohle. – Nina, wir können uns echt nicht leisten, dass du deinen Job aufgibst! Wie sollen wir sonst die Wohnung halten?«

»Bevor ich nach Wien kam, ging es doch auch. Da hast du zweimal die Woche bei Starbucks gearbeitet!«

»Aber damals habe ich in der WG gewohnt, wenn du dich erinnerst. Da hat das monatliche Geld meiner Eltern auch gereicht. Du wolltest ja eine eigene Wohnung.«

Was er sagte, war richtig: Nina hatte wirklich nicht vorgehabt, längerfristig mit Marga und zwei anderen Freunden aus der Musicalklasse in einer Wohnung in Wien-Meidling zu wohnen, in der sich das Altpapier von fünf Jahren im Vorraum türmte und in der man einen Slalom um leergetrunkene Weinflaschen machen musste, um über den engen Gang in die verschiedenen Zimmer zu gelangen. Lukas' Zimmer war zudem klein und dunkel gewesen. Sie hatten dort zwei Monate gemeinsam gewohnt, dann hatte Nina es nicht mehr ausgehalten. Margas lange Haare in der Dusche, Tims Angewohnheit, beinahe jede Nacht ein anderes Mädchen in die Wohnung zu schleppen, und Lucillas notorische Weigerung, ab und zu auch einmal den Müll zu entleeren, hatten ihr das WG-Leben gründlich vermiest.

»Ich wollte das auch«, bestätigte Nina. »Aber ich bin schon davon ausgegangen, dass auch du weiter arbeitest und wir die Sache gemeinsam finanzieren. Ich kann das nicht alleine tragen.«

»Nein, Nina: Du *willst* es nicht alleine tragen.« Lukas schnitt ein beleidigtes Gesicht. »Dass du es kannst, hat sich ja nun gezeigt. Wenn dein nächstes Gehalt kommt, sind wir endlich schuldenfrei, stimmt's?«

Sie nickte, fühlte sich aber verletzt und betrogen. Irgendetwas lief hier ziemlich falsch, das war ihr klar, doch ihr fehlten die Worte und der Mut, es zu benennen. Vor allem liebte sie Lukas. Sie wollte keinen Streit.

»Na, siehst du. Und diesen tollen Job willst du aufgeben, nur weil es dir im Moment ein bisschen zu stressig ist? – Also das kann ich wirklich nicht kapieren! Wie willst du ein Leben mit mir aufbauen, wenn du bei den kleinsten Problemen die Flinte ins Korn wirfst?«

Nina schluckte trocken.

»Schon gut«, meinte er und klang nun wieder versöhnlicher. »Aber das mit dem Stress wird sicher besser. Und am Wochenende kannst du dich mal richtig erholen. Wenn du willst, können wir ja zum Neusiedler See fahren. Er ist zwar nicht mehr gefroren, aber wir könnten uns dort einen netten Tag machen. Willst du?«

»Am Wochenende geht es nicht«, seufzte sie. »Ich habe ein Wochenendseminar für Einsteiger in die Pharma-Branche. Ich bin fix angemeldet.«

»Schon wieder am Wochenende?« Lukas runzelte unwillig die Stirn. »Wie kann denn das sein?«

»Ich weiß es nicht«, gab Nina zu. »Anscheinend ist das Standard in der Branche. Brauer, der Personalchef, hat mich angemeldet. Aber Ellen McGill hat mir das eingebrockt. Brauer hat mir nämlich erzählt, sie hätte ihm von meinen Pharma-Wissenslücken berichtet. Reizend, nicht wahr?«

»Die Frau spinnt voll«, stellte Lukas nüchtern fest. »Aber sieh es mal so: Wenigstens wirst du eingewiesen. Du hast ja wirklich keine Ahnung vom Gesundheitswesen und von dem ganzen Kram in Pharmaunternehmen. – Ich werde dann halt ohne dich mitfahren.«

»Mitfahren?«, wiederholte Nina irritiert. Das Bild von Lukas und ihr, Arm in Arm am See, verlor schlagartig an Kontur.

»Na ja, Marga, Duncan und Sonja fahren auch«, gab Lukas Auskunft. Er überlegte kurz. »Das wäre auch ziemlich eng geworden. Das Auto, das Sonja von ihrem Bruder leihen kann, ist ein alter Mini.«

»Hast du die Pressemitteilung zur Innovationsinitiative schon verschickt?« Jasna lehnte sich über die Sichtbarriere zwischen den Schreibtischen.

Nina, die gerade damit beschäftigt war, ein Mail von Ansgar Hüter über neue Konzern-Richtlinien bei der Produktkommunikation zu studieren, fuhr hoch. »Nein, sorry, noch nicht. Aber ich mache das jetzt gleich.«

Jasna wirkte ungeduldig. »Na ja, Nina, es ist jetzt fast 17 Uhr. Morgen ist die 125-Jahre-Feier! Wir müssen noch gemeinsam die Präsentation für den Geschäftsführer fertigstellen. Wann sollen wir das tun? Heute Abend um acht? Weißt du, irgendwann möchte ich auch nach Hause gehen. Jonas wartet.«

Das würde ich auch gerne, ging es Nina durch den Kopf. Auch wenn auf mich wahrscheinlich heute Abend niemand wartet, weil Lukas seinen speziellen Tanzworkshop macht.

Laut sagte sie: »Tut mir leid, Jasna. Ich dachte, die Präsentation war schon fertig? – Wir haben doch gestern die Endfassung vom Geschäftsführer absegnen lassen.«

Jasna seufzte. »Ja, aber dummerweise hat er jetzt doch noch einige Ergänzungen – und zwar im Pharma-Teil.« Sie presste ärgerlich die Lippen zusammen und fügte nach einer kleinen Pause sarkastisch hinzu: »Ich kann mir schon vorstellen, wie das gelaufen ist. Für ihn war es okay, aber dann hat er die Präsentation Ellen zur Kenntnisnahme geschickt, und sie hatte noch mindestens hundertdrei Anmerkungen.«

Nina hob erstaunt den Kopf. Sie hatte noch nie erlebt, dass sich Jasna über Kollegen negativ äußerte. Besonders Ellen hatte sie bisher immer in Schutz genommen, wenn Nina zaghaft andeutete, dass die Zusammenarbeit für sie eine einzige Katastrophe war. In den Wochen, in denen sie nun hier arbeitete, hatte sich wenig an ihrem Verhältnis zu Ellen McGill geändert. Wenn sie von ihr zu Besprechungen bestellt wurde, hatte sie noch immer ein ungutes Gefühl im Magen, und wenn deren Name am Display ihres Telefons erschien, zuckte sie unweigerlich zusammen. Sie hatte noch nie erlebt, dass von Ellens Seite etwas Positives kam.

»Willkommen in meiner Welt«, erwiderte Nina trocken. »Was glaubst du, warum ich noch immer an der Pressemitteilung zu ›Verhütung über dreißig‹ schreibe? – Ellen hat mir den Text seit gestern vier Mal umgeworfen.«

Jetzt, da sich Nina derart äußerte, machte Jasna sofort einen Rückzieher. »Sie ist halt sehr perfektionistisch«, meinte sie beschwichtigend. »Schließlich geht es in diesem Präsentationsteil auch um ihren Bereich, das ist ja klar, dass sie da ein Wörtchen mitreden will.«

»Perfektionistisch und aktionistisch«, sagte Nina frei heraus. »Am Montag will sie dies, am Dienstag jenes, am Mittwoch wieder etwas anderes ... es hagelt Anordnungen. Das geht die ganze Woche in diesem Stil, und am Wochenende ruft sie dann spätestens am Sonntag an und zitiert mich ins Büro, weil irgendetwas dringend am Montagmorgen an die Medien gehen muss. So ist das!«

Nina war erstaunt über sich selbst. Sie hatte bisher nie gewagt, so offen über Ellen McGill zu sprechen.

»Wie, sie lässt dich am Sonntag hereinkommen?« Das Erstaunen lag nun auf Jasnas Seite. Ihre Augen wurden schmal. In ihrem Kopf schien es zu arbeiten.

»Nicht immer«, sagte Nina. »Aber oft.«

»Na ja ... manchmal ist Wochenendarbeit nötig, besonders in der Pharma-PR«, meinte Jasna. »Ich habe es da mit meinen Aufgabengebieten freilich leichter. Aber, Nina: Du musst Ellen auch Grenzen setzen, wirklich. Ellen ist ein Workaholic. Sie hat kein Gefühl dafür, dass andere ihre Freizeit zu schätzen wissen.«

Grenzen setzen – wie stellte sich Jasna das denn vor? Nina fühlte sich Ellen McGill stets komplett ausgeliefert. Sie sah sich nicht in der Lage, ihr stichhaltig darzulegen, weshalb diese oder jene Presseinformation auch getrost bis Dienstag oder Mittwoch warten konnte. Bei Ellen gab es nur ein Wort, und das lautete: Sofort.

»Als du noch meinen Job gemacht hast, konntest du ihr da Grenzen setzen? Was hast du gesagt, wenn sie dich am Sonntag hereingebeten hat?«

Insgeheim hoffte Nina, Jasna könne ihr ein Patentrezept liefern. Sie wusste, dass mangelnde Durchsetzungskraft eine ihrer Schwächen war.

Seltsamerweise wurde die selbstbewusste Jasna nun etwas verlegen. »Also ... wir hatten nie größere Probleme miteinander, Ellen und ich. Natürlich war ich mal am Sonntag im Büro, aber das kam wirklich nicht oft vor.« Sie nahm ihren Arbeitsstuhl und schob ihn um die Schreibtische herum zu Nina. »Aber wir sollten nicht so lange über andere reden. Machen wir nun lieber die Präsentation fertig. Es wäre ja peinlich, wenn unser Geschäftsführer ausgerechnet morgen ohne perfekte Charts auftreten müsste.«

Während Nina gemeinsam mit Jasna die erforderlichen Änderungen in die Power-Point-Folien einpflegte, fragte sie sich zum wiederholten Male seit ihrer ersten Begegnung mit Ellen McGill, was diese Frau denn nur gegen sie hatte.

Der Veranstaltungssaal füllte sich mit Leuten. Ärzte, Apotheker, Geschäftspartner und Größen aus Politik und Wirtschaft strömten in die festlich geschmückte Räumlichkeit.

Im Eingangsbereich teilten die Hostessen Namenskärtchen aus, die Nina gemeinsam mit Jasna angefertigt hatte. Jetzt dirigierte Jasna die Leute vom Catering, und Nina versuchte Hans von der EDV-Abteilung zu erklären, wann genau er während der Präsentation des Geschäftsführers die musikalischen Einlagen einzuspielen hatte. Das war nicht einfach, denn Hans hatte diese Aufgabe erst sehr kurzfristig von einem erkrankten Kollegen übernommen. Nina fühlte sich zunehmend verzweifelt. Bis zum offiziellen Beginn der Veranstaltung blieben nur noch vierzig Minuten.

Sie fragte sich in diesem Moment wieder einmal, was eigentlich alles an Kuriositäten in ihren Aufgabenbereich als PR-Verantwortliche für die Pharma-Sparte fiel. Gestern noch hatte sie Jasna dieselbe Frage gestellt, doch die hatte nur sarkastisch gelacht: »Ach, Nina, das frage ich mich schon lange nicht mehr. Bei uns in der PR-Stelle landen seit Jahren alle Aufgaben, von denen niemand weiß, wem er sie sonst zuordnen soll – auch die Organisation von externen Veranstaltungen. Und du weißt ja: Andere Unternehmen übergeben so eine Großveranstaltung an eine Agentur. Aber bei LENOPHARM wird ständig gespart.«

Ein Blick auf das Buffet, das vom Catering-Service am Ende des Saals angerichtet worden war, schien das Gegenteil zu bestätigen: Nina hatte Platten mit Sushi, Sashimi und sogar mit Hummer entdeckt; auch die mit Kaviar gefüllten Eier und die marinierten Trüffelspießchen im Vorspeisen-Bereich sahen nicht nach einem Sparmenü aus. Nina lief das Wasser buchstäblich im Munde zusammen. Wenigstens etwas Gutes brachte dieser Abend mit sich. Es war ewig her, dass sie sich Meeresfrüchte oder Sushi gegönnt hatte.

»Na, Nina und Hans, alles klar?« Jasna beugte sich geschäftig über das Mischpult. »Weiß Hans jetzt, wo die Musik eingespielt werden soll?«

»Ich kenn mich nicht aus«, bestätigte Hans lakonisch, was Nina vermutet hatte.

Jasna seufzte. »Das gibt's doch nicht! Das kann ja nicht so schwer sein!« Dann fiel ihr etwas ein. »Nina – auf meinem Schreibtisch liegt noch eine Version der Rede, in der ich die Musikeinspielungen mit kleinen Kreuzen vermerkt habe! Am besten, du machst davon bitte eine Kopie und bringst sie nach unten. Damit dürfte sich Hans dann leichter tun.«

Nina nickte. Sie wollte sich gerade in Bewegung setzen, als Jasna trotz aller Hektik, die sie umgab, noch ein paar nette Worte für sie fand: »Du siehst heute übrigens wirklich gut aus. Dein neues Kleid steht dir ausgezeichnet.« Sie beugte sich zu Nina hinüber und flüsterte ihr – für Hans unhörbar – ins Ohr: »Ein bisschen tief dekolletiert vielleicht für ein konservatives Unternehmen wie LENOPHARM, aber ich bin sicher, viele Männerherzen werden bei deinem Anblick heute höher schlagen.«

Nina bedankte sich artig für Jasnas Kompliment, doch auf dem Weg ins Büro wuchs ihre Verunsicherung, was ihr Outfit betraf. Sie hatte sich das Kleid extra für diesen Event gekauft. Schließlich konnte sie weder in Jeans noch in ihrem schwarzen Alltagsrock erscheinen. Das Kleid war dunkelrot, am Busen gerafft, und betonte ihre schlanke Figur sehr vorteilhaft. Es war in der Tat recht tief dekolletiert, und noch an der Kasse hatte Nina Zweifel gehabt, ob es seriös genug für diesen Abend war. Lukas hatte sie jedoch ermutigt: »Zeig es diesen Pillenspießern mal richtig. Es muss ja nicht jede herumlaufen wie ihre eigene Oma.«

Nina fand die drei losen Blätter auf Jasnas Schreibtisch und ging zum Kopierraum. Schon als sie die Türe aufstieß, leuchtete ihr ein Din A4-Blatt entgegen, das jemand am Kopierer befestigt hatte: – DEFEKT –.

Nina seufzte. Auch das noch.

Die Hausdruckerei im Parterre war verschlossen, also fuhr sie in den vierten Stock und steuerte den Kopierraum an. Zu ihrer Überraschung war die Türe verschlossen.

Erst jetzt fiel es ihr wieder ein, dass der Raum über Nacht verschlossen gehalten werden sollte. So hatte es vor kurzem in einem Rundmail geheißen; auf dem Fax-Gerät im vierten Stock, der zugleich die Geschäftsführungsebene war, erfolge der Eingang vertraulicher Faxe.

Wie sie unschlüssig im Gang stand und sich fragte, was Putzfrauen wohl mit Papieren zu Arzneimittelzulassungen oder Vertriebsvereinbarungen anfangen sollten, fiel ihr ein Lichtschein auf, der durch das Sichtfenster zum Gang aus Ellen McGills Büro drang. Sie schluckte.

Sollte sie fragen, oder sollte sie nicht? Mach dich nicht lächerlich, schalt sie sich selbst. Sie wird dich nicht fressen.

Trotzdem fühlte sie wieder jenes inzwischen schon zu vertraute Magendrücken, als sie zögernd Stephanies Vorzimmer durchquerte und an Ellens halb angelehnte Türe klopfte.

»*Come in.*« Ellen verstaute gerade ihren Laptop in der Transporttasche. Sie war offensichtlich dabei, ihren Bürotag zu beenden.

»Ich muss ... ich ... ich wollte eine Kopie machen«, begann Nina und ärgerte sich selbst darüber, dass sie ganze drei Anläufe brauchte, um diesen harmlosen Satz gegenüber

Ellen McGill über die Lippen zu bringen. »Könnte ich kurz den Schlüssel zum Kopierraum bekommen?«

Ellen sah auf.

Einen Moment lang schien sich so etwas wie Erstaunen in ihren Gesichtszügen widerzuspiegeln, als sie Nina in ihrem festlichen Aufzug gewahr wurde. Doch Sekunden später war ihr Gesicht wieder zu einer undurchdringlichen Maske geworden. Sie öffnete eine kleine silberne Box, die wie ein kunstvolles Accessoire auf ihrem Schreibtisch platziert war. Mit dem Schlüssel in der Hand trat sie dicht an Nina heran – so dicht, dass Nina unwillkürlich zurückweichen wollte, doch seltsamerweise gehorchten ihr die Beine nicht. Es war, als würden ihre Füße am Boden kleben.

Ellen hielt ihr den Schlüssel vor die Nase.

Unsicher sah Nina auf. Ihre Augen trafen sich.

Was für hübsche Augen sie hat. Katzenaugen. So geheimnisvoll und tief, dachte Nina verwirrt.

»*Take it*«, sagte Ellen nun, und es klang wie ein Befehl.

Schnell ergriff Nina den Schlüssel und ging.

Eine knappe Stunde später kam Nina in ihrer Wohnung an. Sie stellte erleichtert fest, dass Lukas noch nicht von seinem Treffen mit den Freunden vom Musical zurück war. Sie hätte es nicht ertragen, ihm in dem Zustand, in dem sie sich befand, gegenüberzutreten.

Ihr Make-up war verwischt; ihre Steckfrisur hatte sich aufgelöst. Die ganze Taxifahrt über hatte sie lautlos geweint. Der Taxifahrer hatte immer wieder beunruhigt in den Rückspiegel geschaut, aber keine Fragen gestellt. Nina war froh darüber. Was hätte sie sagen können?

Sie wusste doch nicht einmal, was sie denken sollte!

Warum hatte Ellen McGill das getan?

So muss sich eine Frau nach einer Vergewaltigung fühlen, schoss es Nina durch den Kopf. Benutzt. Ausgeliefert. Sie hatte den Gedanken kaum zu Ende geführt, als ihr klar war, dass der Vergleich hinkte. Ellen hatte sie letztendlich zum Höhepunkt gebracht. Es stand wohl kaum im Drehbuch einer potenziellen Vergewaltigung, dass das Opfer einen Orgasmus bekam.

Ellen hatte sie geküsst, und sie hatte den Kuss erwidert. Auch das klang nicht nach Opferrolle. Ihre Tränen flossen, weil sie sich schuldig fühlte – schuldig, dass sie auf etwas eingestiegen war, von dem sie selbst nicht wusste, was es zu bedeuten hatte. Sie hätte schreien sollen, davon laufen können. Stattdessen war sie in Ellens Händen zu Wachs geworden und wollte nur noch eines: von ihr überall berührt werden.

Nina weinte, weil ihre Welt in Aufruhr war, weil sie nicht wusste, warum sie so viel empfunden hatte, weil sie sich von Ellen McGill überrumpelt fühlte und weil es sie verletzt hatte, dass deren einziger Kommentar »*Oh, shit!*« gelautet hatte. Aber sie weinte auch, weil sie nicht wusste, wie es nun weitergehen sollte. Wie würde sie dieser Frau je wieder gegenübertreten können?

Nachdem sie sich ausgiebig ausgeweint hatte, dröhnte in ihrem Kopf ein innerer Presslufthammer. Im Badezimmerspiegel schaute sie ein übel verquollenes Gesicht an. Sie schlüpfte aus Kleid und Slip und stieg in die Duschkabine.

Das warme Wasser lief über ihren Körper; sie seifte sich ein, um Ellen McGills Spuren abzuwaschen, so als wäre sie dadurch gebrandmarkt und beschmutzt, doch während sie die Hand zwischen ihre Beine gleiten ließ, erinnerte sie sich an das erregende Gefühl, das Ellens Berührung hervorgerufen hatte, und sie spürte, wie sich trotz des Wassers, das ihren Körper in Rinnsalen hinablief, schon wieder eine Nässe ganz anderer Art in ihrer Mitte bemerkbar machte.

Eilig drehte sie die Dusche ab. Mit einem verzweifelten Schluchzer sprang sie heraus und wickelte sich in ein Handtuch und dann in den Morgenmantel.

Als Lukas gegen Mitternacht von seinem Treffen zurückkam, fand er sie mit angewinkelten Knien und angespannten Gesichtszügen stocksteif auf dem Sofa sitzend vor. Sie sah aus, als hätte sie sich lange nicht von der Stelle bewegt.

»Nina, du bist schon da? Ich dachte, heute steigt die ganz große Party bei den Pillendrehern?«

Er wollte ihr zur Begrüßung einen Kuss auf die Lippen drücken, doch Nina drehte rasch ihr Gesicht zur Seite. Sein Kuss landete auf ihrer Wange.

Irritiert sah er sie an.

»Was hast du?«

»Nichts.« Als er sie weiterhin skeptisch musterte, setzte sie hinzu: »Ich bin müde, und du riechst nach Rauch.«

Er gab sich mit der Erklärung zufrieden.

Sie saßen auf einer Holzbank und starrten auf den See. Die Frühlingssonne ließ das Wasser blitzen wie eine Platte glänzender Edelsteine.

An diesem Sonntag hatten sie es endlich gemeinsam geschafft: mit dem Zug an den Neusiedler See zu fahren und dort einen Tag zu verbringen. Doch nun, da es soweit war, konnte sich Nina nicht darüber freuen. Sie war nur körperlich anwesend. Ihr Innerstes befand sich derzeit in einem undurchsichtigen Nirwana von Gedanken und Ängsten, die sich ausschließlich um Ellen McGill und das Erlebnis im Kopierraum drehten.

Wenn ich es dem Personalchef melden würde, würde er mir sowieso nicht glauben, vermutete Nina. Niemand würde der immer so selbstbeherrschten Ellen etwas Derartiges zutrauen. Sie selbst dagegen würde als Lügnerin hingestellt werden. Und selbst wenn ihr geglaubt wurde – sie hatte sich doch nicht gewehrt! Ohne Zögern war sie auf Ellens Berührungen eingestiegen. Sie hatte keinerlei Zweifel daran, dass Ellen die Lust, die sie dabei empfunden hatte, nicht verborgen geblieben war. Ja, eben darum hatte sie weitergemacht.

Wie viele Kolleginnen hatte sie wohl schon in dieser Form belästigt? Oder war sie die erste? Letzteres schien für Nina nahezu unvorstellbar. Ellen McGill hatte genau gewusst, was sie tat. Wahrscheinlich verschwendete sie keinen weiteren Gedanken an das, was passiert war. Sie hatte ihre eigene Lust befriedigt und rechnete gewiss damit, dass Nina aus Scham über den Vorfall schweigen würde.

Und darin hatte Ellen leider recht, dachte sie bitter. Sie wünschte in diesem Moment nichts mehr, als jemand anderer zu sein – eine selbstbewusste, starke Nina, die nicht der Spielball anderer Leute war. Eine Nina, die nicht zögerte, sich zu wehren und für ihre eigenen Interessen einzutreten, wenn etwas gegen ihren Willen geschah. Die ihre tausenderlei Ängste und Unsicherheiten ablegen konnte: Dass sie auf andere Leute nicht positiv genug wirkte; dass sie sich irgendwie falsch verhielt; dass sie bei irgendetwas Fehler machte; dass Lukas sie verlassen könne – und vieles mehr. Ich bin das prädestinierte Opfer, sagte sie sich nun am See. Deshalb hat Ellen mich ausgewählt.

»Nina, du sitzt seit einer Stunde auf dieser Bank und sagst kein Wort«, beklagte sich Lukas, der zwischendurch alleine zum Bootssteg gegangen war, dort altes Brot an Enten verfüttert hatte und eben wieder zurückgekehrte. »Was ist denn los?«

Sie sah ihn an. Tränen glitzerten in ihren Augen.

»Ich möchte nicht mehr bei LENOPHARM arbeiten«, kam es ihr unwillkürlich über die Lippen.

Sein Gesicht verfinsterte sich schlagartig. »Nicht das schon wieder! Müssen wir diese Debatte regelmäßig führen? Ich dachte, du hast dich mittlerweile daran gewohnt.«

»Es ist schrecklich dort«, sagte sie und starrte wieder auf den See. Würde Lukas sie je verstehen, ohne dass sie ihm von dem Vorfall erzählte? Sie konnte ihm doch nichts erzählen, denn was sollte sie ihm sagen? Es war so grauenhaft, Lukas, so entsetzlich, dass ich einen Orgasmus bekam – etwas, was mit dir zusammen leider noch nie geklappt hat?

»Wenn es so entsetzlich ist, verstehe ich nicht, warum du

so viel Zeit dort verbringst«, kommentierte er sarkastisch. »Ich kann gar nicht mehr zählen, wie oft du am Wochenende dort bist. Es kann doch gar nicht sein, dass es so viel Arbeit gibt.«

Sie presste die Lippen zusammen. Ihre Augen suchten das Segelboot, das inzwischen nur noch ein kleiner Fleck am Horizont war, und sie wünschte sich an Bord – weg, frei, ohne Sorgen, nur sie, die Ruhe und das Wasser.

Nach einer Weile sagte sie in die Stille, die zwischen ihnen entstanden war: »Ich werde andere Arbeit suchen.«

»Das bisschen an Ersparnissen ist aber so gut wie weg«, konterte er unwillig. »Zumal wir doch jetzt diese Waschmaschine gekauft haben.«

Sie riss den Kopf nach oben und schaute ihn mit großen Augen an. »Wir haben was?«

»Na, diese Waschmaschine gekauft!«, erklärte er wie selbstverständlich. »Nächsten Mittwoch wird sie geliefert. Mensch, Nina, wir hatten doch darüber gesprochen, dass wir es satt haben, ewig im Waschsalon zu waschen.«

Nina erinnerte sich dunkel an das Gespräch. Allerdings war es darum gegangen, dass sie Lukas darum gebeten hatte, künftig häufiger den Gang zum Waschsalon zu übernehmen. Schließlich hatte Lukas dazu weit mehr Zeit – vorausgesetzt, er würde nicht bis zehn Uhr früh schlafen. Er hatte daraufhin gekränkt erwidert, dass er nun einmal mindestens acht Stunden Schlaf brauche, und dass alles doch viel einfacher wäre, wenn sie eine eigene Waschmaschine besäßen. Jetzt, wo etwas Erspartes vorhanden war, sollte das ja wohl kein Problem mehr sein.

Nina hatte ein ausweichendes »Hm« geantwortet, aber eindeutig kein Ja. Es war wirklich nicht ihr Plan gewesen, ihr erstes Erspartes in eine Waschmaschine zu investieren.

»Das hast du nicht mit mir abgesprochen«, warf sie ihm nun vor.

»Ach, Nina, mach jetzt doch bitte kein Drama daraus.« Er kräuselte ärgerlich die Stirn. »Diese Waschmaschine ist eine Investition in die Zukunft! Wir brauchen ja nicht jedes

Jahr eine. So ein Ding schafft man sich einmal an, und das war's für Ewigkeiten.«

Nina erwiderte nichts. Sie fragte sich stattdessen, ob es gut gewesen war, ein gemeinsames Konto anzulegen. Es war seine Idee gewesen, nicht ihre. Er hatte sie mit dem Argument überzeugt, dass sie dann nur einmal Kontoführungsspesen bezahlen mussten. Da er bereits ein Konto bei einer österreichischen Bank hatte, sie aber neu nach Wien gezogen war, hatten sie seine Kontonummer beibehalten und Lukas hatte ihr eine Vollmacht erteilt. Bisher war ihr das nie als ein Problem erschienen – sie hatten ja sowieso nur winzige Summen übrig, falls sie überhaupt im Plus lagen. Jetzt aber stimmte sie dieser Punkt nachdenklich.

»Willst du jetzt den ganzen Tag auf das Wasser starren, oder gehen wir auch mal gemeinsam spazieren?«, unterbrach Lukas ihr Grübeln.

Nina erhob sich mit einem unterdrückten Seufzer. Eine Weile gingen sie schweigend nebeneinander her. Dann meinte sie unvermittelt: »Lukas, ich will Ellen McGill nicht wiedersehen. Das ist der Grund, weshalb ich nicht dort bleiben kann. Ich *muss* kündigen, versteh das bitte!«

»Also, echt!« Lukas fuhr sich quer durchs Haar – eine Geste, die Nina an ihm nur dann auffiel, wenn er äußerst ärgerlich war. Das kam selten vor, denn gewöhnlich war er ein ruhiger Mensch – ein Grund, warum sie sich in ihn verliebt hatte. Nun schaute er sie kopfschüttelnd an. »Weißt du eigentlich, dass du seit Wochen nur noch ein Thema hast? Ellen McGill, Ellen McGill!« Er äffte ihre Stimme nach. »Ich komme mir schon langsam vor, als würde ich eine Dreierbeziehung führen! Es vergeht kein Tag, an dem du nicht erzählst, was für schlimme Dinge sie dir angetan hat, wie böse sie geschaut hat, wie sie dich wieder herablassend behandelt hat. Das geht mir auf den Geist, Nina! Du bist total abhängig von den Launen einer komischen Frau, die offensichtlich voller Probleme steckt und sie an dir auslässt. Und weißt du, warum sie das tut, Nina? Weil du dich verhältst wie ein geprügelter Hund, der nur auf Schläge wartet. Wenn du mal beißt, Nina, würde sie sich zusammenreißen!«

Als er die Tränen sah, die ihr über das Gesicht zu laufen begannen, hielt er inne und atmete tief durch. Er trat dicht an sie heran und legte sanft den Arm um sie.

»Nina-Maus, es tut mir leid«, flüsterte er ihr schuldbewusst ins Ohr. »Ich wollte dich nicht verletzen. Aber ich finde echt, dass dir diese Frau wichtiger geworden ist, als sie es sein sollte. Es bedrückt mich doch auch, wenn ich sehe, wie sie dir zusetzt. Aber du musst einfach cooler werden und lernen, damit umzugehen. – Weißt du was?« Er drückte ihr einen Kuss auf die Wange und sah sie mit freudig blitzenden Augen an. »Wenn ich erst mal Musical-Star bin, verdiene ich Geld in rauen Mengen, und du musst nie mehr arbeiten gehen!«

Nina lehnte sich stumm an ihn. Sie wusste, dass jedes weitere Wort zu noch größerem Unverständnis von seiner Seite geführt hätte. Wie sollte er sie auch verstehen, wenn sie nicht einmal sich selbst verstand?

Als am Montag der Wecker klingelte, fühlte sich Nina wie gerädert. Sie hatte die ganze Nacht kaum ein Auge zugetan. Stunde um Stunde hatte sie sich von einer Seite auf die andere gewälzt und gegrübelt, wie sie sich einem Wiedersehen mit Ellen McGill entziehen konnte, ohne zu kündigen. Sie war zu keiner zufriedenstellenden Lösung gekommen. Stattdessen ließ das, was im Kopierraum passiert war, sie nicht los. Und obgleich beim bloßen Gedanken an Ellens Berührung eine befremdende Hitze in ihr aufstieg, war es doch die Scham, die alles andere überwog.

Nina schaltete den Wecker aus und beschloss, sich einen weiteren Tag zum Nachdenken zu gönnen. Sie würde sich krank melden – das gewährte einem peinlichen Wiedersehen zumindest Aufschub. Das schlechte Gewissen, das sie überfiel, versuchte sie sich auszureden. War sie nicht bisher keinen einzigen Tag krank gewesen? Hatte sie nicht mehrere Wochenenden ohne zusätzliche Bezahlung gearbeitet? Und, so unausgeschlafen wie sie war – galt Übermüdung nicht sowieso schon als Krankheit?

Ihr Entschluss stand fest. Um Lukas nicht zu wecken, ging sie in die Küche, um von dort aus zu telefonieren. Sie suchte gerade den Namen von Brauers Sekretärin im Nummernspeicher, als ihr Handy zu läuten begann.

Es war Jasna Milic. Ihre Stimme klang atemlos.

»Morgen, Nina. Bist du schon im Büro?«

»Nein, ich bin gerade aufgestanden, aber …« Sie wollte ergänzen, dass sie krank sei, doch Jasna kam ihr zuvor.

»Du musst sofort ins Büro, Nina! Es gibt eine totale Krise. In allen Zeitungen steht es: Eine 18-Jährige aus der Steiermark hat einen Schlaganfall bekommen und ist jetzt halbseitig gelähmt. Sie war eine Thrombose-Risiko-Patientin und hat trotzdem die Pille genommen. Dummerweise eine unserer Pillen – die Fenolane. Unsere Telefonzentrale notiert einstweilen die eingehenden Journalistenanrufe; Brauer ist dabei, eine Hotline für Patientinnen und Ärzte einrichten zu lassen. Wir treffen uns in zwanzig Minuten in Ellens Büro zur ersten Krisenbesprechung. Bitte beeile dich.«

Nina glaubte, die Welt müsse versinken – und sie mit ihr.

»Ich … ich … muss, ich … ich bin krank!«

»Das geht nicht, Nina!« Jasna klang rein gar nicht mehr wie die sympathische Kollegin, die sie geduldig eingeschult hatte. »Wir haben hier eine Krise, es geht um dein Fachgebiet, ich bin nur netterweise schon zur Sitzung unterwegs, weil Ellen mich zusätzlich um Unterstützung gebeten hat. Ich sage es dir im Guten: Beweg deinen Hintern schnellstens ins Büro, oder du wirst sehen, was Ärger bedeutet! Ich bin nicht da, um deine Arbeit zu tun! Bei allem Verständnis, aber du hast mich schon am Mittwoch bei der Feier hängen gelassen!«

So ist das also bei dir angekommen, schoss es Nina durch den Kopf. Dass ausgerechnet von Jasna dieser Vorwurf kam, traf sie schwer. Doch nun gab es nur den Weg ins Zentrum des Orkans.

Jasna Milic, Georg Waldmeister von der Medizinabteilung, Lilli Muster, die junge Produktmanagerin von Fenolane, und sogar der Geschäftsführer saßen mit ernsten Gesichtern in Ellen McGills Besprechungsecke, als Nina mit entsetzlichem Magendrücken das Büro betrat. Ellen McGill stand an ihrem Schreibtisch und fischte ein Stück Papier aus dem Drucker. Nina vermied es, sie anzusehen.

»Endlich«, sagte Jasna bei ihrem Eintreten anstelle eines »Guten Morgen«. Auch die anderen Anwesenden schienen den Morgen alles andere als gut zu finden. Als Nina auf dem Schreibtisch die Titelseiten der dort ausgebreiteten Tageszeitungen sah, wusste sie, warum. Die Geschichte des 18-jährigen Schlaganfall-Opfers schmückte das Deckblatt jeder Zeitung.

Ellen kam an den Tisch zurück und schwenkte den Ausdruck. »Das ist ORF online. Fenolane ist hier im Titel. Es wird nicht lange dauern, und wir werden von den Medien zerrissen.«

Plötzlich schien sie Nina gewahr zu werden, die noch immer unschlüssig am Tisch stand. Die Couch war mit Jasna, Waldmeister und Lilli Palmer besetzt; den freien Polsterstuhl hatte Nina als Ellens Platz erkannt.

»*Please, sit down.*«

Erst als sie ihren Satz mit Nachdruck wiederholte, kam Nina der Aufforderung nach. Mit offensichtlichem Unbehagen nahm sie zur Kenntnis, dass Ellen unmittelbar hinter ihr stehen blieb. Stockend berichtete sie auf Englisch, dass Kathrin Hanelka, die Leiterin der Kontrazeptiva-Abteilung, bereits den Außendienst und die wichtigsten Gynäkologen informierte. Waldmeister ergänzte, er habe die Gesundheitsbehörde bereits vor der Sitzung verständigt, und letztendlich sei dieser Fall nur durch die mangelnde Sorgfalt des behandelnden Gynäkologen zu Stande gekommen, der das Thrombose-Risiko nicht abgecheckt habe.

Ellen McGill schnitt ihm das Wort ab. Das sei für die Medien völlig unerheblich; sie sähen nur eine 18-Jährige, die gelähmt im Rollstuhl sitzt, und die Pille Fenolane, die das verursacht habe.

Jetzt läutete Ellens Festnetztelefon. Mit wenigen Sätzen war sie bei ihrem Schreibtisch und hob ab. Ihre Miene wirkte noch ernster, als sie zurück zur Gruppe kam.

»Das war die Telefonzentrale. Inzwischen hat es noch mehr Journalistenanrufe gegeben, alle zu Fenolane. Es ist auch ein privater Radiosender darunter. Wir müssen reagieren.«

Jasna Milic erhob sich seufzend. »Ich werde die Journalisten erst einmal beruhigen und alle Fragen aufnehmen. Nina kann ja inzwischen ein allgemeines Statement für die Presse formulieren, dass wir noch am Vormittag verteilen. Ich nehme an, da müsste ihr jemand als Informant zur Hand gehen. Machst du das, Lilli?«

Die Produktionsmanagerin verneinte. »Ich muss die Leute vom Notfall-Callcenter auf die Patientenanfragen einschulen.«

Ninas Magen krampfte sich zusammen. Auch das noch. Sie ahnte bereits, was ihr jetzt bevorstand.

»Dann macht das Ellen selbst, nehme ich an«, stellte Waldmeister auch schon trocken fest. Wenige Minuten später war Nina mit Ellen alleine.

Sie verharrte in panischer Erstarrung auf dem Sessel und wagte kaum zu atmen. Ihr Herz schlug bis zum Hals. Was würde sie nun erwarten?

Es dauerte, bis sie sich bewusst wurde, dass sie nicht die einzige im Raum war, die sich nicht rührte. Ellen stand noch immer hinter ihr und gab keinen einzigen Laut von sich. Dennoch war sie es, die das Schweigen durchbrach.

»Ich werde eine kleine Einschulung geben«, sagte sie. Ihre Stimme klang blechern. »Über Thrombosen. Ist das okay?«

Ellen fragte *sie*, ob ihr eine Einschulung genehm war? Nina wusste nicht, was für sie ein größerer Faktor der Verunsicherung war: Ellens schroffer Befehlston von früher oder die jetzige, gänzlich unerwartete Frage.

»Ja, danke«, antwortete sie steif und merkte, dass ihre Stimme genauso blechern klang wie Ellens.

»Möchten Sie Kaffee?«

Noch so eine freundliche Frage. Ninas Verunsicherung wuchs. Gleichzeitig registrierte sie, dass Ellen sie beharrlich siezte. Wie brachte man das nach einem Orgasmus im Kopierraum fertig?

»Ja, das … wäre nett.«

Zu ihrem Erstaunen kümmerte sich Ellen persönlich um den Kaffee. Minutenlang war Nina alleine. Sie sah zu der Munch-Nachbildung und betrachtete das Gemälde aufmerksam. Sie fand das Motiv immer noch entsetzlich. Wieso wollte Ellen freiwillig auf eine vor Verzweiflung schreiende Frau starren, wenn sie von ihrem Notebook aufsah?

Ellen kam mit einem Tablett zurück, das sie auf den Tisch abstellte. Neben Ninas Kaffee stand eine Kanne Tee. Nina nahm dankbar ihre Tasse entgegen. Sie war froh, sich auf das Kaffeetrinken konzentrieren zu können. Als Ellen sich einschenkte, bemerkte Nina mit Verwunderung, dass deren Hand zitterte. Offenbar war sie nicht als einzige im Raum nervös und angespannt. Die Erkenntnis überraschte sie. War Ellen doch nicht die routinierte Verführerin, für die sie sie gehalten hatte? Oder hatte sie lediglich Angst davor, dass Nina Meldung beim Personalbüro machen und sie wegen eines sexuellen Übergriffes vor Gericht bringen würde?

Schließlich nahm Ellen mit einem Stapel Unterlagen auf dem Sofa Platz und begann, in einfachen Sätzen über die Entstehung von Thrombosen und den Wirkmechanismus der Pille zu reden. Irgendwann schaffte es Nina, das, was ihr Ellen erklärte, auch geistig aufzunehmen und anschließend beim Verfassen der Pressemitteilung zu verarbeiten. Ellens Korrekturen und Anmerkungen blieben auch diesmal nicht aus, doch wurden sie in einem weit angenehmeren Tonfall vorgetragen als bisher üblich.

Nina verließ das Büro zusammen mit Jasna erst gegen 22.00 Uhr. Den ganzen Tag über hatten sie Journalisten mit Informationen versorgt und Anfragen beantwortet, Jasna hatte zusätzlich mehrere Radiointerviews gegeben.

»Manchmal hasse ich diesen Job«, sagte Jasna, als sie vor

dem LENOPHARM-Gebäude standen. Die Luft war frisch, aber nicht kalt, der Himmel sternenklar. Nina wurde zum ersten Mal in diesem Jahr bewusst, dass wirklich Frühling war. Selbst am Wochenende, als sie am Neusiedler See und damit mitten in der Natur gewesen waren, hatte sich dieses Frühlingsgefühl nicht bei ihr eingestellt. Für sie war alles grau gewesen, so sehr war sie in ihren Gedanken und Ängsten verhaftet gewesen.

»Wenn noch mehrere Tage wie dieser folgen würden, würde ich den Job hinschmeißen«, fuhr Jasna fort. »Es ist ein unglaublicher Stress.«

Nina war überrascht, das zu hören. Sie hatte bisher immer gefunden, Jasna bewältige sämtliche Stresssituationen spielerisch.

»Wie ging es dir heute mit Ellen?«

Nina zuckte unwillkürlich zusammen. Warum fragte Jasna danach? Ahnte sie etwas?

Sie schluckte trocken. »Sie war heute sehr hilfsbereit«, erwiderte sie schließlich wahrheitsgemäß.

»Sie ist immer sehr hilfsbereit«, meinte Jasna. »Ich weiß, du hast hin und wieder Schwierigkeiten mit ihr. Aber glaube mir, wenn du sie erst besser kennst, wirst du sehen, dass sie ein liebenswürdiger Mensch ist. Sie arbeitet nur zuviel, das ist alles.«

Nina schwieg und fragte sich, ob in Jasnas Augen der sexuelle Übergriff wohl ein Symptom der Überarbeitung dieses angeblich so liebenswürdigen Geschöpfes war. Sie stellte sich Jasnas geschocktes Gesicht vor, wenn sie davon erführe.

»Es tut mir leid, Nina, wenn ich heute so ungehalten zu dir war«, begann Jasna nun. »Ich weiß wirklich, dass der Job nicht leicht ist für dich. Du hast, wenn wir ehrlich sind, nicht viel Erfahrung im PR-Bereich. Texte schreiben kannst du wunderbar, keine Frage ... den Rest musst du dir noch erarbeiten. Ich finde, du machst das für den Anfang gar nicht so schlecht. Du wirst sehen, in einem Jahr bewältigst du den Job mit links.«

Das zarte Lob kam für Nina gänzlich unerwartet, doch wirklich freuen konnte sie sich nicht. Der Schrecken über Jasnas harschen Morgenappell steckte ihr noch tief in den Knochen und dass sie kein PR-Profi war, wusste sie selbst. Weshalb sie trotzdem von Michaelis eingestellt worden war, hatte sie sich in den letzten Wochen sehr oft gefragt. Je mehr sie über ihn erfuhr, desto unwahrscheinlicher schien es ihr, dass sie diese Entscheidung bloßer Sympathie verdankte. Michaelis war einer der Hauptaktionäre bei LENOPHARM und hatte die österreichische Landesgesellschaft mehrere Jahre als Geschäftsführer geleitet. Zuvor war er für die Firma in Südafrika, Australien, den USA und Kanada führend tätig gewesen. Hinter seinem stets freundlichen und lockeren Lächeln verbarg sich ein knallharter Geschäftsmann, der genau wusste, was er wollte. Michaelis war Unternehmer, ein Mann, der Umsatzvorgaben dirigiert hatte und in wirtschaftlichen Kennzahlen dachte. Als sie Michaelis vor einiger Zeit im Dialog mit dem Geschäftsführer erlebte, wirkte der Geschäftsführer neben ihm wie ein eingeschüchterter Schuljunge.

»Warum hat er noch so viel mitzureden, wenn er doch in Pension ist?«, hatte Nina danach gefragt.

»Es fällt ihm wahrscheinlich schwer, Abschied vom Geschäftsleben zu nehmen«, hatte Jasna schulterzuckend geantwortet. »Außerdem hat er als einer der Großaktionäre ein berechtigtes Interesse, dass die Umsätze passen.«

Und dann stellt er eine Kinderbuchautorin ein, dachte sich Nina auch jetzt wieder, als sie sich an das Gespräch erinnerte. Das passt doch nicht ins Bild.

»Ich muss dir noch etwas sagen, Nina.« Jasna wurde sehr ernst. »Du bist die erste, die es erfährt – nach Brauer, dem musste ich das ja melden. Ich bin schwanger.«

Nina sah Jasna erstaunt an. Vergebens suchte sie ein Zeichen der Freude in deren Gesicht. »Wünschst du dir das Kind nicht?«, fragte sie vorsichtig.

Jasna zuckte mit den Schultern.

»Es war nicht geplant. Mirko und ich wollten keine weiteren Kinder. Außerdem handelt es sich nicht um *ein* Kind. Ich bekomme Zwillinge.«

»Oh!«

»Aber ich werde nicht abtreiben«, sagte Jasna. Nina hatte den Eindruck, dass sie nicht mehr zu ihr sprach, sondern zu sich selbst. »Ich lasse mir nicht vorschreiben, was ich zu tun habe.«

»Will dein Mann das etwa?«

Jasna lachte. Es klang bitter. »Mirko lässt mich das ganz allein entscheiden. Er tut so, als würde ihn das alles nichts angehen, verstehst du?«

Nina verstand das durchaus nicht. Was war das für ein Mann, der keine Verantwortung für sein Handeln übernehmen wollte und seine Frau in dieser Situation allein ließ?

»Meine Schwiegermutter macht Terror«, klärte Jasna sie auf. »Für sie ist es ein Drama, wenn ich zu Hause bleiben muss, weil Mirko dann Alleinverdiener ist. Und das bedeutet, dass er kein Geld mehr nach unten schicken kann.«

Mit »unten« meinte Jasna Kroatien, wie Nina aus früheren Gesprächen wusste. Während Jasnas Familie schon frühzeitig emigriert war und sie die ganze Schullaufbahn und Ausbildung in Wien durchlaufen hatte, war ihr Mann Mirko erst während des Jugoslawien-Krieges nach Österreich geflohen. Er hatte wie Jasna in Wien Medizin studiert, im Gegensatz zu ihr das Studium aber nicht abgebrochen und arbeitete nun im AKH, dem Allgemeinen Krankenhaus der Stadt Wien, als Chirurg.

»Und deine Schwiegermutter verlangt deshalb, dass du abtreibst? Damit ihr beide Geld nach Hause bringt und dein Mann ihr weiterhin etwas davon schicken kann?«

»Sie verlangt nicht wortwörtlich, dass ich abtreibe«, stellte Jasna klar. »Sie will bloß nicht, dass unser zweites Einkommen wegfällt, das ist alles.«

»Warum müsst ihr sie denn überhaupt unterstützen – ich verstehe das nicht ganz.«

»Das kannst du auch nicht verstehen, Nina, weil du die Umstände nicht kennst. Du siehst Kroatien nur so, wie es alle im Urlaub sehen: ein schönes Land mit tollen Stränden und einer Wirtschaft, die tendenziell im Aufschwung ist. Aber vom Aufschwung profitieren nur wenige. Und gerade, was den Tourismus oder die Immobilienbranche betrifft, bleibt nicht viel Geld im Land. Es gibt Inseln, die gehören gar nicht mehr zu Kroatien, wenn man es genau nimmt. Die meisten Grundstücke sind in österreichischer oder deutscher Hand. Während des Krieges haben fremde Investoren gekauft, soviel sie konnten – weil sie dachten, dass der Krieg in absehbarer Zeit ein Ende hat. Und unsere Leute waren bereit, all ihren Besitz zu verkaufen – in der Annahme, dass der Krieg noch ewig dauern wird. Sie brauchten das Geld, um ins Ausland zu flüchten oder ihre Kinder zu unterstützen, die bereits ins Ausland geflüchtet waren. Die Eltern meines Mannes haben es genauso gehalten. Ohne ihre Hilfe hätte Mirko nicht Arzt werden können. Jetzt sind sie alt und arm, und natürlich erwarten sie Unterstützung. Ohne Mirkos finanzielle Hilfe sinkt ihr Lebensstandard drastisch.«

Nina versuchte einzuordnen, was sie gerade erfahren hatte. Noch nie war ihr ernsthaft in den Sinn gekommen, dass es in anderen Familien ganz anders laufen könnte als in ihrer eigenen. Weder ihr Vater noch ihre Mutter Clara hatten je ein regelmäßiges Einkommen gehabt. Nina konnte sich sowohl an die zahlreichen Gänge zum Arbeitsamt, bei denen sie ihre Mutter begleitet hatte, als auch an das Schlange Stehen bei der Sozialbehörde erinnern. Sie können mir hier doch sowieso keinen Job vermitteln, hatte Clara selbstbewusst den wechselnden Beratern erklärt. Ich bin freischaffende Künstlerin. Obwohl sie sich damit selbst zur potentiellen Arbeitslosenhilfe-Empfängerin deklassierte, hatte sie es immer wieder geschafft, ihre jeweiligen Berater geschickt um den Finger zu wickeln und die ihr angebotenen Jobs mit dubiosen Ausreden auszuschlagen. Nina hatte sie dafür stets bewundert, doch mit zunehmendem Alter waren ihr die Besuche beim Sozialamt immer peinlicher geworden.

»Vielleicht kannst du ja gleich nach der Geburt wieder arbeiten gehen«, schlug sie vor.

Jasna schnaubte. »Du kannst mir glauben – nichts würde ich lieber tun als genau das. Aber wer, glaubst du, kümmert sich den ganzen Tag um drei Kinder, darunter auch noch Zwillinge? Kinderbetreuung ist nicht nur schwer zu bekommen, sondern auch teuer zu bezahlen. Wir müssten so viel Geld für die Kinderbetreuung zahlen, dass für meine Schwiegereltern wieder nichts übrig bliebe.«

»Und wenn du dir die Betreuung mit Mirko teilst?«

Diesmal lachte Jasna zu Ninas Erstaunen herzhaft. »Du kennst die Männer nicht! Mirko und auf Kinder aufpassen, das funktioniert nicht. Das würde er nie tun.«

»Lukas schon«, kam es Nina über die Lippen, doch im selben Augenblick fragte sie sich bereits, ob dem wirklich so war. Würde Lukas freiwillig seine Musical-Ausbildung auf Eis legen und stattdessen ein Baby oder Kleinkind betreuen, damit sie arbeiten gehen konnte?

»Na, dann hast du Glück mit deinem Lukas!«, stellte Jasna trocken fest. »Üblich ist das nicht, glaube mir. Aber lassen wir das Thema. Ich finde schon eine Lösung. Ich will dich nicht damit belasten. Du hast sicher eigene Probleme – jeder hat das.«

Gedankenverloren ging Nina zur U-Bahn-Station. Auf einmal schienen ihr ihre eigenen Probleme winzig und unwichtig.

Jasna hatte einen Mann, der ihr in schwierigen Situationen nicht zur Seite stand, und eine Schwiegermutter, der ihr Lebensstandard anscheinend wichtiger war als ihre Enkel.

Und sie hatte lediglich mit einer Frau geschlafen, dabei im Grunde Spaß gehabt und heute feststellen können, dass sie entgegen ihren Erwartungen das erste Zusammentreffen nach diesem Ereignis ohne Nervenzusammenbruch überstanden hatte.

Ellen McGill hatte offenbar so wenig Interesse wie sie, diesen Zwischenfall zu thematisieren. Das war eine Lösung, mit der sie zumindest versuchen konnte, in dieser Firma noch eine Zeit lang zu überleben.

- GYNÄKOLOGE SCHÄTZT THROMBOSE-RISIKO FALSCH EIN – ANNINA (18) JETZT IM ROLLSTUHL!
- PILLE HAT RISIKEN: WENN DER ARZT VERSAGT
- GYNÄKOLOGE VERGISST THROMBOSE-CHECK – ANNINA (18) JETZT HALBSEITIG GELÄHMT
- TRAGISCHES SCHICKSAL EINER JUNGEN STEIRERIN: VERHÜTUNGSMITTEL MACHT SIE ZUM KRÜPPEL
- RISIKEN ERNST NEHMEN: AUF WAS FRAUEN BEI VERHÜTUNG ACHTEN MÜSSEN

Mit Entsetzen nahm Nina die Titelseiten der Tageszeitungen, die Jasna schwungvoll auf den Schreibtisch gelegt hatte, zur Kenntnis.

»Das ist doch gar nicht so schlecht«, fand Jasna zu ihrer Überraschung. »Ich meine, angesichts der Situation. Natürlich wäre es besser, wenn diese Sache mit der 18-Jährigen nie passiert wäre, das ist klar.«

Nina starrte sie perplex an. Es dauerte eine Weile, bis sie die Sprache wiedergefunden hatte. »Diese Schlagzeilen sind doch furchtbar«, sagte sie schließlich. »Alles negativ!«

Jasna grinste. »Du bist wohl ein bisschen zu viel mit Ellen zusammen gewesen, oder wie? Die sieht auch nur immer rot – oder besser gesagt, schwarz.« Dass Nina bei der Erwähnung von Ellens Namen unweigerlich zusammenzuckte, entging ihr völlig. »Aus meiner Sicht sind diese Schlagzeilen ziemlich okay. Wir haben gestern gute Arbeit geleistet. Nirgends steht FENOLANE MACHT 18-JÄHRIGE ZUM KRÜPPEL! In keiner einzigen Überschrift wird der Produktname erwähnt, und nur in zwei der Artikel steht er etwas weiter unten im Text. Dass LENOPHARM der Hersteller ist, taucht gar nicht auf. Bis auf einen zielen alle Überschriften auf den Gynäkologen ab, der nicht nachgefragt hat, ob es in der Familie dieser Annina ein erhöhtes Thrombose-Risiko gibt.«

Eine halbe Stunde später trafen sie sich mit Fenolane-Produktmanagerin Lilli Muster in Ellen McGills Büro zur Tagesbesprechung.

Auch heute verspürte Nina wieder leichte Beklemmungen, als sie gemeinsam mit Jasna das Büro betrat. Dennoch – gemessen an ihren Empfindungen vom Vortag fühlte sie sich nun schon deutlich besser. Als sie vergangene Nacht todmüde ins Bett gefallen war – ohne Lukas, denn der war mit seinen Freunden unterwegs gewesen und erst zwei Stunden nach ihr zurückgekehrt –, hatte sie sich wie ein Mantra vorgesagt, dass eigentlich nichts passiert war. Je öfter sie dies vor sich hin gemurmelt hatte, desto mehr hatte sie selbst daran geglaubt. Irgendwann waren ihr die Augen zugefallen und sie hatte einen wunderbaren Traum gehabt, in dem Lukas und sie an einem Strand entlanggingen und Muscheln sammelten.

Nina versuchte an Lukas und die Muscheln zu denken, als sie jetzt auf dem einzig freien Platz direkt neben Ellen McGill auf dem Sofa Platz nahm.

»Es hätte schlimmer sein können«, meinte Ellen mit einem Blick auf die Zeitungen, die Jasna mitgebracht hatte.

»Ich frage mich, was diese Journalisten als Alternativlösung anbieten«, murmelte Kathrin Hanelka, eine schlanke Brünette Mitte dreißig, die für den Bereich Kontrazeptive verantwortlich war. »Sollen wir jetzt pausenlos schwanger werden, oder soll die Zahl der Abtreibungen wieder nach oben schnellen? Nichts anderes passiert doch, wenn die Medien pausenlos Verhütungsmittel schlechtreden.«

»Es gibt ja noch das gute alte Kondom«, warf Georg Waldmeister von der Medizin-Abteilung ein, und Jasna konterte prompt: »Das sagst ausgerechnet du als Mann!«

Waldmeister grinste verlegen.

»*No sex*«, sagte Ellen McGill trocken. »Das ist die einzige Alternative.«

»Und die ist impraktikabel«, ergänzte Kathrin Hanelka.

Nina fühlte, wie ihr unwillkürlich das Blut in den Kopf stieg. Ellen selbst schien ihren Faux pas nun ebenfalls zu bemerken. »Lassen wir das«, sagte sie steif. »Sprechen wir darüber, was uns heute erwartet. – Der Außendienst ist informiert, der Infobrief an unsere Gynäkologen wurde gestern noch verschickt. Ich denke, wir werden von dieser Seite verstärkt Nachfragen zu erwarten haben. Kümmerst du dich darum, Kathrin?«

»Natürlich. Ich habe meine sonstigen Termine abgesagt. Ich widme mich ausschließlich den Gynäkologen.« Sie richtete ihren Blick auf Nina. »Was ich aber schon noch sagen muss, bezüglich der Pressearbeit: Ich finde das nicht so gut, wenn von unserer Seite die Schuld auf den Gynäkologen geschoben wird. Wir wissen aufgrund unserer Recherchen ja nun genau, welcher Gynäkologe der behandelnde Arzt von dieser Annina war. Das ist einer unserer besten Kunden! Es ist sehr geschäftsschädigend, wenn Frau Blume in diesem Zusammenhang von einem Behandlungsfehler spricht.« Sie deutete auf den Artikel mit der Überschrift GYNÄKOLOGE SCHÄTZT THROMBOSE-RISIKO FALSCH EIN – ANNINA (18) JETZT IM ROLLSTUHL!

Zum zweiten Mal fühlte Nina, dass sie errötete – diesmal vor Scham. Offensichtlich machte sie einfach alles falsch.

Jasna holte bereits Luft, doch Ellen McGill war schneller.

»Nina hat das völlig richtig gemacht. Ich opfere lieber einen inkompetenten Gynäkologen als eines unserer umsatzstärksten Produkte. Wir distanzieren uns klar von Behandlungsfehlern.«

Nina hob überrascht den Kopf. Hatte Ellen sie gerade beim Vornamen genannt? Und tatsächlich verteidigt?

»Ich meine ja nur«, sagte Kathrin Hanelka nun unschlüssig. »Ich habe nur Bedenken …«

Ellen fuhr ihr hart ins Wort. »Wir haben alle Bedenken, Kathrin. Wir sind in einer Krisensituation. Es wäre schlimm, wenn wir alle handeln würden, ohne je Bedenken zu haben. Aber irgendwann ist es auch gut. Es bringt nichts, alles immer weiter zu hinterfragen. Wir drehen uns sonst im Kreise. – Ich denke, unsere Presseabteilung hat gute Arbeit geleistet.«

Keiner wagte ein weiteres Wort dazu. Jasna grinste, als würden ihr allein die Komplimente gelten. Nina versuchte still und unbemerkt von den Blicken der anderen zu verarbeiten, dass sie von Ellen McGill gerade ein Lob bekommen hatte.

»Um zehn Uhr ist eine internationale Telefonkonferenz«, fuhr Ellen nun fort. »Für PR und Marketing; natürlich ist unsere Krise das Thema. Ich habe schon Nachricht von Kollegen aus Italien und *Great Britain*; Fenolane wird auch hier für LENOPHARM ein Thema. Der Fall Annina wird auch dort von den Medien aufgegriffen; es gibt schon vereinzelt Meldungen darüber. Um zehn Uhr wird über die weitere Strategie beraten. Ich schlage vor, dass Nina und ich an der Telefonkonferenz teilnehmen.«

Nina zuckte unmerklich zusammen. Telefonkonferenz. Sie hatte noch nie an einer Telefonkonferenz teilgenommen. Das Wort »international« kündigte obendrein an, dass die Gespräche auf Englisch stattfanden. Und dann auch noch gemeinsam mit Ellen McGill ...

Um kurz vor zehn klopfte sie an Ellens Bürotüre. Die Vorstellung, die nächsten sechzig Minuten allein mit ihr in einem Raum zu verbringen, bereitete Nina trotz ihres inneren Mantras »Es-ist-nichts-passiert« Unbehagen.

Ellen McGill wirkte sachlich und kühl wie eh und je, als sie sie aufforderte, Platz zu nehmen. Nina verfolgte aufmerksam, wie Ellen sich in die Telefonkonferenz mittels eines vorgegebenen Zahlencodes einwählte.

Die Diskussion verlief schleppend. Nina hatte Mühe, den Verhandlungen zu folgen. Die Leitung wurde immer wieder durch schrille Pfeiftöne und andere Nebengeräusche gestört; jeder sprach Englisch mit einem eigentümlichen Akzent. Es fielen Worte, die Nina noch nie gehört hatte. Auch Ellen runzelte ein paar Mal irritiert die Stirn, was Nina wiederum beruhigte – offensichtlich lag es nicht nur an ihrem schmalen Wortschatz, dass sie vieles nicht verstand.

Ellen stellte einige Fragen, die das Fenolane-Marketing betrafen und zu heftigen Diskussionen zwischen einem Herren mit deutschem Akzent und einem anderen Herren mit osteuropäischem Akzent führten. Nina kannte beide nicht, und den Kollegen aus Osteuropa verstand sie zudem kaum.

Sie musterte Ellen verstohlen von der Seite. Wer war diese Frau, die in abgelegenen Zimmern plötzlich über andere Frauen herfiel wie ein wildes Tier? Was mochte in ihr vorgehen? Sie wirkte immer so sachlich und ernst, verbarg jede Gefühlsregung hinter dieser unsichtbaren, undurchdringlichen Maske. Nina hatte sie noch nie lachen hören. Sie fragte sich, was der Grund dafür war. Lag es an Ellens Charakter, der nun einmal so unzugänglich war, oder hatte sie Angst, ihre Karriere zu gefährden, wenn sie Emotionen zeigte?

Ninas Blick glitt unwillkürlich Ellens Körper entlang. Es war nicht zu leugnen, dass sie diese Frau auf irritierende Weise anziehend fand. Sie hatte einen außergewöhnlichen Stil, trat kompetent und gewandt auf, wenn es um geschäftliche Beziehungen und Problemdiskussionen ging, und verbarg hinter ihrer kühlen Fassade eine Tiefe, die ihrer Ausstrahlung einen Hauch von Mystik verlieh.

Ellens linke Hand lag bewegungslos zwischen Notebook und Telefonanlage. Die Finger der Rechten bewegten sich im Takt einer Melodie, die nur Ellen selbst kennen mochte. Nina beobachtete Ellens lautlos auf die gläserne Tischplatte trommelnde Finger und versuchte zu erraten, welche Melodie sie spielen mochte. Ellen hatte lange, schlanke Finger. Kein Zweifel, dass diese Finger sehr geübt über die Tastatur eines Klaviers gleiten konnten. Es waren Klavierspielerhände, wie Nina sie aus dem Kreis ihrer Eltern kannte.

Doch diese Finger konnten nicht nur Klavier spielen ... Nina dachte unweigerlich daran, was Ellens Berührung zwischen ihren Beinen bewirkt hatte, und sie fühlte eine angenehme Hitze in sich aufsteigen. Zugleich mit der Hitze kam die Scham. Warum löste der bloße Gedanke an die Art und Weise, wie Ellen sie berührt hatte, so starke Gefühlswallungen bei ihr aus? Warum passierte nichts von dem, wenn Lukas sie berührte? – Sie hatten während der Urlaubswoche an Ostern mehrmals miteinander geschlafen, doch sie selbst hatte kein so großes Bedürfnis danach verspürt. Das war nicht ungewöhnlich für sie – Sex war nun einmal nicht das Bindeglied ihrer Beziehung zu Lukas. Auch nicht zu anderen Männern. Seit sie das erste Mal mit einem Mann geschlafen hatte, war sie der Überzeugung, dass sie zu jenen Frauen gehörte, die in dieser Hinsicht nicht besonders viel empfanden. Bisher hatte ihre Unlust, zum Höhepunkt zu kommen, sie nicht besonders beschäftigt. Sie hatte sich auch bei ihren Ex-Freunden immer mit dem Gedanken getröstet, dass Sex nur eine Nebensache war und ihre Empfindungen weit über bloße Lustbefriedigung hinausgingen.

Ellen hatte sie etwas Besseren belehrt. Sie hatte unweigerlich eine Türe geöffnet und einen Weg gezeigt, von dem Nina weder wusste, ob sie ihn beschreiten wollte, noch, ob sie ihn je wieder verlassen konnte. Es war für sie eine komplett neue Erkenntnis gewesen, dass sie sehr viel mehr empfinden konnte als nur ein angenehmes Gefühl körperlicher Verbundenheit.

Sie schlief also weiterhin mit Lukas in der Hoffnung, dass es auch mit ihm mehr geben musste. Sie schlief mit ihm, um sich zu beweisen, dass ihre Fähigkeit, Sex zu genießen, nicht an Ellen McGill gebunden war, und es beschämte sie, dass ihr Körper bei Lukas nicht im Ansatz zeigte, zu welcher Leidenschaft er fähig war. Sie konnte es nicht steuern. Lukas war der Mensch, dem sie vertraute, den sie liebte, mit dem sie seit knapp zwei Jahren Freud und Leid teilte. Ellen McGill dagegen war eine im Grunde fremde Person, die sich ihr gegenüber verschlossen und seltsam verhielt und die sich ihrer bemächtigt hatte, ohne vorher zu fragen. War es eine Art emotionaler Sadomasochismus, der ihre Empfindungen beim Sex mit Ellen so intensiv gemacht hatte? Gehörte sie zu jener Gruppe von Menschen, die zur sexuellen Stimulation gedemütigt oder überwältigt werden mussten? Kam sie zum Höhepunkt, nur weil Ellen sie wochenlang kalt und unzugänglich behandelt hatte? Und verlor Sex seinen Reiz, wenn jemand nett zu ihr war?

Nina beunruhigten diese Fragen, die sich ihr aufdrängten, weil sie das Gefühl hatte, sich selbst nicht mehr zu kennen.

Und noch mehr beunruhigte sie, dass sie noch immer Ellens Finger anstarrte und sich zurück in den Kopierraum wünschte. Das Gefühl von Ellens Fingern, die unter ihren Tanga glitten …

»Nina? – *It's your turn.*« Ellens Stimme neben ihr riss sie aus ihren Phantasien. Sie war der Telefonkonferenz schon gute zehn Minuten nicht mehr gefolgt. Sie hatte keine Ahnung, was gesprochen worden war, was von ihr erwartet wurde und was sie nun sagen sollte. Die Panik stand ihr ins Gesicht geschrieben, als sich ihre Blicke trafen. In Ellens graugrünen Augen flackerte kurz etwas auf, was Nina nicht zu deuten vermochte. War es Amüsement oder Ärger? Ein Gefühl jedenfalls, das für einen kurzen Moment Ellens maskenhaftes Antlitz durchbrach und sie die Antwort auf die Frage geben ließ, die eigentlich Nina gegolten hatte.

Ellen führte sehr gewandt aus, wie die Medienanfragen bisher beantwortet worden waren und wie das bisherige Medienecho in Österreich tendenziell ausfiel. Nina war dankbar, dass sie diesen Job übernahm. Sie wusste, sie hätte mühsam nach den richtigen Worten suchen müssen und die Berichterstattung niemals so komprimiert und elegant zusammenfassen können.

Dennoch dachte sie gleichzeitig, dass Ellen sie sicher für komplett unfähig halten musste, und diese Vorstellung behagte ihr ganz und gar nicht. Wieder einmal fühlte sie sich den Herausforderungen, mit denen sie bei LENOPHARM fast tagtäglich konfrontiert war, nicht gewachsen.

Mit dem Ende der Telefonkonferenz war auch von internationaler Seite beschlossen worden, dass Österreich eine Art Fragen-und-Antworten-Katalog, kurz FAQ-Katalog genannt, zum Thema Fenolane und Journalistenanfragen zusammenstellen sollte – auf Englisch. Nina zog es krampfartig den Magen zusammen, als sie das hörte. Sie wusste, sie würde die Aufgabe niemals in zufriedenstellender Weise bewältigen, und wagte den metaphorischen Sprung ins kalte Wasser, als Ellen den Hörer aufgelegt hatte: »Ich kann das nicht. Mein Englisch ist zu schlecht.«

Es kostete sie große Überwindung, dies offen auszusprechen, auch wenn es die Wahrheit war. Sie wusste, dass sie damit unwillkürlich bestätigte, was ohnehin viele in der Firma dachten: dass sie dem Job nicht gewachsen war. Es ausgerechnet jener Person zu gestehen, die ihr dieses Gefühl am stärksten vermittelt hatte, glich für sie einem Seelenstriptease. Daher traf es sie bis ins Mark, als Ellen plötzlich wieder zu jener abweisenden Person wurde, als die Nina sie kennengelernt hatte. Das sei nicht ihr Problem, beschied ihr Ellen auf Englisch. Englisch sei nun einmal die Firmensprache. Nina müsse das bewältigen, egal wie, schließlich sei sie für die PR verantwortlich. Sie weigere sich, Ninas Job noch zusätzlich zu ihrem eigenen zu erledigen.

Nina fühlte sich, als wäre sie kopfüber in Eiswasser getaucht worden, als sie Ellen McGills Büro verließ. Gleichzeitig spürte sie die kalte Ernüchterung, die von ihr Besitz ergriff: Wie hatte sie nur so dumm sein und annehmen können, dass Ellen McGill eventuell Gewissensbisse aufgrund des Vorfalls im Kopierraum plagten – oder, mehr noch, dass er ihr irgendetwas bedeutete?

Ellen McGill verachtete sie.

Und trotzdem blieb die Erinnerung, wie sich ihre Berührungen anfühlten, in Nina lebendig. Sie kämpfte mit den Tränen, als sie auf dem Rückweg in ihr Büro war, und verabscheute sich selbst für ihre Empfindungen.

Nina kam gegen 20.00 Uhr nach Hause. Sie war müde, fühlte sich ausgelaugt und erschöpft. Bereits als sie die Haustüre aufsperrte, hörte sie Stimmen aus dem Wohnzimmer. Es roch nach Zigarettenrauch.

Sie unterdrückte den leisen Ärger, der in ihr hochkam. Im Wohnzimmer waren drei Köpfe über ein Blatt Papier gebeugt, auf dem Nina zunächst nur wirre Striche und Pfeile erkannte, und hoben sich erstaunt, als sie nun höflich grüßte und sich im selben Augenblick fragte, woher diese sichtliche Verwunderung über ihr Erscheinen herrührte.

Einer der Köpfe war der blonde Haarschopf von Lukas.

»Was macht du denn hier?«, fragte er. Nina glaubte, aus seiner Stimme einen leichten Vorwurf heraus zu hören.

»Ich wohne hier«, sagte sie und ließ sich auf das Sofa fallen.

Sie musterte die kleine Gruppe, die sich um den Esstisch geschart hatte und sich offensichtlich ganz heimelig fühlte, mit innerlicher Missbilligung. Ein voller Aschenbecher, eine leere Weinflasche und eine zweite, die nur noch halbvoll war, zeugten von fröhlichen Stunden.

»Lukas hat schon gesagt, dass du bist kaum noch zu Hau-sääää!«, informierte sie Marga, der hellbraune Haarschopf, in ihrem breiten Jargon. »Immer tust du nur arbeitään für diese Firma!« Sie zündete sich prompt eine weitere Zigarette an.

Tut das deiner Stim-mää nicht gut, hätte Nina am liebsten sarkastisch zurückgegeben, doch sie fühlte sich zu erschöpft, um jetzt eine Raucherdiskussion zu beginnen. Es störte sie, dass Lukas mit Marga offensichtlich ihre An- und Abwesenheiten diskutierte.

»Ich finde, du wirst dort wirklich ausgenutzt«, sagte Sonja, deren Gesicht ehrliche Anteilnahme widerspiegelte. »Das ist echt nicht normal, dass du erst jetzt nach Hause kommst.«

»Es ist ja nicht immer so«, meinte Nina und unterdrückte ein Gähnen. Sie wäre am liebsten gleich ins Bett gekrochen, wollte aber nicht vor Lukas Freunden als Schlafsuse gelten. »Wir haben derzeit eine Krise. Es gibt Probleme mit einer Pille. Daher bin ich im Pressebüro verstärkt im Einsatz.«

»Ach so«, sagte Sonja. »Du Arme.«

Marga blies kleine Rauchwölkchen in die Luft und sagte: »Ich habe gesäh-än, im TV, heute am Nachmittag oder frühe Abend, dass da ist ein Mädchen fast gestor-bän wägen eine Pille! Und so eine auf-gebrä-zzzelte Tussi von diese Pharmakon-zärrn und ein Arzt haben gesagt, dass es kann vorkommen mit die Pille! – Also, ich wär-de nicht mä-hr nehmen so eine Pille!«

Der kleine Beitrag im ORF, in dem Jasna mit einem Statement vertreten war, war folglich schon ausgestrahlt worden, schloss Nina. Sie würde den Mitschnitt des Beitrages noch durch den Medienbeobachtungsdienst zugestellt bekommen. Jasna hatte gesagt, die Aufzeichnung sei gut gelaufen.

Es ärgerte Nina, dass Marga Jasna als »aufgebretzelte Tussi« bezeichnete. Und sie hatte offenbar keine Ahnung von den Risiken, obgleich sie anscheinend selbst die Pille nahm.

»Die Pille kann nun mal das Thromboserisiko bei besonders gefährdeten Patientinnen erhöhen«, klärte sie auf. »Das ist bei jeder Verhütungspille so. Deshalb ist es ja auch dringend erforderlich, dass der Arzt vor der Verschreibung einen Risikocheck macht – dass er beispielsweise fragt, ob es in der Familie Schlaganfälle bei noch jüngeren Familienmitgliedern gegeben hat; dass er registriert, wie alt die Patientin ist und Faktoren beachtet wie beispielsweise das Rauchen.« Sie konnte nicht umhin, Marga ein sarkastisches Lächeln zu schenken. »Bei Raucherinnen erhöht sich das Thrombose-Risiko nämlich deutlich.«

»Das ist ja furchtbar!«, sagte Sonja erschüttert. »Das habe ich überhaupt nicht gewusst. Ab sofort nehme ich die Pille nicht mehr!«

Nina lächelte. »Keine Sorge, Sonja, das sollte nicht die Kernbotschaft sein. Das Thromboserisiko bei einer Schwangerschaft ist sogar um vieles höher. Und die Pille kann ja auch viele Vorteile haben, das muss schon auch gesagt werden. Sie ermöglicht Frauen immerhin ein selbstbestimmtes Sexualleben, kann bei Hautproblemen helfen und Regelschmerzen lindern. Vor Kurzem hat eine Studie sogar gezeigt, dass das Risiko, an Eierstockkrebs zu erkranken, bei Frauen, die orale Kontrazeptiva nehmen, signifikant unter dem Wert liegt, den die Kontrollgruppe aufweist – also Frauen, die nie mit der Pille verhütet haben.«

Lukas, Sonja und Marga starrten sie mit offenem Mund an. Nina runzelte die Stirn. Was war denn los? Sie hatte doch nichts Falsches gesagt!

»Orale ... was? Kontraspezifa? Was ist denn das?«, wiederholte Sonja verwirrt.

»Signifikanter Kontrollverlust?«, erkundigte sich Lukas in gespieltem Ernst. Marga begann zu lachen, und die beiden anderen stimmten in das Gelächter ein. Sie lachten und lachten, und Marga liefen bereits nach kurzer Zeit Tränen der Heiterkeit über das Gesicht. Einzig und allein Nina begriff nicht, was der Anlass für diesen Lachanfall war. Marga klärte sie schließlich auf, indem sie Lukas kameradschaftlich auf die Schulter schlug und lauthals verkündete:

»Deine Frein-din rä-det wie *brain-washed*! Absolute Gehirnwäsche haben die mit ihr gemacht!«

Lukas grinste breit. »Tja, Nina wird allmählich zur lebendigen Werbe-Ikone der Pharmaindustrie. Ich verstehe auch nicht, warum sie sich so für die Pillendreher begeistern kann.«

Nina starrte von Lukas zu Marga und von Marga zu Lukas, sah deren erheiterte Mienen und fragte sich, ob hier neben Alkohol noch andere chemische Substanzen die Hirne vernebelten. Dass Marga es nicht besser wusste und seit jeher ihr gegenüber eine gewisse Herablassung an den Tag legte, traf sie weit weniger als das Verhalten ihres Freundes. Er wusste doch ganz genau, dass sie nicht aus Leidenschaft und Faszination für LENOPHARM arbeitete!

»Wir wollten das hier noch fertig machen«, mahnte Sonja nun und lenkte die Aufmerksamkeit von Nina, die noch immer in Sprachlosigkeit verharrte, um auf die Striche und Pfeile am Blatt. »Viel haben wir sowieso noch nicht geschafft.«

»Aber jetzt!«, verkündete Lukas und lachte über seine eigene Aussage. »Die Nacht ist noch jung – je später am Abend, desto kreativer werde ich.«

»Bei mirrr ist es ganz genauso!«, dröhnte Marga.

Nina verließ wortlos den Raum und ging in die Küche. Sie fühlte sich ausgegrenzt, ausgelacht und verärgert. Es war ihr Wohnzimmer, ihre Wohnung, sie zahlte die Miete – und die drei amüsierten sich auf ihre Kosten. Es war ihr Geschirr, das Lukas benutzte und anschließend schmutzig ins Becken stapelte. Während sie wütend einen der Töpfe von angebranntem Reis befreite, fragte sie sich zum ersten Mal seit sie zu Lukas nach Wien gezogen war, ob sie sich richtig entschieden hatte. Wäre es nicht besser gewesen, erst einmal eine Fernbeziehung aufrechtzuerhalten?

Sie hatte Lukas vor rund zwei Jahren bei einem Open-Air-Festival in der Nähe von Salzburg kennengelernt. Da hatte sie gerade ihre Ausbildung zur Illustratorin abgebrochen, weil es nicht das gewesen war, was sie sich vorgestellt hatte, und jobbte als Rezeptionistin bei einer Werbeagentur und stundenweise in einem Callcenter. Nina wohnte in München, wohin sie vor Jahren gemeinsam mit ihrer Mutter gezogen war. Inzwischen lebte ihre Mutter mit ihrem Lebensgefährten an der Nordsee, doch Nina war da bereits 22, frisch verliebt in einen Münchner und nicht willens, ihren Wohnort schon wieder zu ändern. Zu oft war sie während ihrer Kindheit und Teenagerjahre umgezogen.

Die Beziehung zu dem Münchner ging in die Brüche, doch Nina blieb, weil sie inzwischen einige Leute kannte und Jobs hatte, mit denen sie sich durchschlagen konnte. Im Callcenter war sie zuständig für Meinungsumfragen. Doch mehr als vier Stunden täglich schaffte sie es nicht, Leuten am Telefon immer wieder dieselben Fragen und Antwortmöglichkeiten vorzulesen und jene Unfreundlichkeit über sich ergehen zu lassen, die Leute an den Tag legen, wenn sie Beute von Telefonmarketing werden.

Das einzig Gute an diesem Job war für Nina die Bekanntschaft mit Inga, einer blondlockigen Kunsthistorik-Studentin, die fast immer zeitgleich mit ihr Dienst hatte und die durch ihren Humor und ihre Heiterkeit dazu beitrug, dass die Zeit im Callcenter schneller verging. Inga und sie verstanden sich blendend und trafen sich schließlich auch privat. Sie gingen ins Kino, klammerten sich bei Horrorfilmen in aufgesetzter Panik aneinander, wischten sich bei schmalzigen Liebesfilmen beide gleichzeitig verstohlene Tränen aus den Augen, tanzten in Salsa-Clubs bis in die frühen Morgenstunden und trösteten einander, wenn Liebeskummer sie quälte. Mit Inga war sie damals zu dem Open-Air-Festival nach Salzburg gefahren, auf dem sie sich in Lukas verliebte.

Bereits am Wochenende darauf kam Lukas nach München, und am übernächsten Wochenende reiste Nina dann in eine Kleinstadt, von deren Existenz sie bis zu ihrer neuen Bekanntschaft nicht einmal etwas geahnt hatte: Regen im Bayerischen Wald.

Lukas wohnte, was er ihr bis zu ihrer Ankunft am Bahnhof verschwiegen hatte, noch in seinem Kinderzimmer im Hause seiner Eltern. Nina war in der Tat überrascht – hatte er ihr nicht gesagt, er arbeite bereits seit dem Abitur bei einer Bank?

An diesem Wochenende erfuhr sie, dass Lukas eigentlich ganz andere Pläne hatte als lebenslänglich am Banktresen zu stehen: Er hatte sich in den Kopf gesetzt, Musical-Star zu werden. Doch die Grundbedingung für den Sanktus und die damit verbundene finanzielle Unterstützung seiner Eltern war, dass er sich bereiterklärt hatte, zuvor zumindest einen soliden bürgerlichen Beruf zu erlernen. Die Wahl war auf eine Banklehre gefallen, weil die Bank am Ort war und Lukas zu Hause wohnen bleiben wollte, um möglichst viel Geld für die Musical-Ausbildung zu sparen. Seine Eltern konnten nicht mehr Unterstützung aufbringen, als dass es für die Miete und eventuell einen bescheidenen Lebensunterhalt reichen würde, denn sie mussten noch das große Einfamilienhaus abbezahlen.

Für Nina war Lukas' Familie wie der Eintritt in eine neue Welt. Sie hatte zuvor noch niemanden mit eigenem Haus näher kennengelernt, und sie kannte auch keine Leute, die bereits in dem Ort geboren waren, in dem sie lebten, und auch vorhatten, dort den Rest ihres Lebens zu verbringen. Sie hatte zuvor auch nie Leute kennengelernt, die Porzellanpuppen in eigens dafür angefertigten Vitrinen sammelten, jeden Samstag mit ihrem BMW extra zur Tankstelle fuhren, um ihn durch die Waschanlage zu schicken, und sich gegenseitig mit »Mama« und »Papa« anredeten. Sie merkte, dass sie in dieses Leben nie passen würde, und fühlte sich bei ihren Aufenthalten in Regen nie besonders wohl. Lukas' Eltern waren freundlich zu ihr, doch Nina spürte immer, dass sie nicht die Schwiegertochter verkörperte, die sie sich erträumten.

Sie war über jedes Wochenende dankbar gewesen, an dem Lukas nach München kam. Oft war das jedoch nicht der Fall, denn er erklärte ihr schon bald, dass er sich die Fahrt nach München höchstens einmal im Monat leisten könne. Schließlich spare er ja für die Musical-Ausbildung.

Nina hatte dafür Verständnis. Sie bewunderte, dass Lukas so genau wusste, was er ist seinem Leben anfangen wollte, während sie, die sogar zwei Jahre älter war als er, noch immer unschlüssig von einem Kurzzeitjob zum nächsten sprang. Als er ihr schließlich eröffnete, er werde die Musical-Ausbildung in Wien absolvieren, war sie regelrecht erleichtert – sie hatte die Wochenenden in Regen inzwischen mehr als nur satt.

Das Ticket nach Wien war um etliches teurer. Nina sah bald, dass wöchentliche Zugfahrten für sie nicht zu finanzieren waren. So erhöhte sie ihre Anwesenheit im Callcenter auf sechs Stunden pro Tag, obwohl sie danach regelmäßig mit den Nerven am Ende war.

Lukas verstand nicht, warum es ihr nicht gelang, zumindest bis Passau schwarzzufahren und dann erst beim österreichischen Schaffner ein Ticket zu lösen. Er selbst halte es immer so, versicherte er ihr. Ob sie sich nicht während der Kontrolle einfach auf der Toilette verstecken könne? Nina aber wurde schon schlecht vor Angst, wenn sie nur daran dachte, bei Zugfahrten mit regelmäßigen Kontrollen schwarzzufahren. Lieber nahm sie in Kauf, dass ihr Konto gelegentlich ins Minus rutschte. Als aus dem gelegentlichen Minus jedoch ein permanentes Minus wurde, das sich trotz ihrer Bemühungen nicht mehr zu füllen schien, zog sie die Notbremse und bat Lukas um das gemeinsame Finden einer Lösung.

»Zieh doch zu mir nach Wien!«, lautete sein Vorschlag. »Ich vermiss dich sowieso unheimlich, es wäre echt mein allergrößter Wunsch, täglich mit dir zusammen zu sein.«

Nina war zutiefst berührt. Noch keiner ihrer Ex-Freunde hatte mit ihr zusammenziehen wollen, selbst Heiko nicht, mit dem sie über drei Jahre zusammen gewesen war.

Lass dir lieber Zeit mit dem Umzug, hatte Inga gewarnt. So gut kennt ihr euch doch noch gar nicht. – Außerdem: Lukas hat bisher nur bei seinen Eltern gewohnt. Das bedeutet: Pension Mama! Lass ihn erst ein bisschen alleine wohnen, damit er weiß, wie es ist, einen eigenen Haushalt zu führen. Nicht, dass dann alles an dir hängenbleibt. Doch Ninas Liebe zu Lukas war letztendlich stärker gewesen. Sie verkaufte die wenigen Möbel, die sie besaß, und übersiedelte nach Wien.

Ich verstehe dich nicht, hatte Inga kopfschüttelnd kommentiert. Die Freundschaft hatte von diesem Zeitpunkt an einen leichten Knick erlitten. Als Nina schließlich in Wien war, hatten sie anfangs jede Woche telefoniert und in den ersten Monaten noch gelegentlich Mails ausgetauscht. Doch die Texte, die sie sich hin- und herschickten, wurden von Mal zu Mal dürftiger. Das letzte, was Nina von Inga gehört hatte, war, dass sie sich in einen kalifornischen Jazzmusiker verliebt hatte.

Während sie jetzt verärgert Lukas' Geschirr abspülte, dachte sie an Ingas Worte. Pension Mama? Sie wusch nicht nur das Geschirr, sondern putzte auch noch Dusche, Waschbecken und Küchenboden, weil ihr alles lieber war, als Margas schrilles Gelächter und ihre Kommentare aus nächster Nähe hören zu müssen. Drei Stunden später blitzte die Küche wie die Kulisse für einen Putzmittel-Werbespot; Nina taten alle Gelenke und Muskeln weh, an ihren Händen und Unterarmen hatte sie pickeligen roten Ausschlag als Reaktion auf das günstige Putzmittel, das sie stets im »Ein-Euro-Shop« ums Eck kauften, aber immerhin verabschiedeten sich Marga und Sonja nun und gingen endlich, endlich nach Hause.

Die Türe war kaum hinter ihnen ins Schloss gefallen, als Lukas auf Nina zutrat und mit gerunzelter Stirn fragte: »Sag mal, was ist denn mit dir heute los? Du bist ja heute total überdreht! – Kriegst du deine Tage?«

Nina musste sich beherrschen, um ihm nicht den Putzlappen um die Ohren zu schlagen, den sie noch immer in den Händen hielt. Doch statt ihm die Meinung zu sagen, ihn vielleicht auch wütend anzuschreien, traten ihr nur Tränen der Enttäuschung und Wut in die Augen. Die Erkenntnis, dass ihr ihre eigene Schwäche wieder einmal zum Verhängnis wurde, steigerte ihre innere Verzweiflung um ein Vielfaches. Schluchzend ging sie an Lukas vorbei in das verrauchte Wohnzimmer und warf sich weinend auf die Couch.

Sie hatte das Leben, das sie führte, absolut satt. Noch nie war sie so unglücklich gewesen wie jetzt. Immer hatte sie die Zuversicht besessen, dass dunkle Lebensphasen nicht ewig andauern würden. Doch jetzt sah sie kein Licht. Ihr Leben würde für die nächsten Jahre so weitergehen. Sie würde bei LENOPHARM bis spät in die Nacht hinein arbeiten, Lukas würde auf seine Chance als Musical-Star warten, sie hätten immer zu wenig Geld und obendrein zu wenig Zeit füreinander. Und zudem musste sie auf ewig mit der Gewissheit leben, dass sie Sex mit einer Frau, die sie hasste, mehr genoss als Sex mit dem Mann, den sie liebte.

Später lag sie neben Lukas im Bett und fand lange keinen Schlaf. Sie betrachtete im Halbdunkel der Wohnung sein friedliches, jugendliches Gesicht. Sein Atem ging ruhig und gleichmäßig. Bereits nach wenigen Minuten auf dem Couchbett war er eingeschlafen. Sie selbst wünschte sich in diesem Moment, die Uhr zurückdrehen zu können. Sie wollte auch wieder tief und fest schlafen können, am liebsten in Lukas' Armen, und vor allem frei von den Gedanken an LENOPHARM, Fenolane, die über hundert Mails, die sie täglich bekam – und frei von Ellen McGill.

Was zu Beginn der Woche noch Thema Nummer eins in allen Medien gewesen war, fand am Freitag derselben Woche allenfalls noch als Fünfzeiler in einigen Printausgaben Erwähnung. Die Fenolane war für Journalisten kein Thema mehr. Die jüngsten Anschläge im Irak, der mögliche Einsatz von Prinz Harry im Krisengebiet und die Diskussionen über die Umgestaltung des Schulwesens verdrängten das Verhütungsmittel aus den Schlagzeilen, und kein einziger Mitarbeiter von LENOPHARM war darüber unglücklich, am wenigsten natürlich Nina.

Endlich konnte sie sich wieder all jenen Themen widmen, die in den vergangenen Tagen liegengeblieben waren. Eine ihrer größten Baustellen war die Gestaltung der neuen Website. Sie war verwundert gewesen, dass man ihr die Aufgabe übertrug, aber offenbar traute man einer Zeichnerin das nötige Geschick zu. Eine professionelle Webagentur würde ihren Entwurf dann technisch umsetzen. Bis zum Sommer wollte der Geschäftsführer eine komplette Überarbeitung des bestehenden Webauftritts.

Auch wenn sie innerhalb der vom Konzern vorgegebenen *Corporate-Identity*-Richtlinien wenig Spielraum bei der Gestaltung der Website hatte, machte ihr die Konzeption dennoch mehr Spaß als das Verfassen von Pressemitteilungen zu diversen LENOPHARM-Produkten. Innerhalb der Vorgaben konnte sie mit graphischen Elementen arbeiten und konzipieren, wie User schnellstmöglich zu den richtigen Informationen gelangten.

Je länger sie an der Neukonzeption arbeitete, desto mehr Freude machte ihr diese neue Aufgabe und desto mehr Ideen kamen ihr für die Detailgestaltung. Sie hatte ganz vergessen, auf die Uhr zu schauen, und war daher erstaunt, als Jasna Milic plötzlich mit Jacke und Tasche unter dem Arm vor ihr stand und sich ins Wochenende verabschiedete.

»Länger als bis 15 Uhr arbeite ich heute wirklich nicht«, erklärte sie entschieden. »Nach dieser Horrorwoche haben wir uns nun wirklich etwas Entspannung verdient. – Dass du dieses Wochenende bloß zu Hause bleibst, Nina! Lass dich nicht von Ellen zum Arbeiten verleiten. Irgendwann ist Schluss.«

»Ich hoffe, es entwickelt sich nicht wieder eine Krise«, bemerkte Nina skeptisch. »Sonst bleibt mir wohl keine Wahl.«

»Positiv denken!« Jasna grinste. »Also, ich muss jetzt los. Ich habe noch einen Termin beim Frauenarzt.« Jasna winkte ihr zum Abschied kurz zu und verschwand.

Kaum hatte sich Nina wieder in ihre Arbeit vertieft, klingelte das Telefon. Lilli Muster war am Apparat.

»Ich rufe an, weil ich dich zu einer kleinen Arbeitsunterbrechung animieren soll.«

Nina musste unwillkürlich lächeln. Lillis Stimme klang vergnügt und heiter und riss sie aus ihrem Arbeitstrott. Sie kannte Lilli noch nicht besonders gut, aber bei den wenigen Gelegenheiten, bei denen sie sich bisher über den Weg gelaufen waren, hatte sie einen positiven Eindruck von ihr gewonnen. Sie verstanden sich und waren außerdem im gleichen Alter.

»Ellen hat der ganzen Abteilung Eis spendiert«, fuhr Lilli nun fort. »Steht bereits bei Stephanie im Vorzimmer für uns bereit.«

Nina schwieg. Sie war Ellen seit der Telefonkonferenz bewusst aus dem Weg gegangen, was offensichtlich auf Gegenseitigkeit beruhte. Die Vorstellung, jetzt mit ihr ein Eis zu essen, behagte ihr nicht sonderlich.

»Für eure Abteilung hat sie das Eis spendiert«, sagte sie schließlich. »Ich bin aber in der PR und nicht in eurer Abteilung.«

Lilli stöhnte. »Nina! Sei nicht so kompliziert. – Ellen hat ausdrücklich gesagt, ich soll dich anrufen. Also, komm bitte zu mir herunter, und wir machen uns ein nettes halbes Stündchen, ehe wir aus dem Büro verschwinden. Heute ist so ein schöner Tag, da sollten wir nicht ewig hier hocken.«

Wenig später saß sie mit Lilli in deren kleinem Büro mit Blick über den Wien-Fluss auf den ersten Bezirk und löffelte köstliches Erdbeereis. Von Ellen selbst fehlte jede Spur.

»Du hast einen tollen Ausblick«, stellte sie erstaunt fest. Sie hatte nicht erwartet, dass Lilli als junge Produktmanagerin ein Einzelbüro mit einem ebenso schönen Ausblick zugewiesen bekam wie Ellen McGill, die die Vorgesetzte von drei Abteilungsleitern war.

»Ja, nicht wahr?« Lilli kicherte. »Das Büro wurde vor mir noch ab und zu von Michaelis genutzt. Offiziell war er zwar bereits in Pension, aber wie du ja inzwischen auch mitbekommen hast, fällt ihm der Abschied von der Firma nicht leicht. – Na ja, kein Wunder. Wenn man sonst nichts hat im Leben.«

»Hat er keine Frau und Kinder?«

Auf Nina hatte Michaelis nicht wie ein Mann gewirkt, der mit seinem Leben nichts anzufangen wusste, ganz im Gegenteil.

»Er war schon verheiratet, habe ich gehört«, erzählte Lilli. »Aber seine Frau ist dann wohl vor einiger Zeit an Krebs gestorben. Ich glaube, Kinder hatten sie keine. Aber genau weiß ich es nicht. Ich bin ja auch erst seit zwei Jahren in der Firma. Mich hier zu bewerben war das Beste, das ich tun konnte! Hier ist wirklich alles super: erträgliche Arbeitszeiten, weniger Dienstreisen, tolle moderne Büros, gute Bezahlung, lukrative jährliche Prämien, nette Leute ...« Sie warf den Rest ihrer Waffel in den Müllkorb und schleckte sich die letzten Eisreste von den Fingern. »Denkst du nicht?«

Nina wusste zunächst nicht, was sie sagen sollte. Sie konnte sich nicht vorstellen, dass es Unternehmen gab, in denen noch mehr gearbeitet wurde als bei LENOPHARM, von lukrativen jährlichen Prämien hatte sie bisher nichts gehört, und über die Bezahlung dachte sie längst nicht mehr, dass sie so vorzüglich war, wie es ihr am Anfang erschien. Sie hatte sich vor Kurzem ausgerechnet, auf welchen Nettostundenlohn sie kam, wenn sie allein die im Vertrag festgeschriebene Zeit von 38,5 Stunden pro Woche als Berechnungsgrundlage berücksichtigte. Dabei hatte sie mit leichtem Entsetzen festgestellt, dass sie sogar bei der Werbeagentur in München, bei der sie kurzfristig gearbeitet hatte, auf einen etwas besseren Stundenlohn gekommen war – und dort hatte sie immerhin nur an der Rezeption gearbeitet.

Lilli deutete Ninas Schweigen auf ihre Weise. »Na ja, ein paar seltsame Leute gibt es ja in jeder Firma. Aber die meisten Leute sind wirklich okay. Abgesehen von einer.« Ihr Gesicht verfinsterte sich.

Nina wurde schlagartig hellhörig. Sollte sie endlich auf eine Seelenverwandte gestoßen sein, die unter Ellen McGill genauso litt wie sie selbst?

»Dass ausgerechnet ich an so eine Chefin geraten muss, ist wirklich Ironie des Schicksals«, begann Lilli auch schon. »Ich habe selten so etwas Verbissenes und Unzugängliches erlebt wie diese Frau. Die reinste Sklaventreiberin, wirklich. Jedes Jahr steckt sie sich enorm hohe Ziele, nur um ihre Position zu sichern und eine Riesenprämie zu kassieren. Wir Produktmanager bekommen nur einen Bruchteil vom großen Kuchen ab. Und dann diese Launenhaftigkeit – an einem Tag ist sie deine beste Freundin, am nächsten Tag behandelt sie dich wie eine Aussätzige.«

Nina betrachtete Lilli unter einem völlig neuen Aspekt. Sie sah eine grazile junge Frau mit dunklem, glattem Haar, sonnengebräunter Haut und großen, dunklen Augen. Rein äußerlich waren sie sich nicht ganz unähnlich. War Ellen auch über sie hergefallen, vielleicht eines Abends, hier in diesem Büro?

»Ich habe diese Erfahrung auch mit ihr gemacht«, sagte Nina nun vorsichtig. »Ich weiß nie, woran ich bei ihr bin. Manchmal habe ich schon Bauchweh, wenn ich nur zu ihr ins Büro muss.«

Lilli riss erstaunt die Augen auf. »Aber du hast doch kaum mit ihr zu tun!«

Nina war genauso erstaunt. Hatte Lilli denn keine Augen im Kopf? »Ich bin mehrmals pro Woche bei ihr. Sie ist doch diejenige, die mir alle Infos gibt und mit der ich besprechen muss, was in Sachen Produktkommunikation geplant ist.«

Die beiden starrten sich an. Und auf einmal wurde ihnen klar, dass sie nicht von derselben Person sprachen.

»Meine direkte Vorgesetzte ist Kathrin Hanelka. – Aber du … du redest von Ellen!«

Nina spürte, wie ihr die Röte bis in die Haarwurzeln stieg. Lillis Blick ruhte zu allem Überfluss auch noch prüfend auf ihr. »Aber Ellen ist doch total nett«, sagte Lilli. Die Überraschung in ihrer Stimme war unüberhörbar. »Ich wünschte so sehr, sie wäre meine Chefin. – Warum kriegst du Bauchweh, wenn du zu ihr ins Büro musst?«

Nina wäre am liebsten auf der Stelle aus Lillis Büro gestürzt, doch diese Reaktion hätte unter allen möglichen Reaktionen die meisten Fragen aufgeworfen. »Sie wirkt manchmal sehr streng«, erwiderte sie lahm. »Aber vielleicht liegt das auch nur an mir. Mir fällt es einfach sehr schwer, mit dominanten Menschen umzugehen.«

Lilli schüttelte ungläubig den Kopf. »Aber Nina ...! Ellen ist überhaupt nicht dominant. Sie kann sich durchsetzen, das ja. Und sie verlangt sehr viel von ihrem Team. Aber sie setzt sich sehr für ihre Mitarbeiter ein. Vor allem dann, wenn es Probleme gibt. Zum Beispiel in meinem Fall: Sie hat das sehr wohl bemerkt, wie Kathrin Hanelka teilweise mit uns umgeht. Und ich weiß aus gesicherter Quelle, dass sie bereits mehrere Gespräche mit Kathrin wegen ihres Führungsstils geführt hat, in denen sie deutliche Worte für sie hatte. Seitdem reißt sich Kathrin auch mehr zusammen, habe ich den Eindruck. – Wahrscheinlich kennst du Ellen noch zu wenig. Wenn du sie mal näher kennst, wirst du sie sicher sehr mögen.«

»Mag sein«, meinte Nina ausweichend. Sie wollte dieses Gespräch nicht fortsetzen, wollte zurück in ihr Büro, wo sie vor Fragen sicher war. Und sie hoffte nur, dass Lilli für sich behielt, was sie soeben gesagt hatte. Sonst würde bald das ganze Haus hinter ihrem Rücken Witze darüber machen, dass sie Bauchweh bekam, wenn sie Ellens Büro betrat. Noch dazu, wo ganz LENOPHARM Ellen McGill als netten und sanften Menschen zu betrachten schien. Wie richtig es gewesen war, den Vorfall im Kopierraum nicht dem Personalchef zu melden! Niemand hätte ihr geglaubt.

Lilli lächelte Nina zuversichtlich an. »Ich bin ganz sicher, in einem halben Jahr denkst du anders über Ellen.«

»Vielleicht«, sagte Nina. »Ich muss jetzt noch etwas arbeiten. Danke für das Eis.«

Als sie oben im Büro war, fiel es ihr schwer, sich auf die neue Website zu konzentrieren. Immer wieder glitten ihre Gedanken zu Ellen McGill. Je mehr sie über sie erfuhr, desto widersprüchlicher wurde sie für sie, und desto mehr zerbrach sie sich darüber den Kopf. Wer war diese Frau? Was ging in ihr vor? Warum hat sie das ausgerechnet mit mir getan, fragte sich Nina wie schon so oft zuvor. War ich zufällig zur rechten Zeit am richtigen Ort? Wenn Lilli Muster im Kopierraum gestanden hätte, wäre es dann mit ihr passiert? Und was hätte Lilli getan? Alles akzeptiert und mindestens so genossen wie sie selbst?

Nina schüttelte den Kopf. Unmöglich. Lilli war selbstsicher und eloquent, sie war beliebt in der Firma und setzte Grenzen; wahrscheinlich wäre sie sowieso nie in diese Situation gekommen. Es musste wohl an ihrer eigenen elenden Unsicherheit liegen. Sie rief in Ellen dieses widersprüchliche Verhalten hervor, das anscheinend niemand sonst an ihr bemerkt hatte.

Am Dienstag noch machte sie quasi zur Schnecke wegen ihres schlechten Englisch, und heute lud sie sie zum Eis ein. Was war das für eine Logik? Nina hielt es trotzdem für angebracht, sich zu der Einladung zu verhalten. So schickte sie ein Mail mit einem einzigen Wort in der Betreffzeile an Ellen McGill: Danke.

Binnen einer Minute kam die Lesebestätigung – und eine Rückantwort: Danke – für was?

Für das Eis, schrieb sie ohne zu Überlegen zurück.

Lesebestätigung sowie Reaktion folgten prompt. Ellen hatte nur drei Zeichen in die Betreffzeile getippt: einen Strich-Punkt, ein großes O und eine nach links geöffnete Klammer – ein augenzwinkerndes Smiley.

Nina wurde die Doppeldeutigkeit ihres Dankes erst jetzt bewusst. Die Tatsache, dass Ellen McGill darauf eingestiegen war, ließ sie erröten.

Der Frühlingsabend war der Jahreszeit angemessen: Es war nicht kalt, doch es wehte ein leichter Wind, der das Tragen einer dünnen Jacke oder eines langärmeligen Shirts erforderlich machte – zumindest für Menschen mit normal entwickeltem Temperaturempfinden. Kathrin Hanelka, Jasna Milic und Max, der Praktikant, trugen Pullis oder Jacken, Lilli Muster hatte sogar vorgeschlagen, ins Innere des Lokals zu wechseln. Brauer, der Personalchef und Harald Lindtmann, der Geschäftsführer, wollten lieber im Garten des Restaurants Platz nehmen, und alle hatten sich gefügt. Schließlich waren es die beiden, die zu diesem Essen einluden. Es sollte ein Dankeschön für das gesamte Team sein, das im Fall »Fenolane« so gute Arbeit geleistet hatte.

Nina, die sonst immer fror, hatte sich ihrer Jacke an diesem Abend bereits entledigt und litt trotz ihres gerafften, schulterfreien Oberteils unter dem Gefühl, jeden Moment zu verglühen. Selbst der eiskalte Begrüßungscocktail konnte an ihrem Zustand nichts ändern.

Ellen McGill saß ihr schräg gegenüber, und der Auslöser für Ninas innere Hitzen war ein einziger Blick gewesen, der sie getroffen hatte, als sie sich eben zwischen Lilli und Jasna niederließ. Es war jener grüne, leidenschaftliche Raubkatzenblick, dem sie vor rund drei Wochen zum ersten Mal begegnet war.

Während Nina Mühe hatte, sich auf die Speisekarte zu konzentrieren, weil sie sich ihres Oberteils, dessen dünner Stoff ihren schwarzen BH kaum verdeckte, nur allzu bewusst war, schien Ellen McGill entspannt in das Gespräch mit Lindtmann vertieft.

Die Erinnerung an jede Berührung, mit der Ellen sie zu einem willenlosen Geschöpf hatte werden lassen, war präsenter denn je. Und trotz der leichen Scham, die sie auch jetzt noch empfand, wenn sie an das Erlebnis dachte, sehnte sie sich in diesem Moment danach, wieder von Ellen geküsst und berührt zu werden.

»Und, Nina, schon etwas gewählt?« Jasnas Stimme riss sie aus ihren heimlichen Gedanken.

»Ich weiß nicht«, sagte Nina verwirrt. Sie hielt die Speisekarte nun schon geschlagene fünf Minuten in den Händen und war genauso schlau wie zuvor. Jasna machte einen belanglosen Scherz darüber, dass sie sich nicht entscheiden konnte, und alle lachten, nur Nina starrte weiter in die Karte, ohne die Buchstaben wahrzunehmen.

Wenn mich Ellen noch einmal so ansieht, werde ich vergehen, schoss es ihr durch den Kopf. Verstohlen betrachtete sie sie aus dem Augenwinkel und stellte fest, dass Ellen immer noch mit Lindtmann sprach. Seltsamerweise fühlte sie sich davon mehr enttäuscht als erleichtert.

Der Kellner kam und nahm die Bestellung auf. Nina bestellte das Gericht, auf das ihr Blick gerade gefallen war.

Mit halbem Ohr verfolgte sie dann das lockere Geplänkel zwischen Lilli und Max. Von der anderen Seite drang Kathrin Hanelkas mühsam beherrschte Stimme zu ihr herüber. Sie erzählte Jasna in allen Details, dass sie sich nun zur Scheidung durchgedrungen hatte und wie sie ihren Mann »nach Strich und Faden fertigmachen« wollte.

Nina fiel Lillis Kommentar zu Kathrin Hanelka ein. Nach allem, was sie hier unfreiwillig mitanhörte, war sie überzeugt, dass Lilli mit ihrer Beschreibung noch untertrieben hatte.

»Nina, du bist so still«, stellte Lilli plötzlich fest. »Ist alles okay?«

Da am unteren Tischende eine Gesprächspause entstanden war, zogen Lillis Worte die Aufmerksamkeit von Brauer und Lindtmann auf sich. Nina merkte, dass die beiden eine Reaktion erwarteten, und fühlte sich unwohl. Sie mochte es nicht, bei Tischrunden im Mittelpunkt zu stehen.

»Ich bin nur etwas müde«, sagte sie ausweichend.

»Kein Wunder, nach den letzten bewegten Wochen und Monaten«, meinte Brauer sarkastisch. »In diesem Jahr folgt bei uns ja eine Medienkrise der anderen.«

»Tja, aber Frau Blume schlägt sich doch recht tapfer«, sagte Lindtmann, und Nina war überrascht, denn bisher hatte sie nicht einmal damit gerechnet, vom Geschäftsführer überhaupt wahrgenommen zu werden. »Was sagen Sie dazu, Ellen? Sind Sie mit der PR-Betreuung zufrieden?«

Nina wollte entweder sofort versinken oder unsichtbar sein. Sie kam sich vor wie die unfreiwillige Statistin in einem Bühnenstück, das sie nicht kannte. Es wurde über sie geredet, und es wurde über sie hinweggesprochen.

»Ich bin sehr zufrieden«, sagte Ellen McGill. Nina hatte nichts anderes erwartet. Was konnte Ellen auch antworten außer höflichen Floskeln, wenn das Gespräch über galante Tischkonversation nicht hinausgehen sollte? Immerhin, seit Anfang Mai besuchte Nina zweimal pro Woche nach der Arbeit einen Englischkurs. Brauer hatte sie per Mail darüber informiert, dass sie hierzu im Rahmen einer Personalentwicklungsmaßnahme angemeldet worden war. Gewiss hatte Ellen, die Zeugin von Ninas fremdsprachlicher Niederlage, ihr diesen Kurs organisiert.

Als das Essen serviert wurde, stocherte Nina nur lustlos darin herum. Das orientalische Lamm mit Datteln und Nüssen duftete verführerisch, doch ihr Magen war wie zugeschnürt. Die nervöse Unruhe, die sie seit Ellens Blick ergriffen hatte, war nicht verflogen. Irgendwann gab sie auf. Sie schob das Gericht von sich und nahm einen kräftigen Schluck Rotwein.

»Nina, du isst wie ein Spatz«, stellte Lilli fest. »Kein Wunder, dass du so schlank bist.«

»Normalerweise kann Nina Unmengen verdrücken«, schaltete sich Jasna ein. »Ich muss es wissen, ich gehe täglich mit ihr in die Kantine. Heute dagegen macht sie Ellen Konkurrenz. Aber von Ellen sind wir das ja gewohnt.«

Ellen McGills Essgewohnheiten waren ein Thema, das regelmäßig für Gesprächsstoff sorgte. Auch Nina hatte schon davon gehört, dass Ellen angeblich nur Salat oder Mini-Portionen von Gemüse oder allenfalls etwas fettarmen Fisch zu sich nahm. Allem Anschein nach entsprach das den Tatsachen. Auch Ellen hatte nach der Hälfte ihrer Zucchini-Tagine aufgegeben und den Teller bereits von sich geschoben.

»*I'm not hungry in the evening*«, sagte Ellen, die Jasnas Bemerkung mitbekommen hatte.

»Und mittags anscheinend auch nicht«, erwiderte Jasna trocken.

»Ich hoffe nicht, dass Sie uns beide noch verhungern«, meinte Brauer und wischte sich mit der Serviette den Rest einer undefinierbaren Soße aus dem Mundwinkel. »PR und Pharma-Leitung gleichzeitig nachbesetzen, das wäre mein persönlicher Alptraum als Personalchef.«

»Sie sorgen sich umsonst«, sagte Ellen. Lächelnd setzte sie hinzu: »Frau Blume wird Ihnen sicher noch lange erhalten bleiben.«

Nina hob den Kopf. Sie spürte deutlich, dass die Stimmung umgeschlagen war, und blickte erstaunt um sich: Jasna, nie um ein Wort verlegen, war von einer Sekunde zur anderen todernst geworden und aß schweigend weiter. Auch Lindtmann konzentrierte sich auf seine Mahlzeit, und Brauer griff zum Weinglas. Nur Max, Lilli und Kathrin Hanelka schienen von dem plötzlichen Stimmungsumschwung nichts bemerkt zu haben.

Automatisch sah Nina zu Ellen hinüber, die nun ebenfalls zu ihrem Weinglas griff. Ellens Lippen umspielte ein dünnes Lächeln, doch als sich ihre Blicke trafen, sah Nina nur zwei ernst blickende Augen, in denen für Bruchteile von Sekunden eine Traurigkeit lag, die sie erschreckte. Schnell sah Nina zur Seite.

Sie nahm nur am Rande war, dass Brauer einen belanglosen Scherz machte; dass Lindtmann sich mit den Worten »Der Rest des Abends gehört meinen Mitarbeitern, Sie amüsieren sich ohne mich ganz sicher besser« verabschiedete; dass Max noch Nachtisch bestellte und dass Kathrin Hanelka zum ersten Mal an diesem Abend etwas Positives äußerte, indem sie die Küche des Lokals lobte und darauf hinwies, dass es drinnen auch ein Hammam-Bad gab, das sie »jedem weiterempfehlen« könne. Ninas eigene Gedanken kreisten nur um Ellen McGill. Wie so oft landete sie wieder bei einer einzigen Frage, die sie nicht los lassen wollte, ehe sie die Antwort darauf gefunden hatte: Wer war diese Frau? Sie wusste längst, dass sie sie nicht mehr hasste. Wie konnte sie auch jemanden hassen, der ihr so nahegekommen war und bei ihr derart starke körperliche Empfindungen wachrufen konnte? Ellens Hände unter ihrem Slip – sie dachte daran und spürte, was die Erinnerung bei ihr hervorrief. Ihre Brustwarzen zogen sich zusammen und drückten hart gegen den Stoff ihres BHs.

Sie sah in Ellens Richtung. Wieder trafen sich ihre Blicke. Die Traurigkeit von vorher war aus Ellens Augen verschwunden. Der Blick, den sie Nina nun schenkte, war fest, intensiv und zog sie ganz in ihren Bann. In Ninas Innerem stieg die Hitze.

Ellen war es schließlich, die den Blickkontakt löste und erneut zu ihrem Weinglas griff. Nina tat es ihr nach. Ihre Hand zitterte. In ihrem Inneren herrschte ein wahrer Wirbelsturm an Empfindungen. Ich sollte gehen, sagte sie sich, und gleichzeitig wusste sie, dass sie es nicht tun würde. Denn ihr Körper brannte vor Verlangen. Sie wusste genau, was sie wollte. Sie wusste es so genau wie nie zuvor, und es erschreckte sie: Sie wollte Sex mit der Frau, die soeben mit Brauer sprach und möglicherweise keine Vorstellung davon hatte, was ihre Blicke auslösten.

Unter Aufbietung ihrer gesamten Disziplin gelang es Nina, sich von ihrem Stuhl zu erheben und mit einer leise gemurmelten Entschuldigung ins Innere des Lokals zu flüchten. Drinnen blieb sie für einen Moment fasziniert stehen: Sie fand sich in einer stattlichen Bar mit Diwanen und flachen kleinen Teetischen wieder, an die sich bunt erleuchtete Räume anschlossen. Nina folgte dem Wegweiser zum WC durch mehrere Durchgangszimmer. Jedes offenbarte sich in einem anderen Farbton; jedes präsentierte neue Elemente – große, golden glänzende Vasen als Raumteiler zwischen den Tischen, ausladende Kerzenständer, Spiegel an den Wänden, Vorhänge, die in schweren Stoffen von den Wänden fielen und Fenster verdeckten, die es gar nicht gab. In verschiedenen Farben leuchtende Laternen, die an kunstvoll geschmiedeten Ketten von der Decke baumelten, tauchten alles in ein sanftes, einladendes Licht. Allerdings saß im gesamten hinteren Bereich an einem Werktag wie heute kein einziger Gast.

Im Toilettenraum ließ Nina sich kaltes Wasser über die Handgelenke laufen und befeuchtete ihr glühendes Gesicht. Abkühlung. Ablenkung von dem Gedanken, der sie in Besitz genommen hatte. Es konnte nicht passieren, durfte nicht passieren. Nicht schon wieder, und schon gar nicht, weil sie selbst es aus purer Lust wollte. Sie dachte an Lukas, der wahrscheinlich zu Hause saß und auf sie wartete, und der Gedanke an ihn ernüchterte sie. Sie durfte ihn nicht betrügen. Nicht schon wieder.

Als sie sich wieder im Griff zu haben glaubte, trat sie zurück ins Lokal. Erst jetzt entdeckte sie, dass im hintersten Raum weitere Nischen angrenzten, die mit Vorhängen, wandhohen Holzspalieren und künstlichen arabischen Säulen vom eigentlichen Sitzbereich abgetrennt waren. Ein Lokal wie tausend und eine Nacht.

Das plötzliche Gefühl, beobachtet zu werden, ließ sie herumfahren – und Ellen McGill gegenüberstehen. Zwischen ihnen fiel kein Wort. Es war ein einziger Blick, der klarstellte, dass sie beide dasselbe wollten.

Hastig zog Ellen sie an sich und presste die Lippen auf Ninas Mund, der ihre Zunge auch schon bereitwillig willkommen hieß. Nina bebte. Ihr Verstand hatte sich bei Ellens erster Berührung ausgeschaltet. Sie vergaß alles um sich herum.

Ohne den Kuss zu unterbrechen, schob Ellen sie in Richtung einer der Nischen und löste den Vorhang. Sie drückte Nina gegen die freie Wand, ließ ihre Lippen deren Hals entlangwandern, über das Dekolletee gleiten, erneut zum Mund finden. Ninas Körper brannte lichterloh. Jede Berührung entfachte weitere Feuer in ihrem Inneren. Mit einem Ruck schob Ellen nun Ninas dünnes Oberteil nach oben; fast zeitgleich löste sie den Verschluss des BH. Nina stöhnte erregt auf, als Ellens Lippen ihre steifen Brustwarzen berührten. Ellen liebkoste sie mit der Zunge, ließ ihren Mund über beide Brüste wandern und über Ninas nackten Bauch.

Nina zitterte am ganzen Körper. Die Anspannung und Erregung nahm mit jeder Liebkosung zu. Gegen das Glühen, das ihren Körper zu einer wahren Fackel machte, konnte sie nichts tun. Sie konnte kaum mehr atmen und sich aufrechthalten. Als Ellen unter ihren langen Rock griff, versagten Ninas Beine den Dienst. Sie knickten weg, als wären sie aus schmelzendem Wachs.

Ellen fing sie geistesgegenwärtig ab und ließ sie sanft auf den runden, weichen Diwan gleiten, der einladend den kleinen Raum dominierte. Sie schob Ninas Rock nach oben und legte ihre Hand sanft auf die pulsierende Stelle zwischen Ninas Beinen. Mehr brauchte es für Nina nicht. Sie drängte sich erregt gegen Ellens ruhende Hand … und kam, ohne dass sie es verhindern hätte können, schnell und mit einem leisen Aufschrei.

Sie schloss die Augen. Die Spannung, die sie bereits den ganzen Abend in Unruhe versetzt hatte, war verflogen. Doch statt angenehmer Erleichterung spürte sie nun einen Hauch von Enttäuschung. Es war schon vorbei, es war zu schnell gewesen. Sie hatte dieses Gefühl viel länger haben wollen, hatte es noch mehr genießen wollen als beim letzten Mal.

Als sie eine sanfte Berührung auf ihrer Wange spürte, zwang sie sich, die Augen wieder zu öffnen. Ellen saß neben ihr und streichelte sanft über ihr Gesicht. Sie atmete schneller als gewöhnlich. Dennoch war ihr Blick ruhig und ernst.

»Nina«, sagte sie leise. Ihre Stimme klang so, wie sich die Bewegung ihrer Hand auf Ninas Wange anfühlte – sanft und tröstlich.

Nina setzte sich langsam auf. Sie betrachtete Ellen, die noch immer vollständig bekleidet war, aufmerksam. »Zieh das aus«, flüsterte sie. Ihr plötzlicher Mut überraschte sie selbst. Er wuchs mit ihrem Verlangen, Ellen zu berühren, sie zu streicheln und ihr dasselbe Vergnügen zu bereiten, das diese ihr verschafft hatte.

Ellen legte ihr Jackett ab. Ihr Blick war immer noch auf Nina gerichtet, ruhig und ernst wie zuvor.

»Das auch. Bitte.«

Nina verfolgte mit wachsendem Erstaunen, dass ihren Bitten widerspruchslos Folge geleitet wurde. Ellen ließ ihre Bluse zu Boden gleiten und offenbarte einen kunstvoll gefertigten, aufwendig bestickten BH. Zögernd streckte Nina die Hand nach ihr aus. Sie ließ ihren Finger über Ellens Brustansatz gleiten, dort, wo der BH am Dekolletee endete. Ellen schloss die Augen, ihre Gesichtszüge entspannten sich zusehends.

Ninas Selbstvertrauen wuchs. Sie wollte mehr, wollte diese Brüste spüren, diese Haut mit den Lippen berühren. Sie lehnte sich zu Ellen hinüber und zog sie dicht an sich. Ellen leistete keinerlei Widerstand. Ihr Körper fühlte sich in Ninas Armen so zart an, fast zerbrechlich. Erst als sich ihre Lippen trafen, erwachte wieder die Energie, die in ihm steckte. Ellen erwiderte Ninas Umarmung und zog sie ebenfalls dicht an sich heran, während sie ineinander versanken.

Nina ließ sich rücklings auf den weichen Diwan gleiten und zog Ellen mit sich. Sie lagen Seite an Seite, mit vor Erregung schneller schlagenden Herzen und heftigem Atem, unfähig und unwillens, ihre Lippen voneinander zu lösen.

Nina spürte, wie ihr Körper bebte, als Ellens Hand sanft über ihren Rücken glitt. Sie musste unweigerlich nach Luft schnappen, als die Hand ihren Po erreicht hatte und Ellen sie nun mit unerwarteter Armkraft noch dichter an sich heranzog. Ihre Beine verschlangen sich fest ineinander. Zärtlich liebkoste Ellen Ninas Brüste und begann, ihre Mitte an Ninas Bein zu reiben, bis ihr Atem heftiger wurde und in leises Stöhnen überging.

Doch Nina entzog ihr sanft das Bein. Diesmal wollte sie Ellen spüren, ihr endlich zurückgeben, was sie vor drei Wochen allein genossen hatte. Sie beugte sich über sie und löste den Verschluss ihres BHs. Fasziniert betrachtete sie Ellens kleine, feste Brüste und strich mit ihrem Zeigefinger sanft über die hellen Brustwarzen, die sich sofort versteiften.

Ellen keuchte. Ihre Augen waren weit geöffnet, ihr Gesicht immer noch ernst. Doch die Ruhe ihres Blickes hatte einem unruhigen Flackern Platz gemacht.

Nina spürte, dass Ellen nach mehr verlangte. Und sie, Nina, konnte es ihr geben. Dieses plötzliche Bewusstsein nahm ihr die letzte Angst, ungeschickt zu sein oder gar etwas falsch zu machen. Sie bedeckte Ellens Brüste mit kleinen, brennenden Küssen, saugte sanft an ihren Spitzen und verfolgte, wie Ellens Erregung stetig zunahm. Vorsichtig ertastete sie den leichten Stoff von Ellens Anzughose.

Die Erregung ließ ihre Hände zittern. Es gelang ihr kaum, Knopf und Reißverschluss zu öffnen. Schließlich war es Ellen, die ihr zur Hilfe kam und die Hose leicht nach unten schob. Zögernd und ohne sie dabei anzusehen, legte Nina ihre Hand zwischen Ellens Beine. Sogar durch den Stoff des Slips konnte sie die Nässe fühlen. Langsam begann sie ihre Hand zu bewegen. Ellen stöhnte. Und dennoch war sie es, die nun ihre Position veränderte, so dass Nina von ihr lassen musste und sich leicht zur Seite drehte. Sie zog sie an sich und schon fühlte Nina ihre warme Hand unter ihrem Slip.

Sie stöhnte laut auf, als Ellen zwei ihrer Finger in sie hineingleiten ließ.

Ellen verharrte in der Bewegung. Sie suchte Ninas Blick. Leichte Verunsicherung lag in ihren Augen, die jedoch schnell verflog, als ihr Nina einen bittenden Blick schenkte. So begann sie die Finger sanft in ihr zu bewegen.

Ninas nur mühsam unterdrücktes Stöhnen vermischte sich mit jenen Lauten der Lust, die aus Ellens tiefstem Inneren drangen, als nun auch Ninas Hand ihren Weg zurück zu Ellens Mitte fand und unter ihren Slip glitt. Nina wusste nicht, was sie mehr erregte: Ellens geschicktes Fingerspiel in ihrem Inneren oder das prickelnde, aufregende Gefühl, das sie selbst dabei empfand, wenn sie über Ellens geschwollene, nasse Klitoris strich, die sich bei jeder ihrer Berührungen mehr aufzurichten und zu wachsen schien. Die Erfahrung, eine Frau zu erregen und durch die bloße Berührung an ihrer intimsten Stelle zum Höhepunkt zu bringen, war für sie neu und aufregend. Gleichzeitig wuchs ihr Selbstvertrauen mit jedem Seufzen, das Ellen von sich gab.

Als Ellen schließlich in ihrer Hand mit einem unterdrückten Aufschrei kam, konnte sie das süße Gefühl des Triumphes dennoch nicht genießen, denn Ellens Finger, der zeitgleich heftig und unerwartet in sie stieß, ließ nun sie selbst in einem Sinnenrausch untergehen. Die Welt um sie herum war ein einziges Feuerwerk an Farben, Düften, Geschmack und Gefühlen. Ein Feuerwerk, von dem sie wünschte, dass es ewig andauern würde.

Mit einem Kuss verschloss Ellen ihr die Lippen. Eingebettet in sanfte Umarmung, kam Nina langsam in die Wirklichkeit zurück. Eine ganze Weile rang sie noch nach Atem, während Ellen ihre Finger zärtlich durch Ninas Locken gleiten ließ, die sich allesamt aus ihrer Hochsteckfrisur gelöst hatten.

Als Nina sich zu ihr umwandte, blickte sie in zwei Augen, die wie Smaragde glänzten. Zum ersten Mal wurde Nina sich der Eigentümlichkeit von Ellens Augen bewusst: Hätte sie zuvor jemand danach gefragt, hätte sie Ellens Augenfarbe als grau bezeichnet. Je ernster und trauriger sie schaute, desto grauer waren diese Augen. Doch nun war das Grau fast verschwunden, und ihr Blick funkelte in einem atemberaubenden Grün.

Nina lächelte zaghaft. Ihr Lächeln wurde erwidert. Sie registrierte, wie hübsch Ellen aussah, wenn ihre Gesichtszüge so entspannt waren wie in diesem Augenblick.

Doch obschon sie noch in enger Umarmung lagen, konnte Nina bereits spüren, wie jener Zustand der Fremdheit und Verunsicherung zurückkehrte, der ihr Verhältnis im täglichen Leben so schwierig machte. Sie hätte gerne etwas gesagt. Doch was? Dass es ihr gefallen hatte, war Ellen ohnehin bewusst. Dass die ganze Situation hier in diesem Restaurant durchaus absurd war, lag auf der Hand. Dass sie noch länger in ihren Armen liegen wollte, war, was sie sich zwar wünschte, aber nicht auszusprechen wagte. Ihre Hemmnis entsprang nicht allein ihrer Schüchternheit, sondern auch dem Empfinden der Kluft, die abseits sexueller Vergnügungen zwischen ihnen lag. Nina war sensibel genug, um zu spüren, dass auch Ellen diese Kluft wahrnahm.

Etwas später stand Ellen auf, knöpfte ihre Hose zu, ordnete ihr Oberteil und zog ihr Jackett über. Auch Nina richtete sich auf und begann sich in ihren ursprünglichen Zustand zurückzuversetzen. Sie wagte nicht mehr, Ellen anzusehen. Die Kluft hatte sich wieder zum weitläufigen Abgrund entwickelt. Ellen war schon dabei, die Nische, die sie sich geschaffen hatten, zu verlassen, als sie sich noch einmal umwandte: »Danke.« – Damit verschwand sie.

Nina hätte sich nicht schlechter gefühlt, wenn Ellen ihr eine Ohrfeige ins Gesicht geschmettert hätte. Wie hatte sie sich nur dem Trugschluss hingeben können, etwas sei anders als bei ihrer letzten Zusammenkunft? Ellen bediente sich ihrer und verschwand, auch wenn sie heute nicht fluchte, sondern sich bedankte. Für was? Dafür, dass sie ihr willig zur Verfügung stand? Nina ordnete sich verzweifelt Haar und Kleidung. Wieso hatte sie sich dieser Frau nur wieder an die Brust geworfen wie ein williges Stück Fleisch? Warum erlosch jeder Funken Verstand, sobald sie ihr körperlich zu nahe kam? Weshalb setzte sie sich permanent diesen Demütigungen aus?

Sie dachte an Lukas und war voll des schlechten Gewissens. Diesmal gab es keine Entschuldigung für das, was sie getan hatte. Sie war kein Opfer. Sie hatte gewollt, was sie bekommen hatte. Sie hatte ihn betrogen. Zornig biss sie die Zähne zusammen, um nicht zu weinen. Sie wollte nicht mit Tränen in den Augen zu den anderen zurückkehren. Eigentlich wollte sie überhaupt nicht zu den anderen zurückkehren. Doch sie hatte ihre Tasche am Tisch gelassen und war sich im Klaren, dass ihr ein französischer Abschied übel genommen würde. Es war schon ein Wunder, wenn ihr Fernbleiben keine Fragen aufwerfen würde.

Als sie zur LENOPHARM-Gruppe zurückkehrte, fehlte Ellen. Sie habe sich bereits verabschiedet, hieß es lapidar.

Nina wachte gegen vier Uhr früh von der Fehlzündung eines startenden Motorrads auf und fand von da an keinen Schlaf mehr. Sie lag wie so oft in den vergangenen Tagen mit offenen Augen neben Lukas, der wie ein Baby schlummerte, und starrte mit leerem Blick in die Dämmerung.

Sie fühlte sich wie eine Gefangene in ihrem eigenen Leben. Warum war sie nicht mehr glücklich? Es war für sie, als würde sie zerrissen zwischen zwei Welten: auf der einen Seite das glänzende Kosmos von LENOPHARM, in dem harte, trockene Arbeit mit regelmäßigem Einkommen und gelegentlichen üppigen Buffets mit Shrimps und Kaviar belohnt wurde. Auf der anderen Seite waren die Vertrautheit der Beziehung mit Lukas, die Behaglichkeit ihrer gemeinsamen kleinen Wohnung, ihre Leidenschaft für das Zeichnen, die Kindergeschichten, die gelegentlich in ihrem Kopf herumschwirrten und danach schrien, endlich zu Papier gebracht zu werden, das Musical, das durch Lukas auch Teil ihres Lebens geworden war, die Freunde vom Musical und der ungezwungene Umgang, den sie miteinander pflegten. In der LENOPHARM-Welt hingegen gab es nur Kollegen, keine Freunde. Selbst ihre Gespräche mit Jasna und Lilli gingen fast nie über die tägliche Arbeit hinaus.

Doch was viel gravierender war als sämtliche Shrimps-Buffets, das gute Geld, Jasna und Lilli: In der LENOPHARM-Welt existierte eine Ellen McGill. Eine Ellen, die sie nur anzusehen brauchte, und schon zog es in ihrem Unterleib, und dies keinesfalls vor Schmerzen. Die Zeit, in der sie vor dem Zusammentreffen mit ihr vor Nervosität unter Magendrücken litt, war seit ihrer zweiten sexuellen Begegnung vorbei. Wenn sie jetzt mit ihr zusammentraf, musste sie mit Macht das innere Verlangen zurückdrängen, dass sie ergriff.

Sie vermied es, Ellen anzusehen, da sie fürchtete, jene könne in ihr Lesen wie in einem offenen Buch. Zudem wollte sie nicht riskieren, dass ein einziger leidenschaftlicher Blick von Ellen ihre Mauer aus Vorsätzen zum Einsturz brachte. Sie wollte nicht neuerlich zur Betrügerin werden, und sie wollte nicht noch einmal gedemütigt werden. Ellens

»Danke« hallte noch immer in ihrem Kopf wieder. Ihr Körper dagegen begann allein bei dem Gedanken an eine einzelne Berührung zu glühen.

Vor zwei Tagen hatte sie mit Lukas geschlafen. Es hatte nur funktioniert, weil sie die ganze Zeit an Ellen dachte. Lukas hatte nichts gemerkt, doch sie selbst fühlte sich seither mehr denn je als Betrügerin.

Der einzige Weg war, bei LENOPHARM zu kündigen. Und Nina sah jetzt durchaus die Chance, sich von dem Unternehmen zu verabschieden. Lukas hatte ihr vor drei Tagen mitgeteilt, dass er eine kleine Rolle bei einer aktuellen Musical-Produktion bekäme. Sie würde also nicht länger die Alleinverdienerin sein. Wenn sie sich finanziell einschränkten, müssten Miete und Lebensunterhalt von dem kleinen Budget, dass sich aus Lukas' Verdienst und ihrer dann wiederaufgenommenen freiberuflichen Tätigkeit als Texterin zusammensetzte, zu finanzieren sein. Sie würde Ellen McGill nicht mehr sehen und allmählich vergessen, was sich zwischen ihnen ereignet hatte. Umso länger sie jedoch darüber nachdachte, wie es war, Ellen nicht mehr zu sehen, umso weniger fand sie Schlaf. Als es heller wurde, hielt sie es im Bett nicht mehr aus und stand leise auf.

Sie ging in die Küche und starrte in den Spiegel über dem Waschbecken. Ich wünschte, ich könnte ins Büro gehen, sagte sie in Gedanken zu ihrem Spiegelbild und erschrak über ihren eigenen Wunsch. Es war Christi Himmelfahrt, ein Feiertag – wieso konnte sich nicht darüber freuen? Ein Tag, an dem sie hätte ausschlafen können, ein Tag, den sie mit Lukas verbringen konnte. Noch vor einigen Wochen wäre sie vor Freude darüber fast an die Decke gehüpft, doch jetzt belastete sie die Vorstellung, aus ihrer täglichen Routine gerissen zu werden.

Lukas würde lange schlafen. Für ihn war zehn Uhr schon früh. Sie selbst konnte, seitdem sie in den LENOPHARM-Rhythmus gezwungen worden war, selbst am Wochenende kaum mehr länger schlafen als bis halb neun.

Ihr Blick fiel auf den Wäschekorb neben dem Waschbecken, der fast schon überquoll, und den Geschirrberg, der sich wieder einmal im Spülbecken angesammelt hatte. Aufzuräumen gab es wie immer genug. Andererseits würde sowohl die Waschmaschine als auch das Abspülen Lärm machen. Lukas würde davon aufwachen. Außerdem wäre es das x-te Mal in Folge gewesen, dass sie Lukas' Geschirr spülte und sich allein um die Wäsche kümmerte. Diesmal würde sie für ihn alles so lassen, wie es war.

Während sie Jeans und T-Shirt anzog und schließlich die Wohnungstüre leise von außen hinter sich schloss, fragte sie sich, was Ellen McGill und sie überhaupt verband.

Letztendlich ist es nur Sex, versuchte sie sich einzureden, während sie die Stufen des Mietshauses hinunter ging. Zwei Körper treffen aufeinander und reagieren dementsprechend.

Doch wenn es nur das war – warum geschah mit ihrem Körper nicht dasselbe, wenn Lukas sie in den Armen hielt? Und warum kreisten ihre Gedanken auch abseits dieser sexuellen Erlebnisse so häufig um Ellen?

Sie fuhr mit der Straßenbahn Richtung Schwarzenbergpark, einem Waldstück am Rande des Bezirks, in dem sie wohnten. Als sie einen der Spazierwege einschlug, war sie überrascht, hier nicht die einzige zu sein: in unregelmäßigen Abständen zogen Jogger und Spaziergänger mit Hunden an ihr vorüber.

Nina hatte Phasen innerlicher Leere schon einmal erlebt, allerdings nie in dieser Ausprägung. Das letzte Mal war sie in einen solchen Zustand vor rund dreieinhalb Jahren geraten. Sie war damals noch in der Beziehung mit Heiko, hatte aber gespürt, wie er sich langsam zu verändern begann. Erst hatte er ihr nicht mehr offen erzählt, wo und mit wem er sich traf, dann klickte er, wenn sie sich dem Computer näherte, schnell von seinem E-Mail-Account auf eine andere Website, um schließlich sogar mit dem Telefonieren aufzuhören, wenn sie das Zimmer betrat. Nina hatte dies sehr wohl registriert, es aber zu verdrängen versucht.

Als sie ihrer besten Freundin davon erzählte, murmelte Inga misstrauisch: Pass auf, vielleicht hat er eine andere!

Nina hatte diesen Verdacht damals für völlig absurd gehalten. Heiko würde ihr das niemals antun, Treue sei ihm sehr wichtig, er sei ein Scheidungskind so wie sie, und sie beide hätten schließlich miterlebt, wie Beziehungen aus Untreue scheiterten und wie schrecklich diese Trennungen verlaufen konnten.

Ihr Vater und ihre Mutter, zwei Menschen mit ausgeprägten Bedürfnis, sich selbst zu verwirklichen, hatten sich abgesehen von Ninas ersten Lebensjahren ohnehin stets verhalten wie ein Paar, das nur eine Gelegenheitsbeziehung führte. Als Nina ein Teenager war, hatten sie sich getrennt. Da Nina zu ihrer Mutter immer eine engere Bindung gehabt hatte als zu ihrem Vater, war nie die Frage, bei wem sie hatte wohnen wollen. Auch wenn sie ihren Vater nicht wirklich vermisste – immer dann, wenn sie Familienserien im Fernsehen verfolgte, und selbst bei kitschigen Margarinereklamen gab es ihrem Herzen einen leichten Stich. Es war für sie sogar während ihrer Teenagerjahre unverständlich gewesen, weshalb all ihre Freunde stets darüber schimpften, dass sie hie und da etwas mit ihren Eltern unternehmen mussten. Sie selbst hätte viel für ein gewöhnliches Familienleben gegeben. Es war für sie der Inbegriff von Stabilität und Geborgenheit.

Als Heiko ihr schließlich gestand, dass er seit Monaten ein Verhältnis mit einer anderen hatte, brach für sie eine Welt zusammen. Die Geborgenheitsblase, in der sie sich beschützt und geliebt geglaubt hatte, war zerplatzt.

Ich verstehe nicht, wieso er mir das antun kann, hatte Nina an Ingas Schulter geschluchzt. Wie kann er untreu sein, wenn er das doch genauso wie ich seit jeher verurteilt hat?

Gute Vorsätze sind halt oft nicht einzuhalten, Nina, hatte Inga weise entgegnet. Er wollte dir wohl wirklich treu sein, aber dann hat er sich eben doch in jemand anderen verliebt. Das kann passieren.

Mir nicht, hatte Nina im Brustton der Überzeugung erwidert.

Und jetzt? – Jetzt war sie in einer Situation, in der *sie* nicht wusste, was sie wollte, in der *sie* unglücklich war, aber in der keine Aussicht auf Besserung bestand. Nicht, solange sie Ellen McGill fast täglich sehen und mit ihr zusammenarbeiten würde.

Das muss aufhören, sagte sie sich. Ich werde nicht meine Beziehung mit Lukas aufs Spiel setzen für ein bisschen Spaß im Bett. Lukas liebt mich, und für Ellen bin ich nur jemand, an dem sie ihre Bedürfnisse befriedigt.

Als sie heimkam, war Lukas bereits auf den Beinen und empfing sie mit griesgrämiger Miene.

»Wo warst du denn, um Himmels Willen?«

»Ich dachte, du schläfst noch. Ich war spazieren.«

»Es ist halb zehn!« Ein Vorwurf in seiner Stimme war nicht zu überhören.

»Sonst schläfst du doch auch bis zehn.«

Irritiert sah er sie an. »Hast du es etwa vergessen?«

Sie verstand nichts. Was sollte sie vergessen haben? Dass Feiertag war?

»Marga feiert doch heute Geburtstag«, klärte er sie auf. »Wir treffen uns ab zehn zum Picknick am Wilhelminenberg.«

Sie erinnerte sich nicht, dass er dies angekündigt hatte, und verspürte bei dem Gedanken, mit Marga und dem Rest der Clique den Tag zu verbringen, nichts als Unlust. Vergangenen Sonntag waren sie den ganzen Tag gemeinsam auf der Donauinsel gewesen, hatten im Gras gesessen und die Sonnenstrahlen genossen – alle außer Nina. Marga hatte sie im Laufe dieses Tages mehrmals mit dem »kapitalistischän Pharmakon-zärn« geneckt, und alle anderen hatten gelacht, einschließlich Lukas.

»Hast du überhaupt was zum Picknicken eingekauft?« fragte Lukas und öffnete den Kühlschrank. Mit Entsetzen im Blick drehte er sich zu ihr um. »Nichts! Du hast es echt vergessen!«

»Und warum hast du nicht selbst eingekauft?«, gab sie erbost zurück.

»Wer hat hier denn das Geld? Ich kann ja wohl kaum Käse und Wurst für fünfzehn Leute einkaufen, von dem, das ich habe!«

»Für fünfzehn Leute?«, wiederholte Nina ungläubig.

»Ich hab es dir doch erzählt«, sagte er kopfschüttelnd. »Wir hatten abgesprochen, dass jeder was mitbringt.«

Nina verschränkte unwillkürlich die Arme vor der Brust. »Und warum sollen ausgerechnet wir dann Wurst und Käse für fünfzehn Leute besorgen?«

Seine Antwort kam wie aus der Pistole geschossen. »Na, weil du die einzige von uns bist, die echt Geld verdient!«

Ninas Ambitionen, an diesem Picknick teilzunehmen, sanken unter Null. Die Selbstverständlichkeit, mit der von ihr erwartet wurde, Margas Geburtstagsfeier zu finanzieren, widerte sie an. Sie ging ins Wohnzimmer und ließ sich auf das Bett fallen, das Lukas noch nicht wieder zur Couch umfunktioniert hatte.

Sie hatte es satt. So satt.

Eine Viertelstunde später war sie allein. Lukas war schließlich mit ausgeliehenen zwanzig Euro losgezogen, nicht ohne sie vorher fest in die Arme geschlossen zu haben. Sie war froh, als er fort war, schlüpfte zurück ins Bett und weinte. Hätte sie jemand nach dem Grund für ihre Tränen gefragt – sie hätte nicht beantworten können. Doch ihr Leben stand vor ihr so grau und trist wie eine Wand aus Sichtbeton.

Gegen Mittag hielt sie es in den eigenen vier Wänden nicht mehr aus. Ziellos ließ sie sich durch die Stadt treiben und landete am Ende wie von selbst im Büro. Sie würde zur Ablenkung an dem neuen LENOPHARM-Webauftritt weiterarbeiten. Sie fuhr ihren PC hoch und vertieft sich. Ihre Ideen hatten inzwischen konkretere Formen angenommen und die Konzeption machte ihr so viel Freude, dass sie darüber sogar kurzzeitig ihre Probleme vergaß.

Es war gegen 16 Uhr, als sie sich schließlich eine Pause gönnte. Erst als sie sich in der Stockwerksküche einen Kaffee machte, wurde ihr bewusst, wie still es im Gebäude war.

Was hatte sie auch erwartet; es war Feiertag, und niemand war so verrückt wie sie, ihn bei LENOPHARM zu verbringen. Niemand? – Unwillkürlich war Ellen McGill wieder vor ihrem inneren Auge präsent. Es gab selten einen Sonntag, an dem sie nicht im Haus war, das wusste Nina inzwischen.

Die Sehnsucht, sie zu sehen, war plötzlich stärker als jede Vernunft. Nina ließ ihren Kaffee stehen und fuhr in den vierten Stock. Zögerlich näherte sie sich Ellens Büro. Vor der Türe machte sie Halt und lauschte. Kein Laut drang nach außen.

Vorsichtig drückte sie die Klinke, trat zögernd ein – und fand das Zimmer leer. Nichts deutete darauf hin, dass Ellen heute hiergewesen war. Die Enttäuschung darüber erfüllte Nina bis in die Zehenspitzen. Mit einem Gefühl unerklärlicher Traurigkeit kehrte sie zurück in ihr Büro. Die Konzentration auf die Website wollte sich nun nicht mehr einstellen. Sie sah das Lächeln vor sich, das Ellen ihr geschenkt hatte, ehe sie vom Diwan aufgestanden war. Ein entspanntes, fast zärtliches Lächeln.

Ninas Finger agierten wie von selbst, als sie ihr Mailprogramm startete und Ellens Adresse eingab. Sie schickte ihr nur ein einziges Wort: Hallo.

Kaum hatte sie es weggeschickt, bereute sie ihre Aktion schon. Was tat sie da nur?

Sie wechselte wieder ins *Power Point* und setzte ihre Konzeptionsarbeit fort, doch schon nach wenigen Minuten kehrte sie zu den Mails zurück. Ihr Herz begann höher zu schlagen, als sie sah, dass eine Nachricht von Ellen eingetroffen war. Sie öffnete das Mail und fand nur ein einziges Zeichen. Ein Fragezeichen.

Nina biss sich auf die Lippen. Kein Wunder, dass sich Ellen fragte, was das Mail sollte. Wahrscheinlich saß sie zu Hause und fragte sich, was Nina dazu bewog, ihr ein Hallo zu schicken. Lächerlich. Sie machte sich lächerlich.

Sie würde es so darstellen, als hätte sie sie gesucht. Rein geschäftlich. Eine Frau wie Ellen, für die es keine Wochenenden gab, würde das sicherlich nicht ungewöhnlich finden.

Ich habe dich gesucht, tippte sie, im Büro. Wo bist du?

Die Antwort ließ nicht lange auf sich warten.

Kardiologenkongress, schrieb Ellen zurück. In Mailand. *Why do you spend this day in the office?*

Ich habe viel zu tun, schrieb Nina zurück und fand allmählich Gefallen daran. Zum ersten Mal konnte sie mit Ellen eine Art Gespräch führen, ohne sich dabei zu fühlen, als wandere sie einen schmalen Grad möglicher Peinlichkeiten entlang. Sie ging noch einen Schritt weiter. Wie ist der Kongress, fragte sie.

It's okay, kam Ellens Antwort binnen einer Minute. Wie immer. Viele Symposia.

Nina, die noch nie auf einem Kongress gewesen war, konnte sich darunter nicht wirklich viel vorstellen, doch was sie sich in diesem Augenblick vorstellen wollte, war Ellen. Stand sie irgendwo im Trubel eines Kongresszentrums und tippte in ihren Blackberry? Schimmerten ihre Augen in diesem Augenblick grün oder doch eher grau? Trug sie einen ihrer top-eleganten, ausgefallenen Anzüge? Und was trug sie darunter?

Allein bei dem Gedanken an Ellens Busen, bedeckt von jener kunstvoll bestickten Unterwäsche, wurde es Nina heiß.

Was machst du gerade, schrieb sie. Sie wollte nicht, dass diese elektronische Unterhaltung ins Stocken geriet.

Ellens Antwort kam wiederum prompt und brachte Nina unweigerlich zum Schmunzeln.

Mails schreiben mit Nina Blume.

Die Erkenntnis, dass Ellen Humor hatte, war für sie neu. Es gefiel ihr. Sie versuchte sich vorzustellen, wie es sein musste, mit ihr gemeinsam über Dinge zu lachen. Doch auch wenn sie viel Phantasie hatte – sich dieses Bild vor Augen zu rufen, gelang ihr nicht. Sie hatte Ellen noch nie lachen gehört, und auch ihr Lächeln war stets ein dezentes, fast unmerkliches Lächeln.

Und außerdem, tippte sie in das nächste Mail.

Diesmal dauerte es länger, bis Ellens Antwort kam. Dann allerdings musste Nina mehrmals den Text lesen, um sicher zu gehen, dass das, was sie las, wirklich so geschrieben stand.

Small-Talk mit Kollegen. Ärzte von Kathrin betreuen lassen (sie ist auch da ...). Früh aufstehen. Spät ins Bett gehen. Versuchen, nicht müde zu sein. An dich denken.

An dich denken. Der Satz brachte in Nina Feuerstellen zum Brennen. Ellens Umarmungen, ihre Küsse, ihre Berührungen – alles war für Nina in diesem Augenblick präsent. Doch das berauschende Gefühl, das sie im ersten Augenblick erfüllte, war nur von kurzer Dauer. Denn fast gleichzeitig tauchte Lukas' Abbild in ihren Gedanken auf; Lukas, der sie versöhnlich anlächelte und angeboten hatte, nicht zum Picknick zu gehen, um stattdessen bei ihr zu bleiben. Lukas, der all ihre Schwächen kannte und sie trotzdem liebte.

Und auf der anderen Seite Ellen, die sie in Wahrheit nicht kannte, und mit der sie nicht mehr verband als zwei sexuelle Begegnungen.

Es muss aufhören, sagte sie sich zum wiederholten Male an diesem Tag. Sie fuhr den PC herunter. Es war früher Abend. Lukas würde sicher bald vom Picknick zurückkommen. Doch sie konnte ihm jetzt nicht sofort gegenübertreten. Sie brauchte noch etwas Zeit, Zeit um nachzudenken.

Sie verließ das LENOPHARM-Gebäude, überquerte den Wien-Fluss und setzte sich anschließend auf eine Parkbank mit Blick auf das Wasser. Um sie herum herrschte frühlingshafter Trubel: Radfahrer und Inlineskater fuhren vorbei, Kinder spielten Fangen, ihre Eltern hechteten besorgt hinter ihnen her oder beobachteten sie von einer Bank aus. Nina nahm ihre Umgebung nur flüchtig wahr. Das einzige, was sie in diesem Moment beschäftigte, war ihr inneres Chaos. Sie gestand sich selbst ein, wie oft sie in letzter Zeit an Ellen gedacht hatte – unzählige Male. Es verging nahezu keine Stunde, in der sie es nicht tat. Und das Schlimmste für sie war, dass sie es umso mehr tat, je weiter sie von ihr weg und je intensiver sie mit Lukas zusammen war. In Wahrheit war es Ellen, mit der sie abends einschlief und morgens aufwachte; Ellen in ihren Gedanken, Ellen auf ihrer Haut; Ellen zwischen ihren Beinen ... und Ellen auch im Herzen.

Doch sie war sich auch im Klaren darüber, dass sie sich da in etwas hineinsteigerte. Sex war keine Grundlage für sie, zumindest keine langfristige. Eine Frau, die beim ersten Mal »*Oh, shit!*« zu ihr sagte und sie beim zweiten Mal mit einem »Danke« abfertigte, durfte keinen Platz in ihrem Herzen einnehmen.

Sie war die Betrügerin. Sie hatte das getan, was sie bei ihren Eltern nie verstanden und bei ihrem Ex-Freund Heiko scharf verurteilt hatte: Sie war untreu. Sie hatte Prinzipien gehabt, und Ellen hatte ihre Prinzipien zerstört – ein Grund mehr, von dieser Frau Abstand zu halten. Ellen musste aus ihren Gedanken und aus ihrem Herzen verschwinden.

Sie sah für die Zukunft nur einen einzigen Weg: Ehrlichkeit. Das machte ihr Angst. Doch sie musste diese Angst überwinden. Mit schwerem Herzen machte sie sich auf den Weg nach Hause. Es kam ihr vor wie der Weg zum Jüngsten Gericht.

Lukas kehrte aufgekratzt und euphorisch vom Picknick zurück. Gut gelaunt erzählte er vom neuesten Klatsch und war dabei so auf sich konzentriert, dass er zunächst gar nicht registrierte, dass Nina seinen Geschichten nur mit halbem Ohr folgte. Es fiel ihm erst auf, als sie auf die Frage, wie sie den Tag verbracht hatte, nicht antwortete.

»Ich hab dich was gefragt«, meinte er irritiert. »Hörst du mir eigentlich noch zu?«

Jetzt oder nie, dachte sich Nina mit schwerem Herzen. Laut sagte sie: »Lukas, wir müssen reden.«

Gemeinsam nahmen sie auf der Couch Platz. Lukas streckte die Hand nach ihr aus und wollte sie berühren, doch sie zog sich auf das letzte Ende der Sofakante zurück.

»Du bist so zickig zur Zeit«, beschwerte er sich und kaschierte mühsam das dunkle Wissen, dass Gespräche mit der Einleitung »Wir müssen reden« keine Positivmeldungen beinhalten.

»Es ist etwas passiert«, begann Nina zögernd. Es war schwer, die richtigen Worte zu finden. Doch sie hatte sich für den Weg der Wahrheit entschieden und musste ihn jetzt verfolgen, auch wenn er steil und steinig war. Eine Umkehr gab es nicht.

»Du bist schwanger.«

Perplex starrte sie Lukas an. Er hatte den Satz mit düsterer Stimme ausgesprochen. Seine Gesichtszüge wirkten angespannt. Das letzte, was er derzeit von ihr wollte, war offensichtlich ein gemeinsames Kind. Es verletzte sie. Nun, wenigstens in diesem Punkt konnte sie ihm Erleichterung verschaffen. Sie seufzte.

»Nein, Lukas. Ich bin nicht schwanger. – Ich habe dich betrogen.«

»Was?« Lukas' Reaktion war ein einziger entsetzter Aufschrei. Er sprang auf, ging zum Fenster und starrte hinaus. Es war ganz still im Zimmer. Minuten lang. Auch Nina sprach nicht, weil sie bereits gesagt hatte, was zu sagen war, und weil ihr das Herz vor Angst und Anspannung gegen die Brust schlug und ihr fast den Atem nahm.

Nie hatte sie gedacht, dass sie je in solch eine Situation kommen würde – sie, die Betrug in einer Beziehung so verurteilte.

»Und das sagst du mir so einfach«, stellte Lukas fest, ohne sich zu ihr umzudrehen. »Weißt du, wie weh mir das tut?«

Nina kämpfte gegen die Tränen, die ihr in die Augen stiegen. »Ja«, sagte sie leise. »Ich weiß, wie weh es dir tut. Und es ist auch nicht einfach, dir das zu sagen.«

»Soll ich jetzt auch noch Mitleid haben, dass es so schwer für dich ist, mir zu gestehen, dass du unsere Liebe mit Füßen trittst?« Lukas fuhr herum und ließ seine Faust wütend auf das Fensterbrett donnern. Nina zuckte zusammen. Sie hatte ihn noch nie so wütend erlebt. »Lukas«, sagte sie bittend.

Die Tränen ließen sich nun nicht mehr aufhalten. »Lukas, ich liebe dich.«

»Ach ja?« Er lachte höhnisch. Seine Gesichtszüge waren vor Wut verzerrt, als er sich nun vor ihr aufbaute und auf sie hinunterblickte. »Du liebst mich, deshalb betrügst du mich? Was bist du eigentlich für eine Frau? – Ich habe dir vertraut, Nina!«

Nina schwieg. Die Frage, wer sie eigentlich war, konnte sie sich seit geraumer Zeit selbst nicht mehr beantworten.

»Es war doch nicht Absicht«, schluchzte sie. Im selben Augenblick wurde ihr bewusst, dass dies eine aalglatte Lüge war, mit der sie sich selbst und Lukas erneut betrog. Beim ersten Mal war es nicht Absicht gewesen, ja. Doch beim zweiten Mal hatte sie es bewusst herausgefordert und gewollt.

»Wer war es?« Er packte sie jetzt grob an den Schultern und sah ihr direkt in die Augen. »Hab wenigstens den Mut, mir zu sagen, wer es ist!«

»Du kennst die Person nicht«, erwiderte Nina unter Tränen und versuchte sich aus Lukas' Fixierung zu befreien. Seine Finger drückten schmerzhaft auf ihre Schulterblätter.

»Aha!«, stieß er triumphierend hervor. »Das heißt, es ist also einer deiner reizenden LENOPHARM-Kollegen? – Was hat er dir dafür gegeben? Eine Gehaltserhöhung? Einen Firmenwagen? – Was hat dir dieser Mistkerl versprochen?«

»Nichts!«, schluchzte Nina. Es erfüllte sie mit Fassungslosigkeit, auf welche Gedanken Lukas kam. Glaubte er denn wirklich, sie würde mit jemandem schlafen, weil es dafür Entlohnung gab? Wie eine Prostituierte?

»Ich fasse zusammen: Du vergnügst dich mit einem deiner Kollegen, kommst nach Hause und tust, als wäre nichts gewesen.« Er schnaubte verächtlich. »Jetzt werden mir endlich deine langen Arbeitszeiten klar! Was war ich für ein Idiot! Ich hatte auch noch Mitleid mit dir, weil du dort so lange arbeiten musst. – Wo habt ihr es getrieben? Auf dem Schreibtisch?«

Sein Druck auf ihre Schulterblätter verstärkte sich. Nina

unterdrückte nur mühsam einen Aufschrei. Die Schmerzen, die sie Lukas seelisch zufügte, waren ungleich gravierender als der körperliche Schmerz, den sie gerade erlitt. Die blauen Flecken, die sie allenfalls davon trug, würden in spätestens drei Tagen wieder verschwunden sein. Der Riss in Lukas' Vertrauen ihr gegenüber würde dagegen noch lange fortbestehen.

»Wer war es?«, fauchte er sie nun an. »Sag mir wenigstens seinen Namen!«

»Das ist völlig unerheblich«, wehrte sie sich. Flehend sah sie ihn an. »Lukas! Bitte! Der einzige Grund, warum ich dir das überhaupt sage, ist, weil ich dich liebe! Ich will weiterhin eine Beziehung mit dir. Das eine hat mit dem anderen nichts zu tun. Ich sage dir nur deshalb, was passiert ist, weil ich Ehrlichkeit zwischen uns will!«

»Weil ich Ehrlichkeit zwischen uns will!«, äffte Lukas sie nach. »Weißt du eigentlich, wie dämlich du klingst? – Wenn du mich schon betrügst, dann hättest du selbst damit fertig werden müssen und nicht dein schlechtes Gewissen nun bei mir abladen. Was erwartest du von mir? Die Absolution? Die wirst du nicht bekommen!«

Ninas Tränenstrom war in ein verzweifeltes Schluchzen übergegangen. Sie schämte sich für das, was sie ihm angetan hatte, und konnte seine Reaktion nachempfinden.

»Wer war es?« Er funkelte sie wütend an. »Mit wem betrügst du mich? Mit dem Geschäftsführer?«

Sie presste die Lippen aufeinander und schluchzte.

Als Lukas keine Antwort bekam, änderte er seine Strategie. »Okay. Du sagst, dass du mich liebst«, höhnte er. »Und trotzdem betrügst du mich. Du willst weiterhin eine Beziehung mit mir und erzählst hier von Ehrlichkeit, und dann kannst du mir nicht mal sagen, mit wem du mich betrügst. – Danke, Nina, echt toll. Du zeigst mir wirklich, wie wichtig ich dir bin.«

Nina krampfte sich zusammen. Das Gespräch verlief noch schlimmer, als sie sich erwartet hatte. Lukas stechender Blick schien sie zu durchbohren.

»Ellen McGill«, flüsterte sie schließlich. Sie kam sich vor wie eine Verräterin.

»Was?«

Sie hatte so leise gesprochen, dass Lukas sie nicht einmal verstand. »Ellen McGill«, wiederholte sie etwas lauter. Ihre Stimme klang kratzig.

»Und jetzt lenkst du wieder vom Thema ab und kommst mit dieser Frustgurke an!« Lukas schnaubte und ließ sie abrupt los. »Nina, nur um das klarzustellen: Ich werde doch wohl jetzt nicht mit dir über deine Probleme mit dieser Frau reden, nicht schon wieder und nicht in dieser Situation! Du hast mir gerade offenbart, dass du mich betrügst!«

Es dauerte einige Sekunden, bis sie begriff, dass er nichts verstanden hatte. Sie war kurz versucht, einen Rückzieher zu machen und das Thema dabei zu belassen, doch als sie nun die Tränen sah, die sich auch in seinen Augen sammelten, ermahnte sie sich, dass sie ihm die ganze Wahrheit schuldig war.

»Ich habe dir den Namen gerade gesagt«, sagte sie leise. »Es ist Ellen. Ellen McGill.«

Lukas Gesicht fiel in sich zusammen. Die Wut verpuffte und machte Ungläubigkeit Platz. Eine Ewigkeit lang war es mucksmäuschenstill im Raum. Dann begann Lukas zu lachen. Es war ein schallendes, höhnisches Gelächter, das Nina durch Mark und Bein ging.

»Hör damit auf!«, fuhr sie ihn an. »Das ist nicht witzig!«

Er lachte noch eine Weile weiter, in der sie nichts anderes tun konnte, als ihm ohnmächtig dabei zuzusehen, dann ließ er sich neben sie auf die Couch fallen.

»Das ist irre«, sagte er. In seiner Stimme fand sich plötzlich keine Spur mehr von Kränkung. Er wirkte lediglich erheitert. »Du schläfst mit einer Frau!«

Nina schwieg.

»Und? Wie ist es?« Pures Interesse lag in seinen Augen.

»Wie soll es schon sein«, entgegnete sie, ohne ihn anzusehen. Sein Blick stieß sie ab. »Du schläfst immer mit Frauen, du weißt also, wie es ist.«

»Jetzt gib dich bloß nicht so zugeknöpft! Du weißt doch genau, was ich meine. Wie ist es für dich als Frau? Was macht sie mit dir? Benutzt ihr Dildos? Leckt sie dir die Muschi? Schiebt sie dir …«

»Hör auf!« Sie hatte genug. Jedes weitere Wort schien ihr wie reiner Verrat an Ellen und dem, was sie miteinander erlebt hatten. »Es ist egal, was genau ich mit ihr getan habe. Es kommt nicht mehr vor! Das ist der Punkt, um den es hier geht. Ich liebe dich, nicht Ellen.«

»Aber Nina.« Er sprach sie in einem Tonfall an, den freundliche Ärzte im Umgang mit verwirrten alten Damen anzuschlagen pflegen. »Das ist doch alles kein Problem! Glaubst du denn wirklich, ich bin auf eine *Frau* eifersüchtig? Von mir aus kannst du mit ihr anstellen, was du willst. Ich bin doch kein Spießer. Ich bin Tänzer und Sänger. Viele Künstler leben ihre bisexuellen Neigungen aus. Wenn du diese Bedürfnisse hast – bitte!«

Jetzt lag die Ungläubigkeit auf ihrer Seite. Sie verstand nicht, warum es für ihn so ein großer Unterschied war, ob sie ihn mit einem Mann oder einer Frau betrog. Für sie war es dasselbe.

»Du kannst mir ja ab und zu ein bisschen davon erzählen, was sie so alles mit dir anstellt und was dich scharf macht. Könnte ja sein, dass das unser Sexleben enorm belebt.«

»Ich werde nicht mehr mit ihr schlafen«, sagte Nina und fühlte sich gleichzeitig von Lukas' Worten heftig abgestoßen. Nichts lag ihr ferner, als ihm davon zu erzählen, was zwischen ihr und Ellen passiert war – schon gar nicht, damit er sich daran aufgeilte wie an einem Porno.

Später gingen sie gemeinsam zu Bett. Nina rutschte an die äußerste Kante. Es war ihr heute noch weniger als sonst danach, mit Lukas Körperkontakt zu haben. Sein Gerede nagte an ihr. Sie hoffte, er meinte es nicht so, war einfach nur in einem Ausnahmezustand. Sicher war sie sich nicht.

»Weißt du, was ich an dieser Sache wirklich krank finde?«, kam es plötzlich von drüben. »Dass du mir die ganze

Zeit die Ohren vollgejammert hast, wie schrecklich und schlimm Ellen McGill ist, und gleichzeitig treibst du es mit ihr. Das ist total pervers, echt total krank.«

Sie sagte nichts darauf, doch tief in ihrem Inneren stimmte sie ihm auf ganzer Linie zu.

Ninas Gedanken glitten schon wieder ab. Seit Stunden schrieb sie für den neuen Internet-Auftritt an einem Text über die Geschichte von LENOPHARM. Dabei hatte sie durchaus interessante Fakten aus sieben dicken, gedruckten Bänden und mehreren Ordnern im Archiv ausgegraben. Doch sie fühlte sich unwohl in ihrer Haut, und das schon seit geraumer Zeit. Nach ihrem Geständnis gegenüber Lukas hatte sie erwartet, dass sich ihr durcheinandergewirbeltes Seelenleben nach und nach wieder harmonisieren würde, doch das Gegenteil war der Fall.

Sie lebten in derselben Wohnung, verbrachten das Wochenende miteinander, schliefen im selben Bett – und hatten sich trotzdem kaum etwas zu sagen. Lukas wurde trotz der wenigen Worte, die zwischen ihnen fielen, nach wie vor nicht müde, Fragen zu stellen wie »Habt ihr heute wieder …? Kriegst du bei ihr auch einen Orgasmus?«.

Nina schwieg zu seiner Fragerei ebenso wie zu dem »auch«. Hätte sie ihm jetzt obendrein gestehen sollen, dass Ellen der einzige Mensch auf Erden war, bei dem ihr Körper ganz von selbst reagierte? Trotzdem hatte sie seit dem Geständnis zweimal mit ihm geschlafen. Sie wollte ihm beweisen, dass sie die Beziehung fortsetzen wollte. Es war für sie nicht angenehm gewesen, aber Lukas schien nichts zu bemerken, und am Ende musste Nina ernüchtert feststellen, dass es gar keines Beweises bedurft hätte. Er fand sowieso, dass mit ihrer Beziehung alles in bester Ordnung war.

Die Buchstaben am Bildschirm verschwammen vor ihren Augen. Ihre Gedanken glitten zu Ellen McGill. Wie so oft in den vergangenen Tagen suchte sie jenes Mail, das sie an

Christi Himmelfahrt von ihr erhalten hatte, und las es zum x-ten Mal.

Small-Talk mit Kollegen. Ärzte von Kathrin betreuen lassen (sie ist auch da ...). Früh aufstehen. Spät ins Bett gehen. Versuchen, nicht müde zu sein. An dich denken.

An dich denken. – Der Satz ließ Nina nicht mehr los. Ellen hatte an sie gedacht, als sie in Mailand auf dem Kongress war. An was hatte sie gedacht? – Daran, wie es war, mit ihr auf dem Diwan zu liegen?

In Ninas Gedächtnis war dieses Erlebnis sofort präsent. Selbst jetzt, wo bereits Wochen vergangen waren, zog es gleich wieder sehnsuchtsvoll in ihrem Unterleib. Ellens helle Brüste mit den steifen Brustwarzen, die sich ihr entgegenreckten, ihr Stöhnen, wenn ihre Erregung zunahm, ihr leises Aufseufzen, als sie kam – Nina dachte an all dies und wünschte sich nur eines: dass sie es wieder erleben durfte.

Sie hatte Ellen seit diesem Mail nur einmal gesehen, im Rahmen einer Sitzung, an der noch rund zehn weitere Leute teilgenommen hatten. Ellen hatte ihr kurz zugenickt – sehr unpersönlich, sehr sachlich, und Nina war an diesem Tag froh über die Distanz gewesen. Es ist besser so, hatte sie sich gesagt.

Doch noch war da dieses plötzliche, nagende Bedürfnis, Ellen zu sehen. Nina starrte auf ihren Maileingang und suchte nach einem guten Grund, sie aus ihrem Tun zu reißen. Heute in der Kantine hatte Ellens Sekretärin Stephanie zu Jasna gesagt, Ellen sei bis über beide Ohren mit Arbeit eingedeckt. Jasna hatte darauf kryptisch erwidert: »Das ist vielleicht besser so.«

Gerade als sich Nina mit einem unterdrückten Stoßseufzer wieder ihrem Text über LENOPHARM widmen wollte, traf in ihrem Maileingang eine Nachricht von Ansgar Hüter, dem Leiter der PR für den Pharmabereich in der Konzernzentrale, ein. Das Mail war an einen europaweiten Verteiler geschickt worden, daher in Englisch verfasst, und trug die Überschrift: LENOPHARM reicht Zulassung für neue Pille EVOLANE ein.

Normalerweise hasste Nina Ansgar Hüters Mails, da sie immer umfangreiche Attachments enthielten und mit großem Arbeitsaufwand verbunden waren. Sie war inzwischen lange genug bei LENOPHARM, um zu wissen, dass es sich bei Evolane um ein Produkt handelte, von dem sich der Konzern für die Zukunft einen großen Marktanteil versprach.

Diesmal erschien Nina das Mail wie ein Geschenk des Himmels. Es war ihre Eintrittsberechtigung in Ellen McGills Büro. Sie leitete es mit sämtlichen Attachments, die sie sich nur kurz angesehen hatte, kommentarlos weiter und erhob sich.

»Ich bin kurz bei Ellen«, sagte sie zu Jasna, die ebenfalls über einem Text zu brüten schien.

Jasna sah auf. »Hast du einen Termin?«

Nina runzelte die Stirn. Was war das für eine Frage? Seit wann interessierte sich Jasna dafür, ob sie Termine mit anderen Leuten im Unternehmen hatte?

»Nein«, sagte sie verwundert. Und setzte mit fester Stimme hinzu: »Aber es ist ein wichtiges Mail gekommen wegen Evolane, und da muss ich etwas mit ihr klären. Dringend. Stephanie hat ja sowieso gesagt, dass …«

Jasna unterbrach sie. »Vielleicht solltest du lieber zu Kathrin gehen. Oder zu Lilli. Lilli wird die Evolane sowieso als Produktmanagerin übernehmen. Es muss ja nicht sein, dass du Ellen mit diesen Kleinigkeiten belästigst. Ellen ist immerhin für drei Bereiche zuständig, vergiss das nicht. Da sollte man sich gut überlegen, was Chefsache ist und was von ihrem Team geklärt werden kann.«

Was geht dich das an, schoss es Nina durch den Kopf. Laut sagte sie: »Lass das meine Sorge sein.« Sie war selbst darüber überrascht, wie selbstbewusst sie plötzlich auftreten konnte.

»Wie du meinst«, erwiderte Jasna. »Es war nur ein Rat.« Sie widmete sich wieder ihrer Arbeit.

Nina verließ das Büro und machte sich auf den Weg in den vierten Stock. Was mache ich da nur, fragte sie sich, als sie in den Aufzug stieg. Ich sollte das nicht tun, aber ich will es so sehr … ich will sie so sehr. Sie biss sich auf die Lippen. Hatte sie das wirklich gerade gedacht? War es das, was sie wollte: in Ellens Büro einfallen, am helllichten Tage, um mit ihr Sex zu haben? Sie warf ihrem Spiegelbild, das sie im Lift nachdenklich ansah, einen verzweifelten Blick zu. Was war nur los mit ihr? Warum stand ihr ganzes Leben Kopf? Weshalb rebellierte ihr Herz derzeit so sehr gegen ihren Verstand? Lukas kam ihr in den Sinn, doch nur kurz. Die Aufzugstüren öffneten sich und sie dachte nur an Ellen, sah ihr ernstes Gesicht, das Flackern der Erregung in ihren Augen, das Lächeln, das sie ihr geschenkt hatte.

An dich denken.

Ich tue nichts Unrechtes, sagte Nina in Gedanken zu sich selbst, als sie das Vorzimmer zu Ellens Büro betrat. Ich will sie nur sehen.

Ellens Bürotür war geschlossen.

»Das ist heute nicht günstig«, meinte Stephanie mit nachdenklicher Miene, als sie Nina auf die Türe zusteuern sah. »Sie hat heute viel zu tun. Kein guter Tag. Vielleicht besser morgen?«

»Es ist aber dringend«, sagte Nina. »Es geht um die Evolane.«

Stephanie seufzte und erhob sich von ihrem Schreibtischstuhl. »Wenn du meinst. Ich werde nachfragen, ob sie eine Minute für dich hat.« Sie verschwand in Ellens Büro. Nina hörte kurzes Stimmengemurmel, dann kam Stephanie zurück. »Kurz«, sagte sie. Es klang wie eine Mahnung.

Ellen saß an ihrem Schreibtisch und starrte in ihr Notebook, als Nina das Zimmer betrat. Kaum hob sie den Kopf, war es um Ninas Selbstsicherheit auch schon geschehen. Die Befangenheit, die sie stets in Ellens Anwesenheit empfand, schob sich sofort zwischen sie wie eine unsichtbare Trennwand.

An dich denken.

Nina klammerte sich gedanklich an diesen Satz, als sie ein zaghaftes Hallo von sich gab.

»*So, what do you want?*«

Die schmale Trennwand verdichtete sich zu einer massiven Mauer. Ellens Augen blickten ernst und abweisend. Das Grün, das Nina von ihrer letzten Begegnung so gut in Erinnerung geblieben war, war einem finsteren Grauton gewichen.

Unschlüssig blieb Nina vor dem gläsernen Schreibtisch stehen. »Ich hatte ein Mail geschrieben.« So makaber es war – in Situationen wie diesen brachte sie es nicht über sich, Ellen zu duzen, und umging die direkte Anrede daher akrobatisch. Offiziell hatte ihr Ellen noch nicht das Du angeboten; sie selbst hatte sie nach ihrer ersten intimen Begegnung noch immer mit »Frau Blume« angesprochen und war beim Sie geblieben.

»Evolane«, sagte sie rasch, als Ellen sich scheinbar erst jetzt ihrem Maileingang widmete.

»Was ist damit?« Ellens Stimme klang kein bisschen entgegenkommend. Ninas kurzfristig erwachtes Selbstvertrauen sank. »Ich habe eine Frage zum FAQ-Katalog«, log sie unsicher. »Muss ich da etwas modifizieren, oder kann er so unverändert an den Außendienst geschickt werden?«

Ellen schien ein Seufzen zu unterdrücken. Sie verbarg ihr Gesicht kurz in den Händen. Als sie wieder aufsah, fiel Nina zum ersten Mal auf, wie erschöpft und niedergeschlagen sie aussah. Eine Welle des Mitgefühls ergriff Nina. Was mochte mit Ellen nur los sein? Sie fühlte, dass es nicht nur an der Arbeit liegen konnte. Ellen hatte immer viel Arbeit. Sie arbeitete bis tief in die Nacht hinein und fast jedes Wochenende. Es musste etwas anderes sein, etwas Tiefergehendes. Nina wollte ihr so gerne etwas sagen, etwas Nettes. Doch sie wusste nicht, was.

Ellen hatte inzwischen das Attachement geöffnet und überflog die Liste der von Ansgar Hüter zusammengestellten Fragen rund um die beantragte Zulassung der neuen Pille. Nina trat unaufgefordert hinter sie und sah ihr über die Schulter.

Ich will, dass deine Augen grün leuchten, flüsterte Nina in Gedanken. Ich will dir nahe sein. Ich will dich spüren. Sie betrachtete Ellens kupferrotes Haar von hinten, ließ den Blick über ihren Nacken gleiten.

»Frage zwanzig musst du für Österreich wegstreichen«, sagte Ellen knapp. Ihre Stimme klang nun eine Spur entspannter und zugänglicher als zuvor. »Das gilt nicht für den österreichischen Markt. Das verwirrt unsere Leute nur.« Sie scrollte weiter nach unten und fuhr konzentriert mit dem Lesen des Dokuments fort.

Ninas Herz wurde schwer. Ellen war auf der vorletzten Seite des Dokuments angelangt. Gleich würde sie fertig sein und es gäbe keinen Grund, sich noch länger hier aufzuhalten. Sie würde das Büro verlassen müssen, ohne dass Ellen wirklich Notiz von ihr genommen hatte.

Nina wusste selbst nicht, welche Macht sie steuerte, als sie plötzlich den Arm ausstreckte und mit dem Zeigefinger zart Ellen Nacken entlangstrich.

Ellen bewegte sich nicht. Allein ihre rechte Hand, die bisher auf der Maus geruht hatte, verriet, dass sie die Berührung sehr wohl registrierte. Sie legte sie neben die Maus auf den Schreibtisch. Nina entging nicht, dass ihre Hand leicht zitterte.

Nina schöpfte Mut. Sie trat noch dichter an sie heran, so dicht, dass allenfalls ein Blatt Papier zwischen sie gepasst hätte. Sie konnte die Anspannung in Ellens Körper spüren. Das Verlangen, diesem Körper noch näher zu sein, ohne trennenden Stoff dazwischen, wuchs. Nina legte ihre Hände auf Ellens Schulterblätter und begann, sie sanft zu massieren. Sie spürte, wie die Anspannung in Ellen langsam wich.

»Nina.« Ellens Stimme war ein kaum vernehmbares Flüstern.

Ich habe auch an dich gedacht, sagte Nina zu sich in Gedanken. Es vergeht kein Tag, an dem ich nicht an dich denke. Ich wünschte so sehr, ich könnte dir das sagen. – Ich wünschte so sehr, mein Leben wäre einfacher, und ich wünschte auch, wir könnten miteinander reden über das, was zwischen uns passiert.

Die obersten zwei Knöpfe von Ellens Bluse standen offen.

Aus ihrer Position heraus konnte Nina den Brustansatz und den BH sehen, und ihr Unterleib zog noch mehr vor Verlangen als zuvor. Sie spürte ein Kribbeln in ihren Beinen, das langsam in Richtung ihrer Mitte kroch. Automatisch glitten ihre Hände über Ellens Schultern nach vorne, sie umarmte sie von hinten. Dann begann ihre rechte Hand an dem dritten Blusenknopf zu nesteln, während die Linke sich unter den Stoff schob. Sie hatte ihr Ziel noch nicht erreicht, als sich Ellen abrupt anspannte. »*Stop it!*«

Ihre Stimme war ein einziger Peitschenknall, ihre ganze Körperhaltung Ablehnung und schärfste Zurückweisung. Sie sprang so heftig auf, dass der Schreibtischstuhl mit lautem Knall auf den Parkettboden fiel.

Nina taumelte zurück und prallte mit dem Rücken an die Kante des Fensterbretts. Der Schmerz war heftig, doch nichts im Vergleich zu dem, was sie in ihrem Inneren empfand.

Es blieb keine Zeit, um Worte oder auch nur einen Blick auszutauschen. Der umfallende Schreibtischstuhl hatte Stephanie in Alarmbereitschaft versetzt. Sie riss die Türe auf und steckte, offensichtlich in Erwartung eines Erdbebenszenarios, den Kopf ins Zimmer. »Um Gottes Willen – haben Sie sich verletzt?« Sie trat zu Ellen, die sich auf ihren Schreibtisch stützte und aus deren Gesicht sämtliche Farbe gewichen war.

»Danke, es ist alles okay.« Sie richtete sich auf. »Nur ein dummer Unfall.« Als straften sie ihre Worte Lüge, stützte sie sich jedoch sogleich wieder am Schreibtisch ab. Trotz ihres verstörten und aufgewühlten Zustands bemerkte Nina, dass Ellen zitterte. Auch Stephanie schien es aufzufallen.

»Ich bringe Ihnen ein Glas Wasser.«

»Nein!« Ellen schüttelte den Kopf. »Es ist genug für heute. Ich fahre nach Hause.«

Stephanie nickte. »Wie Sie möchten.« Sie wandte sich Nina zu und war nun nicht mehr so freundlich wie zuvor, sondern wirkte eher wie ein Wachhund, der ein warnendes Knurren ausstieß. »Nina, du findest den Weg?«

Nina blieb nichts anderes übrig, als zu nicken. Eilig verließ sie Ellens Büro.

In ihrem eigenen angekommen, setzte sie sich hastig an den Tisch und verschanzte sich hinter der Sichtbarriere. Sie versuchte zu verdauen, was passiert war, doch es wollte ihr nicht gelingen. Der Schock saß ihr noch in den Knochen. Was hatte sie getan? Wo lag der Unterschied, ob Ellen sie in einem öffentlichen Lokal hinter einen Vorhang zog, oder ob sie im Büro hinter geschlossener Türe zart über ihren Brustansatz streichelte?

Warum dieser plötzliche Wechsel in Ellens Stimmung?

Das Bild von Lukas tauchte vor ihrem geistigen Auge auf. Es wird nicht mehr vorkommen, hatte sie ihm versichert. Sie war eine Betrügerin, durch und durch. Überwältigt von den Gefühlen, die in ihr tobten – dem Schuldgefühl, der Verwirrung, der Verletzung –, verlor sie jegliche Selbstbeherrschung. Mit einem lauten Schluchzer brachen ihre Gefühle aus ihr heraus; und schon flossen die Tränen.

»Du lieber Himmel, Nina.« Jasna trat hinter der Sichtbarriere hervor und setzte sich auf den Schreibtisch. »So schlimm?«

Durch einen Vorhang von Tränen sah Nina zu ihr auf. »Mein Leben ist ein einziger Mistkübel«, brach es aus ihr hervor. Es war gegen ihre Gewohnheit, sich anderen zu offenbaren, doch in diesem Augenblick war ihre Welt aus den Angeln gehoben.

Jasna seufzte. Sie strich Nina über das offene Haar – eine mütterliche Geste, die sie so und nicht anders auch bei ihrem Sohn einsetzte, wenn er wegen einer Kleinigkeit, die für ihn die Welt bedeuten mochte, in Tränen aufgelöst war. Auch bei Nina verfehlte es seine Wirkung nicht. Sie lehnte sich gegen Jasnas Bauch, dem die Schwangerschaft schon deutlich anzusehen war, weinte heiße Tränen und ließ es zu, dass Jasna ihr weiterhin übers Haar strich und beruhigend auf sie einredete. »Es gibt schlechte Phasen im Leben. Aber auch gute. Das macht das Leben interessant. Wichtig ist, sich selbst treu zu bleiben.«

Bei dem Wort »treu« zuckte Nina unwillkürlich zusammen. »Ich weiß nicht mehr, wer ich bin«, schluchzte sie gegen Jasnas Bauch. »Ich weiß nicht mehr, was ich will! Ich weiß nicht mehr, was ich tun soll! Ich weiß nicht, was ich falsch gemacht habe.«

Jasna nahm ihren Kopf in beide Hände und sah sie ernst an. »Du heißt Nina Blume und du arbeitest bei LENOPHARM. Ob du das wirklich willst, bezweifle ich, aber du tust es, und du machst deinen Job nicht schlecht. Und wenn du mich fragst, was du tun sollst, würde ich dir jetzt raten, heute früher aufzuhören, nach Hause zu gehen und in Ruhe nachzudenken, warum es dir so schlecht geht und du nicht zu wissen glaubst, wer du bist. Manchmal liegt die Lösung eines Problems unmittelbar auf der Hand. Ich bin mir sicher, tief in deinem Inneren weißt du ganz genau, was du tun solltest. Jeder weiß das. Nur blockieren wir uns selbst, weil wir uns ständig selbst auferlegten Regeln unterwerfen, die uns vorschreiben, wie wir tun und handeln sollten. – Wirf diesen Ballast über Bord, Nina. Du weißt ganz genau, was dir gut tut und was nicht. Da bin ich sicher.«

Nina sah das in diesem Moment anders, doch sie war dankbar um Jasnas Trost. Sie schnäuzte sich und beschloss, zumindest den Rat, nach Hause zu gehen, zu beherzigen. Es war ohnehin bereits halb fünf, und auf die Arbeit konnte sie sich sowieso nicht mehr konzentrieren.

Sie war schon gehbereit, als Jasna nochmals das Wort an sie richtete. »Nina, du hast nichts falsch gemacht, ganz sicher nicht. Der 30. Mai ist für Ellen ein sehr schlimmer Tag. Wir wissen das und lassen sie in Ruhe, verstehst du?«

Nina blieb stocksteif stehen. Ein sehr schlimmer Tag? Das war für Jasna, die sich in Ninas Gegenwart fast nie über Kollegen geäußert hatte, sehr viel an Information.

»Aber wieso?« Ninas Herz krampfte sich zusammen. Es war das erste Mal, dass sie Gelegenheit hatte, etwas von dem zu erfahren, was sich hinter Ellens maskenhafter Fassade verbarg.

Jasna schüttelte den Kopf. »Sie sollte dir das selbst sagen,

Nina. Wenn sie es nicht tut, hat sie dafür ihre Gründe. Ich mische mich da nicht ein. Ich will dir nur sagen, es liegt nicht an dir.«

Gedankenverloren war Nina die Stufen des Treppenhauses hinaufgestiegen. Nun stand sie vor der Wohnungstür, kramte ihren Schlüssel aus der Tasche und verharrte kurz.

Ob Lukas schon zu Hause war? – In den letzten Tagen war er meist erst am späteren Abend zurückgekehrt. Er hatte die Zweitbesetzung einer kleineren Nebenrolle in der neuen Musical-Produktion erhalten und war offenbar mit Probenterminen stark eingespannt. Nina war froh darum. Sie wollte jetzt alleine sein.

Sie sperrte die Wohnungstüre auf und trat ein. Im Nachhinein wusste sie nicht mehr, was zuerst ihre Aufmerksamkeit fand: die Sandaletten, der Rock, das T-Shirt, der BH und der Slip, die eine Spur in Richtung Wohnzimmer bildeten, oder das unverkennbare Stöhnen zweier Menschen beim Liebesspiel, das nicht zu überhören war und sie wie an magischen Fäden in seine Richtung zog.

Was sie sah, ließ ihr die Augen übergehen: Die Bettcouch war noch immer ausgezogen, und auf ihr lag ausgestreckt und nackt ihr Freund Lukas. Rittlings auf ihm saß eine Frau, die Nina an ihrer dunkelblonden Lockenmähne sogar von hinten erkannte. Die Reiterin schien ihre Position ebenso zu genießen wie er.

Es war Lukas, der Nina an der Türschwelle zum Wohnzimmer entdeckte. Seine Augen weiteten sich vor Entsetzen, die Lust schrumpfte im wahrsten Sinne des Wortes zusammen, und Marga wurde unsanft zur Seite gestoßen.

»Nina ... was machst du hier, du bist doch in der Arbeit!«, stieß er mit blutrotem Kopf hervor.

Marga fuhr herum. »Oh ... das ist ... hast du nicht gesagt, sie ist bis spät Abend bei die Pharmakon-zäärn?« Sie zerrte hastig an der Bettdecke, die bisher offenbar als Unterlage gedient hatte, und warf sie sich über ihren nackten Körper.

Nina wusste nicht, ob sie lachen oder weinen sollte. Die Situation war durchaus lächerlich, nur die Tatsache, dass es sich um ihren eigenen Freund handelte, den sie hier ertappt hatte, reduzierte die Komik erheblich.

»Hallo, Marga«, kam es ihr trocken über die Lippen.

»Nina ... ich kann dir das erklären!« Lukas sprang von der Couch und angelte sich eilig seine Boxershorts. Nina fragte sich, für was die Eile – schließlich kannte sie ihn nackt, und auch Marga war sein Anblick im Adamskostüm offenbar vertraut. »Wir führen doch jetzt eine offene und reife Beziehung, nicht wahr? Da ist das ja ganz normal. Es ist überhaupt nichts dabei, wenn ich hier mit Marga ... na, du weißt schon ...«

Nina wunderte sich, weshalb er im Rahmen dieser offenen und reifen Beziehung, von der sie das erste Mal hörte, nicht einmal das passende Wort für das fand, was er hier mit Marga trieb.

»Bitt-ä, drää-hast du dich bitt-ä um? Ich mä-chte mich nicht vor einer Lesb-ää anziehen, verstäää-hast du?«

Es dauerte einige Sekunden, bis Nina begriff, dass damit sie gemeint war. »Tut mir leid, Marga, da musst du jetzt durch«, sagte sie ruhig und wunderte sich, woher sie die Kraft nahm. »Ich wohne hier. Da musst du schon in Kauf nehmen, dass du mir über den Weg läufst.«

Eine wütende Salve slowakischer Flüche ausstoßend, sprang Marga von der Couch und begann ihre Klamotten vom Boden aufzulesen. Schweigend verfolgte Nina das emsige Bemühen der beiden, sich in einen bekleideten Zustand zurückzuversetzen.

Marga war diejenige, die gemäß ihrem Naturell auch in dieser Situation das letzte Wort haben musste. »Tut mir leid, dass wir deine Wohnung bä-nitzen missen«, sagte sie, als sie an Nina vorbei ging. »Nicht jä-där kann es im Biro tun, so wie du mit deiner Frein-din!« Mit einem lauten Krachen ließ sie die Wohnungstüre ins Schloss fallen.

Lukas stand hilflos vor Nina.

»Du wirst dich doch jetzt nicht aufregen«, sagte er.

Jetzt, da Marga weg war, wurde Nina erst klar bewusst, was hier abgelaufen war: Lukas hatte sie betrogen. Von einer offenen Beziehung hatten sie nie gesprochen.

»Du treibst es mit Marga!«, knallte sie ihm vor die Füße. Gleichzeitig traten ihr heiße Tränen in die Augen. Dieser Tag schien sich zu einem absoluten Horrortag zu entwickeln. »Wie lange läuft das schon? Wie lange betrügst du mich schon mit ihr?«

»Wie lange *ich dich* betrüge?« Lukas betrachtete sie kopfschüttelnd. »Das ist nicht dein Ernst, oder? – Ich bin dir überhaupt keine Rechenschaft schuldig! *Du* bist schließlich diejenige, die mit dem Betrügen den Anfang gemacht hat!«

»Ich habe nichts mehr mit Ellen McGill!«, brach es wütend aus ihr hervor. Zum Glück war das fast die Wahrheit. »Ich habe aufgehört, weil mir die Beziehung mit dir so viel wichtiger ist!«

»Und ich habe dir gesagt, dass es mich überhaupt nicht stört, wenn du mit einer Frau fickst!«, fuhr er sie an. »Aber gleiches Recht für alle: Wenn du mit einer Frau herummachst, darf ich es auch!«

Nina schnappte nach Luft. Doch trotz aller Wut siegten in ihr wieder einmal die Emotionen über den Kampfgeist. Sie sah Lukas vor sich, sah die Zerrüttung in ihrer Beziehung, erinnerte sich im selben Moment an all die schönen Augenblicke, die sie mit ihm in den vergangenen Jahren genossen hatte – und begann bitterlich zu weinen.

Schließlich weinte auch Lukas.

Sie diskutierten bis Mitternacht, ohne einen Schritt weitergekommen zu sein. Nina fühlte sich schließlich erschöpft und ausgelaugt. Die Stelle an ihrem Rücken, mit der sie an die Kante des Fensterbretts geprallt war, schmerzte. Sie wollte nur noch schlafen, schlafen und die Schrecklichkeiten vergessen, die an diesem Tag passiert waren.

Nur die Müdigkeit und der Mangel an Alternativen

brachte sie dazu, sich in das Bett zu legen, das nach Margas billigem Parfum roch.

Jasna hatte sich gerade in den Feierabend verabschiedet. Nina sah schnell noch die Entwürfe für Broschüren durch, die Lilli Muster über die Ärzte an junge Frauen verteilen lassen wollte. Es ging um Verhütung, das Erste Mal und die Funktionen des weiblichen Körpers. Die korrigierten Texte würde sie gleich an Lilli hinüberschicken, damit diese sie am nächsten Vormittag schon zur Freigabe weiterreichen konnte. Es war Standard, dass im Unternehmen mehrere Stellen ihr Okay geben mussten, ehe ein Text wie dieser in Druck gehen konnte.

Als sie in den Posteingang sah, zuckte sie unwillkürlich zusammen. Ein Mail von Ellen war eingelangt. Es war vor rund zwanzig Minuten verschickt worden, und es hatte lediglich zwei Worte im Betreff: KOMMST DU. Eine Frage ohne Fragezeichen.

Nina starrte auf das Mail und versuchte, einen klaren Gedanken zu fassen. Was sollte das? Was wollte Ellen von ihr?

Die Stelle, an der die Kante des Fensterbretts ihren Rücken getroffen hatte, war noch immer druckempfindlich. Auch das scharfe »*Stop it!*« hallte noch in ihr wieder. »*Oh, shit*«, »Danke«, »*Stop it!*« – eine Reihe von Kommentaren, von denen jeder einzelne eine einzige Verletzung und Demütigung war. Nina beschloss, das Mail zu ignorieren. Sie hatte es satt, der Spielball von Ellen McGill und ihren Launen zu sein.

Doch schon Minuten später überkam sie das schlechte Gewissen. Was war, wenn es sich um ein Arbeitsthema handelte, das Ellen mit ihr besprechen wollte? Womöglich eine neue Arzneimittelkrise, die PR-mäßiger Bearbeitung bedurfte?

Sie schrieb Ellen ein einziges Wort zurück: WARUM?

Die Antwort kam schneller als erwartet: NEUE WEBSITE.

Nina seufzte. Darum ging es also. In all dem inneren Chaos, das in ihr herrschte, hatte sie völlig verdrängt, dass mit dem heutigen Tag die neue Website des Unternehmens, an dessen Konzept sie so lange gearbeitet hatte, online gegangen war.

Grübelnd ging sie durch die wie ausgestorben wirkenden Flure. Wahrscheinlich hatte Ellen irgendeinen Text zu bemängeln. Der Freigabeprozess für die Website hatte hauptsächlich die Abteilung »Medizin« und die Rechtsabteilung durchlaufen. Informationen zu den Produkten hatte sie sich bei den jeweiligen Produktmanagern selbst geholt. Ellen sah die Texte erst jetzt, wo sie bereits veröffentlicht waren.

Nina nahm sich vor, so professionell und sachlich wie möglich aufzutreten. Als hätte es nie irgendetwas anderes zwischen ihnen geben denn ein ganz gewöhnliches Arbeitsverhältnis, das war ihr Vorsatz, als sie das verwaiste Vorzimmer zu Ellens Büro durchquerte und an ihre Türe klopfte. Ich habe mir schon genug durch Ellen McGill zerstören lassen, sagte sie sich noch, als sie die Klinke der Bürotür herunterdrückte.

Sekunden später waren all ihre Vorsätze Schall und Rauch. Ein einziges Lächeln von Ellen hatte genügt. Es war unerwartet und spiegelte trotz seiner Flüchtigkeit offene Freude über ihr Erscheinen wider.

»Du bist noch da«, sagte Ellen anstelle eines Grußes.

»Ja«, sagte Nina nur. Sie blieb unschlüssig vor Ellens Schreibtisch stehen. Als Ellen auf den freien Stuhl neben sich deutete, kam sie der stillen Aufforderung nach. Der Bildschirm von Ellens Laptop zeigte die Website an, die nach Ninas Entwürfen programmiert worden war. Passend zu den einzelnen Rubriken liefen animierte Figuren über den Bildschirm und machten den User gezielt auf die wichtigsten Themen aufmerksam.

»Das ist gut«, sagte Ellen wie zu sich selbst. »Es ist witzig. Ist das im Einklang mit der *Corporate Identity*?« Sie richtete ihren Blick fragend auf Nina, die das Lob noch nicht ganz fassen konnte. Nina nickte stumm. Sie hatte sich ihre Karikaturen extra von der Konzernzentrale freigeben lassen. Wider Erwarten hatte der Vorschlag, eine Arztfigur, einen Journalisten mit Mikrophon und Aufnahmegerät, einen verwirrten Patienten und einen altertümlichen Geschichtsprofessor durch die Website führen zu lassen, großen Anklang gefunden. Es war eine Neuerung, die die LENOPHARM-Website in Österreich künftig von der Konkurrenz abheben würde, ohne dabei an Seriosität zu verlieren.

»Hast du das gemalt?«

Wieder antwortete Nina mit einem einfachen Nicken. Die Nähe zu Ellen McGill hatte sie nicht nur ihrer Vorsätze, sondern auch ihrer Sprache beraubt. Kaum ein halber Meter Abstand lag zwischen ihnen. Nina schien es, als hätte sich ein starkes, unsichtbares Seil um ihre Taille geschlungen, das immer stärker an ihr zog – hin zu Ellen. Sie kämpfte dagegen an. Ihre Ratio rief ihr in Erinnerung, was beim letzten Zusammentreffen geschehen war. Nie wieder wollte sie diese Zurückweisung erfahren.

Ihre Augen suchten vorsichtig Ellens Blick. Ein tiefes, weiches Grün berührte sie in ihrem Inneren und erschütterte ihre Widerstandskraft. Das Bild von Lukas flackerte in ihr auf, doch es konnte sie nicht davon abhalten, den Abstand zwischen sich und Ellen unmerklich zu verkleinern. Ellen schien es nicht zu bemerken. Sie klickte interessiert durch die verschiedenen Rubriken der Website. Nina besann sich. Ruckartig richtete sie sich auf. Wurde sie schon wieder weich? Raubte ihr das Verlangen nach Ellens Berührungen allmählich den Verstand?

Sie hatte ihre Beziehung aufs Spiel gesetzt für eine Frau, die sie nicht wollte. Und nun saß sie hier bei ihr, von Zweifeln, Ängsten und Verlangen zerfressen, sah, wie ihr bisheriges Leben allmählich zu einem Ruinenfeld verfiel und wie sich alles, was ihr wichtig gewesen war, in Staub auflöste. Das ständige Gefühl von Aussichtslosigkeit, das in ihr herrschte, gewann die Überhand. Tränen traten ihr in die

Augen. Nina merkte, dass sie kurz davor war, vor Verzweiflung laut aufzuschluchzen. Diese Blöße wollte sie sich jedoch nicht geben. Sie sprang auf.

»Ich muss gehen«, presste sie hervor. Schon war sie an der Tür. Tränen liefen über ihre Wangen. Ihre Hand tastete blind nach dem Türgriff. Im selben Moment, als sie ihn gefunden hatte, fühlte sie zwei Hände, die sich um ihre Taille legten und sie mit sanfter Gewalt daran hinderten, ihre Flucht fortzusetzen.

Augenblicke später fand sie sich auf dem Sofa in Ellens Besprechungsecke wieder. Ellen lag neben ihr und bedeckte ihr Gesicht mit Küssen; Ninas Tränen flossen unaufhaltsam, doch Ellen ließ sich davon nicht beirren.

Für Nina mischte sich das Salz ihrer Tränen mit der Süße von Ellens Küssen zu einer speziell für ihren Herzensschmerz komponierten Arznei, die sie allmählich ruhiger werden ließ. Gleichzeitig jedoch wurde ihr Körper von einem aufregenden Prickeln erfüllt.

Diesmal überließ sie Ellen völlig die Regie. Sie ließ sich das Shirt ausziehen, den BH öffnen, sie vergaß, wo sie war, dass theoretisch jederzeit jemand kommen und Zeuge ihrer Hingabe werden konnte. Sie ließ Ellen ihre Hose öffnen, spürte ihre Finger auf ihrer Haut und dann in sich. Sie ließ sich verwöhnen, bis ihr Körper explodierte, und fand erschöpft und atemlos den Weg zurück in die Realität.

Etwas Kaltes, Metallisches drückte gegen ihre Bauchdecke. Es waren die großen Metallknöpfe an dem Blazer, den Ellen noch immer trug. Ob es ihr wohl niemals zu warm wurde?

Es war, als hätte Ellen Ninas Gedanken erraten. Denn im selben Augenblick setzte sie sich leicht auf und entledigte sich des Kleidungsstücks. Darunter trug sie ein extravagant geschnittenes, kurzärmeliges Shirt in verschiedenen Grau-Tönen.

Wo sie nur all diese außergewöhnlichen Klamotten her haben mochte. Wann immer sie Ellen sah, trug sie etwas anderes, und immer handelte es sich um Kleidungsstücke, die sie noch nie im Handel gesehen hatte. Sie würde sie gelegentlich einmal danach fragen, doch viel lieber küsste sie Ellen jetzt auf den Mund, erkundete sein Inneres mit ihrer Zunge, genoss, dass Ellen den Kuss auf dieselbe innige Weise erwiderte. Sie ließ ihre Hand unter Ellens Shirt und unter ihren BH gleiten und nahm mit gewissem Stolz und mit Genugtuung zur Kenntnis, wie sich Ellens Brustwarzen unter ihren Berührungen versteiften. Es kam ihr auch diesmal wieder vor wie eine Art Wunder, dass sie diese Reaktionen bei einer anderen Frau hervorrufen konnte.

Sie ließ ihre Hand an Ellens Bauch nach unten gleiten.

Du bist so dünn, ging es ihr durch den Kopf. Sie behielt den Gedanken jedoch für sich. Sie hatte Ellens Hosenbund erreicht und schickte sich an, den Reißverschluss zu öffnen, als Ellens Hand sich wie eine Fessel um ihr Handgelenk legte.

»*No!*«

Ninas Selbstsicherheit verpuffte.

Oh, shit! – Danke. – *Stop it!* – *No!* – Die Abfolge der Kommentare, die Ellen in Momenten wie diesen für sie im Repertoire hatte, schlug wie ein Faustschlag in Ninas Magen. Sekundenlang lag sie wie gelähmt neben Ellen und starrte auf das Grau des Oberteils und die harten Brustwarzen, die sich darunter abzeichneten. Jetzt steigerte der Anblick, der sie Minuten zuvor noch erregt hätte, die Verzweiflung in ihr.

Weg. Nur weg.

Sie wollte sich aufsetzen, doch Ellen drückte sie mit sanfter Gewalt auf das Sofa zurück. Sie beugte sich über Nina. Ihr Blick ruhte ernst auf deren versteinertem Gesicht.

»Nina. Das hat nichts mit dir zu tun.« Sie strich ihr sanft über die Wange. »Ich kann heute nicht. Verstehst du?«

Nina verstand nichts. Sie verstand ihre Worte genausowenig wie sie Ellens »*Stop it!*« einige Tage zuvor begreifen hatte können. Ellen las es in ihren Augen, die die ganze Verletzung zum Ausdruck brachten, die sie durch die neuerliche Zurückweisung empfand.

Ellen seufzte. »Es ist nicht so, dass ich nicht will. Ich will es, aber es geht nicht.« Sogar ihr selbst schien aufzufallen, dass sie noch immer in Rätseln sprach. Sie gab sich einen innerlichen Ruck und wurde präziser. »Ich habe meine Periode.«

Ninas Gesichtszüge entspannten sich. Die Verletztheit, die sie eben noch fest im Griff gehabt hatte, fiel von ihr ab wie ein Panzer und brach entzwei. Sie zog Ellen zu sich hinunter. Wange an Wange lagen sie beieinander und genossen die Wärme ihrer verschlungenen Körper.

»Geh nicht«, flüsterte Nina und sprach damit aus, was ihr innigster Wunsch war. Andere Wünsche wagte sie nicht zu artikulieren. Beispielsweise, dass sie mit ihr redete. Dass es nicht nur dieses makabere Sex-Verhältnis war, was sie verband.

»Nein«, sagte Ellen nur.

Diesmal gab es kein Missverständnis: Nina schmiegte sich an Ellen. Sie spürte ihren ruhigen, gleichmäßigen Herzschlag. Ellens warmer Atem in ihrem Haar, das zärtliche Streicheln ihrer Hand entlang ihrem Rücken – all das gab ihr das Gefühl von Geborgenheit. Das Chaos an widersprüchlichen Gefühlen, das zuvor in ihr geherrscht hatte, wurde immer klarer. Sie sah Lukas, sie sah Marga. Sie sah sich.

Unwillkürlich erinnerte sie sich an Jasnas Worte. Manchmal liegt die Lösung eines Problems klar auf der Hand, hatte sie gesagt. Genauso erging es Nina jetzt. Sie wusste plötzlich, was sie zu tun hatte. Selbstauferlegte Regeln lösten sich auf. Sie wollte nicht länger halten, was nicht zu halten war. Und damit auch nicht länger gegen ihre eigenen Bedürfnisse verstoßen.

»Ich bin für den Rest der Woche auf einem Kongress«, flüsterte Ellen plötzlich an ihrem Ohr.

»Du kannst mir ja ein Mail schreiben«, sagte sie leise. Jeder Satz zwischen ihnen war wie ein langsames Vortasten in unbekannte Gefilde; jeder Schritt war mit äußerster Vorsicht gewählt.

Ellen nickte. Nach einer Pause setzte sie hinzu: »Vielleicht bekomme ich dann auch eine Antwort.«

Nina schwieg. Sie erinnerte sich an Ellens letztes Mail. AN DICH DENKEN. Sie hatte nicht darauf geantwortet. Jetzt bereute sie es. Vielleicht lägen die Dinge zwischen ihnen einfacher, hätte sie etwas zurückgeschrieben. Nur was? Was hätte sie ihr sagen können? Sie zog Ellens Hand an ihren Mund und küsste ihre Fingerspitzen.

Sie hielt die Hand immer noch umklammert, als sie schließlich sanft in den Schlaf glitt – ein tiefer, traumloser Schlaf, der sie umhüllte wie ein schützender Mantel. Als sie daraus erwachte, war die Morgendämmerung bereits angebrochen.

An Ellen erinnerte nur noch ein kurzes, kupferrotes Haar auf dem weißen Sofa.

»Du bist total verrückt, weißt du das?« Lukas stand in Boxershorts und mit vom Schlaf zerzaustem Haar vor ihr und schrie sie an. Nina zuckte unwillkürlich zusammen. Sie hatte ihn noch nie so aufgebracht erlebt. »Du kommst nicht nach Hause, versetzt mich in Angst und Schrecken ... ich habe mir Sorgen gemacht, dass dir etwas passiert ist, weißt du das?! – Und jetzt, um halb fünf Uhr früh, schneist du hier herein, reißt mich aus dem Schlaf, machst mit mir Schluss und willst mich aus der Wohnung schmeißen!« Er machte eine Pause, um Atem zu schöpfen. Sichtlich ruhiger setzte er dann hinzu: »Aber dazu hast du kein Recht. Die Wohnung gehört uns beiden.«

»Ich zahle die Miete«, sagte Nina. »Und das seit Monaten.«

»Geld, Geld, Geld!«, zischte er wütend. »Ist das alles,

was für dich noch zählt? – Du bist nicht mehr die Nina, in die ich mich verliebt habe! Die Nina, die ich kennengelernt habe, hat sich nicht für Geld interessiert, sondern für Gefühle! Aber das ist dir ja jetzt herzlich egal. Seit du bei diesen Pharmaaffen bist, denkst du wie diese kapitalistischen Manager!«

»Und du denkst wie Marga«, erwiderte sie knapp.

»Marga!« Er stieß ihren Namen aus, als handle es sich um die Bezeichnung für ein giftiges Insekt. »Lass verdammt noch mal Marga aus dem Spiel! – Du bist diejenige, die unsere Beziehung zerstört hat!« Er funkelte sie wütend an. »Was macht diese Frau mit dir, Nina? Verspricht sie dir noch mehr Geld? Macht sie dir teure Geschenke? Schwört sie dir ewige Liebe?«

»Nein.«

»Was ist es dann?«

»Es hat nichts mit ihr zu tun«, wich Nina aus. Sie wollte nicht mit Lukas über Ellen sprechen. Sie wollte nur eines: ihn so schnell wie möglich aus dieser Wohnung haben. Die Vorstellung, mit ihm einzuschlafen und neben ihm aufzuwachen, war ihr mit einem Mal unerträglich.

»Nina.« Lukas spitzes Kinn zitterte vor Anspannung und Wut. Seine Stimme klang fast drohend. »Nina. Überleg dir gut, ob du mich jetzt aus deinem Leben fortschickst. Du hast nur mich. Wenn diese Ellen es sich anders überlegt, bist du ganz allein. Was willst du dann tun? Wo willst du hin? Du hast niemanden in Wien, Nina, ich bin der einzige, der für dich da ist! Oder willst du zu deiner Mama? Aber die hat keine Zeit für dich, Nina, weil sie nämlich mit ihrem Freund beschäftigt ist. Oder willst du deinen Papa suchen? Vielleicht hast du ja Glück und findest ihn. Wann hast du das letzte Mal von ihm gehört? Weihnachten? Und wo war er da? Sidney? Oder war's ein drittklassiges Theater in Kapstadt?«

Nina biss die Zähne zusammen. Bloß nicht weinen. Bloß nicht zeigen, wie sehr sie seine Worte trafen.

Lukas nutzte ihr Schweigen, um fortzufahren. »Was stellt

diese Frau mit dir bloß an, Nina? Bist du zu verklemmt, um es mir zu erzählen? Mit mir hast du dich geziert, und mit ihr treibst du es im Büro. Schon eigenartig, oder? – Aber du bist im Bett keine Super-Nummer, Nina! Das wird sie schon noch merken. Du wirst sie irgendwann langweilen. Sie wird sich die Nächste angeln. Homosexuelle Beziehungen sind nicht von Dauer, Nina. Das weiß jeder.«

»Ich habe keine Beziehung mit ihr«, presste Nina hervor.

Er lachte höhnisch.

»Also geht es nur um Sex, oder was? Du überraschst mich, wirklich! Du bist keine Lesbe, Nina, du schläfst mit Männern! Du bist allenfalls ein bisschen bi! Kapier das endlich.« Er senkte die Stimme, doch sie klang nicht weniger hasserfüllt als zuvor. »Ich werde hier nicht ausziehen. Ich werde mich nicht von dieser sexbesessenen Lesbe aus deinem Leben verdrängen lassen.«

»Hör auf, so über sie zu reden!« Nina war selbst überrascht von ihrem Tonfall. Bisher hatte sie gedacht, dass sie nicht fähig wäre, andere Menschen derart anzuschreien. »Mir geht dein Schubladendenken auf den Wecker! – Ich weiß nicht, was ich bin, und ich weiß nicht, was Ellen ist! Ich weiß nur, dass ich lieber mit ihr zusammen bin als mit dir! Und deshalb sollten wir unsere Beziehung beenden.«

Lukas sackte in sich zusammen. Erst jetzt schien er zu begreifen, dass es ihr wirklich ernst war. Er ließ sich auf die ausgezogene Bettcouch fallen und sah mit kläglichem Gesicht zu ihr auf. Nina spürte seine Verzweiflung. Doch Mitleid war das einzige, was sie für ihn empfand. Es war von ihrer Seite keine Liebe mehr vorhanden, und ihr wurde mit einem Mal klar, dass ihre Gefühle für ihn nicht erst jetzt untergegangen waren. Ohne sich darüber bewusst zu sein, hatte er ihr eine Last aufgebürdet, die sie nicht tragen wollte. Es war die Last gewesen, ihn durchs Leben zu tragen, ihm bei der Realisierung seiner Träume zu helfen und die eigenen Interessen dabei zu vernachlässigen.

»Wo soll ich denn hin, wenn du mich jetzt aus der Wohnung schmeißt?«

Im Grunde hatte sie darauf auch keine Antwort. Allerdings ärgerte es sie, dass er ihr die Lösung seines Problems abverlangte. Sie war nicht seine Mutter, sie war nicht seine Lebensmanagerin. Sie war Nina, die gerade mit ihm Schluss gemacht hatte. Es sollte nicht mehr ihr Problem sein.

»Ich weiß es nicht«, sagte sie wahrheitsgemäß. »Vielleicht zu Marga. Wenn ich von der Arbeit zurückkomme, bist du jedenfalls verschwunden.«

»Du bist so dermaßen kalt.« Er war fassungslos.

Sie hatte keine Lust und Kraft mehr, die Diskussion fortzusetzen. Sie drehte sich um und verließ ohne ein weiteres Wort die Wohnung. Im Treppenhaus begann sie still zu weinen. Sie hatte Angst. Schreckliche Angst. Sie hatte Angst davor, dass Lukas mit all dem, was er ihr ins Gesicht geschleudert hatte, recht behalten könnte: dass sie kalt und gefühlslos war. Dass sie in Wien vereinsamen würde. Dass sie ganz alleine auf dieser Welt war. Sie fuhr an die Donau und betrachtete von einer Parkbank aus die aufsteigende Sonne, die sich im Wasser zu spiegeln begann. Sie dachte an Ellen. Wie gern hätte sie sie neben sich gehabt, jetzt in diesem Moment, auf der Parkbank.

Zum ersten Mal verband sie das Zusammensein mit ihr nicht mit Sex. Sie wollte sie hier neben sich haben und einfach ihre Anwesenheit spüren.

Hoffnungsvoll schaute sie auf das Display ihres Handys. Keine Nachricht. Sie ging ins Büro und schaffte es, den Alltag dort so zu bewältigen, dass niemand merkte, wie es in ihrem Inneren aussah. Spätabends fuhr sie zurück in ihre Wohnung und fand das Wohnzimmer nahezu leer vor. Das Bettsofa, der Schreibtisch, der Esstisch und ein Regal fehlten. Lediglich ein kleiner Kasten war ihr geblieben. Es war jener Kasten gewesen, den sie bezahlt hatte. Alles andere Mobiliar hatte Lukas gehört.

Ihre wenigen Kleidungsstücke, Bücher und anderen Habseligkeiten lagen achtlos auf einen Haufen geworfen in der Mitte des Zimmers. In der Küche neben dem Herd lag der zweite Wohnungsschlüssel. Daneben ein Zettel, beschrieben in Lukas' krakeliger Handschrift: Nina! Ich habe dich so geliebt. Niemand wird dich mehr so lieben, wie ich es getan habe. Du hast mich zutiefst enttäuscht. Ich kann nicht verstehen, dass du unsere Liebe so mit Füßen getreten hast, und das wegen einer Frau! Du wirst es bereuen. Lebe wohl!

Sie zerknüllte den Zettel, warf ihn mit einem verzweifelten Schluchzer auf den Boden und betrachtete minutenlang schweigend die gähnende Leere des Zimmers. Die Stille im Raum wurde unerträglich. Als sie sie nicht länger aushielt, drehte sie um, warf die Tür hinter sich ins Schloss und ging zurück zum LENOPHARM-Gebäude.

Sie war dankbar darum, dass Ellens Büro nicht abgeschlossen war. Die Couch, auf der sie sich geliebt hatten, war jetzt ihre Schlafstätte. Sie rollte sich darauf zusammen, fühlte sich einsam und elend.

»Nina, darf ich dich etwas Persönliches fragen?« Lilli Muster saß Nina in der Kantine gegenüber, hatte gerade den letzten Bissen eines panierten Putenschnitzels verspeist und betrachtete ihr Gegenüber mit prüfendem Blick. Ein Hauch von Nervosität überfiel Nina. Sie hasste seit jeher Einleitungen wie diese, denn sie zogen neugierige Fragen nach sich.

»Wenn du willst.« Sie konnte ihr die Antwort immer noch schuldig bleiben.

»Ist deine Wohnung irgendwie … unbewohnbar? Oder bist du obdachlos?«

Nina wollte gerade eines der letzten Salatblätter auf ihrem Teller in den Mund schieben, hielt aber nun in der Bewegung inne. Es war zu erwarten gewesen, dass diese Sache im Hause die Runde machte. Stephanie, Ellens Sekretärin, hatte sie heute früh schlafend auf der Couch gefunden.

»Du hast seit drei Tagen dasselbe an«, fuhr Lilli vorsichtig fort. »Und du schläfst bei …«

Nina unterbrach sie. Sie beschloss, ihr einen Teil der

Wahrheit anzuvertrauen. Sie mochte Lilli, sie hatte in Wien derzeit niemanden, und Lilli schien ihr – abgesehen von Jasna, die heute frei hatte – die einzige, mit der sie zumindest etwas von dem, was sie persönlich beschäftigte, besprechen konnte.

»Ich habe mich von meinem Freund getrennt«, sagte sie knapp. »Er ist ausgezogen und hat alle Möbel mitgenommen.«

»Oh!« Lilli bedachte sie mit einem teilnahmsvollen Blick. »Das tut mir leid.« Nach einer kleinen Pause setzte sie hinzu: »Aber warum schläfst du dann in Ellens Büro? Das muss doch total furchtbar sein, inmitten dieser Büroatmosphäre!«

»Ich wusste nicht, wo ich sonst hätte schlafen können«, entgegnete Nina wahrheitsgemäß. »Ich kenne hier niemanden.«

»Du hättest mich anrufen können«, meinte Lilli. »Unsere Wohnzimmercouch ist sehr komfortabel.«

Nina lächelte. »Das ist nett von dir. Aber ich will dich nicht damit belasten.«

»Ich empfinde es nicht als Belastung. Es ist normal, dass man sich untereinander hilft, oder nicht?«

»Ja, sicher.« Nina verzehrte ihre letzten Salatblätter. Es war nett von Lilli, sich ihrer derart anzunehmen. Sie hatte das nicht erwartet. Bisher war ihr Verhältnis rein kollegial gewesen.

»Und was wirst du jetzt tun? Hast du schon neue Möbel gekauft?«

»Wann denn?« Nina stand die leichte Verzweiflung, die sie bei dem Gedanken an ihre leergeräumte Wohnung befiel, sekundenlang ins Gesicht geschrieben.

»Du kannst ja nicht ewig in Ellens Büro wohnen«, stellte Lilli fest. »Du solltest zusehen, dass du dich schnellstmöglich einrichtest. Fahr doch zu Pack's, die haben alle Möbel lagernd und du kannst dich ganz schnell mit dem Notwendigsten ausstatten.«

»Ich habe nicht mal ein Auto«, bemerkte Nina seufzend.

»Aber ich«, erwiderte Lilli und lächelte ihr aufmunternd zu. »Wir machen heute einfach früher Schluss und fahren gemeinsam hin.«

»Das kann ich nicht annehmen«, entgegnete Nina automatisch, obwohl sie einsah, dass Lillis Angebot die beste Lösung war, die sich ihr im Augenblick bot. Sie setzten ihr Vorhaben am späten Nachmittag tatsächlich in die Tat um. Nina fand einen günstigen und geräumigen Schrank und ein ebenfalls günstiges Holzregal. Die Wahl für das richtige Bett fiel ihr weit schwerer: Die Wohnung war nicht besonders groß, doch sie hatte es satt, auf einer Bettcouch zu schlafen. Sie sehnte sich nach einem Bett mit richtiger Matratze. Nach längerem Überlegen wählte sie ein schlichtes Einzelbett.

Lilli zog erstaunt die Augenbrauen nach oben. »Willst du in deinem künftigen Leben dem Singledasein frönen?«

»Möglich«, erwiderte Nina ausweichend. »Aber unabhängig davon sind mir die Doppelbetten einfach zu teuer. Ich brauche auch noch einen Tisch und Stühle.«

Lilli lachte amüsiert. »Komm, Nina, sei nicht knausrig! Gerade wenn eine Beziehung geplatzt ist, muss man sich mit schönen Dingen trösten, um das seelische Gleichgewicht wiederherzustellen! Ein Doppelbett kostet nicht die Welt! Das hast du im Nu wieder verdient.«

Nina hatte da berechtigte Zweifel. »Ich verdiene sicherlich etwas weniger als du«, sagte sie. »So viel kann ich mir nicht leisten. Ich muss sowieso mein Konto etwas überziehen, um mich mit dem Notwendigsten auszustatten.«

Zwischen Betten- und Matratzenabteilung blieb Lilli wie angewurzelt stehen. »Das ist nicht dein Ernst, oder?«

Nina zögerte. Hatte sie zu viel gesagt? – Sie wusste: Im Vertrag gab es eine Klausel, die LENOPHARM-Mitarbeitern verbot, über ihre Gehälter zu sprechen.

»Nina, wie viel verdienst du?« Lilli trat an sie heran und machte ein ernstes Gesicht.

Nina konnte nicht verhindern, dass sie nervös wurde. Was sollte sie jetzt tun? Kannte Lilli denn nicht die Klausel? Warum wollte sie das so genau wissen?

»Ich frage dich aus bestimmten Gründen«, sagte Lilli. »Ich orte gerade eine riesengroße Ungerechtigkeit. – Bitte, Nina, um deinetwillen: Was verdienst du?«

Nina nannte ihr den Betrag, und Lilli nickte bestätigend. »Habe ich es mir doch gedacht. Weißt du, wie ungerecht das ist? Du wirst mit einem Mini-Gehalt abgefertigt, während sich andere eine goldene Nase verdienen. Du musst dich wehren! Du hast ein so großes Aufgabengebiet, du leistest viel – es geht nicht, dass Jasna für denselben Job viermal so viel wie du kassiert!«

»Viermal so viel?«, wiederholte Nina. Sie konnte und wollte nicht glauben, was sie da erfuhr. Jasna selbst hatte ihr erklärt, dass die PR-Abteilung im Bereich der Verwaltung angesiedelt war, nicht im Vertrieb, und dass bei Verwaltungseinheiten die Gehälter nun einmal niedriger ausfielen als in den umsatzgenerierenden Geschäftsbereichen. Nina erinnerte sich zudem an das Gespräch, das sie mit ihr vor Wochen über die Schwangerschaft geführt hatte. Jasnas Sorgen wegen des fehlenden Einkommens und des Drucks ihrer Schwiegereltern, die Angst hatten um ihr finanzielles Auskommen, waren ihr noch gut im Gedächtnis. Nina blieb skeptisch. »Woher weißt du das, Lilli?«

»Das kann ich dir nicht sagen. Ich weiß es aus verlässlicher Quelle, glaube mir. Ich kann dir nur sagen: Dein Gehalt ist ein Witz! Du bist über den Tisch gezogen worden, vermutlich, weil du keine Ahnung hast, auf welchem Niveau die Gehälter für deine Position liegen.«

»Jasna hat eine bessere Ausbildung als ich«, gab Nina zu Bedenken. »Und sie ist älter und kompetenter.«

»Du wirst nicht so viel verdienen wie sie, natürlich«, bestätigte Lilli. »Aber dein Gehalt muss angehoben werden. Diese Relation ist ungerecht. – Es war von vornherein völlig klar, dass die zweite PR-Position, die es zu besetzen galt, weit weniger kosten durfte als die erste. Schließlich kostet Jasna bereits genug, und es war aus vertragsrechtlichen Gründen nicht möglich, sie zurückzustufen.« Lilli atmete tief durch, ehe sie in ihrer Rede fortfuhr. »Ich will dich nicht kränken, Nina, aber hast du dich nicht mal gefragt, weshalb du diese Stelle bekommen hast, obwohl du keine Pharma-PR-Erfahrung hattest?«

Nina hatte sich diese Frage schon oft gestellt. Doch so oft sie nach der Antwort gesucht hatte, so oft war sie immer wieder bei Philipp Michaelis gelandet, dem weißhaarigen Herren mit dem souveränen Auftreten, der ihr so persönliche Fragen gestellt hatte. Sie hatte mehr und mehr den Eindruck gewonnen, den Job bekommen zu haben, weil er es so gewollt hatte.

Lilly fand nun eine komplett andere Antwort: »Sie haben dich genommen, weil du mit dem zufrieden warst, was man dir als Gehalt geboten hat. Kein anderer hätte damit Vorlieb genommen. Ich nehme an, dir kam es viel vor, weil du bisher in anderen Bereichen tätig warst?«

Nina nickte. Anfangs war ihr das Gehalt wirklich immens vorgekommen. Sie hatten sich damit immerhin aus ihren Mietschulden befreien können. Inzwischen hatte sie aber selbst schon bemerkt, dass das, was sie verdiente, gemessen an den Anforderungen, die ihr Job stellte, äußerst gering war. Es begann schon bei der Kleidung. Bei LENOPHARM wurde von ihr erwartet, dass sie in Kostüm oder Hosenanzug zur Arbeit kam, dass sie passendes Schuhwerk trug und bei Geschäftsterminen nicht mit einem simplen Rucksack, sondern mit eleganter Tasche erschien. Der Wechsel vom Kleiderschrank einer Studentin zur Garderobe einer Businessfrau war kostspieliger, als sie sich je hatte vorstellen können. Die Tatsache, dass ihr Gehalt die Lebensgrundlage für Lukas und sie gewesen war, hatte zudem keine großen finanziellen Freiräume zugelassen.

»Du solltest auf eine Gehaltserhöhung drängen«, riet ihr Lilli nun entschlossen. »Das hast du verdient. Die Geschäftsbereiche sparen durch dich viel Geld ein, weil wir jetzt nichts mehr an Agenturen auslagern müssen. Du bist fleißig, und wir bekommen tollen Service. Ellen hat das neulich auch gesagt, bei unserer internen Besprechung.«

Als sie Ninas erstauntes Gesicht sah, fuhr sie unbeirrt

fort: »Sie hält wirklich viel von dir. – An deiner Stelle würde ich sie um Hilfe bitten, was deine Gehaltserhöhung betrifft.«

»Nein!« rief Nina spontan aus. »Das geht nicht.«

»Wieso denn nicht?« Lilli sah sie verwundert an. »Ich bin überzeugt, sie wäre schockiert, wenn sie wüsste, mit wie wenig Geld man dich hier abspeist.«

Nina schüttelte heftig den Kopf. Egal, was Lilli von ihr dachte – Ellen um etwas zu bitten war gewiss das allerletzte, was sie täte. »Wenn, dann werde ich selbst mit Brauer sprechen«, erwiderte sie. »Er ist schließlich der Personalchef.«

»Ja, aber er ist auch ein Fan von Jasna, falls es dir noch nicht aufgefallen ist«, bemerkte Lilli. »Es gibt zwei Gründe, weshalb ich mich auf keinen Fall selbst an ihn wenden würde: Erstens, er will sowieso nur sparen. Zweitens, er führt Gehaltsverhandlungsgespräche mehrmals pro Monat. Er ist ein Profi. Du machst das wahrscheinlich zum ersten Mal. Er wird dir allerhöchstens eine minimale Aufstockung genehmigen und dich ansonsten verbal platt machen. Ich rate dir sehr ab, auf eigene Faust mit ihm zu verhandeln.«

»Ellen ist aber nicht meine Vorgesetzte«, warf Nina ein. Was sie durch die kommunikative und beliebte Lilli, die bestens informiert zu sein schien, über die politischen Machenschaften im LENOPHARM-Team erfuhr, reichte ihr schon. Sie wollte nur ihren Job verrichten, dafür entlohnt werden und ansonsten ihre Ruhe haben. Klatsch und Gerüchte waren noch nie das gewesen, wofür sie sich interessiert hatte.

Sie setzten ihren Weg in die Matratzenabteilung fort. Abwechselnd lagen sie Probe. Lillis Testliegen hatte dabei rein solidarische Beweggründe, doch trotzdem – oder vielleicht auch gerade deswegen – hatten sie umso mehr Spaß. Nina war selbst erstaunt, wie gut sie sich durch Lilli ablenken lassen konnte. Sie ließen sich gleichzeitig auf eine Latexmatratze fallen, amüsierten sich über den Trampolin-Effekt und lagen schließlich kichernd nebeneinander.

Lilli wurde schließlich ernst. »Ich habe dich ja schon neulich gefragt«, begann sie. »Aber ich habe es schon damals nicht verstanden. Was hast du für ein Problem mit Ellen?«

Ninas Kichern erstarb. Sie starrte an die Decke. Ein dumpfer Schmerz machte sich in ihrer Magengegend breit.

»Du kannst mir ja ein Mail schreiben« – »Vielleicht bekomme ich dann auch eine Antwort.« Unwillkürlich erinnerte sie sich an den kurzen Dialog, den sie geführt hatten. Zwei Tage waren nun vergangen; bisher hatte sie nichts gehört. »Ich habe kein Problem mit Ellen«, sagte sie nun knapp, und sogar Lilli konnte merken, dass sie hier nicht weiter vordringen sollte.

Nina entschied sich schließlich doch für ein günstiges Doppelbett. Während sie am Serviceschalter Schlange standen, um die Anlieferung der Möbel zu organisieren, piepte Ninas Handy. Ein SMS.

Ihr Herz schlug unwillkürlich schneller, als sie sah, dass Ellen der Absender war. Doch das Glücksgefühl erstarb, als sie den kurzen Text las: DU HAST BEI MIR IM BÜRO ÜBERNACHTET?! Nina schluckte. Anscheinend hatte Ellen mit Stephanie telefoniert. Und jetzt war sie ungehalten, weil sie, Nina, eine Grenze überschritten hatte. Es verärgerte sie offensichtlich, dass ihr Büro in ihrer Abwesenheit zum Schlafzimmer geworden war. Sie hatte sich offenbar zuviel herausgenommen.

Immer wieder bin ich so dumm und verstehe nicht, dass da nicht mehr ist als Sex, sagte sie sich, während sie langsam die Rückantwort tippte: SORRY.

Traurig ließ sie das Handy in ihrer Tasche verschwinden.

»Dein Ex-Freund?«, erkundigte sich Lilli besorgt und neugierig zugleich.

Nina schüttelte den Kopf. »Nein. Nur jemand, der mich ernüchtert hat.«

Sie war froh, dass Lilli auf weitere Fragen verzichtete.

Personalchef Brauer hatte die Besprechung zur »Betrieblichen Pandemievorsorge« einberufen und auch Nina dazu eingeladen, da bei diesem Thema interne Kommunikation gefragt war. Bereits als sie das Konferenzzimmer Punkt neun Uhr als letzte betrat, nahm sie von den sechs Anwesenden nur eine einzige Person wahr: Ellen McGill, die gerade einen USB-Stick in das bereitgestellte Notebook steckte und sich für eine Präsentation bereit machte. Sie sah kurz auf, als Nina den Raum betrat. Ihr Blick war kurz, aber intensiv.

Nina nahm mit gesenktem Blick zwischen Jasna Milic und Georg Waldmeister Platz. Brauer begann mit der Präsentation und erklärte die Notwendigkeit betrieblicher Vorbereitungsmaßnahmen, falls es zum Ausbruch einer Pandemie kommen sollte. Dann referierte er über die gesellschaftliche Verantwortung von LENOPHARM, das als eines von wenigen Pharmaunternehmen ein Antiinfektivum zur Minderung des Verlaufs einer möglichen Grippepandemie anbieten konnte. Trotzdem wurde Nina das Gefühl nicht los, dass es für LENOPHARM wirtschaftlich gar nicht so schlecht wäre, sollte die Pandemie tatsächlich ausbrechen. Ellens und ihr Blick trafen sich mehrmals. Ein kaum wahrnehmbares Lächeln umspielte flüchtig Ellens Lippen, und Nina ging auf, dass sie beide genau dasselbe dachten.

Anschließend referierte Ellen über Umsatzerwartungen, stellte diesen jedoch die Einbrüche durch den zu erwartenden wirtschaftlichen Schaden aus anderen Bereichen gegenüber. Während sie über den Wegfall wichtiger Import- und Exportwege, den krankheitsbedingten Ausfall wichtiger Schlüsselkräfte im Unternehmen und den ökonomischen Schaden von Krankheitstagen sprach, verlor sie mehrmals den Faden – immer dann, wenn ihr Blick kurz Nina streifte.

Nina selbst war sich dessen bewusst. Sie hoffte jedoch, dass niemand anderem der Grund für Ellens mangelnde Konzentration auffiel, genausowenig wie die zarte Röte, die ihr selbst unwillkürlich ins Gesicht stieg, wenn sich ihre Blicke trafen. Am Ende des Vortrags hatte sie nur einen Wunsch: mit Ellen zu schlafen. Sie musste sich um einen gelassenen Tonfall bemühen, als Brauer sie schließlich fragte, wie sie sich angesichts der Umstände die PR-Strategie für das besagte Antiinfektivum vorstellte, und wusste fünf Minuten später nicht mehr, was sie von sich gegeben hatte.

Als das Meeting schließlich offiziell für beendet erklärt wurde, rief es quer durch den Raum: »Nina. Hast du Zeit? Ich muss mit dir sprechen. Wegen der Homepage.« Ellens Worte kamen im Staccato. Sie hatte es sehr eilig, Nina daran zu hindern, sofort wieder auf ihren Arbeitsplatz zu verschwinden. Nina nickte nur schwach und folgte Ellen in Richtung Lift, wo bereits die hochschwangere Jasna auf den Aufzug wartete.

»Nach oben oder nach unten?«, erkundigte sich Ellen höflich.

Jasna drehte sich um. Sie sah von Nina zu Ellen und von Ellen zu Nina und meinte knapp: »Eigentlich in den vierten Stock. Ich habe einen Termin mit dem Geschäftsführer. Aber ehe ich hier noch länger warte, gehe ich zu Fuß.«Und schon machte sie sich trotz ihres gewaltigen Bauchumfangs auf den Weg nach oben.

Schweigend warteten sie auf den Lift. Es dauerte tatsächlich verhältnismäßig lange, bis er kam, doch dann war er zumindest leer. Ellen drückte auf den Knopf mit der Vier; die Türen schlossen sich, der Lift setzte sich in Bewegung.

Nina hatte das Gefühl, sich nicht länger beherrschen zu können. Von ungestillter Sehnsucht getrieben, machte sie zögernd einen Schritt auf Ellen zu, die sofort zurück an die Wand wich.

Nina erstarrte zur Salzsäule. Schmerzhafte Erinnerung an den Zwischenfall in Ellens Büro vor rund zwei Wochen überkam sie. Ein Spiel aus Zurückweisung und Nähe. War es das, was Ellen wollte? Sie wollte es jedenfalls nicht. Sie wich ebenfalls zurück. Ellens gepresste Stimme riss sie aus ihrem inneren Unbehagen. »Es sind nur zwei Stockwerke. – Wenn du mich jetzt berührst ... der Lift ... wir kommen da nie wieder heraus.«

Nina hob den Kopf. Es dauerte etwas, bis sie Ellens konfuse Worte richtig ordnete. Dann begriff sie schlagartig. Die Erkenntnis ließ die innere Hitze, die sich während der Besprechung in ihr gestaut hatte, wie eine Woge über ihren ganzen Körper fluten. Ellen wollte sie. In ihr herrschte das gleiche Verlangen wie in ihr selbst.

Augenblicke später waren sie in Ellens Büro. Noch ehe Nina einen klaren Gedanken fassen konnte, hatte Ellen sie bereits gegen die Tür geschoben und versank mit ihr in einem leidenschaftlichen Kuss. Nina drückte sich begierig an sie, fühlte Ellens Hände an ihrem Gesäß, ihrem Rücken, überall. Ihr Körper begann zu brennen. Sie stöhnte vor Verlangen laut auf.

»Pst!« Ellen legte mahnend den Finger auf ihre Lippen. Ihre Brust hob und senkte sich; ihr Atem ging schnell. Sie befand sich offensichtlich in einem Zustand, der Ninas Befinden äußert ähnlich war.

»Bitte. Schlaf mit mir«, brach es aus Nina hervor. Sie hatte das Gefühl, vor Anspannung zu explodieren. Ellen erwiderte nichts. Stattdessen drückte sie Nina erneut gegen die Türe zum Vorzimmer und griff ihr zielstrebig zwischen die Beine. Nina musste sich zusammenreißen, dennoch schaffte sie es, auszusprechen, was sie wirklich wollte.

»Nicht so. Ich will mit dir schlafen. Ich will dich auch … spüren. Bitte!«

Ellen zog ihre Hand zurück. Ein unruhiges Flackern trat in ihre Augen. Sie wirkte sichtlich verunsichert. »Ich … es geht jetzt nicht«, stammelte sie. »Nicht jetzt …«

Nina versteifte sich. Sie hätte es wissen müssen. Egal, um was es Ellen wirklich ging – es hatte nichts mit Zuneigung zu tun.

»Nina«, stieß Ellen hervor. Es klang fast verzweifelt. Sie drückte ihr einen zarten Kuss auf die Wange, sanft und unschuldig. Ihre Stimme war nur noch ein Flüstern. »Lilli Muster muss jeden Augenblick kommen. Ich habe sie zur Besprechung einbestellt, wegen der Homepage. Das war keine Ausrede. Ich wollte wirklich etwas … besprechen.«

Im selben Augenblick fühlte Nina auch schon, wie sich

die Klinke bewegte. Zu öffnen war die Tür freilich nicht, denn Ellen presste sie immer noch mit sanftem Druck dagegen. Ihr wurde schlagartig klar, weshalb Ellen sie in diese Position dirigiert hatte: Es war die einzige Möglichkeit, um zu verhindern, dass plötzlich jemand ins Zimmer kam.

»Ellen, Lilli Muster ist da«, ertönte draußen auch schon Stephanies Stimme. »Aber Ihre Türe klemmt.«

»Ja«, sagte Ellen laut. Sie trat zurück und gab Nina frei.

»Du hast wirklich ein verdammt schlechtes Timing«, entfuhr es Nina, als sie nun beiseite trat. Trotz der kurzen Ernüchterung, die Ellens Worte »Es geht nicht« mit sich gebracht hatten, fühlte sie sich noch immer wie eine lodernde Fackel.

»Ich habe das nicht wissen können.« Ellens Lippen zitterten und verrieten Nina, dass auch sie noch immer dieselbe Anspannung in sich trug. »Ich habe nicht wissen können ... dass es so ist. Dass es so sein wird, wenn ich dich wiedersehe.«

Im selben Moment betrat Lilli das Zimmer. Sie begrüßte Ellen formell und Nina mit zwei Wangenküssen. Nina war sich während der folgenden sechzig Minuten sicher, dass Lilli die einzige im Raum war, deren Gedanken wirklich bei der neuen Homepage war, die Ellen zusätzlich zur offiziellen Unternehmensseite online stellen wollte. Die Idee, eine mit den von ihr entworfenen Graphiken animierte Seite für Teenager mit Fragen rund um die Pille und Verhütung im allgemeinen zu machen, gefiel Nina prinzipiell gut, doch im Moment dachte sie nur an Ellens Hände und ihre Lippen auf ihrer Haut. Und trotz aller körperlichen Begehrlichkeiten sann sie auch nach über Ellens Bemerkung: »Ich habe nicht wissen können, dass es so sein wird, wenn ich dich wiedersehe.«

Was ging in ihr vor? Wusste sie wirklich noch immer nicht, was anscheinend immer wieder geschah, wenn sie sich unter die Augen kamen? Oder wollte sie es nicht wahrhaben? Warum versetzte es sie immer wieder in ungläubiges Erstaunen, dass Ninas bloßer Anblick bei ihr etwas auslöste, was sie offensichtlich nicht bezwingen konnte? Warum schien sie das so schwer zu akzeptieren? Sie plante diese Zusammenkünfte nicht – also wollte sie sie auch nicht wirklich. Sie schien lediglich keine Gewalt mehr über sich zu haben, sobald sie sich näher kamen.

Umso mehr überraschte es Nina, als sie nach der Besprechung ein Mail von Ellen bekam. Sie hatten nicht fortsetzen können, was sie vor Lillis Eintreffen begonnen hatten, denn Ellen hatte einen weiteren Termin. Doch die Worte, die sie schickte, waren ein verheißungsvolles Versprechen.

MEIN BÜRO, NACH 19 UHR. KOMM.

Und Nina kam. Mehrmals, auf Ellens Couch.

Mit jedem Mal, an dem sie mit Ellen zusammentraf, wurde Ninas Wunsch stärker, sie besser kennenzulernen. Was körperlich so gut lief, blieb emotional auf einer Stufe, die im Grunde keine Ausgangsbasis für Intimitäten war. Ellen sprach zwar mehr als zu Beginn ihrer merkwürdigen Zusammenkünfte, doch Nina wusste über sie nicht mehr als beim ersten Treffen.

Das einzige, was sie wirklich kennenlernte, waren die Reaktionen von Ellens Körper auf ihre Berührungen. Es machte sie innerlich stolz und gab ihr Selbstsicherheit, dass es ihr auf so einfache und angenehme Weise gelang, Ellen Vergnügen zu verschaffen. Doch ihre eigene Seele litt darunter, dass Ellen ihr offenbar nicht mehr geben wollte als Zärtlichkeit und Leidenschaft für wenige Stunden in einer Woche. Sie seufzte.

Dass ihr Seufzer ein sehr lauter Stoßseufzer war, fiel ihr erst auf, als sich Jasna über die Sichtbarriere zwischen ihren Schreibtischen beugte und sie stirnrunzelnd ansah.

»Alles klar bei dir?«

Nina versuchte sich in einem höflichen Lächeln. »Alles klar. Ich bin nur etwas … unkonzentriert heute.«

»Vielleicht brauchst du mal ein paar Minuten Pause, ehe du weiterarbeitest. Oder etwas zu essen.«

Nina sah auf die Uhr. Erstaunt stellte sie fest, dass es wirklich schon Mittag war. Sie hatte völlig die Zeit vergessen. Da sie tatsächlich Hunger hatte, schlug sie Jasna vor, für sie beide einen Imbiss im Supermarkt ums Eck zu kaufen – freitags hatte die Kantine geschlossen.

Jasna lehnte ab. »Nett von dir, aber ich mache in einer halben Stunde Schluss. Das ist ein Luxus, den ich mir als Schwangere gönne.«

»Es werden einsame Mittagspausen ohne dich werden«, meinte Nina. In rund drei Wochen würde Jasna in Mutterschutz gehen. Derzeit suchte Brauer auf Hochtouren nach einer Karenzvertretung für ihren Posten. Nina wusste, dass sich bereits mehrere Kandidaten vorgestellt hatten, doch da sie in die Vorstellungsgespräche nicht eingebunden war, hatte sie keine Ahnung, wie weit die Suche schon vorangeschritten war. Sie hatte das Gefühl, dass Brauer viel zu spät auf Suche nach Ersatz für Jasna gegangen war. Wäre es nicht sinnvoller gewesen, Jasna hätte ihre Vertretung noch einarbeiten können? Nina befürchtete schon jetzt, dass es letztendlich an ihr bleiben würde, die Jobvertretung mit den Gepflogenheiten bei LENOPHARM vertraut zu machen. Ihr tat Jasnas Nachfolgerin oder Nachfolger leid. Sie oder er würde sich das nötige Wissen über OTC-Produkte fast genauso aneignen müssen wie sie es im Pharma-Bereich hatte tun müssen: durch ständiges Nachfragen in der Medizinabteilung oder in den Marketingeinheiten.

»Du wirst sicher jemanden finden, der mit dir die Mittagspause verbringt«, erwiderte Jasna schmunzelnd. »Es gibt derzeit 261 weitere Mitarbeiter bei LENOPHARM, die als Ersatzkandidaten in dieser Hinsicht in Frage kommen. Lilli zum Beispiel.«

»Die ist seit gestern auf Dienstreise.«

»Na, dann Ellen.« Als sie Ninas entsetztes Gesicht sah, fügte sie hinzu: »Ich weiß, Ellen geht nicht in die Kantine. Ich weiß auch, Ellen isst nichts ... oder sehr wenig. Aber sicherlich leistet sie dir zumindest Gesellschaft. Und möglicherweise kannst du sie zum Essen animieren – ein paar Kilos mehr würden ihr nicht schaden.« Sie interpretierte

Ninas Schweigen auf ihre Weise. »Hör endlich auf, zu glauben, dass Ellen McGill etwas gegen dich hat. Sie mag dich.«

»Ich weiß nicht.« Nina griff nach ihrer Tasche. Es war besser, schnellstmöglich zum Supermarkt zu gehen und Jasna nicht weiter Zeit zu geben, in dieses sensible Gebiet einzudringen.

»Aber ich weiß es, Nina.« Jasna gab nicht auf. »Das merkt man doch.«

Nina verließ eilig das Zimmer. Jasnas letzter Satz hatte ihr eine zarte Röte ins Gesicht getrieben. Waren ihre abendlichen Treffen mit Ellen aufgefallen? Waren die Blicke, die sie während der letzten Sitzung ausgetauscht hatten, doch nicht so unentdeckt geblieben? Wie kam Jasna bloß darauf, dass Ellen sie mochte?

Als sie das LENOPHARM-Gebäude mit Jogurt und allerlei gekauften Früchten wieder betrat, war ihr Wunsch, Ellen zu sehen, größer als ihre Befürchtung, bei ihr nicht willkommen zu sein. Sie dachte an Jasnas Worte. Tatsächlich war die Vorstellung, die Mittagspause mit ihr zu verbringen, verlockend.

Nina schnippelte einen Teil der Früchte zu einem Obstsalat zusammen. Mit der Schüssel und zwei Tellern auf dem Tablett stand sie Minuten später bei Stephanie im Vorzimmer, die bei Ninas Anblick erstaunt die Augen aufriss.

»Weiß sie, dass du kommst?«

Ninas Mut sank sofort. Automatisch wurde die Erinnerung an den seltsamen Tag Ende Mai wach, an dem Ellen sie so heftig weggestoßen hatte. Auch damals war sie gefragt worden, ob sie einen Termin hatte.

»Warte. Ich frage sie, ob sie Zeit hat.«

Stephanie öffnete die Türe zu Ellens Büro, steckte den Kopf hinein und kündigte Nina an. Von drinnen hörte man nur unverständliches Gemurmel, das jedoch offensichtlich ein Ja war.

Ellen saß an ihrem Schreibtisch und sah auf, als sie mit dem Tablett den Raum betrat. Ihre Augen waren so grau, ihr Blick so ernst, dass Nina ihren Entschluss sofort bereute.

Sie war versucht, sogleich wieder wortlos umzukehren, doch da dies bei Stephanie gewiss zu Irritationen geführt hätte, stand sie stattdessen stocksteif vor Ellens Schreibtisch und brachte kein Wort über die Lippen. Auch Ellen sagte zunächst nichts.

Das Tablett in ihren Händen wurde schwer. Ellen stand auf und nahm es ihr ab. Sie stellte es auf den kleinen Tisch bei ihrer Besprechungsecke.

»Was ist das?«

»Obstsalat.«

Nina rührte sich noch immer nicht von der Stelle. Ellens graue Augen schreckten sie unwillkürlich ab.

Warum ist es so einfach, mit ihr zu schlafen, und so schwierig, mit ihr ein ganz normales Gespräch zu führen, ging es ihr durch den Kopf.

»Ist das für mich?«

Nina unterdrückte ein mutloses Seufzen. Gespräche mit Ellen waren wirklich zäh. »Unter anderem. Es ist auch für mich.«

»Eigentlich esse ich mittags nicht.« Ellen blieb steif an der Sofaecke stehen und schaute skeptisch auf die Schüssel. Nina ließ die Schultern sinken. Es hat keinen Sinn, sagte sie sich. Ich muss endlich begreifen, dass Sex das einzige ist, was sie von mir will. Kein gemeinsames Essen, kein Kennenlernen. Nur Sex.

Zum ersten Mal seit Langem war ihr in Ellens Beisein überhaupt nicht danach zumute. Sie gab sich Mühe, ihre Enttäuschung über die neuerliche Zurückweisung zu verbergen.

»Okay«, sagte sie so sachlich, wie es ihr nur möglich war. »Tut mir leid wegen der Störung. Ich … es war …« Sie geriet ins Straucheln, suchte nach den richtigen Worten, fand sie jedoch nicht. »Ich nehme das wieder mit.« Mit ein paar Schritten war sie bei der Couch, wollte nach dem Tablett greifen – doch in diesem Moment legte ihr Ellen die Hand auf die Schulter.

»Nina. Bitte, bleib.« Für Nina völlig unerwartet, beugte

sie sich vor und drückte ihr einen sanften Kuss auf die Lippen. Nina schmolz dahin, schlang sie die Arme um Ellens Hals und zog sie an sich. Bereitwillig erwiderte Ellen den begierigen Kuss, zu dem sie verleitet wurde. Ohne ihn zu unterbrechen, entledigte sie sich des sommerlichen Jacketts, das sie über ihrer ärmellosen Bluse trug, und zog Nina zu sich auf die Couch.

Nina war wie ein Stück Gummi. Während Ellens Hand bereits unter ihr Sommerkleid wanderte, regte sich dennoch ein Rest von Verstand in ihr. »Stephanie«, presste sie hervor, während sie sich bereits begierig an Ellens Finger drängte.

»Klopft vorher hoffentlich an«, stieß Ellen hervor.

Eine ganze Zeit später lagen sie eng nebeneinander auf dem Sofa. Ellen hatte ihren Arm um Ninas Körpermitte geschlungen. Ihr Kinn ruhte in Ninas Halsbeuge.

»Ich wollte eigentlich nur mit dir essen«, sagte Nina. Ihre Stimme klang ernster als beabsichtigt. Ihr Besuch war so gelaufen, wie sie es absolut nicht vor hatte: wieder einmal gab es nur Sex.

Es dauerte, bis Ellen etwas sagte. »Ich hatte einen ... *crummy day*. Bis du gekommen bist.«

»Was ist das?« Nina setzte sich auf und sah zu ihr hinunter. Ellen lag mit dem Rücken auf der Couch. Ihr Blick war in unergründliche Ferne gerichtet. Doch die Augen schimmerten, so kam es Nina vor, inzwischen schon ein bisschen grün.

Auch Ellen setzte sich nun auf. Sie knöpfte sich die Bluse zu, die zuvor von Nina eilig geöffnet worden war. »Nichts Positives«, sagte sie. »Ich habe mich geärgert.«

»Über mich?«

»Nein, wieso?« Ellen sah sie verständnislos an. Als Nina keine Erklärung nachlieferte, meinte sie knapp: »Essen wir deinen Obstsalat. Deshalb bist du ja gekommen.«

Nina füllte die Teller mit dem geschnittenen Obst. Sie spürte, wie die Kluft, die während des Liebesspiels stets verschwand, wieder wuchs. Sie hasste das Gefühl, sich so von Ellen zu entfernen – oder entfernt zu werden. Dabei war sie sich noch immer nicht sicher, ob dieses Auseinanderdriften unbewusst von Ellen gesteuert wurde, oder ob sie es beide nur geschehen ließen und eine Macht, die sie nicht definieren konnten, die eigentliche Antriebskraft für diese plötzliche Fremdheit zwischen ihnen war.

Schweigend aßen sie. Plötzlich hatte Nina genug von der Stille. Sie war nicht wegen Sex gekommen, aber auch nicht, um sich anzuschweigen. Energisch stellte sie ihren Teller ab.

»Über wen hast du dich geärgert?«

Ellen schüttelte leicht den Kopf. »Das interessiert dich nicht.«

»Das kannst du nicht wissen.« Nina bemerkte zu ihrem eigenen Erstaunen, dass sie ihre Scheu vor Ellen allmählich verlor. Noch vor einem Monat war es für sie trotz ihrer intimen körperlichen Begegnungen undenkbar gewesen, ihr zu widersprechen.

»Ich will dich nicht damit belasten«, kam es von Ellen.

Nina verzog das Gesicht. Mussten Gespräche mit ihr so kompliziert verlaufen? Sie legte Ellen ihre Hand auf das Knie. »Bitte, Ellen. Ehe du dich weiterhin grämst und ärgerst, kannst du mir den Grund auch einfach erzählen.« Als Ellen nichts erwiderte, strich sie ihr vorsichtig über den Schenkel und setzte hinzu: »Ich kann dir vielleicht helfen.«

Ellen sah sie an. Sie nahm ihre Hände, führte sie an die Lippen und drückte zwei Küsse auf Ninas Handrücken. »Du hast mir schon geholfen«, erwiderte sie leise. »Dadurch, dass du da bist.«

Ninas Herz schlug schneller. Es war das erste Mal, dass Ellen auch nur andeutete, dass ihr ihre Gesellschaft etwas bedeutete. Ermutigt von dieser Wendung, blieb sie hartnäckig. »Manchmal werden die Dinge erträglicher, wenn man sich mitteilt.«

»Manchmal, ja.« Ellen seufzte. Sie schien mit sich selbst zu kämpfen. Nina rechnete schon nicht mehr damit, dass noch mehr von ihr zu erfahren war, als sie plötzlich den Grund ihres Ärgers offenbarte: »Kathrin Hanelka treibt hinter meinem Rücken Dinge, die ich nicht gutheißen kann.

Sie macht Ärzten Versprechungen und wenn ich sie zur Rede stelle, leugnet sie alles und betreibt Propaganda gegen mich. Sie hetzt den Außendienst gegen mich auf. Es ist einfach nur mühsam, verstehst du?«

Einer spontanen Eingebung folgend, schlang Nina die Arme um sie und zog sie zu sich heran. Ellen ließ es bereitwillig geschehen. Nina strich ihr tröstend über das Haar. Die unnahbare Ellen wurde für sie in dieser Minute zum Menschen – einem Menschen mit Gefühlen, einem Menschen mit Problemen.

»Du bist ihre Vorgesetzte«, sagte Nina leise. »Warum kündigst du ihr nicht, wenn sie diese Dinge tut?«

»Es geht um Punkte, die ihr nicht so einfach nachzuweisen sind«, erklärte Ellen. »Kündigungen sind nicht so einfach, wie du dir vielleicht vorstellst.«

»Und wenn du Brauer um Hilfe bittest? Als Personalchef findet er sicherlich Mittel und Wege.«

Ellen unterbrach sie. »*That doesn't work!* – Aber wechseln wir das Thema. Es ist nicht gut, mit dir darüber zu reden.«

Schweigen breitete sich wieder zwischen ihnen aus. Ellen befreite sich aus Ninas Umarmung.

... mit mir darüber zu reden, hallte es in Nina nach. Was sollte dieses Zurückstoßen? Warum schaufelte sie immer einen neuen Graben, sobald sie den ersten zugeschüttet hatte?

»Mit wem willst du dann darüber reden, wenn nicht mit mir?«, platzte es aus ihr heraus. »Denkst du vielleicht, ich erzähle im ganzen Haus herum, was du mit mir besprichst?«

»*What nonsense!*«, rief Ellen aus. Sie schien aufgebracht, hatte sich aber nach einigen Augenblicken wieder unter Kontrolle. »Das denke ich nicht! – Aber du kannst mir nicht helfen, und darüber zu reden ändert nichts an der Situation.«

»Aber ich kann dir helfen!« Nina nahm ihre Hände und drückte sie. Das, was sie wusste, hätte sie auch gleich sagen können – doch sie hatte mit sich gerungen. Sollte sie sich in diese Belange wirklich einmischen? Allerdings ... es ging um Ellen. »Angenommen, du könntest ihr nachweisen, dass sie während ihrer Arbeitszeit andere Dinge tut. Dinge, die nichts mit der Arbeit hier zu tun haben. Könntest du sie dann kündigen?«

Ellen hob fragend die Augenbrauen. »Dann könnte ich sie vielleicht sogar entlassen. *But ... I don't see your point!*«

Nina freute sich so, dass sie sie regelrecht anstrahlte, als sie ihr ihre Information weitergab: »Kathrin Hanelka schreibt nebenbei ihre Doktorarbeit.«

Ellen starrte sie sekundenlang ungläubig an. »*Could you repeat that?*«

Nina tat ihr den Gefallen und setzte hinzu: »Ich weiß das definitiv.«

»Von wem? Hast du es selbst gesehen?«

»Von Lilli. Sie hat es mir erzählt.«

Als sie den Zweifel sah, der sich auf Ellens Gesicht ausbreitete, fuhr sie fort: »Lilli hat mehrmals die Unterlagen auf ihrem Schreibtisch gesehen, während der Arbeitszeit. Und auch das geöffnete Dokument auf dem PC. Es war eindeutig, dass sie daran schrieb. Sie hat es nie erwähnt, weil ...« Sie verstummte. Wie sollte sie Ellen erklären, weshalb Lilli dieses Wissen bis dato für sich behalten hatte? – Ich habe gegen diese Frau einen Trumpf in der Hand, hatte sie ihr gesagt. Wenn sie mir dumm kommt, werde ich diesen Trumpf ausspielen. Nina erschien es wenig schmeichelhaft, Lillis Wortwahl so wiederzugeben. »Lilli würde sicher auch vor Kathrin Hanelka bestätigen, was sie gesehen hat – wenn sie danach sichergehen kann, dass sie verschwindet. Sie kommt überhaupt nicht mit ihr zurecht. Und sie hält viel von dir. Sie würde dir sicher helfen.«

Ellen fuhr sich nachdenklich mit der Zunge über die Lippen. »Ich weiß nicht«, meinte sie dann. »Ich kann Lilli nicht darauf ansprechen. Sie hat es dir erzählt, nicht mir. Wenn ich sie darum bitte, weiß sie, dass ich mit dir darüber gesprochen habe. Das will ich nicht.«

»Ich kann mit ihr reden«, schlug Nina vor. »Ich kann das

tun, ohne dass sie bemerkt, dass wir darüber gesprochen haben.«

Ellen zögerte. Wieder schien sie nachzudenken, und wieder schüttelte sie den Kopf.

»Nein. Ich will das nicht. Es hat nicht mit dir zu tun. Es ist allein meine Sache, ich muss selbst eine Lösung finden.«

»Bist du eine Frau, die sich grundsätzlich nicht helfen lassen will, oder liegt es im Speziellen daran, dass du dir von mir nicht helfen lassen willst?«

Nina wusste selbst nicht, woher sie plötzlich so viel Mut nahm. Je mehr sie ihre Scheu verlor, desto leichter fiel es ihr, mit Ellen zu sprechen wie mit einem Menschen, der ihr schon lange vertraut war. Sie bemerkte am Erstaunen in Ellens Augen, dass dieser die Metamorphose nicht verborgen blieb.

»Beides«, gab sie schließlich unumwunden zu.

»Ich werde mit Lilli reden«, beschloss Nina. »Du wirst sehen, dass dein Problem dann bald beseitigt ist. Brauer wird dich auch darin unterstützen, sie zu kündigen. Es ist ja nicht im Interesse eines Personalchefs, dass sich Mitarbeiter mit anderen Dingen beschäftigen.«

»Ach, Nina.« Ellen fuhr mit den Fingern durch ihr Haar. Auf ihrem Gesicht spiegelte sich Nachdenklichkeit, aber auch leichtes Amüsement. »Das einzige, was Brauer tun wird, ist, mich nicht davon abhalten, sie zu kündigen. Ansonsten wird er sie immer beschützen.« Als sie Ninas Verwunderung sah, fuhr sie fort: »Brauer hatte einen Verhältnis mit ihr. Für einige Monate. Jetzt nicht mehr. Aber sie bedeutet ihm immer noch viel.«

Ninas Verwunderung machte Irritation Platz. »Aber ... er ist verheiratet!«, platzte es aus ihr heraus. Im selben Moment wurde ihr auch schon bewusst, wie peinlich ihre Anmerkung war.

Ellen lächelte schwach. »Für manche Menschen spielt das keine Rolle.«

Für mich schon, wollte Nina sagen, doch sie biss sich in letzter Sekunde auf die Lippen. Wer im Glashaus sitzt, soll nicht mit Steinen werfen, kam ihr in den Sinn. Hatte sie nicht selbst ihren Freund betrogen?

Sie erhob sich und griff nach dem Tablett. Eine Stimme in ihrem Inneren sagte ihr, dass es nun besser war zu gehen.

»Ich werde mit Lilli reden«, sagte sie zum Abschied.

Diesmal widersprach Ellen nicht.

»Das sieht wirklich super aus!« Lilli betrachtete Nina von allen Seiten. »Richtig flott!«

Nina war am Vortag beim Friseur gewesen. Aus finanziellen Gesichtspunkten war dies derzeit zwar keine brillante Idee gewesen, doch als sie am Samstagmorgen aufgewacht war, schrie es in ihr nach äußerlicher Veränderung. Sie war zum Friseur gegangen, ohne eine konkrete Vorstellung zu haben, wie sie künftig aussehen wollte. Um zwanzig Zentimeter war ihr langes Harz gekürzt worden; leichte Stufen trugen dazu bei, dass ihre Locken nun locker und voluminös über die Schultern fielen.

Sie verbrachten den Sonntag am Neusiedler See. Lilli, ihr Freund Andreas und dessen Kumpel Georg hatten sie abgeholt und waren mit ihr ins Ruster Strandbad gefahren. Nina war dankbar um Gesellschaft und auch froh darum, aus Wien herauszukommen. Als ihr Lilli vorgeschlagen hatte, mit an den Neusiedler See zu fahren, hatte sie zunächst gezögert. Schließlich hielten sich auch Lukas und seine Clique gerne dort auf. Außerdem hatte sie Furcht von den Erinnerungen an die schönen Stunden, die sie mit ihm dort verbracht hatte. Doch jetzt, wo sie mit Lilli und ihren Begleitern in der Sonne lag, wusste sie, dass ihre Furcht unbegründet gewesen war. Sie dachte kein bisschen an Lukas. Ihr einziger Gedanke galt Ellen.

Lilli würde auch offiziell dafür einstehen, dass sie Kathrin Hanelka an ihrer Doktorarbeit hatte schreiben sehen. Das hatte Nina bereits während der Autofahrt mit ihr geklärt. Die Aussicht, ihre ungeliebte Vorgesetzte damit für immer loszuwerden, war für sie zu verlockend. Doch obwohl dieser Punkt damit geklärt war, verschwand Ellens Bild nicht vor

Ninas innerem Auge. Sie nahm sie mit, aus dem LENOPHARM-Gebäude zunächst in ihre Wohnung und dann an den Neusiedler See. In ihren Gedanken spukte herum, was sie am Freitag noch alles mit Ellen hätte besprechen können, und sie malte sich aus, wie es wäre, mit ihr so ungezwungen zu plaudern wie mit Lilli und, mehr noch, ihr Dinge anzuvertrauen, die sie Lilli niemals erzählen würde. Doch tief in ihrem Inneren wusste sie genau, dass dies nur Phantasien waren. Im Grunde war sie froh gewesen, in der Geschichte mit Kathrin Hanelka endlich ein Gesprächsthema zwischen sich und Ellen gefunden zu haben.

Sie spielten Wasserball und bewarfen sich gegenseitig mit Schlamm vom Seeboden. Georg gab laute Quietscher von sich, wenn er sie bewarf, und bemühte sich überhaupt eifrig um ihre Aufmerksamkeit – zu eifrig für ihren Geschmack. Als Andreas und Georg schließlich an den Kiosk gingen, um kühle Getränke zu holen, meinte Lilli vorsichtig: »Wie findest du ihn?«

»Er ist okay«, antwortete Nina, die erst jetzt begriff, dass Lilli ihren Bekannten nicht ohne Hintergedanken mitgenommen hatte.

»Aber?« Lilli war nicht entgangen, dass Nina sich während der Schlammschlacht sichtlich auf Distanz gehalten hatte.

»Ich weiß nicht. Er ist vielleicht nicht ganz mein Typ.«

»Was ist dein Typ?«

Sehr schlank, mittelgroß, blass, grüngraue Augen, Haar wie Kupfer. Ellen McGill. Nina schluckte. Laut sagte sie: »Ich glaube, ich muss wohl erst meine Trennung verarbeiten. Es ist noch nicht einmal einen Monat her.«

»Sorry, das hatte ich nicht bedacht«, entschuldigte sich Lilli. »Ich verstehe, dass es dir zu früh ist. Nach Beziehungen braucht man ja wirklich erst einmal etwas Abstand, um sich auf eine neue Liebe einlassen zu können.«

Nina nickte, doch in Wahrheit hätte sie sich nicht mehr gewünscht, als den heutigen Tag mit Ellen zu verbringen. Wo auch immer sie jetzt sein mochte.

Nina erfuhr die ganze Geschichte rund um Kathrin Hanelkas Kündigung von Lilli, mit der sie sich einige Tage später nach der Arbeit kurz auf einen kühlen Cocktail traf.

»Ellen hat sie zu sich gebeten und dann zur Rede gestellt. Sie hat natürlich alles geleugnet. Dann hat Ellen mich rufen lassen, ich habe alles bestätigt – und Kathrin Hanelka hat immer noch geleugnet, ihre Doktorarbeit auch nur jemals in der Arbeit gesichtet zu haben«, berichtete Lilli. »Sie hatte sogar noch die Dreistigkeit, Ellen vorzuwerfen, dies seien böse Unterstellungen, es gebe keinerlei Beweise und sie werde sie vor das Arbeitsgericht zerren und wegen Mobbings anklagen. Sie hat sich ziemlich schlimm aufgeführt.«

»Und Ellen?« Nina versuchte sie sich in dieser Situation vorzustellen. Es gelang ihr nicht recht, nachdem sie so unterschiedliche Züge an ihr erlebt hatte.

»Ellen war absolut cool und beherrscht«, berichtete Lilli. »Das war ja auch nicht anders zu erwarten. Sie ist ein absoluter Profi, wirklich das, was man unter einer Karrierefrau versteht.«

Die Bewunderung für Ellen McGill stand Lilli ins Gesicht geschrieben. Nina blieb skeptisch. Sie zweifelte nicht daran, dass Ellen eine von Kathrin Hanelkas Ausbruch unberührte Fassade zur Schau getragen hatte, doch sie vermutete, dass die Situation für sie dennoch alles andere als einfach gewesen war.

»Ellen hat gesagt: Gut, wenn du nie an deiner Doktorarbeit geschrieben hast, spricht ja auch nichts dagegen, dass wir Einsicht nehmen in deine Dateien am PC. Kathrin hat nicht mal mit der Wimper gezuckt und sofort eingewilligt.« Lilli schüttelte in Erinnerung daran grinsend den Kopf. »Sie war sich ihrer Sache so sicher und kam sich wahrscheinlich immens schlau und gerissen vor. Wie du dir vorstellen kannst, war auf den ersten Blick nichts Firmenfremdes feststellbar. Sie hatte alles gelöscht. Doch Ellen war gut vorbereitet. Mit Hilfe von Gustav aus der IT ließen sich die gelöschten Dateien ganz leicht konstruieren. Der Beweis war also da. Und das Beste: Es ließ sich auch nachweisen, wann und wie lange sie täglich daran gearbeitet hatte. Tja, Kathrin hat dann wohl doch einsehen müssen, dass leugnen zwecklos ist, und gemeinsam sind sie dann zu Brauer marschiert wegen der Abwicklung ihres Abgangs.« Lilli zog eine Grimasse. Ihre Stimme klang nicht mehr ganz so euphorisch, als sie fortfuhr: »Und jetzt kommt die eigentliche Schweinerei. Statt diese Frau angesichts der Beweislage sofort zu entlassen, wird sie mit vertragskonformer Befristung gekündigt, behält ihre Ansprüche und wird dienstfrei gestellt. Kurzum, sie hat zwar keinen Job mit Zukunft mehr, ist aber für die nächsten drei Monate noch versichert, kassiert die vollen Bezüge und kann sich ganz und gar ihrer Doktorarbeit widmen. Und weißt du, wieso das so ist?«

»Weil Brauer irgendwann mal was mit ihr hatte«, sagte Nina automatisch in Erinnerung an Ellens Worte. »Und sie anscheinend immer noch mag.«

»Oder fürchtet«, meinte Lilli. »Er ist immerhin verheiratet. Ich kann mir nicht vorstellen, dass es seine Frau gut aufnimmt, wenn sie von dieser Affäre erfährt. – Woher weißt du das überhaupt?«

»Ich glaube, das weiß fast jeder bei LENOPHARM«, antwortete Nina ausweichend. »Aber abgesehen davon, Lilli – sei doch froh, dass sie weg ist. Schlimmer kann deine nächste Vorgesetzte oder dein nächster Vorgesetzter gewiss nicht sein.«

Ein zufriedenes Lächeln umspielte Lillis Lippen. »Nein«, sagte sie. »Sicherlich nicht. Mit meiner nächsten Vorgesetzten werde ich im besten Einvernehmen leben.« Sie nahm einen Schluck von ihrem Cocktail. »Und weißt du, was das Beste ist: Ich bin morgen in Laa mit von der Partie! Das bedeutet, Mediatraining auch für mich!«

»Wirklich? – Das ist ja super!« Nina freute sich über diese Nachricht. Sie war bis dato davon ausgegangen, nur mit Jasna und dem mittleren und höheren Management einen anstrengenden Trainingstag nebst abendlichem Gala-Dinner im Tagungszentrum der Therme Laa zu verbringen, und diese Aussicht hatte sie nicht gerade begeistern können. Als sie vor drei Wochen das Einladungsmail erhalten hatte, war ihre erste Frage an Jasna gewesen: »Muss ich da mitfahren?«

Jasna hatte ihr erklärt, dass der jährliche Medientrainingstag für alle Mitarbeiter der Unternehmenskommunikation obligatorisch war, die potentiell in Frage kämen, als Unternehmenssprecher im Fernsehen aufzutreten. Gewöhnlich wurden diese Schulungen hausintern abgehalten, indem man den Medientrainer kommen ließ, doch einmal jährlich wollte man den Mitarbeitern etwas Gutes tun. Das abendliche Galadinner sollte eine Art *Incentive* nach dem anstrengenden Tag sein.

Nina sah in alldem keinerlei Anreiz, behielt dies aber für sich. Jasna hätte nicht verstanden, dass sowohl eine Sprechübung vor der Kamera als auch ein abendliches Gala-Dinner im Kreise von Personalchef Dr. Michel Brauer, Geschäftsführer Harald Lindtmann und anderen Herren aus der Chefetage keine Belohnung für sie war, sondern eine Bestrafung darstellte. Jetzt, da sie wusste, dass Lilli mit von der Partie sein würde, sah sie dem Tag nicht mehr ganz so skeptisch entgegen.

»Du kannst mit mir mitfahren«, schlug Lilli vor. »Ich werde dich um sieben abholen.«

»So früh?«

»Na ja, wenn wir um halb neun dort sein sollen – ich möchte einfach genug Spielraum haben, falls wir uns verfahren sollten!«

Sie verfuhren sich nicht und waren unter den ersten, die in dem weitläufigen Konferenzhotel in Laa an der Thaya eintrafen. Nina stellte erst jetzt fest, dass das Hotel zu einer Therme gehörte. Lilli dagegen wusste es bereits aus dem Internet. »Heißt das, du hast gar keine Badesachen dabei?«, fragte sie entsetzt, als sie in Richtung Rezeption zu steuerten, um einzuchecken.

»Nein, natürlich nicht«, sagte Nina wahrheitsgemäß. »Aber bei den Temperaturen, die es heute bekommen soll, werde ich wahrscheinlich sowieso keine Lust haben, in sechsunddreißig Grad warmes Wasser einzutauchen.«

»Du kannst ja im Saunabereich ins Tauchbecken hüpfen«, schlug Lilli grinsend vor. »Da brauchst du keine Badekleidung.«

Nina grinste zurück. Einen Augenblick lang hatte sie das Gefühl, dass Lilli auf dem besten Weg war, eine ähnlich gute Freundin von ihr zu werden wie damals Inga in München. Doch das Gefühl verflog, als Lilli nun Brauer und Lindtmann entdeckte und beide mit gewinnendem Lächeln begrüßte. Sie machte Lindtmann sogar Komplimente zu der ausgewählten Location. Eigentlich gebührte dieses Lob nun wirklich seiner Assistentin Tanja, fand Nina. Lindtmann schien das nicht zu stören, da er Tanja unerwähnt ließ und das Lob geschmeichelt einheimste.

Nach und nach trafen die weiteren Teilnehmer ein: Georg Waldmeister als Leiter der Medizinabteilung, Eva Gutenberg als Leiterin des Geschäftsbereichs »Antidepressiva«, Peter Weidenreich vom Geschäftsbereich »Antiinfektiva«, Kurt Grabenheim, Leiter der OTC-Abteilung, Dieter Ellmann, Chef der Rechtsabteilung, und Jasna. Sie standen vor den Konferenzräumen, tranken Kaffee und hatten an diesem Morgen nur ein Gesprächsthema, wie Nina nicht verborgen blieb: den unrühmlichen Abgang von Kathrin Hanelka.

»Sie war verdammt ungeschickt«, hörte Nina Jasna sagen. »Sie hätte wirklich wissen müssen, dass man ihr dahinter kommt.«

»So was macht man einfach nicht«, meinte Dieter Ellmann, der Firmenjurist, und Georg Waldmeister sagte, er sei nun ganz ehrlich – sein Fall sei diese Frau ja noch nie gewesen. Er nannte sie in weiterer Folge selbstherrlich und stutenbissig.

Brauer hatte sich, wie Nina nicht entging, offenbar bewusst ins Abseits gestellt und tat so, als würde er von den Gesprächen der Kollegen nichts mitbekommen. Auf einmal verstummte das Gemurmel. Nina hob den Kopf und stutzte. Im ersten Augenblick traute sie ihren Augen kaum: Ellen

McGill war angekommen, begrüßte Brauer und Lindtmann persönlich, die anderen mit freundlichem Nicken, und kam dann direkt auf Nina zu. Das Lächeln, das sie ihr schenkte, war warm und offen.

Ninas Herz schlug sofort schneller – und dies aus keinem anderen Grund außer der Freude, die sie ab der Sekunde von Ellens Erscheinen erfüllt hatte. Auch sie lächelte.

»Ich wusste nicht, dass du auch kommst.«

»Ich wusste es selbst nicht«, erwiderte Ellen, ohne den Blick von ihr abzuwenden. »Es wurde kurzfristig entschieden. Bis jetzt habe ich mich erfolgreich vor diesen Gelegenheiten gedrückt.«

Nina kam nicht dazu nachzufragen, weshalb sie sich gedrückt hatte, denn im selben Moment rief Lindtmann dazu auf, in das Besprechungszimmer zu gehen. Nina war überrascht, als Ellen sich direkt neben sie setzte. Während sich die beiden Medientrainer und die Kameramänner vorstellten und eine Einführung zum Verhalten vor der Kamera gaben, betrachtete sie Ellen aus den Augenwinkeln. Etwas war an diesem Tag anders. Ellen wirkte wesentlich entspannter als sonst; ihre Gesichtszüge wirkten fast weich – auf keinen Fall sah es so aus, als trüge sie eine Maske. Ihre Augen schimmerten grün.

Es dauerte nur einige Sekunden, bis Ellen bemerkte, dass Nina sie ansah. Der Blick, den sie Nina nun schenkte, war intensiv und eindeutig.

Ein brennendes Verlangen ergriff Nina, als sie sich nach der Einteilung durch die Medientrainer mit Ellen in ein und derselben Gruppe wiederfand. Sie war froh darum, dass es nun gleich um das aktive Training vor der Kamera ging und sie darum keine Chance mehr hatte, mit ihr weiterhin intensive Blicke auszutauschen. Der Medientrainer erklärte nochmals ausführlich, wie ein klassisches Statement vor der Kamera aufgebaut war, und schon wurde mit den praktischen Übungen begonnen. Während sie dem ersten Freiwilligen vor der Kamera, Georg Waldmeister, bei seinem Kurzauftritt zusah, wuchs Ninas Lampenfieber. Sie hatte es immer gehasst, im Mittelpunkt zu stehen. Jegliche Auftritte hatte sie stets gemieden. Sie war rein gar nicht so wie ihre Mutter, die zunächst vor Lampenfieber fast zu sterben glaubte, vor Publikum aber zu einer völlig anderen Person wurde und ihre Energie aus ihren öffentlichen Performances schöpfte.

Nacheinander traten die Kollegen vor die Kamera. Ellen stellte sich an vierter Stelle der praktischen Übung. Nina registrierte, dass auch sie nervös war. Es überraschte sie – hatte sie Ellen doch schon am Telefon im Gespräch mit provokativen Journalisten erlebt und dabei keinerlei Unsicherheit feststellen können.

Doch jetzt, vor der Kamera, schien sie ihre Professionalität völlig zu verlieren. Erstaunt verfolgte Nina, wie Ellen bereits beim ersten Satz ihres Statements ins Stottern geriet. Auch bei den Folgesätzen wirkte sie unsicher, machte zahlreiche Grammatikfehler und suchte nach Worten, obwohl sie sonst fast fehlerfreies Deutsch sprach und nur selten eine Vokabel nicht kannte.

Die Kritik fiel bei ihr sehr umfangreich aus. Sie nahm sie ruhig und mit unbewegtem Gesicht zur Kenntnis und bedankte sich anschließend sogar für die Beurteilung.

Nina war inzwischen leichenblass. Wenn sogar Ellen, die professionelle Ellen, vor der Kamera versagte, wie würde sich dann wohl ihr Auftritt gestalten?

Als der Medientrainer sie vor die Kamera bat, fühlte sie sich bereits einer Ohnmacht nahe. Sie hatte noch nie öffentlich gesprochen, geschweige denn vor einer Kamera. Auch wenn es sich nur um eine Übung handelte, war ihr die Situation mehr als nur unangenehm.

Aufmunternd sah sie der Medientrainer an. Ihr rutschte das Herz sprichwörtlich in die Hose. Der Kameramann rief »Kamera läuft!«, und der Trainer übernahm sofort die Rolle des TV-Journalisten. »Frau Blume, Sie sitzen hier als Sprecherin von LENOPHARM, dem Hersteller des Medikaments x. In den letzten vier Wochen sind rund 100 Menschen nach der Einnahme von x an Leberzirrhose erkrankt, jetzt hat

LENOPHARM das Medikament vorläufig vom Markt genommen. Ein Schuldeingeständnis?«

Nina konnte im Nachhinein nicht erklären, was in dieser Sekunde in ihr vorging. Sie wusste nur: Sie verspürte plötzlich keinerlei Aufregung mehr. Eisern klammerte sie sich an all das, was ihr vorher zum Verhalten auf Provokativfragen vermittelt worden war, und ließ sich auch durch eine bohrende Folgefrage nicht aus der Ruhe bringen. Im Gegenteil: Selten hatte sie sich so ruhig gefühlt wie in diesem Moment. Wieder hielt sie sich strikt an das, was ihr vorher vermittelt worden war: Egal, was du gefragt wirst, du hast dein fixes Statement. Auf Fragen nicht direkt antworten zu müssen gefiel ihr. Endlich hatte sie eine Möglichkeit gefunden, mit der sie auch im Privatleben unangenehmen oder zu persönlichen Nachfragen ausweichen konnte. Sie war fast enttäuscht, als keine dritte Frage kam.

Die Kamera wurde abgeschaltet.

»Und, was sagen Sie dazu?« Der Medientrainer wandte sich an die kleine Gruppe, die mit offensichtlicher Faszination Ninas Kurzauftritt verfolgt hatte.

»Tja, da können wir wohl einpacken«, gab Georg Waldmeister zu. »Wirklich beeindruckend.«

»Frau Blume macht das ja auch nicht zum ersten Mal«, meinte Ellmann. »Als PR-Beauftragte ist das für sie Routine.«

Nina, die selbst noch im Banne ihres eigenen Auftritts gestanden hatte, fand ihre Sprache wieder. »Ich habe das aber zum ersten Mal gemacht«, sagte sie wahrheitsgemäß.

Der Medientrainer lachte. »Frau Blume, dann dürfen Sie sich gratulieren. Sie sind ein Naturtalent!« Nicht ganz überzeugt von der Ernsthaftigkeit seiner Aussage, setzte sie sich auf ihren Platz neben Ellen, die ihr anerkennend zunickte.

Nach dem Mittagessen trat Nina aus dem klimatisierten Inneren des Hotelrestaurants hinaus auf die Terrasse. Die Sonne schien ihr heiß und gleißend ins Gesicht. Es herrschten gut dreißig Grad. Etwas weiter abseits von der Terrasse und dem Restaurant entdeckte sie schließlich einen schattigen Baum an einem gepflegten Teich und nahm unter dem Blätterdach Platz.

Die Stille um sie herum tat ihr gut. Sie empfand es als anstrengend, mit den Arbeitskollegen Smalltalk zu führen, auch wenn es sich um Kollegen handelte, die sie mochte.

Sie zog die Schuhe aus und lehnte sich an den Baum. Der Schatten war angenehm. Sie schloss für einen Moment die Augen und genoss die Ruhe und die Natur um sich herum.

»Darf ich mich zu dir setzen?«

Erstaunt öffnete sie die Augen. Ellen stand einige Meter vor ihr. Sie wirkte unschlüssig; ihre Frage war keine rhetorische gewesen.

Ninas Herz machte einen Sprung. Sie musste nichts sagen – das Leuchten in ihren Augen war für Ellen Antwort genug. Ungeachtet der hellen Hose und des weißen Shirts, das sie trug, legte sie sich neben Nina ins Gras.

Sie lächelten sich an. Ein scheues Lächeln, so, als hätte es niemals mehr zwischen ihnen gegeben als ein erstes, vorsichtiges Kennenlernen.

»Du wirst Grasflecken bekommen«, meinte Nina, um die Verlegenheit zu verscheuchen, die sie plötzlich empfand.

»Das ist nicht schlimm«, erwiderte Ellen. Sie entdeckte neben sich einen längeren Grashalm, zupfte ihn aus und kitzelte Nina damit im Gesicht. Nina musste kichern. Es nahm ihrer Zweisamkeit die Befangenheit, die sie empfunden hatte.

»Du bist wirklich gut vor der Kamera«, sagte Ellen. »Das liegt dir offenbar. Mir nicht. Ich kann das nicht. Aber ich wusste es. Ich habe das schon einmal gemacht, so ein Medientraining. Das ist lange her, noch in den Staaten. In meiner Muttersprache bin ich etwas besser vor der Kamera, aber auch nicht wirklich gut.«

»Ist es für dich schlimm, etwas nicht zu können?«

Der kitzelnde Grashalm an ihrer Nase nahm Nina die Scheu, eine solch persönliche Frage zu stellen.

»Nein, es ist nicht schlimm«, sagte Ellen gelassen. »Wie kommst du darauf?«

»Weil … es ist …« Nina suchte nach Worten. Es fiel ihr schwer, ihre Frage so zu formulieren, dass sie nicht falsch verstanden werden konnte. »Nun, ich kann ziemlich wenig, und deshalb ist es für mich dann überraschend und toll, wenn es etwas gibt, das ich kann. Aber du, du kannst sonst immer alles. Und dann denke ich, es muss doch irgendwie komisch oder schlimm für dich sein, wenn du einmal etwas nicht kannst. Weil du es nicht gewohnt bist, etwas nicht zu können.«

Ellen hob die Augenbrauen. Sie schien sichtlich amüsiert. Trotzdem war ihre Stimme ernst, als sie ihr antwortete. »Ich kann nicht alles, Nina. *That's nonsense, really*. Es gibt sehr viele Dinge, die ich nicht kann – abgesehen von diesen TV-Auftritten. *I'm not superwoman and I don't want to be seen as superwoman, especially not by you.* – Und du sollst dich nicht immer so …« Sie schien nach dem Wort zu suchen. Es fiel ihr nicht ein, daher sagte sie es auf Englisch. »*To demean yourself*. Du kannst auch vieles, und das sehr gut: du kannst gut malen, du kannst tolle Websites konzipieren, du hast ein gutes Auftreten vor der Kamera.« Sie machte eine Pause und ließ den Grashalm fallen. Ihre Hand suchte Ninas Hand. Sie berührten sich. »Und etwas anderes kannst du auch sehr gut«, flüsterte Ellen.

Verlegen sah Nina zur Seite.

Es war Ellen, die sogleich das Thema wechselte. »Danke übrigens noch für deine Hilfe. Wegen Kathrin.«

»Eigentlich musst du Lilli danken«, meinte Nina. Sie sah ihren eigenen Beitrag in dieser Angelegenheit als äußert gering an.

Ellen schmunzelte. »Keine Sorge. Lilli hat keinen Zweifel offen gelassen, was ihre kooperative Mitwirkung in dieser Angelegenheit betrifft. Sie hat ihr Dankeschön schon gefordert – und bekommen.« Nina verstand nicht. Ellen ließ sie jedoch nicht lange im Unklaren. »Lilli hat als Gegenleistung für ihre Mithilfe gefordert, dass sie Kathrin Hanelkas Job bekommt. Ich habe eingewilligt. Sie wird also befördert.«

Fassungslosigkeit ergriff von Nina Besitz. Sie starrte Ellen mit großen Augen an. »Davon hat sie mir nichts erzählt«, sagte sie nach einer Weile entgeistert.

»Sie wird sicher warten, bis es offiziell ist«, meinte Ellen. Bis sie ihren neuen Vertrag unterschrieben hat.«

Nina war immer noch perplex. Lillis Aussage vom Vortag ergab plötzlich Sinn. Mit meiner nächsten Vorgesetzten werde ich im besten Einvernehmen leben, hatte sie voller Überzeugung gesagt. Jetzt war ihre nächste direkte Vorgesetzte Ellen, an deren Kompetenz sie nicht zweifelte. Nina gönnte ihr die Beförderung, und trotzdem gab es etwas, was sie daran störte. »Ich verstehe nicht, wie man so fordern kann. Wieso hat sie es nicht einfach getan, warum knüpft sie gleich eine Bedingung daran?«

»So ist die Welt, Nina. Jeder achtet auf sich selbst und auf sein eigenes Fortkommen.«

Nina schüttelte den Kopf. Sie war immer noch fassungslos über Lillis Verhalten. »Ich hätte das nie getan«, meinte sie leise. »Eine Bedingung daran geknüpft, dir zu helfen.«

»Das ist vielleicht etwas anderes.« Ellen ließ Ninas Hand los und rappelte sich auf. »Wir müssen zurück; ich denke, es geht gleich weiter.«

Schweigend schlenderten sie in Richtung des Hotelgebäudes. Kurz bevor sie die Terrasse betraten, blieb Ellen stehen und betrachtete Nina eingehend.

»Die neue Frisur steht dir gut«, sagte sie. »Es gefällt mir.«

Nina lächelte. »Ich bin froh, dass du das sagst.« Als sie Ellens ernstes Gesicht bemerkte, biss sie sich auf die Lippen. Jetzt war sie wohl zu weit gegangen.

»Ist das von Bedeutung für dich, was ich dazu sage?«

Nina schwieg betreten. Die Ernsthaftigkeit in Ellens Tonfall verwirrte sie. Und trotzdem gab sie sich schließlich einen Ruck und beantwortete die Frage ehrlich: »Ja. Ja, das ist es.«

Der Trainingstag lag hinter ihnen. Zwischen dem Beginn des abendlichen Galadinners und dem Ende der letzten Übungseinheit blieb etwas Zeit für Entspannung. Die meisten der

Gruppe nutzten den Freiraum, um doch noch in die Therme zu gehen. Die Temperaturen lagen zwar jetzt, am frühen Abend, immer noch bei 28 Grad im Schatten, so dass das heiße Thermenwasser weder Abkühlung noch Verlockung war, doch sie wollten sich einen Kurzbesuch in der Therme trotzdem nicht entgehen lassen.

Nina folgte Lilli in den Saunabereich und erfrischte sich tatsächlich einmal in dem eiskalten Tauchbecken. In die finnische Sauna folgte sie ihr jedoch nicht. Es war ihr auch so heiß genug. Sie schob sich in einen freien Liegestuhl, musste sich aber bald eingestehen, dass sie Ellens Gesellschaft vermisste. Sie bedauerte, dass sie sich geweigert hatte, mit ihr und den anderen in die Therme zu kommen.

Schließlich ging sie ebenfalls auf ihr Zimmer. Sie duschte, frisierte und schminkte sich, war damit schneller fertig als erwartet und stand, als es ums Ankleiden ging, vor einem Problem. Sie hatte speziell für das Galadinner ein enganliegendes schwarzes Oberteil gekauft. Das Oberteil war am Rücken mit kleinen Häkchen zu schließen. Im Geschäft hatte ihr die Verkäuferin dabei geholfen; jetzt probierte sie eine Weile allein herum und verrenkte sich die Arme, musste nach zwei Häkchen aber einsehen, dass sie Stunden für den Rest brauchen würde.

Ellen um Hilfe zu bitten hätte bei dem Grad der körperlichen Vertraulichkeit, der zwischen ihnen herrschte, eigentlich kein Problem darstellen sollen. Dennoch empfang Nina bei dem Gedanken eine gewisse Scheu. Sie überlegte. Lilli war noch in der Therme. Jasna hatte erklärt, sie wolle vor dem Abendessen noch eine kleine Runde spazieren gehen. Eva Gutenberg kannte sie zu wenig, um sie um irgendetwas zu bitten, und sämtliche Männer schieden sowieso aus. Blieb also sowieso nur Ellen.

Andererseits – war der heutige Tag nicht bisher sehr erfolgreich verlaufen? Es hatte einmal Gespräche zwischen ihnen gegeben, statt Sex. Mutig geworden, erfragte Nina über die Rezeption die Zimmernummer und stand kurze Zeit später vor Ellens Zimmertüre.

Ellen öffnete die Tür nur einen Spalt. Sie wirkte überrascht. »Ich brauche deine Hilfe«, erklärte Nina und war froh, als Ellen sogleich die Türe freigab und sie einließ. Es war ihr unangenehm, mit halbnacktem Rücken im Hotelflur zu stehen. Als sie eingetreten war, verstand sie, weshalb Ellen die Türe anfangs nur einen Spalt geöffnet hatte – sie trug lediglich Slip und Bluse. Ninas Blick blieb unweigerlich an ihren schönen, schlanken Beinen hängen. Sie unterdrückte den Impuls, diese Beine sofort mit beiden Händen zu umschlingen, und wandte sich um.

Ellen zog scharf die Luft ein.

»Ich … ich wollte dich bitten, mir mein Oberteil zu schließen«, sagte Nina rasch. »Ich bekomme diese Häkchen nicht zu.«

»Oh.« Ellen bückte sich und hob das Korsett auf. »Und du denkst wirklich, ich bin die Richtige für das … Schließen?«

Nina schoss unwillkürlich die Röte in den Kopf. Sie wandte sich Ellen zu, die hinter ihr stand. »Ich weiß nicht«, sagte sie langsam. »Du kannst es ja mal versuchen.«

»Okay.« Nina fühlte ihre Hände an ihrem Rücken herum nesteln. Ein aufregendes Kribbeln breitete sich von der Stelle, an der Ellens Hand lag, über sämtliche Nervenzellen aus. Sie presste die Lippen aufeinander, um still zu bleiben. Ellen selbst schien hoch konzentriert. Nina fühlte, wie sich das Oberteil allmählich auf ihrem Rücken schloss. Ellen war bereits bei der Hälfte angelangt, als sie plötzlich einen leisen Fluch ausstieß. Nina merkte, wie sich die Korsettage prompt lockerte.

»Das … das ist ein … *crappy material*, weißt du das? Schlecht genäht, billige Ware!« empörte sie sich. »Wo hast du das her?«

»Na ja, teuer war es nicht.« Nina schälte sich aus dem Oberteil, das Ellen bereits wieder öffnete, und besah sich schockiert den Schaden. Die Stoffleiste, an der die Haken saßen, war weitgehend abgetrennt. Ellen, die ihren Blick bemerkte, entschuldigte sich sogleich.

»Es tut mir wirklich leid … ich habe nicht angerissen, es hat sich einfach so abgelöst. Vielleicht bin ich wirklich keine gute Garderobiere. Ich kann dir ein neues kaufen.«

»Nein, Unsinn!« widersprach Nina. »Es war nur das einzige, was ich für das Dinner dabei hatte. Wenn ich im T-Sirt zum Essen auftauche, ist das wohl ziemlich unpassend. – Kann man das wieder … irgendwie annähen?« Sie betrachtete sorgenvoll das kaputte Teil. Ellen nahm es ihr ab und warf ebenfalls einen genaueren Blick darauf.

»*To be honest.* wenn wir es hier annähen, reißt es weiter oben. Das ist einfach zu knapp gesäumt und billiges Material.« Nina stellte überrascht fest, dass sie sich offensichtlich gut in diesen Dingen auskannte. Doch auch das fachkundige Urteil half hier nicht weiter. Im Geiste sah sie sich zum Galadinner bereits im Freizeit-Look erscheinen. Sie seufzte.

»Du kannst etwas von mir haben«, sagte Ellen plötzlich.

»Was?« Nina starrte sie entgeistert an. Es war weit mehr als das, womit sie jemals gerechnet hatte. »Und … du? Ich meine, wenn du … wenn du mir etwas leihst, was ziehst dann du an?«

»Ich gehe nackt.« Ellens Kommentar kam ganz spontan. Nina starrte sie sekundenlang fassungslos an – die Tatsache, dass Ellen fähig war, trockene Witze zu machen, überraschte sie immer wieder. »Ich habe genug dabei«, sagte Ellen dann eine Spur ernster. »Ich kann dir gerne etwas leihen.«

Als wolle sie den Wahrheitsgehalt ihrer Aussage beweisen, deutete sie auf die beiden offenen Koffer, die hinter ihr lagen. Nina riss die Augen auf. Wie konnte jemand, der eine Nacht weg blieb, bloß mit zwei Koffern verreisen?

Ellen schien ihre Gedanken zu erraten. »Ich weiß nie, was ich dann wirklich tragen will«, lieferte sie die Erklärung. »Also nehme ich immer mehr mit. Wegen der Auswahl.«

Sie holte aus einem der Koffer einen beigen, seidig glänzenden Anzug mit weißer Stickerei hervor. »Magst du das tragen?«

Nina wusste gar nicht, was sie sagen sollte. Hingerissen strich sie mit dem Finger über die blattförmige Stickmusterung. Das Stück, das vor ihr lag, war eindeutig nicht von der Stange. Noch vor einem Jahr hatte sie keine Vorstellung von den aktuellen Schnitten und Farben gehabt. Doch seit sie ihre legere Garderobe nach und nach umstellte, musste sie zugeben, dass ihr die Beschäftigung mit Kleidung zunehmend Spaß machte.

Minuten später hatte sie den Anzug an. Er passte – abgesehen von den Hosenbeinen, die deutlich zu lang waren. Ellen war nicht nur etwas größer als sie, sondern hatte auch sehr lange Beine. Dennoch betrachtete sich Nina fasziniert im Spiegel.

»Ich sehe ganz anders aus. So ... erwachsen.«

Ellen schmunzelte.

»Du bist erwachsen, Nina.« Sie bückte sich und schlug die Hosenbeine um. »Das wird nicht halten«, bemerke sie dann skeptisch. »Wir müssen es umnähen.«

»Nähen?« Nina war entsetzt. Wie sollte das bewerkstelligt werden? »Ich kann das nicht. Außerdem – es ist dein Anzug.«

Ellen kramte bereits Nähzeug aus einem ihrer Koffer hervor. »Ich nähe das mit der Hand, natürlich«, erklärte sie, während sie sich vor Nina auf die Knie niederließ. »Komm, lass mich schnell den Saum abstecken!«

Nina schlüpfte vorsichtig aus der Hose und legte auch das Jackett ab. Augenblicke später saß Ellen mit der Hose im Sessel und war bereits damit beschäftigt, den Saum umzunähen. Nina setzte sich auf Ellens Bett und sah ihr fasziniert zu. Der Tag war für sie voller Überraschungen. Nicht nur, dass Ellen plötzlich Gespräche mit ihr führte – sie verstand auf einmal, weshalb nahezu jeder in der Firma der Überzeugung war, sie sei ein ganz und gar netter Mensch. Wie hatte sie jemals etwas anderes von ihr denken können? Ihre Vorbehalte gegenüber Ellen McGill lösten sich jäh in Luft auf. Sie war in ein und demselben Raum mit ihr, sie hatten sich unterhalten, Ellen hatte den ganzen Tag ihre Nähe gesucht, teilte bereitwillig ihre Garderobe mit ihr und änderte sie sogar höchstpersönlich für sie ab – es ging folglich um mehr als Sex. Für Nina ging es darum, dass sie mehrere Tage wie den heutigen wollte. Sie wollte mit ihr zusammen sein.

Aufmerksam betrachtete sie Ellen, die sich konzentriert dem zweiten Hosenbein widmete. Zu gerne hätte sie gewusst, was in ihr vorging. Was dachte sie wohl? Warum tat sie das für sie? Eine Frage brannte ihr auf den Lippen, doch sie hatte zu viel Furcht vor der Antwort, um sie zu stellen. Die Frage lautete: Empfindest du etwas für mich?

Stattdessen sagte sie so beiläufig wie möglich: »Mode ist ein Hobby von dir, oder?«

Ellen sah kurz von ihrer Arbeit auf. »Hobby? – Nein.« Sie schüttelte den Kopf. »*Fashion is of vital importance to me.*« Als sie merkte, dass Nina nicht verstanden hatte, was sie meinte, setzte sie hinzu: »Ich mag schöne Dinge.«

»Woher kannst du nur so gut nähen? Verbringst du deine Abende mit Nähübungen?«

»*Come on*, Nina, das ist *simple.*« Ellen legte die fertig umgenähte Hose neben sie auf das Bett und setzte sich dazu. »Es ist nur Übungssache.« Sie sah Nina mit einem Lächeln auf den Lippen an. Ihre Augen leuchteten smaragdgrün.

Plötzlich gab sie Nina einen Schubs, beugte sich über sie und küsste sie leidenschaftlich. Ninas Vorsatz, nicht immer nur Sex mit ihr zu wollen, schmolz dahin wie die Male zuvor. Sie zog Ellen begierig an sich und ließ die Lippen schließlich auf deren Hals wandern.

Ellen knöpfte ihr die dünne Bluse auf, die sie zu dem Anzug tragen sollte, und senkte ihren Kopf auf ihre nackten Brüste. Nina stöhnte, als sie an ihren Brustwarzen zu saugen begann. Sie wollte gerade ihre Hand in Ellens Bluse schieben, als Ellen abrupt den Kopf hob und sich mit einem Ruck aufsetzte.

Nina, zutiefst erschrocken durch den plötzlichen Stopp, folgte automatisch ihrem Blick zur Hotelzimmertür. Die Tür war erwartungsgemäß geschlossen. Doch dann hörte sie, was auch Ellen schon vernommen hatte: ein entschlossenes Klopfen.

»Ellen! Ellen? – Bist du da? Wir warten schon mit dem Essen!«

Eindeutig – Lilli Muster stand vor der Türe. Ellen ließ sich mit gequältem Blick nach hinten ins Kissen fallen. Nina warf einen Blick auf den Radiowecker neben dem Bett. Er zeigte 20.15 Uhr. Um Punkt 20 Uhr hatte das Galadinner begonnen.

»Sag, dass das nicht wahr ist«, flüsterte Ellen. Nina verzog den Mund zu einer verzweifelten Grimasse. Sie hatten offensichtlich die Zeit aus den Augen verloren.

»Ellen!«, tönte draußen vor der Türe wieder Lillis Stimme. »Ellen!«

»Was machen wir jetzt?« Nina betrachtete Ellen, die offenbar damit kämpfte, ihren körperlichen Zustand unter Kontrolle zu bekommen. »Sie wird nicht weggehen.«

Ellen setzte sich auf. Eilig erhob sie sich, ging Richtung Tür. Nina hörte, dass sie Lilli erklärte, sie hätte nicht auf die Uhr geschaut und sei eben noch unter der Dusche gewesen. Sie werde gleich unten sein.

»Du hast nicht zufällig Nina gesehen?« Lillis Stimme war so laut, dass Nina selbst im hinteren Teil des Zimmers jedes Wort verstand. »Sie ist nämlich auch noch nicht da.«

»Ich gebe Nina Bescheid.« Ellen antwortete ruhig und selbstsicher. Nina hoffte, dass Lilli sich nicht zu viele Gedanken darüber machen würde, weshalb Ellen ihr so zielsicher Bescheid geben konnte. Sie hatte wenig Lust, mit Fragen durchlöchert zu werden, die sie nicht beantworten wollte.

Ellen kam zurück, stieg in eine bereitgelegte schwarze Hose und schloss auch schon den BH. »Was hast du neulich gesagt: verdammt schlechtes Timing?« Nina errötete leicht, als ihr Ellen ihre Worte in Erinnerung rief.

Gemeinsam betraten sie Minuten später das klimatisierte Restaurant. Ein langgestreckter Tisch war festlich gedeckt. Die Kollegen hatten sich bereits um ihn versammelt und für sie weit voneinander entfernte Stühle freigehalten.

Der Abend plätscherte dahin. Nina lauschte zum wiederholten Male Jasnas Ausführungen über die bevorstehende Geburt, über ihre Umzugspläne von der schicken Stadtwohnung in einen der Wiener Außenbezirke, wo die Mieten günstiger waren, und ihre Bedenken über ihre vorübergehende Rolle als Nur-Mutter. Nach einiger Zeit geriet Jasna sich mit Georg Waldmeister in die Haare, der nicht verstand, warum Frauen mit dem Mutter- und Hausfrauendasein überhaupt ein Problem hätten. Waldmeister schien keine Lust zu haben, mit Jasna in den verbalen Nahkampf zu gehen. Er wandte sich über den Tisch hinweg Nina zu.

»Sie sind heute so still, Frau Blume. Ist alles in Ordnung?«

»Völlig.« Nina lächelte höflich. »Ich genieße nur das köstliche Essen.« In ihrem Inneren herrschte Unruhe. Es kostete sie große Selbstbeherrschung, nicht dauernd in Ellens Richtung zu starren. Ihr ganzer Körper schrie nach Berührungen.

»Wollen Sie auch Kinder haben?« Waldmeisters höfliche Frage holte sie radikal zurück an den Tisch. Kinder – das war das letzte Thema, mit dem sie sich in den vergangenen Wochen hatte beschäftigen mögen. Noch vor einem Jahr wäre ihre Antwort ein klares Ja gewesen.

»Ich weiß nicht«, sagte Nina ausweichend. »Das kommt wohl auf die Umstände an.«

»Auf den Mann, mit dem Sie zusammen sind, meinen Sie?« Waldmeister sah sie neugierig an.

»Auf die Umstände«, wiederholte sie. Dann besann sie sich darauf, dass sie nicht vor einer Kamera beim Medientraining saß, sondern dass es um Tischkonversation ging, und setzte hinzu: »Ich kann zu diesem Thema im Augenblick nicht viel sagen. Ich habe mich erst vor Kurzem getrennt und kann mir daher im Moment nicht den Kopf über Kinder zerbrechen.«

»Sie werden sicher nicht lange alleine bleiben«, meinte Waldmeister freundlich. »Eine junge, hübsche Frau wie Sie ... da stehen die Männer sicher Schlange.«

Nina war das Gespräch unangenehm. Sie mochte Georg

Waldmeister prinzipiell, doch Gespräche, die sich im Firmenrahmen zu sehr um sie und ihr Privatleben drehten, waren ihr zuwider.

»Ein bisschen Abstand nach einer Trennung ist immer empfehlenswert«, kam ihr Lilli nun zur Hilfe, die direkt neben ihr saß. »Man muss sich ja nicht gleich wieder in etwas Neues stürzen. Als Single kann man auch jede Menge Spaß haben.«

Sie zwinkerte Nina zu, die sehr wohl verstand, was Lilli damit meinte. Bei ihren privaten Treffen hatte sie Gelegenheit gehabt, sie besser kennenzulernen, und wusste, dass Lilli vor ihrer jetzigen Beziehung kein Kind von Traurigkeit gewesen war.

»Wenn, dann möchte ich wieder eine Beziehung«, stellte Nina klar. »Ich kann das anders nicht.« Wie zufällig glitten ihre Augen in Ellens Richtung. Ihre Blicke trafen sich. Ellens Augen leuchteten so smaragdgrün wie noch nie zuvor. Ninas Hand begann zu zittern. Sie stellte das Weinglas, nach dem sie bereits gegriffen hatte, vorsichtshalber wieder ab, so sehr brachte sie dieser Blick zum Beben.

Ellen lächelte kurz und wandte sich dann wieder Brauer zu.

Nina starrte benommen auf die Tischplatte. Zwischen ihren Beinen pulsierte es.

»Ein großes Vorhaben«, sagte Jasna plötzlich. »Ich kann da nur viel Glück wünschen. Prost und auf gutes Gelingen – Nina.«

Erschrocken realisierte sie, dass Jasnas Worte allein ihr gegolten hatten. Verunsichert blickte sie Jasna an, suchte beunruhigt nach Anzeichen des Verstehens und Entdeckens. Hatte Jasna ihren Blickwechsel mit Ellen bemerkt?

Jasna gab sich jedoch betont gleichgültig, als sie nun mit ihr anstieß, und leitete dann galant ein Gespräch über Österreichs Thermen ein, zu dem jedermann unverfänglich einen Beitrag leisten konnte. Nina war ihr dankbar darum.

Später wechselten sie an die Bar. Ninas Herz schlug sofort schneller, als Ellen zielstrebig auf sie zusteuerte. Lediglich die Tatsache, dass Jasna dicht neben ihr stand, beunruhigte sie etwas. Ihre Bemerkung von vorhin war ihr noch zu gut im Ohr.

»Ein schöner Abend«, sagte Ellen. »Nettes Ambiente.«

»Ja, in der Tat. Ich bin froh, dass man mich trotz meiner anstehenden Karenz noch einmal mitgenommen hat. Es ist jedes Mal wieder eine nette Zusammenkunft«, bestätigte Jasna. »Ungeachtet natürlich des Medientrainings selbst.« Ihr Blick streifte Nina. »Was mich schon den ganzen Abend beschäftigt: Dieser Anzug, den Nina da trägt – sieht aus wie ein echter McGill.«

Ellen lächelte und berührte damit Nina, ohne sich dessen gewahr zu sein, in ihrem Inneren. Da Ellens Lächeln keine Worte folgten, beantwortete Nina selbst Jasnas Frage.

»Ellen hat mir ausgeholfen.«

Es gab keinen Grund zu verschweigen, was für alle offensichtlich war. Sie erzählte in knappen Worten von dem Missgeschick mit ihrem Oberteil und lieferte dabei unweigerlich Lilli, die sich hinzugesellt hatte, Munition.

»Tja, wenn du nicht permanent sparen müsstest, könntest du dir endlich einmal wirkliche Qualitätsklamotten kaufen.«

Nina schoss einen mahnenden Blick auf Lilli ab. Wie konnte sie es wagen, das Thema in dieser Runde auch nur zur Sprache zu bringen? Hatte sie nicht ausdrücklich gesagt, dass sie dies nicht vor Ellen diskutieren wollte?

»Na, diesen Hosenanzug könnte sie sich wohl nur dann leisten, wenn sie ein Jahr mietfrei wohnt«, bemerkte Jasna trocken und wandte sich schließlich Ellmann zu, der allein an einem der Bartische saß. Gehaltsgespräche vor Kollegen schienen offensichtlich auch nicht ihr Bestreben zu sein.

Nina verharrte stocksteif neben Lilli und sah an sich herab. Was um Himmels Willen trug sie da? Ein Designerstück im Wert eines Kleinwagens? Sie wagte sich kaum noch zu bewegen.

»Nein, wirklich, mit einem angemessenen Gehalt könntest du in ganz andere Sphären des Shoppinghimmels eintreten«, flötete Lilli nun zuckersüß. Ninas eisigen Blick ignorierte sie völlig. »Ich meine ja nur. Der Anzug steht dir wirklich sehr, sehr gut.«

»Entschuldigt mich.« Ellen wandte sich ohne ein weiteres Wort ab.

»Bist du verrückt geworden?« Nina war zutiefst verärgert. »Was soll das, Lilli? Ich will nicht, dass Ellen McGill mit diesem Gehaltsthema konfrontiert wird! Sie hat damit nichts zu tun!«

»Ich will dir doch nur helfen«, meinte Lilli verwirrt. »Ich verstehe nicht, warum du nun so ausflippst. Du hast doch ohnehin ein gutes Verhältnis zu ihr. Sie leiht dir sogar Klamotten, was willst du mehr?«

Nina schüttelte stumm den Kopf. Immer noch ärgerlich, ließ sie Lilli stehen und gesellte sich zu Ellmann und Jasna. Sie stand noch nicht lange dort, als plötzlich Klaviermusik den Raum erfüllte. Alle blickten zu dem schwarz lackierten Flügel, der bisher unbeachtet im hinteren Ende des Raumes gestanden hatte.

Nina staunte, als sie sah, wer da die Tasten zum Klingen brachte.

»Ich glaube, ich träume«, sagte Jasna wie zu sich selbst. »Das hat es schon lange nicht mehr gegeben.«

»Sie ist gut«, stellte Ellmann sachlich fest. »Hat sie früher Konzerte gespielt?«

»Ehrlich gesagt, das weiß ich nicht. Ich weiß nur, dass sie früher bei Gelegenheiten wie diesen öfter für die musikalische Untermalung gesorgt hat. War immer ein schönes Erlebnis.« Jasna folgte Nina, die sich unwillkürlich von Ellmann weg und auf die Musik zu bewegt hatte. »Gefällt es dir?«

Nina nickte. Sie erinnerte sich daran, wie sie vor einiger Zeit bei Ellen im Büro gesessen und gedacht hatte: Klavierspielerhände. Jetzt wusste sie warum.

»Du hast mich heute angeschwindelt«, sagte sie später leise, als sie zu Ellen an den Flügel trat. »Du bist doch Superwoman!«

Ellen lächelte und lud sie ein, neben sich Platz zu nehmen. »Nein. Wie ich schon sagte, es gibt vieles, was ich nicht kann.«

»Und das wäre beispielsweise was?«

»Small Talk führen. Partygespräche. *Smattering with collegues.* Das kann ich nicht.«

»Ich auch nicht«, sagte Nina ernst. Ellens Offenheit berührte sie. Sie hatte nicht damit gerechnet, eine ehrliche Antwort zu bekommen.

»Ich weiß.«

Ellen nahm seelenruhig ihr Spiel wieder auf, während Nina betroffen schwieg. Dass sie nahezu unfähig war, Small-Talk zu führen, war einer ihrer wunden Punkte – der Grund, weshalb sie auch größere Partys immer gemieden hatte. Es gab ihr sehr wenig, sich mit Menschen, die sie nicht besonders gut kannte, über Oberflächlichkeiten auszutauschen. Nur über Privates zu sprechen übertraf diesen unangenehmen Punkt noch. Dass anderen ihre Unzulänglichkeit auffiel, war gar nicht in ihrem Sinne.

»Wieso weißt du das?« War es so offensichtlich, dass es sogar Ellen aufgefallen war?

»Ich habe Augen. Ich sehe dich, Nina.«

Ihre Blicke trafen sich. Ellens Augen lächelten sie warmherzig an. Dieser Blick, mehr noch, ihre Worte berührten Nina zutiefst. Sie musste sich kurz abwenden, um die Tränen zu verbergen, die ihr unwillkürlich in die Augen schossen. Sie bekämpfte die Versuchung, Ellen jetzt und sofort heftig zu küssen, mit einer Frage.

»Kannst du auch … spielst du auch Sonaten?«

»Jetzt? – Das ist wohl kaum der passende Rahmen für Beethoven.«

»Nein. Grundsätzlich.« Als Ellen zunächst nicht antwortete, setzte sie hinzu: »Ich liebe Sonaten.«

»Früher«, sagte Ellen. Ein Schatten fiel kurz über ihr Gesicht. »Früher habe ich Sonaten gespielt. Jetzt schon lange nicht mehr. Ich glaube nicht, dass ich das noch so gut kann. Partiell sicher, aber nicht am Stück. Man vergisst.«

»Kannst du ... die Mondscheinsonate? Oder die Appassionata? Das sind meine Lieblingssonaten von Beethoven.«

Die Sonaten erinnerten sie an das letzte Jahr, bevor sich ihre Eltern endgültig trennten. Sie war erst vierzehn gewesen, schüchtern, mehr ein Kind als ein Teenager. Ihr Vater hatte ein Engagement an einem kleinen Theater in Udine gehabt. Ihrer Mutter hatte man eine Statistenrolle zugeteilt, wahrscheinlich mehr auf gutem Willen basierend als aus besetzungstechnischer Notwendigkeit. Nina war in Udine zur Schule gegangen. Sie war die einzige an dieser Schule gewesen, deren Muttersprache nicht Italienisch war. So gut und fließend sie sich auch im Alltag verständigen konnte, so fehlerhaft waren dennoch ihre Italienischaufsätze, und so schwierig tat sie sich darin, Freunde zu finden. Wie an jeder der vielen Schulen, die sie aufgrund der mangelnden Sesshaftigkeit ihrer Eltern hatte kennenlernen müssen, war sie einfach nur »die Neue«. Und ehe sich dieser Zustand ändern konnte, zogen ihre Eltern auch schon weiter. So war es immer gewesen, auch damals in Udine. Sie hatte sich erst gar nicht bemüht, Freunde zu finden, und war gleichzeitig unglücklich und einsam gewesen.

Daher hatte sie das Viertel, in dem sich das Theater befand, zu erkunden begonnen. Bei einem ihrer Streifzüge war sie an ein großes, altes Haus gekommen. Ein Fenster zur Straße hatte offen gestanden, aus dem Inneren war Klaviermusik gedrungen. Nina blieb stehen und hörte zu. Die Musik war schön, sanft und weich und hüllte sie in ihrer Einsamkeit ein wie eine warme Decke. Von da an kam Nina jeden Nachmittag zu dem Haus, blieb vor dem offenen Fenster stehen und lauschte der Musik. Eines Tages entdeckte ein Hausdiener sie vor dem Fenster. Anstatt sie wegzuschicken, lud er sie ins Haus ein und führte sie in das Zimmer mit dem Klavier.

Er wies ihr einen Platz auf einem altmodischen Ledersofa zu, das direkt hinter dem Instrument stand. Die Klavierspielerin wandte sich nur einmal kurz um – eine junge Frau mit ebenmäßigen Gesichtszügen, aber unruhigen Augen. Dieser

Blick war der einzige, den sie ihr je gewähren sollte. Sie spielte einfach nur Klavier. Stundenlang, ohne ihre Zuhörerin weiter zu beachten. Von da an war Nina fast jeden Tag gekommen und hatte dem Spiel der Frau gelauscht. Nie fiel ein Wort zwischen ihnen.

Wochen später erfuhr sie zufällig durch ein Gespräch zwischen Theaterleuten von einem bekannten Dirigenten aus Udine, dessen Tochter ihre Konzertkarriere als Pianistin frühzeitig hatte beenden müssen, weil sie dem Wahnsinn verfallenen war.

Als das Theaterengagement schließlich beendet war und sie von Udine wegzogen, hatte Nina heiße Tränen geweint. Wochenlang bekam sie kaum einen Bissen herunter und sehnte sich nach Udine zu der Unbekannten und ihrem Klavierspiel zurück.

Als Nina jetzt an diese Episode dachte, wurde ihr klar, dass sie damals offenbar das erste Mal unter Liebeskummer gelitten hatte.

Ich hatte wirklich schon immer einen Hang zu seltsamen Frauenbeziehungen, ging es ihr durch den Kopf, während sie gedankenverloren Ellens über die Tastatur fliegenden Fingern zusah.

Bei einem schnelleren Tastenlauf streifte Ellens Arm den ihren. Wieder trafen sich ihre Blicke. Nina spürte, dass sie es nicht länger würde aushalten können – neben ihr zu sitzen, ohne sie zu berühren. Sie war nicht mehr vierzehn. Ellen war auch keine unberührbare Pianistin, sondern eine Frau aus Fleisch und Blut.

»Ich möchte mit dir allein sein«, presste sie hervor.

Ellen spielte weiter, doch ihre Lippen zuckten. Offenbar kämpfte sie gegen ein amüsiertes Lächeln. Ehe Nina sich Gedanken machen konnte, ob Ellen sich über ihre Bedürfnisse amüsierte, erwiderte sie auch schon leise: »Das will ich auch.«

Die Erleichterung ließ Ninas Begehren wachsen. Im Bewusstsein, dass ihr Sitzplatz von der Bar aus uneinsehbar war, legte sie ihre Hand mutig auf Ellens Schenkel. Durch den dünnen Stoff der Hose fühlte sie die Hitze von Ellens Körper.

»In meiner Tasche ist die KeyCard zu meinem Zimmer«, flüsterte Ellen nun. »Geh schon voraus. Ich komme nach.«

»Wann?«

»Gleich wenn du dich hier verabschiedet hast.«

Nina fand die KeyCard, verabschiedete sich höflich von den Kollegen unter dem Vorwand, sie sei durch das Mediatraining sehr müde, und fuhr mit dem Lift nach oben. Sie war zufrieden, dass nicht alles an ihren Worten gelogen war. Sie wollte ins Bett, wollte nichts mehr als genau dies – mit Ellen.

Sie war gerade erst ins Zimmer eingetreten, hatte die Vorhänge zugezogen und die Nachttischlampe angeschaltet, als Ellen auch schon nachkam. Nina öffnete ihr die Türe, ließ sie ein – und gleich versanken sie in einen gierigen, fordernden Kuss. Ihre Zungen verschlangen sich ineinander, ihre Lippen konnten sich kaum mehr voneinander lösen.

Nina riss sich schließlich mit sanfter Gewalt los und entledigte sich des Hosenanzugs. Sie wollte auf keinen Fall riskieren, dass das teure Stück in der Hitze des Gefechts beschädigt wurde. In Slip und Bluse stand sie vor Ellen, die sie aufmerksam musterte, so als sähe sie Nina das erste Mal. Mit einem Finger fuhr sie ihr über die Lippen, den Hals entlang ... verharrte schließlich an Ninas Dekolletee. Langsam und ohne den Blick von ihr zu lassen, begann sie die Bluse aufzuknöpfen.

Ninas Erregung stieg mit jedem Knopf, der sich öffnete. Sie trug nur noch den Slip, als Ellen die Lippen auf ihre Brüste senkte und sie schließlich langsam an ihrem Körper entlang nach unten gleiten ließ.

Nina zitterte vor Anspannung. Sie atmete stoßweise. Als Ellen küssend am Bauchnabel angelangt war und sie noch immer den Stoff von Ellens Bekleidung an ihrer Haut spürte, zwang sie sich, ihre Erregung kurz zu unterdrücken. »Ellen ... bitte! Zieh dich aus. Ich will dich spüren. Auf meiner Haut.«

Ellen richtete sich auf. Ihr Atem ging schnell. Ohne ein Wort zu verlieren, schlüpfte sie aus ihren Kleidern. In Dessous stand sie vor Nina, ein unsicheres Flackern in den Augen. Nina trat auf sie zu und befreite sie von ihrem BH. Ellen ließ es geschehen, ließ es zu, dass Nina sie zum Bett führte und zu sich zog.

Nina ließ ihre Hände über Ellens Körper gleiten. Ihr Verlangen steigerte sich mit jedem Laut von Ellen. Sie ließ gerade einen Finger in ihren Slip gleiten, als Ellen sie auf das Bett stieß, sich auf sie warf und sich mit ihrem Mund Ninas Hals näherte. Was folgte, war ein Kuss, der mehr Biss war als Liebkosung: fordernd und kraftvoll. Nina rang nach Atem. Sie keuchte.

Noch nie hatte sie etwas Vergleichbares empfunden. Sie fühlte sich durch das, was Ellen tat, der Erde beraubt, in den Himmel entführt und den Wolken entgegen zur Ekstase getrieben. Der einzige Vergleich, der ihr in den Sinn kam, war der Biss eines Vampirs. Sie verstand auf einmal, weshalb sich die Frauen in allen Vampirgeschichten, die sie kannte, beim ersten Biss hingaben.

»Ellen!« Verzweifelt, hingerissen von dem Gefühlssturm, der in ihr tobte, stieß Nina den Namen der Geliebten aus. Mit klopfendem Herzen und rasendem Puls starrte sie in Ellens Augen, die sie abwartend musterten. Nina wusste, was sie wollte, und doch fiel es ihr schwer, es auszusprechen. Was würde sie von ihr nur denken?

»Was willst du?« Ellens Stimme war ein sanftes, lockendes Raunen. Dennoch wurde Nina die Unsicherheit nicht ganz los, als sie ihren Wunsch vorbrachte. »Das … was du da gerade gemacht hast. Bitte, wenn es dir nichts ausmacht … kannst du, würdest du das nochmal tun?«

Ellen zögerte nicht lange mit der Antwort. Sie senkte ihre Lippen erneut auf Ninas Hals. Nina keuchte und bog sich ihr entgegen, rang verzweifelt nach Atem, als Ellen sie ein drittes und viertes Mal so küsste. Zitternd vor Erregung lag sie schließlich in Ellens Armen, im Wissen, dass ihr Slip inzwischen vollkommen durchnässt war.

Ellen gönnte ihr nur eine kleine Pause. Schon bedeckte sie Ninas Körper wieder mit Küssen, glitt an ihm entlang, bis ihre Lippen unterhalb des Bauchnabels angelangt waren. Nina bebte. Mit einem Ruck entfernte Ellen geschickt ihren Slip und schob ihr sanft die Beine auseinander. Ihre Lippen senkten sich auf Ninas Mitte.
»Ellen!« Nina fuhr auf. Die Panik in ihrer Stimme ließ Ellen innehalten. Ihr überraschter Blick brachte Nina völlig aus der Fassung. »Entschuldige«, stammelte sie verwirrt. Peinlich berührt wich sie Ellens Blick aus. Sie konnte ihr unmöglich sagen, was in ihr passiert war, als sie begriff, was Ellen tun wollte. Sie hatte an Lukas denken müssen. Er war vor ihrem inneren Auge aufgetaucht, mit ärgerlichem Gesicht, und seine Worte klangen böse und kalt: Was macht sie mit dir? Leckt sie dir die Muschi?

Es war, als würde er sekundenlang direkt vor ihr stehen und ihnen zusehen.

Ellen setzte sich auf. Pure Irritation stand in ihren Augen. »Magst du das nicht?« Es war der sanfte, einfühlsame Klang ihrer Stimme, der Nina wieder dazu brachte, sie anzusehen.

»Es tut mir leid«, flüsterte sie. »Ich wollte nicht, ich wollte dich nicht ...« Sie suchte nach Worten, die sie nicht fand, und gab schließlich auf. Verzweifelt sah sie zu Ellen hinauf.

»Du musst mir sagen, was du magst und was nicht. Ich bin keine Telepathin.« Ellen lächelte scheu. »Zumindest meistens nicht. *I'm not superwoman*, das habe ich ja gesagt.«

Nina musste unwillkürlich lächeln. Es war für sie überraschend und wohltuend zugleich, dass Ellen auch in dieser Situation Humor bewies. Er nahm ihr das Gefühl von Peinlichkeit, das sie unmittelbar nach ihrem panischen Aufschrei erfüllt hatte.

»Es ist so«, begann sie, ermutigt von Ellens Reaktion. »Ich weiß nicht, ob ich das mag.« Als sie sah, dass sich Ellens Irritation nicht legte, setzte sie hinzu: »Ich hatte es noch nicht ...«

»Oh, Nina.« Ellen beugte sich über sie und küsste sie auf den Mund. Ihre Hand strich zärtlich über ihre Brüste. Nina entspannte sich zusehends. Nach einer Weile, in der sie Nina nur sanft gestreichelt hatte, glitt sie wieder nach unten und senkte ihren Kopf erneut zwischen Ninas Beine. Diesmal gebot ihr kein entsetzter Ausruf Einhalt. Behutsam küsste sie Ninas schwellende Klitoris, ließ ihre Zunge knapp daran vorbeigleiten, kostete ihre verlockende Nässe. Nina wand sich unruhig in den Laken. Sie atmete laut und schnell. Als Ellen begann, sanft und gleichmäßig über ihre Klitoris zu lecken, mischte sich ihr Atem mit erregtem Stöhnen.

Das Stöhnen wurde zu einem Jammern, eingeleitet durch einen hellen Aufschrei der Überraschung und Lust, als Ellen schließlich ihre Zunge in ihr Inneres gleiten ließ. Je stärker sich Ellens Zunge in ihr bewegte, desto mehr wuchs ihre Erregung, und desto heftiger stieß sie sich Ellen entgegen. Schweißperlen sammelten sich auf ihrem Körper.

Der Orgasmus überrollte sie wie eine gewaltige Explosion, die sie erbeben und erzittern ließ, die sie dazu brachte, Ellens Namen zu stammeln, zu schreien und zu keuchen; eine Explosion, die sich in Wellen fortsetzte, als Ellen nun ihren Finger in sie gleiten ließ und sie zu weiteren Höhepunkten trieb.

Erst als Nina erschöpft um Atem rang und jede weitere Berührung mehr schmerzreich denn lustvoll gewesen wäre, ließ sie von ihr ab. Langsam glitt sie nach oben und strich zärtlich über Ninas Wange. Nina drehte sich langsam zu ihr um und sah ihr tief in die Augen. Wortlos fanden sich ihre Lippen.

»Superwoman«, sagte Nina schließlich in die Stille hinein, die sich zwischen ihnen ausbreitete.

»Nein.« Ellen lächelte scheu. Sie schien tatsächlich verlegen und Nina sah nun sich in der Position, ihr die Verlegenheit zu nehmen. »Ich habe das auf diese Weise noch nie empfunden«, sagte sie leise. »Es ist das erste Mal, dass das so ... funktioniert.«

Ellens Lächeln erlosch. Ihre Augen wurden schlagartig

ernst. Schnell drehte sie ihren Kopf zur Seite. Sie wandte sich ab von Nina, die ihre Worte sofort bereute. Eine Weile lagen sie schweigend nebeneinander. Nina konnte fühlen, wie die bekannte Kluft wieder zwischen ihnen wuchs. Doch sie wollte es nicht zulassen. Gerade war sie noch im Himmel gewesen; jetzt wollte sie nicht schon wieder in die Realität zurück. Sie wollte sich in dieser Nacht die Illusion bewahren, dass es zwischen ihr und Ellen eine tiefere, gefühlvollere Verbindung gab als sexuelle Höhepunkte. Zugleich aber hatte sie das dumpfe Gefühl, dass jedes weitere Wort das Entstehen der Kluft nur beschleunigen würde.

Sie begann den ihr zugewandten Rücken mit sanften Küssen zu bedecken. Erleichtert nahm sie zur Kenntnis, dass sich Ellen wieder entspannte. Schließlich drehte sie sich zu ihr um und offenbarte ihr ihre Brüste. Nina streichelte sie hingebungsvoll und verwöhnte sie mit saugenden Küssen. Ellen schloss die Augen. Es war offensichtlich, wie sehr sie Ninas Tun genoss.

Sie öffnete die Augen erst, als Nina schließlich zu ihren Beinen hinabgeglitten war und sich anschickte, ihr den Slip abzustreifen. Einen Moment zögerte sie, ob sie Ninas Tun gutheißen sollte. Schließlich hob sie jedoch die Hüften und gab Nina die Möglichkeit, ihr das letzte Kleidungsstück abzustreifen.

Nina betrachtete Ellen eingehend. Sie hatte sie noch nie zuvor vollkommen nackt gesehen. Bei den bisherigen Gelegenheiten, zu denen sie miteinander geschlafen hatten, war es kaum möglich gewesen, alle Kleidungsstücke abzulegen; es gab nur ein Berühren, Ertasten – kein Sehen. Nun genossen sie erstmals den Luxus eines abgeschlossenen Zimmers, ohne das Bedenken, dass jederzeit jemand hineinkäme.

»Du bist so schön!«, entfuhr es ihr.

»*You embarrass me*«, erwiderte Ellen und wirkte zu Ninas Verwunderung nun tatsächlich verlegen. Sie hatte nicht damit gerechnet, dass ein einfaches Kompliment Ellen durcheinanderbringen konnte. Automatisch war sie davon ausgegangen, dass sie Äußerungen wie diese schon häufig gehört hatte, von vielen Liebhaberinnen vor ihr. Sie zweifelte nicht daran, dass Ellen in dieser Angelegenheit weitreichende Erfahrung besaß.

Nina strich über Ellens Mitte, fühlte ihre Erregung und senkte ihren Kopf, wie Ellen es zuvor bei ihr getan hatte.

»Das … das musst du nicht«, stieß Ellen hervor, doch Nina bemerkte an ihrer Anspannung und der zunehmenden Nässe, die sich zwischen ihren Beinen sammelte, dass sie nichts anderes ersehnte. Sie selbst wusste, dass Ellen es nie verlangen würde. Doch sie wollte es. Sie hatte selbst erlebt, wie wunderbar es sich anfühlte, und sie wünschte sich nichts mehr, als Ellen genau dasselbe empfinden zu lassen.

Vorsichtig tastete sie sich über das unbekannte Terrain, das sich ihrer Zunge bot, kostete die Nässe, die Ellen verströmte, begann, sanft über Ellens Perle zu lecken, bemerkte mit wachsender Erregung, wie diese anschwoll und sich ihr begierig entgegenreckte. Ellens Stöhnen bestätigte sie darin, ihr Tun fortzusetzen. Vorsichtig schob sie ihre Zunge schließlich ins Innere, fühlte die Enge des pulsierenden Muskels, der sie umschloss. Getrieben von dem Rhythmus, in dem Ellen sich ihr entgegen hob und senkte, stieg auch ihre eigene Erregung wieder. Während sie ihre Zunge immer schneller in ihr tanzen ließ, vernahm sie gleichzeitig, dass lautes Stöhnen das Zimmer erfüllte, und realisierte erst in dem Moment, als Ellen mit einem erstickten Schrei kam und sich ihr Muskel zusammenzog, dass es sie selbst war, die da stöhnte. Sekunden später krampfte auch sie sich zusammen – ohne, dass sie berührt worden war.

Sie legte ihren Kopf auf Ellens nasse Mitte. Erschöpft fühlte sie sich, erleichtert, zufrieden. Als sich ihrer beider Atem allmählich beruhigte, kroch sie nach oben und schmiegte sich dicht an Ellen, die ebenso verausgabt und befriedigt wirkte.

»Danke«, flüsterte Ellen plötzlich an ihrem Ohr.

Nina hielt in der Bewegung inne. Danke. Da war es wieder, jenes Danke, dass sie als Entlohnung für eine gelungene

Dienstleistung empfunden hatte. Doch jetzt klang es anders. Nach der ersten Schrecksekunde begriff sie, dass Ellens Dank aufrichtig und ernst gemeint war, nicht dazu gedacht, sie zu erniedrigen.

Spontan erwiderte Nina, was sie im Englischkurs als feststehende Redewendung gelernt hatte – freilich für andere Anlässe. »*It was a great pleasure for me.*«

Sie brachte Ellen damit unwillkürlich zum Lachen. Da es ihr Freude machte, sie so befreit und glücklich zusehen, fügte sie hinzu: »*You're always welcome.*«

Sie lachten gemeinsam. Die Kluft war fort. Doch dann schlief Ellen ein, und Nina verlor den Mut, das zu tun, was sie eigentlich wollte: bei ihr zu bleiben und neben ihr aufzuwachen. Zu groß war ihre Furcht, dass die Kluft zurückkehren könnte. Sie hüllte sich in Ellens Hotelbademantel und ging hinüber in ihr Zimmer.

Das Klingeln des Telefons war es, das Nina um kurz vor halb acht aus dem Schlaf riss. Schlaftrunken hob sie ab. Ein freundlicher Herr von der Hotelrezeption übermittelte ihr eine Nachricht, mit der sie nicht gerechnet hatte: »Ich soll Ihnen ausrichten, die Appassionata erwartet Sie in der Bar. Jetzt.«

Nina war sofort hellwach. Ein freudiger Schauer durchfuhr sie. Sie verstand, was gemeint war. Im Nu war sie in Rock und T-Shirt geschlüpft, wenige Minuten später betrat sie die Bar. Ihr Herz machte einen Sprung vor Freude, als sie Ellen gewahr wurde. Sie saß am Klavier und spielte. Die ersten Klänge der »Appassionata« erfüllten den noch menschenleeren Raum.

Lautlos ließ sie sich neben sie auf den Hocker gleiten. Ellen rutschte bereitwillig zur Seite, ohne ihr Spiel zu unterbrechen.

Nina versank in den Klängen der Musik. Erinnerungen an ihren Traum von der fremden Klavierspielerin kamen in ihr auf. Ich hätte es damals schon wissen können, wie es mit mir ist, ging es ihr durch den Kopf. Stattdessen habe ich all die Jahre in Beziehungen verbracht, die sowohl seelisch als auch körperlich keine Erfüllung waren. Und wenn Ellen nicht gewesen wäre, wüsste ich noch immer nicht mehr über mich.

Tiefe Dankbarkeit und Zuneigung ergriff sie, während sie Ellens über die Tasten tanzende Finger verfolgte. Sie lehnte sich gegen sie, nur leicht, um sie nicht bei ihrem Spiel zu behindern, aber genug, um die Wärme ihres Körpers zu spüren.

Ellen spielte das Stück nicht flüssig durch. Manche Passagen klangen etwas holprig, andere ließ sie aus. Sie hatte weder über- noch untertrieben, als sie am Vortag erwähnt hatte, sie beherrsche die Sonaten nicht mehr voll und ganz. Trotzdem war ihr Klavierspiel für Nina eine große Freude.

Sie bedauerte, dass Ellen nach einiger Zeit endete, und genoss doch gleichzeitig, dass sie sich ihr nun zuwandte.

»Ich kann das nicht mehr so«, entschuldigte sie sich. »Mir fehlt die Übung.«

»Es war wunderschön«, erwiderte Nina aus tiefstem Herzen. »Ein schönes Morgenkonzert. Da stehe ich gerne um halb acht auf.«

Ellen lächelte. »Es ging nicht später. Bald kommen die anderen, und ich wollte das nicht vor großem Publikum.«

Sie hat für mich gespielt. Beglückt von dieser Erkenntnis, legte Nina die Arme um sie und zog sie sich heran. Die Erinnerungen an die vergangene Nacht wurden lebendig, als sie Ellens zarten, warmen Körper dicht an dem ihren gespürt hatte.

»Danke für die schöne Musik. Es bedeutet mir viel.«

»Danke für die schöne Nacht«, sagte Ellen leise.

Sie sahen sich tief in die Augen. Nina war sich nicht sicher, was sie in Ellens grünen Augen las. War es ein Hauch von Unsicherheit, gepaart mit Freude? Oder ein Mix aus Traurigkeit und Glück? Die Intensität von Ellens Blick zog sie ganz in ihren Bann.

Ihre Lippen fanden sich. Es war ein vorsichtiger, zärtlicher Kuss, der folgte und für Nina viel zu schnell endete.

Sie küssten sich ein zweites Mal. Diesmal war es ein intensiver, langer Kuss, der Ninas Puls beschleunigte – zumal Ellen die Hände unter ihr T-Shirt gleiten ließ und sanft über ihren Rücken fuhr.

Nina spürte das Kribbeln, das wieder von ihrem Körper Besitz ergriff. Es war Ellens Eingeständnis und auch das Gefühl, das diese zärtliche Berührung bei ihr auslöste, was in ihr den Mut groß genug werden ließ auszusprechen, was sie sich wünschte: »Lass uns den restlichen Tag zusammen verbringen. – Was gestern Nacht war ... könnten wir heute fortsetzen.«

Ellen hielt in der Bewegung inne. Ihr Gesicht blieb Nina verborgen, als sie nach einer langen Minute des Schweigens schließlich meinte: »Gut. Fahren wir ... aber ins Büro.«

Das war gewiss nicht das, was Nina sich erträumt hatte, doch sie spürte, dass ihr Ellen nichts anderes anbieten würde und dass dies für sie bereits sehr viel war. Die Aussicht, Ellen wie in der vergangenen Nacht zu lieben, ließ die kurzfristige Enttäuschung über den Ort rasch abklingen.

Wieder fanden sich ihre Lippen, wieder küssten sie sich. Nina schloss die Augen und zerfloss unter Ellens Streicheln. Plötzlich spürte sie, wie die Hände inne hielten. Sie öffnete die Augen, folgte Ellens Blick – und erstarrte, als sie Philipp Michaelis erkannte, der wie aus dem Nichts aufgetaucht wenige Schritte von ihnen entfernt stand.

Ellen löste sich aus der Umarmung. Langsam, ohne Hast, als wäre das, was sie hier getan hatten, das Selbstverständlichste der Welt.

Nina wagte nicht, ihn anzusehen. Sie hatte das Gefühl, im Boden versinken zu müssen. Sie waren also entdeckt worden ... Nina hat eine Affäre mit Ellen, würde es heißen. Sie hasste die absehbaren Tuscheleien hinter ihrem Rücken bereits jetzt. Und Michaelis? Was sollte der Mann, der sie eingestellt hatte, über sie denken? Da hielt sie ihm während ihres Vorstellungsgesprächs Monologe über ihre Partnerschaft und ihre Lebenspläne, und jetzt knutschte sie hier mit Ellen McGill – vor seinen Augen.

»*Sorry – I didn't want to bother you.*«

Er kam näher.

»*You don't bother me.*« Ellen klang völlig gelassen. Sie fragte ihn freundlich, was ihn hierher führte, und er antwortete, er hätte gehofft, sie habe Zeit für ihn.

In dem Moment, in dem Ellen sagte, es sei kein Problem, natürlich hätte sie Zeit für ihn, wusste Nina, dass sie den weiteren Tag nicht zusammen verbringen würden. Ellen setzte Prioritäten. Und ihre Priorität war die Zusammenkunft mit Michaelis.

Ich bin so naiv, schoss es Nina durch den Kopf. Wie hatte sie nur annehmen können, dass Ellen das Zusammensein mit ihr mehr bedeutete als ein Treffen mit einem Herrn der Führungsetage? Ellen war und blieb ein Workaholic, eine Karrierefrau, die zielgerecht ihren Weg ging. So hatte sie sie kennengelernt. Es war unsinnig gewesen, sie plötzlich komplett anders zu sehen, nur weil sie Momente von Nähe und Intimität miteinander geteilt hatten.

Nina erhob sich. Sie wollte nur weg. Die Situation war ihr mehr als nur unangenehm. Sie hoffte, Michaelis würde sie weiterhin ignorieren, doch er tat ihr den Gefallen nicht.

»Und, Frau Blume, Sie haben sich gut eingelebt bei LENOPHARM?«

Nina schoss die Röte in den Kopf. Sie wagte ihn kaum anzusehen. »Ja, danke«, sagte sie hastig und wandte ihren Blick in Richtung Türe. Nur weg.

»Sie haben ja an der Homepage wahre Wunder verbracht«, meinte er freundlich. »Und nicht nur in diesem Bereich.«

»Ja, danke«, wiederholte Nina. Die Türe schien meilenweit von ihr entfernt.

»Und welche großen PR-Projekte haben Sie für die Zukunft geplant?«

Nina schluckte. Was sollte sie darauf sagen? Sie wollte nur hinaus. Keinesfalls über PR-Projekte plaudern, die ihr im Moment so egal waren, dass sie es nicht in Worte fassen konnte.

»Philipp – *it's okay.*«

Ellens Kommentar brachte ihn zum Schweigen. Nina flüchtete aus dem Barraum. Das letzte, was sie hörte, war Ellens Zusatz: »*There was no need to confuse her.*«

Die Stimme des Journalisten am Telefon klang freundlich und harmlos. Es ginge um eine Diskussion um die Vor- und Nachteile von hormoneller Verhütung, verkaufte er das Thema so neutral wie möglich. Es würden eine Dame von einem Frauengesundheitsinstitut dazu sprechen, ein Gynäkologe und eine junge Frau, die bereits Erfahrungen mit diversen hormonellen Verhütungsmitteln gemacht habe. Natürlich wollten sie hierzu auch eine Pharmafirma zu Wort kommen lassen, die unter den Marktführern auf dem Gebiet der hormonellen Verhütung war. Das sei der Grund für seinen Anruf – er wolle wissen, wer für LENOPHARM an dieser TV-Diskussion, die in der folgenden Woche live gesendet werden sollte, teilnehmen würde.

Nina konnte den Namen sofort zuordnen. Derselbe Mann hatte Ende April das Statement mit Jasna zu FENOLANE aufgezeichnet – jener Pille, die die 18-jährige Annina aus der Steiermark in den Rollstuhl gebracht hatte. Sie vermutete sofort, dass zwischen der geplanten TV-Diskussion und dem Beitrag von damals ein enger Bezug bestand. Vor ihrem inneren Auge sah sie bereits, wie Jasna, oder wer auch immer zu dieser TV-Diskussion gehen würde, vor laufenden Kameras zerpflückt werden sollte.

Trotzdem blieb sie ruhig und entgegenkommend, notierte den Namen des geladenen Arztes und der Dame des Gesundheitsinstituts und sicherte dem Journalisten einen Rückruf zu.

Nachdem sie auflegt hatte, führte sie ihr erster Weg zu Ellens Büro. Als der Marketingverantwortlichen für die Pillen bei LENOPHARM musste sie ihr zuerst Bescheid geben.

Ellens Sekretärin Stephanie sah von ihrer Arbeit auf, als Nina das Vorzimmer betrat. »Ellen hat eine Besprechung«, erklärte sie knapp. »Ich glaube nicht, dass sie so schnell Zeit hat.«

»Ich glaube schon«, erwiderte Nina. Sie erläuterte kurz, was geschehen war. Stephanie erhob sich rasch und steckte den Kopf in Ellens Büro. Keine Minute später stand Nina vor Ellens Schreibtisch und Eva Gutenberg, deren Besprechung mit Ellen auf diese Weise unterbrochen worden war, verließ mit wenig erfreutem Gesicht das Zimmer.

Sie hatte Ellen seit ihrem abrupten Abschied in Laa nicht mehr gesehen. Die Szene mit Michaelis steckte ihr noch in den Knochen. Den ganzen Sonntag hatte sie darüber nachgegrübelt, weshalb Ellen sein Erscheinen mit derartiger Coolness zur Kenntnis genommen hatte, war aber zu keiner zufriedenstellenden Lösung gekommen. Sie war bisher davon ausgegangen, dass Ellen keinerlei Interesse daran hatte, ihre sexuelle Orientierung nach außen zu tragen. Seit Samstag hatte sie den Eindruck, dass es ihr in Wahrheit völlig gleichgültig war. Sie schien nicht bestrebt, irgendetwas zu verheimlichen – zumindest nicht vor Philipp Michaelis, der ihr immer suspekter wurde. Warum pflegte er mit Ellen einen dermaßen vertraulichen Umgangston?

Sie wurde von Ellen sachlich und unpersönlich begrüßt. Mit ernstem Gesicht hörte sie sich ihre Geschichte an und entschied dann sogleich, einen Krisenstab einzuberufen. Kurze Zeit später saß Nina mit Georg Waldmeister, Lilli Muster, Dr. Michael Brauer und Geschäftsführer Lindtmann in Ellens Besprechungsecke. Schnell waren die Anwesenden über den Anruf und die Einladung zur TV-Diskussion informiert.

»Ich schlage vor, dass wir einfach nicht hingehen«, meinte Waldmeister. »Man muss ja nicht überall hingehen, wohin man eingeladen wird.«

»Bei dieser TV-Diskussion ist doch sowieso klar, dass wir die Bösen sind und die anderen die Guten«, stimmte Lilli zu. »Diese Frau von diesem Gesundheitsinstitut macht uns sowieso die ganze Zeit Ärger. Von hormoneller Verhütung hält sie nämlich absolut nichts. Sie führt sogar höchst unseriöse Umfragen über die Nebenwirkungen von hormonellen Verhütungsmitteln durch und macht mit den dubiosen Ergebnissen die Medien verrückt. Wir hatten im letzten Jahr viel Ärger mit dieser Frau. Ich weiß nicht mehr, in wie vielen Magazinen damals darüber geschrieben wurde, wie schlecht und schädlich Pillen sein können – untermauert von fragwürdig erhobenen Daten.«

»Der geladene Arzt ist ebenfalls kein Unbekannter«, brachte sich Lindtmann ein. »Das wissen Sie am besten, Ellen.«

»Ja, wir hatten unschöne Auseinandersetzungen«, stimmte Ellen zu. »Ein Gynäkologe, der nur Naturmedizin gelten lässt, religiös motiviert ist und Sex am liebsten abschaffen würde.«

»Aber davon lebt er ja!«, bemerkte Brauer überrascht.

Ellen zuckte mit den Schultern. »Ich glaube, Sex in der Ehe findet er ganz okay. Und Schwangerschaften. Aber jungen Mädchen rät er ganz offiziell zur sexuellen Enthaltsamkeit. Er unterstützt eine Organisation, die Sex vor der Ehe verteufelt und Jugendlichen dringend rät, das Erste Mal für die Hochzeitsnacht aufzuschieben.«

»Wie weltfremd!«, entfuhr es Brauer.

Ellen hob zum zweiten Mal binnen kurzer Zeit die Achseln. »Es ist auch eine Meinung, die man gelten lassen muss. Aber eben eine Meinung, die unseren Umsätzen schadet.«

»Und unrealistisch ist«, warf Lindtmann ein. »Ich habe schließlich zwei Töchter im passenden Alter. Die würden sich niemals einen Freund verbieten lassen.«

»Sie sind anders erzogen«, meinte Ellen. »In den USA gibt es Organisationen, die Jugendliche davon abhalten, Sex zu haben. Sie haben viele Anhänger. Die Jugendlichen, die sich dort engagieren, tun dies freiwillig. – Aber zurück zum

Thema. Wir sollten lieber entscheiden, wer vor die Kamera geht.«

»Sie wollen doch nicht, dass LENOPHARM ernsthaft an dieser Diskussion teilnimmt?«, warf Brauer entrüstet ein. »Wir werden da zerlegt!«

»Wenn wir nicht hingehen, heißt es, dass wir zu keiner Stellungnahme bereit waren«, erklärte Nina. »Das ist ja auch nicht in unserem Sinne.«

»Zerlegt zu werden ist auch nicht in unserem Sinne«, konterte Brauer hart. Nina schwieg eingeschüchtert. Sie wollte sich nicht mit einem Vertreter des Managements anlegen, auch wenn sie anderer Meinung war.

»Ich stimme Nina zu«, sagte Ellen nun. »Meiner Meinung nach wäre es ein großer Fehler, nicht hinzugehen. Wir bieten damit sämtlichen Gegnern hormoneller Kontrazeptiva die Chance, Verhütung zu verunglimpfen und falsche Thesen ohne Widerworte zu verbreiten. Das ist nicht gut.«

»Die Frau vom Gesundheitsinstitut ist aber sehr TV-erfahren«, erklärte Lindtmann. »Das heißt, wenn wir jemanden in die Diskussionsrunde schicken, muss es jemand sein, der ihr das Wasser reichen kann. Sonst macht sie uns platt.«

»Auf wen die Wahl fällt, ist ja wohl klar«, meinte Brauer und sah Lindtmann an. »Es ist eine ernste Lage, da können Sie als Geschäftsführer durchaus für LENOPHARM sprechen.«

Lindtmann schüttelte den Kopf. »Sicher nicht. Ich spreche nur bei schwerwiegenden Ereignissen. Trete ich jetzt vor die Kamera, hat es den Anschein, dass die Lage mehr als nur ernst ist. Ich schlage Ellen McGill vor.«

»Nein.« Ellen schüttelte den Kopf. »Jeder, der mich vor der Kamera erlebt hat, weiß, dass das nicht gut ist. Und ich verstehe nicht einmal, was diese Frau redet. Ich habe sie schon einmal sprechen hören vor der Kamera – *her tyrolean dialect is weird!* Die kann mir alles erzählen, und ich kann nicht einmal etwas erwidern, weil ich kein Wort verstehe.«

»Ellen sollte wirklich nicht vor die Kamera«, bestätigte

Waldmeister. »Aber nehmen wir doch Jasna Milic. Sie ist ja inzwischen ein erfahrener Profi mit Auftritten vor der Kamera.«

Lindtmann schnaubte, Brauer sah Waldmeister an, als sei er verrückt geworden, und Ellen sprach schließlich aus, was sich alle dachten: »Eine Hochschwangere vor die Kamera zu schicken, wenn es um Verhütung geht, hat wohl keine Glaubwürdigkeit.«

Eine Weile war es still. Jeder schien nachzudenken und eifrig darauf bedacht zu sein, sich als denkbar ungünstigste Person für einen Live-TV-Auftritt zu positionieren. Nina sah in die Runde.

Lindtmann, der Geschäftsführer, strahlte die Souveränität eines Mannes aus, der zwar gewohnt ist zu führen und öffentlich zu sprechen, sich aber in der Gewissheit sonnen darf, dass er hierarchisch zu weit oben angesiedelt ist, um für eine heikle Diskussionsrunde vor laufender Kamera in Frage zu kommen.

Brauer kaute nachdenklich an seiner schmalen Unterlippe. Waldmeister war regelrecht auf dem Sofa zusammen geschrumpft und wich Lindtmanns Blick aus. Lilli starrte in das Wasserglas, das vor ihr stand, als wäre es eine Glaskugel, die von selbst die richtige Lösung liefern würde.

Ellen war es, die das Schweigen brach. »Ich denke, es sollte eine junge Frau sein, die für LENOPHARM spricht. Eine junge Frau, selbst im richtigen Alter, um zu verhüten, mit einer freundlichen, sympathischen Ausstrahlung und der nötigen Kompetenz.«

Lilli zog deutlich sichtbar den Kopf ein, was Nina überraschte. Sie war automatisch davon ausgegangen, dass Lillis Ehrgeiz auch vor einem Live-Auftritt nicht Halt machen würde.

»Ich schlage vor, dass Nina Blume in die Diskussionsrunde geht. Nina hat sich beim Mediatraining sehr gut geschlagen.«

Nina fühlte sich, als hätte sie der Blitz getroffen. Sie starrte Ellen perplex an, die ihren Blick ungerührt erwiderte.

»Eine gute Idee«, sagte Lindtmann auch schon. »Wenn Frau Blume das wirklich kann.«

»Sie kann das.« Ellen klang felsenfest überzeugt.

»Sie kriegen natürlich zusätzliches Medientraining«, versicherte Brauer. »Sie können die nächsten Tage ausgiebig üben.«

»Und ich statte Nina mit den nötigen Informationen aus«, erklärte Lilli hilfsbereit. Die Erleichterung, dass die Wahl nicht auf sie gefallen war, stand ihr ins Gesicht geschrieben.

»Aber ... aber ich will das nicht!« Nina hatte erst jetzt ihre Sprache wieder gefunden. »Ich will nicht vor die Kamera, ich kann das nicht!«

»Du kannst das«, sagte Ellen. »Und du bist dafür eingestellt worden. Als PR-Beauftragte ist das dein Job.« Ihr Blick war direkt und emotionslos.

Nina sackte in sich zusammen. Warum tat ihr Ellen das an? – Erst am Samstag hatte sie ihr gestanden, wie unangenehm es ihr schon war, Small Talk zu führen. Und jetzt zerrte sie Ellen in solch einer Sache vor die Kamera. Begriff sie denn nicht, dass ihre Abneigung, Small Talk zu führen, und ihre Angst vor einem öffentlichen Auftritt in direktem Zusammenhang standen?

»Wir werden gleich den Medientrainer anrufen«, beschloss Brauer. Er wirkte zufrieden. »Herr Masselhof ist der beste seiner Branche, den werden wir kommen lassen. Es heißt, er hat bis jetzt noch jeden TV-fit gemacht. Und Frau Muster kann mit Ihnen Kernbotschaften für den Auftritt erarbeiten.«

Die Sitzung war damit offiziell beendet. Während alle das Büro verließen, blieb Nina unschlüssig stehen. Sie konnte nicht einfach so tun, als wäre alles in Ordnung. Sie wollte mit Ellen reden, wollte ihr sagen, wie groß ihre Angst vor dem Auftritt war. Doch Ellen machte keine Anstalten, ihr eine Audienz hinter geschlossenen Türen zu gewähren. Sie stand an ihrem Schreibtisch und sah Nina unverwandt an.

»Was ist, Nina? Willst du nicht dem Journalisten Bescheid geben, wer in die Sendung kommt? – Es gibt viel zu tun.«

Nina begriff. Sie kam sich vor wie ein von der Lehrerin abgekanzeltes Schulkind. Mit zusammengebissenen Zähnen verließ sie Ellens Büro, ohne sich noch einmal umzudrehen.

Der Pearlindex einer Verhütungsmethode definiert sich als die Gesamtzahl der eingetretenen Schwangerschaften pro 100 Frauenjahre. Ein Pearl-Index von 0,2 bedeutet demnach eine Schwangerschaftsrate von 0,2 pro 100 Frauenjahre, also zwei Schwangerschaften unter 1000 Frauen, die diese Methode ein Jahr lang anwenden.

Nina las den Satz zweimal, dreimal und ein viertes Mal. Es fiel ihr schwer, sich auf die Unterlagen rund um das Thema Verhütung, die ihr Lilli ausgehändigt hatte, zu konzentrieren. Seit sie von der Arbeit nach Hause gekommen war, lag sie ausgestreckt auf ihrem Bett und versuchte, die vielen Fakten, die es hierzu gab und die ihr in der Diskussion möglicherweise dienlich sein konnten, auswendig zu lernen. Doch im Auswendiglernen war sie nie besonders gut gewesen. Erschwerend kam hinzu, dass ihre Gedanken immerzu bei Ellen weilten.

Sie konnte noch immer nicht verstehen, weshalb ihr Ellen diesen TV-Auftritt angetan hatte. Kein persönliches Wort, kein bisschen Liebenswürdigkeit. Die Nacht in Laa war vergessen. Mehr noch: Es war fast so, als hätte es auch die vorherigen Zusammenkünfte nicht gegeben. Ellen verhielt sich fast genauso wie zu Beginn ihrer Tätigkeit bei LENO-PHARM.

Für Nina war dieses unpersönliche Verhalten jetzt noch weit schlimmer als damals. Denn inzwischen wusste sie, dass Ellen auch anders sein konnte. Charmant. Einfühlsam. Nahezu liebevoll.

Sie kämpfte gegen die Tränen, als sie sich an das schöne Beisammensein am Klavier erinnerte, und fragte sich bekümmert, ob es an Michaelis' Kommen lag, dass Ellen sich nun so radikal zurückgezogen hatte. Wenn ja – warum?

So sehr sie auch grübelte, sie fand keine Antwort. Was blieb, war der Schmerz einerseits, und andererseits die Angst vor dem verhassten TV-Auftritt.

»Sie haben sich doch hoffentlich darum bemüht, die Zusammensetzung der Studiogäste zu Ihrem Vorteil zu ändern?« Fritz Masselhof, seines Zeichens Medientrainer und Inhaber einer Agentur für Krisen-PR, sah sie scharf an. Nina, die sich in seiner Gegenwart von der ersten Minute an unwohl gefühlt hatte, schrumpfte in sich zusammen. Natürlich nicht. Wie hätte sie das auch anstellen sollen? Ihr schien es völlig absurd, den selbstsicheren Fernsehjournalisten mit Forderungen zu kommen.

»Wenn sich die Konstellation der Studiogäste nicht ändert, werden Sie vor laufenden Kameras zu Mus verarbeitet. Da müssten Sie schon sehr gut sein, wenn Sie ankommen wollen gegen die Leidensgeschichte der Patientin, gegen die Feministin Ottinger vom Frauengesundheitsinstitut und einen sexualfeindlichen Gesundheitsapostel. Aber so gut sind Sie nicht.«

Nina schluckte. Nach nur drei Stunden Training vor der Übungskamera unter der Leitung von Fritz Masselhof und seinem Kameramann fühlte sie sich bereits seelisch geläutert. Im Gegensatz zu dem Trainer, der in Laa ihre Leistung gelobt hatte, hagelte es hier Kritik am laufenden Band. Mal verhielt sie sich zu weich, dann wieder lächelte sie zu lieb, und wenn sie sich um ein selbstbewussteres Auftreten bemühte, nannte er ihre Miene verkniffen. Sie wusste allmählich nicht mehr, wie sie schauen und sprechen sollte, damit es den Erwartungen entsprach.

»Sie müssen darauf bestehen, dass ein neutraler Arzt eingeladen wird, sonst sind Sie geliefert«, beharrte Masselhof. »In meiner Rolle als Berater sehe ich es als meine Pflicht an, Sie darauf hinzuweisen. Ich kann Sie sonst trainieren, so gut es mir möglich ist, aber mit nahezu aussichtslosen Chancen auf einen positiven Effekt dieser TV-Diskussion. Die drei Gegner werden Sie gnadenlos niederreden.«

Er entließ Nina in eine Mittagspause, in der sie keinen

Bissen herunterbrachte. Sie zerbrach sich den Kopf, wie sie es dem Journalisten kommunizieren sollte, dass sie einen anderen, neutralen Arzt als Studiogast haben wollte. Es hatte nicht danach ausgesehen, dass hier Wünsche anzumelden waren. Der Journalist hatte sie schließlich vor vollendete Tatsachen gestellt.

Als sie nach der Mittagspause wieder mit Fritz Masselhof zusammentraf, überraschte sie dieser mit der nächsten Aussage, die ihr Magendrücken bereitete.

»Ich habe bereits mit Herrn Lindtmann gesprochen. Er ist ganz meiner Meinung; Sie müssen die Zusammensetzung der Studiogäste ändern lassen. Er meint, Sie sollten sich schnellstmöglich darum kümmern.«

Während der folgenden Stunden war Nina nur halb bei der Sache. Sie verhaspelte sich bei den Kernbotschaften, die sie am Vortag fast auswendig gelernt hatte, ließ sich durch Masselhofs provokative Fragen völlig durcheinanderbringen und zu angreifbaren Aussagen hinreißen. Mehrmals war sie den Tränen nahe.

Niedergeschlagen ging Nina in ihr Büro zurück. Jasna, die nur wenige Tage von ihrem Eintritt in den Mutterschutz trennten, versuchte sie aufzubauen. Durch ihre Zusprache fasste Nina neuen Mut, doch als sie ein Mail von Lindtmann, dem Geschäftsführer vorfand, war sie wieder genauso erschlagen wie zuvor. Er verlangte von ihr ein Protokoll über das »erwartete« – so seine Wortwahl – Telefongespräch mit dem Journalisten bezüglich einer Änderung der Studiogäste. Außerdem wies er darauf hin, dass er Masselhof als Berater voll und ganz vertraute, schließlich gebe es eine langjährige Zusammenarbeit zwischen Masselhofs Agentur und LENOPHARM.

Als sie Jasna davon in Kenntnis setzte, was von ihr erwartet wurde, zog diese ein zweifelndes Gesicht.

»Ich weiß nicht, ob es so eine gute Idee ist, diesem Journalisten in sein Handwerk pfuschen zu wollen, aber Masselhof ist wirklich sehr erfahren. Ich habe gehört, dass er es für Kunden bereits mehrmals geschafft hat, durch sein

Einwirken ungünstige Konstellationen bei Talk-Show-Runden zu ändern«, lautete ihr Kommentar. »Und du musst zugeben, dass es für dich wirklich sehr dumm ausgehen kann, drei Gegnern hormoneller Verhütung gegenüberzutreten. Du kannst eigentlich nur verlieren, damit hat er recht.«

»Das heißt, ich soll diesen Journalisten also wirklich überreden, andere Studiogäste einzuladen?« Nina hatte bereits Schweißausbrüche bei dem Gedanken an das bevorstehende Gespräch.

»Tja, wenn Lindtmann darauf besteht, hast du sowieso keine Option, nicht mit dem Journalisten darüber zu sprechen«, bemerkte Jasna sarkastisch. »Viel Glück.«

Nina saß vor dem Telefon und suchte in Gedanken nach Formulierungen für ihren Anruf. So sehr sie auch grübelte – das schlechte Gefühl, das sie in sich trug, wurde nicht besser. War nicht einer der Grundsätze der PR, sich mit Journalisten stets gut zu stellen, egal, wie unfreundlich und ungerecht sie sich verhielten? Ging es nicht um eine gute, langfristige Zusammenarbeit? – Andererseits, der Gedanke, von der ihr bisher unbekannten, aber von Masselhof lebhaft geschilderten Hilde Ottinger und dem religiös motivierten Arzt verbal auseinandergenommen zu werden, war mehr als nur besorgniserregend.

Während ihrer Zeit bei LENOPHARM war es im Grunde mit ihrer Arbeit und ihren Kenntnissen von PR stetig bergauf gegangen, doch jetzt war der Augenblick gekommen, wo sie sich wieder einmal fragte, ob sie nicht doch am falschen Platz war. Sie hatte ja nun wirklich keine fundierte PR-Ausbildung. Ihre einzige wahre Kompetenz war es, gute Texte zu schreiben. Aber das machte bekanntlich nur einen Bruchteil der PR-Arbeit aus. Masselhof, so unsympathisch er ihr auch war, war im Gegensatz zu ihr ein Profi. Wenn er sagte, sie solle mit dem Journalisten darüber sprechen, war das sicher angeraten.

Ehe sie mit zitternden Fingern die Nummer des Journalisten wählte, ärgerte sie sich über Jasnas Sarkasmus. Am

Anfang hatte sie sie vorbehaltlos gemocht. Jasna hatte sie eingeschult und ihr geholfen. Auch dann hatte sie sie des Öfteren unterstützt, doch sie war für Nina mehr und mehr zu einer undurchsichtigen Person geworden. Es störte sie, dass Jasna sich zeitweise so verhielt, als stünde sie über den Dingen und betrachte die Firma und ihre Akteure wie ein unehrgeiziger Brettspieler die Spielfiguren.

Und Lilli? – Auch sie kam ihr in den Sinn. Auf der Autofahrt von Laa zurück nach Wien hatte sie beiläufig erwähnt, dass sie Kathrin Hanelkas Position bekäme. Sie hatte dagegen nicht erzählt, dass sie dies Ellen schonungslos als Bedingung gestellt hatte. Nina war Lillis Vorgangsweise ohnehin suspekt, aber dass sie sie ihr gegenüber nicht einmal zugab, nahm sie Lilli übel. Warum verhielten sich die Menschen in einem Unternehmen wie diesem so berechnend, stets auf ihren eigenen Vorteil bedacht?

Ich passe hier nicht her, sagte sie sich. Dann wählte sie tapfer die Nummer des Journalisten.

Lindtmann rief um Punkt acht Uhr früh an. Dass es Samstag war, störte ihn nicht. Nina lag um diese Zeit noch im Bett.

»Ich habe Ihr Mail gelesen«, sagte der Geschäftsführer. »Was soll das heißen: der Journalist weigert sich, bei der Zusammensetzung der Studiogäste Kompromisse einzugehen?«

Ninas Puls war sofort auf 180. Sie hatte zwar nicht mehr so viel Scheu im Umgang mit den Vertretern der Chefetage wie noch in den ersten Monaten, doch der Respekt war geblieben.

»Er war gekränkt, dass wir uns in seine Auswahl der Diskussionspartner einmischen«, erläuterte Nina mit klopfendem Herzen. »Er sagte, er sehe nicht ein, uns da entgegenzukommen.«

»Ich sehe schon, wir müssen hier Masselhof einschalten«, stellte Lindtmann mit Entschlossenheit im Tonfall fest. »Sie kommen hier anscheinend nicht weiter.« Er wünschte ihr noch einen schönen Samstag und legte grußlos auf. Nina starrte sekundenlang benommen auf ihr Handy. Schließlich legte sie es zur Seite und vergrub ihr Gesicht im Kopfkissen. Den »schönen Samstag« hätte sich Lindtmann sparen können.

Zum ersten Mal seit Längerem dachte sie an Lukas und fragte sich, was er wohl gerade tat. Verbrachte er den Tag mit Marga und den Freunden aus der Musicalklasse am Neusiedler See? War er glücklich? Ob er manchmal noch an sie dachte?

Das Ende ihrer Beziehung lag erst wenige Wochen zurück, und doch schien es ihr bereits wie Monate. Sie hatte das Gefühl, dass die Zeit rasend schnell verging, seit sie bei LENOPHARM war. Oder erst, seit Ellen sie zum ersten Mal berührte?

Und schon waren ihre Gedanken wieder weg von Lukas. Sie wünschte sich nichts mehr, als Ellens Stimme zu hören, als das Handy wieder läutete. Ein Blick auf das Display ließ sie wissen, dass ihr Wunsch unerfüllt bleiben würde. Es war Masselhof.

»Lindtmann hat mich über Ihren Versuch informiert, den Journalisten zur Räson zu rufen. Das ging ja gründlich daneben. Haben Sie ihm denn nicht gesagt, er verstoße durch seine Zusammensetzung der Studiogäste gegen das Objektivitätsgebot? Er arbeitet immerhin bei einem öffentlich-rechtlichen Sender. – Ich werde jetzt einen Brief an dessen Rechtsabteilung verfassen und ordentlich Druck machen. Wäre ja gelacht, wenn wir Ihnen keinen unterstützenden Studiogast zur Seite stellen können!«

Nina hatte zunehmend das Gefühl, dass sie die Kutsche, in die sie gesetzt worden war, nicht mehr selbst lenken konnte. Objektivitätsgebot, Brief an die Rechtsabteilung, Druck machen – in ihrem Verständnis von PR waren diese Begriffe nie gefallen. Sie fragte sich, was Ellen dazu sagen würde. Und warum meldete sie sich eigentlich nicht? Es ging doch um ein Thema aus ihrem Zuständigkeitsbereich!

Früher hat sie mich wegen geringerer Anliegen am Samstag angerufen, dachte Nina mit leichter Verbitterung.

Das Wochenende war an ihr mit wenig Schlaf und viel Stress vorübergegangen. Sonntag hatte sie im Büro ihre Mails gecheckt. Masselhofs Mail an die Rechtsabteilung des Senders, die für die Einhaltung der Objektivität bei den ausgestrahlten Beiträgen die juristische Verantwortung trug, war ihr in Kopie zugegangen. Er selbst hatte mit seinem Namen und dem Zusatz »PR-Berater von LENOPHARM« unterschrieben. Ihr stockte der Atem, als sie den Tonfall zur Kenntnis nahm, in dem das Schreiben verfasst war: fordernd, frech, drohend. Sie leitete das Mail mit dem Betreff »Zur Info« an Lindtmann und Ellen weiter.

Wenig später stand sie Masselhof und der Übungskamera auch schon wieder gegenüber. Erneut probten sie die Statements, mit denen sie sowohl den Arzt als auch die pharmafeindliche Dame vom Frauengesundheitsinstitut mundtot machen sollte. Nina verstand selbst nicht, weshalb es ihr in Laa so gut gelungen war, selbstbewusst vor der Kamera zu stehen, und warum es jetzt, mit Masselhof, so schwierig war. Er stellte ihr die provokativsten Fragen, verwirrte sie völlig – und machte es ihr immer schwerer, ihre Kernbotschaften in Worte zu fassen. Bereits nach einer Stunde brachen sie ab. Sowohl sie als auch Masselhof, der sich ohnehin kaum von seinem Blackberry trennen zu können schien, nutzten die Pause, um ihre Mails zu checken.

Nina war in das Antwortschreiben der Rechtsabteilung ebenso einkopiert worden wie Masselhof. Eine Anwältin mit klangvollem Doppelnamen schrieb sehr formell zurück, nach eingehender Prüfung sei die Rechtsabteilung des Senders zu dem Schluss gekommen, es liege bei der geplanten Studiogast-Zusammenstellung kein Verstoß gegen die Objektivität vor. Die Sendung bliebe unverändert.

»Jetzt geht es ums Pokern!«, erklärte ihr Masselhof, als sie sich wieder trafen. Seine Augen funkelten vor Begeisterung. Nina begriff mit einer Mischung aus Faszination und Ablehnung, dass ihm dieser Kleinkrieg offensichtlich Freude bereitete. Sie konnte es nicht nachvollziehen, denn sie selbst fühlte sich angesichts des Hickhacks, der sich hier abzuzeichnen schien, nur elend und unsicher. Ihr fiel ein Stein vom Herzen, als Masselhof schließlich hinzusetzte: »Sie werden den Journalisten jetzt anrufen und ihm sagen, dass wir unter den Bedingungen nicht kommen. Wenn kein Vertreter von LENOPHARM vor Ort ist, stirbt die ganze Diskussion, denn dann gibt es kein Pro und Kontra, sondern nur Kontra. Das ist fad. Das ist nicht die Dramaturgie, die sich die Redaktion dieser Sendung wünscht.«

Es war das erste Mal, dass Nina einem seiner Ratschläge gern folgte. Sofort rief sie den Journalisten an und erklärte ihm, dass sie unter den gegebenen Umständen niemanden in die Sendung schicken würden. »In unseren Augen ist die Zusammensetzung unausgewogen«, schloss sie ihre Aussage. Der Journalist stutzte zunächst, meinte dann aber salopp: »Ganz wie Sie wünschen.«

Als sie auflegte, machte Masselhof noch immer keine Anstalten, abzuziehen. Im Gegenteil: Er wollte das Kamera-Training fortsetzen. Nina verstand die Welt nicht mehr: Hatte er sie nicht eben ausrichten lassen, dass LENOPHARM nicht in der geplanten Talkrunde vertreten sein würde?

»Aber Frau Blume, ich habe ja gesagt: Wir pokern nur«, erklärte Masselhof und bedachte sie mit einem mitleidigen Lächeln. Nina war klar, dass er ihre Kompetenz inzwischen auf niedrigstem Niveau ansiedelte. »Wir warten ab, was passiert, und unterdessen setzen wir Ihr Training fort.«

Nina hatte Bauchweh. Sie kam sich vor wie ein hilfloser Spielball, der Schlagkraft und dem Willen von Akteuren ausgeliefert, für die ihre Meinung nicht zählte. Sie wollte dieses Hin und Her nicht, und sie wollte nicht ins Fernsehen. Je intensiver sich ihr Medientraining gestaltete, desto größer wurde ihr Unbehagen.

Am Nachmittag rief schließlich der Journalist an und erklärte, dass ein neuer Studiogast hinzukäme – ein Dr. Valtigo aus Wien. »Vielleicht wollen Sie Ihre Entscheidung, nicht zu kommen, ja nun ändern«, meinte er, und Nina, der der Name des Arztes überhaupt nichts sagte, erwiderte, sie wolle darüber nachdenken.

Auch Masselhof wusste mit dem Namen nichts anzufangen. Da Ellen auf einem Auswärtstermin war, war es Lilli, die die Erklärung liefern konnte. Als frühere Produktmanagerin hatte sie viele österreichische Ärzte kennen gelernt.

»Ich habe ihn vor rund einem Jahr kennengelernt«, erzählte sie. »Ein total überdrehter Typ. Das absolute Gegenteil von diesem religiös-fanatischen Arzt, der sonst noch in der Sendung ist. Valtigo beantwortet als »Dr. Walter« die Anfragen von wissbegierigen Teenagern rund ums Thema Sex in einer österreichischen Jugendzeitschrift. Er gibt sich übermäßig cool, wirkt wie gesagt ziemlich überdreht. Er kam mal in die Schlagzeilen, weil er einer Elfjährigen die Pille verschrieben hat. Aber das ist jetzt Jahre her.«

»Im Grunde auch kein idealer Partner, der Ihnen hilfreich zur Seite stehen könnte«, meinte Masselhof. »Wir sollten uns überlegen, ob Sie hingehen oder nicht. Am besten, wir lassen den Journalisten ein wenig zappeln und entscheiden uns kurzfristig.«

Ninas Bauchweh wurde stärker. Sie konnte nicht mehr sagen, ob es nur an Masselhofs undurchschaubarer Zick-Zack-Strategie lag oder ob sie inzwischen wirklich krank war. Der Stress, den ihr die Situation verursachte, war ihr so auf den Magen geschlagen, dass sie den ganzen Tag keinen Bissen heruntergebracht hatte. Jetzt krampfte sich ihr Magen schmerzhaft zusammen und rumorte, doch Appetit hatte sie noch immer keinen.

»Was? Du willst jetzt doch nicht hingehen?« Lilli reagierte entsetzt und vorwurfsvoll. »Du willst diesen Verhütungsgegnern freies Feld überlassen? Die werden unsere Produkte in den Dreck ziehen und alles wird darauf hinauslaufen, dass wieder eine Vielzahl von Teenagern schwanger wird! Und unsere Umsätze gehen auch rapide zurück. – Weiß Ellen überhaupt, dass du jetzt doch nicht auftreten willst?«

»Lilli«, sagte Nina und war sich bewusst, wie unbestimmt und hilflos ihre Stimme klang. »Bitte. Ich weiß noch nicht, was am Mittwoch sein wird.«

»Also, ich finde das nicht gut, wenn du da fern bleibst

und uns hängen lässt!« Sie machte am Absatz kehrt und verschwand. Nina sah ihr perplex nach. Was sollte das? Waren sie nicht auf dem besten Wege gewesen, Freundinnen zu werden? – Wie es den Anschein hatte, waren Lilli die Umsätze von LENOPHARM wichtiger als die Tatsache, dass sie sich hundeelend fühlte.

Als sie an diesem Abend nach Hause ging, hatte sie das Gefühl, von der Einsamkeit in ihrer Wohnung und in ihrem Herzen verschluckt zu werden. Es gab niemanden, der sie fragte, wie ihr Tag war, niemanden, der sie einfach nur in die Arme nahm, und niemanden, der die Tränen trocknete, die ihr über die Wangen liefen, als sie sich schließlich unter ihrer Bettdecke verkroch.

Kurzfristig spielte sie mit dem Gedanken, ihre Mutter anzurufen, verwarf die Idee aber sogleich wieder, als sie sich an das letzte Gespräch mit ihr erinnerte. Sie hatte ihr erzählen wollen, dass sie sich von Lukas getrennt hatte. Doch sie war nicht dazu gekommen. Das Gespräch hatte kaum fünf Minuten gedauert, da Clara auf dem Sprung zu einer Einladung bei Bekannten gewesen war. Viereinhalb Minuten davon hatte sie ihr erzählt, wie gut ihre Karriere als Performance-Art-Actrice lief: »Ich bin sogar für einen Auftritt in der Tate Gallery in London gebucht worden. Und möglicherweise werde ich im kommenden Herbst eine Tournee durch Frankreich machen.«

»Und was ist mit deinem Freund?«, hatte Nina sich irritiert erkundigt. Würde der Lebensgefährte ihrer Mutter mitkommen?

»Rolf bleibt natürlich in Flensburg. Er kann doch die Galerie nicht für so lange Zeit schließen.«

Nina sagte ihr wahrheitsgemäß, dass sie sich für sie freue, sie hätte schließlich lange genug auf den Erfolg gewartet. Doch als sie aufgelegt hatte, ging ihr die Frage durch den Kopf, ob sie die einzige Person auf Erden war, der den Menschen, den er liebte, so oft und so viel wie nur möglich in seiner Nähe haben wollte.

Die Ungewissheit, ob sie nun am Mittwoch vor der Kamera stehen würde oder nicht, raubte ihr in dieser Nacht den Schlaf.

Die Lagebesprechung mit dem Krisenstab war für 8.30 Uhr einberufen worden und bereits in vollem Gange. Nina fand sich mit leichter Verspätung in Ellens Büro ein, weil sie zuvor noch ihre Mails gecheckt hatte. Sie fühlte sich so müde und gerädert, dass sie die anderen Anwesenden wie durch einen Schleier wahrnahm. Mit leichter Verzweiflung nahm sie zur Kenntnis, dass alle Plätze bereits besetzt waren, und lehnte sich neben dem Sofa an die Wand. Mit unterdrücktem Widerwillen registrierte sie, dass auch Masselhof anwesend war. Er erläuterte gerade die Geschehnisse der letzten Tage und den Status quo.

»Mein Rat wäre, sich mit diesem Valtigo in Verbindung zu setzen und ihn freundlich davon abzubringen, dieser TV-Einladung zu folgen«, schloss Masselhof seine Rede. »Dann wird sich der Sender nach einem anderen Arzt umschauen, und wie Frau Muster gestern diesen Valtigo beschrieben hat, ist jeder andere Arzt eine Verbesserung.«

»Wie wollen Sie sicher sein, dass der Sender wirklich nach einem anderen Arzt sucht?«, erkundigte sich Brauer. Er wirkte leicht skeptisch. »Nachdem die Rechtsabteilung des Senders ja offensichtlich keine Verletzung des Objektivitätsgebots gesehen hat, kann es ja genauso gut sein, dass dann gar kein befürwortender Arzt geladen wird. Das bringt uns ja wieder nichts!«

»Sehen Sie.« Masselhof erhob sich von seinem Platz. Der Raum, den er sitzend einnahm, genügte ihm offensichtlich nicht, um seine Worte mit ausladenden Gesten zu unterstreichen zu können. »Der Sender möchte im Grunde Quote machen, denn diese wiederum steht, wie wir alle wissen, in engem Zusammenhang mit den Sekundenpreisen der Werbespots. Auch ein öffentlich-rechtlicher Sender kann sich nicht den ökonomischen Zwängen und einer Rentabilitätsrechnung entziehen. Quote wird bekanntlich mit Sensationsthemen und öffentlichen Beflegelungen gemacht. Eine Talkrunde, bei der alle drei Studiogäste einstimmig gegen Verhütung sprechen, ist ganz und gar nicht im Sinne des Senders. Es braucht einen Vertreter der Pro-Seite, um Schwung in die Diskussion zu bringen. Sie können mir glauben: Der verantwortliche Redakteur sitzt in diesen Minuten genervt beim Frühstückskaffee, die dreizehnte Zigarette in der Hand, und hofft nichts mehr, als dass wir unsere Absage widerrufen und Frau Blume doch noch in die Sendung kommt. Und er weiß, dass die einzige Möglichkeit, sie in die Sendung zu bekommen, die Einladung eines weiteren Mitstreiters pro Verhütung ist. Wenn wir Valtigo also rausschießen, wird der Sender sich die Beine ausreißen, um einen neuen und wahrscheinlich vernünftigeren Arzt zu suchen.«

Nina starrte auf Masselhofs freien Polstersessel. Sie hatte Mühe, sich auf den Beinen zu halten. Ihr war schwindlig und leicht übel. Sie war Masselhofs Ausführungen gefolgt, hatte beobachtet, wie Brauers Skepsis im Laufe dessen stetig zurückgegangen war, und sah nun mit Sorge das hoffnungsvolle Lächeln auf Lindtmanns Gesicht. Es war eindeutig: Der Geschäftsführer wollte sie vor der Kamera sehen. Und er hielt Masselhofs Vorgangsweise für brillant.

Nina selbst hatte den Eindruck, nur noch per Fernsteuerung dirigiert zu werden – ohne Veto-Recht, ohne Mitsprache. Es ging um einen TV-Auftritt am Abend des folgenden Tages, und noch immer war letztendlich völlig unklar, ob sie nun im Studio stehen würde oder nicht. Die Ungewissheit zerrte an ihr.

»Wenn wir Valtigo absagen lassen und ein neuer Arzt gefunden wird, der uns genehm ist, steht dem Auftritt nichts entgegen«, erwiderte Masselhof auch schon. Er nahm wieder auf dem Polstersessel Platz.

Nina starrte mit leeren Augen noch immer in Richtung des Sessels. Nur sitzen. Sie hatte den Eindruck, ihre Beine würden jeden Augenblick ihren Dienst versagen.

»Ich würde noch einen Schritt weitergehen«, setzte Masselhof hinzu. »Wir könnten dem Sender durchaus gleich ein paar Namen von Ärzten liefern, die für uns in Frage kämen.«

»Ich kann das gerne machen«, bot Lilli sofort an. »Wir haben ja einige Ärzte, zu denen wir eine gute Beziehung haben und die hier zu unserem Vorteil sprechen könnten.«

»*No!*« Es war das erste Mal seit Beginn der Diskussion, dass sich Ellen zu Wort meldete. Sie tat dies mit absoluter Entschlossenheit in der Mimik und sparte nicht an Deutlichkeit. »*That is neither your decision nor your job.*«

Obgleich sie damit beschäftigt war, gegen ihr Schwindelgefühl zu kämpfen, entging Nina nicht, dass sogar Lilli unwillkürlich zusammenzuckte. Bisher hatte sie anscheinend nur die Sonnenseite ihrer neuen Vorgesetzten kennen gelernt.

Ellen wandte sich nun an die gesamte Runde. »Ich werde nicht zulassen, dass einer unserer treuesten Ärzte und besten Kunden verstimmt wird. Dr. Valtigo ist einer der Gynäkologen, die die meisten LENOPHARM-Pillen verschreiben. Ich verwehre mich ausdrücklich dagegen, ihm zu signalisieren, dass er bei dieser Talkrunde nicht erwünscht ist.«

»Aber denken Sie an die Umsätze«, warf Masselhof ein. »Ein Arzt mit Valtigos Verschreibungshistorie und seinen sonstigen medialen Auftritten kann ja dem Image von LENOPHARM nicht dienlich sein.«

»Ich denke an die Umsätze, schließlich bin ich auch hauptverantwortlich dafür. Und ich bin in diesem Punkt anderer Meinung als Sie. Valtigo mag seine Fehler haben, ist aber zweifelsfrei einer der Top-Experten in Sachen hormoneller Verhütung. Wir können sicher sein, dass er sich hundertprozentig für uns und unsere Punkte aussprechen wird.«

»Bedenken Sie, was passieren kann: Valtigo könnte dort entweder von vornherein als Übeltäter abgeurteilt werden, der Elfjährigen ohne zu Zögern die Pille verschreibt und sie somit zum Sex animiert«, entgegnete Masselhof unbeirrt.

» *I wouldn't forfeit my good relationship to one of Austria's top-selling gynecologists.*« Ellen sah Masselhof kalt an.

»Ich will mit meinen Ratschlägen nur helfen«, sagte er mit öligem Lächeln. »In meiner Aufgabe als PR-Consultant sehe ich mich daher auch in der Pflicht, darauf hinzuweisen, dass Frau Blume vielleicht nicht die beste Wahl für den Auftritt ist.«

Die verbale Faust traf Nina in ihren ohnehin schwachen Magen. Sie presste ihren Rücken eng gegen die Wand, um nicht umzukippen. Das Zimmer begann sich um sie zu drehen; die Anwesenden tanzten in ihrer Vorstellung einen makaberen Reigen der Verachtung um sie herum. Für sie war es entsetzlich: Sie selbst hielt sich schon nicht für die beste Wahl, um vor der Kamera live für LENOPHARM zu sprechen, und nun hatte ihr Masselhof ohne Vorankündigung gerade ein degradierendes Zeugnis ausgestellt. Alle starrten sie mit großen Augen an.

»Wie darf ich das verstehen?« Lindtmann durchbohrte sie mit abschätzendem Blick. »Hieß es nicht, Frau Blume hätte sich beim Mediatraining in Laa nicht vorzüglich geschlagen?«

»Sie ist unsicher«, erklärte Masselhof, ohne Nina anzusehen. »Sie lässt sich leicht aus der Fassung bringen und sie zeigt keine Persönlichkeit.«

Der Boden unter Nina bewegte sich in großen, reißenden Wellen, die ihr den Halt nahmen. Sie sah Leute nun doppelt und verzerrt: Masselhof mit seinem hämisch wirkenden Grinsen auf den wulstigen Lippen, Lindtmann, dem die Irritation und Enttäuschung ins Gesicht geschrieben standen und Brauer, dessen Miene deutlich widerspiegelte, dass er sich von ihr sowieso nichts anderes erwartet hatte. Eine Versagerin, das sahen sie alle in ihr, eine Versagerin, die keine Ahnung von PR hatte.

Raum und Zeit verschwammen vor ihren Augen, Schwindel überkam sie. Sie fühlte einen dumpfen Schmerz am Kopf. Dann umhüllte sie die Dunkelheit.

Als sie zu sich kam, fühlte etwas Kaltes, Nasses auf ihrer Stirn. Vorsichtig griff sie nach dem Lappen, als das sich das Etwas entpuppte. Dann öffnete sie die Augen. Sie blinzelte vorsichtig. Die Umrisse der Gestalt, die sie sah, waren zunächst verschwommen, wurden dann jedoch immer klarer. Sie erkannte Ellen, die neben ihr saß und besorgt zu ihr herab schaute.

»Was …?« Nina versuchte sich aufzurichten, doch ihr Körper wollte ihr nicht gehorchen. Sie fühlte sich völlig kraftlos.

»Du bist ohnmächtig geworden.« Ellens sanfte Stimme hatte etwas Tröstliches. Sie schloss die Augen und versuchte sich zu erinnern, was geschehen war. Die Erinnerung kam zurück. Das Puzzle setzte sich in Sekundenschnelle wieder zusammen und trieb ihr die Tränen ins Gesicht. Überwältigt von der Verzweiflung, begann sie hemmungslos zu weinen.

»Nina, *no … please, don't cry …*« Bestürzt beugte sich Ellen zu ihr, zog sie zu sich. An ihre Schulter gebettet, ließ Nina ihren Tränen freien Lauf, und ihr Körper wurde von Schluchzen geschüttelt. Ellen strich ihr zärtlich über den Rücken und übers Haar. *»If you continue to cry, I will cry as well.«*

Trotz ihrer Verzweiflung über die Verletzung, die ihr Masselhofs Bemerkung zugefügt hatte, war für Nina die Vorstellung, dass sie Ellen durch ihre eigenen Tränen zum weinen brachte, so absurd, dass sie unwillkürlich lachen musste. Verschämt wischte sie sich die letzten Tränen der Verzweiflung aus den Augen.

»Ich hasse diesen Menschen.«

Ellen war sofort klar, wen sie meinte. *»He is an idiot. Don't care about his opinion. To hell with it!«*

Nina schwieg. Wie um alles in der Welt sollte sie der Meinung dieses Menschen wenig Beachtung schenken, wenn er sie vor allen Leuten dermaßen erniedrigt hatte? Und wie sollte es nun weitergehen, wo er ihr offiziell bestätigt hatte, dass sie vor der Kamera und auch sonst eine absolute Null war? Und überhaupt – war es nicht Ellen gewesen, die sie überhaupt in diese missliche Lage gebracht hatte? Ärger keimte in ihr auf. »Ich wollte nie vor die Kamera!«, platzte es aus ihr heraus. »Du wolltest das. Du hast mich in diese

Situation gebracht!« Ihre Stimme klang vorwurfsvoller als beabsichtigt. Sie erschrak selbst, als sie Ellens entsetztes Gesicht sah, und schob sogleich um Tonfälle sanfter nach: »Ich meine … ich habe nie gesagt, dass ich das kann, aber du hast gesagt, ich soll das tun.«

»Nina.« Ellen sah sie ernst an. »Ich habe das gesagt, ja. Ich habe es gesagt, weil ich überzeugt bin, dass du es kannst. Ich bin deshalb überzeugt, weil ich es mit eigenen Augen gesehen habe. Ich weiß nicht, warum Masselhof so dummes Zeug redet, und was da in den letzten Tagen passiert ist …«

»Er macht mich total fertig!«, erwiderte Nina in schmerzvoller Erinnerung an die Stunden vor der Übungskamera. »Er simuliert die anderen Studiogäste, schreit mich an, beschimpft mich, verdreht mir das Wort im Mund, er quält mich mit provokativen Fragen, führt mich mit Fangfragen in die Irre … ich weiß am Ende des Tages nicht mehr, wie ich heiße!«

»Aber das ist sein Job«, gab Ellen zu bedenken. »Er muss dich ja auf alle Eventualitäten vorbereiten, die in dieser Talkrunde passieren werden.«

»Ja, aber ich halte das nicht aus!« Nina fühlte, wie ihr schon wieder die Tränen kamen. »Ich kann das nicht ertragen, so behandelt zu werden. Ich bin nicht für den Job geeignet.« Sie wischte sich mit der Hand verschämt über die Augen. »Er hat ja recht, wenn er mir Unsicherheit vorwirft und sagt, ich hätte keine«, sie schluckte, sprach es dann aber aus, »Persönlichkeit.«

»*He talks rubbish!*« Ellen wirkte beinahe so aufgebracht wie Nina, nur, dass bei ihr der Ärger die Verzweiflung ersetzte. »Was soll das überhaupt heißen, du hättest keine Persönlichkeit? Ich verstehe nicht einmal, was dieser Typ meint!« Ellen schüttelte heftig den Kopf. »Idiot! *Unbelievable!*«

Sie schloss Nina in die Arme und zog sie nochmals dicht an sich. Nina fühlte ihre Nähe, spürte das Klopfen ihrer beiden Herzen und warf all den Groll, den sie in den letzten

Tagen immer wieder empfunden hatte, über Bord. Das war nicht mehr die abweisende Frau, die ihr ins Gesicht geschmettert hatte, dass es schließlich ihr Job sei, vor die Kamera zu gehen. Das war jene Ellen, mit der sie einen wunderbaren Tag und eine unvergessliche Nacht in Laa verbracht hatte, jene einfühlsame, sanfte Person, die es verstand, alles Unbehagen, das in den letzten Tagen von ihr Besitz genommen hatte, durch ihre Worte und Berührungen zu vertreiben. Nina hatte sich selten bei einer Umarmung so geborgen gefühlt wie jetzt. Niemand konnte ihr mehr etwas anhaben. Nicht Masselhof, nicht Brauer, nicht Lindtmann.

»Masselhofs PR-Maßnahmen werfen außerdem alles über den Haufen, was ich gelernt habe. Wie beispielsweise Freundlichkeit gegenüber Journalisten. Er ist überhaupt nicht freundlich, er stellt nur Forderungen!« Sie presste ihr Gesicht eng an Ellens Körper. »Er initiiert ständig irgendwelche Aktionen, hinter denen ich nicht stehe, und die so sehr gegen mein Bauchgefühl gehen. – Ich verstehe nicht, warum wir mit diesem Typen zusammenarbeiten! Er macht mich krank.«

Ellen streichelte beruhigend über ihren Rücken. »Masselhof und Lindtmann kennen sich aus dem Lions Club«, sagte sie ruhig. »Von daher rührt die Verbindung. – Aber abgesehen davon ist Masselhof nicht schlecht. Was er macht, ist eine Art Guerilla-PR. Das ist nicht jedermanns Stil, das kann auch nicht jeder. Aber er ist damit recht erfolgreich. Und auch in unserem Fall hat er immerhin bewirkt, dass ein Studiogast hinzugezogen wird, der sich pro Verhütung ausspricht. Das ist auch ein Erfolg.«

»Ja, und diesen Arzt will er gleich wieder – wie sagte er – abschießen«, warf Nina ein. »Und alles ist damit wieder im Ungewissen.«

»Valtigo wird dort auftreten«, erklärte Ellen. Ihre Stimme ließ keinen Zweifel offen. »Er ist medienerfahren, er ist sehr routiniert vor der Kamera und er kann mit Anfeindungen seiner Person umgehen.«

»Aber Masselhof hat doch gesagt ...«

Ellen unterbrach sie unerwartet mit einem Kuss. Nina hatte den Eindruck zu schmelzen, sobald sie Ellens warme, weiche Lippen auf den ihren spürte. Sie öffnete den Mund und hieß Ellens Zunge willkommen. Doch Ellen setzte dem bald eine Grenze. »*Honey*, wir müssen das jetzt erst ausdiskutieren«, stieß sie hervor. Sie setzte sich wieder auf, so dass sich der Abstand vergrößerte, nahm jedoch Ninas Hand in die ihre.

In deren Kopf war nur ein einziges Wort präsent: *Honey*. Hatte Ellen sie wirklich gerade mit diesem Kosenamen bedacht?

»Masselhof ist unser Berater«, fuhr Ellen fort. »Nicht mehr und nicht weniger. Wir können seine Ratschläge annehmen – oder auch nicht. Wenn ich sage, Valtigo bleibt, dann bleibt er.«

»Und Lindtmann? Wenn er mit Masselhof doch befreundet ist, wird er tun wollen, was Masselhof ihm rät.«

»Ich bin für nahezu siebzig Prozent der Umsätze dieser LENOPHARM-Niederlassung verantwortlich«, erklärte Ellen ungerührt. »Ich kann mir nicht vorstellen, dass Lindtmann Masselhofs Rat folgt, wenn ich dagegen bin.«

Nina schluckte. Welchen Stellenwert Ellens Position im Unternehmen darstellte, wurde ihr erst jetzt klar. Ihr war bisher nicht bewusst gewesen, dass die Sparte der rezeptfreien Medikamente bei LENOPHARM im Vergleich zu den verschreibungspflichtigen umsatztechnisch eine so geringe Rolle spielte. Sie war immer davon ausgegangen, dass sich die zwei Geschäftsfelder die Waage hielten. Jasna, die die PR-Betreuerin des rezeptfreien Segments war, hatte es vor ihr auch immer so dargestellt. Nina dachte unwillkürlich an Lillis Bemerkung über Jasnas Gehalt und ihr wurde klar, dass die Bezahlung wirklich alles andere als ausgewogen war. Doch jetzt war nicht die Zeit, sich darüber den Kopf zu zerbrechen.

»Ich werde also nicht vor die Kamera müssen, nicht wahr?«

Ellen runzelte die Stirn. »Aber natürlich gehst du hin.«

»Ellen!« Panik trat in Ninas Augen. Wieso wollte Ellen sie nicht verstehen? Hatte Masselhof nicht gerade bestätigt, dass sie ungeeignet war? Sie versuchte Ellen ihre Hand zu entziehen. »Ich kann das nicht! Warum tust du mir das an?«

»Aber ich tue dir nichts an«, erwiderte Ellen verwundert, während sie eisern Ninas Hand festhielt. »Es ist eine Chance für dich zu zeigen, was du wirklich kannst.«

»Ellen, ich habe Todesangst vor diesem Auftritt! Ich kann seit Tagen nicht mehr richtig essen, ich mache nachts kein Auge zu!«

»– ja, und wirst deshalb ohnmächtig«, fuhr ihr Ellen ins Wort. Sie strich Nina zärtlich über den Handrücken. »Du schaffst das. Vertrau mir. Ich habe dich in Laa gesehen. Du hast das sehr gut gemacht.«

Nina seufzte. »Ich weiß, du kannst dir wahrscheinlich überhaupt nicht vorstellen, wie es ist, vor etwas solch große Angst zu haben. Aber ich bin da anders. Ich habe wirklich Angst. Ich habe es schon zu Schulzeiten gehasst, Referate zu halten, und auch jetzt kriege ich fast noch Schluckauf vor Aufregung, wenn ich in den Vorstellungsrunden vor Seminaren etwas sagen muss. Es ist für mich einfach total schlimm, öffentlich zu sprechen.«

»Ich weiß das.« Ellen wirkte nachdenklich. Sie hörte nicht auf, sanft über Ninas Hand zu streichen. »Ich weiß das, weil ich diese Ängste auch hatte. Früher. Als Kind und auch noch als Teenager hatte ich solche Angst aufzutreten – bei Klavierkonzerten. Ich konnte das alles spielen, das war nicht das Problem. Aber sobald ich den Konzertsaal betrat und die ganzen erwartungsvollen Gesichter sah, war ich total blockiert. Ich verlor während des Spiels den Faden, machte plötzlich unsinnige Fehler. Jeder Auftritt war für mich ein einziges Grauen. Ich kenne auch das Gefühl, keine Luft mehr zu bekommen vor Aufregung. Ich habe dir schon gesagt: *I'm not superwoman.*«

Nina versuchte, sich eine jugendliche Ellen vorzustellen, die sich unsicher in Richtung des Klaviers bewegte und ängstlich das Publikum beäugte. Es gelang ihr nur schwer.

»Du wirst sehen, wenn du es oft genug machst, wird es besser«, fuhr Ellen fort. »Du bekommst Routine. – Bitte, Nina, nimm dir nicht selbst die Chance zu zeigen, was du kannst. In meinen Augen bist du die optimale Wahl für diese Talkrunde, und ich würde es sehr begrüßen, wenn du dort für LENOPHARM auftrittst. Ich weiß, dass es gut wird!«

Nina schluckte. Was machte Ellen im Bezug auf ihren Auftritt so sicher?

»Was ist, wenn ich nicht auftrete?«

»Dann wird niemand für LENOPHARM sprechen«, erwiderte Ellen.

Nina schüttelte den Kopf. »Nein, das meine ich nicht.« Sie kämpfte mit sich. Wie sollte sie nur formulieren, was sie wirklich bewegte? – Ellen saß hier bei ihr, und dieser Umstand bedeutete ihr zunehmend mehr. Es war ihr bewusst geworden, dass Ellen offensichtlich alle aus ihrem Büro verbannt hatte, um hier in Ruhe mit ihr zu sprechen. Ellen hatte sie »*Honey*« genannt. Zweimal. Konnte es möglich sein, dass sie eventuell doch mehr für sie empfand? – Nina hatte das Gefühl, sich auf extrem dünnen Eis zu bewegen, als sie ihre Frage neu stellte: »Wenn ich nicht auftrete, ändert sich für dich dann etwas … zwischen uns?«

Ellen ließ Ninas Hand los. Sie wandte sich ab, richtete den Blick starr auf das Gemälde an ihrer Wand. Der stumme Schrei. Nina merkte, wie die Anspannung in ihr zurückkehrte. Sie biss sich auf die Lippen. Die Frage war falsch gewesen, eindeutig falsch. Ellen saß noch immer bei ihr, stumm und mit zusammengepressten Lippen, doch sie schien genauso verzweifelt zu schreien wie die Frauensilhouette auf dem Bildnis. Nach Sekunden der Stille drehte sie ihren Kopf wieder in Ninas Richtung.

»Es ist unabhängig davon«, sagte sie knapp. Nina hatte den Eindruck, dass sie diese Aussage große innere Überwindung kostete. Ellen atmete tief durch. Dann sah sie Nina an, und ihre Lippen umspielte ein unmerkliches Lächeln. »Ich habe eine Idee. Du musst dich jetzt nicht entscheiden, ob du das mit diesem Fernsehauftritt wirklich machen willst oder nicht. Du hast noch vierundzwanzig Stunden Zeit. Der Sender wird dich auch noch morgen gerne wieder in die Talkrunde aufnehmen. Du kannst es dir also in Ruhe überlegen. Und heute übst du noch etwas mit Masselhof vor der Kamera und machst einfach dasselbe wie in Laa. Denk daran: Es ist völlig egal, was er sagt. Du kannst das! – Und bevor du in die nächste Übungsrunde mit ihm gehst, sagst du Lindtmann, dass du dir die Entscheidung bis morgen offen hältst. Und dass Valtigo in der Sendung bleibt.«

»Aber … das kann ich ihm doch nicht so sagen.«

»Wieso nicht?« Ellen hob die Augenbrauen. »Natürlich kannst du das, du bist hier für PR zuständig!«

»Im Gegensatz zu dir bin ich nicht für siebzig Prozent der Umsätze verantwortlich«, warf Nina mit einem schwachen Lächeln ein. »Mein Urteil wird ihn kaum kümmern.«

»Das«, erwiderte Ellen. »kommt auf einen Versuch an!«

Sie zog Nina an sich und küsste sie nochmals zärtlich auf die Lippen.

»Ellen, ich werde vor Aufregung sterben.« Nina stand in einem schmucklosen Toilettenraum im Gebäudekomplex des Fernsehsenders und betrachtete sich im Spiegel. Trotz des kräftigen Make-ups, das ihr in der Maske angelegt worden war, kam sie sich blass und krank vor. Ihr war übel vor Lampenfieber.

Schon als sie das Gebäude des TV-Senders betreten hatten und von der Moderatorin persönlich begrüßt worden waren, bereute sie ihren Entschluss. Die Aussicht, vor einer Kamera live für LENOPHARM sprechen zu müssen, wissend, dass nicht nur rund eine Million Österreicher, sondern auch nahezu alle Arbeitskollegen zuschauen würden, verursachte ihr mit jeder Minute, um die der Sendetermin näherrückte, größeres Magendrücken.

»Du wirst das gut machen.« Ellen trat von hinten an sie heran und legte die Arme um sie. Gemeinsam standen sie nun vor dem Spiegel und sahen sich an. Nina küsste Ellens Hände und drehte sich langsam zu ihr um. »Ich bin dir so dankbar, dass du dich so um mich gekümmert hast. Und dass du mich begleitest.«

»Und ich bin dir dankbar, dass du dich entschieden hast, hier herzugehen«, erwiderte Ellen. Sie zog sie an sich und umarmte sie zärtlich. »Hab keine Angst, *Honey*. Du machst das. Was immer da draußen passieren wird: du bist mein Star.«

Für Nina waren Ellens Worte der emotionale Höhepunkt der vergangenen Tage. Ellen war ihr in den vergangenen zwei Tagen nicht von der Seite gewichen. Sie war bei ihr geblieben, als sie das letzte Mal mit Masselhof vor der Kamera geübt hatte. Masselhof hatte sich spürbar in seiner Kritik zurückgehalten und sie, verglichen mit den Tagen zuvor, mit Samthandschuhen angefasst. Nina führte dies hauptsächlich auf Ellens Anwesenheit zurück. Masselhof, das war ihr nach der ersten Stunde zu dritt bewusst gewesen, war hellauf entzückt von Ellen. Er hatte anfangs sogar versucht, mit ihr zu flirten, sich dann aber, als sie nicht reagierte, darauf verlegt, sie mit Witzen aus der Reserve zu locken. Ellen verzog keine Miene. Seine dritte Strategie, sie für sich zu begeistern, war jene gewesen, ihr so oft es ging beizupflichten, und Nina hatte hier regelrecht mitverfolgen können, wie seine Hoffnung, doch noch bei ihr zu landen, wuchs.

Ellen war auch bei ihr gewesen, als sie sich auf die Suche nach passender Kleidung für den TV-Auftritt gemacht hatte. Sie hatte zunächst vorgehabt, ein schwarzes Sakko anzuziehen. Doch Masselhof hatte dies mit den Worten, dass sie in reinem Schwarz nicht vor die Kamera sollte, sofort unterbunden. Auch ihre anderen Vorschläge, die sie gedanklich aus dem kärglichen Inhalt ihres Kleiderschranks zusammengestellt hatte, waren bei ihm auf Ablehnung gestoßen. Schließlich hatte Nina einen Hilfe suchenden Blick auf Ellen geworfen.

Der Einkauf mit Ellen war für sie eines der schönsten Erlebnisse der letzten beiden Tage. Ellen steuerte gezielt zwei Boutiquen in der Innenstadt an. In der ersten erstanden sie eine Hose, in der zweiten ein Oberteil. Nina hatte bereits beim Preis der Hose Bedenken, doch Ellen hatte ihr erklärt, diese Kosten übernehme die Firma – schließlich trete sie ja beruflich vor die Kamera, nicht privat. Insgesamt war Nina der gesamte Einkauf dennoch wie eine kleine Shoppingtour mit einer sehr guten Freundin vorgekommen. Sie hatte Spaß daran gehabt, sich Ellen in den verschiedensten Kleidungsstücken zu zeigen, mit ihr zu lachen, wenn ein Kleidungsstück absurd aussah, und sich von ihr beraten zu lassen.

Jetzt stand sie in diesem Waschraum, allein mit Ellen, bekleidet mit einer elegant geschnittenen Jeans und einem dunkelblauen Jackett, und kämpfte mit sich. Nur noch etwa zwanzig Minuten. Sie kämpfte gegen die Panik, die in ihr aufstieg.

»Hast du diese Frau gesehen?« Nina hatte ein Schaudern unterdrücken müssen, als ihr Hilde Ottinger vom Frauengesundheitsinstitut vorgestellt worden war. Hilde Ottinger war eine hochgewachsene, kantige Frau mit herben Gesichtszügen, die herzlich unfreundlich dreinblickte. Obgleich Nina sie aufgrund ihres fast faltenlosen Gesichts auf etwa vierzig schätzte, wirkte sie weit älter. Ihr Haar trug sie lang und zu einem Zopf gebunden. Ihr zartes Make-up war offensichtlich vom TV-Visagisten aufgetragen worden und stand in Kontrast zu den naturbelassenen Augenbrauen. Vermutlich war Hilde Ottinger eine typische Alternative, die normalerweise in Leinenhosen und Wollpulli herumlief und im Krankheitsfall ihren persönlichen Schamanen um Rat fragte.

Was Nina trotzdem Angst machte, war die charismatische Ausstrahlung dieser Frau. Sie hatte lebendige, wache Augen, und vor diesen Augen schwebte eindeutig eine Mission: sie wollte Frauen durch gezielte Aufklärung von den Tücken der hormonellen Verhütung bewahren. Auf der Homepage des Frauengesundheitsinstituts waren ihre medialen Aktivitäten gelistet. Allein zum Thema »Hormonelle Verhütung« hatte sie bereits in drei verschiedenen TV-Beiträgen gesprochen.

»Du schaffst das.« Ellen schien felsenfest von ihrem Können überzeugt. »Hab keine Angst vor niemandem.«

Sie umarmten sich – ein letztes Mal vor dem Auftritt. Dann traten sie gemeinsam nach draußen, und während Nina zum Studio geführt wurde, schlug Ellen gemeinsam mit Masselhof den Weg zu den Zuschauerreihen ein.

Zieh mich aus, flüsterte eine Stimme in Nina und sandte den Wunsch zu Ellen. Doch die Worte blieben unerhört, was nicht zuletzt daran lag, dass es jetzt und auf der Stelle denkbar schlecht gewesen wäre, dieses Begehren in die Tat umzusetzen.

Sie saßen in einer kleinen gemütlichen Tapas-Bar in der Innenstadt. Die Karaffe Rioja, die sie bestellt hatten, war fast geleert, und Nina hatte mit regem Appetit ihre zweite Portion Tapas verspeist. Jetzt, da alles vorbei war, war auch ihr Appetit zurückgekehrt. Und nicht nur ihr Appetit. Je länger sie Ellen gegenübersaß, desto stärker wurde ihr Verlangen. Eine gemeinsame Nacht. Das war, was sie wollte.

»Ich bin wirklich stolz auf dich«, sagte Ellen. »Du hast blendend argumentiert! Nichts konnte dich aus der Fassung bringen, nicht einmal dieser Zettel mit angeblichen Studiendaten, den die Ottinger plötzlich aus der Tasche gezogen hat. Ich muss zugeben, ich habe fast einen Schock bekommen, als sie dann sagte, hier wäre der Beweis, dass Nebenwirkungen wesentlich öfter vorkommen, als wir behaupten.«

»Ja, zum Glück hat Valtigo die Studie gekannt«, meinte Nina gedankenverloren, während sie sich vorstellte, wie Ellens Hände über ihren Körper glitten. »Er wusste, dass die Daten nicht seriös erhoben worden sind.«

In ihrem Kopf spukte ein ganz anderes Bild herum: Ellen und sie, allein. Wie sich ihre Lippen berührten. Wie Ellens sie küsste – auf den Mund. Auf den Hals. Zwischen den Beinen. Ihr wurde heiß. Die Hitze durchflutete ihren ganzen Körper und färbte ihre Wangen rot. Sie konnte diese Röte fühlen, während ihre Augen über Ellens Dekolletee glitten und auf ihren sich dezent unter dem ärmellosen Shirt abzeichnenden Brüsten hängen blieben.

Noch wusste sie nicht, wie sie es am elegantesten in Worte packen konnte. Unverfängliche Worte sollten es sein, Worte, die Raum für Rückzug gaben, falls sie auf Widerstände stoßen sollte. Ihr mitteilen, was sie wollte, fiel ihr weit schwerer, als sie freiweg darum zu bitten, mit ihr zu schlafen. Sie wollte Ellen privat sehen, mit ihr ausgehen, mit ihr schlafen und am nächsten Morgen mit ihr frühstücken.

Doch der Weg dorthin schien steinig. Trotz der Nähe der vergangenen Tage herrschte eine grundsätzliche Distanz zwischen ihnen. Zwar konnten sie inzwischen miteinander sprechen und gemeinsam lachen. Und doch gab es noch immer eine unsichtbare Barriere, die sie voneinander trennte: Sie sprachen über vieles. Doch sie sprachen nie über sich selbst. Sie wusste über Ellen nicht viel mehr als am ersten Tag ihrer Begegnung. Es gab Fakten, die sie jetzt kannte: dass Ellen Klavier spielen und nähen konnte. Dass sie als Jugendliche Lampenfieber vor öffentlichen Auftritten gehabt hatte. Doch sie wusste noch immer nichts über Ellen selbst. Sie wusste nicht, was sie erlebt hatte, hatte keine Ahnung, was sie dachte oder fühlte. Empfand sie etwas für sie? Oder war sie zufrieden mit dem, was sie bekam, gelegentlichen Sex an meist nicht besonders intimen Orten?

Aber wenn es das war, was sie wollte, und nicht mehr, wieso nannte sie sie dann »*Honey*« und sagte ihr nette Dinge? Du bist mein Star, hatte Ellen gesagt. Was immer da draußen passieren wird.

Nina nahm einen Schluck Wein. Sie lächelte Ellen an und hörte ihr weiterhin zu, ohne die Worte in sich aufzunehmen. Ihre Gedanken tanzten wild durcheinander. Ich will keine Büro-Affäre sein, sagte sie sich. Doch würde Ellen je einen Vorstoß machen, um dies zu ändern? Nina bezweifelte es.

Ihr war bewusst, dass Ellen im Grunde vor demselben Problem stand: Auch sie selbst hatte bisher nichts von sich preisgegeben. Vielleicht hatte Philipp Michaelis, welche Rolle er auch immer in ihrem Leben spielen sollte, Ellen damals in Laa erzählt, dass sie einen Freund hatte? Vielleicht hatte sich Ellen deshalb von ihr distanziert und war ihr aus dem Weg gegangen? Nina nahm noch einen Schluck Wein. Sie musste das aufklären. Schleunigst. Nur wie? Zu sagen: Ich habe mit meinem Freund Schluss gemacht, ging nun wirklich nicht.

Als Ellen ihre Berichte über vergangene Zwiste mit Hilde Ottinger beendet hatte, war Nina zu einer Lösung gekommen.

»Weißt du – in einem Punkt hat Hilde Ottinger sogar recht«, leitete sie geschickt zum eigentlichen Thema über. »Ich bin wirklich eine Lügnerin.«

Ellen hob fragend die Augenbrauen.

Nina lächelte sie an. Innerlich ermahnte sie sich, auf ihrem forschen Kurs zu bleiben. »Ich habe da behauptet, ich nehme die Fenolane«, fuhr sie fort. »Aber das stimmt nicht. Ich nehme gar keine Pille.« Bleib auf Kurs, sagte die Stimme in ihrem Inneren. Ellens Gesichtszüge wirkten bereits wieder angespannt. Trotzdem – Nina gab sich einen Ruck. »Ich muss mir über Verhütung nicht mehr den Kopf zerbrechen.«

Sie hatte es ausgesprochen. Eigentlich hätte ihr ein Stein vom Herzen fallen sollen, weil sie es geschafft hatte, das heikle Thema möglichst sanft anzusprechen. Doch der Stein fiel nicht, weil ihr Ellens Blick sagte, dass es offenbar nicht sanft genug gewesen war. Ellens Mimik wirkte einen Moment lang eingefroren, ihre Augen waren starr auf die Weinkaraffe gerichtet.

War dieses Herantasten bereits zuviel gewesen? – Während Nina noch nach den richtigen Worten suchte, um dem plötzlichen Schweigen zwischen ihnen die Peinlichkeit zu nehmen, fand Ellen anscheinend ihre Sprache wieder. »Es ist schon spät. Wir sollten allmählich aufbrechen.« Sie griff nach der Karaffe und teilte den letzten Wein zwischen sich und Nina auf. Sie prostete Nina zu. Das Eis in ihren Augen schmolz.

»Wie viel verdienst du, Nina?«

Die Frage kam so unvermittelt, dass Nina beinahe ihren

letzten Wein auf der weißen Tischecke verteilt hätte. »Wie ... was«, stotterte sie verwirrt. Ihr Gehalt. Auch Ellen schien einen Sensor für sensible Themen zu haben.

»Dein Gehalt«, präzisierte Ellen, die offenbar annahm, Nina hätte ihre Frage nicht verstanden. »Wie hoch ist es?«

»Weißt du das nicht?« Lilli, durchfuhr es Nina. Hatte sie ihr nicht ausdrücklich verboten, mit oder vor Ellen über ihr niedriges Gehalt zu sprechen? Sie wollte nicht, dass Ellen sich bemüßigt fühlte, sich für sie einzusetzen. Gerade nach den letzten Tagen hatte sie leise Furcht davor, dass hinter ihrem Rücken genauso gesprochen werden würde wie über die gekündigte Kathrin Hanelka und Michael Brauer. Sie wollte auf jeden Fall vermeiden, dass, falls ihr Verhältnis mit Ellen jemals zum Firmenklatsch werden sollte, auch noch der Eindruck entstand, sie habe ihre Verbindung zu ihr und damit zum Management bewusst ausgenutzt, um für sich Vorteile herauszuschlagen.

»Woher sollte ich wissen, was du verdienst?« Ellen zog zum zweiten Mal an diesem Abend fragend ihre schmalen Augenbrauen nach oben. »Du hast es mir bisher nicht gesagt. – Ich nehme an, dass es nicht besonders viel ist, Lillis Äußerung nach zu urteilen.«

»Hat Lilli mit dir über mein Gehalt gesprochen?«

Nina war innerlich angespannt wie ein Bogen. Sollte sich ihr Verdacht bewahrheiten, würde sie am nächsten Tag in der Früh sofort in Lillis Büro stürmen und ihr die Hölle heiß machen. Sie hatte sie nicht gebeten, ihr zu helfen!

»*Calm down*, Nina.« Ellen war der Ärger, der in ihr aufstieg, nicht entgangen. »Lilli hat natürlich nicht mit mir über dein Gehalt gesprochen. Warum sollte sie auch? – Aber in Laa ... diese Äußerung bezüglich deiner Kleidung. Sie hat gesagt, dass du billig einkaufen musst, bei deinem Gehalt. Und jetzt war ich selbst mit dir einkaufen und habe gesehen, wie du blass geworden bist, als du den Preis dieser Hose gesehen hast. Das war nicht so immens teuer, Nina. Wenn du arbeitest und angemessen verdienst, ist eine Hose um diesen Preis eigentlich kein Thema.«

Nina schluckte. Diese Diskussion um ihr Einkaufsverhalten war ihr weiterhin unangenehm. Sie legte auch keinen Wert darauf, vor Ellen als arme Kirchenmaus dazustehen – besonders nicht an einem Abend, an dem sie eigentlich vorgehabt hatte, ihr endlich ihr Interesse an einer Vertiefung ihres merkwürdigen Verhältnisses kundzutun. Eine Ellen McGill aus dem Management würde ihre Freizeit sicher nicht mit einer Nina Blume gestalten, die anscheinend in den Augen aller so wenig verdiente, dass jeder, der es erfuhr, geschockt darauf reagierte.

Soziale Kluft, so nennt man das, ging es Nina durch den Kopf. Daran scheiterte die Entstehung einer Liebesbeziehung nach einem One-Night-Stand nicht selten, hatte sie vor Kurzem in einem Frauenmagazin gelesen.

»Nina.« Ellens Stimme klang sanft. Sie streckte die Hand aus und legte sie auf Ninas Unterarm. Nina starrte auf Ellens Hand und wünschte, nicht noch immer mit ihr in dieser Tapas-Bar zu sitzen und über ihr Gehalt zu diskutieren. »Wo ist denn das Problem? – Mit Lilli hast du auch über dein Gehalt gesprochen. Und mit mir nicht?«

Nina sah auf. Sie wollte auf keinen Fall, dass Ellen glaubte, sie spräche mit Lilli über vertraulichere Dinge als mit ihr. Sie gab sich einen Ruck und nannte ihr Gehalt.

Ellen reagierte ähnlich wie Lilli.

»*What cheek!*«, rief sie aufgebracht aus. »Wie war das beim Vorstellungsgespräch? Hast du diese Summe vorgeschlagen?«

Nina schüttelte den Kopf.

»Brauer hat gesagt, dies sei das Gehalt, das ich verdienen würde.«

»Und du hast eingewilligt? In dieses Gehalt?« Ellen schien es nicht fassen zu können. »Nina – ist das dein erster Job?«

Über den Hintergrund dieser Frage nachgrübelnd, rang sich Nina doch zu einer Antwort durch. »Mein erster Job mit Anmeldung und fixem Einkommen. Ich habe früher nur freiberuflich gearbeitet, für diverse Agenturen.«

»Okay.« Ellens Okay klang mehr nach der Bestätigung einer Vermutung denn nach einem gutheißenden Urteil. »Das erklärt, weshalb sie dich über den Tisch gezogen haben. Sie wussten, dass du keine Ahnung von Fixgehältern hast, geschweige denn in dieser Branche.«

Super. Jetzt hält sie mich auch noch für dämlich, ging es Nina durch den Kopf.

»Ich denke, mit dem heutigen Auftritt hast du dir eine saftige Gehaltserhöhung verdient«, fuhr Ellen fort. »Und zwar schon ab nächstem Monat. Und eine Prämie. Ich werde das organisieren.«

»Nein!« Nina wurde blass. Das war schließlich genau das, was sie nicht wollte: dass Ellen Vorteile für sie erbettelte – oder forderte.

»Willst du nicht mehr verdienen?«

»Doch, aber ... «

»Was hast du vor einiger Zeit zu mir gesagt: Bist du eine Frau, die sich grundsätzlich nicht helfen lassen will, oder liegt es im Speziellen daran, dass du dir von mir nicht helfen lassen willst? – Den Satz habe ich mir gemerkt!«

Nina errötete leicht. Sie erinnerte sich nur zu gut an diese Aussage, als Ellen ihre Hilfe bezüglich Kathrin Hanelkas Kündigung abgelehnt hatte.

»Ich will dich nicht ausnutzen«, sprach sie schließlich aus, was sie belastete. »Und ich möchte nicht, dass es heißt, ich ...« Schlafe mich nach oben. – Sie verkniff sich die Worte, die ihr auf der Zunge lagen, und sagte stattdessen: »... wäre auf deine Hilfe angewiesen.«

»Du bist in diesem Fall aber auf meine Hilfe angewiesen«, stellte Ellen klar. »Gut. Du kannst morgen selbst zu Brauer gehen und um mehr Geld ansuchen. Du kannst dich vorbereiten, du kannst dir Argumente zurechtlegen. Möglicherweise wird er dir aufgrund deiner guten Performance heute eine kleine Prämie geben oder dein Gehalt ein bisschen anheben. Kann aber auch sein, dass er einen schlechten Tag hat. Dann wird er dir sagen, dass du schließlich erst ein paar Monate dabei bist und dass es dein erster fixer Job ist.

Er wird dir erklären, dass du nicht in der Position bist, um Forderungen zu stellen. Brauer ist ein Profi. Egal, für welche Variante er sich entscheiden wird, du wirst wieder übervorteilt werden. Brauer denkt im Grunde nur daran, wie er für das Unternehmen langfristig Vorteile herausschlagen kann – zum Beispiel durch Einsparungen im Personalbereich. Daran bemisst sich sein eigener Wert – und seine persönliche Prämie am Ende des Jahres.« Sie strich Nina mit dem Zeigefinger über den Arm und lächelte, als sie bemerkte, wie sich die kleinen, fast unsichtbaren Härchen im Zuge der Berührung aufrichteten. Schließlich fuhr sie fort. »Die zweite Möglichkeit ist, dass du mich das regeln lässt. Dann bekommst du künftig ein richtig tolles Gehalt und eine nette Prämie. Und du musst dich nicht mit Brauer herumschlagen.«

»Weil du das dann tust: dich mit Brauer herumschlagen?«

Ellen lächelte und streichelte nochmals über Ninas Unterarm. Die zärtliche Berührung entfachte das Feuer in ihr trotz der unliebsamen Diskussion erneut.

»Ich schlage mich niemals mit Brauer herum.« Ellen malte mit ihrem Zeigefinger kleine Kreise auf Ninas Haut und brachte sie zum Glühen. »Ich regle das auf meine Weise.« Sie stellte ihre Bewegung ein und sah Nina herausfordernd an. »Und, darf ich dir nun helfen?«

Nina nickte stumm. Ihre Einwilligung beruhte jedoch einzig und allein darauf, dass sie nicht länger diskutieren wollte. Sie wollte etwas anderes, etwas ganz anderes … und sie hoffte in diesem Augenblick nichts mehr, als dass ihr Wunsch auch Ellens Wunsch war.

Ellen verlangte die Rechnung und zahlte für beide.

Gemeinsam gingen sie zum nächsten Taxistand. Ninas Herz klopfte. Es fiel ihr schwer, die entscheidende Frage zu stellen. Sie hatte noch nie zuvor jemanden mit diesem verbalen Klassiker angesprochen, der da lautete: Zu mir oder zu dir?

»Teilen wir uns ein Taxi?«

Ellens Frage kam unvermittelt. Nina lächelte dankbar. Sie musste sie also nicht stellen. Ellen hatte die Zügel in die

Hand genommen. Als sie dem Taxifahrer eine Adresse im siebten Bezirk nannte, war Nina regelrecht erleichtert. Die Vorstellung, Ellen mit in ihre kleine Wohnung zu nehmen, in der sich die Dusche in der Küche und die Toilette am Gang befanden, war ihr peinlich gewesen. Es war sicher besser, die weitere Nacht bei Ellen zu verbringen.

Im Dunkel des Taxis, verborgen vor den Augen des Fahrers, ergriff Ellen sofort Ninas Hand. Mit dem Daumen begann sie, sanft über ihren Handrücken zu streichen.

Nina brannte innerlich. Die Aussicht auf das, was sie erwarten würde, heizte ihre innere Glut an. Gleichzeitig war sie aufgeregt. Sie würde Ellens Wohnung sehen, bei ihr bleiben – ein entscheidender Schritt. Vielleicht würde sie es in dieser Nacht sogar schaffen, das heikle Thema, die Art ihrer Beziehung zueinander, offen anzusprechen. Vielleicht musste sie einfach direktere Worte wählen als beim Versuch, Ellen quasi durch die Hintertür zu sagen, dass sie keinen Freund mehr hatte und offen für eine fixe Beziehung mit ihr war. Vielleicht hatte Ellen ja nur deshalb so abweisend geschaut, weil sie nicht verstanden hatte, was sie mit dieser Aussage anfangen sollte.

Das Taxi blieb vor einem sanierten Altbau stehen.

Ellen zückte ihre Geldtasche und beglich den Betrag.

»Und wohin musst du?«

Nina starrte sie entgeistert an. Es dauerte einige Schrecksekunden lang, bis sie begriff, dass Ellen nicht vor hatte, sie nach oben zu bitten – es auch niemals vorgehabt hatte. Die Glut in ihr erlosch. Stattdessen fühlte sie nur noch kalte Ernüchterung. Sie wandte den Blick rasch ab, um die Verletzung, die sie gerade erlitten hatte, vor Ellen zu verbergen.

»Siebzehnter Bezirk«, sagte sie fast tonlos.

Obgleich Ellen bereits gezahlt und die Autotür geöffnet hatte, blieb sie sitzen.

Geh bitte, schrie es in Ninas Innerem verzweifelt. Jeder weitere Augenblick, den Ellen in ihrer Nähe verbrachte, machte die Wunde in ihr tiefer. Sie bemühte sich, sie nicht anzusehen, doch da Ellen sich nicht rührte, tat sie es schließlich doch. Ellens Augen waren grau, ihr Gesicht blass. Sie wirkte auf Nina wie eine Person, die einen heftigen inneren Kampf ausfocht.

»Nina«, flüsterte Ellen. Es klang hilflos.

Bitte, sag es. Sag, dass ich mitgehen soll, flehte Nina innerlich, doch sie behielt ihr Flehen für sich, da sie das Gefühl hatte, sowieso nur gegen Mauern zu rennen.

»Geh morgen mit mir mittagessen«, sagte Ellen nun leise. »Bitte.«

Nina war versucht, den Kopf zu schütteln – nicht länger mit sich spielen lassen, das war ihr einziger Gedanke; sie war schließlich keine Marionette, die wunschgemäß umherhampelte, wenn Ellen McGill an den Fäden zog. Doch als sie unausgesprochenes Flehen in Ellens Augen las, meinte sie lediglich mit leichter Ironie: »Ist das eine dieser gewissen Gelegenheiten, zu denen du doch mittagessen gehst?«

Ellen schwieg. Sie starrte auf das Polster des Rücksitzes.

»Du hast ja einmal gesagt, du gehst nicht mittagessen«, fuhr Nina fort. »Und jetzt gehst du plötzlich doch?«

»*It's okay. Forget it!*« Ellen drehte ihr brüsk den Rücken zu und wollte sich nun rasch aus dem Taxi herauswinden, doch Nina war schneller. Ungeachtet des regen Interesses, mit dem der Taxifahrer bei laufendem Taxometer ihre Diskussion mitverfolgte, packte sie Ellen am Arm und zog sie auf den Sitz zurück. Ellen ließ es widerwillig mit sich geschehen.

Was soll das, lag Nina auf der Zunge. Ist es so unklar für dich, was ich von dir hören will? Ist es so abwegig, mich nach oben einzuladen? Und wenn du das schon nicht tust, kannst du mir nicht zumindest sagen, dass du nur mit mir und wegen mir mittagessen gehst?

Sie schluckte ihre Worte hinunter. Es war nicht der richtige Ort, um sie offen anzusprechen. Außerdem lag wieder jene undurchdringliche Maske auf Ellens Gesicht, die es unmöglich zu machen schien, ihr nahe zu kommen.

»Ich würde mich freuen, wenn wir uns morgen sehen«, sagte sie stattdessen und bemühte sich, ihrer Stimme einen versöhnlichen und nicht allzu enttäuschten Klang zu geben. »Ich bin nur etwas überrascht, dass sich deine Gewohnheiten in den letzten Tagen geändert zu haben scheinen.«

Sie konnte fühlen, wie sich Ellen etwas entspannte. Sie ließ ihren Arm los. »Manches ändert sich eben«, sagte Ellen wie zu sich selbst. Sie beugte sich unerwartet zu Nina hinüber und gab ihr einen leichten Kuss auf die Stirn. »Gute Nacht ... mein TV-Star.« Damit sprang sie endgültig aus dem Auto. Nina sah zu, wie sie die Haustüre aufsperrte, und ließ sich dann schweren Herzens zu ihrer eigenen Adresse fahren.

Zurück in die Firma zu kommen und wirklich als eine Art TV-Star zu gelten, war für Nina ein erhebendes Gefühl. Geschäftsführer Lindtmann gratulierte ihr persönlich und bedankte sich für den gelungenen Auftritt, Personalchef Brauer überreichte ihr im Namen der Firma einen riesengroßen Blumenstrauß. Zahlreiche Kollegen, die sie zuvor nur flüchtig gekannt hatte, sprachen persönlich oder per Mail ihre Anerkennung aus.

Auch Lilli stand am späteren Vormittag auf der Schwelle zu Ninas Büro. Sie wirkte sichtlich verlegen. »Darf ich eintreten, oder habe ich bei dir jetzt Büroverbot?«

Nina sah verwundert von ihrer Arbeit auf. »Nein, wieso denn? Komm herein. Nimm Platz.«

Sie schob Lilli einen der Besucherstühle zu sich an den Schreibtisch. »Du warst wirklich spitze«, sagte Lilli. »Vielen Dank, Nina. Schließlich ging es um mein Produkt.« Sie lächelte zaghaft. »Kannst du dir vorstellen, dass wir bereits mehrere Anrufe von Ärzten und jungen Frauen hatten? – Die Ärzte haben fasziniert davon berichtet, dass viele ihrer Patientinnen aufgrund der gestrigen Sendung auf die Fenolane umwechseln wollen, und einige junge Frauen – vor allem Mädchen um die Sechzehn – haben schon bei uns angerufen, um sich zu vergewissern, dass die Fenolane wirklich so schlank und schön macht. Eine hat sogar gesagt, die Frau im Fernsehen sei ihr Vorbild, daher wolle sie jetzt die Fenolane. – Sie meinte dich! Kannst du dir das vorstellen?«

Nina musste bei der Vorstellung, dass sie offensichtlich über Nacht zu einer Art Teenie-Idol in Sachen Pille mutiert war, schmunzeln.

»Na ja … der Mitbewerb hat sich natürlich auch schon gemeldet«, fuhr Lilli mit weit weniger Begeisterung in der Stimme fort. »Die lassen zur Zeit juristisch prüfen, ob deine Äußerung bezüglich der Fenolane – du weißt schon, dieser Satz: Ich selbst nehme auch die Fenolane … – als Werbebotschaft interpretiert werden kann, und, da es sich um ein rezeptpflichtiges Medikament handelt, das ja unter das Laien-Werbeverbot fällt, womit dies dann als Verstoß gegen das Werbegesetz gewertet werden kann.«

»Oh. Das tut mir leid. Ich habe ehrlich gesagt nicht groß nachgedacht, als mir dieser Satz über die Lippen kam …«

Lilli unterbrach sie. »Mach dir keine Sorgen, Nina. Erstens ist noch nicht gesagt, dass es überhaupt zu einer Klage kommt, zweitens sieht es so aus, als könnten unsere Umsätze dank deiner unabsichtlichen Werbebotschaft zur Fenolane so bombastisch steigen, dass wir das Strafgeld sicherlich aus der Portokasse begleichen können – symbolisch gesprochen.« Sie machte eine kurze Pause und fuhr dann mit ernster Stimme fort: »Nina, ich möchte mich bei dir entschuldigen. Ich habe mich in den letzten Tagen sicher nicht von meiner besten Seite gezeigt. Es tut mir leid, dass ich dich noch zusätzlich unter Druck gesetzt habe, ins Studio zu gehen, obgleich ich an deiner Stelle wahrscheinlich beim bloßen Gedanken, vor der Kamera zu stehen, Ausschlag bekommen hätte. Statt dir Mut zu machen, war ich fast beleidigt, als ich hörte, es sei nicht sicher, dass du wirklich in die Show gehst. Ich weiß, dass das mein Verhalten nicht wirklich rechtfertigt, aber ich hatte wahnsinnige Angst vor einem Umsatzeinbruch. Jetzt, da ich Kathrins Position übernommen habe, möchte ich alles so gut wie möglich machen … besser noch als sie. Wenn jedoch die Umsätze einbrechen, ist das der Beweis, dass ich versagt habe. Davor hatte ich Angst – und ich ließ sie an dir aus. Entschuldige. Ich hoffe, du kannst mir verzeihen.«

Nina betrachtete Lilli, die mit zerknirschtem Gesicht vor ihr saß, und empfand in diesem Augenblick nur Mitleid. Wie konnte man nur so ehrgeizig sein. Sie selbst hatte kein einziges Mal an die Umsätze von LENOPHARM gedacht, als sie vor der Kamera stand. Es war für sie nur schwer nachvollziehbar, weshalb sich Lilli in diesem Ausmaß mit dem Unternehmen identifizierte. Ich bin wohl doch anders als der Großteil der Mitarbeiter hier, ging es ihr durch den Kopf. Wahrscheinlich passe ich gar nicht in solch einen Wirtschaftsbetrieb. Sie stellte sich vor, wie Lilli vor dem Einschlafen an nichts anderes dachte als an Umsatzsteigerung, EBIT, EBITDA und andere wirtschaftliche Kennzahlen, mit denen sie selbst nicht einmal etwas anfangen konnte. Die Vorstellung bereitete ihr Gänsehaut.

So möchte ich nie werden, war ihr Gedanke, ehe sie zu ihr sagte: »Schon gut, Lilli. Vergessen wir das. Ich war auch sehr angespannt. Zum Glück ist es jetzt vorbei.«

Sie wusste nun endgültig, dass Lilli völlig anders strukturiert war als sie selbst, und dass sie deshalb nie ihre vertraulichsten Gedanken und Probleme mit ihr würde teilen können. Lilli war definitiv nicht wie Inga, ihre beste Freundin aus Münchner Zeiten. Doch Lilli war da, Inga nicht. Und Lilli war die einzige Freundin, die sie in Wien hatte. Sie wollte diese Freundschaft nicht aufgrund eines jetzt im Grunde belanglosen Konflikts in den Sand setzen.

Die Erleichterung stand Lilli ins Gesicht geschrieben. »Danke!« Sie umarmten sich freundschaftlich.

»Gehst du mit mir mittagessen?«, erkundigte sich Lilli nun gleich hoffnungsvoll.

Nina schüttelte den Kopf. »Tut mir leid, aber ich bin schon verabredet.«

Nach der gestrigen seltsamen Verabschiedung von Ellen war sie sich nicht sicher gewesen, ob der Vorschlag, gemeinsam essen zu gehen, wirklich ernst gemeint gewesen war. Doch Ellen hatte ihr bereits um neun Uhr ein Mail geschickt. Der Inhalt war, wie bei allen Mails, die Nina bisher von ihr erhalten hatte, äußerst knapp, ließ aber keinen Zweifel offen: 12.30 UHR. SUSHI? HOLE DICH AB.

Die Sushi-Bar war rund zehn Minuten Fußmarsch von LENOPHARM entfernt, wie Nina wusste. Sie war über Ellens Restaurantwahl nicht überrascht. Dass sie japanisches Essen lieber mochte als alles andere, hatte Nina bereits in den vergangenen Tagen vor dem Filmauftritt bemerkt, und dass sie nicht in die Betriebskantine gehen würden, war ihr ohnehin klar gewesen.

»Bist du mit Ellen verabredet?«

Lillis Neugierde war offensichtlich. Nina konnte es ihr nicht verübeln. Schließlich war Lilli dabei gewesen, als sie vor den Augen des gesamten Krisenstabs ohnmächtig geworden war und Ellen sogleich alle radikal aus ihrem Büro verbannt hatte, um mit ihr alleine zu sein. Trotzdem – sie musste vorsichtig sein. Der Klatsch über Kathrin Hanelka und Michel Brauer war ihr eine Warnung.

»Ja. Sie möchte sich wohl auch noch bei mir für den Auftritt bedanken«, sagte Nina vorsichtig.

»Hat sie das nicht gleich gestern?« Lilli riss die Augen auf. »Ich dachte, sie war sowieso im Studio mit dabei!«

»Doch, natürlich hat sie sich auch gestern schon bedankt«, erwiderte Nina ausweichend. »Aber heute bedankt sie sich halt nochmal.«

Lilli grinste und erhob sich. »Na dann – viel Spaß!«

Nina war erleichtert, nicht weiter über Ellen reden zu müssen. Selbst wenn Lilli nicht Mitarbeiterin bei LENOPHARM und eine wirkliche Seelenfreundin gewesen wäre – das Verhältnis zu Ellen war derzeit zu komplex, um es in verständliche Worte zu fassen. Nicht einmal sie selbst war sich durchgehend im Klaren darüber, was sie mit Ellen verband. Sie wusste nur, dass sie sich zunehmend innerlich zerrissen fühlte.

Jasnas Nachfolger hatte Mitte Juli seinen Dienst begonnen. Er war erst einen Tag da, und trotzdem hatte Nina schon das Gefühl, dass er ihr maßlos auf die Nerven ging.

Jochen Fochenstein, um die Dreißig, gebürtig in Bonn und aufgewachsen in Essen, seit Anfang Juli in Wien wohnend, tat eigentlich nichts offensichtlich Böses. Er war nur einfach da, er stellte nicht einmal Fragen, er sprach allgemein wenig – und er erledigte Jasnas Job, der jetzt seiner war, als hätte er nie etwas anderes getan. Nina hatte mitbekommen, dass er bereits an seinem ersten Arbeitstag drei Termine mit Journalisten ausgemacht hatte. Nun war er dabei, ein PR-Konzept für die Nasentropfen-Palette von LENOPHARM zu entwickeln. Das Tempo seiner Herangehensweise bereitete ihr unweigerlich Gänsehaut.

Fochenstein war vom deutschen Mutterhaus als so genannter *Expatriate* an Österreich entliehen worden. Die Schwierigkeit, Jasnas Job während ihrer Mutterschutz- und Karenzzeit zu besetzen, rührte vorwiegend daher, dass Jasna sich alles offen halten wollte. Sie hatte sich nicht festlegen wollen, wann sie wieder zurückkommen würde, hatte argumentiert, sie müsse erst einmal sehen, wie es mit den Zwillingen laufe, wenn diese erst auf der Welt waren. Dass sie baldmöglichst zurückkehren wollte, stand jedoch außer Frage.

Keiner der österreichischen Bewerber, die bei Brauer vorgesprochen hatten, hatte sich darauf einlassen wollen, einen Job zu übernehmen, der befristet war, aber bei dem die Dauer der Befristung völlig offen stand. Das Angebot aus der Konzernzentrale, einen Mitarbeiter nach Österreich zu entsenden, der bereits in Deutschland das OTC-Segment PR-technisch betreut hatte, nahm Brauer daher gerne an.

Und nun war Jochen Fochenstein da, verschanzte sich hinter der Sichtbarriere und tauchte nur dahinter hervor, wenn er sich bemüßigt fühlte, Nina einen Kommentar vor die Füße zuwerfen wie »Der Journalistenverteiler ist aber nicht ganz aktuell« oder »Aus den Unterlagen geht aber nicht ganz hervor, welche PR-Strategie Frau Milic all die

Jahre gefahren ist«. »Wo habt ihr denn die bisherigen PR-Konzepte abgespeichert?« war die erste und einzige Frage, die er bisher gestellt hatte, und Nina suchte nach einer diplomatischen Antwort. Denn die einzig korrekte Antwort auf diese Frage wäre gewesen, dass Jasna Milic nie mit wirklichen PR-Konzepten gearbeitet hatte, sondern in Absprache mit den zuständigen Abteilungsleitern stets punktuell sinnvoll erscheinende Aktionen unternahm. Doch sie vermutete, dass Fochenstein darauf wahrscheinlich mit einer Herzattacke reagiert und sofort die Konzernzentrale über dieses unseriöse Vorgehen in Kenntnis gesetzt hätte.

»Ich weiß das ehrlich gesagt nicht«, sagte Nina schließlich ausweichend. »Wir haben unsere Bereiche immer voneinander getrennt; ich kenne mich mit Jasnas Angelegenheiten nicht aus.«

»Hm«, machte Jochen Fochenstein und zupfte nervös an seiner grauen Krawatte. Die Antwort schien ihn nicht zu befriedigen. Da Nina aber nichts weiter dazu zu berichten hatte, tauchte er wieder hinter dem Sichtschutz ab und verbiss sich erneut in seine Arbeit.

Nina wünschte sich Jasna zurück. Mit ihr hatte sie zumindest reden können. Mit Fochenstein dagegen kam sie sich plötzlich wie eine Fremde in ihrem eigenen Büro vor. Wenn sie ehrlich zu sich selbst war, musste sie jedoch zugeben, dass ihre Verstimmung kaum auf Jochen Fochenstein zurückzuführen war. In Wahrheit trug der blasse neue Kollege mit dem steifen schwarzen Anzug wohl den geringsten Teil dazu bei.

Sie vermisste Ellen. Das war der Hauptgrund für die Unruhe in ihr und damit auch für ihre schlechte Laune. Ellen war seit Montag auf einem Kongress in Atlanta, würde von dort aus am Donnerstag zu einem konzerninternen Pharma-Meeting nach Berlin fliegen und bis zum Ende der Woche bleiben. Das bedeutete, sie würde Ellen frühestens in einer Woche wiedersehen.

Sie hatte sich an die Mittagessen mit ihr gewohnt. Seit ihrer Vorbereitung auf den TV-Auftritt hatten sie sich jeden

Mittag getroffen, insgesamt vier Mal. Nina kam es vor, als seien es bereits vier Monate, die sie mit Ellen auf diese Weise verbrachte. Ihr Lächeln, ihr Lachen, die Art, wie sie sprach und was sie sprach – für Nina war es so, als hätte es in ihrem ganzen Leben keinen anderen Menschen gegeben, der es schaffte, sie so von sich zu begeistern, ohne ihr bewusst gefallen zu wollen. Und doch hatten all ihre Gespräche nie den Punkt erreicht, an dem jemals zur Sprache gekommen wäre, was es war, was sie da miteinander hatten. War es eine Sexaffäre, ein heimliches Verhältnis? Oder nur eine innige Freundschaft, in deren seltsamen Anfängen es zu Intimitäten gekommen war?

Je weiter die Nacht in Laa zurück lag, desto mehr hatte Nina den Eindruck, es handle sich nur um letzteres. Sie hatten nicht mehr miteinander geschlafen; Ellen hatte keinerlei Möglichkeiten hierzu forciert, und Nina hatte darauf verzichtet, sich ihrerseits darum zu bemühen, da sie sich nach ihrer Abweisung vor Ellens Haustür keinen Erfolg davon versprach.

Trotzdem, sie wollte es. Wollte es so sehr, dass sie abends in ihrem Bett lag, sich selbst berührte und dabei die ganze Zeit nur an Ellen dachte. Ellens Hand, Ellens Lippen, Ellens Zunge. Wenn sie sich auf ihre Phantasien konzentrierte, schaffte sie es bis zum Höhepunkt – und fiel dann stets hart in die Realität zurück, wenn sie die Augen wieder öffnete und begreifen musste, dass sie allein in ihrem Bett in einer einsamen Wohnung lag. Kurioserweise hatte sie trotz allem stets den Eindruck, dass Ellen sie weiterhin begehrte. Es war das gelegentliche Aufflackern von Lust in ihren Augen, wenn sie Nina über den Tisch hinweg ansah, dass sie verraten hatte.

Im Moment wäre es schon ein Trost für sie gewesen, auch nur irgendein Lebenszeichen von ihr zu bekommen – ein Mail, eine SMS, ein Anruf, irgendetwas, das sie spüren ließ, dass sie Ellen etwas bedeutete. Doch sooft sie auf das Display ihres Handys oder in ihre Mailbox schaute, sooft wurde sie enttäuscht.

Als gegen 17.00 Uhr das Festnetztelefon klingelte und eine Nummer von Übersee anzeigte, machte ihr Herz vor Freude einen Sprung. Ellen rief aus Atlanta an! Niemand anderer konnte es sein.

Sie riss den Telefonhörer an sich.

»Ellen!«

Ihre Stimme sprühte vor hoffnungsvoller Begeisterung.

Perplexe Stille schlug ihr durch den Hörer entgegen.

»*Hello?*«, fragte sie schließlich unsicher. Blitzschnell wurde ihr klar, dass der Anrufer möglicherweise doch jemand anderes war. Sie vermutete, dass es sich um jemanden vom Konzern handeln musste. Wer sonst sollte sie aus den USA anrufen, wenn nicht ein Kollege der dortigen Niederlassung.

»Nina?«

Die Frauenstimme am anderen Ende der Leitung klang nicht minder verunsichert. Nina hatte keine Ahnung, wer da sprach, begriff aber, dass es jemand sein musste, der sie offensichtlich persönlich kannte.

»Ja?«, sagte sie in fragendem Tonfall. Und setzte hinzu: »Wer ist da?« Das Risiko, trotzdem auf jemanden zu stoßen, der nur Englisch sprach, ging sie bewusst ein – auch, wenn ein Kollege wie Jochen Fochenstein im selben Zimmer war, der bereits am Vortag beiläufig erwähnt hatte, dass er Englisch, Französisch und Spanisch fließend spräche.

»Inga.«

Ninas Herz setzte einen Schlag lang aus. Inga! Ihre Freundin Inga aus München. Inga, mit der sie im Kino bei Liebesfilmen Tränen vergossen und nächtelang in Diskos und Bars durchgetanzt hatte.

»Weißt du nicht mehr, wer ich bin?«

»Nein. Ich meine: Ja. Natürlich weiß ich noch, wer du bist«, beeilte sich Nina zu sagen. »Ich bin nur total überrascht! Aber ich freue mich wahnsinnig! – Woher hast du meine Nummer? Und von wo aus rufst du an?«

»Aus L.A. – Los Angeles, ich wohne da seit einem Jahr!«, sprudelte Ingas helle Stimme durch das Telefon. »Ich habe in letzter Zeit so viel an dich gedacht, Nina! Ich wollte dir die ganze Zeit mailen, aber ich hatte ein Problem mit meiner Mailbox ... und damit sind alle meine privaten Kontaktadressen verschwunden. Außerdem komme ich kaum dazu, mich noch vor den PC zu setzen und zu tippen. Nina, es ist so viel passiert! Ich bin seit einem halben Jahr Mama!«

Spätestens jetzt war Nina klar, dass das Gespräch mit Inga sehr lange dauern würde. Da sie in Fochensteins Anwesenheit keine längeren Privatgespräche führen wollte, notierte sie Ingas Nummer. Jede Minute, die sie mit Jochen Fochenstein im Büro verbrachte, schien plötzlich doppelt so lang. Sie konnte kaum erwarten, dass er seine Sachen zusammenpackte und verschwand. Er dagegen hatte sich offensichtlich vorgenommen, mindestens genauso lange auszuharren wie sie. Nina wurde immer kribbeliger vor Ungeduld. Sie freute sich zutiefst darüber, dass Inga sich gemeldet hatte, auch wenn sie nun in den USA wohnte und ein baldiges Wiedersehen unwahrscheinlich war.

Gegen halb acht abends – Nina saß bereits wie auf glühenden Kohlen – gab Fochenstein endlich auf. Er schien begriffen zu haben, dass Nina eher bis Mitternacht ausharren würde, als vor ihm das Büro zu verlassen. Mit einem knappen »Schönen Abend noch!« verschwand er.

Sofort wählte Nina Ingas Nummer und hatte fast unmittelbar darauf auch schon die Freundin in der Leitung. Die ersten zwanzig Minuten sprach fast nur Inga. Sie erzählte, dass sie Joe, den Jazzmusiker geheiratet hatte, nun seit zehn Monaten mit ihm in den USA lebe, dass »tatsächlich alles recht schnell« gegangen sei – von der ungeplanten Schwangerschaft bis hin zum Umzug. Sie hörte sich überglücklich an und war es offensichtlich auch. Ihr Kind, ein Mädchen, hatte sie Nina genannt, was Nina wirklich tief berührte. Inga hatte sie nicht vergessen. Was auch immer Schuld daran gewesen war, dass sie sich so lange nicht gesprochen hatten – Freundinnen waren sie immer geblieben.

Inga erzählte, dass sie im Moment noch nichts arbeite, da sie sich schließlich um Klein-Nina kümmern wollte, dass sie aber vor hätte, danach einen Lehrgang zur Stadtführerin zu machen.

»Ich habe mich schon erkundigt«, berichtete sie Nina. »Deutschsprachige Stadt-*Guides* werden derzeit gesucht. Die Unterlagen für den Lehrgang habe ich bereits beantragt, und eventuell kann ich schon nächstes Jahr im Frühling die Prüfung machen. Da ist Nina dann schon ein bisschen älter und es ist kein Problem mehr, wenn mal jemand anderer auf sie aufpasst. Joe kümmert sich zwar vorbildlich um sie, das muss ich sagen, aber momentan stille ich noch. Das kann er trotz guten Willens nicht übernehmen!« Sie kicherte. »Aber jetzt erzähl doch mal, was treibst du so? Ich habe erst gar nicht glauben können, dass es wirklich du bist, die auf der Homepage dieses Pharmakonzerns als Pressesprecherin angegeben ist! Ich habe deinen Namen dort über Google gefunden. Mein erster Gedanke war, dass es sich um eine Doppelgängerin handeln muss, aber als ich dann weiter unten dein Foto entdeckte, gab es keinen Zweifel mehr. – Mensch, Nina, wie bist du denn da gelandet?«

Nina seufzte. Wo sollte sie anfangen? »Es war Zufall und Geldnot«, begann sie. »Ich habe versucht, mich in Wien mit Gelegenheitsjobs durchzuschlagen, aber das hat nicht so funktioniert. Das Geld hat für Lukas und mich einfach nicht gereicht.«

Lukas war für Inga ein Reizwort. »Sag bloß, der lässt sich von dir durchfüttern?«, platzte es aus ihr heraus. Ihre Empörung war trotz tausender Kilometer Entfernung nicht zu überhören.

»Ließ«, verbesserte Nina. »Wir haben uns getrennt.«

»Oh mein Gott, wirklich?« Inga hörte sich eindeutig erfreut an und gab sogleich offen zu: »Ich habe ihn noch nie ausstehen können. Er kam mir immer vor wie ein verzogenes Mama-Söhnchen, jetzt kann ich dir das ja sagen. Ich hatte immer befürchtet, dass er dich ausnutzen wird. Er hat auf mich nicht besonders reif oder verantwortungsvoll gewirkt.«

Auch wenn sie wusste, dass Inga zumindest teilweise mit

ihrer Einschätzung recht hatte, fühlte Nina sich dennoch verpflichtet, ihn zu verteidigen. Immerhin war sie es gewesen, die zumindest den Anstoß dafür gegeben hatte, dass die Beziehung scheiterte.

»Wir hatten auch unsere guten Zeiten«, warf sie daher ein. »Lukas ist ein netter Kerl, aber wir haben wohl einfach nicht zusammengepasst.«

»Und wie lange liegt eure Trennung zurück? Ein Jahr? Zehn Monate?«

»Nein. Es war Anfang Juni.«

»Oh mein Gott, Nina!«, rief Inga bestürzt aus. »Wir haben jetzt erst Juli, das ist also noch ganz frisch ... bist du sehr traurig? Geht es dir schlecht?«

Ja, mir geht es nicht besonders gut, aber das liegt nicht an Lukas, sagte sich Nina in Gedanken und fühlte sich gleichzeitig schuldig, dass dem so war: Sie hatte schon länger überhaupt nicht mehr an ihn gedacht. Er war aus ihrem Leben verschwunden und hatte im Grunde kein echtes Loch hinterlassen. Zwei gemeinsame Jahre kosteten sie bereits nach knapp sechs Wochen der Trennung keine Tränen mehr. Stattdessen war sie bereit, sich in die nächste Beziehung zu stürzen. Ex und Hopp, schalt sie sich selbst. Ich bin genau das geworden, was ich früher immer verurteilt habe – das, was ich bei meinen Eltern gehasst habe!

»Ich komme schon klar«, sagte Nina zu Inga und wusste, dass sie sich nicht einmal in ihren eigenen Ohren besonders überzeugend anhörte.

»Hej, Nina, ich bin es, deine Freundin Inga! Du musst mir nichts vormachen. Erstens kann ich nicht glauben, dass du über eine kaputte Liebe so schnell hinwegkommst. Ich kann mich ja noch gut an die Geschichte mit Heiko erinnern. Ich habe damals gefürchtet, du wirst in zehn Jahren immer noch um ihn weinen. Zweitens klingst du irgendwie ziemlich niedergeschlagen, insgesamt. Ist ja auch klar, wenn man bedenkt, dass ihr euch erst vor Kurzem getrennt habt. Wer von euch beiden hat Schluss gemacht? Wahrscheinlich er, nehme ich an.«

»Nein, so war es nicht«, stellte Nina richtig. Wenn sie schon keine Tränen mehr um Lukas vergoss, wollte sie zumindest die Tatsachen richtigstellen. Ihr war klar, dass sie damit das Bild, das Inga von ihr hatte, gewiss zerstören würde, doch sie wollte ihr gegenüber ehrlich sein. »Ich habe Lukas betrogen. Ich stecke zurzeit in einer ziemlich dummen Geschichte, deshalb geht es mir nicht gut. Ich weiß nicht, ob es Liebe ist oder nur Sex, ich weiß nicht, wohin mich diese Sache führen wird, aber ich bin derzeit völlig durcheinander und ziemlich fertig.«

Ingas Verwunderung war selbst durch die Telefonleitung zu spüren. Sie sagte eine ganze Weile nichts. Nina konnte sich vorstellen, wie sie versuchte, die neue Information zu verarbeiten. Nina, die Betrügerin, die sich in einem Verhältnis befand, bei dem es hauptsächlich um Sex ging. Für Inga musste ein Weltbild in sich zusammenfallen, schließlich kannte sie Nina als Sensibelchen, das Sex nicht von Liebe trennen konnte und stets die wärmende Ummantelung einer Beziehung gesucht hatte.

»Willst du mir davon erzählen?«, fragte Inga nun.

Der Gedanke an Ellen war für Nina so präsent, dass es ihr schwer fiel, überhaupt zu sprechen. »Ich kann nicht. Es ist alles so kompliziert.«

»Okay, ich verstehe.« Nina bezweifelte, dass Inga irgendetwas von dem verstehen konnte, was in ihrem Leben derzeit vorging. Sie hatte schließlich einen liebenden Mann, ein süßes Kind und damit ein familiäres Zuhause. Sie musste sich nicht täglich die Frage stellen, ob sie geliebt oder zumindest gemocht, oder nur sexuell benutzt wurde, um dann wieder – je nach Lust und Laune – fallen gelassen zu werden. Obwohl sie Inga ihr Glück von Herzen gönnte, keimte doch ein Funke Neid in Nina auf. Warum gab es für sie nur Instabilität und Einsamkeit?

»Ich kenne natürlich diesen Mann nicht, auf den du dich da eingelassen hast«, setzte Inga nun hinzu. »Aber dich kenne ich dafür umso besser. Wenn du dich schon nicht gut fühlst, weil du nicht weißt, ob bei eurem Verhältnis nicht doch Liebe im Spiel ist, kann ich dir diese Frage zumindest für deine Seite beantworten: Du bist eindeutig verliebt. Sonst würde dich die Unklarheit nicht belasten und du würdest stattdessen nur genießen.«

»Möglich.« Nina fiel es schwer, auch nur ein weiteres Wort zu sagen. Alles, was mit Ellen zu tun hatte, war für sie im Moment hinter dicken Nebelschwaden verborgen.

Sie sprachen noch über ihre Arbeit bei LENOPHARM und es tat ihr gut, dass ihre Freundin so darüber staunte, was sie hier tagtäglich leistete. Ihr selbst war in letzter Zeit gar nicht mehr aufgefallen, wie herausfordernd ihr Job war. Die Formulierung von *Dear Doctor Letters*, das Verfassen und Versenden von Pressemitteilungen an die Laien- und Fachpresse, Hintergrundgespräche mit Journalisten – das gehörte inzwischen zu ihrem Alltag und barg, außer in Krisensituationen, keine besonderen Aufregungen mehr. Jetzt, da sie Inga davon erzählte, fiel ihr selbst erstmals auf, wie viel sie seit Januar hinzugelernt hatte.

Inga erzählte noch begeistert über ihren Alltag mit Klein-Nina und versprach, Fotos zu schicken. Sie verabschiedeten sich mit dem Versprechen und der Gewissheit, bald wieder miteinander zu telefonieren.

Brauers Sekretärin gab ihr den Brief mit dem Vermerk »Vertraulich – Personalabteilung« am Vormittag. Nina warf ihr einen fragenden Blick zu, den diese grinsend kommentierte.

»Es ist sicherlich nicht die Kündigung, wenn du das vermutest!«

»Ich vermute gar nichts«, erwiderte Nina wahrheitsgemäß. Als die Sekretärin wieder gegangen war, öffnete sie den Brief. Sie rechnete mit einem informativen Mitarbeiterschreiben, wie sie es schon des Öfteren in denselben Kuverts erhalten hatten, doch diesmal lag sie mit dieser Annahme weit daneben.

»Aufgrund Ihrer außerordentlichen Leistungen und Ihres überdurchschnittlichen Einsatzes für das Unternehmen erlauben wir uns, Ihr Gehalt zu erhöhen. Zukünftig beträgt Ihr monatliches Bruttoeinkommen ...« Nina ließ fassungslos den Bogen Papier sinken, den sie in der Hand hielt. Ihr Gehalt hatte sich fast verdoppelt. Sie schluckte trocken. In ihrem Kopf ratterte es. Wenn sie nun diese in ihren Augen immense Summe brutto bekam, was würde dies netto ausmachen? – Selbst bei ihren vorsichtigsten Schätzungen kam sie auf ein Einkommen, dass ihr fortan einen weitaus besseren Lebensstil ermöglichen würde, als sie es jemals gehabt hatte. Doch das war noch nicht alles. Sie fuhr mit dem Lesen des Briefes fort. »Zusätzlich erlauben wir uns, für die erbrachten Leitungen eine einmalige Sonderzahlung in Form einer Prämie auszuzahlen. Die Prämienhöhe beträgt ...«

Das muss ein Druckfehler sein, durchfuhr es sie, als sie den vierstelligen Betrag sah, der ihr auf dem Blatt in Fettdruck entgegensprang. Sie presste das Schreiben an sich und schloss die Augen. Noch nie zuvor hatte sie so viel Geld gehabt. Es war unglaublich.

Unwillkürlich dachte sie an Ellens Worte. Die zweite Möglichkeit ist, dass du mich das regeln lässt. Dann bekommst du künftig ein richtig tolles Gehalt und eine nette Prämie. Und du musst dich nicht mit Brauer herumschlagen.

Sie hatte ihr damals nicht wirklich glauben wollen, dass es so einfach sein würde – und dass es vor allem so schnell ginge.

Ich schlage mich niemals mit Brauer herum. Ich regle das auf meine Weise. Auch das hatte Ellen gesagt. Wie auch immer sie es bewerkstelligt hatte – sie hatte offensichtlich keinen Tag versäumt, um ihr Versprechen wahr zu machen.

In das Glücksgefühl und die Dankbarkeit, die Nina empfand, mischte sich jedoch auch ein gewisser Anteil an schlechtem Gewissen. Nie hatte sie beabsichtigt, sich Vorteile zu schaffen aufgrund einer sexuellen Affäre mit einer Person des Managements. Sich hochschlafen. Dieser Ausdruck fiel ihr immer wieder ein. Sie hatte das schon oft erlebt, wenngleich auch in einem komplett anderen Umfeld, und es hatte sie schon damals abgestoßen. »Sich hochschlafen« war eine Redewendung, die ihr geläufig gewesen war, noch ehe sie wusste, was Sex bedeutete.

Am Theater und in Künstlerkreisen, dem Umfeld, in dem sie ihre Kindheit verbrachte, war »sich hochschlafen« verbreitet gewesen. Zumindest war es in Ninas Erinnerung so. Sie konnte nicht mehr zählen, wie oft ihre Mutter mit Tränen der Wut und Verzweiflung in den Augen vor ihr gesessen und über eine andere Frau geschimpft hatte, die im künstlerischen Bereich mehr erreicht hatte als sie selbst. Die ist doch nicht besser als ich! Die hat sich doch nur hochgeschlafen!

Nina war damals noch ein Kind gewesen. Auch, wenn sie mit der Phrase keinerlei genauere Vorstellung verband, gewann sie doch den Eindruck, dass es etwas ganz Negatives, Entsetzliches sein musste. Später, als sie aufgeklärt war, verstand sie die Zusammenhänge. Sie begriff, wieso die jungen Schauspielerinnen, die sie erlebte, mit wahrer Euphorie die Nähe zu einem unattraktiven und ewig schlecht gelaunten Regisseur mit klangvollem Namen suchten. Auch ihre Mutter hatte das Umfeld bekannter Regisseure, einflussreicher Schauspieler oder namhafter Galeristen gesucht und dort stets in enger Konkurrenz zu zahlreichen jungen, bildhübschen Frauen gestanden, die genau dasselbe wollten wie sie: Karriere machen. Etwas erreichen. Berühmt werden.

Doch so sehr ihre Mutter auch davon träumte, entdeckt zu werden, hätte sie es niemals fertiggebracht, mit einem dieser Männer ins Bett zu gehen, ohne etwas für ihn zu empfinden. Die Tränen, die Clara oft am Ende einer ihrer zahlreichen Affairen vergoss, die sie nach der endgültigen Trennung von Ninas Vater gehabt hatte, waren dafür Beweis genug.

Früher hatte Nina ihre Mutter nie verstanden. Als Teenager hatte sie sie sogar teilweise dafür gehasst, dass sie ihr nicht das bieten hatte können, was für die meisten ihrer Mitschüler eine Selbstverständlichkeit war: ein Familienleben mit Mutter, Vater, Kind und Hund. Einen festen Wohnsitz – zum Beispiel eines dieser sauberen Reihenhäuser mit Garten und einem Planschbecken darin. Stattdessen gab es häufige Umzüge, keinen Vater, sporadische Männerbekanntschaften und viele Tränen.

Als sie erwachsen geworden war, war ihr Hass erloschen. Sie hatte begriffen, dass ihre Mutter ihr gerne ein solches Leben geboten hätte, es aber einfach nicht konnte. Clara selbst entstammte einer Scheidungsehe, hatte sogar zeitweise im Kinderheim gelebt. Ein bürgerliches Familienleben kannte auch sie nur aus dem Fernsehen. Ihr ganzes Leben lang hatte sie nach Selbstentfaltung und Selbstverwirklichung gesucht – und nach Liebe. Doch da letzteres ein sensibles Gut ist, zerbrechlich und leicht zu zerstören, und mit dem gleichzeitigen Drang nach Selbstentfaltung oft nicht zu vereinbaren, war der einzige Mann, mit dem sie eine längere Beziehung aufrechterhalten hatte können, Ninas Vater gewesen – ein Mensch, dessen Lebensgeschichte der ihren ziemlich ähnlich war und der selbst eine äußerst lockere Auffassung von Beziehungsführung hatte.

Ihre Mutter hatte die Suche nach sich selbst und nach der Liebe, nach der sie so hungerte, nie aufgegeben. Nina hoffte, dass sie jetzt sowohl sich selbst als auch einen Partner gefunden hatte, der mit der Widersprüchlichkeit ihrer Natur auch langfristig gut umgehen konnte.

Gefühle sind einfach ein Übel, ging es ihr jetzt durch den Kopf, während sie den Brief in ihrer Tasche verschwinden ließ. Sie verwandeln die Welt in ein einziges Chaos.

Mit dem Brief und seiner Ursache war der Gedanke an Ellen wieder präsent. Donnerstag. Sie musste doch inzwischen in Berlin sein. Warum hatte sie sich nicht bei ihr gemeldet? Warum sollte sie, gab Nina sich Sekunden später selbst die Antwort. Sie hat schließlich keinerlei Verpflichtung mir gegenüber.

Aber ob sie an mich denkt, sagte die andere Stimme in ihrem Kopf. Denkt sie so an mich, wie ich an sie denke?

Natürlich nicht, erwiderte die kritische Nina in ihr. Sie

will dich schließlich nicht mal in ihre Wohnung lassen. Ist das nicht Beweis genug, dass sie im Grunde nicht mehr von dir will als ein paar vergnügliche Stunden? Warum rufst du sie nicht an, warf die positive Nina ein. Der Kommunikationsweg ist ja nach beiden Seiten offen. Was ist, wenn sie ebenso auf ein Lebenszeichen von dir wartet wie du auf das ihre? Die positive und die kritische Nina kämpften miteinander. Es war die positive Nina, die sich, angetrieben von ihrer Sehnsucht nach Ellen, durchrang, ihr zumindest ein SMS zu schicken. DANKE, schrieb Nina. LIEBE GRÜSSE VON EINER JETZT GUT VERDIENENDEN FRAU.

Nina legte das Handy beiseite, widmete sich ihrer Arbeit und schaute trotzdem immer wieder auf das Display. Warum kam von Ellen bloß keine Rückmeldung?

Hab ich es dir nicht gesagt, meinte die kritische Nina. Du bist ihr völlig gleichgültig. Dieses SMS war total überflüssig. Hättest du nicht etwas anderes schreiben können, sagte die positive Nina. Etwas Nettes, Persönliches. – Was soll sie auf dieses SMS auch schon erwidern?

Miitags ging Nina mit Lilli in der Kantine essen, obgleich sie keinen Appetit hatte, und versuchte den Gedanken an Ellen zu verdrängen.

»LENOPHARM, Blume, guten Tag.« Nina hatte den Anruf auf ihrem Festnetztelefon entgegengenommen, ohne auf die Nummer zu achten. Als sie nun die vertraute Stimme am anderen Ende der Leitung hörte, machte ihr Herz einen Luftsprung.

»Hallo, reiche Frau.«

»Ellen!« Nina bemühte sich, ihre Begeisterung mit Rücksicht auf Fochensteins Anwesenheit einzudämmen. Es gelang nur schwer. Ihre Wangen glühten vor Aufregung. Ellen rief sie an!

»Wo … ich meine … äh … bist du schon in Berlin?«

»Ja, seit gestern Nacht.«

»Und … wie ist es?«

»Oh … okay.«

Schweigen. Nina suchte krampfhaft nach einem weiteren Thema, doch ihr Kopf war wie leer. Es war Ellen, die die nächste Frage stellte.

»Und bei dir?«

»Ähm ... auch okay.«

Nina hätte ihr gerne von Jasnas Nachfolger erzählt, doch das war nicht möglich. Jochen Fochenstein hockte schließlich im selben Zimmer. Ihr war trotz ihrer Freude nicht entgangen, dass das Klappern seiner Tastatur aufgehört hatte, sobald sie euphorisch »Ellen!« in den Hörer gerufen hatte. Sie vermutete, dass er ihr hinterm Sichtschutz aufmerksam zuhörte.

»Danke nochmal«, sagte Nina, hauptsächlich deshalb, weil ihr nicht einfiel, was sie ihr hätte sonst sagen können. »Das war sehr nett von dir.«

»Bitte«, erwiderte Ellen. Es klang ziemlich steif.

Schweigen. Ninas Gedanken waren voll von Worten, die sie nicht aussprechen konnte. Du fehlst mir. Ich muss immerzu an dich denken. Bitte, melde dich öfter. Ich halte es kaum aus, nichts von dir zu hören. Und ich will dich nicht nur hören. Ich will dich erleben, fühlen, schmecken.

Wieder war es Ellen, die das Wort ergriff. Sie klang sehr förmlich. »Das Meeting beginnt gleich. Ich muss Schluss machen.«

»Okay«, sagte Nina, obgleich sie das Gegenteil meinte. Ihre Sehnsucht nach Ellen war so stark, dass sie sich wünschte, durch die Leitung zu ihr kriechen zu können.

»Also dann.« Ellens Stimme klang unentschlossen. Eine weitere Pause entstand. »Schönen Tag noch.« Sie legte auf.

Nina schmiss den Hörer auf die Gabel und wusste: Ihr restlicher Tag würde gewiss nicht schön werden. Im Grunde ging es ihr nach diesem Telefonat noch schlechter als vorher.

Ihre Mutter hatte nie viel Geld gehabt, aber dafür viele Sorgen. Doch so groß die Sorgen auch gewesen waren – Ninas Geburtstag hatte sie alljährlich zu einem Fest gestaltet. Clara schaffte es immer irgendwie, einen Kuchen oder ein Stück Torte aufzutreiben, und weckte sie bereits mit einer dicken Kerze, einem liebevollen Kuss und einem fröhlichen HAPPY BIRTHDAY. Einmal, als sie bereits wieder in Deutschland wohnten und Ninas Vater das Weite gesucht hatte, ließ Clara sogar viele, viele Luftballons in ihrem Zimmer tanzen. Sie hatte die Augen aufgeschlagen, die Sonne schien zum Fenster herein, und überall schwebten bunte Ballons um sie herum. Und zwischen den Ballons tauchte irgendwann das fröhliche Gesicht ihrer Mutter auf, die ein in Silberfolie eingewickeltes Paket mit roter Schleife in den Händen trug. Sie hatte sich zu ihr hinuntergebeugt, ihr einen Kuss auf die Nasenspitze gegeben und gesagt: Alles Gute zum Geburtstag, mein Kleines.

In dem Geschenk, das wusste Nina noch, war ein T-Shirt mit dem Andy-Warhol-Druck von Marilyn Monroe in neun verschiedenen Versionen. Das T-Shirt war zu groß, und Nina mochte weder Andy Warhols Kunst noch Marilyn Monroe, aber sie freute sich über die morgendlichen Glückwünsche, denn auch mit fünfzehn war ihr durchaus klar, wie viel Aufwand sich ihre Mutter für ihren Geburtstag machte.

Auch Lukas hatte ihre Geburtstage immer in Feste verwandelt. Im vergangenen Jahr hatte er sich selbst daran versucht, ihr zum 27. Geburtstag eine Torte zu backen, war prompt gescheitert und hatte ihr schließlich alternativ einen riesengroßen Eisbecher mit fünf verschiedenen Sorten Eis und einer Kerze in der Mitte zum Frühstück serviert. Er hatte die Musicalschule an diesem Tag geschwänzt, war mit ihr an die alte Donau gefahren und sie hatten den ganzen Tag in der Sonne gelegen. Abends waren sie mit den Freunden von der Musicalschule an der Copa Kagrana, einer Amüsier- und Partymeile an der neuen Donau, Spareribs essen gegangen.

Nina hatte den 18. Juli noch nie so gehasst wie in diesem Jahr. Der Anruf ihrer Mutter konnte daran wenig ändern. Sie gratulierte ihr herzlich, sprach von einem Paket, dass sie wegen der langsamen französischen Post wahrscheinlich mit etwas Verspätung bekäme, und schwärmte ihr dann von Südfrankreich vor. Ihre Performances fänden großen Anklang, erzählte sie, und Rolf habe die Galerie in Flensburg nun doch für zwei Wochen geschlossen, um bei ihr zu sein. Sie war voller Begeisterung und Euphorie. Nina merkte, dass ihre Mutter glücklich war, und wünschte ihr in Gedanken nichts mehr, als dass dieses Glück von Dauer war. Als Clara nach einer Viertelstunde fragte, wie sie den heutigen Tag verbringen würde, antwortete sie wahrheitsgemäß, dass sie bereits auf dem Weg zur Arbeit war.

Ihre Mutter reagierte erwartungsgemäß verdutzt. »Du hast dir nicht frei genommen, um den Tag mit Lukas zu verbringen?«

Nina befand sich gerade in der U-Bahn, als ihr diese Frage, auf die sie die Antwort wahrscheinlich schon längst von sich aus hätte liefern sollen, gestellt wurde.

»Lukas gibt es nicht mehr«, sagte sie, und musste es dann noch einmal eine Spur lauter wiederholen, denn genau in diesem Augenblick kam die tägliche Durchsage, dass Sitzplätze denjenigen überlassen werden sollten, die es nötiger hatten. »Wir haben Schluss gemacht«, setzte sie hinzu und hatte spätestens jetzt die Aufmerksamkeit aller Umstehenden. Das Mädchen ihr gegenüber nahm sich sogar die Ohrenstöpsel, die sie mit ihrem mp3-Player verbanden, aus den Ohren – für Nina ein eindeutiges Zeichen, dass sie jetzt und hier in ihrem Bericht von der Trennung nicht ins Detail gehen würde.

»Oh, Nina, das tut mir leid.« Ihre Mutter wirkte ehrlich bestürzt. Sie hatte Lukas gekannt und war gut mit ihm ausgekommen. »Aber mit wem feierst du dann?«

»Ich weiß noch nicht«, sagte Nina. Sie bemühte sich, ihrer Stimme einen festen Klang zu geben. Ihre Mutter war derzeit so glücklich; sie wollte sie nicht mit ihren Sorgen belasten.

Claras Reaktion kam ganz spontan. »Dann pack deine Sachen und komm schnellstmöglich zu uns nach Südfrankreich!«, schlug sie vor. »Du hast doch ohnehin noch keinen

Sommerurlaub genommen, oder? – Wenn du dich jetzt in den nächsten Zug nach Süden setzt, bist du morgen früh oder morgen Mittag da. Dann feiern wir deinen Geburtstag zwar einen Tag später, aber wir feiern ihn! Wir besorgen französisches Baguette, Trauben, Wein ... wir machen es uns richtig nett!«

Die Aussicht war verlockend. Nina spielte sekundenlang mit dem Gedanken, der Einladung Folge zu leisten. Was hatte sie hier in Wien schon? – Im Grunde nichts. Und doch verwarf sie die Idee wieder. Sie hätte sich gefreut, ihre Mutter zu sehen. Aber Clara war in Frankreich nicht alleine. Es gab dort auch Rolf, ihren neuen Lebensgefährten. Nina wollte sich nicht als drittes Rad am Wagen fühlen.

»Das ist lieb von dir, aber ich bekomme so schnell keinen Urlaub«, erwiderte sie so locker wie möglich. »Ich habe in den nächsten Wochen doch ein paar Termine, die ich schwer absagen kann. – Ich werde wohl mit einigen Kollegen feiern.«

»Wie du meinst.« Ihre Mutter schien nicht davon überzeugt zu sein, dass dies eine gute Lösung war. Nina selbst war es schon gar nicht. Letztendlich war Lilli ohnehin die einzige Kollegin, die sie auch privat traf.

In der Firma erwarteten sie zwei Überraschungen. Zum einen überreichte ihr Brauer im Namen des Unternehmens einen großen Blumenstrauß mit Glückwunschkarte. Dies war Routine – jedem LENOPHARM-Mitarbeiter wurde auf diese Weise gratuliert –, doch Nina freute sich trotzdem. Es war schließlich der einzige Blumenstrauß, den sie bekommen würde. Die zweite Überraschung des Tages kam von gänzlich unerwarteter Seite. Ansgar Hüter, Chef der Public Relations für den Pharma-Bereich in der Konzernzentrale, rief bei ihr an und kam auf die Websites zu sprechen, die sie in den vergangenen Monaten konzeptioniert hatte – die der österreichischen Landesgesellschaft, zum anderen aber auch jene Website, die sie für die Abteilung Kontrazeptiva in Ellens Auftrag erstellt hatte, um Teenager über die richtige Anwendung von Verhütungsmitteln aufzuklären. Ansgar

Hüter nannte die Websites »außerordentlich gut gelungen« und kam dann auf den eigentlichen Grund seines Anrufes zu sprechen.

»Diese animierten Figuren, die durch die Websites führen – von welchem Comiczeichner haben Sie sie gekauft?«

Nina verstand zunächst nicht, was er meinte. Gekauft? Sie hatte nichts gekauft, abgesehen von der technischen Umsetzung durch die Webagentur. Dann begriff sie, dass Hüter offensichtlich nicht wusste, dass sie die Urheberin dieser Figuren war.

»Ich habe diese Figuren selbst gemalt«, klärte sie ihn auf.

»Nach Vorlage, nehme ich an.«

»Nein. Ich habe sie entworfen. Das sind meine Figuren.«

Sie hatte dem, was sie in Sachen Website getan hatte, nie viel Bedeutung beigemessen. Die Websites und deren *Corporate Identity*-konforme Vorlagen dazu waren ihr langweilig vorgekommen, daher hatte sie die Seiten mit ihren animierten Figuren etwas auffrischen wollen, was ihr offensichtlich auch gelungen war. An Hüters Reaktion merkte sie, dass andere diesem Umstand wesentlich mehr Bedeutung beimaßen als sie selbst.

»Das ist unglaublich!«, rief er aus. »Woher können Sie derart gut zeichnen?«

»Ich weiß nicht«, sagte Nina. »Ich konnte das schon immer. Außerdem habe ich ja auch Kinderbücher illustriert.«

Ansgar Hüter schwieg. Er schien nachzudenken. Dann meinte er: »Das wirft ein gänzlich anderes Licht auf die Sache. Ich habe eigentlich damit gerechnet, dass Sie uns nur den Urheber der Figuren nennen, wir unterbreiten ihm ein ordentliches Angebot und sichern uns die Nutzungsrechte der Figuren. – Frau Blume, das Konzept mit den animierten Figuren hat im Konzern so viel Aufsehen erregt, dass sich sogar der Vorstand dafür interessiert hat. Abhängig vom Angebot plant man, dieses Konzept auf alle Websites des Konzerns umzulegen. Das würde bedeuten, dass Ihre niedlichen Figuren sowohl durch die argentinische, chinesische, jordanische als auch US-amerikanische Website führen. Und durch viele, viele andere. – Wie gesagt, bisher ist es zunächst nur eine Idee gewesen, abhängig vom Angebot des Künstlers. Wir haben einen gewissen Betrag zur Verfügung für dieses Projekt. – Aber nun, da ich höre, dass diese Figuren aus Ihrer Feder stammen, ist das ja alles kein Problem. Sie sind sowieso LENOPHARM-Mitarbeiterin, also lässt sich das kostengünstig und ohne große Umstände regeln. Frau Blume, was halten Sie davon, wenn Ihr Konzept als Standard für alle Websites des Unternehmens übernommen wird?«

Nina wusste zunächst nicht, was sie sagen sollte. Sie war zu perplex von dem Vorschlag, der sie quasi überrollt hatte. Ihre Figuren auf allen Konzernwebsites – das war freilich eine schmeichelhafte Idee. »Ähm, ja«, stieß sie schließlich hervor. »Aber ich nehme an, dass einige Figuren adaptiert werden müssen. Zum Beispiel der Mann im Tiroler Hut, der durch die Gesundheitssparte führt – der ist ja sicher nichts für Jordanien!«

»Nein, natürlich nicht«, bestätigte Hüter. »Ich denke da sowieso an landesspezifische Adaptierungen – natürlich nach demselben Konzept. Aber das sollte ja kein Problem sein für eine so versierte Zeichnerin wie Sie.«

Nina zögerte mit ihrer Antwort. Sie wollte auf keinen Fall, dass er dachte, sie hätte kein Interesse an dem Projekt. Andererseits erinnerte sie sich noch gut an den enormen Arbeitsaufwand, den die Konzeption der Figuren mit sich gebracht hatte, und die zahlreichen Überstunden. Da sie derzeit ohnehin kein ausgefülltes Privatleben hatte, schreckte Mehrarbeit sie nicht ab. Doch die Dimensionen, von denen Hüter sprach, sprengten wahrscheinlich den Rahmen sämtlicher möglicher Überstunden. Hüter sprach in Wahrheit von einem Projekt, dem sie sich nicht nebenbei widmen konnte. Und schließlich hatte sie ja noch ihren Pharma-PR-Job für Österreich zu erledigen.

»Es kommt auf den Umfang der erforderlichen Adaptierungen an«, erwiderte sie daher vorsichtig. »So einfach lässt sich das nebenher nicht bewältigen.«

»Natürlich würde sich der Konzern das schon etwas kosten lassen«, entgegnete Hüter. »Eine Sonderprämie im höheren vierstelligen Bereich wäre durchaus möglich.«

Ich werde wohl wirklich reich, ging es Nina durch den Kopf. Erst die Gehaltserhöhung und die eine Prämie, jetzt eine neue …

»Es kommt, wie gesagt, auf den Umfang an«, sagte sie zu Hüter. »Ich brauche dafür Zeit.«

»Sie können sich das Ganze ja in Ruhe bis Ende August überlegen«, meinte Hüter. »Und für die Umsetzung würden Sie gewiss einen angemessenen Zeitrahmen genannt bekommen.«

Nina legte auf und rieb sich unwillkürlich vor Freude die Hände. So viel Geld! Und das für eine Arbeit, die sie auch noch gerne tat!

Trotz allem – die Tatsache, dass sie Geburtstag hatte und niemand mit ihr feiern würde, wog schwerer als die Aussicht auf das interessante Homepage-Projekt. Zudem machte es sie traurig, dass sie niemanden von dem Angebot erzählen konnte. Fochenstein schied von vorn herein aus, und Lilli, stets vor Ehrgeiz fast platzend, hätte leicht neidisch werden können. Blieb noch Ellen. Je mehr sie darüber nachdachte, desto größer wurde das Bedürfnis, mit ihr darüber zu reden. Das schlimme Telefonat war Nina noch gegenwärtig. Aber ihre Sehnsucht, sie zu sehen, war noch größer als ihre Furcht.

Minuten später stand sie bereits in Ellens Vorzimmer.

Stephanie unterbrach kurz ihre Arbeit.

»Besetzt«, sagte sie knapp. »Sie hat heute einen Termin nach dem anderen.«

Als sie Ninas enttäuschtes Gesicht sah, öffnete sie seufzend den elektronischen Terminkalender.

»Sie hat jetzt gerade eine Besprechung mit dem Geschäftsführer der Werbeagentur, die für uns die Fachinserate entwirft. Dieser Herr ist noch zehn Minuten da. Unmittelbar danach ist ein Termin mit Eva Gutenberg eingetragen. – Wenn es für dich sehr dringend und wichtig ist, kann ich den Termin mit Eva etwas kürzen und dir einen Zwischentermin ermöglichen. Aber länger als zehn Minuten geht es heute auf keinen Fall!«

Nina ließ sich auf den Besuchersessel fallen. Ihr Geburtstag gefiel ihr immer weniger. Dennoch: zehn Minuten waren besser als nichts.

Die Minuten verstrichen quälend langsam. Dann, endlich, ging die Türe auf und Ellen begleitete zwei Herren im Anzug und Krawatte aus ihrem Büro. Sie verabschiedete sich wortreich von ihnen und Nina fiel erstmals auf, wie eloquent sie sein konnte, wenn sie es wollte. Die Herren, beide zwischen 40 und 50, hingen schier an ihren Lippen.

Ellen war so auf ihre Besucher konzentriert, dass sie Ninas Anwesenheit erst bemerkte, als die Herren endgültig zur Tür hinausgegangen waren.

»Hallo.« Die Zurückhaltung war für Nina selbst in dieser kurzen Begrüßung spürbar und drosselte ihren eigenen Schwung.

»Hallo.«

Sie standen unschlüssig voreinander.

»Zehn Minuten insgesamt«, kam es von Stephanie aus dem Hintergrund. »Eine halbe Minute ist schon fast um. Bleiben noch neuneinhalb Minuten. Carpe diem.«

Nina musste trotz ihrer Verunsicherung schmunzeln. Es war ihr neu, dass Stephanie Lateinkenntnisse besaß. Doch nichts hätte die Lage wohl besser ausdrücken können.

»Komm mit ins Büro«, sagte Ellen nun.

Sekunden später sah es so aus, als würden auch die geschlossenen Türen nichts ändern. Doch Nina setzte, einem spontanen Impuls folgend, der distanzierten Sprachlosigkeit zwischen ihnen ein Ende. Entschlossen trat sie auf Ellen zu, schlang die Arme um ihren Hals und küsste sie zärtlich auf den Mund. Ellens Zurückhaltung zerfiel, kaum dass Ninas Lippen die ihren berührten. Sie erwiderte den Kuss, ließ ihre Hände spielerisch über Ninas Rücken tanzen. Nina presste ihren Körper gegen Ellens. Mit den Fingerspitzen strich sie die Wirbelsäule entlang und genoss, dass Ellen sich ihr entgegenbog.

Ellen begehrte sie nach wie vor. Spätestens jetzt hatte sie die Bestätigung.

Als ihre Finger unter die Bluse glitten, zögerte sie. Zehn Minuten insgesamt. Wie viel davon waren noch übrig? Acht? Achteinhalb?

Ellen schien dieselbe Sorge zu haben. »Nina.« Sie löste sich aus der Umarmung. »Ich habe jetzt gleich den nächsten Termin ...« Sie zupfte sich ihre Bluse zurecht, ihr Atem ging schnell.

»Ich weiß«, stieß Nina hervor. Sie kämpfte gegen das Gefühl, sie erneut an sich zu ziehen. Sie wusste, wenn sie sich noch einmal berührten, würden achteinhalb Minuten nicht ausreichen.

Reden, dachte Nina verzweifelt, ich muss etwas sagen. Ich habe dich so vermisst, formulierte sie in Gedanken. Bitte, halt mich, lass mich nicht mehr los, küsse mich ... sei bei mir. Laut sagte sie: »Ich muss dir etwas erzählen. Der Konzern will meine Figuren in alle Websites des Konzerns integrieren. Weltweit!«

Ellen zog die Augenbrauen hoch. Sie war eindeutig überrascht. »Ich gratuliere«, sagte sie. »Und was wollen sie dir zahlen?«

»Eine vierstellige Prämie.« Nina strahlte Ellen an und war irritiert, als diese nur die Stirn in Falten legte.

»Ich weiß, das klingt ziemlich viel«, setzte sie mit einem Anflug von Verlegenheit hinzu. »Aber ich kann das natürlich nicht im Rahmen der üblichen Arbeitszeit schaffen, ich müsste auch an den Wochenenden arbeiten ... insofern ist die Prämie wahrscheinlich schon gerechtfertigt.«

»*Honey.*« Ellen nahm ihre Hand und führte sie zum Sofa. »Wir haben wohl nur noch fünf Minuten, aber diese fünf Minuten sind wichtig.« Sie drückte Nina sanft in das Polster und nahm neben ihr Platz. »Der Konzern will also deine Figuren in alle Websites integrieren, die er hat. Weißt du, wie viele Websites das sind?« Als Nina schwieg, fuhr sie ungerührt fort. »LENOPHARM ist in 220 Ländern dieser Welt mit Landesgesellschaften vertreten. Jede Landesgesellschaft hat einen allgemeinen Internet-Auftritt. Das sind also bereits 220 Homepages. Zusätzlich gibt es noch unzählige Themen-Websites und Produktwebsites, die alle zu LENOPHARM gehören. Ich habe keine Ahnung, wie viele es genau sind, aber es müssen schätzungsweise weit über 1000 sein. Wenn der Konzern wirklich von allen Websites spricht, hieße das, dass dein Konzept mit den animierten Figuren sowie deine Figuren selbst bei, sagen wir, 1500 Websites weltweit umgesetzt würde. – Was glaubst du, würden sie dafür zahlen, wenn sie die Nutzungsrechte für das Konzept und die Figuren extern einkaufen müssten?«

Nina zuckte mit den Schultern. Es war ihr immer noch nicht ganz klar, auf was Ellen hinaus wollte.

»Ich weiß es auch nicht«, erwiderte Ellen. »Ich kenne mich auf diesem Gebiet nicht so gut aus. Aber ich kann dir sagen, es wäre sicher keine vierstellige Prämie, sondern ein weitaus größerer Betrag.«

Nina riss erstaunt die Augen auf.

Ellen war mit ihren Ausführungen noch nicht zu Ende. »Ich nehme auch an, dass die Figuren, die es schon gibt, nicht für alle Websites dieser Welt akzeptabel sind. Es braucht sicher kulturspezifische Anpassungen. Das heißt, du musst einiges neu zeichnen. Wenn es sich um Produktseiten handelt, musst du dann sicher manches entwerfen, was komplett neu ist. Das bedeutet viel Arbeit. – Lass dich nicht wieder über den Tisch ziehen, *Honey*! Da muss mehr herausspringen als eine vierstellige Summe.«

Nina schluckte. Mehr als eine vierstellige Summe. Sie konnte kaum fassen, was Ellen ihr da unweigerlich in Aussicht stellte.

»Und nimm dir auf jeden Fall einen Anwalt, ehe du irgendetwas unterschreibst«, riet ihr Ellen nun. »Deine animierten Figuren waren eine grandiose Idee. Eine Geschäftsidee mit Potenzial. Das solltest du nutzen.«

»Du musst mich für ziemlich dämlich halten.« Sie musste Ellen wirklich wie ein naives Kind vorkommen. War das der Grund, weshalb sie sich immer wieder von ihr distanzierte?

Weil sie ihr vom Wissensstand her nicht das Wasser reichen konnte?

»Das denkst nur du, nicht ich«, entgegnete Ellen ernst. »Ich denke, du bist sehr unerfahren in diesen Dingen.« Dann lächelte sie plötzlich und setzte in scherzhaftem Tonfall hinzu: »Und vielleicht solltest du im Moment noch kein eigenes Unternehmen gründen. Dein wirtschaftliches Denken muss noch etwas ausgeprägter werden.«

Jetzt musste auch Nina grinsen. Nichts war ihr ferner, als ein eigenes Unternehmen zu gründen.

»Findest du?«, erwiderte sie, ebenfalls mit Schalk in den Augen. »Das ist blöd, denn genau das hatte ich demnächst vor: bei LENOPHARM kündigen und ein Konkurrenzunternehmen gründen. Ich meine, ich bin jetzt schon ziemlich lange dabei, sechs ganze Monate ... da ist man ja schon sehr etabliert.«

Sie lachten beide.

»Und damit ich trotz meines Mangels an wirtschaftlichem Denken erfolgreich bin, werde ich einfach eine gute Unternehmensberaterin engagieren. Dann ist das kein Problem.«

»Eine Unternehmensberaterin?« Zum zweiten Mal innerhalb weniger Minuten zog Ellen die Augenbrauen hoch.

»Ja, natürlich«, sagte Nina und bemühte sich, ernst zu bleiben. Egal, auf was Ellens Frage genau abzielte, es reizte sie, das Gespräch in der eingeschlagenen lockeren Form fortzuführen. Die Worte kamen ihr nun ganz von selbst aus dem Herzen und dem Mund, ohne weiteres Nachdenken, ohne Scheu vor Konsequenzen. »Ich habe auch schon eine in Aussicht. Die beste, die man sich vorstellen kann.«

»Wie schön«, kommentierte Ellen, die offensichtlich keine Ahnung hatte, auf was Nina eigentlich hinaus wollte. Ihre Stimme hatte wieder einen distanzierteren Tonfall angenommen. Ungerührt fuhr Nina fort: »Eine außerordentlich attraktive Frau. Klug, intelligent, erfolgreich. Wunderschön. Sexy.« Ihr entging nicht, dass Ellens Gesicht wieder zur Maske wurde. Ellens abweisende Reaktion zeigte ihr, dass es ihr offensichtlich nicht ganz egal war, falls es jemand anderen in ihrem Leben geben sollte. Für Nina war diese plötzliche Erkenntnis äußerst zufriedenstellend. Die Hoffnung, die sie schon verloren geglaubt hatte, meldete sich zurück.

»Eine tolle Frau mit kurzen kupferroten Haaren, die immer so perfekt gekleidet ist, als käme sie frisch vom Laufsteg; eine Frau mit samtener Haut und unglaublichen grünen Augen ...«

Sie lächelte Ellen an und sah, wie deren unsichtbare Maske abfiel. Endlich schien sie begriffen zu haben, dass sie selbst es war, um die es ging. Ihre Mundwinkel zuckten. Sie schaute auf die Tischplatte und wirkte sichtlich verlegen.

»Das wäre dann eine sehr enge Zusammenarbeit mit dieser Unternehmensberaterin«, sagte Ellen zögernd. »Du würdest sie jeden Tag sehen. Vielleicht ginge sie dir nach kurzer Zeit auf die Nerven. Oder du würdest feststellen, dass sie auch negative Eigenschaften hat.«

»Vielleicht«, räumte Nina ein. »Aber das käme auf einen Versuch an, findest du nicht?«

Sie erschrak über ihre eigenen Worte. Hatte sie sich wirklich gerade so weit aus dem Fenster gelehnt?

Ellen sah sie an. Auch sie wirkte überrascht. Und auch nachdenklich. Sie hob ihre Hand. Nina entging nicht, dass sie leicht zitterte. Ellen berührte ihre Wange. Nina schloss die Augen und genoss das sanfte Streicheln. Zart und unmerklich wie der Flügelschlag eines Schmetterlings.

Im selben Moment wurde energisch an die Tür geklopft, und Stephanie steckte den Kopf herein. Ellen zog ihre Hand zurück.

»*Time over!* Frau Gutenberg ist da.«

Sie verabschiedeten sich formell voneinander.

Nina musste sich beherrschen, um nicht aus dem Büro zu tanzen. Sie hatten ein gutes Gespräch gehabt. Ein wunderbares Gespräch. Endlich hatte sie auf geschickte Weise platzieren können, dass sie mehr wollte als nur gelegentlichen Sex im Büro. Und es war so einfach gegangen. Eingebunden in harmloses Geplänkel. Und Ellen war auf dieses Geplänkel eingestiegen.

Zurück in ihrem eigenen Büro, steigerte sich ihre Freude zu einem Mut, den sie zuvor nicht aufgebracht hätte. Sie wollte mehr. Sie wollte Ellen, ganz und immer. Heute schien ein guter Tag, um die Weichen für dieses Vorhaben endgültig zu stellen. Sie wollte einen wunderbaren Geburtstag. Mit Ellen.

Sie zögerte nicht lange. Ihr Mut konnte sie jederzeit wieder verlassen, sofern sie noch länger wartete. Eilig zückte sie ihr Handy, wählte Ellens Handynummer, umging damit Stephanie im Vorzimmer und wusste instinktiv, dass Ellen abheben würde, wenn sie ihre Rufkennung sah.

Sie sollte Recht behalten. »Ich bin in Besprechung«, sagte Ellen statt einer Begrüßung.

»Tut mir leid. Zehn Minuten waren zu wenig«, erwiderte Nina.

»Es waren sogar zwölf«, kam es zurück. »Man hat uns ganze zwei Minuten dazu gegeben.«

»Ja, aber nur zwei.« Nina holte tief Luft und sprach aus, was sie aussprechen wollte. »Ellen, ich habe heute Geburtstag. Ich möchte ihn mit dir verbringen. Bitte, lass uns abends zusammen essen gehen.«

Das Schweigen, das ihren Worten folgte, ließ sämtliche Möglichkeiten offen. Nina zwang sich, keine voreiligen Interpretationen zu starten, obgleich sie mit jeder Millisekunde nervöser wurde. Dann kam die Antwort. Klar und deutlich.

»Ja. – Wann und wo?«

Nina glaubte vor Freude explodieren zu müssen. Gleichzeitig wurde ihr klar, dass sie auf eine positive Antwort nicht einmal vorbereitet gewesen war. Sie hatte gar kein Restaurant parat. Zu ihrer eigenen Überraschung reagierte sie geistesgegenwärtig.

»Entscheide du.«

»Gut. Ich melde mich.«

Sie legten auf.

Nina musste sich beherrschen, um nicht jubelnd aufzuspringen. Lediglich die Daueranwesenheit von Jochen Fochenstein hielt sie ab, der wie immer beim ersten Wort ihres Telefonats zu tippen aufgehört hatte und erst jetzt wieder damit begann.

Am späteren Nachmittag erhielt sie von Ellen ein Mail mit der üblichen, für sie charakteristischen Prägnanz: 20.00 UHR. INDOCHINE, STUBENRING 18. P.S. Flug morgen ist um 6:25 Uhr. Wird nicht lange. Sorry.

Das »P.S.« konnte ihrer Freude keinen Abbruch tun. Sie hatte von Stephanie bereits erfahren, dass Ellen in den folgenden Wochen sehr häufig auf Dienstreisen war, und der Zusatz »Wird nicht lange« schreckte sie nicht ab.

Wir werden sehen, sagte sie sich selbstbewusst. Schließlich hatte ihr Ellen erst vor wenigen Stunden den Beweis geliefert, dass sie weiterhin nicht immun gegen ihre Verführungskünste war. Und diesmal würde sie Ellen zu sich nach Hause lotsen, egal, was sie über Duschen in der Küche und Klos am Gang auch denken mochte. Schließlich ging es ja nicht um die Wohnungsausstattung.

Der Gedanke an den gemeinsamen Abend mit Ellen begleite sie durch den restlichen Tag. Er begleitete sie nach Hause, stieg mit ihr unter die Dusche, wählte ein passendes Kleid für den Abend aus und half ihr, ihr Haar zu einer kunstvollen Frisur aufzustecken. Er schmiegte sich an sie, als sie Make-up auflegte, und bestätigte ihr bei einem prüfenden Blick in den Spiegel, dass sie so schön und begehrenswert war, wie sie es gern sein wollte.

Das ernüchternde SMS kam, als sie gerade die Wohnung verlassen wollte.

ES TUT MIR LEID … ES GEHT NICHT. VERZEIH. ELLEN.

Ohne Begründung.

Nina warf sich weinend auf ihr Bett.

Diesen Geburtstag würde sie nie vergessen. Es war einer der schlimmsten Tage ihres Lebens!

VERZEIH.

Sie würde nicht verzeihen. Sie wollte nicht mehr, konnte

nicht mehr. Die Höhen und Tiefen, die ihr diese Frau verursachte, begründungslos, rücksichtslos, schamlos, kosteten nur Energie und Tränen.

Um kurz vor halb neun Uhr abends stieg Nina am Wiener Westbahnhof in den Euro-Night-Zug mit dem klangvollen Namen »Orient Express«, das Ticket mit Endstation Marseille in der Tasche und einen mittelgroßen Trolley hinter sich herziehend.

Der spontane Urlaub, der ihr die einzige Rettung aus ihrer seelischen Ausnahmesituation schien, war ohne Probleme genehmigt worden. Ihre Mutter hatte sich aufrichtig gefreut, als sie ihr Kommen angekündigt hatte. Es war ihr erfolgreich gelungen, während des Telefonats nicht zu weinen. Trotzdem war es Clara nicht verborgen geblieben, dass sie Kummer hatte. Wie einige Tage zuvor Inga, so hatte auch sie in die völlig falsche Richtung getippt, als sie nach einer Erklärung für Ninas getrübte Stimmung gesucht hatte.

»Eine Trennung ist immer schwierig«, sagte sie tröstend. »Aber du weißt ja, nach jedem Regen kommt irgendwann die Sonne wieder durch. Hier in Südfrankeich erwartet dich viel Sonne. Es wird dir gefallen und dich ablenken.«

Als sie im Liegewagen das Bett belegte, das sie sich trotz ihres spontanen Entschlusses doch noch hatte sichern können, konnte sie sich nicht vorstellen, dass ihr jemals wieder irgendetwas gefiele. Aus Wien zu flüchten, weg von dem Ort der Demütigung, schien ihr als einzige Möglichkeit, um nicht dem Wahnsinn zu verfallen.

Sie brachte bis Strasbourg kein Auge zu. Fortgesetzt zermarterte sie sich den Kopf, was Ellen bewogen hatte, ihr so unerwartet doch abzusagen. War eine Beziehung mit einer jungen, unerfahrenen PR-Einsteigerin also doch das allerletzte, das sie sich vorstellen konnte? Ellen war vielseitig talentiert, top-qualifiziert und in einer hohen Position. Warum sollte sie auch irgendetwas anderes an ihr, Nina, begehren außer ihren Körper? Sie konnte Ellen im Grunde nichts Ebenbürtiges bieten. Sie hatte ein abgebrochenes Studium in Soziologie, das ihr bereits im ersten Semester keine Freude bereitet hatte, sie konnte weder Klavier spielen noch nähen, noch irgendetwas Vergleichbares und sie hatte obendrein keinerlei wirtschaftliches Verständnis.

Vielleicht hat Ellen meine Einladung zum Geburtstag sowieso nicht als Auftakt einer möglichen Beziehung verstanden, ging es Nina durch den Kopf, während sie dem Rattern des Zuges lauschte. Vielleicht hat sie einfach abgesagt, weil sich ihr etwas Attraktiveres angeboten hat. Zum Beispiel eine Einladung von jemandem, der in der Chefetage eines anderen Unternehmens sitzt, einen Doktortitel hat und fünf Sprachen fließend spricht.

In Strasbourg musste sie umsteigen. Es standen ihr dafür fast zwei Stunden zur Verfügung. In einem Bahnhofscafé bestellte sie sich einen Kaffee und ein Croissant zum Frühstück. Das Croissant aß sie jedoch nur zur Hälfte, weil sie dann wieder an Ellen dachte und ihr Hunger vom Schmerz überdeckt wurde.

Als sie im Zug nach Marseille saß, war sie immer noch in Gedanken bei Ellen. Sie sah die Landschaften durch das Zugfenster an sich vorüberziehen, ohne sie wirklich wahrzunehmen. Endlich konnte sie sich eingestehen, dass Inga mit ihrer Einschätzung vollkommen richtig gelegen hatte: Sie war in Ellen verliebt.

Sie schalt sich selbst den größten Dummkopf aller Zeiten. Lukas hatte seine Eigenheiten gehabt, ja. Doch immerhin hatte es nie einen Zweifel gegeben, dass Lukas sie auf seine Weise liebte und dass sie eine Beziehung führten. Sie hatte die Liebe und Geborgenheit dieser Beziehung mit Füßen getreten für kurze Sequenzen der Lust. »*La petite morte*«, so nannten die Franzosen den weiblichen Orgasmus, und

Nina sagte sich auf ihrer Reise durch Frankreich, dass dieser kleine Tod, den ihr Ellen erstmals im Kopierraum beschert hatte, wohl der große Tod ihrer Beziehung zu Lukas gewesen war.

Nach achtzehn Stunden Fahrt stieg Nina übernächtigt in Marseille aus dem Zug, spürte die Sonne auf ihrer Haut, atmete die Luft ein, die am Bahnhof zwar nicht frisch und blumig, aber immerhin anders war als in Wien und fiel freudig ihrer Mutter in die Arme, die bereits am Bahnsteig auf sie wartete. Mit dem Mietwagen fuhren sie ins Hinterland in Richtung Aix-en-Provence. In einem kleinen Dorf hatte sich Clara gemeinsam mit Rolf in einer kleinen, günstigen Pension einquartiert.

Ninas Geburtstag wurde wie versprochen nachgefeiert – mit Baguette, Oliven, französischer Salami und Käse. Dazu gab es französischen Landwein. Nina trank davon mehr als einen halben Liter, vergaß vorläufig Ellen und legte sich erschöpft in das Bett, das für sie bereitgestellt worden war. Endlich konnte sie schlafen.

Südfrankreich tat ihr gut. Wann immer sie die warmen Sonnenstrahlen auf ihre Haut spürte, das Salz des Meeres auf ihren Lippen schmeckte oder dem Zirpen der Grillen zuhörte, die ihr tägliches monotones Konzert gaben, hatte sie keinen Zweifel daran, dass die spontane Reise eine gute Idee gewesen war.

Anders war es dagegen in jenen Momenten, in denen sie ihre Mutter zusammen ihrem Lebensgefährten erlebte. Dann drängte sich Ellen zwischen sie und die schöne Kulisse Südfrankreichs, und trotz Sonnenschein und zirpenden Grillen wurde für sie die Welt schlagartig zu einem Ort grenzenloser Tristesse.

Schon bei ihrem diesjährigen Osterurlaub an der Nordsee hatte sie festgestellt, dass ihre Mutter mit Rolf anscheinend eine sehr glückliche Beziehung führte. Zwischen ihnen lagen fünfzehn Jahre Altersunterschied, doch das schien weder für ihn noch für ihre Mutter ein Problem darzustellen. Rolf war Kunsthändler und Galerist, er hatte altersbedingt schon einige Falten, einen kleinen Bauch und wenig Haare, aber er strahlte Gemütlichkeit und Ruhe aus. Für ihre Mutter, die selbst eine sehr agile, lebenslustige, aber auch oft etwas hilflos wirkende Person war, stellte er den Fels in der Brandung dar. Rolf war ein Typ, an den sie sich anlehnen konnte – und sie tat es auch.

In Ninas Welt aber gab es niemanden, an den sie sich anlehnen konnte. Keine Liebe, keine Geborgenheit. Statt dessen Tränen, Schmerz und eine riesengroße Demütigung. Eine Absage ohne Erklärung. Ein SMS, kein persönlicher Anruf. So, als handele es sich um eine Bagatelle.

Es tat ihr weh, wenn sie ihre Mutter mit Rolf Händchen haltend durch die Straßen der südfranzösischen Dörfer und Städte spazieren sah, die sie durchreisten. Gleichzeitig schämte sie sich: Es war nicht nett und angebracht, neidisch zu sein. Clara hatte ihr Glück weiß Gott verdient, nach all den Pleiten, die sie mit diversen Männern im Laufe ihres Lebens erlitten hatte.

Nina hatte schnell durchschaut, dass die plötzliche Karriere ihrer Mutter und die zahlreichen Möglichkeiten, mit ihrer Art von Performance-Schau aufzutreten, großteils auf den Kontakten von Rolf beruhten. Sie hatte auch durchschaut, dass Clara diesen Zusammenhang nicht sah.

Rolf seinerseits schien ihre Mutter für die beste Errungenschaft seines Lebens zu halten – und behandelte sie auch dementsprechend. Er war sehr aufmerksam und liebevoll ihr gegenüber. Wenn sie gemeinsam unterwegs waren, schien Rolf vor Stolz darüber, dass er eine so attraktive Frau an seiner Seite hatte, fast zu platzen. Nina selbst war aufgefallen, dass viele Männer Clara nachschauten, und sie hatte mit leichtem Schmunzeln bemerkt, dass Rolf jeder fremde Blick, der ihre Mutter streifte, keineswegs eifersüchtig machte, sondern als Schmeichelei empfand. Es bestätigte für ihn, dass die schönste Frau auf Erden die seine war.

Auch wenn sich Rolf und ihre Mutter Mühe gaben, sie stets mit einzubeziehen – in dieser ersten Woche in Südfrankreich hatte sie manches Mal das Gefühl, genau das zu sein, was sie befürchtet hatte: das dritte Rad am Wagen. Doch zu Beginn der zweiten Woche reiste Rolf ab. Er konnte seine Galerie nicht mehr länger zusperren und hatte weitere wichtige Termine in Deutschland.

In Remy-de-Provence, einer Kleinstadt im Hinterland, hatte Clara im Rahmen eines Sommerfestivals einen kleinen Auftritt gehabt. Da die Lokale mit Einheimischen und Touristen voll besetzt gewesen waren und die beiden Frauen keine Lust darauf hatten, stundenlang auf einen freien Tisch zu warten, waren sie kurzentschlossen in die Pension am Stadtrand zurückgekehrt. Unterwegs hatten sie sich bei einem Krämerladen mit Brot, Oliven, Salami, vielerlei Sorten Käse und Rotwein versorgt.

Gemeinsam deckten sie auf der kleinen Terrasse vor dem Hotelzimmer den etwas stillosen, aber zweckdienlichen Plastiktisch. Als Nina gerade Wein einschenkt hatte, klingelte das Handy ihrer Mutter. Augenblicke später hörte sie Clara bereits turteln wie ein Teenager. Die Frage, wer am Apparat war, hatte sich erübrigt.

Nina seufzte. Dieses Gespräch würde gewiss länger dauern. Sie kostete den Wein – ein Fehler, denn dabei ihr fiel ein, wie sie vor wenigen Wochen in der Tapas-Bar gesessen hatte. Mit Ellen.

Sie atmete tief durch. Nicht schon wieder wollte sie an Ellen denken, nicht schon wieder diesen Schmerz in sich spüren. Hatte sie nicht geglaubt, er werde geringer, je mehr Abstand sie zu ihr und zu der demütigenden Absage per SMS bekam?

Das muss aufhören, sagte sie sich und straffte die Schultern. Sie zwang sich zu rationalem Denken. Ich habe mich in eine aberwitzige Idee verrannt, ermahnte sie sich selbst. Im Grunde ist zwischen Ellen und mir nichts gewesen. Nur pure Lustbefriedigung. Sie hatten sich schließlich nie nahe gestanden, nie wirklich persönliche Gespräche geführt. Es war nur ihre dumme, krumme Phantasie gewesen, die sie darauf hoffen ließ, dass da eine tiefergehende Bindung zwischen ihnen bestand. Wie dumm ich doch war, ging es ihr durch den Kopf. Ich habe mir etwas eingebildet. Es war Zeit, in die Realität zurückzukehren.

Sie nahm einen weiteren Schluck Wein. Er schmeckte jetzt nur noch nach Frankreich.

Im Inneren des Hotelzimmers schickte Ninas Mutter ihrem Lebensgefährten unzählige Küsse durchs Handy. Wenig später kam sie auf die Terrasse zurück und nahm am Tisch Platz.

»Rolf ist so süß«, sagte sie und lud sich Käse und Brot auf den Teller. Sie erzählte etwas, das er für sie getan hatte. Nina zwang sich, nicht zuzuhören. Jedes Wort hätte sie getroffen wie ein Messerstich, das wusste sie.

»Rolf ist die Liebe meines Lebens«, verkündete Clara nun euphorisch. »Wenn ich noch einmal schwanger werden könnte, wäre er der Mann, mit dem ich mir ein zweites Kind vorstellen könnte!«

Die Worte ließen Nina unwillkürlich aufhorchen. Mit unverhohlenem Entsetzen in den Augen starrte sie ihre Mutter an und ertappte sich dabei, froh zu sein, dass Clara bereits in den Wechseljahren war.

Ihre Mutter interpretierte ihren Gesichtsausdruck auf ihre Weise. Sie legte ihre Hand auf Ninas und meinte sanft: »Es tut mir so leid für dich, dass es mit Lukas nicht funktioniert hat. Aber du wirst irgendwann auch den Mann fürs Leben finden, da bin ich mir ganz sicher. Man muss eben viele Frösche küssen, bis ein Prinz dabei ist – das Sprichwort hat seine Berechtigung! Sieh, bei mir hat es auch geklappt.«

»Ach, Mama.« Nina seufzte. Im Nachhinein wusste sie selbst nicht mehr, was sie bewogen hatte, ihrer Mutter zumindest einen Teil der komplizierten Geschichte anzudeuten, in die sie verstrickt war. Vielleicht lag es daran, dass es sie berührte, wie Clara versuchte, ihr Mut zuzusprechen. Vielleicht wollte sie auch endlich, endlich ihr Herz ausschütten – zumindest ansatzweise.

»Kann sein, dass es eine Prinzessin ist und kein Prinz.«

Sie hatte immer gewusst, dass ihre Mutter nicht einmal flüchtig die Miene verziehen würde, wenn sie ihr dies offenbarte. Und so war es dann auch. Clara drückte ihre Hand und meinte nur: »Dann musst du eben ein paar weibliche Frösche küssen.«

Nina hatte dankbar ihren Händedruck erwidert. In den vergangenen Monaten hatten sie nur selten telefoniert, da Nina immer den Eindruck gehabt hatte, Clara interessiere sich nicht wirklich für das Leben ihrer Tochter. In diesem Moment aber begriff sie, dass ihre Mutter sie aufrichtig liebte und immer mit allem einverstanden wäre, was sie täte. Zugleich erkannte sie jedoch auch, dass Clara immer die Person bleiben würde, die sie in der Kindheit erlebt hatte – eine Frau, die stets nach Möglichkeiten suchte, sich durchs Leben zu schlängeln, ohne dabei vom Alltag erdrückt zu werden, und die manches Mal innerlich an sich selbst und den Umständen verzweifelte. Sie wusste, auch wenn sie ihrer Mutter die komplexe Geschichte mit Ellen schilderte – sie würde ihr nicht helfen können. Also verzichtete sie darauf und erzählte stattdessen von ihrem neuen Arbeitsalltag.

Ihre Mutter, Freigeist und Künstlerin, konnte selbstverständlich nicht nachvollziehen, wie sie es aushielt, jeden Tag im Büro zu arbeiten. Doch von Ninas neuen Einkommensverhältnissen war sie durchaus beeindruckt.

»Du bist ja richtig reich«, erwiderte sie. »Du verdienst sicher schon fast so viel wie der Geschäftsführer, oder?«

Nina schüttelte lächelnd den Kopf. Ihre Mutter hatte einfach keine Ahnung von den Einkommen in Wirtschaftsbetrieben. War sie aber nicht früher genauso unwissend und staunend durch das Leben spaziert? Sie begriff, dass ihr derzeitiger Job langsam ihr ganzes Auftreten, ihre Wahrnehmung und ihr Denken verändert hatte, und sie war sich trotz der erheblichen Verbesserung, die der Job in finanzieller Hinsicht mit sich brachte, plötzlich nicht sicher, ob dies langfristig für ihre Persönlichkeit gut war. Wollte sie denn wirklich eine Nina sein, die in Business-Klamotten durch die Gänge spazierte, PR-Pläne in Präsentationen verpackte und ständig kluges Geschwätz von sich geben musste, um nicht von Personen wie Jochen Fochenstein überrollt zu werden?

Und wollte sie wirklich jeden Tag nur darauf warten, einen netten Blick oder ein liebes Wort von Ellen McGill zu ergattern? – Wieder und wieder ließ sie die letzten Monate in Gedanken Revue passieren. Und plötzlich wurde sie richtig wütend.

Ellen war nichts als ein rücksichtsloses, impertinentes Wesen, das auf die Gefühle anderer pfiff und nur seine eigenen egoistischen Ziele verfolgte. Ellen hatte sie behandelt wie ein Stück Dreck, hatte zu Beginn ihrer Arbeit bei LENOPHARM ihre Unwissenheit ausgenutzt und darüber gespottet. Ellen hatte sich ihres Körpers bedient, ohne auch nur vorher zu fragen. Ellen hatte für sie Klavier gespielt und ihr einen sündhaft teuren Hosenanzug umgenäht, um ihr Zuneigung vorzugaukeln – mit der einzigen Absicht, sie dazu zu bringen, in der darauffolgenden Nacht mit ihr zu schlafen. Ellen hatte sich vor dem TV-Auftritt um sie gekümmert und sie »*Honey*« genannt, weil sie wollte, dass sich jemand öffentlich für LENOPHARM aussprach – wahrscheinlich hing ihre Jahresprämie vom Umsatz der Produkte ab, für die sie zuständig war. Nichts, was Ellen tat und sagte, war ohne Ziel und Absicht. Nina verabscheute berechnende Menschen.

Nach der Rückkehr aus ihrem dreiwöchigen Urlaub erwarteten Nina 1331 Mails und einige Neuigkeiten. Die größte Neuigkeit war zugleich das Firmengespräch schlechthin: Jasna hatte ihre Zwillinge einige Wochen früher als erwartet zur Welt gebracht – wider Erwarten sogar auf natürlichem Wege, nicht per Kaiserschnitt. Es waren zwei Mädchen, und sie hießen Larissa und Jelena. Jasna hatte an einige Arbeitskollegen, darunter auch Nina, ein Mail mit Foto-Attachement verschickt.

Die zweite Neuigkeit war, dass sie demnächst mit Eva Gutenberg auf Dienstreise gehen sollte. Produktmanager und Pharma-PR-Beauftragte aller europäischen Niederlassungen sollten im Rahmen eines Workshops auf Luxomin, ein neues Antidepressivum, geschult werden, für das LENOPHARM bereits im nächsten Frühling die Zulassung erwartete.

Und die dritte Neuigkeit: Jochen Fochenstein hatte sich während ihrer Abwesenheit anscheinend bestens etabliert. Nina konnte kaum fassen, dass er innerhalb der kurzen Zeit, in der er hier war, zahlreiche PR-Konzepte entworfen und einige neue Journalistenkontakte erschlossen hatte. Zudem hatte er sie in ihrer Abwesenheit vertreten und auch für den Pharma-Bereich Pressemitteilungen verfasst und versendet. Er hatte sie ihr allesamt per Mail geschickt, »für Ihr Archiv«, wie er ihr fürsorglich erklärte.

»Mrs. McGill war so entgegenkommend, mir bei den Inhalten behilflich zu sein«, berichtete er. »Ich bin ja nicht so versiert, was den Pharma-Bereich betrifft.«

Das ist auch gut so, denn es ist mein Bereich, kommentierte ihn Nina im Stillen, und außerdem ist Mrs. McGill keine Mrs., sondern allenfalls eine Miss oder Ms, und wenn du sie so nett und hilfsbereit findest, dann schmeiß dich ihr doch gleich an den Hals ... und schau, was passiert. Ihr geht es ja sowieso nicht um den Menschen. Ob Frau, ob Mann, vielleicht ist ihr das auch egal. Mich wird sie jedenfalls nicht mehr bekommen.

Es fiel ihr unerwartet leicht, nicht ständig an Ellen zu denken, solange sie mit Arbeit eingedeckt und nicht unmittelbar mit ihr konfrontiert war. Seit ihrer Rückkehr aus dem Urlaub hatten sie sich nur einmal kurz gesehen, im Rahmen einer Sitzung, bei der noch acht andere Leute anwesend waren. Nina hatte sich absichtlich so gesetzt, dass Ellen weit genug entfernt von ihr war und auch keinen Blickkontakt zu ihr suchen konnte, und war nach der Sitzung als eine der ersten aus dem Besprechungszimmer verschwunden. Da Ellen ihrerseits keinerlei Kontaktversuche gestartet hatte, ging Nina schließlich davon aus, dass sie ebensowenig Interesse daran hatte, mit ihr zu sprechen, wie umgekehrt.

Der große Einbruch kam am Sonntag vor ihrer Dienstreise. Die erfolgreich verdrängte Ellen war wieder in ihren Gedanken präsent, und dies mit allen Facetten, die sie sympathisch machten: ihr Lächeln, ihr feinsinniger Humor, ihr Klavierspiel speziell für Nina ... die Art, wie sie sie manchmal angesehen hatte, wenn sie sich geliebt hatten. Unsicher. Aber auch fast liebevoll. Nina schluchzte in ihr Kissen. Die Wut, die sie gegenüber Ellen aufgebaut hatte, verpuffte. Was blieb, war tiefe Traurigkeit.

Ich muss darüber hinwegkommen, befahl sie sich unter Tränen. Warum fällt mir das nur so schwer? Warum habe ich wegen Lukas weit weniger Tränen vergossen als wegen einer Frau, die mich mies behandelt und nichts von mir will?

Sie fühlte sich elend und einsam. Sie musste reden, sich die Geschichte von der Seele reden, konnte ihre Verzweiflung nicht länger für sich behalten. Inga war die einzige, die ihr hierzu einfiel. Sie war die einzige, der sie voll und ganz vertraute. Sie musste sie sprechen. Ihr von Ellen erzählen. Sofort. In dem Wissen, dass es sie ein Vermögen kosten würde, weil sie keinen Festnetzanschluss besaß, wählte sie von ihrem Handy aus die Nummer, die ihr die Freundin vor Kurzem gegeben hatte.

Es läutete. Und läutete. Und läutete. Eine halbe Ewigkeit verstrich. Nina wollte gerade resigniert auflegen, als der Hörer endlich abgenommen wurde.

»*Hello?*« Es war Inga. Sie hörte sich verschlafen an.

»Hier ist Nina.« Sie bemühte sich, ihrer Stimme einen festen Klang zu geben. Das war nicht ganz einfach, denn es standen bereits wieder Tränen in ihren Augen.

»Oh, Nina!« Die Stimme klang noch immer müde. »Weißt du, wie viel Uhr es bei uns ist? – Noch nicht einmal halb sechs Uhr früh ...«

»Oh, entschuldige.« Sie hatte den Zeitunterschied völlig unberücksichtigt gelassen. »Tut mir leid. Ich habe nicht daran gedacht. Ich werde später anrufen.«

Inga gähnte. »Nein, jetzt bin ich ja schon wach. Geht es dir gut? Du hörst dich so komisch an ...«

Ninas Selbstbeherrschung verflüchtigte sich in Bruchteilen von Sekunden. Sie schluchzte verzweifelt auf und weinte dann herzzerreißend in den Hörer, ohne ein Wort über die Lippen zu bringen.

»Oh, mein Gott, Nina!« Inga war offensichtlich völlig geschockt angesichts dessen, was ihre besorgte Frage ausgelöst hatte. Beruhigend redete sie auf sie ein, wartete, bis Nina sich etwas beruhigt hatte, und versuchte dann, der Ursache für den Tränenausbruch auf den Grund zu gehen.

»Ist jemand gestorben?«

»Nein.«

Mehr brachte Nina im Augenblick noch immer nicht heraus.

»Ist deine Wohnung abgebrannt, hast du deinen Job verloren, sitzt du auf der Straße?«

»Nein!«

»Bist du schwanger und weißt nicht, von wem?«

»Nein!«

Trotz ihrer Verzweiflung musste Nina bei Ingas Vermutung kurz auflachen. »Das Gegenteil«, presste sie, schnell wieder ernst geworden, hervor.

»Du willst gerne ein Baby, kannst aber nicht schwanger werden beziehungsweise weißt nicht, von wem du schwanger werden könntest?«

Ingas Theorien wurden immer abstruser.

»Nein, nichts von dem. Ich habe dir doch von dieser seltsamen Geschichte erzählt, in der ich im Moment stecke.« Nina hatte sich selbst nun wieder besser unter Kontrolle. »Als wir telefoniert haben, war ich mir nicht sicher, um was es dabei geht ... Sex oder Liebe. Ich weiß es noch immer nicht genau. Ich weiß nur, dass sie mir im Moment so fehlt, dass ich fast platze! Ich muss ständig an sie denken – obwohl ich keinerlei Aussicht habe, dass sie nur je einen Funken Interesse an mir zeigt!«

Die Leitung war still.

»Inga?« Verunsichert schaute Nina auf ihr Handy. War die Verbindung abgebrochen?

»Ähm, ja, äh, warte mal ... sagtest du gerade *sie*?«

Inga klang verwirrt, was ihr Nina nicht verübeln konnte. Von einer Freundin, die mit ihr früher zusammen ausgegangen war, um gemeinsam Männer kennenzulernen, konnte sie wohl kaum erwarten, dass diese ihren Wechsel zum eigenen Geschlecht kommentarlos zur Kenntnis nahm.

»Ich kann dir das erklären«, begann Nina daher. »Es war nicht Absicht. Es ist einfach so ... passiert.«

Inga lachte. »Du musst mir überhaupt nichts erklären, Nina-Herz! Das ist schon okay für mich. Ich bin nur etwas überrascht. Aber angesichts deiner Tränen und deiner Äußerungen klingt das ja nicht nach einer sehr glücklichen Liebe. – Ich sage jetzt mal Liebe, denn wenn es nicht um Gefühle ginge, würdest du wohl kaum so leiden. Erzähl doch mal – vorausgesetzt, du willst.«

Nina wollte. Sie begann, über Ellen zu sprechen, und je länger sie über alles sprach, was sich in den letzten Monaten zugetragen hatte, desto besser fühlte sie sich. Es tat ihr unendlich gut. Zwanzig Minuten später beendete sie ihre Erzählung mit dem SMS, das sie von Ellen an ihrem Geburtstag erhalten hatte.

»Sie hat nicht mal eine Erklärung geliefert«, schloss Nina ihren Bericht. »Und seitdem höre ich gar nichts mehr von ihr.«

»Aber bist du nicht nach Südfrankreich abgerauscht, weil du nach diesem SMS verletzt, gekränkt und wütend auf sie warst und von ihr sowieso nichts mehr wissen wolltest, oder habe ich das falsch verstanden?«

Nina schluckte. »Nein. Nein, das hast du schon richtig verstanden.« Sie überlegte kurz und setzte unsicher hinzu: »Irgendwie.«

»Irgendwie?« Der aufmerksamen Inga schien keine Nuance zu entgehen.

»Na ja.« Nina schluckte nochmals und kämpfte erneut gegen die Tränen. »Ich vermisse sie. Ich habe sie auch im Urlaub vermisst. Ich verstehe einfach nicht, wieso sie sich so verhält. Warum sie mir das angetan hat.«

»Warum hast du sie nicht gleich angerufen und sie gefragt, was los ist?«, fragte Inga erstaunt. »Vielleicht hatte sie einen Unfall und konnte deswegen nicht kommen. Vielleicht gab es einen Zwischenfall in ihrer Familie. Vielleicht war ihr plötzlich übel. – Es gibt tausende Möglichkeiten, weshalb sie dieses SMS geschrieben hat. Es muss nicht unbedingt daran liegen, dass sie dich plötzlich verabscheut. Wieso sollte sie das?«

Nina seufzte. Ellen McGill war nicht erklärbar. Sie konnte nicht erwarten, dass Inga nach nur zwanzig Minuten die Komplexität der gesamten letzten Monate verstand.

»Wieso fällt sie eines Tages in einem Kopierraum über mich her, ohne dass wir vorher jemals ein nettes Wort gewechselt haben?« Sie wollte Inga mit diesem drastischen Einstieg klar machen, dass Rationalität hier nicht weiterhalf.

»Also, ich denke, du hast ihr einfach gefallen und sie hat es versucht«, antwortete Inga sachlich. »Wirklich mutig, diese Frau.«

Nina schwieg. So hatte sie die Dinge noch gar nicht gesehen. Ja, Ellen war tatsächlich unglaublich mutig gewesen. Die Szene im Kopierraum hätte schließlich auch ganz anders ablaufen können, von möglichen Konsequenzen ganz zu schweigen.

»Ich sehe das so, in einer kurzen Gesamtanalyse der Situation«, begann Inga nun ernsthaft. »Unter Einbeziehung aller Aspekte muss ich sagen, dass sich euer Verhältnis insgesamt kontinuierlich verbessert hat. Ich meine, anfangs war sie offensichtlich gemein zu dir. Dann vernascht sie dich im Kopierraum, wobei sie erhebliche Risiken eingeht. Ihr treibt es einige Wochen später in einem öffentlichen Restaurant ...« Sie hüstelte und schob ein: »... was wirklich ganz neue Züge an dir sind!« Und fuhr fort: »Dann gibt es noch ein paar Büro-Techtelmechtels, und plötzlich seid ihr nett zueinander und redet sogar! Und dann diese Geschichte in diesem Thermenhotel ... hört sich toll an. Wie der vielversprechende Beginn einer echten Liebesgeschichte. Sie hilft dir, ein TV-Star zu werden, ist für dich da, wenn du sie brauchst ... und dann will sie noch deinen Geburtstag mit dir verbringen. Das ist doch nicht schlecht!«

Nina schüttelte den Kopf. Inga musste auf Drogen sein! Wie sonst konnte sie die Lage so falsch einschätzen? »Inga, dein Positivismus in Ehren, aber du hast eines vergessen: Sie hat mir eine halbe Stunde vorher *abgesagt*!«

»Und du hast nicht gefragt, weshalb!«, konterte Inga trocken. »Das ist genauso seltsam. Wenn ich versetzt werde, versuche ich zumindest in Erfahrung zu bringen, weshalb. Dann weiß ich zumindest, ob ich heulen soll oder wütend sein darf!«

»Sie anrufen hätte zu nichts geführt«, warf Nina ein. »Sie wäre nicht mal ans Telefon gegangen.«

»Hätte, wäre – ich höre immer nur Konjunktiv!«, warf Inga ein. »Aber mal im Ernst: Zugegeben, es gab ein paar Rückschläge, die unerklärlich bleiben. Aber insgesamt klingt das eher nach aufsteigender Tendenz.«

Nina schwieg. Sie überlegte. Hatte sie sich falsch verhalten? Hätte sie sie nach diesem SMS vielleicht wirklich anrufen sollen? »Ach, Inga.« Sie seufzte. »Ich weiß einfach nicht, was ich tun soll.«

»Mit ihr reden! Du hast ihr schließlich noch kein einziges Mal wirklich gesagt, was du für sie fühlst. Du redest anscheinend nur immer um den heißen Brei herum, wenn du mit ihr zusammen bist. Sag ihr doch klipp und klar, was du willst.«

Wenn das so einfach wäre.

Nina sah Inga vor sich: Wahrscheinlich stand sie im Wohnzimmer ihrer hübschen Vierzimmerwohnung, die Sonne ging gerade über L.A. auf, ihr süßes Baby schlummerte noch friedlich im Kinderzimmer, während Ehemann Joe jetzt verschlafen im Ehebett die Hand nach ihr ausstreckte. Für Inga gab es keine Unklarheiten. Sie wusste jetzt, wo ihr Platz im Leben war. Und daher konnte sie auch nur wie jemand sprechen, der sich selbst nicht tausend Fragen stellen musste.

»Ich weiß ehrlich gesagt selbst nicht, was ich will oder genau erwarte«, sagte Nina nun. »Ich weiß nicht mal, ob ich Ellen heute so vermisse, weil Feiertag ist, ich alleine bin und nichts mit mir selbst anzufangen weiß, oder ob ich sie vermisse, weil ich wirklich in sie verliebt bin.«

»Du *bist* in sie verliebt, Nina!« Inga schien über jeden Zweifel erhaben. »Du warst immer ein Mensch, der sich gut selbst beschäftigen konnte ... der einzige Grund, weshalb du dies jetzt nicht tust, ist, weil du innerlich nicht zur Ruhe kommst. Und du kommst nicht zur Ruhe, weil du Liebeskummer hast. Du *bist* verliebt, Nina, glaube mir!«

Nina seufzte zum wiederholten Male. Im Grunde bestätigte ihr Inga nur, was sie längst selbst begriffen hatte.

»Ich bin also verliebt, aber in eine Person, die mich nicht will.«

»Das weißt du doch überhaupt nicht!«

»Inga. Bitte, höre mir zu: Mal stößt sie mich weg. Dann ist sie wieder streichelweich. Am nächsten Tag behandelt sie mich wie eine Fremde. Das ist doch nicht normal!«

Inga schwieg. Sie schien nachzudenken.

»Vielleicht hat sie psychische Probleme«, meinte sie schließlich ernst.

»Toll!«, entfuhr es Nina unwillkürlich. Aus ihr sprach triefender Sarkasmus. Doch jetzt, da Inga sie auf diese Idee brachte, hielt sie dies gar nicht so abwegig. Ellen hatte ihr oft genug Rätsel aufgegeben. Vielleicht lag die Lösung ganz einfach auf der Hand: Ellen war krank. Aber konnte sie im Berufsleben so gut funktionieren, wenn sie tatsächlich psychisch beeinträchtigt war? »Ich bin also verliebt in eine Geisteskranke.«

»Hör auf, meine Vermutung so zu verdrehen«, wies sie Inga zurecht. »Ich meinte das nicht so. Deinem Bericht zufolge scheint sie ein netter und anständiger Mensch zu sein. Aber sie steht offenbar nicht ganz mit sich selbst im Einklang. All diese Zwischenfälle, die du erwähnt hast, klingen danach. – Sprich mit ihr, Nina-Herz! Sonst kommst du keinen Schritt weiter.«

»Ich will keine Partnerin mit Problemen.«

Nina hielt das Handy in der rechten Hand und kaute am Fingernagel ihrer linken. Das Szenario, das Inga ihr malte, wurde immer düsterer.

»Also, Nina ... als ob du nie Probleme hättest«, erwiderte Inga. »Jeder schleppt doch einen Rucksack mit sich herum. Auch du. Wobei du anscheinend gern endlos leidest.«

»Nein.«

»Doch! Tust du!« Inga lachte. Auch Nina brachte ein Glucksen zu Stande. Selbst über tausende Kilometer hinweg verliefen Gespräche mit Inga ganz wie zu den alten Münchner Zeiten. Inga war wieder die versierte Hobby-Psychologin, die Nina schon damals mit scharfsinnigen Analysen erheitert und auch traktiert hatte. Nina hatte auch heute das Gefühl, nach dem Gespräch mit ihr klarer zu sehen.

»Danke für das Zuhören, Inga, und für deinen Rat. Aber ich kann Ellens Verhalten nicht entschuldigen. Seit ich sie kenne, geht es mir pausenlos schlecht. Ich möchte endlich, dass das aufhört. Und das wird nur möglich sein, wenn ich künftig von ihr Abstand halte. Punkt. Ich muss jetzt hart bleiben, sonst heule ich in einem halben Jahr immer noch wegen ihr herum.«

Das war nicht das, was Inga hatte hören wollen, aber der Entschluss, den sie selbst gefasst hatte.

Das einzige, was Nina auf dem Weg zum Flughafen störte, war die Musik im Taxi. Sie konnte so früh am Morgen generell keine lauten Töne ertragen, brauchte stets eine gewisse Anlaufphase, bis sie sich wach und lebendig fühlte. Die österreichische Volksmusikgruppe, die von ewiger Liebe und sonnigem Glück schmalzte, war aber zu keiner Tageszeit zu ertragen. Wenigstens drehte der Taxifahrer die Musik leiser, als sie ihn darum bat.

Sie hatte alles dabei – ihren Koffer, den Ausdruck ihres e-tickets, ihren Reisepass. Mehrmals hatte sie kontrolliert, dass sie wirklich nichts vergessen hatte.

Trotzdem: Sie war aufgeregt.

Zum Glück würde Eva Gutenberg beim Check-In auf sie warten. Sie musste sich den Herausforderungen des Eincheckens also nicht alleine stellen. Der Taxifahrer, dem sie die Fluglinie genannt hatte, hielt zielsicher vor der Halle, in der die Passagiere der Billigfluglinien abgefertigt wurden. Nina nahm ihren Koffer und betrat das weitläufige Gebäude. Es waren viele Leute unterwegs, Reisende wie sie, mit kleinen und großen Koffern, die alle genau zu wissen schienen, wie sie vorzugehen hatten.

Nina stellte sich an den vereinbarten Treffpunkt. Sie war etwas zu früh dran und musste warten. Ihre Aufregung wuchs in den unbekannten Gefilden, anstatt zu schrumpfen.

Warum fahren wir nicht mit dem Zug nach Berlin, fragte sie sich. Sie hatte achtzehn Stunden Fahrt nach Marseille bewältigt. Die Fahrt nach Berlin war im Vergleich dazu sicher eine Lappalie.

»Hallo.«

Beim Klang der Stimme, die plötzlich hinter ihr ertönte, zuckte sie zusammen. Das konnte nicht sein. Durfte nicht sein. Sie fuhr herum und erstarrte. Ellen McGill stand hinter ihr. Der Trolley neben ihr war nicht zu übersehen.

»Eva Gutenberg ist gestern Nacht mit Blinddarmdurchbruch ins Krankenhaus eingeliefert worden.« Ellens Stimme klang sachlich, ihr Blick war ernst und abweisend. »Ich habe dir ein SMS geschrieben, um dich darauf vorzubereiten.«

»Ich habe nichts bekommen«, sagte Nina und zog ihr Handy aus der Tasche. Doch. Da war etwas. Sie hatte es nicht piepen hören; die Volksmusik war zu laut gewesen.

ICH KOMME. TUT MIR LEID. E.

Sehr witzig. Sie steckte das Handy wortlos zurück in die Tasche und folgte Ellen in zwei Metern Abstand zum Check-In-Schalter.

Es tat ihr also leid, mit ihr zusammen verreisen zu müssen. Erst versetzte sie sie an ihrem Geburtstag, jetzt tat ihr die gemeinsame Dienstreise leid, dachte Nina, während sie unmittelbar nach Ellen ihren Pass am Schalter vorlegte.

»Um 7.15 Uhr beginnt das Boarding, bitte zu B 43«, sagte die Dame mit dem Zahnpastalächeln, die ihr das Ticket ausgestellt hatte. Nina hatte keine Ahnung vom Boarding und wo sie B 43 finden sollte. Wieso musste auch ausgerechnet Ellen mitfliegen und nicht Eva, der sie schon gesagt hatte, dass sie noch nie geflogen war?

Schweigend überquerten sie die Zufahrtsstraße in Richtung Abflughalle. Ellen steuerte sofort den abgeschlossenen Bereich an und verschwand in einem Bücher- und Zeitschriftenladen. Nina folgte ihr in einigem Abstand. Sie sah, dass sich Ellen mit einigen englischsprachigen Tageszeitungen eindeckte, und kaufte sich selbst eine Frauenzeitschrift.

»Die bekommst du im Flugzeug gratis«, meinte Ellen lapidar, als sie sie damit sah. Danke für den Hinweis, Miss Superschlau. Laut sagte Nina: »Ich will sie mir trotzdem lieber kaufen.« Ellen zuckte mit den Schultern. »Bitte. Wie du willst.«

Im Boarding-Bereich war Nina schließlich klar, dass sie sich jetzt nicht mehr verlaufen konnte. Sie vergrößerte den Abstand zu Ellen drastisch, indem sie sich an das andere Ende des Raumes setzte. Demonstrativ vergrub sie sich hinter ihrer Zeitschrift und bemühte sich, nicht hinüberzusehen.

Was genau tat dieser Frau leid? Sollte sie etwa doch eine Art Unrechtsbewusstsein haben? Wie auch immer, die Entschuldigung kommt reichlich spät, sagte sich Nina. Zu spät. Und ein »Tut mir leid« ist sowieso zu wenig.

Würde sie eine Entschuldigung überhaupt akzeptieren, selbst wenn sie angemessen vorgebracht worden wäre? Nina überlegte. Sie stellte sich Ellen vor, wie sie vor ihr kniete, mit schuldbewusstem Gesicht und Tränen in den Augen um Vergebung flehend. Vorsichtig linste sie seitlich an ihrer Zeitschrift vorbei.

Ellen schien vollkommen ins Lesen vertieft. Offenbar waren Entschuldigungen das letzte, woran sie dachte.

Im Flugzeug wurde es noch schlimmer. Eineinviertel Stunden gab es nun kein Entkommen mehr. Anscheinend hatte die Dame mit dem Zahnpastalächeln beim Check-In angenommen, dass sie zusammen gehörten, und sie nebeneinander gesetzt. Ellen saß am Fenster, obgleich ihr das herzlich egal zu sein schien. Sie hatte kaum Platz genommen, als sie sich auch schon wieder ihren Zeitungen widmete. Nina, die von einem Fensterplatz geträumt hatte, war sich jetzt, angeschnallt und mit klopfendem Herzen, gar nicht mehr sicher, ob sie überhaupt sehen wollte, wie die sichere Erde unter ihr immer kleiner wurde.

»Im unwahrscheinlichen Fall eines Druckverlustes …«, begann die Damenstimme in dem über die Monitore zugespielten Film zu erklären, und Nina wurde immer blasser. Wenn der Fall so gänzlich unwahrscheinlich war, wieso wurde die Situation dann derart anschaulich und ausführlich erläutert?

Nina fühlte sich gar nicht mehr wohl in ihrer Haut, als das Flugzeug losrollte. Ellens Anwesenheit wurde zur Nebensache, je mehr der Flieger an Tempo gewann. Nina presste sich noch mehr in den Sitz und verschränkte ihre Hände so fest ineinander, dass die Handknöchel weiß hervortraten. Was war, wenn das Flugzeug abstürzte? Sicher war das auch ohne den unwahrscheinlichen Fall eines Druckverlustes möglich. Zugfahren ist entschieden besser. Da hatte sie zumindest stets Bodenhaftung und war nicht einer Maschine aus Stahl, Blech und Plastik ausgeliefert, die sich aus mysteriösen technischen Gründen in der Luft hielt, aber dennoch jederzeit hinabstürzen konnte …

Das Flugzeug hob ab.

Nina stieß einen leisen Entsetzensschrei aus.

Jetzt war es offensichtlich soweit. Sie war ausgeliefert. Komplett ausgeliefert.

Ellen ließ ihre Zeitung sinken. »Nina, hast du Flugangst?«

Nina versank fast in ihrem Sitz. Sie hatte ein komisches, flaues Gefühl im Magen. »Ich weiß nicht«, stieß sie hervor.

»Du weißt es nicht?« Ellen hob fragend die Augenbrauen. »Wie war das bei deinen früheren Flügen?«

»Das ist mein erster Flug.« So, und jetzt halte mich ruhig für naiv und unerfahren …

Eine warme Hand legte sich um ihre verkrampften Finger. Ellens Hand. Ninas Herzklopfen wurde nicht weniger, als das Flugzeug nun an Höhe gewann. Je länger Ellens Hand auf der ihren ruhte, desto stärker kamen all jene Gefühle zurück, die sie fast überwunden geglaubt hatte. Sie wollte nicht, dass diese Gefühle aufhörten, und doch war sie es, die schließlich abrupt die Hand wegzog. Es durfte nicht wieder anfangen. Sie wollte von ihr loskommen.

Ellens Gesicht spiegelte für ein paar Sekunden blanke Irritation wieder. Dann verschwand jede Regung hinter einer undurchdringlichen Miene und sie griff wieder nach ihrer Zeitung.

Der Pilot kündigte endlich den Landeanflug auf Berlin an. Und kurze Zeit später begann es: Das Flugzeug bebte und zitterte. Ninas Magen verkrampfte sich. Sie legte die Zeitschrift beiseite. Nochmals erzitterte das Flugzeug gewaltig, ein paar Passagiere riefen »Oh!« und »Oh je!«. Die Stewardessen stellten den Verkauf zollfreier Waren ein. Ellen las ungerührt weiter Zeitung.

Dann erfasste nochmals ein gewaltiges Zittern den Flieger. Nina bekam Panik. Zudem war ihr übel.

»Wegen wetterbedingter Turbulenzen bitten wir Sie, die Sitzgurte geschlossen zu halten und derzeit die sanitären Anlagen nicht zu benutzen«, erklärte eine freundliche Stewardessenstimme über Lautsprecher.

Nina würgte. Verzweifelt sah sie sich um und entdeckte erleichtert die Halterung mit Papiertüten vor sich an der Rücklehne. Keine Sekunde zu früh riss sie eine heraus. Trotz ihres Würgens konnte sie die Blicke der anderen Passagiere spüren. Wie peinlich.

Das Flugzeug wurde noch immer geschüttelt und gerüttelt. Nina hatte Tränen in den Augen und begann unwillkürlich zu zittern. Keine Frage, sie würden abstürzen.

»Hier.« Ellen streckte ihr ein Taschentuch entgegen. Sie nahm es und wischte sich den Mund ab. Ihre Panik wurde damit aber nicht kleiner, und auch die Übelkeit war nicht verschwunden.

»Es ist Sturm draußen«, sagte Ellen sachlich. »Kein Grund zur Sorge. Wir sind sicher bald durch.«

Wir werden abstürzen. Ich will nicht sterben. Schon gar nicht auf diese Art. Nicht in dieser Blechkiste. Ninas Gedanken überschlugen sich. Ihr Zittern nahm zu. Ohne dass sie es verhindern konnte, liefen ihr die Tränen über die Wangen.

»*Honey*, bleib ganz ruhig. Es passiert nichts.« Ellens Stimme war einfühlsam und sanft. Sie griff erneut nach Ninas Hand, und Nina wehrte sich nicht. Mit Ellens Hand in der ihren hatte sie tatsächlich weniger Angst. Wenn sie schon abstürzen würde, dann zumindest mit Ellen.

Der Pilot beruhigte über Lautsprecher, es bestünde kein Grund zur Beunruhigung, die Schlechtwetterfront sei bald durchflogen. Zehn Minuten später war es mit dem Gerüttel tatsächlich vorbei. Als sie in Berlin landeten, hatte Nina ihre Fassung zurück und ihre Vorsätze wieder aus den Abgründen herausgefischt. Sie musste Ellens Anwesenheit meiden! Die Szene im Flugzeug hatte ihr vor Augen geführt, wie leicht sie in Versuchung geriet, sobald sie nur in Ellens Nähe war. Sie fuhren im selben Taxi ins Hotel, und Nina blieb ihrem Vorsatz treu.

Das Schweigen hielt bis zum Einchecken an der Hotelrezeption. Dort verlangte der Rezeptionist eine Kreditkarte als Garantie. Das Bewusstsein, keine zu besitzen, trieb Nina die Röte ins Gesicht. Ellen gab wortlos ihre Karte heraus.

Stumm fuhren sie mit dem Lift in den dritten Stock. Ihre Zimmer lagen nebeneinander.

»Wir sehen uns dann wohl beim Meeting«, meinte Ellen, während sie in ihrem Zimmer verschwand, und Nina war froh, dass ihr wenigstens eine weitere gemeinsame Liftfahrt erspart blieb.

Viel Zeit, um sich häuslich einzurichten oder zu erholen, hatte sie sowieso nicht. Nina putzte sich schnell die Zähne und machte sich frisch. Dann wartete sie, bis sie Ellens Türe aufgehen und wieder zufallen hörte. Erst als sich die Schritte ihrer Zimmernachbarin am Gang weit genug entfernt hatten, machte sie selbst auf den Weg zum Meetingraum, der sich im selben Hotel befand.

Sie war aufgeregt – fast genauso aufgeregt wie vor ihrem ersten Flug. Immerhin kannte sie keinen einzigen Menschen persönlich. Als sie im Foyer vor dem Seminarraum eintraf, sah sie Ellen bereits im angeregten Gespräch mit zwei Herren. Bald schon fand sie sich mitten im Geschehen wieder. Mehrere Frauen und Männer, allesamt etwas älter als sie, stellten sich mit den unterschiedlichsten Akzenten auf Englisch bei ihr vor. Maria aus Madrid. Ida aus Kopenhagen. Ioannis aus Athen. Edita aus Kroatien. Adam aus Polen. Die meisten waren Produktmanager im Bereich der Antidepressiva, lediglich Adam aus Warschau war für die Pharma-PR verantwortlich und somit Ninas polnisches Pendant. Nina lächelte jeden höflich an, stellte sich ebenfalls vor und hoffte sich Namen und Gesichter merken zu können. Es waren rund vierzig Leute vor Ort.

»*Where is Eva?*«, fragte Maria aus Madrid nun und sah sich um. Als Nina erst nicht reagierte, setzte sie hinzu: »*Eva Gutenberg, your collegue from marketing.*«

»*Oh.*« Nina begriff, dass die beiden Damen sich offensichtlich kannten. »*She is ill.*«

Englische Konversation war noch immer nicht ihre Stärke, wie sie sich selbst eingestehen musste. Marias jedoch auch nicht, wie Nina erleichtert bemerkte.

»*Oh, I see. So did you come alone to this meeting? No one else from marketing came here with you?*«

»*Ellen came with me*«, sagte Nina. »*Ellen McGill. She is responsible for the whole Pharma department in Austria.*«

»*Oh!*« Maria machte ein überraschtes Gesicht. »*But Ellen would have been here anyway. She is one of the speakers.*«

»Was?«, entfuhr es Nina überrascht. Dass Ellen eine der Referentinnen war, hörte sie zum ersten Mal. Eva Gutenberg hatte davon kein Wort erwähnt.

»*Yes, have a look.*« Maria zog ein zusammengefaltetes Programm aus ihrer Tasche und breitete es vor Nina auf dem kleinen Stehtisch aus. Nina traute ihren Augen kaum: die Agenda des Meetings, die ihr vor einigen Tagen geschickt worden war, war durch einen Zusatzpunkt ergänzt worden: Ellen McGill, »*Pharma Specialist, Austria et al.*«, würde über ein kryptisches Thema referieren, bei dem es um einen Ländervergleich im Bezug auf die Verordnung und Einnahme von Antidepressiva ging.

»*I see. We had no time to talk about that*«, gab sie ausweichend zur Antwort. Gleichzeitig ärgerte sie sich, dass Ellen ihr nicht einmal offen erzählen konnte, wenn sie einen Vortrag hielt. Als das Meeting begann, suchte sie sich einen Platz an einem Tisch, der weit von ihr entfernt war, würdigte Ellen während des gesamten Vormittags keines Blickes und war stolz darauf, dass ihr das so gut gelang.

Für dreizehn Uhr war im Hotelrestaurant ein Buffet angerichtet. Nina war durch Zufall eine der ersten Personen in dem Raum. Sie hängte ihre Tasche und Jackettjacke wahllos über eine der Stuhllehnen und ging gleich zum Buffet.

Als sie mit einem Teller Fisch und Gemüse zurückkam, hatten sich die Tische gefüllt. Über der Lehne ihres Nachbarstuhls hing nun ebenfalls ein Jackett. E. McGill. Der Name prangte Nina deutlich von dem kunstvollen Stoffetikett am Innenfutter entgegen und ließ keinen Zweifel offen. Von der Besitzerin fehlte jedoch jede Spur.

Nina schüttelte wieder einmal den Kopf über Ellens seltsame Marotte, in ihre Kleidungsstücke ein Namensetikett zu nähen, und beschloss dann, sich auf keinen Fall einem gemeinsamen Mittagessen auszusetzen. Der Zufall kam ihr zur Hilfe: Ansgar Hüter betrat das Restaurant mit leichter Verspätung und sah sich suchend nach einem freien Platz um. Nina winkte ihn zu sich und bot ihm ihren Platz an, den er überrascht annahm. Sie selbst nahm am Nachbartisch Platz. Hier hatte sie Josef aus der Schweiz erspäht, der über ihre Gesellschaft höchst erfreut schien und sie gleich mit seinen Sitznachbarn bekannt machte.

»Enrico und Carla aus Mailand – *da Milano!*«

»*Ciao, bella.*« Enrico, groß, dunkelhaarig, braungebrannt und sicher nicht nur in Mailand ein Frauenschwarm, begrüßte Nina mit einem Strahlen; Carla, seine Kollegin, war etwas zurückhaltender. Dennoch, sie kamen schnell ins Gespräch – und waren begeistert, dass sie mit Nina in ihrer Muttersprache sprechen konnten. Auch Josef konnte sich problemlos auf Italienisch verständigen, er war sogar zweisprachig aufgewachsen.

Zwischendurch warf sie einen verstohlenen Blick hinüber zum Nebentisch. Ellen saß jetzt auf dem Stuhl, den sie sich reserviert hatte, machte ein freundliches Gesicht und sprach mit Ansgar Hüter. Nina fiel auf, dass sie in ihrem Salat nur lustlos herumstocherte und zeitweise ins Leere blickte. Sie erinnerte sich an die Mittagessen, die sie zusammen gehabt hatten. Ellen hatte deutlich mehr gegessen. Vor allem war ihr Lächeln echt gewesen und nicht so aufgesetzt wie jenes, das sie jetzt zur Schau stellte. Wenn schon! Nina stieß die Gabel engagiert in ihr Fischfilet. Das alles brauchte sie nicht mehr zu interessieren.

Am Nachmittag war sie verblüfft über Ellens Vortrag. Sie hatte keine Vorstellung davon gehabt, über welch immenses Fachwissen Ellen verfügte. Sie trug nicht nur auf exzellente und leicht verständliche Weise vor, sondern beantwortete im Anschluss auch noch Fragen, die sich in Ninas Ohren allein schon durch die Fragestellung enorm kompliziert anhörten.

»Sie ist wirklich super«, sagte Josef leise neben ihr. »Hast du in Österreich viel mit ihr zu tun?«

»Es geht«, erwiderte sie knapp und konzentrierte sich weiterhin auf Ellen, die jetzt wieder ihren Platz einnahm.

Während sie größtenteils weiterhin standhaft blieb, sehnte sich ein kleiner Teil ihrer Seele und ihres Körpers bereits wieder in Ellens Nähe. Eine außerordentlich attraktive Frau. Klug, intelligent, erfolgreich. Wunderschön. Sexy. Das hatte sie Ellen vor einiger Zeit gesagt und auch von Herzen so gemeint. Jetzt meinte sie es immer noch, aber sie würde es ihr nie wieder sagen.

Ein Vortrag folgte dem anderen. Um achtzehn Uhr wurde der erste Tag des Workshops offiziell für beendet erklärt, und Nina schwirrte der Kopf von allem, was sie seit dem Vormittag über Antidepressiva und Depressionen gehört hatte.

Auch das Dinner fand im Hotel statt. Am langen Tisch nahm Nina gezielt zwischen Enrico und Maria Platz, weit genug entfernt von Ellen, die am anderen Tischende saß. Nina entging nicht, dass sie des Öfteren zu ihr hinüber sah, doch sie vertiefte sich bewusst in ein Gespräch mit Enrico und schenkte ihm häufiger ein Lächeln, als ihr im Grunde ihres Herzens danach zu Mute war. Ellen sollte ruhig sehen, wie gut sie sich amüsierte. Und dass es auch andere Leute gab, die sich für sie interessierten. Und sich auch anständiger ihr gegenüber verhielten.

Enrico sprang sofort auf ihr Lächeln an – mehr, als Nina lieb war. Er überhäufte sie mit Komplimenten und fragte sie, ob sie verheiratet sei. Nina spielte mit dem Gedanken, ihm zu sagen, sie sei bereits vergeben. Doch da sie Ellens Blick spürte, gab sie Enrico trotzig die Auskunft, sich vor kurzem getrennt zu haben.

»*Sei bellissima!*«, rief Enrico nun begeistert aus, und zwar so laut, dass ihnen kurzfristig die Aufmerksamkeit der gesamten Tischgesellschaft galt.

Es war der Moment, in dem sich Nina langsam zu Ellen drehte. Sie sah Ellens Gesicht – und erstarrte. Ellen war aschfahl. Ihre Gesichtszüge, zu einer schmerzvollen Grimasse verzerrt, wirkten versteinert. Sie sah aus, als würde sie jeden Augenblick vom Stuhl fallen.

Ninas Lächeln erlosch. Sie wandte sich schnell ab. Es war nie ihre Absicht gewesen, Ellen zu quälen oder eifersüchtig zu machen; sie hatte ihr lediglich zeigen wollen, dass es Leute gab, die ihre Person zu schätzen wussten. Aber war das nicht letztendlich dasselbe?

Enrico sprach weiter auf sie ein. Wie durch eine Nebelwand nahm sie wahr, dass sich Ellen höflich für den Rest des Abends entschuldigte. Das Dessert wurde serviert, doch

Nina brachte keinen Bissen mehr hinunter. Ellens schmerzvoller Blick hatte sich in ihr Gedächtnis gebrannt.

Wenn sie eifersüchtig ist, dann bedeutet das auch, dass sie Gefühle für mich hat, hämmerte es in ihrem Kopf. Aber wenn sie Gefühle für mich hat, warum behandelt sie mich dann so seltsam?

Ich kann erst wieder glücklich werden, wenn sie in meinem Leben keine Rolle mehr spielt, rief sich Nina wieder ins Bewusstsein. Ich darf mich nicht dazu hinreißen lassen, mir so viel Gedanken zu machen. Ellen muss aus meinem Kopf heraus.

Doch Ellen musste nicht nur aus ihrem Kopf heraus. Sie musste überall heraus – aus ihrem ganzen Leben, Denken, Handeln, aus ihrem Geist und ihrem Körper.

Wie auf ein Stichwort fühlte sie in diesem Moment Enricos Hand auf ihrem Oberschenkel. Die Berührung war flüchtig, dauerte nur Bruchteile von Sekunden. Doch sein Signal an sie war deutlich.

Aus ihrem Körper. Ellen musste aus ihrem Leben und ihrem Körper. Vielleicht war Enrico ihre Chance, dieses Ziel zu erreichen. Nina schluckte trocken. Hatte sie das wirklich gerade gedacht? Würde sie wirklich so weit gehen? Ein One-Night-Stand mit einem Mann, den sie optisch sehr attraktiv fand, aber der ihr nichts bedeutete, nur um über Ellen hinwegzukommen?

Sie versuchte sich vorzustellen, wie es war, von ihm geküsst zu werden. Sie starrte auf seinen adretten Dreitagebart, und ihre Phantasie ließ sie im Stich. Stattdessen war da die Erinnerung an Ellens sanfte, makellose Haut.

Mit Sicherheit musste sie auf andere Weise mit ihren Gedanken an Ellen fertig werden. Vielleicht war es wirklich nur eine Frage der Zeit. Weiterhin Distanz wahren, sich auf keine persönlichen Gespräche mehr mit ihr einlassen, keine Berührungen zulassen – das sollte und musste ihr Erfolgsrezept sein.

»Wie sieht's aus, sollen wir noch um die Häuser ziehen?«, erkundigte sich Josef, ihr Schweizer Kollege, nun.

»Enrico und Carla kommen auch mit; wir würden noch gerne ein oder zwei Bars unsicher machen. Bist du mit von der Partie?«

Ablenkung. Pure Ablenkung. Ein Barbesuch würde genau das Richtige sein. Sie würde ein, zwei Cocktails trinken, ein bisschen mit Enrico flirten, aber nicht mehr, und zurück im Hotel in tiefen Schlaf versinken. Es würde ganz einfach sein. Zumindest in dieser Nacht.

»Wann gehen wir?«

»Sofort.«

»Okay, ich hole nur noch meine Jacke von oben.«

»Wir warten auf dich im Foyer.«

Nina scheiterte beim ersten Versuch, die Türe ihres Zimmers zu entsperren, stellte dann fest, dass sie die Schlüsselkarte verkehrt herum in den Spalt geschoben hatte, und wollte es gerade erneut versuchen, als die Nachbartür aufgerissen wurde.

Es ging alles sehr schnell.

»Komm, bitte!« war alles, was Ellen sagte. Ungeduldig, fordernd. Sie packte sie so grob am Arm, dass Nina unwillkürlich aufschrie, und zerrte sie zu sich ins Zimmer. Die Türe fiel mit einem lauten Knall zu.

Nicht wieder. Es durfte sich nicht wiederholen, schon gar nicht so. Ich bin doch kein Selbstbedienungsladen, schrie es in Nina. Sag mir, was du willst, formte sich in Gedanken eine Frage, die ihr jedoch nicht über die Lippen kam. Ellens Zittern hielt sie davon ab, sie zu stellen oder überhaupt irgendetwas zu tun.

Zu schockiert war sie, als Ellen plötzlich vor ihr auf die Knie fiel. Unwillkürlich dachte sie an das Szenario, dass sie sich ausgemalt hatte: Ellen, die sie auf den Knien flehend um Verzeihung bat. Jetzt, da sie tatsächlich vor ihr kniete, empfand Nina das Bild, das sich ihr bot, erniedrigend. Ihr traten Tränen der Beschämung in die Augen, die jedoch sofort wieder versiegten, als sich Ellens Hände um ihre Hüfte schlangen und sie zu sich heranzogen. Ellen schmiegte ihren Kopf an sie. Und atmete. Und atmete. Und sagte kein Wort.

Nina streichelte über ihren Rücken. Sie war ihrem Vorsatz nicht treu geblieben. Und trotzdem fühlte sie sich in dieser Minute glücklicher als während des gesamten Tages, wo sie vor Ellen geflüchtet war.

An was denkst du, wollte sie vorsichtig fragen. Dann erst realisierte sie, dass Ellen im Moment die Frage nicht beantworten würde. Ellen weinte, fast lautlos.

»Ellen, was ist, was hast du?«

Bestürzt suchte sie ihren Blick, doch Ellen hatte ihr Gesicht noch immer zwischen ihren Brüsten vergraben.

Vielleicht hat sie psychische Probleme. – Ingas Aussage fiel ihr ein. Was sie selbst darauf gesagt hatte, war in diesem Moment vergessen. Ellens Tränen berührten ihr Herz. Dasselbe Herz, das sie hatte verschließen wollen, öffnete seine weiten Tore und ließ Ellen noch weiter hinein, als sie bisher je vorgedrungen war.

»Ellen«, flüsterte Nina, die spontan annahm, Ellen schämte sich ob dieses Vorfalls. Möglicherweise waren es Tränen aus schlechtem Gewissen. »Ich wollte es. Ich wollte mit dir schlafen. Ich hätte nur nicht den Anfang gemacht.«

»Ich weiß.« Ellen sah sie durch eine Wand von Tränen an. Sie wirkte völlig aufgelöst.

»Ich hatte auch nichts mit diesem Italiener vor.« Es war ihr wichtig, dies klarzustellen. Kurz fiel ihr ein, dass Josef, Enrico und Carla möglicherweise noch immer unten im Foyer auf sie warteten, doch es war ihr Sekunden später schon wieder egal.

»Ich weiß.« Ellen schniefte. Sie richtete sich auf und fuhr sich mit dem Handrücken über die Augen.

Nina atmete tief durch. Ellen schien sie besser zu kennen als sie sich selbst. Dann sah sie Ellen an und stellte fest, dass sie nicht wesentlich glücklicher wirkte als zuvor, auch wenn ihre Tränen wieder versiegt waren.

»Warum weinst du dann?«

»*Too much emotion.*«

Sie sah Nina nicht an.

Gefühle. Für Nina war die Begründung nicht nur dürftig, sondern warf viele andere Fragen auf.

»Ellen.« Nina legte ihr sanft die Hand auf die Schulter. Ihr Herz schlug hart gegen die Brust. Sie hatte die Worte parat, wusste, welche Frage sie ihr gleich stellen würde. Sie musste sich dennoch erst überwinden, es tatsächlich zu tun. Es kam ihr vor wie der Sprung in unbekanntes, dunkles Gewässer. Unter ihr konnten Felsen sein oder ein tiefes natürliches Bassin. »Sind Emotionen für dich etwas Schlechtes, wenn du mit jemandem schläfst?«

Ellen ließ sich mit der Antwort Zeit. Sie starrte weiterhin auf den dunkelgrauen Teppichboden.

»Nein«, sagte sie dann plötzlich. Ihre Stimme klang deutlich stabiler als zuvor, was Nina ermutigte, eine weitere Frage zu stellen. »Glaubst du, mich lässt es gefühlsmäßig kalt, mit dir zu schlafen?«

Wieder dauerte es, bis Ellen zu einer Antwort bereit war.

»Ich weiß nicht«, sagte sie stumpf.

Das fremde Gewässer hatte Untiefen. Nina zögerte. Sollte sie sich weiter vorwagen? Andererseits, sie war ja bereits hineingesprungen. Wenn sie nicht untergehen wollte, musste sie nun auch schwimmen. Sie fuhr mit ihrem Zeigefinger Ellens Rückgrat entlang und konnte jeden einzelnen Wirbel spüren. Gestörtes Essverhalten, hatten die Leute in der Firma hinter Ellens Rücken getuschelt. Psychische Probleme, hatte Inga gesagt.

Was war nur mit ihr los? – Nina hatte mehr denn je den Eindruck, dass Inga möglicherweise recht haben könnte, doch es tat ihren Gefühlen gegenüber Ellen keinen Abbruch.

»Glaubst du, ich …«, Nina schluckte. Das Gewässer, in dem sie schwamm, zeigte viele gefährliche Strudel, denen sie ausweichen musste. Aber sie käme ans andere Ufer, irgendwie. »Glaubst du, ich kann das einfach trennen, Gefühle und Sex?«

Ellens starres Gesicht gab nicht zu erkennen, was in ihr vorging. »Ich weiß nicht«, wiederholte sie nach einiger Zeit wieder, doch sie nahm Ninas Hand in die ihre, zog sie an sich und hauchte einen sanften Kuss auf ihren Handrücken.

Nina unterdrückte ein Seufzen. Ellen wusste durchaus, dass sie mehr für sie empfand, auch wenn sie etwas anderes behauptete. Warum aber fiel es ihr so schwer, dies offen anzusprechen? Nun, dieses Wasser war nicht an einem Tag zu durchschwimmen.

»Sagst du auch etwas anderes als: Ich weiß nicht?« Nina hatte die Frage nicht böse, sondern in neckendem Tonfall gestellt. Ellen sah sie erstmals an. Ihre Augen blickten noch immer ernst. Doch ihren Mund umspielte jetzt ein dünnes Lächeln.

»Ja«, gab Ellen nun zur Antwort. »Ich sage: Komm mit ins Bett.« Sie erhob sich und zog Nina mit sich, die jetzt keinerlei Widerstand leistete, als Ellen sie mit sich zog, in die Kissen schob und sich zu ihr legte. Diesmal liebten sie sich zärtlich, mit sanften Berührungen. Ohne Hast, ohne verdeckte Aggression. Ohne Experimente, aber mit den Erfahrungen der vergangenen Male.

Nina genoss jede kleinste Berührung. Jeder Laut, den Ellen von sich gab, brachte sie selbst dem Höhepunkt näher. Das Wunder, dass sie zu erleben glaubte, sobald sie Ellens Körper spürte, wiederholte sich wieder und wieder. Und diesmal mehr denn je. Es war für Nina wie eine einzige Verschmelzung mit Ellens Körper und auch ihrer Seele, als sie das letzte Mal in dieser Nacht innerlich explodierte und fühlte, dass Ellen in derselben Sekunde ebenfalls zum Orgasmus kam.

Atemlos und verschwitzt, aber frei von der düsteren Schwere, die den ganzen Tag ihre Begleiterin gewesen war, lagen sie dicht beieinander.

Klopf. Klopf. Klopf. Klopf. Nina lauschte jedem einzelnen, schnellen Schlag von Ellens Herzen. Sie glaubte fühlen zu können, dass dieses Herz in diesem Moment vollkommener Vertrautheit auch für sie schlug.

Die Hoffnung, die sie beerdigt hatte, was ihr Verhältnis

zu Ellen betraf, meldete sich vehement zurück. Nina rutschte zur Seite. Es tat ihr nahezu weh, sich von Ellens Körper zu lösen, doch es musste sein. Ihre Kehle brannte.

»Geh nicht«, flüsterte Ellen. Der Anflug von leichter Panik in ihrer Stimme war nicht zu überhören.

»Ich gehe nicht. Ich hole nur etwas zu trinken.« Nina glitt aus dem Bett. Während sie nackt vor der Minibar kniete und nach Wasser suchte, richtete sich Ellen auf dem Bett auf. Nina fühlte ihren Blick auf dem Rücken und drehte sich zu ihr um. Ellen sah sie an. Diesmal lächelte nicht nur ihr Mund, es lächelten auch ihre Augen.

»Was ist?«

»Nichts. Ich sehe dich gerne an.«

Mit zwei langstieligen Gläsern kam Nina zurück zum Bett und schenkte ihnen kühles, sprudelndes Wasser ein.

»*Cheers!*« Nina prostete Ellen lächelnd zu. »Auf dich, du Herzensschöne.«

Durstig trank sie die ersten Schlucke. Dann fiel ihr auf, dass Ellen sie noch immer ansah, offensichtlich zwischen Irritation und Amüsement schwankend.

»Was ist das?« fragte sie.

Nina runzelte die Stirn und sah auf das Glas. »Wasser. Mit Kohlensäure.«

Ellen lachte hell auf. »Nein ... dieses Wort. Herze ... was?«

Nina lächelte. Es kam sehr selten vor, dass Ellen etwas nicht verstand. Meist fiel es, abgesehen vom leichten Akzent, kaum auf, dass Ellens Muttersprache eine andere war.

»Herzensschöne«, sagte Nina. Sie stellte ihr Glas am Nachtkästchen ab und kuschelte sich zu Ellen in die Laken.

»Herzens-schöne«, wiederholte Ellen. Es klang ungläubig. »Ich habe das Wort noch nie gehört.«

»Das benutzt wohl auch kaum jemand. Und es heißt wohl eigentlich auch: meines Herzens Schöne.« Nina drehte sich zu ihr und küsste sie sanft auf die Lippen. »Liebeslyrik aus dem 16. Jahrhundert. Die erste Strophe eines Gedichtes.« Sie versuchte sich zu erinnern und war schließlich stolz, als es ihr gelang. »Wach auf, mein' Herzensschöne, zart Allerliebste mein. Ich hör ein süß Getöne, von kleinen Waldvöglein, die hör ich lieblich singen, ich mein, es wollt des Tages Schein vom Orient her dringen ...«

Sie sah Ellen lächelnd an, die wiederum fasziniert zugehört hatte.

»Das klingt schön«, sagte sie schließlich. »Auch, wenn ich nicht jedes Wort verstanden habe. Liebeslyrik ist nicht mein Spezialfall.«

Das kann sich ja noch ändern, fuhr es Nina durch den Kopf, doch sie behielt ihre Gedanken für sich. Sie wollte nicht zuviel riskieren.

»Woher kannst du das?« Ellens Frage traf sie unvermittelt.

»Oh, das.« Sie hatte sich oft gewünscht, mit Ellen über persönliche Themen zu sprechen. Jetzt, wo es soweit war, überraschte es sie selbst, welch große Überwindung es sie kostete, eine Erklärung zu liefern. Sie wusste nichts über Ellen. Sie hatte keine Vorstellung, wie Ellen aufgewachsen war, kannte nicht deren Lebenseinstellung, war sich völlig im Unklaren über deren Werte. Sie kannte Ellen abseits des Körperlichen nur als strebsame, stets professionell wirkende Businesslady. An ihren ersten und einzigen drei Semestern, die sie an der Uni verbracht hatte, hatte sie die bittere Erfahrung gemacht, dass manche Leute seltsam auf ihre Kindheitserzählungen reagierten. Es schien allem zu widersprechen, was in der Vorstellung anderer Leute gut und richtig war. Vor allem denen von BWL-Studenten.

»Dieses Gedicht wurde von Brahms zu einem Volkslied vertont. Oder Kunstlied, je nachdem. Daher kenne ich es.« Sie bemerkte, das für Ellen damit nicht alles gesagt war, und fuhr fort: »Meine Mutter hat einmal in einem kleinen deutschen Theater für einen Liederabend vorgesungen. Sie hat dieses Lied geübt. Ständig.« Die Erinnerungen brachten ein Lächeln auf ihr Gesicht, doch es war ein trauriges Lächeln. Sie war sechzehn gewesen, ein schwieriges Alter in einem schwierigen Sommer, in dem sie wochenlang Spaghetti und

Brot aßen, weil sie sich nichts anderes hatten leisten können. »Über die erste Strophe ist sie beim Vorsingen dann nicht hinausgekommen. Sie wurde nahezu von der Bühne katapultiert.« Nina schauderte, als sie sich an die rüden Worte des Regisseurs und des Intendanten erinnerte. Und an die Tränen ihrer Mutter, die tagelang nicht versiegen wollten. Sie hatte sich diese Niederlage für Jahre zu Herzen genommen.

»Und was ist dann passiert?« Ellen strich ihr sanft über die Wange. Ninas Schaudern war ihr nicht entgangen.

Nina hob die Schultern. »Nichts. Wir sind weitergezogen. Meine Mutter hat in diesem Sommer schließlich in einem Dorfgasthaus gekellnert.«

»Und dein Vater?«

Hat sich mit seiner neuen Flamme amüsiert, wäre ihre spontane Antwort gewesen, doch sie wollte nicht den Eindruck vermitteln, aus völlig desaströsen familiären Umständen zu kommen. Nicht jetzt, wo sie das erste Mal derart privat miteinander sprachen.

»Er lebte zu diesem Zeitpunkt nicht mehr bei uns.«

Eine Weile war es still.

Nina versuchte sich auszumalen, was in Ellen vor sich ging. Versuchte sie gerade die Information zu verarbeiten, dass sie ein Scheidungskind war? Oder suchte sie nach passenden Worten, um die Situation zu beschönigen? – Nina hatte das schon mehrmals erlebt. Es gab Leute, die hatten gesagt: Na, aber dein Papa hat sicher oft an dich gedacht. – Oder: Ein Dorfgasthaus, wie idyllisch. Sogar Lukas hatte so reagiert. Für ihn, der in einer stabilen Familie aufgewachsen war, war der Gedanke, dass es anders laufen konnte, anscheinend nur absurd gewesen. Nina hatte dies nach einiger Zeit begriffen und schließlich aufgehört, Ereignisse aus ihrer Kindheit und Jugend zu erzählen. Sie hatte den Eindruck, Lukas könne nicht damit umgehen, dass sie komplett anderes erlebt hatte als er selbst.

»Und du? Was hast du gemacht?« Ellens Stimme klang ernst, aber ehrlich interessiert.

»Ich war die meiste Zeit allein«, sagte Nina. Um nicht den Eindruck zu erwecken, Mitleid auf sich ziehen zu wollen, fügte sie rasch hinzu: »Aber es war nicht so schlimm. Ich habe meistens gemalt und gezeichnet. Und gelegentlich auch im Gasthaus ausgeholfen, wenn viel Betrieb war.«

»Es ist beeindruckend, dass dir deine Mutter ermöglichen konnte, weiterhin auf die Schule zu gehen«, sagte Ellen. »Findest du nicht?«

Das hatte noch niemand zu Geschichten wie dieser gesagt. Nina nahm Ellens Kommentar mit Verwunderung zur Kenntnis. »Ja«, sagte sie. »Meine Mutter wollte immer, dass ich das Abitur habe. Sie wollte für mich bessere Zukunftschancen.«

Ellen spielte mit Ninas Haarsträhnen. Sie wickelte sie um ihre Finger und sah fasziniert zu, wenn sie sich lockerten und ganz von selbst wieder aufdrehten, ohne ihren Wellenschwung zu verlieren. Nina verfolgte ihr Spiel eine Weile, dann wagte sie den Schritt nach vorne.

»Und du? Wie war das bei dir, in deiner Kindheit?«

Ellen ließ ihre Haarsträhne abrupt los. »Anders«, sagte sie knapp. Dann fügte sie hinzu: »Aber ich war auch viel alleine.«

»Warum?«

Ellen seufzte. »Eine lange Geschichte. Zu lange für jetzt. Lass uns jetzt besser schlafen.«

Nina schwieg. Sie hatte Ellen etwas anvertraut, aber Ellen behielt ihre Vergangenheit für sich. Das war nicht wirklich ein Fortschritt gegenüber früheren Treffen.

Ellen legte den Arm um sie und zog sie an sich. Mit der anderen Hand berührte sie den zentralen Lichtschalter; die Schreibtischlampe erlosch. Es war dunkel.

Steif lag Nina in Ellens Arm. Sie begann, ihre eigene Redseligkeit zu bereuen. Sie hatte sich geöffnet, hatte sich in diesen Minuten der Vertrautheit hinreißen lassen und verdrängt, was zwischen ihr und Ellen eigentlich war, nämlich ein ungeklärtes Verhältnis. Und Ellen selbst verschloss sich weiterhin vor ihr.

»Nina?« Ellen flüsterte ihren Namen mit einem Fragezeichen in ihr Ohr. Was auch immer das bedeuten mochte.

Nina reagierte mit einem kurzen »Hm?«. Sie blieb weiterhin steif und angespannt.

»Ich bin wirklich müde«, sagte Ellen leise. »Es gibt ein Morgen. Lass uns dann darüber reden. Bitte. Es ist nicht mit einem Satz gesagt.«

Es gibt ein Morgen. Ninas Herz blieb vor Schreck fast stehen. Es war ein freudiger Schreck, der ihre körperliche Abwehr löste. Sie entspannte sich und drehte sich zu Ellen, bettete ihren Kopf auf die weiche Stelle unterhalb von Ellens Schulter und legte den Arm um sie. Eigentlich hatte sie nur kurz in dieser unbequemen Stellung verharren wollen. Sie wollte nur noch ein bisschen kuscheln, Ellen spüren, ihre Nähe genießen. Doch kaum lag sie so, schlang Ellen ebenfalls den Arm um sie und legte ihr nacktes Bein auf das ihre.

Kalt. Warm. Kalt. Warm, ging es Nina durch den Kopf, doch der Wechsel der Temperaturen hatte nichts mit der Temperatur zu tun, die sie gerade empfand. Ihr war heiß. Ellens Körper lag fast wie eine zweite Decke auf dem ihren.

Nina konnte ihre Bedenken nicht ganz abschütteln. Es war zu viel passiert seit jenem Apriltag, an dem alles seinen Anfang genommen hatte. Einmal war Ellen warmherzig und anschmiegsam, und alles sah vielversprechend aus. Und dann, aus Gründen, die für Nina nie nachvollziehbar waren, war plötzlich wieder alles anders. Was, wenn sie am folgenden Tag neben Ellen aufwachen und von ihr erneut wie eine Fremde behandelt werden würde? War die Tatsache, dass Ellen ihre Geschichte auf morgen vertagte, nicht bereits ein Anzeichen dafür?

Andererseits ... Ellen lag so dicht an sie gekuschelt wie noch nie zuvor. Nina kannte niemanden, der in solch einer körperlichen Nähe zu einem anderen Menschen schlafen konnte – sich selbst eingeschlossen. Da Ellens Bein immer schwerer wurde, versuchte sie, ihres sanft darunter hervorzuziehen. Es war nicht möglich. Ellen hatte sie nahezu im Bett fixiert.

»Ellen. Kannst du so schlafen?«, flüsterte Nina.

Als eindeutige Antwort vernahm sie Ellens tiefe, regelmäßige Atemzüge. Nina ließ ihr Bein vorläufig, wo es war, und dachte nach. Sie war nicht völlig mit sich im Reinen. Mit Ellen zu schlafen war wunderschön und letztlich auch das gewesen, wonach sie sich gesehnt hatte. Mit ihr zu sprechen, hatte eine gewisse Vertrautheit wiederhergestellt, die seit der Enttäuschung an ihrem Geburtstag verloren gegangen war. Doch sie hatte noch immer keine Ahnung, was Ellen letztlich wollte und ob sie sich womöglich eine gemeinsame Zukunft vorstellen konnte. Und sie selbst hatte ihr nicht freiweg sagen können, dass sie nicht länger eine Büroaffäre sein wollte, die sich mit Sex und ein paar netten Worten zufrieden gab. Jeder Vorstoß in diese Richtung kam ihr vor wie ein einziger verbaler Eiertanz. Ellen machte es ihr wahrlich nicht leicht, Gefühle frei auszusprechen.

Unter dem Gewicht von Ellens Bein wurde ihr eigenes nahezu taub. Sanft schob sie die Schläferin zur Seite, um sich zu befreien. Ellen stieß ein leises Seufzen aus und griff mit geschlossenen Augen in Ninas Richtung. Nina nahm ihre Hand. Sie war immer noch da, darüber wollte sie Ellen nicht im Unklaren lassen.

»Liebste«, flüsterte Ellen, ohne die Augen zu öffnen. »Geh nicht wieder weg.«

Ninas Herz schlug schneller. Was hatte Ellen gesagt? Liebste? Sie hatte sie tatsächlich Liebste genannt? Ich gehe nicht, wollte sie gerade sagen, als Ellen weitersprach. »Ich hab dich so vermisst, Lena. Ich liebe dich, mein Engel.«

Abrupt ließ Nina Ellens Hand los. Lena? Wer zum Teufel war Lena? In ihrem Kopf setzte sich aus allen Bruchteilen von Informationen, die sie hatte, ein vollständiges, grauenvolles Puzzle zusammen: In ihrer Naivität hatte sie es für selbstverständlich genommen, dass es außer ihr niemanden in Ellens Leben und Bett gab. Jetzt ergab Ellens Verhalten plötzlich einen Sinn. Sie, Nina, war Ellens heimliche Affäre, das zeitweilige Vergnügen, wenn sie etwas brauchte, was ihr Lena möglicherweise nicht ausreichend geben konnte. Wenn sich bei Ellen ein schlechtes Gewissen regte, dann, weil sie ihre Freundin betrog.

Ninas Herz verschloss sich und wurde zu Eis. Sie sprang aus dem Bett, knipste das Licht an und suchte in Windeseile ihre Kleidungsstücke zusammen.

»Was ...?«

Ellen richtete sich verdutzt auf und rieb sich die Augen.

»Ich heiße nicht Lena!«, fauchte Nina aufgebracht. Sie war so dumm gewesen. So abgrundtief dumm und naiv. Warum hatte sie Ellens Spiel nicht von Anfang an durchschaut?

»Wie ...?« Ellen sah völlig schockiert aus.

Heuchlerin, schoss es Nina durch den Kopf, während sie bereits in ihre Hose schlüpfte. Gottverdammte Heuchlerin.

Was hatte Ellen damals noch über den Umstand gesagt, dass Brauer ein Verhältnis mit Kathrin Hanelka hatte, obwohl er verheiratet war? Es gibt solche Leute. Ja, dafür musste sie ja Verständnis haben – war sie doch selbst um keinen Deut besser!

»Du hast zu mir gerade Lena gesagt!«, schleuderte ihr Nina ins Gesicht. »Ich heiße aber nicht Lena, sondern Nina! Ni-na! Zwei Buchstaben sind komplett anders! Und ich bin auch keine Lena, die du betrügen kannst mit irgendwelchen Büroliebschaften!«

Aus Ellens Gesicht war sämtliche Farbe entwichen. Sie sah aus, als würde sie gleich in Ohnmacht fallen. Doch sie fiel nicht in Ohnmacht, sondern stieß hervor: »Nina ... bitte ... warte ... ich will das erklären ...!«

»Danke, kein Interesse!« Nina war bereits an der Tür. »Du kannst dir sämtliche Ausreden sparen. Ich lasse mich nicht länger so von dir behandeln. Ich bin kein Flittchen, an dem du dich jederzeit bedienen kannst, wenn dir gerade danach ist, und das du wegschieben kannst, wenn etwas besseres kommt – wie beispielsweise an meinem Geburtstag! Ich habe es satt. Geh zu deiner Lena und spiel dieses Spiel mit ihr weiter oder mit wem auch immer, aber nicht mit mir. Adieu!«

Sie ließ die Türe mit lautem Krachen ins Schloss fallen.

Erst als sie in ihrem eigenen Zimmer verschwunden war, überließ sie sich ihren Tränen.

»Es sind keine psychischen Probleme«, erzählte Nina Inga nach ihrer Rückkehr nach Wien am Telefon. »Ich weiß jetzt definitiv, dass sie mich betrügt. Oder diese andere betrügt – kommt darauf an, wie man es sieht.« Sie berichtete, was vorgefallen war.

Inga reagierte ziemlich zurückhaltend. »Wollte sie dir nicht etwas erklären?«

Nina lachte, aber es war ein bitteres Lachen. »Du glaubst doch nicht ernsthaft, dass ich mit dieser Frau jemals wieder auch nur ein Wort wechsle? – Für mich ist es aus!«

»Du musst weiter mit ihr zusammenarbeiten.«

»Ja, leider. Aber ich werde unsere Zusammentreffen auf ein Minimum reduzieren.« Als sie die Nachdenklichkeit aus Ingas Schweigen heraushörte, fügte sie hinzu: »Ich schaffe das.«

»Solange sie dich nicht anfasst.«

»Wenn sie mich nochmal berühren sollte, werde ich so laut schreien, dass ganz LENOPHARM zusammenläuft.«

»Hm.« Inga wirkte alles andere als überzeugt. »Ich weiß nicht, Nina«, sagte sie nach einer Weile. »Für mich klingt die ganze Sache etwas seltsam. Diese Ellen wirkt, nach allem, was du von ihr erzählt hast, wie ein ziemlich netter Mensch. Sie war bis jetzt immer für dich da, wenn du sie gebraucht hast, du hast tollen Sex mit ihr …«

»Das ist mir überhaupt nicht wichtig«, warf Nina ein. »Wenn du mich fragst, ich werde künftig gerne darauf verzichten. Diese ganzen Sex- und Liebesangelegenheiten bringen nur immer Unruhe in mein Leben.« Sie holte tief Luft und setzte hinzu: »Sie bringen nur Tränen und Leid. Und alles Glück ist bloß kurzfristig. Aber mit jedem Tag mehr, an dem man dem anderen Liebe entgegenbringt, wird die Trennung nur schmerzhafter. Und dann tut es doppelt so weh. Es ist besser, niemanden zu lieben und alleine zu bleiben. Dann ist man zwar einsam, aber irgendwann gewöhnt man sich daran, und dann ist es ein guter Zustand.«

»Nina, du redest so einen Unsinn. Das klingt so destruktiv, dass ich fast Gänsehaut bekomme. Ich will mit Joe durchaus zusammenbleiben. Und ich kenne viele, die schon viele Jahre stabile, glückliche Beziehungen führen.«

»Fragt sich nur, wie lange«, entgegnete Nina düster.

Inga seufzte. Sie schien zu begreifen, dass jede weitere Diskussion mit Nina zu diesem Zeitpunkt sinnlos war. »Und wie willst du dein Leben allein gestalten?«

»Das weiß ich im Moment noch nicht. Aber ich werde mir einen guten Ersatz für die Liebe schaffen.«

Am darauf folgenden Wochenende hatte sie Zeit, sich eingehend mit diesem Gedanken zu befassen. Sie überlegte, was sie wirklich gut konnte und was ihr auch noch Spaß machte, womit sie ihre Freizeit künftig ausfüllen konnte, um nicht länger über die Liebe nachdenken zu müssen.

Am Montag schrieb sie Ellen ein knappes Mail und teilte ihr unmissverständlich mit, dass sie künftig einen rein professionellen Umgang mit ihr wünsche.

Sie bekam eine Lesebestätigung, aber keine Antwort.

Seit einer halben Stunde war Nina auf der Suche nach einer Information, um den Journalisten einer bekannten österreichischen Tageszeitung eine Frage zu Luxomin, dem neuen Antidepressivum, zu beantworten. Es ging um den Vertrieb des Produktes, und hier konnte ihr nur die Marketing-Abteilung weiterhelfen. Doch weder Eva Gutenberg noch Daniel Freitag, der zuständige Produktmanager, konnten ihr Auskunft geben.

Der Journalist rief nochmals an, ungeduldig. Er brauche die Information dringend. Nina vertröstete ihn auf »etwas später«, ohne sich festlegen zu können, wann das war, und kassierte dafür ein unwirsches »Ich hoffe, heute noch!«.

Als sie aufgelegt hatte, wusste sie, was sie an ihrem PR-Job am meisten hasste: Journalisten wie diesen, denen kurz vor der Deadline einfiel, was sie in ihrem Artikel noch berücksichtigen wollten, und denen sie nicht offen sagen konnte, dass sie nicht nur darauf wartete, Anrufe wie diese entgegenzunehmen. Stets musste sie höflich bleiben und Service bieten.

In ihrer Not, einen kompetenten Ansprechpartner zu finden, schrieb Nina schließlich ein knappes Mail an Ellen und kennzeichnete es mit dem Vermerk DRINGEND. Eine Minute später hatte sie bereits eine Lesebestätigung, aber eine halbe Stunde später noch immer keine Antwort. Als sie die Nummer des Journalisten zum dritten Mal auf dem Display ihres Festnetztelefons sah, rief sie Ellen an. Nachdem niemand abhob, sah sie sich gezwungen, sich die Informationen persönlich zu holen.

Mit Unbehagen trat sie den Weg zu Ellens Büro an.

Der Platz von Ellens Sekretärin war unbesetzt. Nina erinnerte sich nun daran, dass Stephanie von einem Urlaubstag gesprochen hatte, und ihr Unwohlsein verstärkte sich. Sie wollte nicht mit Ellen alleine sein. Ihr Plan war gewesen, die Türe zum Vorzimmer offen zu lassen, während sie mit Ellen sprach, um jedwede private Unterhaltung von vornherein zu unterbinden.

Doch sie hatte keine Wahl. Wenn sie ihren Job richtig erledigen wollte, musste sie wohl nun die Zähne zusammenbeißen und Ellen gegenübertreten.

Sie klopfte leise an und öffnete die Türe zögernd einen kleinen Spalt.

Was sie sah, ließ sie erstarren: Ellen lag in Michaelis Armen, und er küsste sie auf die Stirn. Sie sah nur Ellens Rücken, nicht ihr Gesicht, aber die Szene schien in ihren Augen hingebungsvoll und signalisierte absolute Vertrautheit zwischen den beiden.

Für Nina war in diesem Moment alles klar. Das letzte Puzzleteil, das ihr zu ihrem Bild von Ellen gefehlt hatte, fügte alles wie von selbst zu einem großen Ganzen zusammen. Unbemerkt trat sie den Rückzug an.

Wut keimte in ihr auf. Warum hatte sie das nicht gleich durchschaut, damals in Laa? – Natürlich, Ellen hatte nicht nur ein Verhältnis mit dieser Lena, sondern auch mit Philipp Michaelis! Es konnte nicht anders sein.

Ich schlage mich niemals mit Brauer herum, hatte Ellen ihr damals nach dem TV-Auftritt in der Tapas-Bar gesagt, als es um ihr Gehalt ging. Ich regle das auf meine Weise.

Natürlich, dachte Nina triumphierend. Sie regelt die Dinge mit Michaelis selbst. Vor ihrem inneren Auge stand eine schmerzhafte Szene: Ellen, die mit Michaelis im Bett lag und ihm ins Ohr flüsterte: Philipp, kannst du mir einen kleinen Gefallen tun? – Du weißt doch, Nina, diese Kleine aus der PR, mit der ich mir ab und zu ein nettes Stündchen gönne, verdient recht wenig. Ich möchte sie bei Laune halten, und deshalb wäre es nett, wenn du ein bisschen Druck auf Brauer ausübst, damit er ihr Gehalt erhöht.

Michaelis musste über ihre gelegentlichen Schäferstündchen mit Frauen im Bilde sein. Nina erinnerte sich an die Szene in Laa, als sie mit Ellen am Klavier gesessen und sie geküsst hatte. Michaelis war dazugekommen, und weder er noch Ellen selbst hatten panisch reagiert. Vielmehr hatte Michaelis diesen Anblick völlig gleichgültig hingenommen, als sei Ellens sexuelle Neigung keine Überraschung für ihn.

Ellen war eine von jenen Frauen, die nur zwischendurch Sex mit einer Frau wollten. Nina hatte bereits in ihrer früheren Jugend, als ihre Eltern an zahlreichen Theatern tätig gewesen waren, diese Art von Verhältnissen erlebt: Statistinnen, Schauspielerinnen und Operettensängerinnen, die zwar meistens einen Freund hatten oder um den Regisseur herumschwänzelten, aber im Prinzip offen für alles waren. Michaelis schien zu tolerieren, dass Ellen beides brauchte. Und offensichtlich nicht nur eine Frau, denn diese Lena gab es ja auch noch. Lena, die Ellen liebte. Und sie, Nina, mit der sie schlief, wenn sie etwas Abwechslung im Büroalltag brauchte.

Der Schmerz dieser Erkenntnis überwältigte sie und trieb ihr die Tränen in die Augen. Nie zuvor war sie sich ausgenutzter und missbrauchter vorgekommen.

Auch die Gehaltserhöhung, die ihr Ellen ermöglicht hatte,

erschien nun in komplett anderem Licht: wahrscheinlich sah Ellen dies als eine Art gerechte Bezahlung für ihre sexuellen Dienste. Sie hat mich behandelt wie eine Prostituierte, wurde es Nina in stechender Klarheit bewusst.

Vor ihrer Bürotür verharrte sie kurz. Sie musste sich bemühen, ihre Fassung wieder zurückzugewinnen. Sie wollte auf keinen Fall Jochen Fochenstein, ihrem ewig perfekten Kollegen, in dieser seelischen Verfassung unter die Augen treten.

Als sie glaubte, sich wieder einigermaßen im Griff zu haben, stieß sie die Bürotür auf – und fand das Büro leer. Fochensteins Mantel hing nicht mehr am Garderobenständer, und ihr fiel ein, dass er ja erwähnt hatte, einen Termin mit einem Journalisten zu haben – extern.

Erleichtert, das Büro für sich zu haben und mit ihren durcheinander wirbelnden Gedanken alleine sein zu können, nahm Nina wieder an ihrem Schreibtisch Platz.

Sie sah Ellens Karriere plötzlich in komplett anderem Licht: Es war nicht die eigene Leistung gewesen, die sie nach vorne gebracht hatte. Ellen musste diese Position nur deshalb bekommen haben, weil Michaelis sie förderte und dafür sorgte, dass sie die richtigen Posten besetzen durfte. Aber auch ihr eigenes Vorstellungsgespräch sah Nina plötzlich in einem vernichtenden Licht: Michaelis hatte sie nur deshalb eingestellt, weil er wusste, dass sie Ellen gefallen würde. Ein neues Spielzeug für seine Partnerin, für mehr war sie nie vorgesehen gewesen.

Nina konnte die Tränen nicht länger zurückhalten. Sie gab sich ihrer Verzweiflung hin und hasste sich selbst für ihre scheinbare Dummheit.

Wieso hatte sie diese Zusammenhänge nicht früher verstanden? Schließlich hatte es doch genügend Hinweise gegeben! Nina war so in ihren Gedanken verhaftet, dass sie nicht bemerkte, wie die Bürotür aufging. Erst als sie das Quietschen von Gummirädern auf dem Boden hörte und Jasna Milics große Gestalt im Türrahmen entdeckte, schreckte sie auf.

Jasna parkte den riesengroßen Zwillingswagen in der einzigen freien Ecke des Büros und war mit ein paar Schritten bei Nina.

»Ich bin jetzt schon einige Monate weg, aber wie ich sehe, hat sich nichts geändert«, stellte sie trocken fest. »Nina Blume, wieder einmal in Tränen aufgelöst. – Hallo.«

Sie beugte sich zu ihr hinunter und begrüßte sie mit einem Kuss links und rechts auf die tränennassen Wangen.

Nina schniefte und wischte sich mit ihrem Jackettärmel verlegen die Tränen aus dem Gesicht. »Wo kommst du denn her? Und was machst du hier?«

»Ich komme von zu Hause und bin hier, um meinen Kollegen meine entzückenden Kinder zu zeigen«, sagte Jasna und zog sich Fochensteins Drehstuhl, der vor wenigen Monaten noch der ihre gewesen war, an Ninas Schreibtisch heran. »Ich drehe sozusagen eine Besucher- und Besichtigungsrunde durchs Haus.« Sie machte eine Pause und betrachtete Nina kritisch. »Normalerweise würde ich nach all diesen Wochen, in denen wir uns nicht gesehen haben, einfach fragen, wie es dir geht. Aber wenn ich dich so ansehe, erübrigt sich das. – Weinst du immer noch aus demselben Grund?«

Nina blinzelte sie verwirrt an. »Ich weiß nicht mehr, weswegen ich damals geheult habe«, erwiderte sie zerknirscht, doch es war nur die halbe Wahrheit. Die Details hatte sie tatsächlich schon verdrängt, doch die Ursache sämtlicher Tränen war noch immer dieselbe.

Jasna legte den Kopf schief. »Lass mich nachdenken ... Damals lauteten deine Begründungen in etwa, grob auf den Punkt gebracht: Ellen McGill ist gemein zu mir. Und: Mein ganzes Leben ist ein Chaos. Und was ist der Grund deines heutigen Tränenausbruchs?«

»Beides«, sagte Nina knapp und wagte ein schiefes Lächeln. Sie hatte nicht vor, sich gegenüber Jasna in Details zu ergehen, doch sie wollte auch nicht länger mit ihrem kompletten Schmerz allein sein.

»Na, herrlich!«, erwiderte Jasna. Es klang sarkastisch.

»Weißt du was, Nina? Du schaust jetzt erst mal meine Süßen an, dann geht es dir gleich besser.«

Obgleich Nina nicht davon überzeugt war, dass sie der Anblick zweier Säuglinge ihren Kummer vergessen lassen würde, erhob sie sich gehorsam und ging mit Jasna zum Kinderwagen. Selig schliefen zwei in rosa Strampelhöschen verpackte Babys, die für Nina äußerlich nicht zu unterscheiden waren, nebeneinander in ihrem Zwillingswagen.

»Das linke ist Jelena, das rechte Larissa«, erklärte Jasna mit leiser Stimme. »Die meiste Zeit sind sie im Moment noch superbrav. Sie schlafen viel, essen viel, schlafen … ganz anders als Jonathan. Der hat mich damals richtig in Trab gehalten.«

Die Babys wirkten tatsächlich wie zwei kleine Engel. Nina verspürte kurz den Drang, beide zu streicheln, doch sie hatte Sorge, dass sie dann aufwachen und schreien könnten. Also blieb sie nur vor dem Kinderwagen stehen und schaute die Babys an.

»Und, was sagst du?«, fragte Jasna neugierig. »Süße Windelpakete, nicht wahr?«

Nina hatte ihr gar nicht zugehört. Doch sie sagte trotzdem etwas – das einzige, was sie in diesem Augenblick sagen konnte.

»Wusstest du, dass Ellen McGill ein Verhältnis mit Michaelis hat?«

»Was?« Jasna starrte sie entgeistert an.

Als sie Jasnas schockierte Miene sah, wurde Nina bewusst, was ihr da über die Lippen gekommen war, und sie lief feuerrot an. »Vergiss es«, sagte sie schnell. »Ich hab das nie gesagt.«

»Doch. Du hast es gesagt.« Jasna betrachtete sie mit gerunzelter Stirn. »Wie kommst du darauf?«

»Vergiss es«, wiederholte Nina. »Es ist besser, nicht darüber zu reden.«

»Tut mir leid, das sehe ich anders.« Jasna wies auf die beiden Stühle. »Setzen wir uns. Ich glaube, es ist angesichts deiner Tränen höchste Zeit, darüber zu sprechen, Nina, auch wenn ich nicht gerne über Kollegen tratsche. – Wie, um Himmels Willen, kommst du darauf, dass Ellen ein Verhältnis mit Michaelis hat?«

Die Szene in Ellens Büro tauchte erneut vor ihrem inneren Auge auf. Nina putzte sich energisch die Nase. »Ich habe es gesehen«, sagte sie.

»Was gesehen?«

»Wie sie sich geküsst haben.«

Jasna schüttelte den Kopf. »Das glaube ich dir nicht. – Was hast du genau gesehen?«

»Er hat sie im Arm gehalten und ihr hat es offensichtlich gefallen. Und er hat sie geküsst. Auf die Stirn.«

Jasna richtete sich auf. »Siehst du.« Sie seufzte. »Nina. Wenn Michaelis Ellen küsst, dann auf andere Art. Michaelis ist ...«

Sie verstummte. Sie schien einen inneren Dialog mit sich selbst zu führen, der mit einem Kopf schütteln endete.

»Ich weiß nicht, wo ich anfangen soll«, gab sie zu. »Und ich weiß nicht, ob ich überhaupt das Recht habe, dir das alles zu erzählen. Eigentlich solltest du diese Sache von Ellen selbst erfahren.«

Nina lachte bitter. »Von Ellen erfahre ich nichts. Wir haben einen rein beruflichen Umgang.«

»Tatsächlich?« Jasnas Stimme klang ironisch. »Das sah in Laa aber anders aus!«

»Laa ist lange her«, erwiderte Nina düster und war sich im selben Moment klar, dass sie sich nach einem anderen Job umsehen würde. Ihr Verhältnis zu Ellen war doch nicht unbemerkt geblieben. Es würde über sie genauso gesprochen werden wie über Kathrin Hanelka und Michael Brauer.

»Es geht mich nichts an, was zwischen dir und Ellen ist oder war«, sagte Jasna langsam. »Aber ich will nicht, dass du dich in einer Annahme verrennst, die falsch ist, und daraus dann ebenso falsche Schlüsse ziehst.« Sie holte tief Luft. »Nina, Michaelis ist der Vater von Ellens früherer Freundin. Die beiden kennen sich schon sehr lange, und für ihn ist Ellen so etwas wie eine Ersatztochter. Es ist ein sehr enges Verhältnis, dass das erklären dürfte, was du gesehen hast.«

Ellens früherer Freundin.

Ellens Neigung für Frauen war also kein Geheimnis. Schon gar nicht bei LENOPHARM. Es hatte immer Frauen in Ellens Leben gegeben, ganz offiziell. Ellens früherer Freundin.

»Was ... warum ist sie nicht mehr mit ihr zusammen?«

Ellens früherer Freundin. Ninas Zunge fühlte sich an, als wäre sie aus Blei.

»Komm, rutsch mal.« Jasna schob ihren Schreibtischstuhl vor Ninas PC und nahm die Maus an sich. »Ich werde dir jetzt etwas zeigen. Es wundert mich, dass du nicht schon selbst darauf gestoßen bist, denn dieser Ordner ist üblicherweise für alle Mitarbeiter zugänglich.«

Sie klickte auf ein Laufwerk, das Nina bisher lediglich besucht hatte, als sie nach ihrer ersten und einzigen Dienstreise ihr Reisespesenformular hatte ausfüllen müssen. Ansonsten war auf diesem Laufwerk nichts, was sie in besonderem Maße interessiert hätte. Dass es einen Ordner mit Fotos von früheren LENOPHARM-Veranstaltungen gab, sah sie erst jetzt, als ihn Jasna öffnete. »Wir hatten damals einen Kollegen, der eigentlich bei jeder Veranstaltung dabei war und sich als begeisterter Hobby-Fotograf betätigt hat.« Sie ließ ihre Augen über die Titel der Unterordner schweifen und wählte schließlich einen Ordner mit der Beschriftung »Betriebsausflug«. »Da waren wir in der Wachau«, sagte sie, während sie den Ordner öffnete und die Fotos als Miniansicht anzeigen ließ. »Wir sind Rad gefahren, haben eine Kellerführung mitgemacht, haben abends gegrillt und in Dürnstein übernachtet. Am nächsten Tag sind wir dann noch mit dem Schiff die Donau entlanggefahren. Ein toller Ausflug.« Sie wählte ein Bild aus und ließ es im Großformat anzeigen.

Das Bild zeigte Ellen. Sie trug Sportbekleidung und einen Fahrradhelm und lehnte an einem Trekkingrad. Fröhlich lächelte sie in die Kamera, und ihre Augen schimmerten weich. Sie wirkte so gelöst und glücklich, wie Nina sie noch nie zuvor gesehen hatte.

»Ellen war hier erst wenige Monate in Österreich«, erläuterte Jasna. Sie wechselte zurück in die Miniaturansicht, suchte nach einem weiteren Foto und öffnete es ebenfalls als Großansicht.

Wieder erschien Ellen, diesmal auf der Holzbank eines Heurigen sitzend, vor sich ein Glas Wein. Sie saß auf der Bank nicht alleine. Die Frau, um die sie den Arm gelegt hatte und die sie mit so liebevollem Blick ansah, raubte Nina regelrecht den Atem: Bei flüchtigem Hinsehen konnte man glauben, dass sie selbst es war, die neben Ellen auf dieser Bank saß. Erst auf den zweiten Blick fielen ihr die Unterschiede auf: die Frau war wesentlich größer als sie, sogar größer als Ellen, und sie hatte ein kantiges, auf den ersten Blick etwas hartes Gesicht. Ihre Nase war etwas größer, ihre Augen dunkler als Ninas. Sie war sonnengebräunt und wirkte sehr sportlich.

Was sie und diese Frau jedoch eindeutig gemeinsam hatten, war die Haarfarbe. Sie hatten beide denselben warmen, braunen Farbton, der in der Sonne leicht rötlich schimmerte. Die Frau hatte langes Haar. Auf dem Foto trug sie es zu einem strengen Zopf geflochten, doch die sich kringelnden losen Haare am Zopfende verrieten, dass auch sie Locken hatte.

»Das ist die Tochter von Michaelis, Ellens damalige Lebensgefährtin«, erläuterte Jasna.

Nina starrte auf das Foto. Es war nicht mehr Michaelis' Tochter, der ihre Aufmerksamkeit galt, sondern Ellen. Sie wirkte wie eine völlig andere Person: gelöst, heiter. Verliebt.

»Für uns war es damals ein sehr ungewohntes Bild ... ein Frauenpaar«, fuhr Jasna fort. »Wir hatten das bei LENOPHARM in Österreich noch nicht, und auch privat hatten die meisten bisher keinen Kontakt mit Lesben gehabt. Doch Ellen ging von vornherein so selbstverständlich und offen damit um, dass gar kein Raum für Gerüchte oder Munkeleien blieb. Von Vorteil war sicher auch, dass ihre Freundin die

Tochter von Michaelis war, der, wie du weißt, aufgrund seiner enormen Aktienbeteiligungen noch immer sehr viel Einfluss in der Firma hat. Philipp Michaelis war damals noch Geschäftsführer von LENOPHARM in Österreich – kurz, bevor er in Rente ging. – Jedenfalls, es gab noch zahlreiche Events und Veranstaltungen wie diese, und die beiden traten immer gemeinsam auf. Sie waren ein reizendes Paar. Ich glaube, viele haben die beiden um das, was sie hatten, beneidet. Ich kann mich jedenfalls nicht erinnern, dass zwischen ihnen jemals ein böses Wort gefallen wäre. Wann immer wir sie erlebten, gingen sie äußerst liebevoll miteinander um. Es gab ein sehr enges und inniges Band, das hat man auch als Außenstehende sofort gemerkt.«

Jasna schloss die Fotoansicht sofort, als sie sah, wie blass Nina geworden war. »Ist alles okay?« fragte sie vorsichtig.

»Sie … sie sieht mir ähnlich«, flüsterte Nina. Das Gefühl der Beklommenheit war durch ihren Körper gekrochen und hatte sich in ihren Knochen festgesetzt. Was hatte all das zu bedeuten? War sie als Klon gesehen worden, der jemand anderen ersetzte?

Sie kam nicht dazu, sich jetzt weiter den Kopf zu zerbrechen, denn Jasna erwiderte: »Ich weiß. Wir haben das alle gedacht, als wir dich zum ersten Mal sahen.«

Nina schüttelte heftig den Kopf. Was sie hier erfuhr, schien ihr unfassbar. »Bin ich also eingestellt worden, weil ich ihr ähnlich sehe? Nur deshalb?«

Jasna seufzte. »Ich weiß es nicht, Nina. Das kann ich nicht beantworten. Ich habe nicht über deine Einstellung entschieden. Ehrlich gesagt, ich hätte dich möglicherweise aus genau diesem Grund eben nicht eingestellt – um Ellen zu schonen. Aber ich habe da nichts zu sagen gehabt, und Brauer auch nicht. Es war alleine Michaelis' Entscheidung. Was in ihm vorgegangen ist, kann ich nicht beurteilen.«

»Aber … warum sollte er eine Frau einstellen, die seiner Tochter ähnlich sieht, wenn seine Tochter doch offensichtlich Ellen verlassen hat?« Für Nina wurde der Sachverhalt immer verwirrender.

Wieder seufzte Jasna. »Nina. Sie hat Ellen nicht verlassen. Jedenfalls nicht im klassischen Sinne. Lena ist – tot. Sie hatte vor einigen Jahren einen schrecklichen Bergunfall … was genau passiert ist, weiß ich nicht, aber Ellen ging es unmittelbar danach furchtbar schlecht. Sie war monatelang krank geschrieben. Als sie wiederkam, war sie nicht mehr dieselbe wie zuvor.«

Lena. – Nina wurde bei der Erwähnung dieses Namens erst heiß, dann kalt. Die Kälte kroch wie ein lähmendes Gift durch ihren ganzen Körper.

Ich liebe dich, Lena. Liebste. Geh nicht wieder weg.

Ellens Worte ergaben nun Sinn – einen schrecklichen Sinn, der Nina radikal vor Augen führte, wie entsetzlich ihr Verhalten auf Ellen gewirkt haben musste. Unwillkürlich begann sie erneut, leise zu weinen. Sie war verwirrt. Sie fühlte sich schuldig. Die Informationen, die sie erhalten hatten, erschlugen sie nahezu. Und dann: Lena – ein Abbild von ihr. Oder umgekehrt.

Ihre Theorie, dass sie für Ellen nur ein Sexspielzeug gewesen war, hatte sich als falsch herausgestellt, doch die jetzt ans Licht kommende Wahrheit war nicht wesentlich schmeichelhafter: Sie war, ohne es zu wissen, der Klon einer Verstorbenen. Es war nie um sie gegangen, sondern immer um Lena, ihre Liebe. Sie hatte als Ersatz gedient für die Person, die Ellen wirklich liebte.

Und doch fühlte sie sich nicht frei von Schuld. Sie war in dieser Nacht aus dem Zimmer gestürmt, kopflos, wütend, verzweifelt. Und voller Hass. Sie hatte Ellen einfach liegen lassen. Nina, warte, ich will das erklären – das waren Ellens letzte Worte gewesen. Sie hatte sie ignoriert und ihr keine Chance für Erklärungen gegeben. Nina schluchzte verzweifelt auf.

»Ich hätte dir das vielleicht nicht sagen sollen«, sagte Jasna leise. »Ich habe nicht geahnt, dass dich das so mitnimmt …«

»Nein!« Nina sah sie unter Tränen an. »Ich bin froh, dass du mir das gesagt hast. Ich habe ja davon nichts geahnt.«

Jasna kramte aus ihrer Handtasche ein Taschentuch hervor und reichte es ihr. »Beruhige dich, Nina. Es ist doch nicht so schlimm.«

Du hast ja keine Ahnung, schoss es Nina durch den Kopf. Unter Schluchzen sagte sie: »Ich habe einen schrecklichen Fehler gemacht, Jasna!«

»Jeden Fehler kann man wieder gutmachen«, erwiderte Jasna und reichte ihr ein zweites Taschentuch, als sie sah, dass eines nicht ausreichte, um Ninas Tränen zu trocknen.

Nina schüttelte den Kopf. »Nein. Diesen nicht. Sie hasst mich.«

»Liebe und Hass liegt bekanntlich nah beieinander.«

Es war der letzte Satz, den sie wechselten, denn nun waren die Babys aufgewacht. Sie begannen zu schreien – gleichzeitig.

Nina war zu aufgewühlt, um ein Auge zuzumachen. Jetzt, da sich die Sachlage entscheidend anders aussah, waren auch jene Gefühle, die sie vergessen und verloren geglaubt hatte, mit einer Vehemenz zurückgekehrt, die sie schier überwältigte.

Einerseits waren die Erinnerungen an all jene Augenblicke da, in denen zwischen ihnen kurzzeitig vollste Vertrautheit geherrscht hatte. Das erste Lächeln, das Ellen ihr schenkte – damals, in jenem Restaurant auf dem Diwan. Die Nacht in Laa und der Morgen danach, als Ellen ihr Teile aus der »Appassionata« vorspielte, nur für sie allein. Ellen, die ihr vor dem TV-Auftritt versichert hatte, sie würde immer ihr Star sein – so oder so, egal, wie sie sich vor der Kamera anstellte. Das alles waren Momente des Glücks und der Liebe.

Doch andererseits gab es da noch eine gewaltige Schattenseite. Ellen hatte sie oft genug verletzt. Sie hatte sie immer im Unklaren gelassen, sowohl über ihre Vergangenheit als auch über ihre Gefühle. Für Nina war es so, als hätte

Jasna nun den Schlüssel zu allem geliefert: Ellen hatte sie stets als Lenas Klon angesehen. Nicht mehr, nicht weniger.

Nina dachte an Ellens Tränen in der Nacht in Berlin – der letzten Nacht, die sie miteinander verbracht hatten. Sie war sich nun sicher, dass Ellen wegen Lena geweint hatte. In einem kurzen Augenblick der Ernüchterung war ihr möglicherweise bewusst geworden, dass es nicht Lena war, mit der sie geschlafen hatte, sondern ein komplett anderer Mensch. Danach hatte sie es offensichtlich wieder erfolgreich verdrängt – so erfolgreich, dass sie glaubte, neben Lena zu schlafen.

Nina rief, wie so oft in den letzten Monaten, Inga in L.A. an. Sie sah es inzwischen als Glück an, dass Inga Mutter war. So erreichte sie sie meistens zu Hause. Sie erzählte ihr, was sie von Jasna erfahren hatte, und kämpfte bereits wieder mit den Tränen, als sie mit ihrem Bericht geendet hatte.

Inga stieß einen Stoßseufzer aus – allerdings keinen der Erleichterung, sondern einen Seufzer der Resignation. »Heißt das, du denkst, dass du in Konkurrenz zu einer Toten stehst?«

»Nein, nicht einmal in Konkurrenz«, schluchzte Nina. »Ich bin ihr Klon. Wenn Ellen mit mir schlief, hat sie in Wahrheit mit ihr geschlafen.«

»So ein Unsinn«, widersprach Inga prompt. »Das kann ich überhaupt nicht glauben. – Ich glaube eher, dass es halt schwierig für sie ist, mit der gesamten Angelegenheit zurechtzukommen. Wahrscheinlich ist sie über den Tod von dieser Lena noch immer nicht hinweg, und dann kommst plötzlich du und bringst ihre gesamte Gefühlswelt durcheinander. Das ist sicher nicht leicht für sie.«

»Für mich auch nicht«, bemerkte Nina bitter. Manchmal hasste sie Ingas Angewohnheit, sich auch immer in den Part der Gegenseite hineinzuversetzen.

»Nein, natürlich nicht«, ergänzte Inga eilig, der ihre Verstimmung nicht entgangen war. »Es tut mir auch sehr leid für dich. Ich wünsche mir nichts mehr, als das deine Tränenorgien wegen dieser Frau endlich aufhören. So viel hast du ja nicht mal nach der Trennung von Heiko geheult. – Was wirst du jetzt tun?«

»Was soll ich denn tun?«, schluchzte Nina. »Ich will ja auch nicht mehr wegen ihr heulen, ich will sie endlich vergessen ...«

»Willst du das wirklich?«

Eingeschüchtert von Ingas gnadenloser Frage, wagte sie nicht, sich vor der einzig richtigen Antwort zu drücken. »Nein.«

Es herrschte Schweigen auf beiden Seiten.

Inga fand zuerst ihre Sprache wieder. »Dann rede mit ihr! Es ist allerhöchste Zeit.«

»Ich weiß nicht, was ich ihr sagen könnte«, erwiderte Nina zaghaft. Schon allein die Vorstellung, mit Ellen alleine in einem Raum zu sein, nach allem, was vorgefallen war, rief bei ihr Beklommenheit hervor.

»Wenn du ihr gegenüber stehst, wirst du es wissen.«

Der Anruf kostete sie große Überwindung. Dabei wusste sie noch immer nicht, wie sie ein Gespräch mit Ellen beginnen konnte und was sie sagen wollte. Doch sie wusste, dass dieses Gespräch nicht zwischen Tür und Angel zu führen war. Wenn sie überhaupt dazu fähig sein würde, brauchte sie Ruhe und nicht den Druck, dass in einer halben Stunde alles besprochen sein musste, da schon der nächste Anwärter vor Ellens Tür wartete.

Ihr Anruf galt folglich Stephanie, die als Sekretärin Ellens Termine verwaltete. Nina geriet vor Nervosität regelrecht ins Stottern, als sie ihre Bitte vortrug. Sie wusste, wie mysteriös sich dies in Stephanies Ohren anhören musste – einen Termin zu verlangen, länger als sechzig Minuten, gegen Abend, auf jeden Fall mit zeitlichem Spielraum. Und noch in dieser Woche.

»Also ... ich muss schon sagen ... das sind viele Wünsche«, bemerkte Stephanie etwas pikiert. »Um was geht es denn eigentlich?«

Nina schluckte. Sie überlegte krampfhaft. Während sie verzweifelt nach einem guten Grund suchte, ärgerte sie sich gleichzeitig, dass sie überhaupt einen nennen musste. Noch vor ein paar Monaten waren Termine bei Ellen schließlich kein Problem für sie gewesen. Stephanie hatte es ihr sogar ohne Termin ermöglicht, Ellen zu sehen.

»Um etwas, was ich mit ihr persönlich zu besprechen habe«, sagte sie schließlich wahrheitsgemäß.

»Also ... dazu kann ich nichts sagen«, erwiderte Stephanie verhalten. »Ich kann auch nicht sagen, ob sie das will. Ihr Terminkalender ist derzeit sehr voll. Heute Vormittag zum Beispiel hat sie einen dringenden Arzttermin. Nachmittags ist sie mit Terminen dicht. Morgen Vormittag geht es auch nicht. Am frühen Nachmittag ist sie dann extern unterwegs, kommt aber danach noch ins Office. Mein erstes und einziges Terminangebot ist also Freitag, siebzehn Uhr. Aber das ist dir sicherlich zu spät.«

Nina sagte dankbar zu.

In den nächsten Stunden war es ihr unmöglich, sich auf ihre Arbeit zu konzentrieren. Nervös rutschte sie auf ihrem Stuhl hin und her. Ihre Gedanken waren so sehr bei Ellen, dass sie den gesamten Vormittag damit zubrachte, ziellos im Internet zu surfen. Sie wusste, sie hatte im Grunde viel zu tun; allem voran hatte sie die achtzig Mails durchzusehen, die im Laufe des gestrigen Abends und der Nacht noch eingetrudelt waren, und auch die Clippings der Medienbeobachtung zu checken, doch sie konnte keinen klaren Gedanken fassen.

Als Lilli gegen Mittag anfragte, ob sie zusammen in die Kantine gingen, willigte Nina dankbar ein, auch wenn sie keinen Hunger hatte. Lillis Appetit war dafür umso ausgeprägter. Nachdem sie ihren Gemüsestrudel bewältigt hatte, machte sie sich mit sichtbarer Begeisterung über die Ninas faschiertes Laibchen her. Nina sah mit Staunen zu.

»Das mit Ellen ist ja schon ein Hammer«, sagte Lilli plötzlich mit vollen Backen. »Obwohl es eigentlich vorauszusehen war, bei ihrem Potential.«

»Was?« Kaum war Ellen Name gefallen, war Nina auch schon in Alarmbereitschaft.

»Na ja, du hast es sicher sowieso schon gewusst«, warf Lilli ein. »Insofern ist es sowieso keine Neuigkeit mehr für dich.«

Nina hatte nicht die leiseste Ahnung, von was Lilli sprach, doch in ihrem Magen machte sich ein mulmiges Gefühl breit.

»Lilli, von was redest du, bitte?« Sie musste sich zwingen, ruhig zu bleiben. Ihr Impuls wäre gewesen, aufzuspringen und Lilli heftig zu schütteln. Warum konnte die Frau nicht gleich sagen, um was es sich handelte?

»Na ja, von dem Mail heute, dass Lindtmann und Brauer verschickt haben. Diese Bekanntmachung.«

»Was?« Nina fühlte sich wie vor den Kopf gestoßen.

Sie hatte ihre Mails noch nicht gelesen. Irgendetwas musste ihr da entgangen sein. Etwas Wichtiges.

»Das Mail, in dem steht, dass Ellen Ende November in die USA zurückgeht«, erklärte Lilli geduldig. »Sie hat jetzt dann von Philadelphia aus eine globale Position inne. Ist für rund dreißig Länder verantwortlich. Oder sogar mehr. Sie ist dann sozusagen die Chefin von Leuten wie Lindtmann. Ziemlich krass, oder?«

Nina war es, als würde ihr ein Dolch in den Bauch gestoßen.

Ellen. Ellen ging zurück in die USA. Das konnte nicht sein, durfte nicht sein. Nicht jetzt, wo sie doch mit ihr reden wollte. Und sie hatte ihr nichts davon erzählt!

»Ich finde das wahnsinnig toll. Die Frau ist noch keine sechsunddreißig«, fuhr Lilli, die nichts von Ninas innerem Zusammenbruch zu bemerken schien, ungerührt fort. »Ich bin gespannt, was sie dann erst in zehn Jahren macht.«

Sie hat mir nichts davon erzählt.

Der Dolch in Ninas Bauch wurde nochmals kräftig umgedreht. Sie hielt sich unwillkürlich an der Lehne fest, um nicht kraftlos vom Stuhl zu gleiten.

»Wie lange steht das schon fest?« Nina bemühte sich um einen neutralen Tonfall, doch ihre Stimme hörte sich kratzig an.

»Das fragst du mich?« Lilli schaute sie verwundert an. »Ich dachte, du kennst die Details, schließlich bist du doch mit ihr ... befreundet.« Die Pause und die Art und Weise, wie Lilli das Wort »befreundet« aussprach, führten Nina deutlich vor Augen, dass Ellen und sie tatsächlich schon Gesprächsthema in dieser Firma waren. Sie wusste in diesem Moment auch, dass genau das ihre Freundschaft mit Lilli in den letzten Wochen nicht intensiver, sondern schwieriger gemacht hatte: Lilli, die sich als ihre beste Freundin betrachtet hatte, fühlte sich dadurch gekränkt, dass Nina sie nicht ins Vertrauen zog.

Doch für Nina war dies undenkbar. Lilli war Ellens Untergebene. Sie konnte mit ihr unmöglich über diese Angelegenheit sprechen. Im Grunde konnte sie mit überhaupt niemandem bei LENOPHARM darüber sprechen.

»Ich nehme aber an, dass es schon länger feststand«, meinte Lilli nun. »So etwas wird ja nicht von heute auf morgen entschieden. Sicher war es schon lange geplant. Es weiß ja jeder im Hause, dass Ellen für den Job hier im Grunde überqualifiziert war. Bevor sie nach Österreich kam, hatte sie ja schon eine höhere Position – bei einem unserer Mitbewerber. Es heißt, dass sie sowieso nur aus privaten Gründen herkam und diesen Karriere-Rückschritt deshalb in Kauf nahm.«

Lillis Blick ruhte auf ihr. Nina bemühte sich um eine gleichgültige Miene, doch sie hatte das Gefühl, ihr würde der Boden unter den Füßen weggezogen. Dennoch schaffte sie es, ein schwaches »Heißt es das?« von sich zu geben.

»Ja«, bekräftigte Lilli, die wie immer bestens informiert zu sein schien. »Es heißt, dass Ellen ihren jetzigen Job sowieso nur unter der Bedingung annahm, dass sie nebenbei noch globale Aufgaben übernehmen kann. Das wurde ihr auch zugestanden. Deshalb war sie ja häufig als Referentin bei diversen Workshops geladen, und deshalb stand hinter ihrem Namen immer *Austria et al.* Das *et al.* stand für *et altera* – ein Hinweis auf ihre globale Funktion. Und jetzt wechselt sie anscheinend völlig in die globale Funktion. Also ich bin schon gespannt, wer ihr Nachfolger wird. Ich kann mir im Moment überhaupt nicht vorstellen, dass ihre Stelle intern besetzt wird. Wüsste nicht, wer dafür in Frage käme.«

Nina war übel.

Ellen würde zurück in die USA gehen. Allein die Vorstellung raubte ihr sämtliche Energien. Sie versuchte, sich zusammenzureißen. Lilli sollte nichts von dem Zustand bemerken, in dem sie sich befand. Doch als sie aufstanden, musste Nina sich am Tisch abstützen, so wackelig fühlten sich ihre Beine an – ein Umstand, der Lilli nicht entging.

»Ist dir nicht gut?«, fragte sie sofort mit wachsamem Blick.

»Alles okay«, log Nina. Sie war froh, dass sie im zweiten Stock aussteigen und Lillis lauerndem Blick entkommen konnte. Sie wollte allein sein. Nur allein sein und die für sie so schreckliche Information verarbeiten.

War es überhaupt sinnvoll, sie noch einmal zu treffen und zu sprechen? Was erwartete sie sich von einer Aussprache? – Nina stellte sich vor, wie es war, mit Ellen auf dem Sofa in der Besprechungsecke zu sitzen und über den Vorfall in Berlin zu reden. Sie sah Ellen vor sich, sah in Gedanken ihre schmalen, zarten Hände, ihre schönen Lippen. Die Erinnerung an die Sanftheit ihrer Haut war heute noch genauso präsent wie vor Wochen. Und Nina begriff, dass sie eines auf keinen Fall tun durfte: Ellen allein gegenübertreten. Es war zu gefährlich. Nina hatte Angst vor dem Aufbrechen ihrer Gefühle. Ellen wieder zu mögen bedeutete nichts als Schmerz. Sie würde sie wieder verletzen, unweigerlich, schon allein dadurch, dass sie in die USA ging und sie hier zurückbleiben würde.

Nina rief Stephanie an und sagte den Termin ab.

In der Sitzung, die schon seit zwei Wochen angesetzt worden war, ging es um die Pille Evolane. Die Gesundheitsbehörde hatte die Zulassung nun erteilt; die Evolane durfte nun in Österreich und vielen anderen europäischen Ländern vertrieben werden.

Thema der Sitzung waren verschiedene Marketing- und PR-Aktivitäten. Da die Evolane als neues LENOPHARM-Produkt eine saftige Steigerung der Umsätze versprach, fehlten bei dieser Sitzung neben Lilli Muster auch nicht Brauer und Lindtmann, der Geschäftsführer. Wer ebenfalls nicht fehlte, war freilich Ellen McGill – und das lag Nina wie ein Stein im Magen.

Die Sitzung war für zwei Stunden angesetzt, doch bereits als sie den Raum betrat und Ellen sah, spürte Nina den Drang, davon zu laufen. Sie hatte am Wochenende wieder wegen Ellen geweint und sich selbst dafür gehasst. Sie hatte an die gemeinsamen Stunden in Laa gedacht, die Intimität, die sie geteilt hatten – und all ihre Gefühle waren mit den Erinnerungen wieder zurückgekommen. Zurückgekommen war aber auch der Schmerz. Letztendlich war sie doch nur ein kleines, belangloses Trostpflaster auf der Wunde, die Lena hinterlassen hatte. Daran musste Nina denken, während die Sitzung ihren Lauf nahm, und ihr Hass auf Ellen, die mit unbeweglichem Gesicht Lindtmanns Ausführungen zu den Umsatzerwartungen verfolgte, wuchs und wuchs.

»Und dann nehme ich an, Frau Blume und Ellen McGill haben bereits ein gutes gemeinsames Konzept erarbeitet, wie sich die künftigen Marketing- und PR-Strategien für die Evolane ergänzen«, schloss Lindtmann nun seine Ausführungen. »Präsentieren Sie beide zusammen?«

Unwillkürlich kreuzte sich Ninas Blick mit Ellens. Ellen hob fragend die Augenbrauen. Nina presste die Lippen zusammen.

»Wir haben zwei eigenständige Konzepte«, erklärte Ellen ruhig. Brauer und Lindtmann wechselten einen kurzen Blick.

»Ist das sinnvoll?«, fragte Lindtmann. Seine Frage hatte eindeutig rhetorischen Charakter. Anstelle einer Antwort erhob sich Ellen und steckte ihren USB-Stick in den Laptop. Minuten später war sie mitten in ihrer Präsentation und stellte ein schlüssiges, durchdachtes Marketingkonzept vor, das vom Gynäkologen bis hin zur Patientin jede Zielgruppe einschloss.

Nina ärgerte sich immer mehr.

Ellen konnte alles, wusste alles, durfte alles.

Ellen durfte im Kopierraum ungefragt über sie herfallen. Ungestraft. Und Ellen durfte sie zurückstoßen, wie es ihr beliebte, sie an ihrem Geburtstag sitzen lassen und sie im Bett Lena nennen. Auch ungestraft. Und sie durfte sich in die USA abseilen, wann es ihr beliebte, ungestraft, und nur Verwüstung zurücklassen. Es durfte ihr egal sein, wie es Nina ging, ob sie litt, ob sie an sie dachte, ob sie Tränen vergoss. Sie würde einfach gehen, mit Lena im Herzen.

Ellen durfte auch ein Marketingkonzept präsentieren, das PR-Strategien beinhaltete, und sie durfte Ninas eigenem Konzept damit offenbar einiges vorwegnehmen. Ebenfalls ungestraft, obgleich sie der PR-Bereich im Grunde überhaupt nichts anging.

Als Ellen mit ihrer Präsentation geendet hatte, war Ninas innere Wut auf dem Höhepunkt. »Und wieso, wenn ich fragen darf, willst du in dieser Jugendzeitschrift haufenweise teure Advertorials kaufen und für Product-Placement zahlen, wenn man das durch gezielte und gute Redaktionsarbeit genauso gut erreichen kann?«

»Du darfst fragen«, sagte Ellen sachlich. »Ich bin ganz einfach überzeugt davon, dass es bei diesem Verlag nicht möglich ist, ohne Zahlungen entsprechende Artikel über ein Produkt zu platzieren. Und um die Evolane in den Köpfen der jungen Konsumentinnen zu verankern, müssen wir gerade im ersten Jahr dafür sorgen, dass der Produktname so häufig wie möglich erwähnt und die Vorteile dieser Pille korrekt wiedergegeben werden. Das erreicht man am besten durch Advertorials und erst in zweiter Linie durch klassische PR-Arbeit.«

»Und woher, bitteschön, willst du das so genau wissen?« Ninas Frage hatte so provokativ geklungen, dass sie nun alle anstarrten. Lindtmann runzelte irritiert die Stirn.

Lediglich Ellen ließ sich nicht aus der Ruhe bringen. »Aus Erfahrung«, sagte sie schlicht. »Es ist ein Konzept, das immer gut funktioniert hat.«

Funktioniert hat. Ja, auch sie hatte gut funktioniert, als Ellens Ersatzgeliebte zum Ausleben diverser Bedürfnisse, aber geliebt war sie nicht worden ...

»Mit guter Redaktionsarbeit lässt sich genau derselbe Effekt erzielen«, behauptete Nina ungerührt. »Und zwar, ohne fünf- bis sechsstellige Summen an Werbeeinschaltungen zu verpulvern.«

»Bei vielen Verlagen mag das stimmen«, erwiderte Ellen. »Aber nicht bei diesem. Dieser Verlag ist bekannt dafür, so zu arbeiten.«

Und Ellen McGill ist wahrscheinlich bekannt dafür, eine Frau nach der anderen gefügig zu machen, ohne ihr eigenes Herz zu öffnen und Gefühle zu investieren. Außer in Lena Michaelis, als deren Klon sie nichtsahnend gedient hatte!

»Woher willst *du* denn wissen, was ich mit meiner Arbeit bewirken kann?«, fauchte Nina. In ihr explodierte etwas. »Du weißt ja nicht einmal, wie ich heiße!«

Schlagartig wurde es absolut still im Raum. Es gab kein Stühlerutschen mehr, kein Räuspern, kein Flüstern. Alle starrten Nina an. Allem voran Ellen. Sie war leichenblass geworden.

Nina schlug sich mit der Hand auf den Mund. Erst jetzt war sie sich bewusst, was sie da soeben gesagt hatte. An den entsetzten und gleichzeitig verwirrten Gesichtern aller anderen Anwesenden sah sie, dass diese bereits sensationshungrig nach dem Zusammenhang ihrer Bemerkung suchten.

»Es reicht.« Ellen nahm den USB-Stick vom Laptop. Nina entging nicht, dass ihre Hand dabei leicht zitterte. Ellen raffte ihre Unterlagen zusammen und ging, ungeachtet dessen, dass die Sitzung noch lange nicht beendet war, in Richtung Türe.

»Frau Blume. Ellen. Wenn es jemandem reicht, dann allmählich uns«, meldete sich Lindtmann zu Wort. »Hätten Sie die Güte, endlich die Probleme, die Sie miteinander haben, zu lösen?«

»Egal wie«, setzte Brauer hinzu. »Aber so ist das seit Wochen eine einzige Zumutung für das gesamte Arbeitsklima.«

»Bitte«, sagte Ellen knapp und mit eiskalter Stimme. »An mir liegt es ja nun wirklich nicht. – Ich gehe sowieso.«

»Ja, natürlich!«, entfuhr es Nina mit beißender Ironie. »Das ist ja auch das einzige, was du immer tust: kurzfristig absagen oder gehen!«

»Frau Blume!« Lindtmann erhob die Stimme gegen sie. »Würden Sie sich bitte mäßigen!«

»Es reicht wirklich.« Ellen ließ geräuschvoll die Türe ins Schloss fallen – von außen. Nina hörte, wie sich ihre Schritte zügig entfernten. Ihr Herz krampfte sich zusammen. Ellen ging. Sie würde in die USA verschwinden und nie wieder zurückkommen. Lindtmann, Brauer, Lilli – Nina blendete sie alle in diesem Moment komplett aus.

»Nein!«, entfuhr es ihr. »Ellen!«

Sie stürzte aus dem Zimmer, sah links, sah rechts. Der Gang war leer. Von Ellen fehlte jede Spur. Verdammt. Sie konnte noch nicht weit sein. Der Lift! Ellen würde in ihr Büro fahren. Nina rannte zum Lift, so schnell es in Absatzschuhen und eng geschnittenem Rock eben ging. Die Aufzugtüren schlossen sich genau in dem Moment, als sie davor angelangt war.

Nina starrte auf den Aufzug. Vierter Stock. Dort würde Ellen gleich ankommen. Sie würde in ihr Büro gehen. Sie musste sie erwischen, bevor sie sich dort verbarrikadierte.

Nina hechtete zum Treppenhaus. Zwei Stufen auf einmal nehmend, rannte sie die Stockwerke hinauf, so schnell sie konnte. Atemlos kam sie oben an, kurz nach Ellen, die bereits in den Flur zu ihrem Büro eingebogen war.

»Ellen!« Ninas Lungen schrien nach Sauerstoff. Sie, die in der letzten Zeit kaum Sport getrieben hatte, fühlte sich nach zwei Stockwerken im Dauerlauf am Ende ihrer Kraft.

Ellen sah kurz über die Schulter. Kurz und abweisend. »Lass mich«, sagte sie knapp, und setzte ihren Weg fort.

Nina hastete hinter ihr her. Ellen ging fort, in die USA, sie durfte das nicht zulassen, musste sie aufhalten.

Kurz vor Stephanies Bürotür hatte sie sie eingeholt und stellte sich ihr in den Weg. Sie wollte ihr sagen, dass sie mit ihr reden musste, doch ihr erschöpfter Atem ließ es nicht zu.

»Was auch immer du zu sagen hast, sag es jetzt«, bemerkte Ellen mit herablassender Miene. »Und dann geh. Ich bin nicht bereit, mir dieses Schauspiel noch weiter anzusehen.«

Nina bekam wieder etwas Luft. Und mit der Luft kam auch ihre Wut zurück.

»Du bist so ein arrogantes Aas!«, warf sie ihr ins Gesicht.

Ellen verzog keine Miene. »Gut. Und weiter?«

»Du bist der mieseste und kaltschnäuzigste Mensch, den ich je kennengelernt habe!«

Ellen griff nach der Klinke. Nachdem Nina sie nun nur noch böse anschaute, setzte sie unbewegt hinzu: »War es das? Oder möchtest du mir sonst noch etwas mitteilen?«

»Du hast mich ausgenutzt!«

Ellen lachte bitter. »Ja, natürlich. Und wie. Ich habe dir zu einem netten Gehalt und einer tollen Prämie verholfen, aber du hast völlig recht: Ich bin mies und böse und habe dich nur ausgenutzt.« Ihre Stimme triefte vor Ironie.

Nina platzte. »Ich bin doch keine Nutte, die du mit Geldgeschenken entlohnen kannst!«, schrie sie Ellen aufgebracht an. »Mir ist dieses Geld völlig egal! Ich habe nie danach verlangt! Ich wünschte, ich hätte nie irgendetwas von dir angenommen!«

»Ja, natürlich«, wiederholte Ellen, ohne ihren ironischen Tonfall aufzugeben. »Es war dir ja alles so unangenehm.«

Sie drückte die Türklinke hinunter und durchquerte mit zügigen Schritten Stephanies Büro, um in ihr eigenes zu gelangen. Nina folgte ihr ebenso zügig. Aus den Augenwinkeln nahm sie Stephanie wahr, die mit entsetztem Gesicht auf ihrem Schreibtischstuhl zu versinken drohte. Es war offensichtlich, dass sie trotz der geschlossenen Türe alles Wort für Wort mitverfolgt hatte.

Doch es war jetzt keine Zeit, sich Gedanken um andere zu machen. Nina kochte vor Wut. Sie war wütender als je zuvor. Nie hätte sie gedacht, dass es ihr gelingen würde, einen Menschen derart anzuschreien, doch nach Ellens letzter Bemerkungen fiel es ihr überraschend leicht. »Ja, das ist ganz besonders toll, wenn man nichts anderes tun will, als ein paar Seiten zu kopieren, und dann wird man plötzlich halb vergewaltigt!«

»Vergewaltigt!« Ellen schnaubte verächtlich. Sie warf die Tür zu ihrem Büro zu. Offenbar war sie sich Stephanies Anwesenheit ebenfalls bewusst. »*Don't make me laugh!*«

»Aber das ist noch nichts gegen das Beste an dieser Geschichte«, schrie Nina. »Das Beste ist, wenn du irgendwann nachts aufwachst und plötzlich Lena genannt wirst!«

Trotz ihrer Wut platzte die Wunde auf. Es war für sie in diesem Moment, als wären Ellens Worte gerade erst gefallen: Ich liebe dich, Lena. Sie fühlte sich von einer Sekunde zur anderen genauso hilflos und verletzt wie vor Wochen in Berlin. Dass sie nun wusste, um wen es sich bei Lena handelte, änderte nichts an dem seelischen Schmerz, den sie empfand. Sie drehte sich weg von Ellen, die sie aus einigen Schritten Entfernung mit undurchdringlicher Miene anstarrte. Sie sollte ihre Tränen nicht sehen.

Eine kleine Pause entstand.

Nina bemühte sich, ihre Emotionen in Griff zu bekommen. Das letzte, was sie vor hatte, war, wieder einmal vor Ellen zu weinen und ihre Gefühle preiszugeben.

Ellen durchbrach schließlich das Schweigen. Ihre Stimme klang nun wieder völlig ruhig, aber kühl.

»Ich kann dir sagen, wer Lena ist«, sagte sie.

Nina drehte sich nicht zu ihr um. Die Tränen wollten sich nicht zurückdrängen lassen. »Das ist nicht nötig«, presste sie hervor. »Ich weiß es bereits.«

»Ah ja?«

Sie hörte, wie Ellen einige Schritte auf sie zu kam. Unmittelbar hinter ihr blieb sie stehen. Nina konnte die Wärme ihres Körpers spüren.

»Wenn du weißt, wer Lena ist, verstehe ich deinen Ausbruch noch weniger.«

»Nein, du verstehst sowieso überhaupt nichts.« Ninas Tränen begannen zu fließen. Sie hatte Ellen noch immer den Rücken zugekehrt, doch sie war sich im Klaren, dass sie nicht lautlos weinte. Sie hasste sich selbst dafür, dass sie sich nicht unter Kontrolle hatte und Ellen unweigerlich preisgab, was sie nicht hatte zeigen wollen: dass sie noch immer tiefe Gefühle für sie hatte.

»Das Beste an dieser Geschichte«, begann Ellen mit ruhiger Stimme, »ist nicht, dass du irgendwann versehentlich Lena genannt wurdest. Das Beste an dieser Geschichte ist, dass es überhaupt soweit kam, dass du mit mir die Nacht verbracht hast. Weil dieser Teil der Geschichte nämlich unter einem ganz anderen Titel steht als das Kapitel vom Kopierraum.«

Als sich Ellens Arm nun sanft um ihre Taille legte, leiste Nina keinen Widerstand. Die Hand auf ihrem Bauch fühlte sich warm und vertraut an.

»Willst du mir noch etwas sagen, jetzt, wo du schon dabei bist, mir deine Meinung mitzuteilen?« Ellens Stimme klang sanft, aber auch traurig.

Nina schluckte. Ihre Wut war bereits mit ihren Tränen verschwunden, und das Eis in ihrem Herzen schmolz mit der Wärme von Ellens Hand. Sie wollte nicht, dass diese Wärme aufhörte. Niemals durfte sie aufhören. Niemals.

Ihre Hände legten sich um Ellens Hand und fixierten sie auf ihrem Bauch. Ellen stand nun so dicht hinter ihr, dass sie ihren Atem in ihrem Nacken spüren konnte.

»Ich will nicht, dass du in die USA zurückgehst«, brachte Nina mit kratziger Stimme hervor. Es war der erste Satz an diesem Vormittag, den sie nicht aus Wut sprach, sondern genauso meinte, wie sie ihn sagte.

»Warum nicht? Wenn du mich für arrogant und kaltschnäuzig hältst und mich hasst, kannst du doch froh darüber sein.« Ellens Stimme klang dumpf.

Nina hielt noch immer Ellens Hand fest. Die Angst, Ellen

würde sie ihr plötzlich entziehen, war noch nicht verflogen. »Ich hasse dich nicht. Ich …« Sie zögerte. Trotz der Achterbahn der Gefühle, die sie in den vergangenen Wochen und Tagen wegen Ellen durchlaufen hatte, wusste sie genau, was sie für sie empfand. Nur es auszusprechen fiel ihr schwer. »Ich … ich mag dich«, sagte sie stockend. »Ich mag dich sogar sehr.«

Ein paar Augenblicke lang war es ganz still im Zimmer. Erst als sie sie tief ausatmen hörte, wurde Nina klar, dass Ellen die Luft angehalten hatte.

»Ich mag dich auch sehr.« Ellens Stimme war nur ein leises Flüstern an ihrem Ohr. »Du bedeutest mir mehr, als mir je ein Mensch nach Lena bedeutet hat. Und es macht mich traurig und verletzt mich, wenn du mir nun all diese Gemeinheiten an den Kopf wirfst. Wenn du nicht mehr mit mir redest und mir nicht mehr zuhören willst. Und wenn du mir keine Chance lässt, dir irgendetwas zu erklären.«

Was wäre wohl gewesen, wenn ich geblieben wäre, fragte Nina sich. Ellen hatte sehr oft die Chance gehabt, ihr etwas zu erzählen oder zu erklären, doch sie hatte immer abgeblockt, wenn es ihr zu persönlich wurde. Warum hätte sie ausgerechnet in dieser Situation anders entscheiden sollen?

»Du erzählst mir sowieso nichts von dir«, sagte Nina dumpf.

»Doch. Doch, das tue ich.« Ellen legte ihre zweite Hand auf Ninas Hände. Nina lehnte sich sanft zurück und spürte, wie Ellens Körper sie federnd auffing. »Ich werde dir alles erzählen. Wenn du mir die Chance gibst.«

Nina richtete sich auf und drehte sich zögernd um. Ellen stand unschlüssig vor ihr, mit hängenden Schultern und grauen Augen. Nina wischte sich ihre letzten Tränen aus dem Gesicht und sah Ellen ratlos an. Sie fühlte sich verloren, wusste nicht, wo es für sie weiterging – nicht mit Ellen, nicht mit ihren Gefühlen, nicht mit dem Umstand, dass Ellen ja sowieso bald in den USA sein würde.

»Ich wundere mich, wie du immer so ruhig bleiben kannst«, sagte sie nach einer Weile.

Ein schiefes, schmerzliches Lächeln glitt über Ellens Gesicht. »Das kann ich doch gar nicht«, erwiderte sie leise. »Ich bin gar nicht ruhig. Innerlich geht alles in mir ... *up and down*. Ich bin nur darauf trainiert, meine Emotionen zu kontrollieren.«

Nina folgte ihrer inneren Stimme und einem aufwallendem Gefühl tiefster Zuneigung, als sie nun ihre Arme um Ellen schlang und sie an sich zog. Ihre Umarmung wurde innig erwidert. Jetzt, da Ellen in ihren Armen lag, spürte Nina, dass deren Herz ebenso heftig schlug wie ihr eigenes.

Als Nina Ellens Tränen auf ihrem Gesicht fühlte, konnte sie nicht anders: Sie küsste sie auf die tränennasse Wange, versuchte jede einzelne Tränen zu tilgen, die Ellens Auge verließ.

»Nina«, flüsterte Ellen, und ihre Tränen wurden nicht weniger.

Doch schließlich fanden sich ihre Lippen. Dem ersten sanften Kuss folgten ein zweiter und ein dritter. Der vierte brachte Ellens Tränen letztendlich zum Versiegen und öffnete die Tore der Leidenschaft. Nina spürte Ellens Lippen und ihre Zunge; es war, als hätte es diese leidvollen Wochen des Schweigens zwischen ihnen nie gegeben. »Nina«, flüsterte Ellen mit rauer Stimme. Ein angenehmes Prickeln lief durch Ninas Körper, als Ellens Hände ihren Rücken hinabglitten, und sie drängte sich ihr begierig entgegen. Wieder fielen sie in einen gierigen, leidenschaftlichen Kuss – ein Kuss, der jäh durch das Aufreißen der Türe unterbrochen wurde.

Abrupt ließen sie voneinander ab und starrten Brauer an, der ihre Blicke ebenso perplex erwiderte. »Äh ... was machen Sie da?«

Dass seine Frage in Anbetracht der Umstände nicht wirklich clever klang, schien ihm bereits selbst aufzugehen, denn er fügte ein rasches »Entschuldigen Sie« hinzu.

»Wir lösen unsere Probleme«, erklärte Ellen in sachlichem Tonfall, und Nina konnte nur schwer ein Grinsen verbergen. Ellen war einfach unglaublich. »Das war ja Ihr Auftrag.«

Zum ersten Mal, seit Nina den Personalchef kannte, bewies er einen Anflug von Humor. »Wenn das für Sie die richtige Methode ist ... ich wollte nur sichergehen, dass Sie sich nicht gegenseitig zerfleischen, daher mein Besuch. Aber anscheinend muss ich mir keine Sorgen machen.«

»Nein«, sagte Ellen. »Das müssen Sie nicht.« Als Brauer wieder gegangen war, ließ sie sich auf ihr Besprechungssofa sinken und sagte eine Weile gar nichts. Nina blieb unschlüssig vor ihr stehen. Ellen schien nachdenklich. »Gib mir fünf Minuten. Ich bin innerlich noch immer ... *in a turmoil.*«

Nina ließ sich neben ihr aufs Sofa sinken und lehnte sich sanft gegen sie. Die Küsse hatten sie aufgewühlt – hatten sie ihr doch nur zu genau gezeigt, dass ihr Körper immer noch genauso auf Ellen reagierte wie früher. Sie wollte ihre Hand auf Ellens Oberschenkel legen, doch Ellen hielt sie davon ab.

»Fünf Minuten«, bat sie ernst. »Wenn du mich anfasst, wird es nicht besser ... Dann kann ich nicht Auto fahren, weil ich in diesem Zustand sicher einen Unfall baue.«

»Du willst wegfahren?« Nina zuckte unmerklich zusammen. Ihr erster Gedanke war, dass sich alte Muster offensichtlich nie durchbrechen ließen. Ellen würde wieder vor ihr flüchten, um nicht mit ihr reden zu müssen. Ihr zweiter, weniger schmerzvoller Gedanke gründete sich auf Rationalität und sagte ihr, dass Ellen wahrscheinlich einen externen Termin hatte und zum Tagesgeschäft übergehen wollte.

»Wir«, korrigierte Ellen und setzte, als sie die Verständnislosigkeit in Ninas Gesicht sah, hinzu: »Wir werden beide wegfahren. Wir werden jetzt zu mir fahren, und wir werden reden.«

Nina hob überrascht den Kopf.

»Aber was ist mit der Arbeit?«, warf sie dennoch pflichtbewusst ein. »Wir können doch nicht einfach so abhauen, mitten am Nachmittag.«

»Doch, können wir.« Ellen erhob sich. »Komm, hol deinen Mantel.«

Nina war von der unvorhergesehenen Wendung des Geschehens immer noch perplex. Ellen deutete ihr Zögern auf ihre Weise.

»Wenn du nicht willst, werde ich das akzeptieren. Ich bin hier nicht in der Position, Forderungen zu stellen.«

Nina sah an ihrem angespannten Gesicht, dass sie Angst davor hatte, mit ihrer Vermutung richtig zu liegen. Sie stand auf und trat auf sie zu, nahm ihre Hand in die ihre und stellte mit Verwunderung fest, dass Ellen immer noch leicht zitterte.

»Ich möchte nicht, dass es so zwischen uns endet ... mit so vielen offenen Fragen«, sagte sie dann ernst.

Ellen wohnte in jenem weiß gestrichenen, klassizistischen Altbau im siebten Wiener Bezirk, vor dem der Taxifahrer damals nach dem TV-Auftritt gehalten hatte. Bereits im Eingangsbereich kam Nina aus dem Staunen nicht heraus. Keiner derjenigen, die sie bisher kannte und privat besucht hatte, wohnte in einem topsanierten Altbau. Anders als in den alten Häusern, die sie kannte, und ganz besonders in jenem, in dem Nina wohnte, sah hier alles trotz seines Alters tadellos aus. Es gab keine Bodenfliesen mit Rissen, keine Sprünge in den Mauern, keine Flecken an der Wand. Sogar die Fenster in den Gängen wirkten, als seien sie gestern erst frisch geputzt worden. Allein das Stiegenhaus beeindruckte sie dermaßen, dass sich ihr eine Frage unwillkürlich aufdrängte: »Sind die Mieten hier sehr hoch?«

»Es gibt hier nur Eigentumswohnungen.« Ellen lächelte, als sie die Treppen hinaufstiegen. Ihre Wohnung lag im obersten Geschoß, einem ausgebauten Dachstuhl. Ellen schloss die Wohnung auf und hielt die Türe auf. Vorsichtig trat Nina ein.

Der Vorraum, in dem sie standen, war sechseckig geschnitten und etwa so groß wie Ninas Küche. Es gingen mehrere Türen von ihm ab, die allesamt in einem pastellfarbenen Blauton gestrichen waren. An einer der freien Wände hing ein überdimensionaler Spiegel in einem mit Ornamenten verzierten, breiten Holzrahmen; schräg gegenüber stand ein großer, weißer Schrank in ähnlichem Stil. Als Ellen ihr den Mantel abnahm und ihn in den Schrank hängte, fiel Ninas Blick auf einen klobigen bunten Sportanorak, der zwischen all den Mänteln und Jacken hing. Sie wusste sofort, dass er Lena gehört hatte. Ein derartiges Kleidungsstück passte einfach nicht zu Ellen.

Ellen öffnete nun eine der drei Türen. Sie führte zu einer kleinen Kammer, in der auf langen Regalbrettern Schuhe über Schuhe standen. Ellen schlüpfte aus ihren hochhackigen Pumps, stellte sie dazu und zog sich Hausschuhe an.

Während Nina ebenfalls ihre Schuhe auszog und in Gästepantoffeln schlüpfte, die Ellen ihr reichte, ließ sie ihren Blick über das Regal schweifen. Die meisten Schuhe, die sich dort befanden, hatte sie an Ellen bereits gesehen. Andere dagegen kannte sie gar nicht. Es waren viele Turnschuhe darunter, schwere und stabile Laufschuhe. Nina begriff: Es war Lenas Schuhwerk, das sie da sah.

Ellen deutete auf die zweite Türe. »Hier ist die Toilette. Und hier …« Sie öffnete die dritte Türe. »Hier das Wohnzimmer und die übrige Wohnung.«

Das Wohnzimmer war groß, lichtdurchflutet und in hellen Sandtönen und blassem Violett gehalten. Zentraler Punkt des Zimmers war ein großes, sandfarbenes Sofa mit weißen Kissen, vor dem ein extravaganter Couchtisch aus Glas und Metall stand. Er erinnerte Nina an Ellens Schreibtisch. Dünne, fliederfarbene Vorhänge rahmten die großen Fenster. Ein ausladender weißer Lüster und mehrere Stehlampen sorgten für die Ausleuchtung. Auf der rechten Zimmerseite befand sich ein großes Regal mit Büchern; ein violett gestrichener Würfelkasten beinhaltete Stereoanlage und Plasmabildschirm.

Auf der linken Zimmerseite führten Rundbögen in zwei weitere Zimmer. Eines davon war die Küche – ein im Verhältnis zum Vorzimmer kleiner Raum, ganz in weiß gehalten, aber mit schwarzen Fußbodenkacheln. Der Raum schien fast unbenutzt.

»Du kochst wohl nicht oft, oder?«

Ellen schüttelte den Kopf. »Ich glaube, zur Hausfrau tauge ich nicht.« Sie führte Nina durch den zweiten Bogen ins Esszimmer, einen schmal geschnittenen Raum mit einem Rundtisch und mit weißen Hussen überzogenen Stühlen. Das Highlight des Zimmers war jedoch ein offener Kamin; das Kaminsims schmückten goldene Kerzenständer und eine altertümliche Standuhr.

Ellen ging schon durch einen weiteren offenen Bogen in den angrenzenden Raum. Nina folgte ihr und fragte sich gleichzeitig, wie viele Bögen und Zimmer es in dieser Wohnung wohl noch gab. Da fiel ihr Blick auf einen kleinen Flügel.

»Ich dachte, du hast kein Klavier!«, entfuhr es ihr überrascht. »Hast du nicht in Laa gesagt, du wärest aus der Übung?«

Ellen sah mit leerem Blick auf das Instrument, und Nina begriff: Ellen hatte auf diesem Flügel früher regelmäßig gespielt. Doch dann war Lena gestorben.

Auf dem Flügel stand, wie Nina erst jetzt bemerkte, ein einzelnes Bild. Sie sah nur die Rückseite, doch sie konnte sich denken, wer darauf abgebildet war. Die Wohnung schien voll von Erinnerungen an Lena. »Entschuldige«, kam es ihr unwillkürlich über die Lippen. Es war nicht ihre Absicht gewesen, Ellen durch einen unüberlegten Kommentar zu verletzen.

»Komm mit nach oben«, sagte Ellen statt einer Anwort. Überrascht stellte Nina fest, dass es noch mehr zu entdecken gab: Eine steile Wendeltreppe führte ins nächste Geschoß, wo Badezimmer und Schlafzimmer lagen sowie ein weiteres kleines Zimmer, das Ellen offensichtlich als Arbeitszimmer nutzte.

Besonders das Badezimmer entlockte Nina einen Aufschrei der Begeisterung: Es war relativ groß und durch drei kleine Dachfenster ausgesprochen hell. Und selbst hier befand sich ein offener Kamin in der Wand. Darüber hing ein großer Spiegel mit breitem Silberrahmen. In der Mitte des Badezimmers stand eine Wanne im alten französischen Stil, auf gedrechselten Füßen, und an einer halbhohen Marmorsäule unmittelbar daneben waren die Armaturen untergebracht – nostalgische, vernickelte Armaturen. Nina stellte sich vor, wie herrlich es sein musste, in dieser Badewanne zu sitzen und auf das prasselnde Kaminfeuer zu sehen.

Das Schlafzimmer betrat Nina mit klammem Gefühl. Auf den ersten Blick war der Raum ein Paradies, ganz in Azur, Weiß und intensivem Lavendelblau gehalten. Auch das Bett war mit lavendelblauen Polstern besetzt, mit einem Himmel aus weißer Gardine und einer Blende aus lavendelblauem, gerafftem Vorhangstoff. Das Bettzeug aber war für zwei Personen gerichtet. Auch die zwei Morgenmäntel, die an den Haken zur Schranktüre hingen, entgingen Ninas Wahrnehmung nicht: ein größerer und ein kleinerer. Auf dem Nachtkästchen auf der linken Bettseite stand ein großes Portraitfoto von Lena Michaelis; daneben steckte in einer blauen, hohen Vase eine nahezu frische rote Rose, die Nina einen Stich ins Herz versetzte. Gleichzeitig schalt sie sich selbst und erinnerte sich an Ingas Worte: Denkst du, dass du in Konkurrenz zu einer Toten stehst? Inga hatte darüber gelacht und munter erklärt: Eine Lebende ist gegenüber einer Toten immer klar im Vorteil.

»Ich werde mir kurz etwas Bequemes anziehen«, unterbrach Ellen Ninas Gedanken. »Du kannst es dir unten gerne schon gemütlich machen. Ich komme gleich.«

Nina nickte schweigend. In ihren Gedanken spukte das Bild herum, wie sich die selbstbewusst lächelnde Frau und Ellen auf diesem Traumbett liebten. Immer und immer wieder. Und wie Ellen flüsterte: Ich liebe dich, Lena.

Sie zwang sich, das Zimmer zu verlassen. Unten zog es sie automatisch zu dem Bilderrahmen, der auf dem kleinen

Flügel stand. Sie nahm das gerahmte Foto in die Hand und drehte es um. Es war eine Aktaufnahme in schwarz-weiß. Sie zeigte Lena nackt auf einem weißen Laken, prächtige Locken fielen ihr über die Schultern. Ihr Haar war sehr lang, es musste fast bis zu den Hüften reichen. Auf dieser Aufnahme wirkte sie nicht so streng wie auf dem Foto, das ihr Jasna im Büro gezeigt hatte. Doch dass sie vor Selbstbewusstsein und Entscheidungskraft strotzte, war auch hier nicht zu übersehen. Nina sah es an ihren Augen. Sie musste sich eingestehen, dass Lena trotz der leicht kantigen Gesichtszüge eine attraktive Frau gewesen war: Sie war gut proportioniert, besaß einen wohltrainierten Körper, einen schönen, festen runden Busen und ein wohlgeformtes Hinterteil. Nina konnte verstehen, dass Ellen sie anziehend gefunden hatte. Sie war eine erotische Erscheinung – auch wenn hier offenbar ein professioneller Fotograf und entsprechende Beleuchtung das Maximum herausgeholt hatten.

»Nina.«

Nina zuckte zusammen. Schnell stellte sie das Foto. Sie hatte Ellen nicht kommen gehört und kam sich nun vor, als sei sie bei etwas Verbotenem ertappt worden. Mit leichter Röte im Gesicht wandte sie sich zu Ellen um, die nun neben sie trat.

»Das ist Lena«, sagte sie.

»Ich weiß«, entfuhr es Nina. Erklärend fügte sie hinzu. »Ich habe Fotos von dir und ihr entdeckt. Die Fotos von diesem Betriebsausflug in die Wachau.«

»Hmm«, sagte Ellen nachdenklich. »Lass uns ins Wohnzimmer gehen«, schlug sie dann vor.

Erst jetzt fiel Nina Ellens Verwandlung auf: Sie hatte ihren Anzug gegen eine schwarze Jogginghose und ein dunkles Shirt ausgetauscht. Nina war verblüfft.

»Ich wusste nicht, dass es so etwas auch in deinem Kleiderschrank gibt«, kommentierte sie spontan, während sie Ellen in Richtung des Wohnzimmers folgte.

Ellen sah kurz über die Schulter. »Du weißt vieles nicht«, sagte sie. »Aber du kannst mich jetzt alles fragen.«

Ellen ließ sich auf dem Sofa nieder. Nina blieb unschlüssig im Torbogen zwischen Ess- und Wohnzimmer stehen. Sie dachte an Lena Michaelis und ihren selbstbewussten Blick. Sie fragte sich, was Ellen an ihr selbst hatte finden können. So ähnlich sie und Lena sich bei oberflächlicher Betrachtung auch waren, so groß waren die Unterschiede auf den zweiten Blick. Lena wirkte stark und selbstsicher, sie dagegen war eher schüchtern und zurückhaltend. Sie würde für Ellen wohl immer nur eine schwache Kopie der schillernden Lena darstellen.

»Möchtest du dich nicht setzen?«

»Ich bleibe lieber noch ein wenig stehen«, sagte Nina.

Jetzt, da es soweit war und ihr Ellen die Möglichkeit zur Aussprache gab, fühlte sie eine merkwürdige Beklemmung in sich. Die Situation kam ihr absurd vor: Sie war in Ellens Wohnung, was sie sich vor Monaten noch sehnlichst gewünscht hatte, und nun konnte sie es nicht einmal genießen. Es war ihr so, als wäre sie nicht mit Ellen alleine – Lena war bei ihnen. Die Angst vor diesem Gespräch und vor den Wahrheiten, die ihr Ellen womöglich sagen konnte, lähmten sie. Was würde die Zukunft bringen? Dass Ellen in die USA zurückging, war ganz offensichtlich eine Tatsache, an der es nichts zu rütteln gab.

»Wie du möchtest«, sagte Ellen.

Ninas Kopf war wie leer. Tausende Fragen, Ellen betreffend, waren in den letzten Wochen durch ihren Kopf gewandert; Fragen, auf die sie in zermürbender Akribie nach der Antwort gesucht hatte. Doch jetzt viel ihr keine einzige ein. Sie stand stumm in Türrahmen und sah Ellen verzweifelt an, die im Schneidersitz auf ihrem Sofa saß und wartete.

»Warum nähst du eigentlich in all deine Anzughosen und Jacketts ein Etikett mit deinem Namen?« Es war gewiss die dümmste Frage, die Nina stellen konnte, aber auch die einzige, die im Moment in ihrem Kopf präsent war.

Ellen wirkte zunächst völlig perplex. Dann huschte ein leichtes Schmunzeln über ihr Gesicht. »Ich habe nicht geahnt, dass dich das so beschäftigt. Das Etikett ist kein Namensschild, sondern das Modeemblem. ›E. McGill‹ steht für Emma McGill. Das ist meine Mutter. Sie ist Designerin.«

Ellens Liebe zu perfekter Kleidung ergab plötzlich Sinn.

»Ist das also wahr, was Jasna damals in Laa über den Anzug gesagt hat, den du mir geliehen hast? Dass er ungefähr ein halbes Jahresgehalt wert ist?«

»Kommt darauf an, wessen Jahresgehalt man als Vergleichsbasis nimmt«, erwiderte Ellen. »Meine Anzüge gibt es ohnehin nicht im Handel, denn es sind Unikate. Meine Mutter entwirft sie speziell für mich. Die Mode meiner Mutter zielt vorwiegend auf amerikanische Karrierefrauen ab. Es ist Business-Mode, Jacketts und Anzüge, und die Preise orientieren sich überwiegend an den Gehältern dieser Zielgruppe.«

»Danke, dass du mir in Laa damit ausgeholfen hast.«

»Gerne«, sagte Ellen. »Der Anzug hat dir auch sehr gut gestanden. Du solltest so etwas öfter tragen.«

Nina lächelte. »Ich glaube nicht, dass ich in die Zielgruppe der typischen Käuferinnen falle.«

»Du musst dafür ja nicht bezahlen«, erwiderte Ellen in einer Selbstverständlichkeit, die Nina verwirrte.

Sie hielt die Bemerkung für eine Höflichkeitsfloskel und ging zur nächsten Frage über: »Warum bist du nicht Designerin geworden, wenn ihr schon einen Familienbetrieb habt und du dich prinzipiell für Mode interessierst?«

»Ich habe zwei linke Hände«, entgegnete Ellen. »Ich kann nicht zeichnen, ich kann nicht besonders gut nähen. Das sind schlechte Voraussetzungen. Ich kann lediglich Bilanzen lesen und Marketingstrategien vorgeben, aber das macht für ›E. McGill‹ bereits mein Bruder John, und meine Schwester Emily wird meiner Mutter im kreativen Bereich des Unternehmens nachfolgen. Das Familienunternehmen ist also bereits besetzt. Es war immer klar, dass ich etwas anderes machen werde.«

»Du hast zwei Geschwister?«

»Nein. Vier. John und Emily sind älter als ich, dann komme ich, und dann gibt es noch Jakob und Ella. Jakob ist

Anwalt für Steuerrecht in Chicago, und Ella arbeitet für ein Wissenschaftsmagazin bei ABC News.«

Nina fragte sich, warum sie davon ausgegangen war, dass Ellen Einzelkind war. Lag es an ihrer stillen, oft in sich gekehrten Art? Sie erinnerte sich an Ellens Aussage in Berlin. Ich war auch viel allein, hatte sie gesagt. Dass dies trotz vier Geschwistern möglich war, verwirrte Nina, und sie sprach es direkt an.

Ellen seufzte. Sie deutete auf die Couch. »Möchtest du wirklich weiterhin im Türrahmen stehenbleiben? – Ich tue dir nichts. Du kannst dich gerne neben mich setzen.«

Unschlüssig tat Nina ein paar Schritte nach vorne. Dann gab sie ihren Abstand auf, trat zum Sofa und ließ sich nieder.

»Ich war immer eine Einzelgängerin«, begann Ellen. »Ich habe mich schon als Kind lieber mit mir selbst beschäftigt als mit anderen. Meine Eltern haben sich deshalb anfangs Sorgen gemacht, besonders mein Vater. Er ist ein sehr geselliger Mensch; für ihn war es unvorstellbar, wie jemand freiwillig so viel allein sein kann. Meine Mutter hat das entspannter gesehen. Wir sind uns sehr ähnlich, in allem. Ich habe lieber Klavier gespielt, während John und Emily im Garten getobt haben. Oder gelesen. – Im Gegensatz zu dir hatte ich meine Einsamkeit selbst gewählt.«

»Und wann hat sich das geändert?«

»Es hat sich nicht geändert. Ich kann Menschenansammlungen und Partys noch immer wenig abgewinnen. Ich mache es beruflich, weil es unvermeidlich ist, aber privat meide ich es. Es gibt mir nichts.«

Nina schwieg. Ellens Ausweichmanöver erschienen ihr plötzlich in einem neuen Licht. Hatte die kurzfristige Absage zu ihrem Geburtstag und die Tatsache, dass sie sie nach ihrem TV-Auftritt nicht mit zu sich hatte nehmen wollen, möglicherweise gar nichts mit Lena zu tun? War es einfach Ellens Eigenwilligkeit? Aber wie hatte dann Lena in Ellens eigenwilliges einzelgängerisches Leben gepasst? Nina wagte den Sprung nach vorne und sprach es direkt an.

»Mit Lena war es anders«, sagte Ellen. »Sie war der erste Mensch, der mir emotional so nahe kam. Ich fühlte mich jede Minute glücklich, wenn sie bei mir war.« Ein Schatten fiel über ihr Gesicht. Nina merkte, dass die Erinnerung für sie nach wie vor schmerzvoll war, und sie schalt sich selbst, dass sie diese Frage gestellt hatte. »Und mit den anderen?«, fragte sie daher und meinte Ellens frühere Freundinnen, was diese aber offenbar nicht verstand oder verstehen wollte, denn sie beantwortete die Frage auf andere Art und Weise: »Ich bin mittlerweile auch gerne mit meinen Eltern und meinen Geschwistern zusammen. Das liegt auch daran, dass wir uns ja nicht mehr so häufig sehen und wir dann die wenige Zeit, die wir gemeinsam haben, immer sehr intensiv nutzen. – Aber andere Leute strengen mich oft an. Es wird mir schnell zuviel.«

Ich zum Beispiel, fuhr es Nina in den Sinn. Sie starrte auf den Polsterbezug.

Ellen streckte die Hand aus und berührte sie an der Schulter. »Ich habe nicht gesagt, dass du mir zuviel bist, Nina.« Sie machte eine kleine Pause. Das, was sie dann sagte, schien für sie ein großer und überlegter Schritt zu sein. »Ich bin gerne mit dir zusammen.«

Nina hob den Kopf. »Weil ich dich an Lena erinnere?« Der Einwurf kam ihr unwillkürlich über die Lippen. Als sie Ellens entsetzten Blick bemerkte, verspürte sie sofort Schuldgefühle. Sie rutschte näher an Ellen heran und nahm ihre Hand.

»Tut mir leid«, sagte sie leise. »Das war nicht fair von mir.«

Ellen schluckte. »Ich verstehe, dass dich das beschäftigt. Es ist, nach allem, was passiert ist, dein absolutes Recht, danach zu fragen.« Sie fuhr sich mit dem Handrücken über die Augen, und Nina begriff, wie schwer es ihr fiel, über Lena zu sprechen.

»Als ich dich das erste Mal gesehen habe, in meinem Büro, bekam ich fast einen Schock«, begann Ellen nun mit leiser Stimme. »Deine Frisur damals, deine Haarfarbe ... du hast das Foto von Lena gesehen. Du weißt also, was ich meine. Es war auf den ersten Blick ... gespenstisch. *I was completly jazzed*, völlig mit dem Wind oder wie man das sagt. Ich wusste nicht, wie ich reagieren sollte. – Da Jasna sagte, Michaelis hätte dich eingestellt, rief ich danach Philipp an und stellte ihn zur Rede. Ich verstand nicht, wie er mir das antun konnte. Aber er leugnete einfach, dass er irgendeine Ähnlichkeit bemerkt hätte. Er sagte, ich bilde mir das nur ein. Wir haben zwei Wochen lang nicht mehr miteinander geredet, so böse war ich auf ihn.«

Nina ließ ihren ersten Besuch in Ellens Büro Revue passieren. Ellen, die sich zu ihr umgedreht hatte, kurz erstarrt war und dann mit eisiger Stimme gefragt hatte: Wer hat Sie eingestellt? Ellens Hände, die gezittert hatten, als sie bei diesem ersten Treffen nach der Teetasse griffen. Das alles wurde mit einem Mal für sie begreiflich. Sie strich mit ihrem Daumen über Ellens Handrücken und dachte, wie grausam es von Michaelis war, jemanden einzustellen, der Ellens großer Liebe so ähnlich sah. Doch es quälte sie ein ganz anderer Gedanke.

»Hast du deshalb damals im Kopierraum ... weil du für einen Augenblick dachtest, ich sei Lena?«

»Nein.« Ellen schüttelte heftig den Kopf. Sie nahm Ninas andere Hand in die ihre und sah ihr ernst in die Augen. »Ich habe immer gewusst, mit wem ich schlafe. Ich habe immer gewusst, wer du bist, in jeder Sekunde. Damals im Kopierraum und auch in Berlin.« Sie zog Nina näher zu sich heran. »In Berlin ... ich bin eingeschlafen. Ich weiß nicht, wie es passiert ist, aber ich weiß, dass ich dich damit sehr verletzt habe. Das war niemals meine Absicht. – Die Situation war so vertraut. Wir hatten uns geliebt, ich bin in deinen Armen eingeschlafen ... es war so vertraut. Ich fühlte mich wohl und glücklich. So wie mit Lena. Aber bitte glaube mir: Ich habe dich nie für Lena gehalten.«

Ninas Theorien fielen in sich zusammen. Seit sie von Lena wusste, hatte sie vermutet, dass sie für Ellen an jenem Apriltag im Kopierraum eine Art Wiedergängerin gewesen war. Doch jetzt erschien ihr Ellens Handeln nur noch mysteriöser.

»Damals im Kopierraum«, begann sie zögernd. »Ich meine ... was war da los? Bis dahin hast du mich nicht besonders nett behandelt, und plötzlich passierte das?«

Ellen lächelte scheu, sah Nina dabei aber nicht an. Es war, als spräche sie zu sich selbst, und Nina hatte das Gefühl, dass dies der einzige Weg war, wie sie überhaupt darüber sprechen konnte.

»Du hast an diesem Abend vor mir gestanden ... in diesem Kleid. Du hattest ein Wahnsinnsdekoletee, du warst für mich Erotik pur. Ich wollte dich nur noch berühren, mit dir schlafen. Deshalb bin ich dir gefolgt, und deshalb ist passiert, was dann passiert ist.«

»Woher wusstest du, dass ich mich nicht wehren würde?«

Ellen hob den Kopf und sah Nina an. Noch immer umspielte ein Lächeln ihre Lippen. »Das wusste ich nicht«, sagte sie.

Nina riss erstaunt die Augen auf. »Du bist also das Risiko eingegangen?«

»Ja.«

»Ich hätte mich wehren und dich verletzen können.«

»Ja.«

»Hattest du davor nicht Angst?«

»In diesem Moment nicht«, sagte Ellen ehrlich. »Ich wollte dich verführen, wollte nur Sex mit dir. Das war alles, was in meinem Kopf war. – Danach hatte ich Angst, große Angst. Ich hatte Angst, meinen Job zu verlieren. Ich hatte Angst vor einer Klage ... *because of sexual harassment.*«

»Die Medien hätten sich auf unseren Fall gestürzt«, stellte Nina nachdenklich fest. »Sexuelle Belästigung zwischen zwei Frauen. Das ist nicht gerade alltäglich.«

»Ja«, stimmte Ellen zu. »Es wäre sicher sehr hässlich geworden. Für uns beide.«

Nina grinste. »Jetzt weißt du, warum ich darauf verzichtet habe! Das wäre auch sehr schwierig zu erklären gewesen … Berichten Sie doch mal, Frau Blume: Wie war das genau? Warum haben Sie sich nicht gewehrt?«

Ellen grinste ebenfalls. Nina spürte, dass sie sich beide nach und nach entspannten. Die Beklommenheit, die sie zu Beginn des Gesprächs empfunden hatte, war verschwunden. Von Minute zu Minute fühlte sie sich wohler, und auch Lena rückte zunehmend ins Abseits. Sie war mit Ellen allein, sie konnte mit ihr sprechen, sie konnte mit ihr sogar scherzen – letztendlich war es das gewesen, was sie schon vor Monaten gewollt hatte. Es war an der Zeit, auch ihrerseits Geständnisse zu machen, Dinge mitzuteilen, von denen ihr wichtig war, dass Ellen sie erfuhr.

»Ich hatte bis dahin nicht gewusst, dass mir das gefallen würde … mit einer Frau. Ich hatte bis jetzt nur Männer. Aber ich habe mit ihnen nie das gefühlt, was ich mit dir empfinde. Ich hatte mit dir den ersten derart intensiven Orgasmus meines Lebens.«

»Oh.« Ellen wirkte tatsächlich überrascht, was Nina zu einer Frage veranlasste. »Hat das mit dir und Männern geklappt?«

»In meinem Leben gab es nur Frauen«, erwiderte Ellen.

»Und hat es mit jeder geklappt? Ich meine, bist du mit jeder zum Höhepunkt gekommen?« Die Frage war ausgesprochen, ehe sie sich besinnen konnte. Es interessierte sie brennend, ob es möglicherweise auch zwischen Frauen nicht immer sexuell harmonierte. Ellen danach zu fragen, die offensichtlich seit jeher lesbisch lebte, schien ihr plausibel.

»Mit jeder«, sagte Ellen. »Mit dir und Lena.«

»Und mit den anderen?«

»Mit welchen anderen?«

»Na, mit den anderen Frauen in deinem Leben.«

Ellens Mundwinkel zuckten. Einen Moment lang dachte Nina, sie würde tatsächlich lachen, doch es blieb bei einem amüsierten Lächeln. Ellen zog Ninas Hände an ihre Lippen und drückte je einen zärtlichen Kuss auf ihre Handrücken.

Die kleinen Küsse beschleunigten Ninas Herzschlag, und sie rutschte nahe an Ellen heran.

»Es gab keine anderen«, erklärte Ellen nun ruhig. »Vor dir war nur Lena.«

»Was?« Nina starrte sie entgeistert an. Ellen war also keineswegs die routinierte und erfahrene Verführerin?

»Warum schockiert dich das so?« Ellen wirkte angesichts ihrer Reaktion etwas verwirrt.

»Ich habe das nicht gedacht«, gab Nina zu. »Ich hatte ein anderes Bild von dir. – Du bist so ... gut.« Sie wurde unweigerlich rot, fuhr aber tapfer fort. »Und weißt immer so genau, was du tun musst, um mich zu erregen. Ich hatte einfach angenommen, dass du viel Erfahrung hast.«

»Danke für das Kompliment.« Ellens Lächeln vertiefte sich. Sie wurde ernst, als sie fortfuhr: »Aber ich halte es sowieso für ein Gerücht, dass sich die sexuellen Qualitäten mit der Anzahl der Sexualpartner automatisch steigern. Ich weiß, dass viele Leute das anders sehen. Und anders damit umgehen. Aber für mich ist es eine große Intimität. Ich kann das nur mit jemandem teilen, zu dem ich Vertrauen habe und der mir nahesteht. Und dann geht es ganz von allein gut. Ich muss mir nicht überlegen, was ich tue – es funktioniert automatisch.«

»Mich kanntest du nicht«, warf Nina ein. »Ich stand dir anfangs weder nahe noch hattest du irgendeinen Grund, mir zu vertrauen.«

Ellen schwieg. Sie schien nachzudenken. »Es war ein Gefühl«, sagte sie schließlich. »Ich habe gefühlt, dass zwischen uns etwas ist.«

»Ist ... oder war?« Ninas Herz klopfte schnell – angetrieben von Hoffnung, aber auch von Furcht. Ellens Antwort kam nicht sofort; sie schien abzuwägen, was sie sagte. Nina war sich indessen nicht sicher, welche Antwort sie lieber hören wollte. Von tiefstem Herzen wünschte sie sich eine Beziehung zu Ellen, doch Ellen würde bald in die USA gehen und war damit künftig unerreichbar. Zu wissen, dass es jemanden gibt, den man liebt und der diese Gefühle erwidert, aber mit dem es keinerlei Aussicht auf eine gemeinsame Zukunft gibt, schien Nina unerträglich.

»Von meiner Seite aus: ist«, sagte Ellen nun langsam. »Und von deiner?«

»Ist«, flüsterte Nina und wusste nicht, ob sie weinen oder lachen sollte.

Ellen zog sie wortlos an sich. Eine Zeit, die Nina wie eine halbe Ewigkeit schien, lagen sie sich in den Armen und genossen die Nähe der anderen. »Ich will nicht, dass du in die USA zurückgehst«, sagte Nina dann leise. »Bitte, geh nicht.«

»Ich muss gehen«, erwiderte Ellen und drückte sie noch fester an sich. »Es tut mir leid, dass es ausgerechnet jetzt ist. Ich bin schon viel zu lange in Österreich.«

Sie lösten sich aus der Umarmung.

»Magst du es hier nicht?«

»Doch. Aber der Job ist keine Herausforderung für mich. Ich kenne schon alles. Es langweilt mich. Ich bin unterfordert. Dieser Job war noch nie das, was ich wollte.«

»Warum hast du ihn dann angenommen?«

»Es war das einzige, was sich in Österreich im Pharma-Bereich geboten hat«, erklärte Ellen. »Ich war damals froh, dass ich den Job bekam, sonst wäre es schwierig geworden.«

»Wie meinst du das?«

»Ich bin wegen Lena nach Österreich gegangen. Ihre Mutter hatte Krebs; Lena wollte die letzten Monate bei ihr verbringen. Lena war der einzige Grund, weshalb ich hierher gezogen bin. Ich hatte in den USA weit bessere Jobaussichten.«

»Und wie lange lebte ihre Mutter dann noch?«

»Ein Jahr und neun Monate – länger, als die Ärzte dachten. Es ging ihr zwischendurch auch immer wieder besser. Wir konnten noch viel mit ihr unternehmen. Nichts Anstrengendes, aber kleinere Ausflüge. Ich glaube, es hat ihr viel bedeutet.«

»Und warum seid ihr dann nach ihrem Tod nicht wieder zurück in die USA gezogen?«

»Lena wollte ihren Vater nicht gleich alleine lassen, und

für mich gab es zu dieser Zeit auch kein interessantes Jobangebot«, erzählte Ellen. »Und wir hatten uns hier gut eingerichtet. Es war ein langfristiges Ziel von uns beiden, wieder zurückzugehen, aber es bestand nie Grund zur Eile.«

»Warum bist du nicht gleich in die USA zurück – nach …«, Nina schluckte, doch ihr Interesse an der Antwort war stärker als ihre Scheu, offen zu fragen, »nach Lenas Tod?«

Ellen senkte den Blick. »Ich hatte nicht die Kraft dazu«, sagte sie nach einer Weile leise. »Es ging mir ziemlich schlecht.«

Nina konnte den Schmerz, den Ellen auch jetzt noch empfand, regelrecht fühlen. Offensichtlich hatte sie sich noch längst von der Vergangenheit gelöst. »Du denkt noch sehr viel an sie, nicht wahr?«

Ellen nickte fast unmerklich. »Sie ist immer in meinen Gedanken und in meinem Herzen«, fügte sie nach einer Weile hinzu. »Manchmal rede ich mit ihr, erzähle ihr Dinge, die in meinem Leben vor sich gehen. Ich fühle mich ihr dann näher; es ist fast so, als würde sie mir gegenübersitzen.«

Nina wusste nicht, was sie darauf sagen sollte. Dass Ellen Dialoge mit einer Toten führte, schien ihr befremdlich. Doch sie wollte vorsichtig sein: »Und jetzt geht es dir besser?«

»Besser als früher, ja«, bestätigte Ellen. »Aber ich habe noch immer viele schlechte Tage.« Sie sah Nina offen an. »Ich weiß, ich habe dich mehrmals verletzt. Dass du mich für arrogant und kaltschnäuzig hältst, kann ich dir daher nicht verübeln.«

Nina schüttelte den Kopf und unterbrach sie.

»Es tut mir leid. Ich habe das nicht so gemeint. Ich wollte eigentlich nur …« Sie stockte. Tja, was genau wollte sie eigentlich? Das einzige, was sie wirklich wollte, ließ sich offensichtlich nicht erfüllen: Sie wollte, dass Ellen nicht in die USA zurückging. Alles andere war selbst ihr im Moment noch weitgehend unklar. »Ich wollte eigentlich nur bei dir sein«, vollendete sie ihren Satz und sagte damit die volle Wahrheit.

»Danke«, sagte Ellen ernst. »Danke, dass du das noch willst, nach allem, was passiert ist.« Sie zog Nina an sich und umarmte sie zärtlich. »Seit es dich gibt, fühle ich mich wieder lebendig. Erst durch dich hatte ich wieder die Kraft, etwas in meinem Leben zu ändern. Zuvor war alles ... wie erstarrt.«

Nina ließ sich fest umschließen, spürte die Wärme von Ellens Körper und dachte, dass das alles sehr makaber war: Durch sie hatte Ellen also die Kraft, ihr Leben zu ändern und zurück in die USA zu gehen, um ihre Karriere voranzutreiben, und genau mit dieser Handlung sagte sie sich von ihr los.

»Und was ist das jetzt ... mit uns?«

Ellen hielt sie noch immer fest umklammert.

»Ich weiß es nicht«, flüsterte sie an Ninas Ohr. Es klang traurig. »Du bedeutest mir viel. Ich mag es, mit dir zusammen zu sein. Auch abseits eines Bettes, um das klarzustellen. Aber ich weiß nicht, ob ich dir jemals das geben kann, was du willst.«

Nina verstand. Und das Verstehen dessen, was Ellen ihr mitteilte, trieb ihr erneut die Tränen in die Augen. Sie schluchzte schließlich an Ellens Wange und hasste sich für ihre Schwäche, doch ihr innerer Schmerz war größer als ihre Selbstbeherrschung. Und sie war nicht die einzige, die Tränen vergoss. Doch Ellen hatte noch nicht alles gesagt, was es für sie zu sagen gab.

»Ich mag dich so sehr, Nina, und ich begehre dich. Aber ich fühle keine Liebe ... nicht das, was ich empfinde, wenn ich mit Lena zusammen war oder jetzt an sie denke. Es ist anders. Ich weiß, dass es dir weh tut, wenn ich das ausspreche, aber ich muss ehrlich sein. Und weil es mit meinen Gefühlen noch immer so ist, hat mein Verhalten auf dich in den letzten Wochen sicher irritierend gewirkt. – Ich bin gerne mit dir zusammen, aber ich kann dir nichts geben außer meine Anwesenheit und die Zusicherung, dass du mir viel bedeutest. Ich kann dir nichts versprechen, nichts entgegenbringen.«

Für Nina gab es keinen Zweifel, dass Ellen die Wahrheit sagte, doch diese Wahrheit war grausam. Sie weinten beide und Nina war so verwundert über Ellens Tränen, dass ihr rätselhaft blieb, weshalb diejenige, die doch alle Macht hatte, die Umstände zu ändern, unter ihren eigenen Sätzen so litt.

Nach einigen Minuten löste Ellen die Umklammerung und strich sich die Spuren ihrer Tränen aus dem Gesicht. »Ich verstehe, wenn dir das zu wenig ist«, sagte sie mit dumpfer Stimme.

Nina hob den Kopf. Auch sie wischte sich nun ihre Tränen aus dem Gesicht. »Ja, es ist sehr wenig«, gab sie unumwunden zu. »Aber ich weiß nicht, was wir jetzt tun sollen. Sollen wir uns bis zu deiner Abreise Ende November aus dem Weg gehen? Oder weitermachen wie bisher, im Hoch-tief-Zickzackkurs? Oder willst du lieber so tun, als wäre nie etwas gewesen?«

»Das würde mir schwer fallen«, sagte Ellen leise. »Dir aus dem Weg zu gehen, würde auch nur schwer möglich sein. Wir arbeiten immerhin noch in derselben Firma. Aber diesen ... Zickzackkurs halte ich nicht länger aus. Du auch nicht.«

»Und was schlägst du vor?« Die Traurigkeit, die Nina erfüllte, lähmte ihre Gedanken.

Ellen zögerte. Als sie schließlich aussprach, was ihr auf dem Herzen lag, verstand Nina den Grund. »Ich habe keine faire Lösung parat, Nina. Was ich dir anbieten kann und was ich mir von ganzem Herzen wünschen würde, ist, dass wir die Zeit bis zu meiner Abreise gemeinsam verbringen. Dass wir uns regelmäßig sehen, uns treffen, miteinander reden ... uns kennenlernen. Jetzt, da du weißt, wie es mit mir ist, hoffe ich, dass es uns beiden leichter fällt, normal miteinander umzugehen.«

Nina schwieg. Sie dachte nach. Noch immer stellte sich ihr die große Frage, wohin dies alles nur führen sollte. Sie sah keine Zukunft, und das war es, was ihr an diesem Plan fehlte.

»Und wenn wir uns dann richtig kennengelernt haben, gehst du zurück in die USA?«, erkundigte sie sich sarkastisch.

»Lass uns darüber reden, wenn es soweit ist«, erwiderte Ellen. »Ich kann dir nichts versprechen. Das ist das Unfaire an meinem Vorschlag. Das einzige, was ich dir versichern kann, ist, dass ich glücklich sein werde über die gemeinsamen Tage mit dir.«

Ohne Zukunft, ging es Nina durch den Kopf. Laut sagte sie: »Es ist eigentlich nicht meine Art, mich auf Verhältnisse einzulassen, bei denen es von vornherein keine Aussichten gibt. Ich bin nicht so ein ... Luftikus, der sich so leicht auf jemand anderen einlassen und dann auch wieder loslassen kann.«

»Ich weiß.« Ellen sah sie ernst an. »Ich weiß das, und gerade deshalb mag ich dich so sehr. Ich könnte mich kaum auf jemanden einlassen, der das anders sieht. – Ich bin mir wirklich darüber bewusst, wie unfair der Vorschlag für dich klingen muss. Ich verlange hierbei viel und biete selber sehr wenig. Aber es ist der einzige Vorschlag, den ich dir machen kann.«

Nina seufzte. Ellens Vorschlag erfüllte sie nicht gerade mit Glücksgefühl, aber er stellte wohl die einzige Option da, die sie hatten. »In Anbetracht dessen, dass wir alle anderen Varianten ja schon ausprobiert haben, willige ich ein«, sagte sie schließlich.

Ein feines Lächeln huschte über Ellens Gesicht. »Danke«, flüsterte sie. Ihr Mund näherte sich Ninas Lippen. Sie fanden sich und küssten sich, und Nina war im selben Moment klar, dass die Entscheidung, die sie getroffen hatte, auch gleichzeitig die einzige war, die sie hatte treffen können.

»Und jetzt?«, fragte Nina, als sie sich schließlich voneinander gelöst hatten.

Ellen lächelte. »Jetzt werde ich endlich eine gute Gastgeberin sein und dir etwas zu trinken und zu essen anbieten.«

»Heißt das, ich kann noch etwas bleiben?«, vergewisserte sich Nina skeptisch.

»Natürlich.« Ellen erhob sich. »Ich würde mich sehr freuen, wenn du noch bleibst.«

Nina erwachte vom Klingeln ihrer Haustürglocke. Verschlafen blinzelte sie in die Dämmerung. Ihr Wecker zeigte gerade einmal halb sieben Uhr.

Für den Postboten war es noch zu früh. Wahrscheinlich hatte ein Zeitungsausträger seinen Zentralschlüssel vergessen und läutete wahllos, um eingelassen zu werden. Unwillig drehte sie sich auf die andere Seite.

Was sie nicht ignorieren konnte, war das Klingeln ihres Diensthandys. Sie fuhr auf und saß kerzengerade im Bett. Auf dem Display erschien Ellens Name.

Der Wecker. Er musste stehengeblieben sein. Um acht war sie mit ihr im Büro verabredet. Sicher war es bereits nach acht. Mit klopfendem Herzen hob Nina ab. »Ich habe verschlafen. Ich bin noch nicht im Büro.«

Am anderen Ende der Leitung war es zunächst still. Dann sagte Ellen mit hörbarer Erheiterung: »Zum Glück! – Ich bin auch noch nicht im Büro. Ich stehe vor deiner Haustüre und würde mich freuen, wenn du mir öffnest.«

»Was?!«

Nina durchfuhr ein freudiger Schreck. Ellen war hier! Unangemeldet! Eine morgendliche Überraschung. Zu ihrer Freude gesellte sich Panik. Sie drückte automatisch auf den Türöffner und sah sich hektisch nach allen Seiten um.

Ihr Blick fiel auf den Kleiderstapel, der den kleinen Esstisch blockierte. Da sie die Woche über in der Firma aß, nutzte sie den Esstisch in erster Linie als Ablagefläche für alles, was sie in ihrem Schrank nicht mehr unterbrachte. Sie hatte in letzter Zeit viele neue Kleidungsstücke gekauft, hauptsächlich Anzüge und Kostüme für die Arbeit.

Ihr zweiter Blick traf ihren Zeichenblock und Stifte, die wahllos am Boden verstreut lagen. Der dritte Blick galt ihren Fenstern und dem Staub, der sich in allen Ecken angesammelt hatte. Sie hatte in den letzten Wochen nicht viel Mühe in die Sauberkeit ihrer Wohnung investiert.

Doch jetzt kam Ellen, und die Sachlage änderte sich abrupt. Wie musste diese Wohnung nur auf sie wirken? Nicht nur klein, schlicht und einfach, sondern auch noch schmutzig. Nina konnte sich nicht erinnern, in Ellens Wohnung Staubkrümel entdeckt zu haben. Ellen war extrem ordentlich, das hatte sie sofort bemerkt.

Nina packte den Kleidungsstapel und stopfte ihn radikal in ihren Schrank. Mit Schwung schloss sie die Türen, während der Stapel von innen dagegen drückte. Sie hatte gerade den Zeichenblock aufgehoben und auch die Stifte eingesammelt, als es auch schon klopfte.

Ausgerechnet in einem übergroßen schlabberigen T-Shirt mit LENOPHARM-Logo, das irgendwann einmal für eine Werbekampagne angefertigt worden war, öffnete sie peinlich berührt die Wohnungstüre.

Ellen stand vor ihr, im bodenlangen, sandfarbenen Mantel, mit einer schwarzen Stofftasche unter dem Arm. Doch Nina sah zunächst nur Ellens Augen. Ellens Augen strahlten in tiefem Smaragdgrün, sie lächelte warmherzig und wirkte durch und durch entspannt.

Noch auf der Türschwelle küsste sie Nina zärtlich auf den Mund. »Es tut mir leid, wenn ich dich geweckt habe«, sagte sie. »Aber ich wollte dich nicht nur eine halbe Stunde sehen, und das eingepasst in einen Terminkalender von acht bis halb neun.«

Nina zog sie in die Wohnung und schloss die Tür. »Ich freue mich«, sagte sie wahrheitsgemäß. »Ich bin nur noch nicht ganz so fit.« Sie rieb sich den Schlaf aus den Augen und beobachtete, wie Ellen sich umsah. Ihre Miene verriet nichts von dem, was durch ihren Kopf ging.

»Du kannst ruhig ablegen«, meinte Nina und nahm ihr auch schon den Mantel ab. »Bei mir dauert die Wohnungsführung nicht so lange«, sagte sie verlegen.

»Eine kleine Wohnung hat auch Vorteile«, erwiderte Ellen unbekümmert. Sie stellte die schwarze Tasche auf Ninas Esstisch und sah sich im Zimmer aufmerksam um. »Das ist von Pack's, nicht wahr?«

Nina nickte. »Ich hätte nicht gedacht, dass du das erkennst«, schob sie dann nach.

Ellen riss erstaunt die Augen auf. »Wieso nicht?«

»Na ja, weil …«, Nina sah verlegen zu Boden und bereute ihren Einwurf auch schon. Dennoch gab sie sich einen Ruck und ergänzte: »Weil ich nicht damit rechne, dass Leute wie du dort einkaufen.«

»Leute wie ich«, wiederholte Ellen und runzelte die Stirn. »Was meinst du damit?«

Nina errötete. Was für eine dumme Diskussion hatte sie da nur angestoßen! Hatte es in diesem Artikel über die sozialen Unterschiede nicht auch geheißen, dass diese gerade zu Beginn einer Beziehung auf gar keinen Fall thematisiert werden sollten? Doch jetzt war es offenbar zu spät für einen Rückzug. Ellen erwartete tatsächlich eine Antwort.

»Sieh deine Wohnung an und dann meine«, sagte sie daher hilflos. »Das erklärt doch alles.«

»Deine Wohnung ist eine nette günstige Wohnung, und meines ist eine nette und teure Wohnung«, erwiderte Ellen. »So ist das.« Als sie Ninas Verlegenheit diesbezüglich bemerkte, trat sie auf sie zu und nahm sie liebevoll in den Arm. »Du machst dir manchmal zu viele unnötige Gedanken«, sagte sie leise, und Nina wurde bewusst, dass Ellen ihre Gedankengänge erraten hatte. »Deine Wohnung ist hübsch. Aber ich wäre auch gekommen, wenn du in einem Kellerloch wohnen würdest. Ich komme wegen dir, nicht wegen deiner Wohnung.«

Ich liebe dich, lag Nina auf den Lippen, doch sie behielt es für sich.

Ellen ging zu ihrer Stofftasche und holte daraus ein dekorativ eingewickeltes Paket hervor. »Ich weiß, es ist ein paar Monate zu spät«, sagte sie, als sie es Nina nun überreichte. »Ich wollte es dir eigentlich an deinem Geburtstag schenken. Aber es hat sich dann ja … anders ergeben. Ich hoffe, du magst es jetzt auch noch.«

»Oh, Ellen …« Nina betrachtete fassungslos das Päckchen, das allein für sich bereits ein Kunstwerk darstellte. Es war in mehrere Sorten glänzendes Papier gewickelt, verschieden farbige Schichten, die sich gegenseitig fächerartig überlagerten und deren Ende mit einer raffinierten großen Stoffschleife zusammengehalten wurden. An der Stoffschleife war ein kleines Kuvert befestigt, das Nina neugierig öffnete. Die kleine Geburtstagskarte, die sie dort fand, zeigte ein rotes Herz auf weißem Hintergrund. Innen stand in ausdrucksvoller Handschrift: ICH BIN FROH, DASS ES DICH GIBT. HAPPY BIRTHDAY WÜNSCHT DIR ELLEN.

Sie war erstaunt, dass sie noch nie zuvor Ellens Handschrift gesehen hatte, und auch tief berührt vom Text der Karte. ICH BIN FROH, DASS ES DICH GIBT. Die Karte war auf den 18. Juli datiert – dem Tag ihres Geburtstages.

»Hast du das damals schon geschrieben?«, erkundigte sie sich vorsichtig.

»Ja.«

Nina dachte kurz darüber nach, wie unsinnig die letzten Wochen gewesen waren. Warum hatten sie nicht gleich offen miteinander reden können? Sie löste die Schleife und wickelte eine rosé farbene, ovale Plastikschale mit Deckel aus. Auf den ersten Blick sah sie aus wie eine Bonbonniere. Dass sie jedoch keine Bonbons beinhaltete, stellte Nina sogleich fest, als sie den Deckel anhob. Sie stieß einen überraschten Schrei aus. Wenig später hielt sie einen weinroten Spitzen-BH und einen dazu passenden Tanga-Slip in der Hand.

Spontan fiel sie Ellen um den Hals. »Das ist wunderschön. Vielen Dank. Das ist supertoll ... so etwas hatte ich noch nie.«

Ellen lächelte. »Ich hoffe, es passt. Ich wusste nicht genau, ob ich deine BH-Größe richtig eingeschätzt habe.«

Nina warf einen raschen Blick auf das kleine Schild mit der Größenangabe und erkannte, dass Ellen mit ihrer Schätzung richtig gelegen hatte. Trotzdem meinte sie keck: »Ich kann es ja gerne probieren.«

Ellen schmunzelte. »Ich will dich nicht davon abhalten.«

»Okay. Dann dreh dich um«, verlangte Nina.

Ellen hob die Augenbrauen. »Wieso? Ich kenne dich nackt.«

»Ja, aber wenn du mir bereits beim Umziehen zuschaust, ist es keine Überraschung mehr!«

»Wie du meinst.« Gehorsam drehte sich Ellen zur Seite, während Nina rasch ihr T-Shirt abstreifte und in BH und Tanga-Slip schlüpfte. Die seidige Spitzenwäsche fühlte sich angenehm und weich auf ihrer Haut an.

Sie ging von hinten auf Ellen zu und nannte leise ihren Namen.

Ellen drehte sich um.

Gespannt verfolgte Nina ihr Mienenspiel. Diesmal gab es keine unsichtbare Maske, die die Regungen verdeckte. Nina konnte in Ellens Gesicht lesen wie in einem offenen Buch. Ellens Erstaunen wechselte über zu Entzücken. Aus dem Entzücken wurde Verlangen. Aus dem Verlangen hungriges Begehren. Eine ganze Weile später lagen sie still nebeneinander. Es war Nina, die die Stille durchbrach.

»Ich hab dich so vermisst«, flüsterte sie.

»Ich dich auch«, entgegnete Ellen leise. Sie drehte sich zu Nina um und küsste sie sanft auf die Lippen. »Und ich habe dir Frühstück mitgebracht«, sagte sie unvermittelt. »Frische Croissants. Sie sind noch in dieser schwarzen Stofftasche.«

Nina musste unwillkürlich lächeln. Sie hatte in diesem Moment an alles andere gedacht, an Ellens sensible Brüste, den Ausdruck ihres Gesichts, kurz bevor sie zum Höhepunkt kam, an ihre zarte Haut … aber auf keinen Fall an etwas zu essen. Trotzdem rührte es sie, dass Ellen sogar eingekauft hatte, ehe sie sich auf den Weg zu ihr gemacht hatte.

»Du bist mein Frühstück«, erwiderte sie daher und strich ihr über den Rücken.

»Das wird nicht reichen.«

»Oh doch.« Nina küsste sie auf die Nasenspitze. »Immerhin gehe ich um zwölf Uhr schon wieder Mittagessen. Lilli geht immer so früh.«

»Du bist mit Lilli verabredet?« Ellens Frage klang belanglos. Trotzdem spürte Nina, dass mehr dahinter steckte. Da es um einen sehr sensiblen Punkt ging, der sie auch berührte, sprach sie Ellen direkt darauf an. »Ellen – wie machen wir das, in der Firma?«

»Wie bisher«, meinte Ellen. »Mir wäre es recht, wenn du dich gegenüber meinen Mitarbeitern nicht in Details ergehst ...«

»Also bitte!«, stieß Nina hervor. »Das ist doch wohl selbstverständlich. – Aber das meine ich auch nicht.«

»Was dann?« Ellen sah sie fragend an.

»Nun ja. Es ist ja so, dass durch unser ... ungünstiges Sozialverhalten doch einige Kollegen darauf aufmerksam geworden sind, dass ...« Sie ließ ihren Satz unvollendet, da ihr die Worte fehlten. »Und Brauer hat uns gesehen.«

»Ungünstiges Sozialverhalten.« Ellen kräuselte amüsiert die Lippen, sagte aber nichts weiter. Also ergriff Nina erneut das Wort. »Es wird hinter unserem Rücken geredet.«

Ellen schmunzelte. »Was hinter meinem Rücken geredet wird, interessiert mich nicht«, erklärte sie unbeeindruckt. »Und wenn mich jemand direkt anspricht, bekommt er eine Antwort.«

»Und die wäre?«

»*Mind your own business!*«

Als sie bemerkte, dass Nina immer noch ein besorgtes Gesicht machte, sah sie ihr ernst in die Augen und meinte: »*Honey*, im Ernst, wo genau liegt das Problem? – Ist es, weil ich eine Frau bin? Hast du Angst, dass du plötzlich eine Lesbe bist?«

»Nein!« Nina schüttelte rigoros den Kopf. »Das ist mir egal. Für mich macht es keinen Unterschied, ob ich mit einem Mann oder einer Frau zusammen bin.«

»Tatsächlich?« Jetzt war das Erstaunen auf Ellens Seite. »Du hast keine Probleme, wenn sich die Leute nach dir umdrehen, wenn du auf der Straße eine Frau küsst? Du hast keine Bedenken, deinen Eltern – oder konkret deiner Mutter – gegenüberzutreten und ihr zu sagen, dass du mit einer Frau zusammen bist?«

Dass du mit einer Frau zusammen bist. Zusammen bist. – Die Formulierung hallte in Nina wie ein unglaubliches Echo wieder. Angesichts des undefinierten Verhältnisses, auf das sie sich geeinigt hatten, erschien ihr Ellens heutige Formulierung ganz schön gewagt. Doch sie behielt diesen Gedanken für sich und antwortete stattdessen auf ihre Fragen.

»Ich hatte die Situation noch nicht, dass ich in Versuchung geriet, dich auf der Straße zu küssen. So kann ich also noch nicht beurteilen, wie es mir dabei geht. Aus jetziger Sicht kann ich mir vorstellen, dass ich sowieso nur Ellen McGill und nichts als Ellen McGill sehe, wenn ich Ellen McGill küssen will, egal wann und wo, und dass mir die Anwesenheit anderer Leute deshalb gar nicht auffallen wird. Und was meine Mutter betrifft, hej, sie ist Schauspielerin und Künstlerin! Viele ihrer Kollegen und Freunde sind homosexuell.«

»Meine Mutter ist Designerin, und schätzungsweise siebzig Prozent ihrer männlichen Angestellten sind Schwule. Und trotzdem hat sie ein Problem damit. Es ist immer etwas anderes, wenn das eigene Kind betroffen ist, denke ich.«

»Ich habe es meiner Mutter schon gesagt, und es war ihr komplett egal«, erwiderte Nina.

»Was?« Ellen runzelte irritiert die Stirn. »Du hast ihr von mir erzählt?«

»Nicht konkret. Ich habe es verallgemeinert.« Ellens Miene war abzulesen, dass sie darüber nachgrübelte, was »verallgemeinern« bedeuten mochte, also präzisierte Nina: »Ich habe ihr gesagt, dass es eine Frau in meinem Leben gibt, und es war für sie okay.«

»Und was ist dann dein Problem mit uns und dem Büro?«

Nina seufzte. Es fiel ihr schwer, zu erklären, was es wirklich war, was sie beschäftigte.

»Es ist, weil du diese Position hast«, gab sie schließlich zu. »Wenn du eine normale Kollegin wärest, wäre das nicht so schlimm. Aber weil du im Management bist, könnten Gerüchte laut werden, dass ich von dir profitiere. Das ist mir unangenehm. Ich will nicht als jemand gelten, der sich Vorteile erschleicht.«

»Tust du ja nicht«, sagte Ellen. »Du wirst nie verhindern können, dass Leute behaupten, was sie behaupten wollen. Über mich heißt es ja auch immer, ich bin das Protegé von Michaelis. Ich lebe auch damit.«

»Aber das bist du ja auch«, entfuhr es Nina.

Ellen grinste. »Na und? Ich habe mir das nicht ausgesucht. – Außerdem habe ich den Posten nicht wegen Michaelis, sondern weil ich gute Arbeit leiste. Und auch die Stelle in den USA habe ich nicht bekommen, weil Philipp mich dorthin befördert hat. Das kann er nämlich gar nicht; soweit reicht sein Einfluss dann doch nicht. Er hat mich lediglich darauf aufmerksam gemacht, dass diese Stelle frei wird.«

Ich wünschte, er hätte es nicht, dachte Nina. Zu Ellen sagte sie: »Ich wünschte, ich hätte dein Selbstbewusstsein in diesen Dingen.«

Ellen gab ihr einen Kuss auf die Wange. »Das kommt schon noch. Mit jedem Lebensjahr wächst es.«

Nina grinste. »Das bedeutet, mit hundert wirst du kaum auszuhalten sein, weil du dich dann für unübertrefflich hältst.«

Ellen rappelte sich auf. Ihr Blick glitt zu Ninas Wecker. Es war höchste Zeit, ins Büro zu fahren.

»Wenn ich hundert bin und mich unübertrefflich finde, wirst du mir hoffentlich den Kopf zurechtrücken.« Ellen schlüpfte in ihre Hose, und Nina saß wie vom Donner gerührt. Angesichts dessen, dass ihr undefiniertes Verhältnis schließlich temporär befristet war, verwirrten sie Ellens Bemerkungen manchmal zutiefst.

Es war Ninas zweiter Besuch in Ellens Wohnung. Auf Schritt und Tritt fand sie noch Dinge, die ihr beim ersten Mal entgangen waren, winzige Details, die aber im Großen und Ganzen ein einziges Bild ergaben: das der stillen, aber permanenten Anwesenheit von Lena Michaelis.

Sie hatten sich zum Brunch verabredet. Während Ellen den Tisch deckte, glitt Ninas Blick zum Bücherregal. Titel wie »K2 – Berg der Berge«, »*Training for Climbing: The Definitive Guide To Improving Your Climbing Performance*«, »*Minus 148 Degrees: The First Winter Ascent of Mount McKinley*« und »*Wilderness Search and Rescue: A Complete Handbook*« standen zwischen Büchern, die Wirtschaftstheorien, Marketingstrategien und medizinisches Basiswissen zum Inhalt hatten. Da sich Nina Ellen weder auf den K2 kletternd noch bei *148 Degrees* auf dem Mount McKinley vorstellen konnte, fiel es ihr nicht schwer, einzuordnen, wem diese Bücher tatsächlich gehörten.

Auch dass auf dem Kaminsims noch ein weiteres Portraitfoto von Lena stand, war ihr beim ersten Besuch entgangen. Lena saß hier auf einem Stein und blickte gedankenverloren ins Meer. Die nächste Ernüchterung traf Nina wie ein Eimer kaltes Wasser, das über ihr ausgeschüttet wurde: Neben Lenas Bild stand eine frische Rose.

Während Ellen in der Küche hantierte, betrachtete Nina das Foto eingehend. Lena Michaelis war wirklich eine äußerst attraktive Frau gewesen. Die Ähnlichkeit zwischen ihr und ihrem Vater war auf diesem Foto frappierend. Auch Lena schien genau gewusst zu haben, was sie wollte und wie sie es erreichen konnte. Sie ist so ganz anders als ich, grübelte Nina und fragte sich unweigerlich, was Ellen nur an ihr selbst finden mochte.

Sie frühstückten im Wohnzimmer, nicht im Esszimmer, weil es Ellen hier gemütlicher fand. Nina war überrascht, was Ellen auftischte – von frischen Vollkornsemmeln bis zum Obstsalat ließ das Frühstück keine Wünsche offen. Sogar für italienischen Prosciutto hatte Ellen, die Vegetarierin, gesorgt.

»Für dich«, sagte sie zu Nina.

Es wurde ein gemütliches, langes Frühstück. Sie plauderten über dies und das, aßen, tranken Unmengen Tee.

Beim gemeinsamen Abräumen des Tisches musste Nina feststellen, dass Erinnerungen an Lena auch in der Küche nicht fehlten: An einer Pinnwand gegenüber dem Kühlschrank hingen kleine Zettelchen, in großen, schwungvollen Buchstaben beschriftet: »*Lots of kisses.* Lena«, »*Sweatheart, see you in the evening. Lots of love*, Lena« Da Ellen mit der Spülmaschine beschäftigt war, las Nina auch die längste Notiz: »*First: Don't forget to let some money for the room cleaner. Second: Don't forget that we'll meet Richard and Maria today at 5 p.m. at ›Wäscherei‹. Third: Don't forget that I love you.*«

Nina hielt inne. Richard und Maria. Sie hatte die Namen nie von Ellen gehört. Die »Wäscherei« zumindest war ein angesagtes Lokal in Wien-Josefstadt, das wusste sie und realisierte in diesem Moment, dass Ellen mit Lena ein völlig normales Leben geführt hatte – mit gemeinsamen Erlebnissen, gemeinsamen Freunden und einem gemeinsamen Alltag. Sie biss sich auf die Lippen und verstand selbst nicht, warum sie diese Erkenntnis so berührte. Ellen und Lena hatten immerhin neun Jahre lang ihr Leben miteinander geteilt.

Weit unten ein roter Haftzettel. »*Come in. Be naked.*« Dahinter ein grinsendes Smiley. Wo auch immer dieser Zettel einst geklebt haben musste – Nina dachte unwillkürlich an das Aktfoto auf Ellens Flügel. Sie stellte sich vor, was zwischen den beiden abgelaufen war, und leise Eifersucht keimte in ihr auf. Der Gedanke, dass damals eine ähnliche sexuelle Spannung bestanden haben mochte wie heute zwischen Ellen und ihr, tat weh.

Sie wandte sich von der Pinnwand ab. »Hast du mit Lena Englisch gesprochen?«

Ellen hob den Kopf. »Ja, meistens.«

»Aber sie war doch Deutsche.«

»Sie hat lange im Ausland gelebt«, erklärte Ellen, während sie den Prosciutto im Kühlschrank verstaute. »Englisch war mehr ihre Muttersprache als Deutsch.«

»Hat sie also genauso gut Englisch gesprochen wie du jetzt Deutsch?«

»Nein, sie war besser. Sie hat Englisch fließend gesprochen. Ohne Akzent. Ohne Fehler.«

Ellens Tonfall hatte sich geändert. Sie wirkte nicht so, als würde sie dieses Thema noch vertiefen wollen. Trotzdem schob Nina die Frage nach, die im Zuge des Gesprächs entstanden war und ihr keine Ruhe lassen würde. »Ist es für dich unangenehm, dass du mit mir Deutsch sprichst?«

Ellen runzelte die Stirn. »Nein«, sagte sie knapp. »Das spielt für mich keine Rolle.«

Ninas Augen richteten sich unwillkürlich wieder auf die Zettelchen an der Pinnwand. Unter den Zettelchen hing auch ein kleiner Brief, der Nina die Röte ins Gesicht trieb, als sie nach drei mühsam entzifferten Sätzen verstand, wovon er handelte. Verlegen wandte sie sich ab und blickte in Ellens angespanntes Gesicht.

»Ich will nicht, dass du das liest«, sagte Ellen steif.

Wohl wissend, dass sie hier tatsächlich in Ellens Privatsphäre eingedrungen war, aber noch immer unter dem Eindruck der unmissverständlichen Botschaft, ging Nina automatisch in Verteidigungshaltung. »Es ist schwierig, darüber hinwegzusehen, wenn das hier mitten in deiner Küche hängt«, sagte sie.

»Normalerweise kommt niemand in meine Küche«, erwiderte Ellen nicht minder steif als zuvor.

»Ja, aber jetzt ist das anders«, entgegnete Nina und merkte selbst, dass sie sich ein bisschen so anhörte wie ein trotziges, forderndes Kleinkind.

Ellen sagte nichts.

Sie gingen zurück ins Wohnzimmer. Ninas Kopf war erfüllt von Lena, von nichts als Lena. Lena, die einen unglaublich schönen, muskulösen Körper hatte. Lena, die Selbstsicherheit ausstrahlte. Lena, mit der Ellen ein gemeinsames Leben und unglaubliche Liebesnächte verbracht hatte. Lena, mit der sie sich in ihrer Muttersprache unterhalten konnte. Lena, die sie liebte …

»Was habt ihr am Wochenende so gemacht?«, versuchte Nina die Anspannung zwischen ihnen zu beseitigen. Doch ihre Frage schien genau das Gegenteil zu bewirken. Ellen wirkte noch eine Spur angespannter.

»Eingekauft. Wohnung aufgeräumt. Gelesen«, gab sie knapp Auskunft. »Auf Berge geklettert. Ski gefahren. Ausstellungen besucht. In Konzerte gegangen. Ganz normale Dinge.«

»Du gehst auf Berge?«

»Mit Lena tat ich das, ja. Sie liebte die Berge.«

»Und dann hatte sie einen Bergunfall?« Nina erinnerte sich an Jasnas Bericht. Die Frage war ihr spontan über die Lippen gekommen; sie hatte nicht weiter darüber nachgedacht. Lena war in diesem Moment so präsent in ihrem Kopf, dass sie nicht klar denken konnte.

Ellens Gesicht gefror schlagartig. Sie sagte nichts, sondern sah an Nina vorbei an die Wand. Nina nahm ihre Hand, die sich kalt und schlaff anfühlte.

Ich hätte das nicht so sagen dürfen, rügte sich Nina selbst. Aber Lena war nun einmal ein entscheidender Teil von Ellens Leben, daher musste sie fragen. Sie wollte ihren Fehler wieder gutmachen und tat genau das Falsche: Sie fragte weiter.

»Wie ist das passiert, damals?«

Ellen entzog ihr abrupt die Hand. Sie stand auf, ging zum Fenster, starrte hinaus und sagte lange kein Wort.

Ninas Magen krampfte sich zusammen. Offensichtlich war sie zu weit gegangen. Aber hatte ihr Ellen nicht erst wenige Tage zuvor versichert, sie könne sie alles fragen?

»Bitte geh. Ich will alleine sein.«

Die Worte trafen Nina wie ein Peitschenschlag. Fassungslos starrte sie Ellen an.

Ellen kam zum Sofa zurück. Sie setzte sich nicht hin, sondern sah Nina nur emotionslos an. »Ich ertrage das nicht, ständig über Lena gefragt zu werden. Und ich ertrage es nicht, ein Wochenende mit dir zu verbringen. Ich bin es nicht mehr gewohnt, dass ständig jemand um mich herum ist und mich Dinge fragt.«

Ninas kleines Kartenhaus des Glücks, das sie sich in den letzten Tagen zögernd aufgebaut hatte, stürzte in sich zusammen. Es war erst Samstagmittag, sie war seit knapp drei

Stunden hier, und Ellen sprach bereits davon, dass es ihr zu viel war, das Wochenende mit ihr zu verbringen.

Sie erhob sich. Sie wollte nur weg. Sollte Ellen doch diesen Tag mit Lena und ihren Erinnerungen verbringen, und die folgenden Tage auch. So hatte das alles keinen Sinn. Wieder einmal war sie schreiend naiv gewesen, hatte gehofft, wo es im Grunde nichts zu hoffen gab. Das einzige, was zwischen uns wirklich klappt, ist Sex, dachte Nina, als sie zum Garderobenschrank ging, um ihren Mantel zu holen. Selbst die große Aussprache hatte daran nichts geändert. Obwohl sie nicht schon wieder weinen wollte, schwammen Tränen in ihre Augen.

»Nina.« Ellen war ihr gefolgt. Sie stand mit verschränktem Armen im Vorzimmer und sah zu, wie sie ihren Mantel vom Kleiderbügel holte. Die Maske war von ihrem Gesicht abgefallen. Sie wirkte unglücklich und hilflos.

»Ich habe schon verstanden«, sagte Nina. Es sollte kalt klingen, doch stattdessen war ihr Tonfall ebenso unglücklich wie Ellens Gesicht. »Du willst mit Lena alleine sein.«

Sie schlüpfte in ihren Mantel und drehte sich dabei von Ellen weg, denn die Tränen liefen ihr inzwischen über das Gesicht.

»Hör auf!« Ellen stellte sich vor die Tür zum Schuhraum, den Nina gerade hatte betreten wollen. Ihr Gesicht war noch eine Spur blasser als sonst. »Ich will nicht mit Lena alleine sein, weil du auch sehr genau weißt, dass das gar nicht möglich ist. Ich habe lediglich gesagt, *ich* möchte allein sein.«

»Das kommt auf dasselbe heraus!«, schluchzte Nina auf. »Du hast gesagt, wir fahren keinen Zickzackkurs mehr, aber jetzt ist es doch wieder so! Mal hast du mich gerne, dann stößt du mich wieder zurück …«

»Nein. Nein, so ist es nicht!« Ellen packte ihre Hand und hielt sie fest. »Es ist kein Zickzackkurs, Nina. Meine Gefühle für dich haben sich nicht geändert. Ich will mit dir zusammen sein. Aber im Moment kann ich es nicht. Es ist zu viel für mich.« Sie ließ Ninas Hand los und zog sie, die sich nicht dagegen wehrte, zu sich. Nina schluchzte leise an ihre Schulter. »Nina.« Sie fuhr ihr durch die offenen Locken und kämpfte selbst mit den Tränen. »Ich will dir nicht weh tun. Ich bin so dankbar, dass du mir immerhin eine Chance gibst, obwohl ich dir von Anfang an gesagt habe, dass ich dir nichts versprechen kann. – Ich bin es wirklich nicht gewohnt, dass ich nach Lena gefragt werde. Niemand fragt mich nach ihr, verstehst du? – Doch dann fragst ausgerechnet du. Und ich habe die ganze Zeit das Gefühl, dass es nicht richtig ist, wenn du zuviel über sie weißt.«

Nina hatte aufgehört zu weinen. Nun hob sie den Kopf.

»Sie ist eben ein wichtiger Teil von deinem Leben«, sagte sie. »Über sie mehr zu erfahren bedeutet für mich, dir nahe zu sein.«

Ellen schluckte.

»Ich weiß nicht«, sagte sie nach einer Weile. »Ich muss darüber nachdenken. Irgendetwas ist da.« Damit gab sie den Weg in den Schuhraum frei. »Ich will nicht, dass du nun nach Hause gehst und dir einredest, es hätte alles keinen Sinn«, sagte sie, während Nina in ihre Schuhe schlüpfte. »Denn so ist es nicht. – Bitte, gib mir Zeit. Das ist es, was ich brauche. Ich kann nicht alles von heute auf morgen ändern.«

Ihre Blicke trafen sich. Nina erkannte in Ellens Augen dieselbe Verzweiflung und Traurigkeit, die sie selbst empfand. Einem spontanen Impuls folgend, trat sie auf sie zu und küsste sie. Sie konnte fühlen, wie Ellen sich während des Kusses etwas entspannte. Ihr selbst ging es ähnlich, auch wenn ihr Kummer damit nicht völlig ausgelöscht war.

»Es ist nur leider so, dass wir nicht sehr viel Zeit haben«, sagte sie leise. »Denn Ende November wirst du weg sein.«

»Nicht mehr hier, aber nicht weg«, erwiderte Ellen ernst. »Das ist ein Unterschied.«

Für mich ist es dasselbe, entgegnete Nina in Gedanken.

Als Nina alleine in ihrer Wohnung war, brach ihr Kummer wieder hervor. Sie tat das, was für sie längst fällig war: Inga anrufen. Das Telefongespräch dauerte noch länger als sonst. Als Nina mit ihrem umfassenden Bericht geendet hatte, sagte Inga spontan: »Ich freue mich für dich.«

»Dass sie mich heute sozusagen aus der Wohnung geschmissen hat?« Nina glaubte sich verhört zu haben.

Inga seufzte. »Du siehst immer alles so abgrundtief negativ. Ich sehe das ganz anders: Du dachtest, sie will nur Sex mit dir, und jetzt hat sie dir immerhin versichert, dass dem nicht so ist und dass sie du ihr viel bedeutest. Ihr habt euch seit Dienstag mehrmals privat getroffen und heute sogar miteinander Brunch gehabt. Was willst du eigentlich noch? Bei ihr einziehen?«

Nina schwieg.

Bei Ellen einziehen konnte sie sich nun wirklich nicht vorstellen. Nicht, so lange dort noch Lena Michaelis zu Hause war.

»Du erwartest zuviel«, stellte Inga sachlich fest. »Die Frau hat dir doch gesagt, sie braucht Zeit. Und dass sie nicht alles von heute auf morgen ändern kann. Das ist ja auch wohl klar. Sie war über drei Jahre Single. Sie hat ihre Freundin auf wohl ziemlich abrupte Weise verloren. Und dann schneist du in ihr Leben, tobst wie ein Wirbelwind durch ihre Gefühlswelt und erwartest, dass sie sich putzmunter und vergnügt in eine Beziehung mit dir stürzt. Das ist wirklich zu viel, Nina. Das kannst du nicht verlangen.«
Nina dachte kurz über Ingas Worte nach, dann warf sie ein: »Für mich ist auch alles anders geworden. Wieso kann ich mich dann mit diesen Veränderungen so schnell anfreunden? Und warum macht es mir nichts aus, den ganzen Tag mit ihr zu verbringen? Sie hat mein Leben doch genauso verändert wie ich ihres!«

»Du bist jünger«, erwiderte Inga prompt. »Und du bist ans Beziehungsleben gewöhnt. Das mit Lukas ist noch nicht so lange her. Ihr habt zusammen gewohnt; du weißt noch sehr genau, wie es ist, tagtäglich einen anderen Menschen um sich zu haben. Wenn man das drei Jahre lang nicht mehr hat, ändert sich die Wahrnehmung. Da kann einem die

Anwesenheit eines anderen, selbst wenn man ihn gerne hat, schnell auf die Nerven gehen.«

»Du warst noch keine zwei Monate am Stück Single«, hielt ihr Nina entgegen. »Woher willst ausgerechnet du das wissen?«

»Ich rede viel mit Leuten.« Inga seufzte. »Aber ganz abgesehen davon, jetzt mit Joe zusammenzuwohnen und nach dazu ein kleines Kind zu haben, das mich jede Stunde braucht, ist auch für mich eine einzige Herausforderung. Manchmal fühle ich mich kurz vor einem Schreikrampf. Ich liebe mein Kind, aber manchmal ist mir alles zuviel – obwohl Nina ein Baby ist, mich momentan noch keine nervigen Dinge fragt und relativ viel schläft. Es ist nur alles anders als vor ihrer Geburt. Aber ich wache trotzdem jeden Tag auf in dem Wissen, dass mein Leben so richtig verläuft. Weil ich Nina liebe und Joe erst recht, und eine Trennung von ihm noch viel schlimmer für mich gewesen wäre als in einem für mich fremden Land zu leben. Mittlerweile geht es mir schon viel besser als noch vor ein paar Wochen. Ich denke, Veränderungen brauchen einfach ihre Zeit. In zwei Jahren werde ich bestimmt über alles lachen.«

Nina schwieg betreten. Immer hatte sie Ingas Leben in den USA durch die rosarote Brille gesehen. Inga hatte für sie gehabt, wonach sie sich sehnte: eine stabile Beziehung und ein Zuhause.

»Es tut mir so leid, dass ich dich nie wirklich gefragt habe, wie es dir geht«, sagte sie schuldbewusst. »Ich habe dich nur immer mit meinen Problemen zugeschüttet. Ich glaube, du kannst den Namen Ellen allmählich nicht mehr hören.«

Inga lachte leise. »O doch. Im Grunde ist deine Geschichte für mich so eine Art Vorabendserie. Es gibt immer was Neues, und wir nähern uns zügig dem Happy End. Natürlich mit Dramen und Rückschritten, aber das gehört nun mal dazu.«

»Ein Happy End ist für mich aber nicht in Sicht«, warf Nina skeptisch ein. »Eher ein tragischer Ausgang. Und zwar dann, wenn sie in die USA abreist.«

»Bis dahin vergehen noch ein paar Wochen«, konterte Inga gelassen. »Warte ab, was passiert. Und sei bloß keine Klette. Ich kenne dich, Nina, ich weiß, dass du dazu neigst, dich ganz und gar auf jemanden zu stürzen, wenn du verliebt bist. Aber du bist jetzt nicht mit einem unreifen Jüngling wie Lukas zusammen, der das vielleicht auch ganz toll findet, sondern mit einer Frau, die acht Jahre älter ist als du. Unabhängig davon, dass sie auch noch den Tod ihrer Ex-Freundin verdauen muss.«

Nina seufzte. Alles, was Inga sagte, klang in diesem Moment logisch und einleuchtend.

Als Nina am Montag ihr Büro betrat, entdeckte sie sofort die langstielige rote Rose, die in einer schmalen Vase auf ihrem Schreibtisch stand. Sie stutzte kurz, versuchte sich aber angesichts des interessierten Blickes, mit dem Jochen Fochenstein sie beobachtete, keine Überraschung anmerken zu lassen.

Die Karte, die der Rose beigelegt war, zeigte auf der Vorderseite eine knallgelbe Sonne mit aufgemaltem Lachen und einem koketten Augenzwinkern. In der Karte stand in Ellens Handschrift: YOU ARE MY SUNSHINE. SORRY FOR SATURDAY. 1000 KISSES, ELLEN.

Den Vorfall vom Samstag sah Nina inzwischen mit anderen Augen. Sie hatte nach dem Telefonat mit Inga nachgedacht und schließlich kleinlaut eingesehen, dass sie zu weit gegangen war. Es stand ihr nicht zu, Ellen über Lena auszufragen, und es war grausam von ihr gewesen, dass sie die schlimmste aller Wunden aufgerissen hatte, indem sie sie ungeniert danach fragte, wie Lena gestorben war. Ihr Verhalten kam ihr heute kindisch vor.

Eilig machte sie sich auf den Weg zu Ellens Büro. Sie wollte sie unbedingt sehen, ehe sie ihr eigener Terminkalender voll und ganz in Anspruch nahm. Sie hatte heute zwei Telefonkonferenzen und ein Meeting auf der Agenda, zudem musste sie zwei Pressemitteilungen verschicken und das Intranet aktualisieren.

Ellens Bürotür war geschlossen.

Der Pflanzenwald, mit dem der Schreibtisch von Ellens Sekretärin verdeckt war, teilte sich, und Stephanies Kopf schob sich durch den Mini-Dschungel. Nina war ihr seit dem gewissen Tag, an dem es zu der lauten und unmissverständlichen Auseinandersetzung mit Ellen im Büro gekommen war, nicht mehr über den Weg gelaufen. Ein Blick in Stephanies fragendes Gesicht genügte, um Nina die Erinnerung an das, was sie unweigerlich hatte anhören müssen, ins Gedächtnis zu rufen und damit die Schamesröte auf die Wangen zu treiben.

»Hallo«, sagte sie und trat verlegen von einem Fuß auf den anderen. »Ist Ellen da?«

»Seit halb acht«, gab Stephanie sachlich Auskunft.

»Kann ich zu ihr?«

»Hmm.« Stephanie betrachtete Nina, deren Röte sich vertiefte, eingehend. »Das muss ich mir wirklich überlegen«, sagte sie mit verschmitztem Grinsen. »Bisher war ich ja immer sehr bereit, dir Termine bei ihr zu ermöglichen, aber wenn ich an den letzten Auftritt hier denke, dann weiß ich nicht so recht …«

Jeder wusste es, wurde Nina klar. Dazu hatten sie beide beigetragen. Offensichtlich musste sie mit dieser Tatsache leben.

»Wie viel Zeit hab ich?« Ungeachtet Stephanies Worte ging sie nun zur Türe und hielt bereits die Klinke in der Hand.

Stephanie grinste. Ihr rundliches Gesicht wirkte wie ein gutmütiger, amüsierter Mond. »Für hässliche Schreitiraden zehn Sekunden. Für alles übrige dreißig Minuten, dann hat sie einen Termin mit Eva Gutenberg.«

Ellen erhob sich sofort von ihrem Schreibtischstuhl, als Nina eingetreten war. Mit einem Lächeln auf den Lippen kam sie auf sie zu. Nina erwiderte ihr Lächeln. Wortlos fielen sie sich in die Arme und küssten sich.

»Danke für die Rose«, sagte Nina. »Und die Karte.«

»Danke, dass du mich noch sehen willst.« Ellen hielt sie fest umklammert und küsste sie nun auf die Stirn und auf ihr Haar. »Es tut mir sehr leid wegen Samstag.«

»Mir auch.« Nina sah sie an. »Ich war kindisch. Ich war mir nicht bewusst, dass ich diese Fragen nicht stellen sollte. Verzeih.«

»Ich habe auch nachgedacht«, sagte Ellen ernst und zog sie dabei zu ihrem Sofa. »Es geht nicht so sehr um deine Fragen wegen Lena. Es geht um etwas anderes. Ich habe dir ja am Samstag gesagt, ich fühle, dass da noch etwas ist.«

Sie sah Ellen fragend an.

»Ich glaube, ich weiß, warum du das alles fragst«, sagte Ellen nun. »Ich verstehe dein Interesse, aber das ist es nicht alleine. Der wahre Grund ist ein anderer. Ich habe den Eindruck, du fragst das alles, weil du dich Lena für unterlegen hältst.«

Nina zuckte erschrocken zusammen. Die Röte in ihrem Gesicht, die beim Eintritt in Ellens Büro verschwunden war, kehrte schlagartig zurück. Sie fühlte sich durchschaut.

»Aber dafür gibt es keinen Grund«, fuhr Ellen behutsam fort und nahm Ninas Hand in die ihre. »Erinnerst du dich noch, was ich dir in Laa gesagt habe? – Ich habe dir gesagt, dass du dich nicht selber kleiner machen sollst, als du bist. Du bist ein wertvoller Mensch, Nina, mit vielen Qualitäten. Du hast es nicht nötig, dich mit anderen zu vergleichen und dann zu denken, dass diese Leute besser sind als du, mehr können und mehr wissen.«

Nina schwieg betreten. Es war ihr peinlich, dass Ellen so tief in ihr Innerstes sehen konnte. Sie hatte ihre Gefühle nur zu genau auf den Punkt gebracht. »Sie sieht so toll aus auf diesem Foto«, warf sie schließlich ein. »Immer wenn ich es ansehe, denke ich mir …« Sie wusste genau, was sie dachte, doch es schien ihr unklug, es Ellen auf die Nase zu binden. Sie fühlte sich im Vergleich zu Lena schlichtweg unvollkommen.

»Dieses Foto wurde von einem Freund von uns aufgenommen«, sagte Ellen leise. »Er ist Fotograf. Es war in seinem Studio, sie war geschminkt und bestens ausgeleuchtet. Lena ist … Lena war eine sehr attraktive Frau. Aber das bist du auch.«

»Findest du?« Nina sah sie unsicher an.

»Ja, finde ich.« Ellen senkte die Stimme und fuhr ihr mit dem Finger über den Oberschenkel. »Du bist für mich Erotik pur, Nina. Du bist wunderschön und sexy. Immer, wenn ich dich ansehe, habe ich sofort das Verlangen, dich zu berühren. Und wenn ich dich erst einmal berührt habe, dann … oh!« Sie lächelte verlegen. »Es ist so ein starkes Gefühl, dass es mir manchmal selbst schon peinlich ist. Ich komme mir vor wie ferngesteuert.«

Das Geständnis machte Nina ziemlich verlegen. Sie verfolgte eine Weile Ellens Finger, der auf ihren Oberschenkel scheinbar wahllos Linien und Formen malte, und sah Ellen dann, einem plötzlichen Impuls folgend, kokett an. »Und jetzt gerade? Hast du dieses Gefühl jetzt gerade auch?« Ihr Blick war nun auf Ellens Dekolletee gerichtet, das ausnahmsweise nicht mit einer Blazerjacke überdeckt war.

Ellen hob überrascht den Kopf und sah in Ninas blitzende Augen. Nina streckte den Arm aus, wollte ihrem inneren Wunsch nachgeben und sie berühren, doch Ellen hielt ihre Hand fest, ehe sie ihr Ziel erreichen konnte. Ihre Wangen waren gerötet.

»Ich habe gleich den ersten Termin des Tages«, sagte sie mit heiserer Stimme. »Wenn du weitermachst, kann ich für nichts mehr garantieren, *Honey.*« Sie räusperte sich. »Ich kann hier nicht mit dir schlafen, während meine Assistentin theoretisch jeden Augenblick hereinkommen könnte.«

Nina grinste.

»Praktisch wird sie es aber nicht«, meinte sie. »Erst wollte sie mich gar nicht zu dir lassen. Ich musste ihr sozusagen versprechen, dich nicht anzuschreien. Erst dann bekam ich dreißig Minuten zugesichert. Ich hatte den Eindruck, sie weiß, worum es geht.«

»Ich habe eine gute Assistentin«, erwiderte Ellen und

grinste auch. »Mit schneller Auffassungsgabe und mit einer Art mütterlichem Instinkt, mich zu beschützen.«

»Ich glaube, wir haben sie vergangene Woche ziemlich geschockt«, sagte Nina und erinnerte sich an Stephanies Anblick, den sie beide im Ausbruch ihrer Gefühle nur flüchtig wahrgenommen, aber durchaus registriert hatten. Stephanie war regelrecht in ihrem Stuhl versunken.

»Ja, das liegt an unserem ... ungünstigen Sozialverhalten.« Ellen lachte und Nina stellte fasziniert fest, dass sie sogar Grübchen hatte. Wie hatte sie sie jemals für ernst und verbiestert halten können? Sie erlebte sie nun als eine Frau mit Humor, die sogar über sich selbst lachen konnte. »Aber wir arbeiten ja daran, das zu ändern, nicht wahr?«

»Natürlich. Jeden Tag.« Nina küsste sie zart auf die Wange und sah mit Freude, wie sich Ellens Grübchen vertieften.

»Wir können das, was wir da gerade begonnen haben, möglicherweise heute Abend fortsetzen«, schlug Ellen vor. »Ich könnte zu dir kommen. Vorausgesetzt, du hast nichts dagegen.«

Ninas Gesicht verfinsterte sich. »Ich habe diesen Web-Design-Kurs«, erwiderte sie und bereute wie noch nie zuvor, dass sie sich dazu angemeldet hatte.

»Ja, bis viertel nach neun«, sagte Ellen und strich ihr mit dem Finger über die Wange. »Das habe ich mir gemerkt. – Für mich ist viertel nach neun okay. Ich muss sowieso noch einiges aufarbeiten; ich komme gerne auch danach.«

Nina entspannte sich. Verabredungen mit Ellen schienen herrlich unkompliziert. »Ich würde mich freuen«, sagte sie leise. Nach Ellens Ausbruch am Samstag war dies mehr, als sie nun erwartet hatte. »Aber ich könnte den Kurs auch ausfallen lassen«, setzte sie hinzu.

Ellen schüttelte den Kopf. »Nein, das ist nicht gut. Du sollst wegen mir nichts ausfallen lassen. Es geht doch auch so.« Sie lächelte. »Außerdem wirst du diesen Kurs schon am Donnerstag ausfallen lassen müssen. Vorausgesetzt, du nimmst meine Einladung an.«

Nina sah sie fragend an.

»Ich habe am Donnerstag Geburtstag«, eröffnete ihr Ellen. »Wenn wir deinen Geburtstag schon nicht gemeinsam gefeiert haben, möchte ich zumindest den meinen mit dir verbringen.«

Ninas Herz machte einen Sprung vor Freude.

»Wir werden essen gehen.« Ellen machte eine Pause und sah sie kurz, aber auch nachdenklich an. »Nina. Wir sind nicht alleine. Philipp wird auch dabei sein.«

Ninas anfängliche Freude kühlte schlagartig ab. »Also dann …«, setzte sie an dem Einwand, dass sie unter diesen Umständen wohl besser ihre Zusage zurückziehen sollte, doch Ellen schien ihre Gedanken bereits erraten zu haben. »Seit ich in Österreich bin, ist Philipp an meinem Geburtstag dabei«, sagte sie. »Ich möchte auch in diesem Jahr die beiden Menschen um mich haben, die mir hier am wichtigsten sind. Ihn und dich.«

Nina schluckte. Sie konnte sich nicht vorstellen, dass ein gemeinsamer Abend mit Lenas Vater angenehm sein würde, doch sie wollte Ellen nicht enttäuschen. Wenn sie ihren Geburtstag in dieser merkwürdigen Konstellation feiern wollte, sollte es nicht an ihr scheitern.

Nina war an dem Palais schon des Öfteren vorbeigegangen. Sie hatte davon gehört, dass in seinem Inneren sowohl ein Restaurant als auch ein Hotel untergebracht war, doch hatte sie sich bis vor wenigen Tagen noch nicht einmal vorstellen können, es jemals zu betreten. Sie wusste, dass das Palais-Restaurant eines der teuersten und exklusivsten von Österreich war. Nun stand sie etwas verunsichert in dessen Eingangsbereich und ließ sich von einem der steifen Kellner im Frack aus dem Mantel helfen.

»Es ist ein Tisch reserviert für McGill. Oder Michaelis. Ich weiß nicht genau«, sagte sie dem Herren, der ihr den Mantel abgenommen hatte, und kam sich unbeholfen vor.

Ellen hatte ihr Adresse und Uhrzeit ihrer Geburtstagseinladung genannt, jedoch diese wesentliche Information für sich behalten.

»Sie werden bereits erwartet«, sagte der Kellner im Frack. »Bitte folgen Sie mir.«

Der Kellner war sicher nicht gewohnt, von seinen Gästen so offen angesprochen zu werden, doch Nina konnte nicht anders, als ihm die für sie entscheidende Frage zu stellen: »Ist bereits ein Herr da oder eine Dame, oder beide?«

»Eine Dame.«

Der Kellner, der ihre Unsicherheit zu spüren schien, schenkte ihr ein aufmunterndes Lächeln. Nina atmete erleichtert aus. Zumindest war ihr Plan aufgegangen: Sie hatte auf keinem Fall vor Ellen hier eintreffen und das Risiko eingehen wollen, mit Michaelis allein zu sein. Wenn sie an ihre bisherigen Zusammentreffen mit ihm dachte, fühlte sie einen dicken Kloß im Hals. Beim ersten Mal hatte er sie vom Fleck weg eingestellt – weil sie seiner Tochter ähnlich sah. Beim zweiten Treffen hatte er sie aus einem Kuss mit Ellen herausgerissen und sich anscheinend prächtig über ihre Verlegenheit amüsiert. Und sie war davongestürzt wie ein bei etwas Verbotenem ertapptes Schulmädchen.

Ellen stand auf, als sie Nina entdeckte, und strahlte sie so herzlich und erfreut an, dass Nina den Impuls unterdrücken musste, die letzten Schritte auf sie zuzulaufen und sich ihr in die Arme zu stürzen.

»Du siehst phantastisch aus«, sagte Ellen. »Ich kenne dieses Kleid.«

Nina lächelte. Es war ihr nicht schwergefallen, die passende Garderobe auszuwählen. Ihre Möglichkeiten, was festliche Kleidung betraf, waren begrenzt. Sie hatte das Kleid gewählt, das sie getragen hatte, als alles begann – in einem dunklen Kopierraum im vierten Stock des LENOPHARM-Gebäudes. Sie hatte sich auch deshalb dafür entschieden, weil sie wusste, dass sie Ellen in diesem Kleid gefiel. Du warst für mich Erotik pur. Es war, als hätte man einen Hebel umgelegt. Klick. Ellens Worte waren ihr deutlich in Erinnerung. Auch jetzt verfehlte das Kleid nicht seine Wirkung, denn Ellen zog sie sanft an sich. Sie drückte ihr unter den strengen Augen eines wartenden Kellners einen züchtigen, freundschaftlichen Kuss auf die Wange, raunte ihr jedoch ins Ohr: »Wenn wir jetzt an einem etwas intimeren Ort wären, könnte ich mich nicht beherrschen ...«

Ihre Worte zauberten ein angenehmes Kribbeln in Ninas Magengegend. Lächelnd betrachtete sie Ellen. Sie war ganz in weiß erschienen. Ihr Anzug war aus dünnem, seidigem Stoff, der sich an ihren Körper schmiegte. Über dem armlosen Trägeroberteil trug sie einen nahezu transparenten weißen Pulli, der der Kombination eine besondere Note verlieh.

Nina nahm nun neben Ellen Platz.

»Ein Aperitif, die Damen?« Nina war Restaurants nicht gewohnt, in denen Kellner warteten, bis man Platz genommen hatte, und im weiteren auch noch mehrere Vorschläge für diverse Einstimmungsdrinks unterbreiteten. Fragend sah sie Ellen an.

»Vielleicht einen Prosecco?«, meinte Ellen.

»Ja, gerne. – Sollen wir nicht auf Michaelis warten?«

Ellen schüttelte den Kopf. »Philipp trinkt nur Wein. Wir können also gerne ohne ihn einen Aperitif nehmen.«

Nina sann über ihre letzte Bemerkung nach. Zwischen Ellen und Lenas Vater bestand offenbar ein enges Verhältnis. Sie schien mit dessen Lebensgewohnheiten bestens vertraut. »Du hast Michaelis doch erzählt, dass ich mitkomme? Ich meine ... nicht, dass er jetzt sehr überrascht ist.«

Ellen lächelte. »Keine Sorge, Nina. Er weiß Bescheid.«

Michaelis hatte zunächst Ellen herzlich gratuliert, dann reichte er Nina die Hand. »Frau Blume. Schön, Sie zu sehen.«

Er lächelte sie freundlich an, und Nina erinnerte sich an ihr erstes Zusammentreffen bei ihrem Vorstellungsgespräch im Januar. Auch da war Michaelis sehr freundlich gewesen und hatte ihr die Anspannung genommen. Sie hatte ihn damals nicht unsympathisch gefunden, wenngleich sie auch seine Fragen verwirrt hatten. Ihr Zusammentreffen in Laa war ihr weit unangenehmer in Erinnerung, obgleich Michaelis auch hier tadellos freundlich aufgetreten war.

Philipp Michaelis nahm auf der anderen Seite von Ellen Platz; wenig später bekamen sie bereits die Speisekarten ausgehändigt.

Nina überflog die angebotenen Speisen und wurde blass. Allein die Vorspeisen kosteten so viel wie ein Mittagsbuffet in einem durchschnittlichen Restaurant für zwei Personen inklusive Getränk. Wieder einmal kam ihr der Gedanke, wie massiv die sozialen Unterschiede den Alltag von Beziehungen beeinflussten. Ellen war einfach ein anderes Niveau gewohnt als sie. So nahe sie sich auch standen – dies würde wohl immer eine Kluft zwischen ihnen bilden.

Die leichte Berührung von Ellens Hand an ihrem Oberschenkel ließ sie aufblicken. Ellen beugte sich leicht zu ihr hinüber.

»Das ist natürlich eine Einladung, *Honey. Don't worry.*«

Leichte Röte überzog ihr Gesicht. Es war, als könne Ellen ihre Gedanken lesen. Die Situation blieb auch deshalb peinlich für sie, weil sie wusste, dass sie sich selbst nie für diese Einladung würde revanchieren können. Doch jetzt war nicht die richtige Stunde, um sich darüber weiter den Kopf zu zerbrechen. Sie studierte die Speisekarte und entschied sich für gegrilltes Gemüse auf Kräuterparfait zum Einstieg, Lamm als Hauptgericht und ein Pfirsischsorbet zum Nachtisch.

Ellen war die erste, die ihre Bestellung abgab. »Das Carpaccio vom Steinbutt mit Melanzanemousse ... aber kann ich das bitte ohne den Parmiggiano haben? Danach das Thunfischsteak ... bitte nicht zu sehr durchgebraten ... und nicht mit getrockneten Tomaten, sondern mit frischen ... und das Spargelparfait, ist das mit grünem Spargel oder mit weißem?«

Der Kellner gab Auskunft, ohne eine Miene zu verziehen.

»Dann bitte kein Spargelparfait, sondern ... haben Sie

etwas mit Spinat? Ja, Spinat wäre gut. Aber nicht gratiniert, einfach gedünstet. Und als Dessert bitte die Erdbeeren. Ohne das Eis, ohne den Likör, ohne Zucker, einfach kleingeschnitten. Nein, kein Schlagobers. Mandelsplitter sind gut. Aber nicht in diesen kleinen Plättchen, wie sagt man ... gehobelt, sondern in diesen kleinen Stückchen. Und nicht geröstet. Geht das?«

Der Kellner verzog immer noch keine Miene, sondern notierte eifrig ihre Wünsche. Nina hatte die Bestellung fasziniert mitverfolgt. Michaelis grinste.

»Sie waren noch nie mit Ellen essen, Frau Blume?«

»Doch.« Nina dachte an ihre gemeinsamen Besuche im Sushi-Restaurant. »War ich schon. Aber es war nie ... so.«

»Dann waren Sie beim Japaner«, stellte Michaelis sachlich fest. »Deshalb haben Sie dieses Schauspiel noch nicht erlebt.«

»Ja, stimmt.« Wieder musste sich Nina eingestehen, dass Michaelis Ellen sehr gut kannte – mit all ihren Eigentümlichkeiten.

Als alle ihre Bestellung aufgegeben und Michaelis die passende Weinbegleitung ausgesucht hatte, warf Nina schüchtern ein: »Wenn du lieber japanisches Essen magst, hätten wir doch auch zum Japaner gehen können.«

Ellen sah sie erstaunt an. »Nein, ich mag das Essen hier. Es muss nicht immer japanisch sein.«

»Ellen ist nahrungstechnisch eine Herausforderung«, meinte Michaelis. »Das werden Sie schon noch merken, Frau Blume.«

»Mach ihr keine Angst, Philipp.« Ellen legte ihre Hand auf Ninas Oberschenkel. »Es ist halb so wild. Es gibt einige Dinge, die ich wirklich gerne mag. Andere eben nicht. Wie bei jedem Menschen.«

»Sie mag nur zehn Prozent aller Nahrungsmittel«, erwiderte Philipp Michaelis und zwinkerte Nina zu. »Lassen Sie sich nicht in die Irre führen.«

Der Abend nahm seinen Lauf. Michaelis gab sich locker und als ungezwungener, amüsanter Unterhalter. Er machte

Scherze und neckte Ellen auf liebevoll-väterliche Weise. Ninas innere Anspannung verflog. Dazu trug zweifelsohne auch der Wein bei. Sie begann sogar zu vergessen, dass sie hier mit dem Vater von Lena Michaelis saß, sondern sah ihn nur als einen netten und kommunikativen Menschen, der im Gespräch auf sie einging und ihr nicht die Möglichkeit gab, sich unsicher oder unwohl zu fühlen.

Wenn Michaelis das Wort direkt an Ellen richtete, tat er dies, je später der Abend wurde, umso häufiger in Englisch, und Ellen antwortete in ihrer Muttersprache. Nina begriff, dass die beiden sich anfangs nur aus Höflichkeit ihr gegenüber auf Deutsch unterhalten hatten. Da sich jedoch weder Michaelis noch Ellen daran zu stören schienen, dass Nina auf Deutsch antwortete, blieb sie dabei und fühlte sich gelöst und glücklich. Das Essen war phantastisch, und Ellen schenkte ihr im Laufe des Abends so oft ihr warmes Lächeln, dass Nina sich froh und gelöst fühlte, bis Ellen zur Toilette verschwand und sie mit Michaelis allein ließ.

Michaelis wischte sich einen Tropfen Schokosoße, den Überrest seines Palatschinken-Desserts, vom Kinn. In dem Moment, als sie seinen nachdenklichen Blick auf sich spürte, war es um ihre innere Gelöstheit geschehen. Philipp Michaelis wurde schlagartig wieder zum LENOPHARM-Oberen und zu Lenas Vater.

»So kann sich das Leben plötzlich ändern, nicht wahr?«, kam es nun von Michaelis. »Wer hätte das gedacht, damals, bei unserem ersten Zusammentreffen.«

Nina schwieg verlegen. Sie wusste nicht, welche Antwort er sich von ihr erwartete, und hatte selbst nichts dazu zu sagen. Schließlich kam ihr das Leben seit ihrem Eintritt bei LENOPHARM selbst wie eine Achterbahnfahrt vor.

»Sie haben bei Ellen wahre Wunder vollbracht, wissen Sie das? – Ich hatte die Hoffnung schon fast aufgegeben, dass ich sie jemals wieder so erlebe.«

Ninas Verlegenheit vertiefte sich.

»Ellen ist ein Mensch mit vielen Talenten und vielen Qualitäten«, fuhr Michaelis fort. »Sie hat noch eine große Karriere vor sich, da bin ich überzeugt. – Auf der anderen Seite ist sie aber auch sehr sensibel und verletzlich. Das sollten Sie wissen.«

»Das weiß ich bereits«, erwiderte Nina wahrheitsgemäß. Ihre Verlegenheit legte sich dadurch jedoch nicht. Es war ihr unangenehm, dass ausgerechnet Lenas Vater ein derartiges Gespräch mit ihr führte. Sie kam sich vor wie der zukünftige Schwiegersohn, der gerade sorgfältig abgecheckt wurde.

»Ellen ist einer der liebsten und großherzigsten Menschen auf dieser Erde«, setzte Michaelis seine Lobeshymne fort. »Wenn Sie jemanden liebt, trägt sie die Person auf Händen. Das war mit meiner Tochter so, und das hat sich gewiss nicht verändert. – Aber geben Sie ihr etwas Zeit. Der Tod meiner Tochter hat sie sehr mitgenommen.«

Nina schwieg höflich.

»Sie werden an Ellen Seite ganz sicher ein sehr angenehmes Leben haben«, fuhr Michaelis fort. »In jeder Hinsicht.«

An Ellen Seite, dachte Nina. Wie selbstverständlich er davon ausgeht, dass es das für mich gibt: an Ellen Seite. Ein kurzer Anflug von Bitterkeit bemächtigte sich ihrer. Ellen würde schließlich in die USA gehen. Es würde kein »an ihrer Seite« geben. Und überhaupt, was meinte Michaelis mit »in jeder Hinsicht«? Dass sie mit Ellen zusammen sein wollte, um ein angenehmes Leben zu führen? Dachte er etwa, sie hätte es auf Ellens Lebensstandard abgesehen?

»Ich will selbst arbeiten«, stellte sie klar.

Erschrockenes Erstaunen machte sich in seinem Blick breit, als er begriff, wie sie seine Anmerkung aufgefasst hatte. »Das war nicht so gemeint«, entschuldigte er sich. »Ich weiß, dass Sie arbeiten. Von Ihren hervorragenden Website-Projekten ist mir einiges zu Ohren gekommen.«

Nina errötete. Es war nicht ihre Absicht gewesen, nach Komplimenten zu fischen. Sie war froh, dass Ellen im selben Moment zurückkehrte.

»*So, did you have a fine old time without me?*«

»Wir haben uns prächtig unterhalten, nicht wahr, Frau Blume?«

Nina kämpfte noch immer gegen ihre Verlegenheit.

»Ja«, sagte sie nur.

Philipp Michaelis zahlte die Rechnung, die dezent in einem Lederetui neben ihn gelegt wurde, dann verabschiedete er sich herzlich von Ellen. Nina betrachtete die Szene und spürte eine gewisse Traurigkeit. Sie bedauerte, dass der Abend bereits zu Ende ging. Es war bereits kurz vor elf, und sie hatten schließlich beide einen Arbeitstag vor sich. Doch Ninas Körper verlangte mit jeder Faser nach Ellen, danach, ihren Geburtstag mit Haut und Haar zu feiern.

Sie standen bereits in Mänteln im Eingangsbereich. Michaelis war gegangen und die Kellner hatten sich zurückgezogen, als Ellen sich Nina zuwandte: »Ich habe uns ein Taxi rufen lassen. Du kommst doch mit zu mir?« Sie sah Nina unsicher an. »Bitte.«

Nina, beschwingt vom Wein und ihren eigenen Wünschen, zog Ellen an sich und küsste sie ungeniert auf den Mund. »Ist das ein Geburtstagswunsch?«

Ellen lächelte. »Ja, ein großer.«

»Na dann.«

Im Taxi nahm Ellen ihre Hand und erkundigte sich: »So schlimm war das nicht für dich mit Philipp, oder?«

»Oh ... na ja.« Nina zögerte, setzte aber dann schnell hinzu: »Nein, eigentlich nicht. Er ist ziemlich okay.«

»Ja«, sagte Ellen. Sie klang zufrieden.

Nina wusste, dass sie mit ihrer nächsten Frage ein sensibles Thema berührte, doch der Wein hatte ihre Bedenken etwas zur Seite gespült und ihre Neugier frei gelegt. »War Lena ihm ähnlich?«

Zu ihrer Erleichterung nahm Ellen die Frage gelassen hin. »In vieler Hinsicht ja«, antwortete sie. »Und das hat dazu geführt, dass sie sich ein Leben lang bekämpft haben. Eigentlich haben sie sich sehr geliebt. Aber da sie beide einen so starken Willen hatten, sind sie immer wieder aneinander geraten.«

»Und jetzt liebt er dich wie seine Tochter«, stellte Nina fest.

»Ja«, stimmte Ellen zu. »Das tut er. Ich bin ihm sehr dankbar. Für alles.«

Minuten später standen sie in Ellens Vorzimmer, und Philipp Michaelis war vergessen.

Sie versanken in dem Kuss, den sie sich beide den ganzen Abend lang ersehnt hatten. Nina genoss Ellens warme, weiche Lippen auf den ihren und Ellens Zunge, die sorgsam ihren Mund zu erforschen schien und sie mehr und mehr erregte.

»Lass uns ins Wohnzimmer gehen«, schlug Ellen schließlich vor. Sie zündete neue Kerzen auf dem Kaminsims an, die den Raum in ein angenehmes, warmes Licht tauchten. Nina fiel auf, dass das Foto von Lena fehlte. Doch das war im Grunde unerheblich, als Ellen nun wieder ihre Lippen näherte.

»Ellen«, flüsterte Nina.

Nach etlichen Küssen befreite sich Ellen sanft aus der Umarmung. »Ich werde Musik machen. Hast du besondere Wünsche?«

»Dich«, sagte Nina spontan. »Dich am Klavier. Bitte Ellen, spiel ... ich kann mir nichts Schöneres vorstellen.«

Der Blick, den Ellen ihr schenkte, war unergründlich. Nina erschrak. »Entschuldige ... ich habe nicht daran gedacht«, stotterte sie.

Ellen lächelte. Anstelle einer Antwort nahm sie einen Kerzenständer in die rechte Hand und Ninas Hand in die linke und zog sie leicht mit sich zum Flügel. Sie stellte den Kerzenständer auf den Flügel und drehte Nina einen weißen Ohrensessel zu. »Die Ehrenloge«, meinte sie schmunzelnd. »Du kannst es dir hier bequem machen.« Sie klappte den Deckel des Flügels hoch.

Nina kamen plötzlich Bedenken. »Glaubst du nicht, dass die Nachbarn davon aufwachen?«

»Ich muss mir die Laune meiner Nachbarn nicht um jeden Preis erhalten«, erklärte Ellen. »Unter mir wohnt eine betagte ehemalige Botschafterin, die sowieso schwerhörig ist. Im Übrigen, ich ziehe sowieso aus.«

Nina traf ihr Satz ins Herz, weil er sie an das erinnerte, was unausweichlich schien. Während die ersten warmen Klaviertöne bereits die Wohnung erfüllten, beschloss sie den Wein zu holen, den Ellen bereits geöffnet hatte. Wenig später kam sie mit einer Flasche Whiskey zurück.

»Der Wein war leider verkorkt. Aber in deinem Bücherregal habe ich das gefunden.« Sie studierte die Aufschrift der Flasche. »Malt Scotch Whiskey. – Können wir davon trinken?«

Ellen hob den Kopf und unterbrach ihr Spiel für einen kurzen Moment. Ein amüsiertes Lächeln huschte über ihr Gesicht. »Warum nicht«, sagte sie dann. »Whiskey-Gläser findest du in der Glasvitrine in der Küche.«

Nina stellte Ellens Glas auf den Flügel und machte es sich mit dem ihren im Sessel gemütlich.

In Erinnerung an Laa hatte sie damit gerechnet, Ellen werde Beethoven-Sonaten spielen, doch es erklangen Tangos. Sie spielte sie auswendig, mitreißend und taktklar.

Nina lauschte fasziniert. Der Whiskey. Sie konnte sich nicht daran erinnern, irgendwann zuvor schon einen solchen Whiskey getrunken zu haben, doch es war für sie eine Art »Liebe auf den ersten Schluck«. Der Whiskey schmeckte, und zwar vorzüglich.

Ellens sicheres Klavierspiel, besonders aber die Klavierspielerin selbst zog Nina in ihren Bann. Sie sah auf Ellens Hände, die sicher über die Tasten tanzten, sie sah Ellens zierlichen, femininen Körper, und in ihr erwachte erneut das Verlangen. Sie erhob sich und trat an den Flügel.

Während Ellens Hände weiter über die Tasten glitten, fanden ihre eigenen den Weg unter Ellens hauchdünnen Pulli, strichen über den seidigen Stoff darunter und über ihre nackten Arme und Schultern. Sie spürte jeden Muskel, den Ellen bei ihrem Spiel bewegte. Langsam senkte sie ihre Lippen und küsste auf die freie Stelle, wo sich zwischen Pullover und Haaransatz nackte Haut offenbarte. Ellen reagierte mit einem leichten Beben. Sanft umfasste Nina ihren zarten Oberkörper und ließ die Hand unter den Stoff gleiten. Ellens Bauchmuskeln spannten sich. Noch spielte sie, doch ihre Gesichtszüge verrieten, dass sie sich dem Genuss der Berührung hingab.

Nina drängte sich von hinten an ihren Körper, ließ auch die zweite Hand ihren Weg unter Ellens Oberteil finden. Sie fuhr unter Ellens BH, suchte ihre Brustwarzen, die sich bereits bei der ersten kleinen Berührung begierig aufstellten. Mit sanften Bewegungen, dem Widerstand, den ihr der BH bot, trotzend, begann sie sie mit dem Finger zu umkreisen.

Ellens Hände ruhten auf den Tasten. Schlagartig war es still im Zimmer. Doch nicht ganz: Nun erfüllte ihr schneller Atem den Raum. Je länger Nina fortfuhr, desto heftiger und lauter wurde er. Schließlich hielt Nina inne. Vorsichtig zog sie Ellen den Pulli über die Arme. Das Trägerhemd entpuppte sich als Bustier, das am Rücken mit mehreren Häkchen verschlossen war. Nina ging auf die Knie, um sie zu lösen.

Sie liebkoste mit den Lippen Ellens nackten Oberkörper und öffnete ihren BH. Ihre Hände legten sich wie Muscheln auf ihre Brüste.

Ellen reagierte mit einem tiefen Stöhnen. Als Nina erneut mit ihren Brustwarzen zu spielen begann, ließ sie sich vom Klavierhocker auf den Boden gleiten und zog Nina heftig an sich.

»Du machst mich verrückt«, presste sie hervor.

»Du machst *mich* verrückt«, erwiderte Nina schmunzelnd. Sie drückte sie ganz auf den Boden und zog ihr Hose und Slip aus.

Ellen lag nackt vor ihr auf dem Parkett, beschienen vom Kerzenschein. Nina betrachtete sie fasziniert. »Du bist unglaublich schön«, stieß sie atemlos hervor.

»Und du machst mich verlegen, wenn du so etwas sagst«, gab Ellen zurück. Doch sie schloss auch schon die Augen, als sich Nina nun über sie beugte und sie intensiv zu streicheln begann. Sie ließ ihre Hand zwischen Ellens Schenkel gleiten, hielt aber dann kurz inne. Sie wollte Ellen an ihrer Haut spüren. Ohne Stoff, ohne Hindernisse. Schnell legte auch sie ihre Kleidung ab. Dann senkte sie ihren Körper auf

Ellen und fiel mit ihr in einen tiefen, erregenden Kuss. Ellen schob ihre Hand sanft zwischen ihre Schenkel, doch Nina presste die Beine zusammen.

»Du hast heute Geburtstag«, flüsterte sie. »Du darfst heute einmal absolut nichts für mich tun. Du musst dich einfach verwöhnen lassen.«

»Ich weiß nicht«, widersprach Ellen. »Ich möchte, dass du ...«

Nina schnitt ihr mit liebevoller Bestimmtheit das Wort ab. »Ich will es aber so.«

Ellen schloss gehorsam ihre Augen. Nina merkte, wie jeder Widerstand schwand, als ihr Mund ihre Brustwarze umschloss. Ellens nackter Haut brachte ihren Körper zum Glühen, der Whiskey machte sie heiß und hemmungslos. Was sie alles mit Ellen anstellte, daran vermochte sie sich später nicht zu erinnern. Irgendwann sank sie erschöpft auf Ellens nassen Körper herab und bettete ihren Kopf in ihre Halsbeuge. Ellen fühlte sich warm und weich an. Wie ein Bett. Sie schloss die Augen und lauschte Ellens Herzschlag – schnell und kräftig.

»Nina. *Honey.*« Ellens Stimme riss sie aus der wohligen Schläfrigkeit. »Lass uns die Kerzen löschen und ins Bett gehen, meinst du nicht?«

Nina hob den Kopf und blinzelte verschlafen in Richtung des Kerzenständers. Mühsam rappelte sie sich hoch. Ihr drehte sich plötzlich alles. Ellen stand auf und blies die Kerzen aus. Sie trat vor Nina, die in ihrer Suche nach ihren Kleidungsstücken inne hielt, und sah sie lange an. Ihre Augen schimmerten warm im fahlen Licht des Mondes, dessen Schein durch die zwei Fenster drang.

»Komm mit nach oben«, sagte sie schließlich leise. Überrascht erwiderte Nina ihren intensiven Blick. »Ist es wirklich okay für dich, wenn ich hier schlafe?«, fragte sie unsicher.

»Gib mir fünf Minuten Vorsprung«, bat Ellen. »Dann ist es okay.«

Als Nina schließlich ins Schlafzimmer kam, fehlte der zweite Morgenmantel, der an der Schlafzimmertüre gehangen hatte. Auch Foto und Rose waren vom Nachttisch verschwunden. Ellen hatte die Bettdecken bereits zurückgeschlagen. Nina ging benommen ins Badezimmer und putzte sich die Zähne mit einer Zahnbürste, die ihr Ellen hingelegt hatte. Trotz ihres anfänglichen Unbehagens war sie dankbar, dass sie hierbleiben konnte. Sie fühlte eine bleierne Müdigkeit und hatte das Gefühl, alles doppelt zu sehen. Umständlich zog sie ein Shirt über, schlüpfte unter die Bettdecke und schloss die Augen. Sie merkte nicht mehr, dass Ellen ihr einen Kuss auf die Wange gab und sich an sie schmiegte, denn sie war bereits im Reich der Träume.

Nina wachte von einem Glockenspiel auf. Es spielte ein paar Takte aus Mozarts »Zauberflöte«, das Leitmotiv des Vogelfängers Papageno, und obwohl sie die Oper mochte, empfand Nina Glockenspiel und Melodie heute als ein einziges unbarmherziges Folterinstrument. Jeder Ton schlug wie ein Presslufthammer gegen ihren dröhnenden Kopf.

Sie zwang sich die Augen zu öffnen und erschrak. Sie blinzelte in ein dämmriges Zimmer, das nicht ihres war, starrte auf eine weiß gestrichene Türe, an der ein Morgenmantel hing, der definitiv auch nicht ihr gehörte, und versuchte zu rekonstruieren, wo sie sich befand. Die Erinnerungen kamen in Bruchstücken. Ellens Geburtstag. Die Fahrt zu ihrer Wohnung. Der Kerzenschein. Das Klavier. Ellens nackte Haut, die im Kerzenlicht schimmerte … Dann setzte ihr Erinnerungsvermögen aus.

Neben ihr regte sich etwas. Die Bettdecke raschelte, jemand stöhnte gequält. Es gab ein klickendes Geräusch, dann brach die laute Melodie mitten im Takt ab.

Nina wollte sich aufrichten und zur Seite drehen, doch ihre Glieder versagten ihr den Dienst. Sie brachte gerade noch fertig, den Kopf zur Seite zu drehen, und sah in Ellens müde Augen.

»Guten Morgen«, hauchte Ellen. Auch sie wirkte alles andere als munter, schien sich aber zumindest bewegen zu können, denn sie zog ihren nackten Arm unter der Bettdecke hervor und strich Nina zärtlich über die Wange. »Das war der Wecker.«

Nina schloss kurz die Augen. Sie hatte es vermutet. Die Realität drängte sich in ihr Leben zurück. Es war Freitag, ein ganz gewöhnlicher Arbeitstag. Allerdings: Sie hatte maximal drei oder vier Stunden Schlaf gehabt. Und sie fühlte sich völlig erledigt.

Vorsichtig öffnete sie die Augen wieder und zwang sich, etwas zu sagen. Was ihr spontan über die Lippen kam, traf ihre derzeitige Befindlichkeit exakt auf den Punkt: »Ich bin total kaputt.«

Ellen lächelte schwach. »Ich auch«, gab sie zu. »Ich bin müde, und mir tut jeder Knochen und jeder Muskel weh. – Ich glaube, wir haben das gestern alles ein bisschen … übertrieben.«

»Möglich«, erwiderte Nina, doch im Grunde konnte sie sich ab dem Zeitpunkt, an dem Ellen Klavier gespielt hatte, an nichts Konkretes mehr erinnern.

Ellen rappelte sich auf. »Trotzdem müssen wir wohl oder übel aufstehen. – *To be honest, I haven't got any desire to get up now. But I have so many dates today which I can't cancel. Damned!*«

Sie schien mehr zu sich selbst zu sprechen als zu Nina, was ihren Sprachwechsel erklärte. Sie erhob sich und betätigte einen Schalter an der Wand. Ein blaues Rollo begann sich hochzuschieben und gab ein großes Dachfenster frei, durch das dämmriges Morgenlicht fiel.

Nina machte einen neuerlichen Anlauf, sich aufzusetzen. Diesmal gelang es ihr, allerdings wurde ihr, kaum dass sie senkrecht saß, so übel, dass sie sofort aus dem Bett springen und gegenüber ins Badezimmer hechten musste. Sie erreichte die Toilette mit letzter Not. Anschließend trat sie benommen zum Waschbecken, spülte sich den Mund aus und zuckte vor ihrem eigenen Spiegelbild zurück. Sie war käseweiß und über Nacht zum Zomby mutiert. Ihr Make-up, das sie gestern nicht mehr entfernt hatte, war unschön im Gesicht verschmiert, und ihre Haare standen nach allen Seiten ab.

Jedoch noch schlimmer als ihr eigener Anblick war der stechende Kopfschmerz, der sich ihrer bemächtigte. Sie griff sich gequält an den Kopf. Als sie spürte, dass ein Blick auf sie gerichtet war, drehte sie sich zur Türe. Ellen stand mit verschränkten Armen und im Nachthemd im Türrahmen.

Nina war ihr Aufzug und die Tatsache, dass sie sich hatte übergeben müssen, mehr als peinlich. Es war entsetzlich – da hatte sich Ellen offenbar durchgerungen, sie bei sich übernachten zu lassen, und das erste, was sie tat, war, sich in ihrem Badezimmer zu erbrechen.

»Tut mir leid«, sagte sie automatisch.

»Du tust mir leid«, meinte Ellen. »Du musst dich schrecklich fühlen.«

Nina nickte stumm.

»Malt Scotch Whiskey, 1971«, sagte Ellen und lächelte kurz, als Nina ihr einen fragenden Blick schenkte. »Sagt dir das etwas?«

Nina schüttelte den Kopf. Egal, auf was Ellen hinaus wollte – die Erinnerung war wie weggeblasen.

Ellens Lächeln vertiefte sich. »Es fällt dir sicher irgendwann wieder ein. – Leg dich wieder ins Bett, *Honey*. So kannst du nicht ins Büro. Du bist krank.«

Widerspruchslos kroch Nina zurück ins Bett. Um sie herum drehte sich alles. Erst, als sie wieder horizontal in den weichen Kissen ruhte, hörte das Zimmer auf, sich wie ein Karussell zu drehen. Sie bekam nur am Rande mit, dass Ellen zwischen Kleiderschrank und Badezimmer hin- und herlief und sich tatsächlich fürs Büro bereit machte. Erst als sie geschminkt und gestylt vor ihr stand, wurde Nina die Lage in ihrer Gesamtheit bewusst. »Ich werde ein Taxi nach Hause nehmen«, sagte sie rasch. Sie konnte sich nicht vorstellen, dass es Ellen recht war, wenn sie sich alleine in ihrer Wohnung aufhielt.

»Erst, wenn es dir besser geht. Ruh dich erst etwas aus. Du kannst die Türe dann einfach ins Schloss fallen lassen.«

Ellen öffnete die Schublade des Nachtkästchens und legte eine Tablettenschachtel auf die Ablagefläche.

»Hier sind Kopfschmerztabletten. Vielleicht brauchst du die.«

»Danke«, stieß Nina hervor und griff nach Ellens Hand. »Tut mir furchtbar leid.«

»Kann passieren«, meinte Ellen gleichmütig. »Mach dir keinen Stress deshalb. Das ist nicht nötig. Schlaf noch ein bisschen, und du wirst sehen, es geht dir bald besser. Wie das halt ist, nach solchen Nächten.«

»Ellen, würdest du mich entschuldigen im Personalbüro?«

»Soll wirklich ich das tun?«

Die Betonung lag auf dem Ich, was Nina sogar in ihrem Zustand nicht entging. Ehe sie jedoch sagen konnte, sie werde es wohl besser doch selbst telefonisch tun, um die Gerüchteküche nicht noch mehr zu schüren, setzte Ellen jedoch schon hinzu: »Okay. Ich mache das. Ich sage, du hast eine Magenverstimmung. Das ist nicht einmal gelogen.«

»Danke.«

Nina fiel ermattet in die Kissen zurück. Sogar reden war anstrengend. Ellen ansehen war anstrengend. Das Licht, das durch das Dachfenster fiel – einfach alles war anstrengend. Sie war fast erleichtert, als Ellen das Zimmer verließ und sie sich nicht weiter mit Anstrengungen auseinandersetzen musste.

Sie wollte nur schlafen. Und selbst das war eine Herausforderung, denn die Übelkeit und der Kopfschmerz machten ihr jede Liegeposition zur Qual. Irgendwann wachte sie auf und merkte, dass es ihr eindeutig besser ging. Die Übelkeit war verschwunden, der Kopfschmerz war deutlich erträglicher geworden. Sie suchte nach einer Uhr und fand ihre Armbanduhr auf dem Nachtkästchen. Es war kurz vor drei nachmittags.

Nina stand auf und ging nach unten. Sie hatte nun Hunger, vor allem aber Durst. Als sie am Klavier vorbei ging, sah sie dort die Flasche Whiskey und die zwei benutzten Gläser stehen.

Ellen musste ihr Kleid bereits vom Boden aufgehoben haben, denn es hing, zusammen mit ihrer Seidenstrumpfhose, ordentlich über dem Klavierhocker.

Nina nahm die Gläser, rümpfte angewidert die Nase, als sie den Whiskey roch, und ging damit in die Küche. Sie stellte die Gläser in die Spülmaschine und sah dann aus dem Fenster in den kleinen Hinterhof. Draußen war es grau, und es regnete.

Ihre Motivation, Ellens gemütliche warme Wohnung zu verlassen, sank. Sie schenkte sich ein Glas Leitungswasser ein und trank es in großen Schlucken. Ihr Blick schweifte in der blitzsauberen Küche umher, die wie frisch aus dem Prospekt eines Möbelhauses wirkte. Selbst die Gewürze im Gewürzregal waren sauber sortiert und auf Gleichstand aufgefüllt. Ihr Blick blieb an der Pinnwand hängen. Im ersten Moment glaubte sie einer optischen Täuschung zu unterliegen. Die Pinnwand war leer.

Nina musste sich eingestehen, dass sie vorschnell geurteilt hatte. Ellen wollte sie offenbar wirklich auf keinen Fall verletzen und tat ihr möglichstes, um die Erinnerungen zu reduzieren. Vielleicht könnte es mit uns wirklich etwas werden, dachte Nina. Wenn nur der Umzug in die USA nicht wäre.

Bei dem Gedanken, Ellen für lange Zeit nicht zu sehen, krampfte sich ihr Inneres schon jetzt zusammen. Die Vorstellung war für sie einfach nur zum Verzweifeln. Sie stand wieder auf und versuchte den Gedanken an Ellens Abreise aus ihrem Kopf zu verbannen. Immerhin hatten sie noch ein paar gemeinsame Wochen. Sie sollte diese so gut wie nur möglich genießen, statt sich vorab zu zermürben.

Ihr Magen knurrte. Sie überlegte, ob sie jetzt gleich nach Hause fahren sollte, doch der Regen hatte an Intensität zugenommen. Sie war sich im Klaren, dass sie nicht ewig hier in Ellens schöner Wohnung bleiben konnte, doch sie wollte den Zeitpunkt ihres Verschwindens noch ein bisschen herauszögern. Ellen würde das Büro frühestens um sieben verlassen. Folglich hatte sie noch einige Stunden Zeit.

Sie ging in die Küche und suchte nach etwas Essbarem.

Dies war eine Herausforderung, wie sie feststellen musste. Anders als in ihrer Küche, wo sich immer ein Paket Nudeln und ein Fertig-Sugo im Kasten fanden, gab es hier nur ein paar Früchte, eine Aubergine, Tomaten und Naturjoghurt. Im Seitenfach lag ein in Zellophan verpacktes Stück geräucherter Tofu. Ansonsten war der Kühlschrank gähnend leer.

In einem der Kästen fand Nina eine Schachtel Naturreis, die allerdings fast leer war, Erdnussöl, Olivenöl, Haferflocken und eine Tüte Macadamia-Nüsse ohne Schale. Sie seufzte. Essen schien, anders als Mode und Wohnungseinrichtung, tatsächlich nicht zu Ellens Leidenschaften zu gehören.

Seufzend briet sie Tofu, Mango und Aubergine in Erdnussöl heraus. Dazu röstete sie eine Handvoll Macadamia-Nüsse. Das Ergebnis schmeckte interessant und stillte ihren Heißhunger, auch wenn ihr eine Pizza oder ein fettiges Nudelgericht lieber gewesen wäre. Von dem Gericht blieb ein Rest übrig, den sie in der Pfanne am Herd stehen ließ.

Allmählich kehrten ihre Lebensgeister zurück. Sie beschloss, sich frisch zu machen, die Küche in ihren ursprünglichen Zustand zu versetzen und den Heimweg anzutreten, ehe Ellen nach Hause kam. Als sie jedoch im Badezimmer stand, fiel ihr Blick unweigerlich auf die französische Badewanne mit den gedrechselten Füßen. Es war *die* Gelegenheit.

Die Verlockung überwog alle Bedenken, die in ihr schlummerten. Sie hatte gerade einmal bei Ellen übernachtet, zumal als »Nina, die sie nicht liebte, aber mit der sie gerne zusammen war«. Ellen hatte ihr zwar zugesichert, sie könne bleiben, bis es ihr besser gehe – doch sie hatte auch gesagt, sie solle die Türe dann ins Schloss fallen lassen. Das war der eindeutige Verweis darauf, dass sie nicht mit ihrer Anwesenheit rechnete, wenn sie abends nach Hause kam.

Nina sah auf die Uhr. Vier. Also reichlich Zeit, die Vorzüge dieses Badezimmers zu genießen und alles in seinen Urzustand zurückzuversetzen, ehe Ellen zurückkäme. Sie ließ sich Wasser ein, roch an allen Essenzen, die auf der Marmorsäule in den kunstvollen Glasbehältern zur Verfügung standen.

Schließlich wählte sie eine Flüssigkeit, die nach Jasminblüten roch, und gab einen kräftigen Schuss davon ins Badewasser. Das ganze Zimmer begann zu duften.

Sie sah sich um. Etwas fehlte ihr noch, um das Bad perfekt zu machen. Sie fand eine Schachtel Zündhölzer und zündete die Kerzen an, die auf dem Sims standen. Dann löschte sie das künstliche Licht und genoss den Anblick des in Kerzenschein getauchten Badezimmers. Voller Freude stieg sie ins warme Wasser und schloss die Augen. Es war einfach herrlich, von duftendem Nass umschlossen zu werden. Nina lag in der Wanne wie in einem extravaganten Liegestuhl, ließ sich umfließen und genoss das Badeerlebnis.

Sie mochte ein Viertelstündchen so gelegen und gedöst haben, als plötzlich die Türe aufgestoßen wurde. Entsetzt fuhr sie aus dem Wasser hoch. Im Türrahmen stand Ellen. Mit unbewegter Miene starrte sie Nina kurz an, dann schloss sie die Türe wieder.

Nina wurde es heiß – heißer als es die Wassertemperatur hätte erklären können. Verdammt. Ellen war zurück, und sie hatte sich hier eingenistet wie die Made im Speck. Die schmutzige Küche, sie hier im Badezimmer – kein Wunder, wenn dies auf Ellen schockierend wirkte.

Es sei zuviel, hatte Ellen am Samstag formuliert. Und das, wo sie am Samstag eigentlich nichts getan hatte, außer anwesend zu sein. Sie sollte jetzt so schnell wie möglich gehen. Nina erhob sich schwerfällig aus dem Wasser, als Ellen zurückkam. Sie trug einen Korb in den Händen, in dem Holzscheite lagen, und verharrte mit überraschtem Gesicht auf der Schwelle, als sie sah, dass Nina die Wanne soeben verlassen wollte.

»Du bist schon fertig?«

Nun lag die Verwirrung bei Nina. »Ich weiß nicht«, sagte sie unschlüssig.

Ellen schien zu begreifen, was in ihr vorging, denn sie stellte den Korb zu Boden und kam auf sie zu. Trotz der Tatsache, dass Nina triefend nass war, umarmte sie sie kurz und drückte ihr einen sanften Kuss auf die Lippen.

»Du hast die Vorzüge dieses Badezimmers noch nicht völlig ausgekostet«, sagte sie leise. »Lass mich noch Feuer machen. Mit dem offenen Kamin ist das sehr schön. Und Musik fehlt auch noch.«

Nina sah sie unsicher an. »Bist du nicht böse?«

Ellen runzelte die Stirn. »Wieso sollte ich böse sein?«

»Dass ich noch hier bin. Dass ich dein Badezimmer benutze.«

Ellen schüttelte den Kopf. »Ich freue mich, dass du noch da bist«, sagte sie und begann, die Holzscheite im Ofen anzurichten. »Ich war nur im ersten Moment etwas erstaunt. Ich hatte nicht damit gerechnet.«

»Ich habe sehr lange geschlafen«, entschuldigte sich Nina, entspannte sich aber wieder. Sie ließ sich ins Wasser zurückgleiten und sah zu, wie Ellen das Feuer anzündete. Bald knisterte es behaglich; die lodernden Flammen tauchten den Raum zusätzlich in warmes, ansprechendes Licht.

Wenig später erfüllte die Stimme einer Sängerin den Raum. Nina sah sich um. Erst jetzt viel ihr auf, dass in den Ecken des Badezimmers kleine Lautsprecherboxen angebracht waren.

Als Ellen zurückkam, war sie ebenfalls nackt.

Nina erkannte mit aufkommender Freude, was sie vorhatte, und machte ihr bereitwillig in der Wanne Platz. Wenig später teilte Ellen mit ihr das Wasser. Sie lehnte sich an den anderen Wannenrand und schloss sekundenlang die Augen.

»Ich bin völlig fertig«, sagte sie.

»Ich hatte erst später mit dir gerechnet«, gab Nina zu. »Ich dachte, du hättest bis abends Termine.«

Ellen öffnete die Augen wieder. »Zum Glück hat jemand abgesagt. Ich bin so froh. Ich habe schon so kaum gewusst, wie ich den Tag durchstehe.« Sie lächelte Nina an. »Solche Nächte halte ich nicht mehr durch. Ich werde alt.«

»Demnach müsste ich noch älter sein. Schließlich habe ich es nicht mal geschafft aufzustehen«, erwiderte Nina und streckte ihren Fuß aus. Unweigerlich berührte sie dabei Ellens Mitte, was dazu führte, dass diese ein leises Glucksen ausstieß. Nina grinste. Es war schön, mit Ellen in einer Badewanne zu liegen.

»*Yes, because you were drunk*«, erwiderte Ellen. »*That's a difference. I am just getting old.* – Weniger Schlaf als sonst, und schon bin ich erschöpft.«

»So schnell brauche ich keinen Alkohol mehr«, meinte Nina und meinte es völlig ernst. Der Whiskey war noch immer als frische und unangenehme Erinnerung in ihr abgespeichert.

Ellen schmunzelte. »Dann können wir uns den Rest der Flasche ja für eine weitere besondere Gelegenheit aufheben«, erwiderte sie.

Nina wurde hellhörig. Besondere Gelegenheit. Malt Scotch Whiskey – 1971! Sie war weder Wein- noch Whiskeykennerin, erinnerte sich nun jedoch schlagartig an Ellens mysteriöses Lächeln, als sie mit der Flasche aufgetaucht war. »Ellen, dieser Whiskey gestern …«

Ellens Lächeln vertiefte sich. »Zerbrech dir darüber nicht den Kopf«, meinte sie. »Ich habe ihn selbst geschenkt bekommen. 1971 ist mein Geburtsjahr.«

»Sorry!« Nina war entsetzt. »Ich hatte ja keine Ahnung! Wenn ich es gewusst hätte, wäre ich sorgsamer damit umgegangen.«

»Schon okay«, erwiderte Ellen und lächelte erneut. »Immerhin hatte der Whiskey ganz frappierende Auswirkungen.«

»Wie meinst du das?« Nina konnte sich noch immer an wenig erinnern, was in der letzten Nacht ab dem Zeitpunkt geschehen war, an dem sich Ellen an den Flügel gesetzt hatte. Ellen griff unter Wasser nach ihrem Fuß, dessen große Zehe sanft über ihre Mitte gefahren war, und hielt ihn fest.

»Das meine ich«, sagte sie scherzhaft. »Nächstes Mal gehen wir gleich ins Bett. Ich bin wirklich zu alt für diese Parkettboden-Akrobatik. Ich habe überall blaue Flecken, und mir schmerzen sämtliche Knochen.«

»Oh, du arme alte Frau«, neckte Nina, obgleich sie noch immer keine rechte Ahnung hatte, worüber Ellen sprach. Sie befreite ihren Zeh und ließ ihn wieder über Ellens Mitte gleiten. Verheißungsvolles Kribbeln bemächtigte sich ihrer, als sie merkte, wie Ellens Klitoris anschwoll. Ellen gab ein leises Stöhnen von sich und legte sich an den Wannenrand. »Du hast sicher sehr gelitten«, setzte Nina mit leiser Stimme hinzu. Mit wachsender Erregung verfolgte sie, wie Ellen genießerisch die Augen schloss und schneller atmete.

Als sie sah, dass sie mit ihrem Zeh an die Grenzen des Möglichen gestoßen war, beugte sich vor. Sie suchte Ellens Mund und fasste mit ihrer Hand zwischen ihre Beine. Ellen stöhnte unter der Berührung auf. Wie sie in Ninas Mund stöhnte, ließ deren eigene Erregung wachsen. Sie nahm das Angebot, das Ellen ihr wortlos bot, nur zu gerne an und rieb sich an ihrem Schenkel, während ihre Hand Ellen verheißungsvolles Vergnügen bereitete. Die Wellen der Lust, die sie gemeinsam durchliefen, brachten allerdings nicht nur ihre Gefühle in Wallung, sondern auch das Badewasser. Kleine Wogen schwappten im Rhythmus ihrer Bewegungen über den Badewannenrand.

Mit klopfendem Herzen ließ sich Nina schließlich völlig auf Ellen sinken.

Ohne ein Wort miteinander zu wechseln, genossen sie die Atmosphäre des Badezimmers. Das Knistern des Feuers, der flackernde Kerzenschein, die Musik, in die sich die Laute ihres Liebesspiels gemischt hatten – Nina war sich sicher, noch niemals zuvor eine derartige Romantik erlebt zu haben.

»Vesselina Kasarova«, meinte Nina, als eine neue Arie begann. »Ich kenne die CD. Ich habe sie auch.«

»Tatsächlich?« Ellen klang ehrlich überrascht. »Ich habe nicht gedacht, dass du das hörst.«

»Ich höre fast nur Klassik«, erwiderte Nina.

»Ich habe mir noch keine Gedanken über deinen Musikgeschmack gemacht«, gab Ellen zu. »Allerdings liegt es nahe, dass du Klassik hörst, wenn du so ein großer Fan von Beethoven-Sonaten bist. Ich hoffe, mein anderes Repertoire hat dich gestern trotzdem etwas begeistern können.«

Nina schwieg. Angestrengt rief sie sich die Szene in Erinnerung, die sie als letztes vor ihrem geistigen Auge hatte: Ellen saß am Klavier und ließ ihre Hände über die Tasten gleiten. Was Ellen spielte, was danach geschah – das alles war jedoch in einem großen, schwarzen Loch versunken.

Ihre Neugierde überwog schließlich die leichte Beschämung, die sie noch immer wegen ihres Vollrausches empfand. »Ich kann mich an nichts mehr erinnern«, gab sie schließlich unumwunden zu. »Mir fehlen sämtliche Stunden ab Mitternacht, glaube ich.«

Sie hörte Ellen an ihrem Ohr leise lachen. Ihre Bauchmuskulatur bebte – ein Lachen, das aus ihrem tiefsten Inneren kam.

»Vielleicht ist das auch besser so«, meinte sie.

Nina setzte sich abrupt auf und brachte das Badewasser damit wieder zum Überschwappen. Sie sah Ellen fragend an. »Wie meinst du das? Was war gestern?«

»Nichts Schlimmes.« Ellen lächelte beruhigend. »Du warst nur etwas ... stürmisch. Und ungewöhnlich.«

»Wieso?« Die Stunden, die in ihrem Gedächtnis offenbar gelöscht waren, wurden für Nina mehr und mehr zum Mysterium.

»Das will ich jetzt nicht näher ausführen«, erwiderte Ellen und überließ die vergangene Nacht damit der Aura des Geheimnisvollen. »Sonst ertrinkst du mir vor Scham in der Badewanne. Das möchte ich auf keinen Fall.«

Nina war ehrlich entsetzt. Eine unangenehme Sorge beschlich sie. »Habe ich dir ... irgendwie ... weh getan?«

Ellen schüttelte den Kopf. »Nein. Keine Sorge. Es war schön. Die blauen Flecken und Gliederschmerzen kommen allein vom Parkettboden. Nicht von dir. Du warst gestern nur ... hemmungslos. Du hast ein paar ungewöhnliche Dinge getan.«

Nina wurde rot. »Was denn?«

Ellen schmunzelte. »Ich werde es dir irgendwann demonstrieren. Das ist besser, als das alles zu erzählen.« Sie ließ sich vor Nina komplett im Badewasser versinken und tauchte mit nassen Haaren wieder daraus hervor. Dann wischte sie sich das Wasser aus den Augen, griff zielsicher nach der Jasminblüten-Flüssigkeit, die Nina großzügig als Badezusatz verwendet hatte, und verteilte eine kleine Menge davon auf ihren Haaren.

»Oh je. Ich habe nicht gewusst, dass das Shampoo ist«, gestand Nina kleinlaut. Sie dachte an den Whiskey, den sie gestern so reichlich konsumiert hatte und der wahrscheinlich ein kleines Vermögen wert gewesen war. Vermutlich verhielt es sich bei dem Shampoo ähnlich. Ellens Wohnung und ihr Leben schienen voller Stolpersteine.

»Ich habe mich schon gewundert, warum es hier so nach meinem Shampoo duftet«, erwiderte Ellen, wirkte aber kein bisschen pikiert.

Auch Nina wusch sich nun die Haare, schlüpfte dankbar in die dunkle Trainingshose, die Ellen zu ihrem Shirt bereitgelegt hatte, und föhnte sich die widerspenstigen Locken. Später fand sie Ellen im Wohnzimmer. Sie saß im Schneidersitz auf der Couch und aß mit asiatischen Stäbchen die Reste von Ninas spontan kreiertem Tofu-Mango-Auberginen-Gericht.

»Das ist sehr gut«, kommentierte sie. »Ich hoffe, ich habe dir nichts weggegessen.«

Nina setzte sich neben sie auf das Sofa.

»Nein. Ich finde meine kulinarische Kreation gar nicht so toll. Ich hätte heute eher Lust auf Pizza Quattro Formaggi oder Spaghetti Carbonara. Irgendetwas unbeschreiblich Fettes jedenfalls.«

»Warum hast du dir nichts geholt?« Ellen hob überrascht die Augenbrauen. »Ein Supermarkt ist um die Ecke.«

»Ich wollte nicht raus«, gab Nina zu. »Es regnet und ist kalt.«

»Du kannst dir noch etwas bestellen. Es gibt doch diese mobilen Pizzadienste.«

Die Art und Weise, wie sie darüber sprach, führte Nina deutlich vor Augen, dass Ellen wahrscheinlich noch nie in ihrem Leben Pizza bestellt hatte.

»Nein«, sagte sie mit einem kritischen Blick auf die Uhr. »Ich muss jetzt dann sowieso weg.«

»Oh, dein Abendkurs. Das hatte ich beinahe vergessen.«

»Nein. Der hat sowieso schon längst angefangen. Ich werde heute nicht hingehen.«

Ellen runzelte die Stirn. »Warum willst du dann gehen? Hast du nicht selbst gesagt, du willst nicht raus, weil es kalt ist und regnet?«

»Na ja ... ich ...« Nina sah sie unschlüssig an. Wieder rief sie sich den Samstag in Erinnerung. Außerdem: Es war eine Sache, in Ellens und Lenas Bett einen Rausch auszuschlafen. Dort im nüchternen Zustand schlafen zu gehen, war etwas ganz anderes. »Ich weiß nicht, ob das gut ist«, sagte sie schließlich zögernd, »ich habe Angst, dass es dir wieder zuviel wird.«

Ellen stellte die Schüssel auf den Wohnzimmertisch. Sie sah Nina lange an. Ihr Blick verriet nicht, was in ihr vorging. »Nein«, sagte sie dann. »Es wäre schön, wenn du bleibst.«

Spontan fiel Nina ihr in die Arme. Sie spürte Ellens zarten Körper, fühlte ihren Herzschlag und war in diesem Moment so glücklich wie seit langem nicht mehr. Inga hat möglicherweise recht, ging es ihr durch den Kopf. Alles braucht Zeit.

Wenig später gingen sie ins Schlafzimmer. Sie spürten beide noch das Schlafdefizit vom Vortag. Nina kroch unter die Bettdecke, während Ellen noch in ihr spitzenbesetztes, kurzes Seidennachthemd schlüpfte. Nina sah ihr lächelnd dabei zu. »Du siehst immer aus wie aus einem Modemagazin, weißt du das?«

»Ja.« Ellen lächelte. »Das ist mein Ziel.« Sie zwinkerte Nina zu und ließ offen, wie ernst es ihr damit war. Dann ging sie um das Bett herum zu dem Nachtkästchen auf Ninas Seite und kramte eine Schachtel Tabletten hervor. »Meine Ernährung ist nicht so besonders ausgewogen«, erklärte sie, als sie Ninas irritierten Blick bemerkte. »Daher brauche ich das.«

»Ich wundere mich nur, warum du sie nicht in deinem Nachttisch hast«, erwiderte Nina spontan. Doch als sie den Schatten auf Ellens Gesicht sah, bereute sie die Frage.

Ellen setzte sich zu Nina auf das Bett. »Das hier ist meine Seite«, sagte sie ruhig.

Ninas Irritation vertiefte sich. Sie war überzeugt gewesen, dies hier sei Lenas Seite gewesen …

»Ich habe die Seiten getauscht«, klärte Ellen sie auf. »Damit sich nicht wiederholt, was mir in Berlin passiert ist. Wenn ich jetzt nachts die Hand ausstrecke, weiß ich sofort, was los ist.«

»Oh, Ellen.« Nina wusste nicht, ob sie weinen oder lachen sollte. Sie war überwältigt von Ellens Bestreben, ihr alles so angenehm wie möglich zu machen. Sie zog sie an sich und küsste sie zärtlich. »Wenn es dir nochmal passieren sollte, werde ich nicht mehr so reagieren wie damals«, versprach sie. »Das verspreche ich dir.«

»Es gibt kein Nochmal«, entgegnete Ellen unbeirrt. Sie stand auf und wollte den Rolladen herablassen, als Nina protestierte.

»Kannst du das Fenster noch offen lassen?«, bat sie. »Ich finde es schön, wie die Regentropfen darauf tanzen.«

Ellen lächelte und ließ von dem Schalter ab. Sie glitt unter die Bettdecke, löschte das Licht. Eine Weile lagen sie im Halbdunkel still nebeneinander. Das Mondlicht beleuchtete die Regentropfen, die wie glitzernde Perlen auf das Glas fielen, sich zu Rinnsalen verbanden und entlang der Schräge nach unten glitten.

»Es muss herrlich sein, wenn der Himmel wolkenlos ist«, durchbrach Nina schließlich die Stille. »Wenn die Sterne durch das Fenster schauen. Und wenn dir in der Früh die Sonne ins Gesicht lächelt.«

»Ja«, sagte Ellen nur. Nina fühlte, dass sie Erinnerungen nachhing. Sie musste damit leben, dass alles, was Lena betraf, letztlich Ellens Geheimnis bleiben würde.

»Das hast du sehr hübsch ausgedrückt«, ergänzte Ellen nach einer Weile.«

»Du inspirierst mich eben.«

Ellen lachte leise. Sie rutschte zu ihr und legte den Arm um sie. »Du inspirierst mich auch«, sagte sie.

»Zu was zum Beispiel?«

»In vielerlei Hinsicht.« Ellen kuschelte sich noch dichter an sie und griff unter der Bettdecke nach ihrer Hand. »Zum Klavier spielen. Zum Reden. Zum Lachen. Zum Essen. Zum Schlafen.«

»Zum Schlafen?«, wiederholte Nina verwundert und fügte mit leisem Schalk hinzu: »Ich hätte nicht gedacht, dass ich so eine einschläfernde Wirkung auf dich habe.«

»Zum Schlafen«, wiederholte Ellen leise. »Das hat nicht so gut funktioniert in den letzten Jahren.«

Nina schluckte. Lena Michaelis' Tod hatte Ellen das Lachen genommen und den Schlaf geraubt. Sie drückte Ellens Hand, was diese veranlasste, noch näher zu ihr zu rutschen. Sie legte ihr Bein über Ninas Bein und ihren Kopf in Ninas Schulterbeuge. Nina streichelte mit ihrer freien Hand über Ellens schmalen Körper. Wie recht Michaelis mit seiner Aussage gehabt hatte – im Leben konnte sich vieles sehr rasch verändern. Jetzt lag sie hier mit der Person, die aus ihrem Leben nicht mehr wegzudenken war. Eine Person, die ihr nette Dinge sagte und so sanft und rücksichtsvoll mit ihr umging wie bisher keiner ihrer Partner – selbst in der Phase der ersten Verliebtheit nicht. Eine Person, die ihr ständig zeigte, wie sehr sie sie begehrte. Auch das war für Nina eine neue und berauschende Erfahrung.

Wenn sie jemanden liebt, trägt sie die Person auf Händen, hatte ihr Michaelis erzählt und ergänzt: zumindest war dies bei meiner Tochter so. In diesem Moment wünschte sich Nina nichts mehr, als dass es auch bei ihr so sein würde. Dass Ellen sie so sehr liebte wie Lena.

Sie versuchte ihr Bein zu befreien. Doch Ellen gab keinen Zentimeter nach. Ihre tiefen Atemzüge zeigten, dass sie eingeschlafen war. Nina seufzte innerlich. An Ellens Schlafgewohnheiten würde sie sich erst gewöhnen müssen.

Ninas Herz und ihr ganzes Denken waren erfüllt von Ellen. Sie war ihr erster Gedanke, wenn sie morgens die Augen aufschlug, und ihr letzter vor dem Einschlafen – unabhängig davon, ob sie die Nacht bei ihr verbrachte oder allein.

Sie musste sich selbst eingestehen, dass sie noch nie zuvor so verliebt gewesen war. Die Außenwelt existierte kaum mehr für sie. In der Arbeit funktionierte sie nur, war aber nicht mit dem Herzen dabei, und der Webdesign-Kurs wurde, obgleich sie die Inhalte nach wie vor interessierten, zur Pflichtübung. Auch wenn Ellen ohnehin abends länger arbeiten musste und dadurch erst später Zeit für ein Treffen hatte – bei Nina blieb stets das Gefühl, kostbare Stunden mit ihr zu verpassen. Doch mit jedem fortschreitenden Tag wurden nicht nur ihre Gefühle für Ellen intensiver, sondern leider auch die Gewissheit, dass ihre gemeinsame Zeit ein striktes Ablaufdatum hatte. Ellens Flug in die USA war für den 25. November gebucht.

Über ihrem Gefühlsleben hatte sie andere Punkte in ihrem Leben völlig zurückgedrängt. Das wurde ihr bewusst, als sie einen Anruf des Rechtsanwalts erhielt, der für sie die Aushandlung der Vertragskonditionen für das große Homepage-Projekt übernommen hatte. Die Vertragsgestaltung hatte sich länger hingezogen. Ihre Forderung, ihr die zusätzlichen Dienste auf weltweiter Ebene auch zusätzlich zu vergüten, hatte Ansgar Hüter von der Konzernzentrale mit offensichtlicher Überraschung, aber ohne Widerspruch entgegengenommen. Offenbar hatte niemand damit gerechnet, dass sie Forderungen stellen würde, die über ihr Gehalt und eine zusätzliche Prämie hinausgingen. Doch Nina begriff auch, dass sie sich dadurch mehr Respekt von Konzernseite verschafft hatte. Noch im Nachhinein war sie dankbar um Ellens Rat, mehr zu fordern und rechtlichen Beistand einzuholen, ehe sie etwas unterschrieb.

Wie verzwickt ein Vertrag formuliert sein konnte, wurde ihr bewusst, als sie die Erstfassung des Regelwerkes in den Händen hielt. Das englische Skript umfasste zehn Seiten. Nina selbst konnte damit nicht allzu viel anfangen, denn die einzelnen Paragraphen klangen so abstrakt, dass sie mit deren möglichen Auswirkungen keine Vorstellungen verknüpfte. Ihr Anwalt dagegen schon. Er ließ die erste vorgelegte Fassung mit zahlreichen Anmerkungen versehen an das LENOPHARM Headquarter zurückgehen. Drei weitere Fassungen wurden im Laufe der folgenden Wochen hin- und hergeschickt. Nun lag die vierte Fassung als endgültige Version vor. Sie bekam das überarbeite Regelwerk per Post, gefolgt von einem Anruf ihres Anwalts, der sie bat, den Vertrag noch einmal sorgfältig zu studieren und ihn dann unterschrieben ans Headquarter weiterzuleiten.

»Es ist das Optimum, das ich für Sie erreichen konnte«, informierte er sie. »Ich hoffe, Sie sind mit der Endsumme einverstanden.«

Nina starrte auf den Betrag – die Summe schien ihr unglaublich hoch. Es war mehr Geld, als sie in ihrem ganzen Leben jemals zu besitzen gehofft hatte. Sie presste die Lippen zusammen und ballte die Fäuste, um nicht vor Freude laut aufzuschreien. Doch da sie Jochen Fochenstein neben sich wusste, der ihr keinen Deut sympathischer geworden war, behielt sie ihre Freude für sich.

Ihrer Begeisterung Luft machte sie erst, als sie sich abends mit Ellen traf. Kaum hatte sie ihre Wohnung betreten, zauberte sie auch schon mit einem strahlenden Lächeln einen edlen Bordeaux aus der Tasche, den sie in der Weinhandlung gekauft hatte.

Ellen zog die Augenbraue nach oben – eine für sie typische Mimik, die sie, wie Nina feststellte, immer dann zeigte, wenn sie etwas überraschte. »Gibt es etwas zu feiern?«

»Ja!« Nina legte den Vertrag vor sie auf den Wohnzimmertisch und holte Weingläser aus der Küche, während Ellen die Vorlage aufmerksam studierte.

Als sie eingeschenkt hatte, war Ellen bereits im Bilde. Sie legte den Vertrag zur Seite und drückte Nina einen Kuss auf die Wange. »Gratuliere. Das ist ein nettes Grundkapital.«

»Ich bin reich!« Nina stieß mit ihr an. »Ich hatte noch nie so unbeschreiblich viel Geld.«

»Davon werden auch Steuern und Sozialversicherungsbeiträge abgezogen«, warf Ellen ein. »So viel ist das dann auch nicht, was übrig bleibt, *Honey*.«

Selbst die Hälfte stellte für Nina noch immer ein immenses Vermögen dar. Doch sie merkte, dass Ellen ihre grenzenlose Begeisterung nicht in dem Ausmaß teilte, wie sie erwartet hatte. Als sie sie darauf ansprach, erwiderte Ellen ehrlich: »Ich mache mir etwas Sorgen, wann du all diese zusätzlichen Figuren, von denen hier die Rede ist, zeichnen willst. Das ist ein großer Aufwand. Das Headquarter setzt dir ein zeitliches Limit – bis Ende März müssen deine Entwürfe vorliegen. Und das für insgesamt 150 Websites. Du hast nebenbei ja noch deinen eigentlichen Job zu machen – ich weiß nicht, wann du das alles tun willst.«

Nina verstand, was sie meinte. Sie hatte sich diese Frage selbst schon gestellt. Als sie sich für das Homepage-Projekt entschied, war es ihr so vorgekommen, als hätte sie Zeit im Überfluss. Ihre Abende waren eine einzige Qual gewesen, so einsam hatte sie sich gefühlt, und die Wochenenden waren ein einziger Horror. Sie hatte sich immer auf die Montage gefreut, um wieder unter Leute zu kommen.

Durch den Webdesign-Kurs hatte sie viele neue Menschen kennengelernt und sich mit einigen auch oberflächlich befreundet. Mit dem Kurs waren zugleich ihre freien Abende sinnvoll gefüllt und so hatte sie nicht mehr so viel Zeit gehabt, sich trüben Gedanken hinzugeben.

Doch die gravierendste Änderung in ihrem Leben war natürlich Ellen. Auch, wenn sie sich nicht jeden Tag sahen – durch das Gefühl der Verbundenheit mit Ellen war die Einsamkeit verschwunden, die sie seit der Trennung von Lukas in sich getragen hatte. Sie konnte jetzt wieder mit sich alleine sein, ohne sich verzweifelt und verlassen zu fühlen.

Dass es schwierig sein würde, in der nächsten Zeit alles unter einen Hut zu bringen – ihren Alltag bei LENOPHARM, spezielle Krisen-PR, die sicherlich irgendwann wieder notwendig sein würde und über die täglich vorgesehene Stundenanzahl hinausging, den Abendkurs und die für sie wertvolle gemeinsame Zeit mit Ellen –, war ihr absolut bewusst. Allerdings wollte sie weder den Webdesign-Kurs abbrechen noch ihren jetzigen Job aufgeben. Nicht mehr bei LENOPHARM angestellt sein hieße, wieder freiberuflich zu arbeiten – ohne Annehmlichkeiten wie ein regelmäßiges Einkommen, Urlaubs- und Weihnachtsgeld und etwaige Sonderzahlungen. Noch vor einem Jahr hatte sie von sich behauptet, dass Geld ihr nicht wichtig war, doch jetzt war ihr bewusst geworden, dass dies nicht mehr ganz zutraf – und zwar in dem Sinne, dass sie sich nie wieder Sorgen machen wollte, wie sie die Miete bezahlen sollte, dass sie nicht mehr zwei Wochen lang nur Spaghetti mit Öl essen wollte, um Nahrungsmittelkosten zu sparen, dass sie heizen wollte, wenn ihr kalt war und nicht nur dann, wenn sie kurz vor dem Erfrieren stand.

»Ich werde das schon schaffen«, sagte sie daher zu Ellen.

»Okay, wenn du meinst.« Ellen klang nicht besonders überzeugt. »Aber lass noch den Passus einarbeiten, dass sie dir das Geld in drei oder vier Raten zahlen. Du solltest dir zu Beginn des Projektes einen Vorschuss geben lassen. Dein Anwalt wird sicher gleich die Rechnung für seine Bemühungen stellen, sobald du den Vertrag unterschrieben hast. Da brauchst du gleich einen gewissen finanziellen Spielraum, um ihn zu bezahlen. Außerdem ist es sicher besser für dich, wenn du das übrige Geld anlegst und von den Zinsen profitierst, als wenn du das durch eine spätere Auszahlung dem Konzern überlässt.«

Nina kuschelte sich in Ellens Arm. »Wie machst du das nur, immer an all diese Dinge zu denken?« fragte sie. »In meinem Kopf sind gar nicht solche Gedanken ... ich denke nur an die Figuren, die ich malen werde.«

Ellen zupfte gedankenverloren an einer von Ninas Locken »Vielleicht sind wir deshalb ein gutes Team«, erwiderte sie. »Wir ergänzen uns.«

Nina ließ sich auf Ellens Schoß sinken und wünschte sich verzweifelt, dass Ellen nicht »Team«, sondern »Paar« gesagt hätte.

Jasna war ins Büro gekommen, diesmal ohne die Zwillinge. Sie hatte seit ihrem letzten Besuch etwas abgenommen, trug ein Business-Kostüm und wirkte insgesamt so, als wäre sie weder schwanger gewesen noch derzeit in Karenz. Dass sie letzteres auch nicht länger vorhatte, teilte sie Nina nun offen mit.

»Ich werde zum Jahresbeginn wieder einsteigen«, erklärte sie. »Das Dasein als Hausfrau und Mutter ist einfach nichts für mich. Es macht mich krank, wenn ich nicht arbeiten kann.«

»Und deine Kinder?«, fragte Nina verwundert. »Wie machst du das mit der Betreuung?«

»Meine Schwiegereltern werden sich um sie kümmern.«

Was sie da hörte, schien Nina einfach unglaublich. Sie erinnerte sich noch gut an das Gespräch, in dem Jasna davon erzählt hatte, dass ihre Schwiegermutter in Kroatien wohnte und sogar eine Abtreibung bevorzugt hätte aus Angst vor sinkendem Lebensstandard, wenn wegen des Nachwuchses die Zuzahlungen ihres Sohnes Mirko, Jasnas Mann, ausblieben.

»Du gibst deine Kinder also in Kroatien ab?«

Jasna lachte herzhaft. »Aber Nina, bitte! Natürlich nicht. Meine Schwiegereltern kommen nach Wien und werden uns hier unterstützen, solange es nötig ist. – Wir werden in einen Vorort ziehen, in ein Haus. Alle gemeinsam. Meine Schwiegereltern wohnen unten, wir darüber, und für die Kinder ist immer gesorgt. Außerdem ist das Leben dort weit besser als in der Stadt. Und was die Lage hier angeht«, Jasna senkte die Stimme, obgleich dies gar nicht nötig gewesen wäre, denn Ninas Kollege war an diesem Tag auf einem Seminar, »Kollege Fochenstein geht dann nach Deutschland zurück.« Sie setzte sich auf ihren Schreibtisch und ließ die Beine baumeln. »Es war ja tatsächlich die Rede davon, dass unsere Abteilung der Geschäftsführung unterstellt wird, mit Fochenstein als Leiter. Wusstest du das? Aber mangels Budget wurde das Ganze wieder abgeblasen.«

Wieder einmal staunte Nina darüber, wie Jasna gleichzeitig in Karenz und dennoch stets top informiert sein konnte – besser als sie selbst, die jeden Tag im Büro war.

»Das heißt, es bleibt so wie bisher: Du hast die PR-Agenden für den Pharma-Bereich inne, ich für OTC. Und Fochenstein zieht zurück ins Headquarter – was ihn sicher nicht freuen wird.«

»Wie meinst du das?« Soviel Nina wusste, hatte Jasna bisher noch kein einziges Wort mit Jochen Fochenstein gewechselt.

»Also bitte.« Jasna spuckte die Worte fast aus. »Im Headquarter zu arbeiten ist wirklich das letzte, was ich tun wollte. Das ist Stress hoch drei, und die Leute dort sind nicht gerade freundlich. Verglichen damit, was dort an politischen Intrigenspielen abgeht, ist es hier paradiesisch. Aber wie sehen eigentlich deine Pläne aus?«

Jasnas Frage traf Nina unvorbereitet. Sie starrte sie fragend an. »Was meinst du damit?«

»Na ja, bist du überhaupt noch hier, wenn ich zurückkomme?«

Nina runzelte irritiert die Stirn. »Natürlich, wo sollte ich denn sonst sein?«

»Könnte ja sein, dass deine privaten Lebensumstände einen Ortswechsel mit sich bringen«, stellte Jasna in den Raum und offenbarte damit, dass sie tatsächlich über alles bestens informiert war, was in der Firma vor sich ging.

»Das wäre mir neu.« Nina starrte an ihr vorbei auf ihren Bildschirm, als gebe es dort ganz plötzlich etwas Wichtiges zu lesen. Jasna hatte – wissentlich oder unwissentlich – in eine offene Wunde gestochen. Ellens anstehender Umzug in die USA hing wie ein Damoklesschwert über ihr.

Dass sie sich privat nun fast jeden Tag sahen, war ganz von selbst gekommen. Sie hatten beide immer öfter Gründe gefunden, sich nach Ninas Webdesign-Kurs zu treffen – oft banale Gründe, mit denen sie beide tunlichst vermieden zuzugeben, dass sie einander vermissten. Nina hatte immer noch Sorge, Ellen mit ihrer geballten Anwesenheit zu überfordern, und überließ daher stets ihr die Entscheidung, wann sie sich sahen. Sie hatte begriffen, dass ihr Zusammensein in mancher Hinsicht noch immer eine Art Seiltanz war – mit ihr selbst in der Rolle der Seiltänzerin, die nur langsam Schritt vor Schritt setzen konnte und immer auf die richtige Balance achten musste. Trotz vieler glücklicher Momente, die sie miteinander teilten, war Lena Michaelis noch immer präsent. Oft waren es harmlose Erlebnisse, die Ellen zurückwarfen in ihren Kokon der Erinnerungen – ein gemeinsamer Spaziergang an einem Ort, an dem sie vor Jahren mit ihr gewesen war, ein TV-Bericht über den K2, den Lena unbedingt einmal hatte besteigen wollen.

»Das geht nicht. Das ist Lenas CD«, hatte sie strikt erwidert, als Nina eine Jazz-CD abspielen wollte, und sie mit einem einzigen Blick direkt in ein emotionales Höllental befördert. Es waren solche Momente, die Nina die Hoffnung raubten, dass Ellen ihr je mehr entgegenbringen würde als nur einen Satz wie »Du bedeutest mir viel«. Inzwischen wurde es Ellen jedoch schnell bewusst, dass sie Nina dadurch verletzte, und sie entschuldigte sich sofort.

Als Nina einmal die Wendeltreppe hinunter ins Klavierzimmer stieg, war ihr Blick wieder an Lenas Bild hängen geblieben. Sie nahm das Bild in die Hand und betrachtete es zum wiederholten Male. Es faszinierte sie immer wieder, wie attraktiv Lena gewesen war. Beim Zurückstellen warf sie einen zufälligen Blick auf die Rahmenrückseite. In Lenas Handschrift, die sie bereits von den Zettelchen aus der Küche kannte, stand dort mit Silberstift geschrieben: Ich will in deinem Herzen leben, in deinem Schoß sterben und in deinen Augen begraben werden. – Shakespeare 1601 & Lena Michaelis 2002 ... *Sorry – didn't find the English quote but that is exactly what I feel for you! Love Love Love!* Lena.

Nina kannte das Zitat. Trotzdem hob es sie vor dem Hintergrund dessen, dass Lena tatsächlich gestorben war, vollkommen aus den Angeln. Sie kam sich vor wie ein Eindringling in eine feste, innige Liebesbeziehung.

»Hör auf, das zu lesen. Bitte.« Ellen war unbemerkt von hinten an sie herangetreten und nahm ihr das Foto aus der Hand. Ihre Stimme klang ungehalten. »Ich verstehe nicht, warum du immer lesen willst, was nur für mich bestimmt ist.«

Nina fühlte sich ertappt, versuchte sich aber auch zu rechtfertigen. »Es ist doch nichts Schlimmes dabei«, sagte sie sanft.

»Ich lese deine Liebesbriefe auch nicht.« Mit diesem Satz ließ Ellen sie einfach im Klavierzimmer stehen und flüchtete in die Küche. Nina stieß einen leisen Fluch aus und folgte ihr. Sie fand Ellen mit eisiger Miene und verschränkten Armen am Küchenkasten lehnend und auf die leere Pinnwand starrend.

»Du könntest meine Liebesbriefe aber gerne lesen, ohne dass ich Zustände bekäme«, sagte sie, von Ellens Haltung ebenso verstimmt wie von dem, was sie gelesen hatte. »Nur kannst du es nicht, weil ich selbst tatsächlich nie etwas in dieser Art bekommen habe. Und deshalb verstehe ich auch nicht, was das Drama daran ist, wenn ich einen Blick darauf werfe und einfach nur berührt bin, dass es Menschen gibt, die so viel Liebe im Herzen tragen.«

Ellens Gesichtszüge lockerten sich etwas. Trotzdem starrte sie weiterhin auf die Wand. »Lena hat mich über alles geliebt«, sagte sie dann in die Stille hinein, die sich zwischen ihnen aufgetan hatte. »Und sie wird mich immer lieben.«

Ja, natürlich, ging es Nina durch den Kopf, und eine gewisse Ironie begleitete ihre inneren Worte. Zugleich tat es ihr weh, dass Ellen immer noch auf die Liebe einer Toten vertraute, statt sich darüber bewusst zu werden, dass ein lebendiger Mensch vor ihr stand, der sie von Herzen liebte.

Doch sie zwang sich zur Ruhe. Es hatte in diesem Zustand, in dem sich Ellen befand, keinen Sinn, mit ihr eine Grundsatzdiskussion anzugehen.

»Das weiß ich«, erwiderte sie folglich nur.

Wieder herrschte eine Weile Stille. Dann drehte Ellen den Kopf zu ihr. »Was heißt das überhaupt: Du hast keine Liebesbriefe bekommen? Waren deine Ex-Freunde Analphabeten?«

Trotz des inneren Schmerzes, den sie fühlte, musste Nina schmunzeln. »Nein. Aber ich habe Freundlichkeiten dieser Art nur per SMS bekommen. Und du weißt ja, wie das mit SMS ist … man bekommt ein neues Handy, oder der Speicher ist voll … jedenfalls gehen sie verloren. Es ist nichts, was bleibt.«

Ellens Gesichtszüge verloren schlagartig an Kälte. Sie ging auf Nina zu und umarmte sie spontan. »Das ist schrecklich«, sagte sie. »Wenn keine Erinnerungen bleiben.«

Nach dem gemeinsamen Frühstück ging Nina. Sie hatte inzwischen einen guten Draht dafür, wann es Ellen zuviel wurde. Sie hatten vereinbart, sich am Sonntag nicht zu sehen. Ellen gab vor, sie müsse etwas aufarbeiten, wozu sie unter der Woche nicht gekommen war, doch Nina vermutete, dass sie Abstand brauchte. Alles, was mit Lena zu tun hatte, brachte Ellens seelisches Gleichgewicht nach wie vor völlig durcheinander.

Den ganzen Sonntag über wieder glitten ihre Gedanken immer wieder zu Ellen. Sie hatte Sehnsucht nach ihr und fragte sich, was sie wohl gerade tat.

Nina öffnete Ellen die Wohnungstüre und war innerlich voller Unruhe. Ellens Stimme hatte am Telefon geklungen, als wäre sie gerade aus einer Grabkammer geklettert. Nun stand sie vor ihr, blass und mit eingefallenen Wangen, und wirkte so zart und zerbrechlich, dass Nina regelrecht Furcht hatte, sie zu umarmen. Sie sah aus, als würde sie jeden Moment zerbrechen oder zumindest zusammenbrechen. Nina sah in ihre Augen. Es war nicht zu übersehen, dass Ellen geweint hatte. Ihr Magen krampfte sich zusammen. »Was ist mit dir?«, stieß sie bestürzt hervor.

Ellen hing wortlos ihren Mantel an den Garderobenständer und zog ihre Schuhe aus. »Ich bin gekommen, um dir eine Frage zu beantworten«, sagte sie schließlich. Sie folgte Nina, die nicht verstand, worauf sie hinaus wollte, ins

Wohnzimmer. Sie sah Ninas geöffneten Laptop, an dem sie für ihren Webdesign-Kurs gearbeitet hatte, und setzte hinzu: »Entschuldige, wenn ich ungelegen komme.«

»Du kommst nicht ungelegen«, beeilte sich Nina rasch zu versichern. Ihre Beunruhigung wuchs. »Setz dich doch.« Sie deutete auf das Bett. »Möchtest du Tee?«

Ellen schüttelte den Kopf und nahm auf dem Bett Platz. Sie rutschte ganz nach hinten und lehnte sich gegen die Wand. Eine Weile saß sie nur unbewegt dort, den Blick in eine ungeahnte Ferne gerichtet. Ninas Herz klopfte vor Angst.

»Bitte mach nicht Schluss«, platzte sie verzweifelt nach einer Weile hervor, als von Ellen kein Wort kam.

Ellen sah sie mit leblosen Augen an.

Was habe ich da gesagt, durchfuhr es Nina blitzartig. Ich rede vom Schluss machen, und wir sind nicht einmal richtig zusammen …

»Oh Nina.« Ein Hauch von Lebendigkeit kam in Ellens Gesicht. Sie brachte ein schwaches Lächeln zu Stande und nahm Ninas Hand. »*Don't panic!* Das steht doch überhaupt nicht zur Diskussion.« Sie beugte sich vor zu ihrer Tasche und holte ein Päckchen Taschentücher hervor, das sie vor sich auf die Bettdecke legte. Sie sah Nina ernst an. »Ich möchte dir nur deine Frage beantworten. Die Frage, die du mir vor einiger Zeit gestellt hast.« Sie schluckte und wurde präziser, als sie Ninas verwirrtes Gesicht sah. »Ich möchte dir erzählen, wie Lena gestorben ist.«

Nina blieb fast das Herz stehen. Einerseits war sie erleichtert, dass sich ihr Horrorszenario als Irrtum herausgestellt hatte. Andererseits fühlte sie, dass das, was sie nun hören würde, kein wesentlich schöneres Abendprogramm war.

»Das musst du nicht«, sagte sie schnell. »Es war unklug und rücksichtslos von mir, dir diese Frage zu stellen. Ich erwarte keine Antwort, wirklich. Es geht mich auch gar nichts an.«

»Doch, es geht dich etwas an, wenn du mit mir zusammen bist. Denn das wird immer ein Teil meines und damit auch unseres Lebens sein, verstehst du?«

Nina verstand in diesem Moment nur, dass Ellen von »zusammen sein« und »unserem Leben« sprach, und das verwirrte sie noch mehr als alles andere. Doch es blieb ihr auch keine Zeit für weitreichende Überlegungen, denn Ellen fuhr fort: »Ich will es dir erzählen. Es ist mir wichtig. Aber es wird ... schwierig. Ich habe mich nicht im Griff, wenn ich davon rede. Ich werde weinen. Das weiß ich. – Bitte, laß mich einfach reden und übersieh die Tränen, okay?«

»Okay«, versprach Nina. Doch sie wusste: Wenn Ellen vor ihr weinte, würde sie das ganz sicher nicht ignorieren können.

»Ich habe Lena an der Universität in Berkeley kennengelernt«, begann Ellen zu erzählen. »Wie du vielleicht weißt, habe ich zwei Studienabschlüsse. Den ersten, so etwas Ähnliches wie Medizinsoziologie, hatte ich noch in Minnesota gemacht. Den zweiten, etwas Wirtschaftliches mit Schwerpunkt Marketing, dann in Berkeley. Ich war vierzundzwanzig, als ich Lena kennenlernte, und wie ich dir erzählt habe, war sie der erste Mensch, dem ich ... näher gekommen bin. Du hast damals überrascht reagiert, als ich dir sagte, sie sei die erste und einzige gewesen. Ich kann das verstehen. Es ist ungewöhnlich, für vierundzwanzig.«

Sie nahm Ninas Hand in die ihre, als sie fortfuhr. »Ich habe immer gesagt, ich habe mich vorher nicht dafür interessiert ... für Liebe oder gar Sex. Das ist aber nur die halbe Wahrheit. Es war eher so, dass ich schon als Teenager bemerkte, dass etwas mit mir anders war. Aber ich war es von Kindheit an gewohnt, eine Außenseiterin zu sein; so war die Erfahrung, auch später nicht sehr beliebt und von Freunden umkreist zu sein, keine gravierende. Ich war auch als Teenager gerne allein. Natürlich gab es schon Momente, in denen ich gerne jemanden an meiner Seite gehabt hätte. Aber all diese Highschool- und Collageboys interessierten mich nicht. Ich habe mich zeitweise gefragt, warum. Ob es ein Problem der Frauen in meiner Familie ist.«

Als sie Ninas fragenden Blick bemerkte, lieferte sie gleich die Erklärung. »Wir sprechen zu Hause nie über diese Dinge … aber so, wie ich meine Mutter einschätze, ist sie als Jungfrau in die Ehe gegangen. Und Emily, meine ältere Schwester, hat nie einen Freund mit nach Hause gebracht – bis auf Michael, den sie heiratete. Es war also keinesfalls so, dass meine Abstinenz in meiner Familie irgendwelche Fragen aufgeworfen hätte. Nur ich selbst fühlte allmählich, dass es anders ist als bei Emily. Ich kann das auch rational nicht erklären. Emily ist viel introvertierter als ich. Und trotzdem kam sie irgendwann mit Michael und war verliebt. Aber bei mir … da war nie etwas. Nicht einmal ein Gefühl für irgendjemand bestimmten. Während der Highschool- und Collagezeit dachte ich mir, dass es noch kommen wird. Dass ich einfach Zeit brauche. Doch an der Uni wurde es nicht anders. Ich war immer alleine, hatte nur oberflächliche Bekanntschaften. Es mag schon den ein oder anderen gegeben haben, der sich mit mir treffen wollte, aber ich ließ niemanden an mich heran. Es war mir unheimlich und ich fühlte nichts, was ein Date gerechtfertigt hätte. Ich war immer allein, einerseits wollte ich das, und andererseits war ich unglücklich dabei. Ich wusste nur nicht, an was es lag und was ich tun konnte, um es zu ändern.

Jedes Wochenende fuhr ich heim zu meiner Familie. Wir wohnen in der Nähe von Madison, eine Stadt ungefähr so groß wie Graz und nicht weit weg von Minneapolis. Ich änderte nichts an meinem Leben, obwohl ich an der Uni war. Kurz vor meinem Abschluss habe ich mir eingeredet, dass mein Problem wohl mit der engen Nähe zu meiner Familie zu tun hat. Im Haus meiner Eltern aufzuwachsen ist wie in einem Kokon zu leben – beschützt und abgeschirmt vom wahren Leben und auch vor Problemen. Wir haben noch nie über etwas gesprochen, was tiefer geht … nie über Gefühle oder, ja, eben Probleme. Alles war immer perfekt, äußerlich. Und meine Geschwister leben damit auch sehr gut. Bei ihnen läuft alles so normal. Aber ich hatte Probleme mit mir selbst und keiner wusste davon. Ich dachte damals:

Meine Familie hat Schuld, ich muss so weit wie möglich von ihr weg, dann wird alles gut. Das war natürlich Unsinn. Aber damals hatte ich keine Ahnung, was mit mir los war. Für mein Zweitstudium wählte ich Berkeley. Das liegt hunderte von Kilometern von meinem Elternhaus entfernt. Ich war weg, und ich dachte: Jetzt wird alles gut. Aber es war nicht so. Ich blieb eine Außenseiterin, und die meisten trafen sich mit mir nur, weil sie von meinen guten Leistungen profitieren wollten.« Sie lächelte schwach. »Ich war absolut keine gute Unterhalterin.«

Nina streichelte sanft ihre Hand. Das Bild, das Ellen von sich zeichnete, war für sie schwer nachvollziehbar. »Ich sehe dich ganz anders«, sagte sie daher offen. »Ich unterhalte mich total gerne mit dir. Du bist witzig und charmant. Das habe ich sogar schon zu einem Zeitpunkt bemerkt, an dem ich noch nicht mehr von dir wusste, als dass Sex mit dir eine tolle Erfahrung ist.«

»Ach, Nina.« Ellen lehnte sich kurz an sie, setzte sich dann aber wieder auf, um mit ihrer Erzählung fortzufahren.

»Damals war ich weder besonders witzig noch charmant. Ich war Ellen, die Streberin. Ich war unglücklich, aber ich hatte mich schon fast damit abgefunden, dass etwas mit mir nicht stimmte. Doch dann kam Lena in mein Leben.« Ihre Stimme wurde unwillkürlich leiser. »Wir hatten zufällig denselben Kurs belegt. Sie ist mir gleich aufgefallen. Sie war so … anders. Ihr waren die Noten egal, ihr war egal, was andere über sie dachten, ihr war diese ganze Uni egal – und sie strahlte das aus. An einem Tag saß sie in diesem Kurs plötzlich neben mir, durch Zufall. Wir haben überhaupt nichts miteinander geredet. Ich glaube, sie hat mich nicht einmal angesehen. Aber für mich war es … ein Schock.«

Sie sah Nina an, und ihren Augen spiegelte sich die ganze Verwirrung wieder, die sie damals empfunden hatte.

»Sie saß neben mir, und zum ersten Mal fühlte ich etwas. Ich fühlte, dass ich sie in meiner Nähe haben wollte – länger als die zwei Stunden, die diese Kurseinheit andauerte. Aber was hätte ich tun sollen? – Der Kurs ging zu Ende, unsere

Wege trennten sich, ich hatte es nicht geschafft zu sagen: Gehen wir auf einen Kaffee oder irgendetwas Ähnliches. Wieso hätte sie auch mit mir gehen sollen? – Draußen wartete bereits ein Freund von ihr. Ich dachte damals, es sei ihr *boy-friend*, aber es war nur ein Typ, mit dem sie des Öfteren gemeinsam joggte.

In mir war die Hoffnung, dass sie sich in der nächsten Woche wieder neben mich setzen würde, doch dem war nicht so. Für mich brach eine Welt zusammen. Ich war absolut traurig und wusste nicht einmal genau, warum. Der Kursleiter stellte Lena dann eine Frage, sie hatte keine Ahnung und ich tröstete mich damit, dass sie sowieso nur ein verwöhntes Mädchen ohne Ehrgeiz war, dessen Vater die Studiengebühren bezahlte. Es war besser, sie zu verachten, als dieses unerklärliche Gefühl von Traurigkeit in mir zu fühlen. Doch dann sollten wir in Teamwork eine Arbeit erstellen. Unser Partner wurde per Losverfahren ermittelt. Da wurden Lena und ich zusammengewürfelt. Es war nicht leicht für uns beide, miteinander zu arbeiten. Sie war ... wirklich nicht an ihrem Studium interessiert. Und ich war wahrscheinlich in ihren Augen das, was ich für alle war: Ellen, die Streberin. Eines Abends dann ist etwas zwischen uns passiert. Wir hatten den ganzen Nachmittag an dieser Arbeit geschrieben, Lena wollte sich gerade verabschieden. Ich wollte eigentlich nicht, dass sie geht, aber ich wusste nicht, wie ich sie bitten sollte zu bleiben. Ich war überzeugt, dass die Zusammenarbeit mit mir eine einzige Qual für sie war und sie möglichst schnell fort wollte. Doch an diesem Abend blieb sie einfach sitzen und stellte mir Fragen. Ganz persönliche Fragen. Ob ich einen Freund hätte, zum Beispiel. Für mich war das furchtbar, ihr zu antworten. Ich war persönliche Fragen nicht gewöhnt. Und dann auch noch von ihr ... Aber sie war sehr einfühlsam. Sie hat mich aufs Haar geküsst, zum Abschied. Mein Herz klopfte und ich hatte zum ersten Mal richtig das Gefühl, dass ich angefasst werden wollte ... von ihr. Wir haben uns dann öfter gesehen, und irgendwann waren wir zusammen.«

Sie machte eine Pause, wirkte nachdenklich. Dann sagte sie unvermittelt: »Kann ich vielleicht doch ein Glas Waser haben?«

»Natürlich.« Nina erhob sich und kam mit einem gefüllten Glas aus der Küche zurück, das Ellen mit schnellen, kleinen Schlucken austrank. Dann sprach sie weiter, und in ihren Augen standen Tränen.

»Lena hat mir zum ersten Mal gezeigt, was Liebe ist. Ich hatte vorher nicht gewusst, wie schön es ist, mit jemandem alles besprechen zu können und immer die Gewissheit zu haben, dass dieser Mensch für dich da ist – egal, ob es dir gut oder schlecht geht. Durch Lena hatte ich das Gefühl, endlich ein Mensch zu werden. Vorher habe ich nur funktioniert: gute Leistungen gebracht, gelernt, viele Erwartungen erfüllt. Mit Lena waren plötzlich so viele Gefühle da. Durch sie habe ich gelernt zu reden. Es war am Anfang schwer und ungewohnt, aber dann ging es plötzlich. Ich wollte ihr so vieles sagen, alles mit ihr besprechen. Ich wollte nicht länger alleine sein. Ich wollte sie immer bei mir haben. Lena hat mich zu dem gemacht, was ich heute bin.«

Die Tränen begannen über ihre Wangen zu fließen. Ninas Herz krampfte sich zusammen. Es tat ihr weh, Ellen dermaßen leiden zu sehen. Sie streichelte sanft über ihren Arm. Allmählich begann sie zu begreifen, welche Rolle Lena in Ellens Leben gespielt hatte.

Ellen griff schließlich zu einem Taschentuch und putzte sich die Nase. Nach einigen Minuten des Schweigens fuhr sie fort: »Lena war ein sehr selbstständiger Mensch. Und sehr sportlich. Sie hasste ihr Studium, aber sie liebte es, auf Berge zu klettern und sich im Freien zu bewegen. In dieser Hinsicht waren wir sehr unterschiedlich, aber wir haben unsere Interessen trotzdem in Einklang gebracht. Durch sie bin sogar ich zu einer Hobby-Bergsteigerin geworden. Es hat mir auch Spaß gemacht, damals. Wir haben unsere Unterschiedlichkeit immer akzeptiert. Trotzdem hat sie wegen mir auf vieles verzichtet. Sie hat in sportlicher Hinsicht ja vielerlei gemacht und war in allem ziemlich gut.

Aber das Bergsteigen und Klettern war einfach ihre große Leidenschaft. Es war immer ein Traum von ihr, irgendwann eine Tour auf einen Siebentausender mitzumachen. Sie hat diesen Traum jedoch immer zurückgestellt – wegen mir. Ich hatte Angst, dass ihr etwas zustoßen könnte, und ich wollte nicht, dass sie so lange weg von mir ist. Eine Tour hätte mehrere Monate gedauert – Monate, in denen wir uns nicht hätten sehen können. Ich habe nie etwas gesagt, aber Lena wusste instinktiv, wie ich darüber denke. Sie hat das immer ganz genau gewusst. Im Grunde habe ich ihr ihre Träume verbaut.«

Ellens Tränen kamen zurück. Nina streichelte sanft über ihre nasse Wange. »Hast du nicht gesagt, Lena sei so selbstbewusst und unabhängig gewesen?«, warf sie dann leise ein. »Wenn es wirklich ein absoluter Traum war, hätte sie ihr Vorhaben in die Tat umgesetzt. – Gut, ich kenne sie nicht. Aber vielleicht wollte sie das mit dem Siebentausender gar nicht mehr so richtig. Oft hat man eine spontane Idee, ist eine Weile davon überzeugt ... und dann, wenn man sich näher damit auseinandersetzt, kommt es einem wie blanker Unsinn vor. Ich bin darin Meisterin, mit meinem angefangenen Studium und den abgebrochenen Ausbildungen.«

Ellen sah sie unter Tränen an. »Aber Lena war anders als du«, entgegnete sie ohne rechte Überzeugung.

»Sie hat dich geliebt«, erwiderte Nina. »Allein das zählt. Du solltest dich nicht selbst zermürben mit Annahmen wie der, dass du ihre Träume zerstört hast. Wahrscheinlich würde sie selbst das auch ganz anders sehen.«

Ellen schwieg eine Weile, dann fuhr sie in ihrer Erzählung fort: »Lena wollte nie in einem Büro sitzen. Das hätte sie seelisch nicht ausgehalten. Als wir noch in den Staaten wohnten, hat sie für einige Zeit in einem Nationalpark als *Guide* gearbeitet. In Österreich war sie dann *Personal Trainer*.«

»Jemand, der reiche Leute im Einzeltraining fit macht?«

Ellen nickte.

»Genau. Sie hat sich damit hier sehr gut etabliert. Sie war

sehr gefragt. Der Job war okay für sie, aber nicht die absolute Erfüllung. Sie suchte immer nach einem Kick. Sie hat dann Josef kennengelernt, der eine Flugschule für Paragliding und Fallschirmspringen betreibt. Er suchte einen Teilhaber, und Lena war sofort voller Begeisterung dabei. Sie hat bereits damals in Berkeley das Paragliding für sich entdeckt – schon bevor wir uns kannten. Sie liebte es. Sie sagte, es gebe ihr ein Gefühl von Freiheit. Sie konnte mich sogar einmal überreden, mit ihr mitzufliegen, als Tandem. Für mich war es ein Horrorerlebnis. Ich stand tausend Ängste aus. Paragliding ... das ist so ein fragiles Gerät, und direkt unter dir ist nur Luft. Und ganz tief unten die Erde. Ich hatte von da an ständig ein ungutes Gefühl, wenn Lena in der Luft war. Ich hatte Angst um sie.«

Ellen griff wieder zum Taschentuch, denn ihre Tränen waren zurückgekommen. Sie weinte still vor sich hin, und Nina streichelte sanft über ihren Arm und suchte nach Worten des Trostes. Doch ihr Kopf war leer. Sie musste zugeben, dass Ellens Erzählung über Lena sie mehr mitnahm, alles sie erwartet hatte. Was sie empfand, war tiefes Mitgefühl. Es war für sie schlimm anzusehen, wie sehr die Erinnerungen Ellen zusetzten, und sie fühlte tiefe Schuld in sich, dass sie ihr jemals die Frage nach Lenas Tod gestellt hatte.

»Lena hat mich jedoch immer ausgelacht und beruhigt. Das ist total harmlos, hat sie mir gesagt. Ich habe alles im Griff. Ich weiß, was ich tue. – An diesem Tag, an dem es passiert ist, saßen wir noch gemeinsam beim Frühstück. Lena hatte an diesem Tag weder Privatstunden zu geben noch Flugschüler. Sie hatte frei und schlug mir spontan vor, den Tag mit mir zu verbringen. Es war so herrliches Wetter an diesem 30. Mai, und ich war wirklich versucht, meine ganze Terminplanung umzukrempeln und mit ihr hinaus in die Natur zu fahren.«

Ellen schluckte und kämpfte gegen die Tränen, die aus ihren Augen rannen.

Nina jagte es unweigerlich einen Schauder über den Rücken. Der 30. Mai. Sie konnte sich noch gut daran erinnern, wie sie am 30. Mai dieses Jahres in Ellens Büro kam, zärtlich und auch voller Verlangen, und radikal zurückgestoßen worden war. Jetzt ergab die Szene für sie einen Sinn, ebenso wie Jasnas und Stephanies vage Warnungen, dass es kein günstiger Tag sei, um Ellen zu sehen. Wie falsch hatte sie sich doch verhalten!

»Ich habe alles umwerfen können, aber am frühen Nachmittag hatte ich einen großen Präsentationstermin über ein Marketing- und Vertriebskonzept ... das war der Termin, den ich nicht absagen konnte.« Sie schluchzte verzweifelt auf. »Ich wünschte jetzt, ich hätte es getan! Ich war so dumm.« Sie wurde von Schluchzern geschüttelt, und Nina konnte ihre Empfindungen nachvollziehen. Sie fühlte selbst einen Kloß in ihrer Kehle.

»Du warst nicht dumm, sondern diszipliniert«, warf sie ein. »Es war doch deine Arbeit, und die nimmst du ernst.«

»Ich wünschte, ich könnte eine andere sein ... nicht so diszipliniert. Nicht so versessen auf Leistung.« Ellen schluchzte noch immer. »Dann wäre Lena noch am Leben.«

»Oder auch nicht«, meinte Nina vorsichtig. »Ihr hätte ebenso gut an einem anderen Tag etwas passieren können. Sie hatte nun einmal einen Hang zum Risiko und Abenteuer.«

»Ach, Nina.« Ellen lehnte sich an sie und weinte. Nina strich ihr besänftigend über den Körper. Ihr eigenes Herz klopfte. Ellens Schmerz setzte ihr zu.

»Wir haben uns dann verabschiedet. Ich sagte, wir sehen uns abends wieder ... und dann ging ich in die Arbeit und sie fuhr zum Paragliding mit Josef. Irgendwo in die Steiermark«, fuhr Ellen fort. Ihre Stimme war so tränenerstickt, dass Nina Mühe hatte, alles zu verstehen. »Als gerade diese Sitzung begonnen hatte, ich hatte eben begonnen, zu präsentieren ..., da kam Stephanie in das Besprechungszimmer und sagte leise, es sei dringend, ich müsse unbedingt ans Telefon. Sie machte so ein ernstes Gesicht, dass ich ihr keine Fragen stellte. Im Büro sagte sie mir, dass Philipp angerufen hätte, ich müsse ihn sofort zurückrufen. Ich weiß nicht, was ich in diesem Augenblick alles dachte ... aber ich habe nicht gedacht, dass mit Lena etwas passiert ist, ich habe gedacht, es geht um die Firma oder um irgendeine wichtige Information, die er mir zukommen lassen wolle. Das war natürlich ... komplett irrational. Philipp hätte mich nie aus einer Sitzung herausläuten lassen. Ich rief ihn zurück und er ... seine Stimme ... ich hatte ihn noch nie zuvor so sprechen hören. Er klang wie ... tot. Er sagte: Ellen, du musst sofort nach Graz kommen. Lena hatte einen Unfall. Sie ist im Krankenhaus. – Es war wie ein schlechter Traum. Ich habe erst gedacht, dass kann nicht sein, Lena ist doch beim Paragliding, und dann begriff ich den Zusammenhang. Da wusste ich, dass es ernst war. Ich habe mich ins Auto gesetzt und bin sofort nach Graz gerast. Wirklich gerast. Ich habe die ganze Fahrt nur daran gedacht, keinen Unfall zu bauen, weil ich sonst Lena nicht sehe, und das hat mich gerettet. Sonst wäre ich vor Sorge wahnsinnig geworden oder hätte mich totgefahren.«

Ellen weinte noch immer, sprach aber wieder flüssiger. »Philipp war noch nicht da, als ich ins Krankenhaus kam, und ich fragte nach Lena. Sie können jetzt nicht zu ihr, sie kommt gerade aus dem OP, muss erst aus der Narkose aufwachen, erklärte mir so eine Matrone von Oberschwester. Und dann sagte sie noch: Außerdem ist sie dann auf Intensiv und darf nur von Angehörigen besucht werden. Ich erwiderte darauf: Das ist okay, ich bin ihre Lebensgefährtin. Sie hat mich von oben bis unten gemustert, so geringschätzend«, Ellens Stimme überschlug sich fast beim Erzählen, »und dann hat sie gesagt: Das ist ein christliches Haus. So etwas dulden wir hier nicht. Für uns sind Sie keine Angehörige.«

Ellen schluchzte bitterlich.

»Die haben mir gesagt, ich bin keine Angehörige!«, wiederholte sie, und die Verzweiflung, die sie gefühlt haben musste, war für Nina so präsent, als wäre sie damals selbst dabei gewesen. Instinktiv griff sie wieder nach Ellens Hand, die nun eine vor Wut und Schmerz geballte Faust war. »Lena und ich hatten damals acht Jahre in einer Wohnung gelebt und waren insgesamt neun Jahre zusammen, und diese dumme Frau sagte mir ins Gesicht, ich sei keine Angehörige! Natürlich habe ich den Oberarzt verlangt. Doch es war zwecklos. Ich wurde einfach nicht zu ihr gelassen. Ich habe gedroht, ich habe gebettelt ... wenn ich gewusst hätte, wo sie liegt, ich wäre an diesen Leuten vorbeigestürmt.«

Ellens ganzer Körper bebte, die Tränen rannen in Sturzbächen aus ihren Augen. Ninas Herz war wie zusammengeschnürt. Sie musste selbst schon mit den Tränen kämpfen, so nahe ging ihr Ellens Erzählung.

»Ich musste warten, bis Philipp da war. Es waren vierzig Minuten, in denen ich nichts tun konnte als warten. Ich wusste zu diesem Zeitpunkt ja noch gar nicht, was los ist ... aber allein der Umstand, dass Lena sofort operiert worden war, hat mich Schlimmes vermuten lassen.«

Sie machte eine Pause, um sich die Nase zu putzen. Nina nutzte sie für eine Zwischenfrage. »Und wo war dieser Josef?«

»Auch im Krankenhaus«, gab Ellen Auskunft. »Ebenfalls in Behandlung. Er hat ja gesehen ... aus nächster Nähe ... was mit Lena passiert ist. Er hatte einen Schock. Wir sahen ihn erst später. Er wusste selbst nicht, was bei Lenas Flug schiefgegangen ist. Er erzählte, sie habe einen neuen Gleitschirm ausprobiert und alles sei ohne Zwischenfälle verlaufen – bis zum Landeanflug. Da klappte der Schirm irgendwie nach hinten und sie stürzte knapp über dem Boden ab. Er sagte, sie wäre noch bei Bewusstsein gewesen, als er an der Unfallstelle war. Sie hatte anscheinend keine Schmerzen, wollte erst gar nicht, dass ich angerufen werde; sie dachte wohl wirklich, es sei eine Lappalie und sie könne gleich wieder aufstehen ...«

Ellen schluckte trocken. Dann fuhr sie in ihrer Erzählung fort. »Als Philipp endlich da war, haben wir dann erfahren, dass sie dramatische innere Verletzungen hatte und dass sie, sollte sie dies überleben, für den Rest ihres Lebens querschnittsgelähmt sein würde. Ihr Zustand sei kritisch, sagten die Ärzte. Wir durften dann endlich zu ihr. Sie war an alle möglichen Geräte angeschlossen. Aber ansonsten lag sie im Bett und sah aus ... so friedlich ... als würde sie schlafen. Wir haben uns zu ihr ans Bett gesetzt. Wir wussten, dass sie wach sein musste, und wir haben mit ihr geredet, haben ihr gesagt, dass wir da sind und alles gut werden würde. Irgendwann hat Lena dann die Augen geöffnet und uns angesehen. Im selben Moment konnten wir sehen, wie ihre Herzfrequenzkurven am Monitor des EKG schwächer wurden. Es war sofort ein Arzt zur Stelle ... er konnte jedoch nicht viel tun. Er gab uns zu verstehen, dass wir mit ihm vor die Türe kommen sollten, und da sagte er uns: Sie wird es nicht schaffen. Es ist vielleicht Zeit, sich zu verabschieden.«

Ellen weinte in ihr Taschentuch, fuhr aber tapfer mit ihrer Erzählung fort: »Wir sind beide hineingegangen, und Philipp hat sie auf die Wange geküsst und ihr gesagt, dass sie immer sein kleines Mädchen bleiben würde und dass er stolz darauf ist, dass sie immer ihren Willen durchgesetzt hat, auch gegen ihn. Dann hat er zu uns gesagt: Ich lasse euch jetzt allein. Und er ist verschwunden. – Lena lag da, hat mich angesehen, und ich habe an ihren Augen erkannt, dass sie ganz genau wusste, was los war. Plötzlich drehte sie leicht den Kopf in meine Richtung und fragte: Werde ich sterben? – Ich konnte mich nicht länger zurückhalten, ich musste weinen. Sie sagte: Bitte nimm meine Hand. Auch wenn ich dich nicht mehr spüren kann. – Ich tat es. Ihre Hand war so kalt und leblos, als wäre sie schon längst nicht mehr lebendig. Sie hat gewusst, dass sie sterben wird. Sie hat zu mir gesagt: Küss mich ein letztes Mal. Ihre Lippen waren so trocken, so kalt. Und sie flüsterte: Ich werde dich ewig lieben. – Dann hat sie die Augen geschlossen.«

Nina schluckte.

»Ich weiß nicht mehr, was sich in diesem Krankenzimmer abgespielt hat, als Lena auf einmal tot war«, berichtete Ellen mit tränenerstickter Stimme weiter. »Das einzige, was ich weiß, ist, das Philipp da war und mich in den Armen hielt. Und dass ich immer sagte, ich wolle sterben – und es auch so meinte. Mir war, als hätte man mir mein Herz herausgerissen.« Sie senkte ihren Kopf und richtete den Blick auf die Bettdecke. »Ich bekam einen Nervenzusammenbruch. Ich war monatelang in einer psychiatrischen Abteilung, und dort fast immer unter Aufsicht. Ich war selbstmordgefährdet. All diese Mittel, die LENOPHARM als Antidepressiva vertreibt – ich kenne die meisten davon selbst, weil ich sie genommen habe. Ich kann mich an die Zeit in der Psychiatrie nicht besonders gut erinnern. Meistens war ich vollgepumpt mit Antidepressiva und ständig müde. Ich hatte keinen Willen mehr – außer den zu sterben.«

Eine Träne löste sich aus Ninas Auge und rollte ihre Wange hinunter. Sie fasste Ellen an der Schulter und zog sie an sich. »Und wann hat sich das geändert? Wie bist du wieder aus dem Krankenhaus gekommen?«

»Irgendwann kam Philipp und sagte mir, dass ich nicht einfach so sterben würde, selbst, wenn ich es mir noch so sehr wünschte. Und dass der Job weg wäre, wenn ich nicht bald zurückkäme. Ich hatte in dieser Minute wohl einen hellen Moment, jedenfalls wurde mir bewusst, dass ich Philipp das Leben noch schwerer mache, als es sowieso schon für ihn ist. Irgendwie schaffte ich es, wieder auf die Beine zu kommen und zu funktionieren. Mehr war es nicht. Ich habe nicht gelebt. Ich ging zur Arbeit, erstickte damit jedes Gefühl, ging nach Hause und schluckte Tabletten, um überhaupt Schlaf zu finden. Geändert hatte sich im Grunde nichts. Ich vermisse sie heute noch genauso wie damals, und meine Gefühle für sie sind immer noch dieselben. Ich liebe sie.«

Nina war selbst überrascht, dass Ellens Aussage sie weit weniger traf als bisher. Dass Ellen Lena noch immer liebte, schien ihr plötzlich als logische Konsequenz aus der Gesamtgeschichte. Sie sah Ellens Liebe zu Lena zum ersten Mal unabhängig von den Gefühlen, die Ellen ihr selbst entgegenbringen mochte.

»Ich hatte das Gefühl, sie wollte mir noch so viel sagen. Aber sie war schon zu schwach dafür. Aber sie hat mir gesagt, dass sie mich auf ewig lieben wird. Und ich weiß, dass das stimmt. Sie wird im Himmel auf mich warten.« Die Tränen liefen ihr in wahren Sturzfluten über das Gesicht.

Nina dachte nach. Wenn Ellen glaubte, Lena werde im Himmel auf sie warten und sie auch ewig lieben – lag da nicht der Umkehrschluss nahe, dass Ellen sich wie eine Verräterin fühlen musste, wenn sie jemand anderen liebte? Nina wurde schlagartig bewusst, in welchem Gefühlschaos sich Ellen befinden musste.

»Ich glaube, Lena wollte immer nur das Beste für dich«, begann sie vorsichtig und streichelte über Ellens Schultern. »Und wenn es wirklich so etwas gibt wie einen Himmel, dann sieht sie jetzt auf dich herab und ist sicher ganz bestürzt, dass du immer noch so viel weinst, wenn du an sie denkst.«

»Ich weiß nicht.« Ellen griff nach den Taschentüchern und schnäuzte sich. »Ich will sie niemals vergessen.«

»Das wirst du auch sicher nicht«, sagte Nina. »Sie wird immer ein Teil von dir bleiben.«

»Ich werde jetzt nach Hause fahren«, sagte Ellen plötzlich unvermittelt. »Jetzt weißt du alles.«

Sie wollte sich erheben, doch Nina nahm ihre Hand und zog sie zurück auf das Bett. Sie spürte, dass Ellen innerlich noch immer in großer Unruhe und voller Schmerz war.

»Ich will nicht, dass du dich in diesem Zustand in dein Auto setzt«, sagte sie. »Bitte bleib noch ein paar Minuten. Ich werde dir einen Tee machen … zur Beruhigung.«

Ellen nickte. »Okay. Ein paar Minuten. Aber dann muss ich allein sein.« Sie sah Nina mit rotgeweinten Augen an. »Es ist nicht wegen dir. Ich brauche das für mich.«

»Ja, kein Problem. Aber trink erst einen Tee, bitte.« Als Nina wenige Minuten später mit zwei Tassen dampfendem grünen Tee zurückkam, hatte sich Ellen seitlich aufs Bett fallen lassen und war eingeschlafen. Selbst im Schlaf wirkte sie völlig erschöpft.

Nina trank ihre Tasse Tee und dachte nach. Sie war dankbar, dass Ellen ihr so viel Vertrauen entgegengebracht hatte. Ihr war nun klar, welchen immensen Stellenwert Lena Michaelis für Ellen gehabt hatte. Was immer sich auch weiter zwischen ihr und Ellen entwickeln mochte – sie würde Lena nie ersetzen können. Seltsamerweise wollte sie es nun auch nicht mehr. Was sie wollte, war nach wie vor Ellens Liebe, doch nicht auf Kosten von deren Gefühlen gegenüber Lena.

Sie saß eineinhalb Stunden da und hing ihren Gedanken nach, dann und wann einen Blick auf Ellen werfend, die immer noch tief und fest schlief. Irgendwann beschloss sie, dass es Zeit war, ins Bett zu gehen. Sie brachte es nicht über sich, Ellen zu wecken. Ihre Gesichtszüge schienen jetzt entspannt und friedlich. Nina zog vorsichtig die Bettdecke unter ihr hervor, schlüpfte neben sie, löschte das Licht und breitete die Decke über beide. Es dauerte nicht lange, da fielen auch ihr die Augen zu.

Mitten in der Nacht wachte sie davon auf, dass sich etwas neben ihr bewegte. Im Halbdunkel des Zimmers sah sie, wie Ellen sich aufsetzte, kurz die Augen rieb und dann aufstand. Sie rechnete damit, dass sie nun gehen würde, doch das Gegenteil war der Fall: Ellen zog ihr Jackett und ihre Hose aus und schlüpfte zurück unter die Decke. Sofort schlang sie ihren Arm um Nina, presste sich eng an ihren Körper und bettete den Kopf auf ihren Oberarm.

Nina hielt ganz still. Sie war glücklich, dass Ellen sich anscheinend entschieden hatte, zum ersten Mal bei ihr über Nacht zu bleiben.

Eine klassische Melodie riss Nina aus dem Schlaf. Als sie Ellen neben sich hochfahren und aus dem Bett springen sah, begriff sie, dass es der Klingelton von Ellens Handy war.

Ellen kramte es im Dunkeln hektisch aus ihrer Tasche. Sie meldete sich mit einem saloppen Hi und ging zum Telefonieren nach nebenan in die Küche. Nina konnte sie dennoch gedämpft sprechen hören. Ellen sprach Englisch. Sie redete schnell und angeregt, doch Nina konnte nicht verstehen, um was es ging. Sie wunderte sich lediglich, dass Ellen mitten in der Nacht angerufen wurde.

Als sie zurück ins Zimmer kam, hatte Nina die Stehlampe angeknipst, um ihr den Weg zurück ins Bett einfacher zu machen. Ellen legte ihr Handy neben das Bett und kroch zurück zu Nina unter die Bettdecke. Sie gab ihr einen sanften Kuss.

»Entschuldige, dass ich dich geweckt habe. – Das war mein Bruder John. Er war ganz versessen darauf, mir die Neuigkeit mitzuteilen.« Sie lächelte Nina an, die sich nach dem gestrigen Abend freute, sie jetzt so entspannt zu erleben. »Ich bin wieder einmal Tante geworden. Es ist ein Mädchen, sie wird Eileen heißen, und sie wiegt 3200 Gramm.«

»Gratuliere«, erwiderte Nina automatisch. »Und was heißt konkret: du bist *wieder* Tante geworden? Wie viele Nichten und Neffen hast du denn?« Es fiel ihr schwer, sich Ellen als Tante im Kreise einer Horde Kinder vorzustellen.

»Sieben«, antwortete Ellen und ließ sich zurück aufs Kissen sinken. »Drei von Emily, drei von John, eins von Jakob.«

»Ihr seid eine große Familie«, stellte Nina fest. »Wie macht deine Schwester das: Einerseits ist sie der kreative Kopf eures Familienunternehmens und andererseits hat sie drei Kinder?«

»Meine Mutter hat das Unternehmen aufgebaut und fünf Kinder großgezogen«, warf Ellen ein. Es schien für sie keine Besonderheit darzustellen. »Wenn man sich Ziele setzt, geht vieles.« Sie drehte sich seitlich zu Nina um und sah ihr tief in die Augen.

»Du bist so wunderschön«, sagte sie unvermittelt. Mit dem Zeigefinger strich sie über ihre Stirn, den Nasenrücken entlang und über ihre Lippen. »Danke wegen gestern. Fürs Zuhören.«

»Danke, dass du mir alles erzählt hast«, erwiderte Nina leise. »Es bedeutet mir sehr viel.«

Ellen rutschte näher zu ihr und legte den Arm über sie. »Ich habe noch nie jemandem davon erzählt.«

»Ich bin auch sehr froh, dass du hiergeblieben bist.« Nina streichelte ihr über die Wange. »Ich hätte mir Sorgen gemacht, wenn du allein nach Hause gegangen wärst.«

»Das musst du nicht.« Ellen ließ ihre Hand über Ninas Rücken gleiten. »Ich bin inzwischen weit davon entfernt, mir etwas anzutun.« Ihre Hand fand den Weg unter Ninas T-Shirt und vom Rücken auf ihre Vorderseite. Sanft streichelte sie über Ninas Bauch und berührte schließlich ihre Brust. Dann hielt sie kurz inne und sah in Ninas Augen denselben unausgesprochenen Wunsch, der auch in ihr selbst brannte. Sie begann zärtlich ihre Brustwarzen zu liebkosen, und Nina schmolz unter ihren Berührungen dahin.

Ellen zog bei Nina ein, auch wenn sie es selbst anders sah.

Der Tag ihrer Übersiedlung in die USA rückte näher, und ihre Wohnung war in Auflösung. Das Räumen hatte sie weitgehend einer professionellen Umzugsfirma überlassen. Was Nina anfangs erstaunt hatte, war die Tatsache, dass sich Ellen von den meisten Möbeln trennte. Doch Ellen lieferte ihr eine plausible Erklärung: Die Frachtgebühren für die Überführung in die USA ständen in keinem Verhältnis gegenüber einer Neuanschaffung der meisten Möbel. Lediglich den Flügel wollte sie, abgesehen von ihren vielen persönlichen Dingen und ihrer großzügigen Garderobe, in die Staaten verschiffen lassen.

Obgleich es für Nina selbstverständlich gewesen wäre, dass Ellen mit ihren drei großen Koffern für die nächsten Tage bei ihr einzog, bestand Ellen darauf, ein Hotelzimmer anzumieten. Das Zimmer hatte sie nun seit drei Tagen, hatte aber bisher trotzdem jede Nacht bei Nina verbracht.

Nina war glücklich und verzweifelt zugleich. Sie genoss jede Stunde, in der sie zusammen waren, und doch lief in ihrem Hinterkopf eine große Sanduhr, die ihr immer wieder schmerzhaft in Erinnerung rief, dass die gemeinsame Zeit ablief.

Nur acht Tage noch bis zu Ellens Abreise. Nina versuchte nicht daran zu denken und ihr gemeinsames Leben so normal wie nur möglich zu gestalten. Sie hatte Ellen den Zweitschlüssel zu ihrer Wohnung gegeben, damit sie kommen und gehen konnte, wie es ihr Terminplan erforderte, und Ellen machte davon Gebrauch. Für Nina war es fast so, als wäre es ihre gemeinsame Wohnung und als würden sie hier schon seit Längerem gemeinsam wohnen. Ihr Zusammenleben war harmonischer, als sie erwartet hatte. Ellen hatte bisher kein einziges Mal den Wunsch nach Abstand geäußert. Nina hatte nicht erwartet, dass sie so locker den mangelnden Komfort hinnehmen würde. Doch sie bemängelte weder die Toilette am Gang noch die Duschkabine in der Küche oder die Tatsache, dass der Gasofen nur angeheizt werden konnte, wenn man in der Wohnung blieb.

Wenn Nina zwischen halb zehn und zehn Uhr abends von ihrem Webdesign-Kurs nach Hause kam, traf sie Ellen oft schon daheim an. Sie trug dann meist Shirt und Trainingshose und saß mit ihrem Laptop an Ninas Esstisch. Ihr Kühlschrank war noch nie zuvor so gut mit Obst und Gemüse gefüllt gewesen, doch wann immer sie in ihre Wohnung zurückkam, fand sie die Küche blitzsauber. Dass Ellen ein ordentlicher Mensch war, hatte sie bereits geahnt, doch wie ordentlich sie war, merkte sie erst jetzt. Ellen ließ nicht einmal einen Pullover über der Stuhllehne hängen, sondern verstaute ihn im Koffer.

Seit Ellen ihr von Lenas Tod erzählt hatte, war ihr Verhältnis noch vertrauter geworden. Nina hatte das Gefühl, dass sich Ellen von Tag zu Tag mehr öffnete. Sie konnte gar nicht mehr rekonstruieren, weshalb sie noch vor Monaten an eine Kluft gedacht hatte, die sich zwischen ihnen öffnete, wenn ihre Gedanken nach dem Liebesspiel in die Realität zurückkehrten. Inzwischen war es ganz anders. Sie schliefen täglich miteinander, nicht selten mehrmals am Tag – morgens vor der Arbeit und abends, wenn sie gemeinsam zu Bett gingen. Nina konnte sich nicht erinnern, jemals in ihrem Leben so oft Sex gehabt zu haben, doch sie genoss ihn in vollen Zügen. Ellen hatte ihr zu einem neuen Körperbewusstsein verholfen und auch zu intensiven sexuellen Gefühlen. Manchmal hatte sie das Gefühl, schon fast sexbesessen zu sein, doch ihre innere Peinlichkeit verschwand, sobald sie merkte, dass Ellen genau dieselben intensivem Bedürfnisse hatte wie sie selbst.

Es gab noch vieles mehr, das sie teilten – unter anderem denselben Musikgeschmack. Sie liebten beide Klassik, und hier besonders Klaviersonaten, die sie gern vor dem Einschlafen abspielten. Dass Ellen und sie auch denselben Filmgeschmack hatten, zeigte sich eines Samstags, als Ellen für Nina völlig unerwartet vorschlug, abends gemeinsam ins Kino zu gehen und »*The Golden Age*« anzusehen, einen Film, der die Auseinandersetzungen von Queen Elizabeth I. mit Spanien und Maria Stuart vom Thema hatte.

Nina stimmte begeistert zu und suchte im Internet nach einem Kino – bis Ellen hinter ihr stand und sich irritiert erkundigte, weshalb sie nicht Karten bei dem Kino reserviere, in dem die Filme in Originalversion liefen.

Ninas Antwort kam prompt und aus tiefstem Herzen: »Weil ich den Film natürlich auf Deutsch sehen will. Das ist sonst überhaupt nicht entspannend.«

Ellen lachte ungläubig. »*Well*, Nina, *you don't expect me to watch an American film with American actors synchronized in German, do you?*«

Nina schluckte trocken und gab damit unweigerlich zu verstehen, dass sie im Grunde nicht daran gezweifelt hatte, in welcher Sprache sie diesen Film ansehen würden.

Ellen schüttelte den Kopf. »Ich bin zu vielem bereit, *Honey*, aber dazu nicht. Einen amerikanischen Film sehen wir auf englisch. Einen deutschen oder österreichischen Film auf deutsch. Können wir uns darauf einigen?«

»Ich werde nichts verstehen«, warf Nina verzweifelt ein.

Ellen zog sie von ihrem Stuhl hoch, nahm sie bei den

Schultern und sah sie ernst an. »Das stimmt doch nicht, Nina. Du hast inzwischen fast alle zwei Wochen eine englische Telefonkonferenz mit all deinen internationalen PR-Kollegen. Du liest ganze FAQ-Kataloge – auf englisch. Du gehst seit Monaten regelmäßig in einen Englischkurs. Du hast dich auf unserer Dienstreise nach Berlin mit den meisten internationalen Kollegen auf englisch unterhalten. Du sprichst mit allen Englisch, nur mit mir nicht. Ist das nicht ... seltsam?«

Nina wurde rot. Sie kam sich ertappt vor. »Weil ... na ja ... ich ... du kannst ja Deutsch«, stotterte sie unkoordiniert, rang sich dann aber dazu durch, die Wahrheit zu sagen: »Ich habe Angst, Fehler zu machen – bei dir. Du kannst Deutsch perfekt, und Englisch perfekt – und ich nicht. Es ist mir peinlich.«

»Ich bin nicht perfekt«, erwiderte Ellen ruhig. »Und es ist ganz normal, wenn du Fehler machst. Du könntest mit mir üben, Englisch zu sprechen. Dann würdest du immer besser, von Tag zu Tag. So war das bei mir auch mit meinem Deutsch und ...«, sie schluckte, führte ihren Satz jedoch zu Ende, »und Lena. Es ist ein Angebot, Nina, das ich dir mache. Ich kann dich verbessern, und du wirst binnen eines Jahres fließend reden.«

Binnen eines Jahres, dachte Nina bitter, wie soll das gehen, wenn du zurück in die Staaten gehst und wir uns nicht mehr sehen? Sie behielt ihren Gedanken für sich, da sie die Stimmung zwischen ihnen nicht trüben wollte, und meinte stattdessen, ohne auf Ellens Vorschlag einzugehen: »Okay, wir sehen den Film auf englisch. Wenn ich etwas nicht verstehe, werde ich mich vertrauensvoll an dich wenden.«

Ellen lächelte. »Gerne. Ich bitte darum. – Und du wirst sehen, so schwer ist es nicht.«

Als sie später nebeneinander im Kino saßen, musste Nina zugeben, dass sie recht hatte. Sie verstand den Film überwiegend gut, nur bei einigen Schauspielern tat sie sich schwerer, was ihrem Verständnis des Films jedoch keinen Abbruch tat.

»Siehst du, du machst dir immer zu viel Stress«, meinte Ellen, als sie nach der Vorstellung den Kinosaal verließen. Vor der Toilette blieb sie stehen. »Entschuldige mich einen Augenblick.«

Sie verschwand hinter der Tür, Nina lehnte sich gegen die Wand im Kinofoyer und sah dem bunten Treiben zu. Leute kamen und gingen, die meisten von ihnen im Studentenalter. Die Rentnerin, die an der Theke Popcorn kaufte, fiel in der Schar junger Leute richtig auf; ebenso zwei Japaner mittleren Alters, die beide schwarze Anzüge trugen und so aussahen, als würden sich gleich ins nächste Meeting gehen. Unmittelbar vor ihnen knutschte ein Pärchen innig. Nina wollte ihren Blick höflich abwenden, als sie buchstäblich erstarrte. Die Frau, die hier küsste, war niemand anderes als Lilli, ihre Kollegin und Freundin. Und der Mann, den sie hier mit Haut und Haaren zu verschlingen drohte, war keineswegs ihr Freund Rolf, den Nina noch von den gemeinsamen Fahrten zum Neusiedler See kannte, sondern niemand anderes als Herr Kollege Fochenstein.

Nina starrte das Pärchen, das sie vorerst nicht bemerkt hatte, ungläubig an. Sie unterlag keiner optischen Täuschung, obgleich dies ihr erster Gedanke gewesen war. Die Frau war unverkennbar Lilli, die dunklen glatten Haare wie meist zu einem adretten Haarknoten aufgesteckt. Die großen Kreolen, die sie an den Ohren trug, hatte Nina schon oft an ihr gesehen. Bei ihrem Begleiter dagegen musste sie sich mit einem zweiten Blick vergewissern: Jochen Fochenstein hatte seine steifen Anzüge, die ihn zehn Jahre älter wirken ließen, in der Freizeit gegen eine schlichte Blue Jeans und einen Pulli getauscht.

Der Schock, dass sie Lilli hier mit Jochen herumknutschen sah, konnte nicht lange still in ihr wirken, denn das Pärchen spürte offensichtlich, dass es beobachtet wurde, ließ abrupt voneinander ab und drehte sich um. Das Erstaunen lag nun auf beiden Seiten. Noch ehe ein Teil die Sprache wiederfinden konnte, bog nun auch Ellen um die Ecke, hatte nur Augen für Nina und schlang ihr mit einem liebevollen Lächeln die Arme um die Taille. Erst als sie spürte, wie starr Nina blieb, sah sie auf und entdeckte die unerwartete Gesellschaft. Die Hände an Ninas Taille, sagte sie in gelassenem Tonfall zu den beiden, die nun nicht minder überrascht zu Nina und ihr schauten: »Hallo. Habt ihr euch auch *The Golden Age* angesehen?«

»Äh ... ja ... äh, nein.« Lilli wurde rot, und Nina war überrascht, sie so völlig fassungslos zu erleben. »Wir sehen uns jetzt dann *Seven Day Itch* an. Das beginnt in ein paar Minuten.«

»Dann lasst euch nicht aufhalten«, meinte Ellen unbekümmert, und Jochen Fochenstein, der erst jetzt seine Sprache wiedergefunden hatte, sagte völlig unpassend: »Guten Abend, Frau McGill.«

»Guten Abend.« Ellen lächelte liebenswürdig. »Und viel Vergnügen mit dem Film.«

»*Thank you*«, sagte Jochen Fochenstein artig, und Lilli hatte es plötzlich sehr eilig, sich zu verabschieden. Sie sah Nina kein einziges Mal an und ihr »Schönes Wochenende noch« richtete sich, wie Nina schien, ausdrücklich an Ellen.

Die beiden verschwanden.

Ellen sah Nina erstaunt an. »Habt ihr euch gestritten?«

»Nein, wieso?« Ninas Herz klopfte. Sie konnte immer noch nicht glauben, mit wem sie Lilli soeben gesehen hatte. Jochen Fochenstein, ihr zugeknöpfter, steifer Kollege! Und sie hatte nichts davon gewusst ... nicht einmal geahnt hatte sie es.

»Es hat bei euch gerade nicht so gewirkt, als würden sich zwei Freundinnen zufällig im Kino treffen«, bemerkte Ellen, während sie sich auf den Weg zum Auto machten.

»Ich wusste nicht, dass sie etwas mit Jochen hat«, entgegnete Nina.

»Und deshalb bist du jetzt beleidigt?«

»Nein. Aber sie will ständig von mir wissen, wie das so ist mit dir und mir, und selber erzählt sie nichts von sich.«

»Hmm«, machte Ellen. Sie wirkte nachdenklich.

Während der Heimfahrt stellte ihr Nina eine Frage, die

sie sich selbst gestellt hatte, als sie Lilli näher kennenlernte. »Findest du Lilli eigentlich hübsch?«

Ellen warf ihr einen überraschten Seitenblick zu, konzentrierte sich aber auf den Spurwechsel, den sie vornehmen musste. »Sie sieht schon ganz attraktiv aus«, bemerkte sie schließlich ohne besonderen Enthusiasmus. »Aber wieso fragst du?«

»Hast du bei ihr nie gedacht ... oder das Gefühl gehabt, dass du mit ihr schlafen willst?«

Ellen trat vor der roten Ampel, auf die sie zufuhren, so heftig auf die Bremse, dass Ninas Gurt sich sekundenlang straff zog. Sie starrte Nina ungläubig an. »*For heaven's sake, what a strange question!* – Natürlich nicht! Wie kommst du darauf?«

»Ich habe mich anfangs immer gefragt, warum ich und nicht sie«, gab Nina zu. »Sie ist ungefähr so groß wie ich, sie hat eine ähnliche Figur ... sie arbeitet bei dir in der Abteilung. Wir sind uns nicht so unähnlich.«

»Nur äußerlich.« Ellen schüttelte fassungslos den Kopf. »Wie du nur auf so etwas kommst, *Honey*. Lilli hätte mich nie interessiert. Nie.« Die Ampel war noch immer rot. Sie sah Nina an. Ihr Blick war ernst. »Ich habe dir gesagt, für dich war da bei mir ein Gefühl ... sonst hätte ich das nicht getan, damals. Und ich habe mich nicht getäuscht.«

Die Ampel schaltete von rot auf grün. Sie fuhr wieder an.

»Lilli wäre wahrscheinlich schreiend davon gelaufen«, dachte Nina laut. Sie versuchte sich die Szene im Kopierraum mit Lilli vorzustellen.

»Nein. Völlig falsch.« Ellens Stimme klang durch und durch überzeugt. »Lilli hätte mit mir geschlafen, um danach eine bessere Position einzufordern. Oder mehr Gehalt.«

Nina musste unwillkürlich schmunzeln. Ohne je direkt mit Ellen darüber gesprochen zu haben, hatten sie unabhängig voneinander denselben Eindruck von ihr gewonnen: Lilli tat alles, was ihrer Karriere dienlich war.

»Du denkst also auch, dass sie berechnend ist«, meinte Nina.

»Nein. Ich weiss, dass sie berechnend ist.« Ellen bog in die Straße ab, in der Ninas Wohnung lag, und hielt Ausschau nach einem Parkplatz. »Ich habe nichts gegen Lilli. Sie ist fleißig und ehrgeizig, aber auch zu vielem bereit, wenn sie Vorteile für sich sieht. Das habe ich immer schon gewusst. Die Sache mit Kathrin Hanelka hat meine Vermutung bestätigt. Sie hat sie verraten, weil sie ihre Position wollte.«

Schneller als erwartet hatten sie eine freie Parklücke gefunden. Nina dachte an Kathrin Hanelka und ihre Entlassung. Es schien ihr so, als läge dieses Ereignis schon Jahre zurück. Eines aber wusste sie dennoch. »Ich habe sie auch verraten«, sagte sie, während Ellen bereits die Lenkradsperre einrasten ließ.

»Nein.« Ellen sah ihr tief in die Augen. Die Ernsthaftigkeit, die in ihrem Blick lag, wurde von einem warmherzigen Flimmern erhellt. »Deine Absicht war, mir zu helfen. Du hast es für mich getan. Da war nichts Eigennütziges an deinem Tun. Das ist es, was mich an dir anzieht. Dass du nicht berechnend bist. Und ehrlich. Und nicht so abgebrüht … ich mag es, dass du dich noch überraschen lässt. Das es für dich nicht selbstverständlich ist, in einem Fünf-Hauben-Restaurant zu essen, und dass du dich noch über Kleinigkeiten freuen kannst. Das mag ich an dir.«

Sie zog Nina an sich und küsste sie hingebungsvoll auf den Mund.

Sie fuhren stets gemeinsam zur Arbeit. Was für Ellen seit Jahren normal war, empfand Nina noch immer als großen Luxus: die Fahrt mit dem Dienstwagen anstatt in überfüllten öffentlichen Verkehrsmitteln. Gerade jetzt im November war es weit angenehmer, in Ellens Auto zu steigen, das sogar eine Sitzheizung hatte, als an der Haltestelle bei Minustemperaturen auf die Straßenbahn zu warten.

Lindtmann, der Geschäftsführer, war kurz nach ihnen in

die Tiefgarage eingefahren und betrat nun mit ihnen zusammen den Aufzug. Auch wenn er nichts sagte, las Nina in seinem feinen Mienenspiel, dass er im Fall McGill und Blume die Fakten treffsicher kombinierte. Sie fühlte sich ausgesprochen unwohl und wich seinem Blick aus, während Ellen, die Frau, die von sich selbst behauptete, Small Talk nicht zu beherrschen, ihn souverän in ein belangloses Gespräch über das Novemberwetter verwickelte.

Nina war froh, im zweiten Stock aussteigen zu können, und verabschiedete sich von Ellen in aller Förmlichkeit. In Lindtmanns Gegenwart wagte sie nicht einmal, ihr richtig in die Augen zu blicken, aus Angst, die Wahrheit zu enthüllen.

Jochen Fochenstein war noch nicht im Büro, und Nina war froh darüber. Der Mann wusste bereits zuviel über sie. Ihre einzige Hoffnung war, dass er und Lilli ebenso wenig Interesse daran hatten, dass über sie gesprochen wurde, und deshalb im Gegenzug auch über sie und Ellen Stillschweigen bewahrten.

Sie hatte gerade erst den PC hochgefahren, als auch schon Ellen auf dem Festnetztelefon anrief. »Kommst du bitte kurz zu mir hoch?« Ihr Tonfall klang sachlich. Er hatte an seiner Sachlichkeit nichts verloren, als Nina wenig später in Ellens Büro stand und von ihr mit einem seltsamen Blick, den sie nicht einordnen konnte, bedacht wurde.

»Schämst du dich für mich?«

Nina schaute sie verdutzt an. Wie kommt sie bloß darauf, dachte sie entsetzt und sagte unsicher: »Nein, wieso glaubst du das?«

»Wenn du im Beisein dir bekannter Personen mit mir zusammen bist, wirst du nervös und …« Ellen suchte nach dem deutschen Wort, »und … *fidgety*«, benutzte sie schließlich den englischen Ausdruck. »Das war schon am Samstag so, als wir Lilli und deinen Kollegen im Kino getroffen haben, und jetzt auch wieder dasselbe mit Lindtmann. Es ist kein tolles Gefühl für mich, wenn du dich meinetwegen schämst.«

Nina schluckte. Das letzte, was sie gewollt hatte, war Ellen das Gefühl zu vermitteln, dass sie sich für sie schämte. Ihr Verhalten hatte letztendlich andere Gründe. »Ich will nur nicht, dass es alle wissen«, verteidigte sie sich matt und stach dabei unwissentlich in eine Wunde.

»Es wissen sowieso alle, da brauchst du dir keine Illusionen zu machen«, erwiderte Ellen kühl. Sie wirkte bis ins Mark gekränkt, was Nina unwillkürlich einen Stich ins Herz versetzte. Es war nie ihre Absicht gewesen, Ellen durch ihr Verhalten zu verletzen. »Also könntest du gerne auf dieses Versteckspiel verzichten. Du hast mir gesagt, es sei dir komplett egal, ob du mit einer Frau oder einem Mann zusammen bist, aber anscheinend ist es doch nicht so.« Sie hob den Kopf und sah Nina emotionslos an. »Ich mag keine Versteckspiele, Nina. Ich stehe immer zu dem, was ich tue. Es gibt für mich keinen Grund, etwas zu verbergen.«

Nina fühlte sich komplett überrollt. Ellens Vermutungen liefen in eine völlig falsche Richtung. »Das ist es doch überhaupt nicht«, versuchte sie sich zu rechtfertigen. »Ich will nur nicht, dass mich alle als deine Freundin sehen.«

Erst, als sie ihren Satz ausgesprochen hatte und Ellens Reaktion darauf bemerkte, wurde ihr bewusst, dass das, was sie da gesagt hatte, völlig falsch aufgefasst werden konnte. Und Ellen fasste es auch prompt falsch auf. Ihr Gesicht wurde, wie so oft in den vergangenen Monaten, wenn sie auf keinen Fall preisgeben hatte wollen, was wirklich in ihr vorging, zur Maske.

»Es muss ja ganz entsetzlich für dich sein, als meine Freundin zu gelten«, bemerkte sie sarkastisch. Sie nahm an ihrem Schreibtisch Platz und schaltete ihr Notebook an. »Gut, dass wir das geklärt haben.« Sie begann etwas in ihrer Tasche zu suchen und würdigte Nina keines Blickes mehr. Nina stand hilflos im Raum und verstand selbst nicht genau, was gerade zwischen ihnen passierte. Sie war sich keiner Schuld bewusst.

»Du hast doch selbst gesagt, wir machen das nicht offiziell«, warf sie gedrückt ein.

Ellen hielt kurz inne, in ihrer Tasche herumzukramen,

und erwiderte unbewegt: »So habe ich das sicher nie gesagt!«

»Ich habe dich gefragt, wie wir das in der Firma halten, und du hast gesagt, wir verhalten uns nicht anders als zuvor«, erinnerte sich Nina. »Und dann hast du noch gesagt, du würdest es begrüßen, wenn ich mich vor deinen Mitarbeitern mit Details zurückhalte. Und genau danach versuche ich mich zu richten.«

»Damit habe ich aber nicht gemeint, dass du zukünftig so tun musst, als würden wir uns kaum kennen«, entgegnete Ellen. »Ich will einen normalen Umgang, den Umständen angemessen. Sonst nichts. Dazu gehört für mich auch, dass wir uns bei einem privaten Kinobesuch umarmen und nicht gleich einen Herzinfarkt bekommen, nur weil zufällig Kollegen im selben Kino sind. Und dass wir uns in einem Lift nicht mit Auf Wiedersehen voneinander verabschieden. – Aber bitte, ich verstehe schon, nachdem es dir unangenehm ist, meine Freundin zu sein…«

Ihr Tonfall war wieder spürbar abgekühlt.

Nina verstand noch immer nicht, wie ihr gerade geschah. War es nicht Ellen gewesen, die ihr vor wenigen Wochen gesagt hatte, sie könne ihr nichts versprechen? Und nun sprach sie ständig im Zusammenhang mit ihr von »zusammen sein« und nannte sie sogar ihre Freundin?

»Aber Ellen! Es ist mir nicht unangenehm, deine Freundin zu sein. Es ist mir nur neu, dass ich das bin«, präzisierte sie. »Und vielleicht fällt es mir gerade deshalb so schwer, normal vor den Kollegen damit umzugehen. Es ist keine tolle Aussicht, wenn in ein paar Wochen alle in der Vergangenheitsform davon reden, dass ich diejenige war, die ja mit Ellen McGill ein Verhältnis hatte ... so wie bei Brauer und Kathrin Hanelka.«

Ellen gab auf, etwas in ihrer Tasche zu suchen, was sowieso nicht vorhanden war, und trat hinter ihrem Schreibtisch hervor. Sie wirkte zunächst völlig perplex. Dann nahm sie Nina bei den Schultern und sah ihr ernst in die Augen.

»Brauer ist verheiratet, und Kathrin Hanelka war für ihn

nichts weiter als seine Geliebte. Jeder wusste das. Wir haben kein Verhältnis dieser Art. – Und ich verstehe nicht, wieso es dich so überrascht, dass ich dich als meine Freundin bezeichne. Wir verbringen viel Zeit miteinander, wir wissen inzwischen viel voneinander, wir schlafen miteinander, du bedeutest mir viel ... was solltest du sonst sein?«

Nina schlang die Arme um Ellen. Ihr Herzschlag raste. Dass Ellen sie tatsächlich ohne Zögern als ihre Freundin titulierte, war für sie eine völlig neue Erkenntnis. Es war außerdem eine Erkenntnis, die ihr Mut machte. Andererseits war da das Bewusstsein, dass ihre traute Zweisamkeit sich in wenigen Tagen auflösen oder wenigstens immens verkomplizieren würde. Nina spürte, wie Ellens Arme sie ebenfalls umschlangen, und musste sich beherrschen, um nicht in Tränen auszubrechen.

»Überfordere ich dich?« Ellens Stimme klang nun wieder sanft und liebevoll. »Es tut mir leid. Ich vergesse immer, dass ich bereits neun Jahre mit einer Frau zusammen war, und du erst seit ein paar Wochen.«

»Das ist nicht das Thema«, sagte Nina leise. »Wirklich nicht. Ich weiß einfach nicht, wie ich mich vor den Kollegen damit verhalten soll. Ich hatte noch nie eine Beziehung mit jemandem, mit dem ich gleichzeitig zusammengearbeitet habe.«

»Ich auch noch nicht«, entgegnete Ellen. »Es ist für mich auch eine völlig neue und verwirrende Erfahrung.«

»Verwirrend?« Nina hob erstaunt den Kopf und blickte in zwei grün schimmernde Augen. Ellens Ärger war binnen weniger Augenblicke verflogen.

»Ja. Verwirrend.« Ellen ließ ihre Hände von der Taille auf Ninas Po gleiten und umfasste ihr Hinterteil. »Es ist wunderschön, aber es fällt mir schwer, mich überhaupt noch auf meine Arbeit zu konzentrieren. Ich will dich die ganze Zeit um mich haben. Wenn du nicht bei mir bist, sind meine Gedanken ständig bei dir, und wenn du vor mir stehst, möchte ich dich am liebsten niederküssen. Du machst mich total verrückt.«

»Jetzt auch?«

Nina genoss die Berührungen von Ellens streichelnden Händen an ihrem Po und küsste sie ihrerseits nun zart auf den Hals.

»Gerade jetzt.« Ellens Stimme war nur ein Flüstern.

Nina ließ ihre Lippen sanft Ellens Hals entlanggleiten. Ein Kribbeln breitete sich in ihrem Körper aus, als Ellen leicht den Kopf zurücknahm, ihr noch mehr von ihrem Hals darbot. Doch Ellens Verstand und Gewissenhaftigkeit siegte. »Ich habe aber in einer Viertelstunde ein Meeting und muss noch etwas vorbereiten. – Sehen wir uns zum Mittagessen?«

Nina lächelte. »Ich würde mich freuen«, sagte sie. Dann wurde sie ernst. »Sag mir: Wie soll ich mich deiner Meinung nach vor Lilli verhalten? Was erwartest du?«

»Normalität«, entgegnete Ellen spontan. »Lilli ist doch eine Art Freundin von dir, ihr habt euch gut verstanden. Ich möchte nicht, dass du glaubst, alles ändern zu müssen wegen mir. Geh zu ihr, rede mit ihr wie früher.« Sie sah in Ninas zweifelndes Gesicht und fügte hinzu: »Ich habe Vertrauen zu dir. Ich weiß, dass du nie etwas erzählen würdest, was nur uns beide angeht. Aber du musst nicht leugnen, was für alle sowieso offensichtlich ist.«

Lilli hob erstaunt den Kopf, als Nina kurze Zeit später an ihre offene Bürotür klopfte.

»Ich muss mit dir reden«, begann sie ohne Umschweife, schloss die Türe hinter sich und ließ sich auf dem freien Stuhl gegenüber Lillis Schreibtisch nieder.

Lilli sah sie an und wirkte, als fiele ihr soeben ein Stein vom Herzen. »Ich mit dir auch«, sprudelte es aus ihr heraus. »Ich wollte dir schon lange erzählen, dass ich mich von Rolf getrennt habe, weil du ihn ja auch kanntest, aber ... es war in letzter Zeit ziemlich schwierig, an dich heranzukommen. Selbst wenn wir gemeinsam Mittagessen waren. Und seit ein paar Wochen ist es fast unmöglich.« Sie grinste. »Ich glaube, in deinem Kopf ist derzeit nur Ellen, Ellen, und nochmals Ellen. Kann das sein?«

Nina lächelte verlegen.

»Ich habe mir bereits in Laa gedacht, dass zwischen dir und ihr irgendetwas ist.« Lilli grinste noch breiter. »Das war offensichtlich, wie ihr da am Klavier gesessen seid ... und plötzlich hast du dich verabschiedet, und unmittelbar danach sie. Und vorher habt ihr schon den ganzen Tag zusammengeklebt. Aber irgendwie habe ich das dann doch nicht so recht glauben können. Von Ellen weiß es ja nahezu jeder – aber du warst doch bisher nur mit Männern zusammen, oder nicht?«

»Bisher ja«, erwiderte Nina ehrlich. »Aber dann kam Ellen.«

Lilli schüttelte ungläubig den Kopf. »Das ist total irre.« Sie machte eine kurze Pause, schien die Sache zu überdenken. »Bei Jochen und mir war das eine total kuriose Geschichte«, plauderte sie dann, und ihre Augen sprühten vor Begeisterung. »Ich bin eines Abends schwungvoll aus der Tiefgarage gefahren – und hätte beinahe den armen Jochen überfahren, der gerade auf dem Weg zur U-Bahn-Station war. Ich konnte gerade noch abbremsen. Auf diesen Schock hin sind wir dann etwas zusammen trinken gegangen. Tja, und das war der Anfang.«

Nina überlegte sich insgeheim, wie Lilli wohl auf die Art ihres Zusammenkommens mit Ellen reagiert hätte, wenn sie bereits diese Geschichte kurios fand.

»Ich weiß, du magst Jochen nicht besonders«, sprach Lilli nun weiter. »Ich war schon einmal nahe daran, dir von uns zu erzählen, und gerade, als ich davon beginnen wollte, hast du ihn als Langeweiler bezeichnet. Da war ich lieber still.«

»Oh.« Nina konnte sich an das Gespräch, das sie vor einigen Wochen in der Kantine geführt hatten, durchaus erinnern. Jetzt war es ihr unangenehm. »Es tut mir leid, wenn ich das gesagt habe«, entschuldigte sie sich. »Ich habe kein Recht, über ihn zu urteilen, ich kenne ihn ja kaum.«

»Er ist privat ganz anders als im Büro«, sagte Lilli. »Und er tut sich mit dir auch schwer. Du redest ja nichts mit ihm.«

»Und er nicht mit mir«, konterte Nina.

Lilli grinste. »Ganz schön kompliziert ist es mit den zwischenmenschlichen Beziehungen, nicht wahr?« Dann verflog ihr Grinsen, und sie fragte offen: »Wie macht ihr das denn, wenn Ellen in die USA geht?«

Ninas Gesicht verfinsterte sich schlagartig. Lilli hatte ihren wunden Punkt berührt. »Das steht in den Sternen«, sagte sie dumpf.

Lilli nahm tröstend ihre Hand und sah sie traurig an. »Jochen muss ja auch nach Deutschland zurück, wenn Jasna wiederkommt. Es wird furchtbar werden. Ich hasse Fernbeziehungen. Es ist mir schleierhaft, wie das klappen soll.« Sie seufzte. »Nina, wir sitzen wirklich beide im selben Boot. Es ist zum Verzweifeln!«

Dreieinhalb Tage noch bis zu Ellens Abreise. Nina versuchte sich von diesem schrecklichen Gedanken abzulenken, indem sie sich mit betont munterem Gesichtsausdruck dem Essen zuwandte, das sie für diesen Abend für sie beide vorbereitete. Dass es schwer war, Ellen zu ernähren – so Michaelis' Worte –, bestätigte sich bei ihrem Vorhaben einmal mehr.

Sie hatte Ellen gefragt, was sie alles aß. Da Ellen mit der Frage völlig überfordert schien, hatte sie ihr schließlich Zutaten für mehrere Rezepte aufgelistet und sie gebeten, wegzustreichen, was sie nicht aß. Sie bekam eine Liste zurück, auf der mehr als die Hälfte gestrichen war – und das, obwohl sie schon berücksichtigt hatte, dass Ellen kein Fleisch zu sich nahm. Da keines der Rezepte möglich war, beschloss sie, wieder selbst etwas zu kreieren. Sie schob Ellen sanft aus der Küche und begann Gemüse zu schnippeln und ein Fischfilet zu würzen.

Ab und zu warf sie einen Blick auf Ellen, die konzentriert am Notebook arbeitete. Wann immer sie sie ansah, kam der Schmerz des nahenden Verlustes in ihr auf. Warum kann es nicht immer so sein wie jetzt?, dachte sie bitter. Warum können wir nicht wie ein ganz normales Paar zusammen leben, zusammen schlafen, zusammen kochen? Warum bloß muss sie in die USA gehen?

Weil sie dich nicht liebt, antwortete die andere Nina in ihr. Das hat sie dir auch ehrlich gesagt. Aber du machst dir noch immer falsche Illusionen. Sie ist gerne mit dir zusammen, jetzt und hier, aber das ist auch alles.

Nina hackte die Karotte in kleine Stücke und war froh, ihre innere Verzweiflung an dem Gemüse abreagieren zu können. Ihr wütender Kampf mit der harten Karotte lockte Ellen in die Küche. Ihr Gesicht wirkte äußerst skeptisch, als sie das klein geschnittene Gemüse, das Fischfilet und die Packung Naturreis betrachtete. Ihre Skepsis entging Nina nicht, die irritiert inne hielt. »Stimmt etwas nicht?«

»Ich esse keinen Reis«, sagte Ellen zögernd. »Aber das macht ja nichts. Fisch esse ich. Und das Gemüse auch.«

Nina runzelte die Stirn. Sie angelte nach der Nahrungsmittelliste in ihrer Tasche und fand darauf, was sie suchte. »Hier.« Sie deutete auf das Wort Reis. »Das hast du nicht durchgestrichen. Außerdem, ich habe Reis bei dir in der Wohnung gesehen, und Sushi isst du ja auch.«

»Ja. Aber nicht in der Kombination mit gedämpften Fisch. Nur mit rohem Fisch.«

Nina starrte sie entgeistert an. Sie legte die Liste auf ihren Küchentisch. »Wie? Bei den paar Nahrungsmitteln, die du bereit bist zu dir zu nehmen, gibt es noch Kombinationsregeln?«

»Nun ja.« Ellen trat verlegen von einem Bein auf das andere. »Es ist mehr ein Ja oder Nein.« Als sie Ninas Blick sah, fügte sie in beruhigendem Tonfall hinzu: »Aber so schwer ist es nicht.«

»Ist das so eine Art ... Trennkost?«

»Ein bisschen geht es in die Richtung«, antwortete Ellen. »Aber ... es ist schon etwas Eigenes. Es hat auch etwas mit den fünf Elementen zu tun und Teilen einer indischen Ernährungslehre.«

Nina sah sie ungläubig an. Was sie dann sagte, kam aus ihrem tiefsten Inneren. »Ellen McGill, du hast, was deine Ernährung betrifft, einen totalen Knacks!«

»Einen was?« Ellen hob fragend die Augenbrauen. Nina musste grinsen. Es kam selten vor, dass Ellen etwas nicht verstand. »Ich habe einen totalen ... was?«

»Knacks«, wiederholte Nina.

»Einen Knacks haben – so sagt man das?« Ellen schien bemüht, die neue Vokabel in sich abzuspeichern. »Was heißt das? Dass ich dumm bin?«

Nina schüttelte amüsiert den Kopf. »Nicht wirklich. Es heißt so ungefähr, dass du verrückt bist, was deine Ernährung betrifft.«

»Aha.« Ellen schien noch immer über den Ausdruck nachzusinnen. »Ich glaube, es muss so etwas Ähnliches bedeuten wie ... *to be nuts*. Einen Knacks haben.« Sie sah Nina kurz an, schien aber weder gekränkt noch beleidigt. »Ich esse schon immer so. Meine Mutter lässt auf diese Weise kochen, seit ich mich erinnern kann. Es schmeckt mir.«

»Weißt du eigentlich, dass dich die Hälfte deiner Kollegen bei LENOPHARM für magersüchtig oder zumindest essgestört hält?« Jetzt, da Ellen fortging, sah Nina keinen Sinn mehr darin, ihr Gerüchte wie dieses zu verheimlichen.

Ellen reagierte auf die Offenbarung mit blankem Erstaunen. »Aber ich sehe doch nicht krank aus. Oder gar magersüchtig. – Es ist eine Philosophie!«

»Eine Ess-Philosophie also«, wiederholte Nina ungläubig. Dann sagte sie mit fester Stimme: »Weißt du was, Ellen: Das ist echt krank. Nahrungsmittel sind zum Essen da, aber keine Philosophie. Ich verstehe, wenn du dies und das nicht magst, und dass du Vegetarierin bist, akzeptiere ich voll und ganz. Aber dass du gewisse Dinge nicht in Kombination mit gewissen anderen Dingen essen kannst, ist hausgemachter

Unsinn! Wenn du willst, dass ich für dich koche, wird sich das ändern. Basta!«

Ihre Augen sprühten Funken. Dass Ellen eine absurde Nahrungsmittel-Philosophie verfolgte und diese aber noch mit Vitamintabletten ergänzen musste, schien ihr absolut absurd – zu schweigen davon, dass sich Menschen in anderen Teilen der Welt im selben Augenblick den Kopf darüber zerbrachen, was sie überhaupt an Essbarem in ihrer Nähe ergattern konnten.

Ellen war im ersten Augenblick völlig perplex. Sie schaute Nina zu, wie sie den Deckel vom Reis anhob, feststellte, dass er fertig gekocht war und die Flamme des Gasofens abdrehte.

»Ich habe mich sechsunddreißig Jahre lang so ernährt«, warf sie dann ein.

Nina stellte eine Pfanne mit Öl auf die zweite Kochplatte und drehte sich zu ihr um.

»Das ist kein Argument«, sagte sie selbstbewusst. Und fügte, ohne weiter darüber nachzudenken, hinzu: »Wenn Lena dir reden beigebracht hat, werde ich dir eben essen beibringen.«

Im ersten Augenblick sagte Ellen nichts. Ihr Gesicht schien nachdenklich. Nina bereute ihren letzten Satz fast schon, als Ellen plötzlich in amüsiertem Tonfall sagte: »Du bist ganz schön streng mit mir, weißt du das?«

Sie trat auf Nina zu, nahm ihr den Kochlöffel aus der Hand und umfasste ihre Hände mit den ihren. Dann küsste sie sie innig auf den Mund. »Ich werde das versuchen ... mit dem Reis zum Fisch«, sagte sie dann. »Wenn du meinst.«

Es blieb nicht bei einem Kuss. Sie versanken in einen zweiten und dritten. Ellen begann, mit Ninas Zunge zu spielen, und entlockte ihr ein leichtes Stöhnen. Nina ihrerseits spürte, wie die Hitze bereits in ihre Körpermitte schoss, und das Kochen war auf einmal nur eine unwichtige Nebensache. Sie drängte sich Ellen begierig entgegen, die ihr eilig die Schürze löste und die Bluse aufknöpfte.

»Meine süße Kochfee«, flüsterte sie mit erregter Stimme

und senkte ihre Lippen auf Ninas Dekolletee. Nina konnte ihren heißen Atem auf ihrer Haut spüren.

In diesem Moment brach ihre Selbstbeherrschung zusammen. Die Vorstellung, dass sie in wenigen Tagen wieder allein in ihrer Wohnung sein würde, ohne Ellen, ohne all die Lust und das Glück, war für sie so dramatisch, dass sie zu weinen begann. Eine Träne nach der anderen versickerte in Ellens Bluse.

»Nina!« Ellen sah sie bestürzt an. »*For heaven's sake, what's up?*«

»Nichts.« Ninas begann heftig zu schluchzen.

Ellen nahm sie bei der Hand und führte sie zum Bett, wo sie sich beide niederließen. Nina warf sich auf die Bettdecke und barg ihren Kopf im Kissen. Ellens Hand streichelte liebevoll über ihren Rücken, und Ninas Verzweiflung wuchs in Anbetracht dieser zärtlichen Geste, die sie so bald schon nicht mehr haben würde, ins Immense.

»*Honey*, bitte ... sag mir doch, was ist los?« Ellen küsste sie sanft aufs Haar.

Nina zog die Nase hoch und drehte sich tränenüberströmt zu ihr. »Ich kann den Gedanken nicht ertragen, dass du heute in einer Woche schon nicht mehr da bist«, brach es aus ihr hervor. »Ich will nicht, dass du gehst!«

Ellens Blick wurde starr. Sie stöhnte leise auf und ließ sich neben Nina auf das Bett fallen. Ohne ein Wort zu sagen lag sie eine Weile neben ihr, die Augen starr zur Zimmerdecke gerichtet, während Nina an ihre Schulter schluchzte.

»Ich habe nicht gewusst, dass es so wird.« Ellens Worte klangen nüchtern und stoppten Ninas Tränenflut abrupt. Irritiert sah sie Ellen an. »Dass was wie wird?«

»Mit dir.« Ellen schluckte trocken. »Ich habe nicht geahnt, dass es so wird zwischen uns.« Sie drehte sich zu Nina und sah sie an. In ihren Augen stand ein unerwartet schmerzvoller Ausdruck. »Ich habe einen Fehler gemacht. Ich habe eine falsche Entscheidung getroffen, in einem falschen Augenblick.«

Nina riss erstaunt die Augen auf. Doch der Schmerz in

ihr blieb. »Wie meinst du das?« Im Grunde ahnte sie, wie Ellen ihre Worte meinte, doch es schien ihr so unglaublich, dass sie es hören wollte.

»Wenn ich heute vor die Entscheidung gestellt würde, bliebe ich in Österreich«, sagte Ellen und fuhr ihr sanft über die tränennasse Wange. »Aber ich kann es nicht mehr rückgängig machen. Mein Nachfolger hat bereits den Vertrag unterschrieben.«

Nina schloss die Augen. Der Schmerz drang in sie ein wie ein kaltes, scharfes Schwert, obgleich sie Ellens Worte auch hätten glücklich machen können. Doch die Gewissheit, dass Ellen bald in den USA leben würde, untergrub jeden Anflug von Freude. »Ich halte es nicht aus, dich nicht mehr zu sehen«, offenbarte sie ihre Gefühle. »Ich werde verrückt werden ohne dich.«

»Du wirst mich sehen«, erwiderte Ellen. »Du wirst mich sehen, immer wieder. Für mich ändert sich nichts, auch wenn wir eine Weile geographisch getrennt sind.«

Nina dachte an Lilli, die bereits jetzt vor Furcht vor einer Fernbeziehung zerging, obwohl Air Berlin mehrmals am Tag zu finanzierbaren Preisen von Wien nach Berlin flog. Eine Fernbeziehung mit Ellen in den USA schien ihr verglichen mit Lillis Situation völlig unmöglich. Wie oft würden sie sich sehen können? Zwei Mal im Jahr? Oder drei Mal?

»Ich will dich regelmäßig sehen«, sagte Nina. »Ich will dich weiter kennenlernen und mich nicht schon wieder entfremden, kaum, dass wir zueinander gefunden haben.«

Ellen atmete tief durch und richtete ihren Blick wieder zur Decke. Ihr Gesicht wirkte durch und durch angespannt.

»Komm mit«, sagte sie plötzlich. »Zieh mit mir in die Staaten.«

»Bitte?« Nina richtete sich abrupt auf und starrte sie fassungslos an. Ellen setzte sich ebenfalls auf. Angesichts Ninas entsetzter Reaktion schien ihr erst jetzt bewusst zu werden, was sie gerade gesagt hatte. Sie schluckte, wiederholte dann aber tapfer: »Zieh mit mir nach Philadelphia und wir werden uns jeden Tag sehen«, sagte sie.

Sie muss verrückt sein, schoss es Nina durch den Kopf. Doch als sie in Ellens Augen nichts als Aufrichtigkeit und Verzweiflung entdeckte, wurde ihr bewusst, dass sie es absolut ernst meinte. Ihre wurde abwechselnd heiß und kalt – heiß aufgrund der Perspektive, die ihr hier soeben eröffnet worden war, kalt vor Furcht, was das für sie und ihr Leben bedeuten würde.

Die Kälte siegte schließlich über die Hitze. »Das kann ich nicht, Ellen«, erwiderte sie langsam. »Wir sind knappe sechs Wochen zusammen. Du weißt noch nicht viel über mich, und ich noch wenig über dich. Wir wissen zwar, dass wir momentan gerne miteinander schlafen und jede gemeinsame Minute genießen. Aber es ist offen, ob dieses Gefühl von Dauer ist. Wir wissen nicht, ob wir längere Zeit miteinander leben wollen, ob wir dieselben Ziele verfolgen und gemeinsame Träume haben.«

»Es wäre ein Versuch«, sagte Ellen.

Nina dachte nach. Einen Moment lang sah sie sich an Ellens Seite zwischen den Hochhäuser-Schluchten einer amerikanischen Großstadt, so, wie sie sie aus Filmen kannte. Das Bild weckte in ihr keine positiven Assoziationen. Sie sah nur Menschen, die an ihnen vorbei hasteten, Fast-Food-Ketten und grelle Leuchtreklamen.

Sie schüttelte den Kopf. »Ich kann mir das nicht vorstellen«, sagte sie leise.

»Und warum nicht?« Ellens Blick ruhte weiterhin auf ihr.

»Ich weiß nicht, was ich da soll.«

»Mit mir leben.«

»Und als was?«

»Als Nina Blume. Als meine Freundin.«

Nina schüttelte nochmals den Kopf. »Ich weiß nicht, Ellen ... das ist irgendwie zu wenig. Ich wäre nicht glücklich, wenn ich mit dir in die USA käme, ohne selbst eine Aufgabe zu haben. Ich habe hier einen Job. Und auch ein paar Freunde – oder zumindest Bekannte. In den USA habe ich nichts.«

»Doch. Du hast mich«, sagte Ellen ernst.

Nina schüttelte wieder den Kopf. »Ich weiß nicht«, sagte sie unschlüssig. Auch sie starrte nun zur Decke, aber mit leerem Blick. Ellen hatte ihr erst vor ein paar Wochen gesagt, sie fühle keine Liebe für sie und könne ihr nichts versprechen. Ihr Angebot schien ihr gerade unter dieser Prämisse besonders absurd.

»Du kannst dir auch in den USA einen Job suchen«, fuhr Ellen unbeirrt fort. »Ich bin sicher, du würdest dort Arbeit finden.«

Nina lachte bitter. »Ich arbeite in meinem Job unter anderem mit Sprache. Ich kann mir nicht vorstellen, dass ich in den Staaten mit meinen Sprachkenntnissen einen Job in der PR-Branche finde. Es war in Österreich schon schwierig genug.«

»Du musst nicht in die PR-Branche. Du hast auch andere Talente.«

Nina ging nicht darauf ein. Sie war schon wegen Lukas in ein fremdes Land gezogen und hatte alles aufgegeben: Job, Freunde, die vertraute Umgebung. Und die Beziehung mit Lukas war bekanntlich gescheitert. Was, wenn es mit Ellen genauso verlief? Sie fühlte, dass Ellens Blick weiterhin auf ihr ruhte. Schließlich wandte sie sich zu ihr und sah sie ernst an. »Vor ein paar Wochen hast du mir gesagt, dass du nicht in mich verliebt bist«, sagte sie. »Würdest du mit einer Frau in ein Land ziehen, die dich nicht liebt und die dir nichts versprechen kann?«

Ellen schloss kurz die Augen. Als sie sie wieder öffnete, hatte Nina den Eindruck, dass sie durch sie hindurch schaute. »Ich weiß es nicht«, erwiderte Ellen dumpf. »Ich hatte die Situation noch nie.«

Sie schwiegen beide. Nina kämpfte erneut mit den Tränen. In sich fühlte sie noch immer brennenden Schmerz, einen Schmerz, der sich noch vertiefte, als sich Ellen nun mit klarer Stimme sagte: »Ich möchte einfach ehrlich zu dir sein, Nina. Ich kann dir nichts versprechen. Es wäre falsch, dir etwas zu sagen, was ich nicht hundert Prozent fühle.«

Eine Träne löste sich aus Ninas Auge und lief über ihre

Wange. »Und daher wäre es falsch, mich ins Ungewisse zu werfen, indem ich mit dir in die USA ziehe«, sagte sie und bemühte sich, vor innerer Verzweiflung nicht die Fassung zu verlieren. »Verstehst du das?«

»Vollkommen.« Ellen sah nun wieder Nina an, die feststellen musste, dass auch in deren Augen Tränen standen. Schweigend lagen sie nebeneinander und sahen sich an. Ellen streckte schließlich ihre Hand aus und streichelte sanft über Ninas Gesicht.

Nach einer Weile durchbrach Nina die Stille. »Soll ich jetzt nicht das Essen fertig kochen?«

Ellen schüttelte den Kopf. »Ich habe keinen Hunger mehr«, sagte sie leise. »Sei nicht böse wegen des Essens.«

»Ich habe auch keinen Hunger mehr«, gab Nina zu. Das Gespräch hatte sie spürbar mitgenommen.

»Soll ich heute Abend lieber im Hotel übernachten?« Ellens Augen waren noch immer grau und voller Tränen. Nina krampfte sich innerlich zusammen. »Willst du das?«, fragte sie mit kläglicher Stimme.

»Nein.« Ellen küsste sie sanft auf die trockenen Lippen. »Ich möchte mit dir zusammen sein, solange es möglich ist. Vorausgesetzt, du willst das auch.« Sie sah sie unsicher an.

»Natürlich will ich es.« Nina streckte ihrerseits die Hand aus und begann Ellen zu streicheln. Trotz allen Schmerzes, der noch immer in ihr war, fuhr sie fort: »Du hast nicht die falsche Entscheidung getroffen, Ellen. Du hast mir erzählt, dass dir der Job hier in Österreich nichts mehr gibt und er dich langweilt. Du bist ehrgeizig, und es macht dir Freude, mehr zu erreichen. Also war es richtig, dich für eine bessere Position zu bewerben.«

In ihren Gedanken sah sie jedoch nur Tausende von Kilometern Wasser und Land, die künftig zwischen ihnen lagen.

Sie saßen im Taxi auf dem Weg zum Flughafen und schwiegen sich an. Wie eine schwere Decke, die sie zu ersticken drohte, hatte sich die Traurigkeit über sie gelegt.

Am Flughafen checkte Ellen sofort ein. Nina wartete vor dem Check-In. Ihre Kehle war vor Kummer wie zugeschnürt. Sie kam sich vor wie die Hauptfigur in einem Alptraum, auf den sie sich in den letzten Tagen zwar vorbereitet hatte, der aber jetzt, da er real geworden war, sich nur umso grausamer gestaltete.

»Noch eine halbe Stunde«, sagte Ellen, als sie mit der Bordkarte zurückkam. Ihre Stimme klang belegt. »Dann muss ich zum Boarding. Möchtest du noch etwas trinken gehen?«

Nina schüttelte den Kopf. Gegenwärtig hätte sie nicht einmal einen Schluck Wasser hinuntergebracht.

»Was möchtest du dann?«

Dass du nicht wegfährst, antwortete Nina in Gedanken. Laut sagte sie: »Nimm mich in den Arm. Bitte.«

Ellen stellte ihre große Tasche neben sich, schlang die Arme um Nina und vergrub das Gesicht in ihrem Haar. Schweigend hielten sie sich in den Armen. »Ich werde dich anrufen«, sagte sie dann leise. »Gleich wenn ich angekommen bin. Und jeden Tag. Wir schaffen das, Nina.«

»Was? Eine Telefon-Beziehung zu haben?« Nina konnte nicht verhindern, dass bitterer Sarkasmus in ihrer Frage mitschwang.

»Wir werden uns auch sehen«, entgegnete Ellen. »Sooft es nur möglich ist. Ich werde alles tun, um es möglich zu machen. – Außerdem ist eine Telefon-Beziehung doch besser als keine Beziehung, oder?«

Nina antwortete nicht gleich. Gerade in diesem Punkt war sie sich nämlich nicht sicher. Wie oft hatte sie sich in den letzten drei Tagen die Frage gestellt, ob es nicht besser war, einen radikalen Schlussstrich zu ziehen, als sich emotional weiter auf etwas einzulassen, das keine Zukunft hatte.

»Möglich«, sagte sie trotzdem vage. Sie atmete tief ein und küsste Ellen sanft auf den Hals. Ein letztes Mal wollte sie sie spüren, riechen, schmecken – und eigentlich sowieso nicht mehr loslassen.

»Vielleicht ändert sich deine Meinung irgendwann, und du nimmst mein Angebot an«, hoffte Ellen. »Vielleicht kannst du dir ja irgendwann vorstellen, in den Staaten zu wohnen.«

Die Vorstellung war Nina kein bisschen sympathischer als ein paar Tage zuvor. »Ich weiß nicht«, lautete ihr unschlüssiger Kommentar. Sie sah Ellens traurige Augen und beschloss spontan, dass es besser war sie zu küssen, als unfruchtbare Diskussionen zu führen. So standen sie eine Weile da und küssten sich innig, bis Ellen sanft sagte: »Es wird Zeit. Ich muss gehen.«

Nina nickte stumm. Sie begleitete sie schweigend zum Eingang in den Duty-free-Bereich. Sie umarmten sich.

»Danke für deine unendliche Geduld mit mir«, sagte Ellen leise an ihrem Ohr. »Ich weiß, dass es für dich nicht leicht mit mir war und ist.«

Nina presste die Lippen zusammen, um nicht vor Verzweiflung laut zu schreien. Der Schmerz des Abschieds nahm ihr fast den Atem. Wie soll ich nur ohne dich leben, hämmerte es in ihrem Kopf, als sie Ellens Lippen auf ihrer Wange spürte. Ohne deine Küsse, deine Berührungen. Die Disziplin, die sie sich auferlegt hatte, um ihnen beiden den Abschied nicht noch schwerer zu machen, zersprang mit einem Schlag in tausend Stücke. Sie weinte in Ellens Armen, als ginge die Welt unter, letztendlich stellte Ellens Abreise auch genau dies für sie dar – einen Weltuntergang. Ellen schlang die Arme um sie und streichelte ihr über den Rücken. Und schließlich, trotz all ihrer Verzweiflung und ihrer Tränen, sagte ihr Nina das, was die ganze Zeit schon in ihrem Herzen gebrannt hatte: »Ich liebe dich, Ellen. Ich liebe dich wie noch niemanden zuvor in meinem Leben.«

Ellen verharrte einen Bruchteil von Sekunden in ihrer Bewegung, streichelte sie dann weiter und sagte erst einmal nichts. Dann flüsterte sie: »Ich habe das gewusst, Nina. Aber ich bin froh, dass du es mir sagst. Es ist … ein schönes

Gefühl.« Sie kramte eine Packung Taschentücher aus ihrer Tasche und reichte Nina eines davon. »Bitte, hör auf zu weinen. Es gibt keinen Grund. Es ist ein Abschied nur für kurze Zeit. Wir werden uns wiedersehen.«

Nina schnäuzte sich voller Kummer. »Ich will dich immer, Ellen, nicht nur immer mal wieder für ein paar Tage.«

»Du bist jederzeit willkommen«, erwiderte Ellen. »Du kannst immer zu mir ziehen – wenn du es willst. Es liegt nur an dir.«

»Ich kann das eben nicht«, brach es aus Nina hervor. »Ich kann nicht perfekt Englisch. Ich kann keinen Job bekommen. Ich kenne dort niemanden außer dir. Ich ...«

»Nina!« Ellen unterbrach mit ungläubigem Gesichtsausdruck ihren Redefluss. Sie sah ihr prüfend in die Augen. »Das sind doch alles Ausreden! Vor was hast du eigentlich Angst?«

Nina schluckte. Sie kam sich durchschaut vor. »Davor, dass du mich verlässt«, antwortete sie schließlich ehrlich. »Dass ich zu dir komme, dass es mit uns nicht klappt ... und dann bin ich in einem Land, in das ich nicht ziehen wollte, ganz alleine.«

»Und warum sollte ich dich verlassen?« Ellen hob fragend die Augenbrauen.

Nina zuckte mit den Schultern. »Vielleicht, weil du dich in jemand anderen verliebst«, sagte sie schließlich. »Oder weil ich dir auf den Wecker gehe. Oder weil dir Sex mit mir nach ein paar Jahren zu langweilig ist und du mich betrügst. Oder aus tausend anderen Gründen, die mir gerade nicht einfallen.«

»Das ist doch alles Unsinn.« Ellens Stimme klang sehr entschieden. Sie drückte Nina noch dichter an sich. Einen Moment verharrten sie in der Umarmung. Dann sah Ellen auf die Uhr.

»Ich muss jetzt gehen, wirklich«, sagte sie. »Danke für deine lieben Worte.« Sie küssten sich ein letztes Mal, dann ging Ellen durch den Eingang in den Duty-free. Nach ein paar Schritten blieb sie kurz stehen, warf einen Blick zurück, ehe sie aus Ninas Sichtfeld verschwand. Ihr Blick war nur kurz, doch lange genug für Nina, um zu sehen, dass es nun Ellen war, die weinte.

Nina zog fröstelnd ihren Mantel zusammen und sah auf ihre Armbanduhr. Elf Minuten noch. Der Bus, der sie vom Flughafen zurück nach Wien-City bringen sollte, stand schon bereit, doch Nina zögerte, einzusteigen. Lieber fror sie noch ein paar Minuten draußen in der Kälte, wo sie allein war mit ihrem Kummer, als sich im Businneren wegen ihrer Tränen anstarren oder gar ansprechen zu lassen.

Ihre Welt schien ihr grau und perspektivenlos. Sie stellte sich vor, wie es war, Ellen in Zukunft nur am Telefon zu hören, die Stimme verzerrt durch die Technik, die Leitung durchsetzt von Störgeräuschen. Sie würden sich ihre Tagesabläufe erzählen: Ellen ihren Alltag in den USA, sie den ihren in Österreich. Und irgendwann würden sie sich nichts mehr zu sagen haben, weil ihrer beider Leben zu verschieden geworden war.

Zwei-, dreimal im Jahr würden sie sich sehen und krampfhaft versuchen, alles nachzuholen. Nina erinnerte sich an die Zeit, als sie mit Lukas noch eine Wochenendbeziehung geführt hatte. Auch da hatten sie versucht, sich die Wochenenden »extra schön« zu gestalten. Es führte zu einer großen Erwartungshaltung und zu einer völligen Überfrachtung der Wochenenden. Die Rückkehr in den Alltag war stets hart und ernüchternd gewesen. Wie würde es erst sein, wenn man sich überhaupt nur wenige Male im Jahr sah?

Nina biss sich auf die Lippen. Der Schmerz schnitt ihr in die Brust. Es wird bestimmt nicht klappen, dachte sie bekümmert. Ich werde sie verlieren. Noch dazu liebt sie mich nicht einmal. Wie soll diese Beziehung über so viele Meilen Bestand haben?

Die Tatsache, dass Ellen auf ihre Worte »Ich liebe dich« nicht einmal jetzt mit ähnlichen Worten hatte reagieren können, bestärkte sie darin, dass es richtig gewesen war, nicht auf Ellens Angebot einzusteigen. Was sollte sie in den USA an der Seite einer Frau, die sie begehrte und mochte, aber nicht liebte?

Fünf Minuten noch bis zur Abfahrt. Vielleicht sollte sie nun doch einsteigen. Es wurde ihr allmählich kalt an der Haltestelle, und außerdem stiegen immer mehr Leute zu. Sie musste wenigstens noch einen Sitzplatz ergattern.

Sie wollte ihr Vorhaben gerade in die Tat umsetzen, als sie eine Hand fühlte, die sich ihr von hinten auf die Schulter legte.

Nina stockte der Atem.

Eine Berührung … so sanft …

Das kann nicht sein, schoss es ihr durch den Kopf, doch im selben Augenblick hörte sie schon die vertraute Stimme.

»Nina.«

Sie fuhr herum und blickte in Ellens Gesicht – ein Gesicht mit ernsten Augen, aber einem zarten, fast unmerklichen Lächeln auf den Lippen. »Steig nicht in den Bus. Wir nehmen ein Taxi.«

»W… was tust du hier?« Nina starrte sie an. »D… du bist doch im Flugzeug!«

Ellens Lächeln vertiefte sich. Sie griff nach Ninas Hand.

Nina trug Wollhandschuhe, doch Ellens Hand fühlte sich dennoch zu real an, um einer Phantasie zu entspringen.

»Ich konnte nicht fliegen«, sagte Ellen. »Nicht ohne dich. Ich werde Österreich nicht ohne dich verlassen.«

»W… was?« Nina starrte Ellen noch immer bewegungslos an. Ihr Verstand war blockiert. Sie konnte nicht handeln, nicht reden, noch immer nicht wirklich erfassen, was da gerade vor sich ging – nur zuhören.

Für Ellen war letzteres offensichtlich genug. »Ich muss dir etwas sagen – das betreffend, was du mir vorher gesagt hast.« Sie atmete tief durch, ehe sie fortfuhr. Ihre Stimme klang sehr entschieden. »Ich verliebe mich gewiss nicht in jemand anderen, weil ich mich nämlich generell höchst selten verliebe. Die statistische Wahrscheinlichkeit tendiert gegen Null. Ich weiß, wie das ist, mit einem anderen Menschen zu leben, und ich weiß daher auch, dass man sich manchmal durchaus kurz auf die Nerven geht. Aber ich weiß auch, dass das für mich kein Trennungsgrund ist. Ich kann mir nicht vorstellen, dass mir Sex mit dir irgendwann zu langweilig wird; ich war mit Lena neun Jahre zusammen, und uns wurde er nie langweilig. Es liegt auch an der Art, wie man die gesamte Beziehung gestaltet. Ich werde, solange ich lebe, ganz gewiss keinen Menschen betrügen, weil das etwas ist, was ich von Grund auf verabscheue. *Aside from this, I am not promiscous* … und ich bin froh, dass dir die tausend anderen Gründe vorhin nicht eingefallen sind, denn sonst müsste ich sie alle entkräften, und das wäre mühsam!« Ellen machte eine Pause, sah Nina erwartungsvoll an. Doch diese war noch immer viel zu perplex, um irgendetwas zu erwidern oder um Ellens Aussage auch nur vollständig zu begreifen.

»Nina.« Ellen zog sie an sich und sah ihr tief in die Augen. »Bitte, lauf nicht vor dir selbst und deinen Ängsten davon. Ich verstehe deine Unsicherheit, was mich betrifft, gerade nach diesem ganzen Hin und Her der letzten Monate. Aber glaube mir: Ich will nichts mehr als mit dir zusammen sein. Ich will von ganzem Herzen, dass du mit mir kommst. Nina …« Sie schluckte trocken, senkte die Stimme. Und dann sagte sie es, mit klarer Stimme und festem Blick.

»Nina. Ich liebe dich.«

Es dauerte einige Sekunden, bis sich Ninas Erstarrung löste. Dann begann sie zu weinen – zum ersten Mal seit Monaten nicht aus Trauer und seelischem Schmerz.

ENDE

CAROLIN SCHAIRER
wuchs in Niederbayern auf. Die Diplom-Journalistin schrieb als Freie für Zeitungen und Magazine, war in der Medienbeobachtung, in der Markt- und Meinungsforschung und als PR-Mitarbeiterin eines Großunternehmens tätig. Sie lebt in Wien. Bislang erschienen acht Romane von ihr bei Helmer: www.ulrike-helmer-verlag.de

ZUM WEITERLESEN ...

Carolin Schairer
Die Spitzenkandidatin
Roman. ISBN 978-3-89741-192-0

Sie ist die erste Kanzlerkandidatin – und sie ist lesbisch ... »Die Spitzenkandidatin« erzählt fesselnd, was wäre, wenn eine Frau an die Spitze der Macht wollte und diese Frau auch noch Frauen liebt: Zufällig gerät der Journalistin Theresa Lackner ein kompromittierendes Foto in die Hände, das die aufstrebende konservative Politikerin Katharina Hermann mit einer anderen Frau zeigt: als nacktes Liebespaar. Sie erzwingt von der Politikerin ein Abkommen: Katharina Hermann soll der Journalistin die Karriereleiter halten, die Journalistin wird dafür über die Politikerin berichten. Doch aus dem Erpressungsverhältnis entwickelt sich eine Freundschaft. Theresa schafft es mit Katharinas Hilfe zum Politikmagazin »Brennpunkt«, für das sie die Kanzlerkandidatin exklusiv in der heißen Wahlkampfphase begleiten soll. Als sich Theresa jedoch in Katharina verliebt, überschlagen sich die Ereignisse.

Mehr von Carolin Schairer:

Riskantes Spiel

Roman. 304 Seiten. 978-3-89741-340-5

Schauspielerin Mia erhält ein mysteriöses Angebot: Sie soll in das Leben einer Anderen schlüpfen! Mia wagt das riskante Spiel, bei dem viel Geld und ein Urlaub in Brasilien winken. Doch je länger sie sich als Nadine ausgibt, desto rätselhafter erscheinen ihr die Lebensverhältnisse dieser Frau ...

Lass keine Fremden ins Haus

Roman. 300 Seiten. 978-3-89741-311-5

Es ist eine zufällige Begegnung in der U-Bahn. Doch die seltsame Frau, die Laura bei der morgendlichen Fahrt zur Arbeit gegenübersitzt, geht ihr einfach nicht mehr aus dem Sinn. Als sie die Fremde an einem eiskalten Abend völlig verfroren an der Haltestelle wiedersieht, nimmt Laura die mysteriöse Frau mit zu sich nach Hause ...

Wir werden niemals darüber reden

Kriminalroman. 304 Seiten. 978-3-89741-347-4

Ein alter Bauernhof im Süddeutschen birgt düstere Geheimnisse. Nach dem Tod der Bäuerin kommen sie ans Licht. Als ihre Enkel Isabell und Jan zur Beerdigung der Großmutter zurückkehren, beginnt eine harte Reise in die Vergangenheit, an deren Ende Isabell weiß, warum sie Angst vor dem Leben allgemein und vor Puppenaugen im speziellen hat ...

... und unter **www.ulrike-helmer-verlag.de**